OEUVRES

COMPLETES

DE

VOLTAIRE.

OEUVRES

COMPLETES

DE

VOLTAIRE.

TOME TRENTE-NEUVIEME.

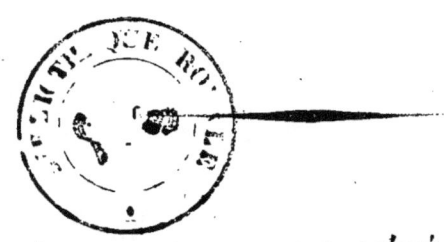

DE L'IMPRIMERIE DE LA SOCIÉTÉ LITTÉRAIRE-
TYPOGRAPHIQUE.

1 7 8 5.

DICTIONNAIRE

PHILOSOPHIQUE.

DICTIONNAIRE

PHILOSOPHIQUE.

C.

CIEL MATERIEL.

Les lois de l'optique, fondées fur la nature des chofes, ont ordonné que de notre petit globe nous verrons toujours le ciel matériel comme fi nous en étions le centre, quoique nous foyons bien loin d'être centre :

Que nous le verrons toujours comme une voûte furbaiffée, quoiqu'il n'y ait d'autre voûte que celle de notre atmofphère, laquelle n'eft point furbaiffée :

Que nous verrons toujours les aftres roulant fur cette voûte, & comme dans un même cercle, quoiqu'il n'y ait que cinq planètes principales, & dix lunes, & un anneau, qui marchent ainfi que nous dans l'efpace :

Que notre foleil & notre lune nous paraîtront toujours d'un tiers plus grands à l'horizon qu'au zénith, quoiqu'ils foient plus près de l'obfervateur au zénith qu'à l'horizon.

Voici l'effet que font néceffairement les aftres fur nos yeux.

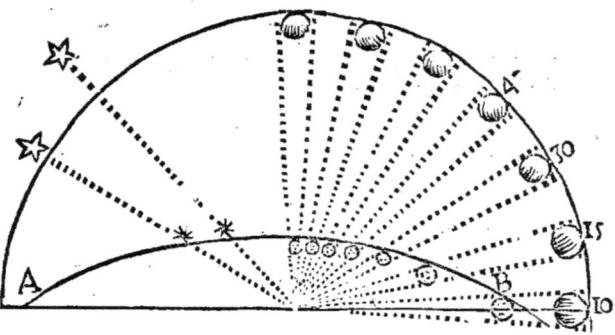

Cette figure repréfente à-peu-près en quelle proportion le foleil & la lune doivent être aperçus dans la courbe A B, & comment les aftres doivent paraître plus rapprochés les uns des autres dans la même courbe.

1°. Telles font les lois de l'optique, telle eft la nature de vos yeux, que premièrement le ciel matériel, les nuages, la lune, le foleil qui eft fi loin de vous, les planètes qui dans leur apogée en font encore plus loin, tous les aftres placés à des diftances encore plus immenfes, comètes, météores, tout doit vous paraître dans cette voûte furbaiffée compofée de votre atmofphère.

2°. Pour moins compliquer cette vérité, obfervons feulement ici le foleil qui femble parcourir le cercle A B.

Il doit vous paraître au zénith plus petit qu'à quinze degrés au-deffous, à trente degrés encore plus gros, & enfin à l'horizon encore davantage ; tellement que fes dimenfions dans le ciel inférieur décroiffent en raifon de fes hauteurs dans la progreffion fuivante.

A l'horizon . . . . 100.

A quinze degrés . . . . 68.

A trente degrés . . . . 50.

A quarante-cinq degrés . . . . 40.

Ses grandeurs apparentes dans la voûte furbaiſſée font comme ſes hauteurs apparentes ; & il en eſt de même de la lune & d'une comète. (*a*)

3º. Ce n'eſt point l'habitude, ce n'eſt point l'interpoſition des terres, ce n'eſt point la réfraction de l'atmoſphère qui cauſent cet effet. *Mallebranche* & *Régis* ont diſputé l'un contre l'autre ; mais *Robert Smith* a calculé. (1)

4º. Obſervez les deux étoiles qui étant à une prodigieuſe diſtance l'une de l'autre, & à des profondeurs très-différentes dans l'immenſité de l'eſpace, font conſidérées ici comme placées dans le cercle que le ſoleil ſemble parcourir. Vous les voyez diſtantes l'une de l'autre dans le grand cercle, ſe rapprochant dans le petit par les mêmes lois.

C'eſt ainſi que vous voyez le ciel matériel. C'eſt par ces règles invariables de l'optique que vous voyez les planètes tantôt rétrogrades, tantôt ſtationnaires ; elles ne font rien de tout cela. Si vous étiez dans le ſoleil, vous verriez toutes les planètes & les comètes rouler régulièrement autour de lui dans les ellipſes que Dieu leur aſſigne. Mais vous êtes ſur la planète

(*a*) Voyez l'optique de *Robert Smith.*

(1) L'opinion de *Smith* eſt au fond la même que celle de *Mallebranche.* Puiſque les aſtres au zénith & à l'horiſon font vus ſous un angle à-peuprès égal, la différence apparente de grandeur ne peut venir que de la même cauſe qui nous fait juger un corps de cent pouces, vu à cent pieds, plus grand qu'un corps d'un pouce, vu à un pied ; & cette cauſe ne peut être qu'un jugement de l'ame devenu habituel, & dont par cette raiſon nous avons ceſſé d'avoir une conſcience diſtincte.

de la terre, dans un coin où vous ne pouvez jouir de tout le fpe
ctacle.

N'accufons donc point les erreurs de nos fens avec *Mallebranche ;* des lois conftantes de la nature, émanées de la volonté immuable du Tout-puiffant, & proportionnées à la conftitution de nos organes , ne peuvent être des erreurs.

Nous ne pouvons voir que les apparences des chofes, & non les chofes mêmes. Nous ne fommes pas plus trompés quand le foleil, ouvrage de Dieu, cet aftre un million de fois auffi gros que notre terre, nous paraît plat, & large dè deux pieds, que lorfque dans un miroir convexe, ouvrage de nos mains, nous voyons un homme fous la dimenfion de quelques pouces.

Si les mages chaldéens furent les premiers qui fe fervirent de l'intelligence que Dieu leur donna pour mefurer & mettre à leur place les globes céleftes, d'autres peuples plus groffiers ne les imitèrent pas.

Ces peuples enfans & fauvages imaginèrent la terre plate, foutenue dans l'air, je ne fais comment, par fon propre poids; le foleil, la lune, & les étoiles, marchant continuellement fur un cintre folide qu'on appela *plaque, firmament;* ce cintre portant des eaux, & ayant des portes d'efpace en efpace, les eaux fortant par ces portes pour humeâter la terre.

Mais comment le foleil, la lune, & tous les aftres, reparaiffaient-ils après s'être couchés? on n'en favait rien. Le ciel touchait à la terre plate; il n'y avait pas moyen que le foleil, la lune, & les étoiles, tournaffent fous la terre, & allaffent fe lever à l'orient après s'être couchés à l'occident. Il eft vrai que ces ignorans avaient raifon par hafard, en ne concevant pas que le foleil & les étoiles fixes tournaffent autour de la terre. Mais ils étaient bien loin de foupçonner le foleil immobile, & la terre avec fon fatellite tournant autour de lui dans l'efpace avec les autres planètes. Il y avait plus loin de leurs fables au vrai fyftème du monde, que des ténèbres à la lumière.

Ils croyaient que le foleil & les étoiles revenaient par des chemins inconnus, après s'être délaffés de leur courfe dans la mer Méditerranée, on ne fait pas précifément dans quel endroit. Il n'y avait pas d'autre aftronomie, du temps même d'*Homère*, qui eft fi nouveau : car les Chaldéens tenaient leur fcience fecrète pour fe faire plus refpeéter des peuples. *Homère* dit plus d'une fois, que le foleil fe plonge dans l'Océan ; (& encore cet Océan c'eft le Nil) c'eft-là qu'il répare par la fraîcheur des eaux pendant la nuit, l'épuifement du jour ; après quoi il va fe rendre au lieu de fon lever par des routes inconnues aux mortels. Cette idée reffemble beaucoup à celle du baron de *Fenefte*, qui dit que fi on ne voit pas le foleil quand il revient, *c'eft qu'il revient de nuit.*

Comme alors la plupart des peuples de Syrie & les Grecs connaiffaient un peu l'Afie & une petite partie de l'Europe, & qu'ils n'avaient aucune notion de tout ce qui eft au nord du Pont-Euxin, & au midi du Nil, ils établirent d'abord que la terre était plus longue que large d'un grand tiers ; par conféquent le ciel qui touchait à la terre, & qui l'embraffait, était auffi plus long que large. De-là nous vinrent les degrés de longitude & de latitude, dont nous avons toujours confervé les noms, quoique nous ayons réformé la chofe. A 4

Le livre de *Job*, compofé par un ancien Arabe, qui avait quelque connaiffance de l'aftronomie, puifqu'il parle des conftellations, s'exprime pourtant ainfi : ,, Où étiez-vous quand je jetais les fondemens de la ,, terre? qui en a pris les dimenfions? fur quoi fes bafes ,, portent-elles? qui a pofé fa pierre angulaire?,,

Le moindre écolier lui répondrait aujourd'hui : La terre n'a ni pierre angulaire, ni bafe, ni fondement; & à l'égard de fes dimenfions, nous les connaiffons très-bien, puifque depuis *Magellan* jufqu'à M. de *Bougainville*, plus d'un navigateur en a fait le tour.

Le même écolier fermerait la bouche au déclamateur *Laĉlance*, & à tous ceux qui ont dit avant & après lui que la terre eft fondée fur l'eau, & que le ciel ne peut être au-deffous de la terre; & que par conféquent il eft ridicule & impie de foupçonner qu'il y ait des antipodes.

C'eft une chofe curieufe de voir avec quel dédain, avec quelle pitié *Laĉlance* regarde tous les philofophes qui depuis quatre cents ans commençaient à connaître le cours apparent du foleil & des planètes, la rondeur de la terre, la liquidité, la non-réfiftance des cieux, au travers defquels les planètes couraient dans leurs orbites &c. Il recherche (*b*) *par quels degrés les philofophes font parvenus à cet excès de folie de faire de la terre une boule, & d'entourer cette boule du ciel.*

Ces raifonnemens font dignes de tous ceux qu'il fait fur les fibylles.

<hr>

(*b*) *Laĉlance*, liv. III, chap. XXIV; & le clergé de France affemblé folemnellement en 1770, dans le dix-huitième fiècle, citait férieufement comme un père de l'Eglife, ce *Laĉlance* dont les élèves de l'école d'Alexandrie fe feraient moqués de fon temps, s'ils avaient daigné jeter les yeux fur fes rapfodies.

Notre écolier dirait à tous ces docteurs : Apprenez qu'il n'y a point de cieux folides placés les uns fur les autres, comme on vous l'a dit ; qu'il n'y a point de cercles réels dans lefquels les aftres courent fur une prétendue plaque :

Que le foleil eft le centre de notre monde planétaire :

Que la terre & les planètes roulent autour de lui, dans l'efpace, non pas en traçant des cercles, mais des ellipfes.

Apprenez qu'il n'y a ni deffus ni deffous, mais que les planètes, les comètes tendent toutes vers le foleil leur centre, & que le foleil tend vers elles, par une gravitation éternelle.

Laclance & les autres babillards feraient bien étonnés en voyant le fyftème du monde tel qu'il eft.

CIEL DES ANCIENS.

SI un ver à foie donnait le nom de *ciel* au petit duvet qui entoure fa coque, il raifonnerait auffi bien que firent tous les anciens, en donnant le nom de *ciel* à l'atmofphère, qui eft, comme dit très-bien M. de *Fontenelle* dans fes Mondes, le duvet de notre coque.

Les vapeurs qui fortent de nos mers & de notre terre, & qui forment les nuages, les météores, & les tonnerres, furent pris d'abord pour la demeure des Dieux. Les Dieux defcendent toujours dans des nuages d'or chez *Homère ;* c'eft de-là que les peintres les peignent encore aujourd'hui affis fur une nuée. Comment eft-on affis fur l'eau ? Il était bien jufte que le maître des Dieux fût plus à son aise que les autres : on lui donna un aigle pour le porter, parce que l'aigle vole plus haut que les autres oiseaux.

Les anciens Grecs voyant que les maîtres des villes demeuraient dans des citadelles, au haut de quelque montagne, jugèrent que les Dieux pouvaient avoir une citadelle aussi, & la placèrent en Thessalie sur le mont Olympe, dont le sommet est quelquefois caché dans les nues ; de sorte que leur palais était de plain-pied à leur ciel.

Les étoiles & les planètes, qui semblent attachées à la voûte bleue de notre atmosphère, devinrent ensuite les demeures des Dieux ; sept d'entr'eux eurent chacun leur planète, les autres logèrent où ils purent ; le conseil général des Dieux se tenait dans une grande salle, à laquelle on allait par la voie lactée ; car il fallait bien que les Dieux eussent une salle en l'air, puisque les hommes avaient des hôtels-de-ville sur la terre.

Quand les Titans, espèce d'animaux entre les Dieux & les hommes, déclarèrent une guerre assez juste à ces dieux-là, pour réclamer une partie de leur héritage du côté paternel, étant fils du ciel & de la terre, ils ne mirent que deux ou trois montagnes les unes sur les autres, comptant que c'en était bien assez pour se rendre maîtres du ciel & du château de l'Olympe.

> *Neve foret terris securior arduus æther,*
> *Affectasse ferunt regnum cæleste gigantes,*
> *Altaque congestos struxisse ad sidera montes.*

On attaqua le ciel auffi-bien que la terre ;
Les géans chez les Dieux ofant porter la guerre,
Entaffèrent des monts jufqu'aux aftres des nuits.

Il y a pourtant des fix cents millions de lieues de ces aftres-là, & beaucoup plus loin encore de plufieurs étoiles au mont Olympe.

Virgile ne fait point de difficulté de dire :

Sub pedibufque videt nubes & fidera Daphnis.

Daphnis voit fous fes pieds les aftres & les nues.

Mais où donc était *Daphnis ?*

A l'opéra, & dans des ouvrages plus férieux, on fait defcendre des dieux au milieu des vents, des nuages, & du tonnerre, c'eft-à-dire qu'on promène DIEU dans les vapeurs de notre petit globe. Ces idées font fi proportionnées à notre faibleffe, qu'elles nous paraiffent grandes.

Cette phyfique d'enfans & de vieilles était prodigieufement ancienne ; cependant on croit que les Chaldéens avaient des idées prefqu'auffi faines que nous de ce qu'on appelle *le ciel ;* ils plaçaient le foleil au centre de notre monde planétaire, à-peu-près à la diftance de notre globe que nous avons reconnue ; ils fefaient tourner la terre & quelques planètes autour de cet aftre ; c'eft ce que nous apprend *Ariftarque* de Samos : c'eft à-peu-près le fyftème du monde que *Copernic* a perfectionné depuis ; mais les philofophes gardaient le fecret pour eux, afin d'être plus refpectés des rois & du peuple, ou plutôt pour n'être pas perfécutés.

Le langage de l'erreur eft fi familier aux hommes, que nous appelons encore nos vapeurs, & l'efpace de la terre à la lune, du nom de *ciel*; nous difons, monter au ciel, comme nous difons que le foleil tourne, quoiqu'on fache bien qu'il ne tourne pas. Nous fommes probablement le ciel pour les habitans de la lune, & chaque planète place fon ciel dans la planète voifine.

Si on avait demandé à *Homère* dans quel ciel était allée l'ame de *Sarpédon*, & où était celle d'*Hercule*, *Homère* eût été bien embarraffé ; il eût répondu par des vers harmonieux.

Quelle fureté avait-on que l'ame aérienne d'*Hercule* fe fût trouvée plus à fon aife dans Vénus, dans Saturne, que fur notre globe ? Aurait-elle été dans le foleil? la place ne paraît pas tenable dans cette fournaife. Enfin, qu'entendaient les anciens par le ciel? ils n'en favaient rien, ils criaient toujours *le ciel & la terre;* c'eft comme fi on criait l'infini & un atome. Il n'y a point, à proprement parler, de ciel, il y a une quantité prodigieufe de globes qui roulent dans l'efpace vide; & notre globe roule comme les autres.

Les anciens croyaient qu'aller dans les cieux c'était monter ; mais on ne monte point d'un globe à un autre ; les globes céleftes font tantôt au-deffus de notre horizon, tantôt au-deffous. Ainfi, fuppofons que *Vénus* étant venue à Paphos, retournât dans fa planète quand cette planète était couchée, la déeffe *Vénus* ne montait point alors par rapport à notre horizon ; elle defcendait, & on devait dire en ce cas *defcendre au ciel.* Mais les anciens n'y entendaient pas tant de fineffe ; ils avaient des notions vagues, incertaines, contradiÉÉoires fur tout ce qui tenait à la phyfique. On a fait des volumes immenfes pour favoir ce qu'ils penfaient fur bien des queftions de cette forte. Quatre mots auraient fuffi ; *ils ne penfaient pas*. Il faut toujours en excepter un petit nombre de fages , mais ils font venus tard ; peu ont expliqué leurs penfées , & quand ils l'ont fait , les charlatans de la terre les ont envoyés au ciel par le plus court chemin.

Un écrivain qu'on nomme , je crois , *Pluche* , **a** prétendu faire de *Moïfe* un grand phyficien ; un autre avait auparavant concilié *Moïfe* avec *Defcartes* , & avait imprimé le *Cartefius Mozaïzans* ; felon lui , *Moïfe* avait inventé le premier les tourbillons & la matière fubtile : mais on fait affez que D I E U qui fit de *Moïfe* un grand légiflateur, un grand prophète , ne voulut point du tout en faire un profeffeur de phyfique ; il inftruifit les Juifs de leur devoir , & ne leur enfeigna pas un mot de philofophie. *Calmet* , qui a beaucoup compilé , & qui n'a raifonné jamais , parle du fyftème des Hébreux ; mais ce peuple groffier était bien loin d'avoir un fyftème ; il n'avait pas même d'école de géométrie ; le nom leur en était inconnu ; leur feule fcience était le métier de courtier , & l'ufure.

On trouve dans leurs livres quelques idées louches incohérentes , & dignes en tout d'un peuple barbare fur la ftructure du ciel. Leur premier ciel était l'air , le fecond , le firmament , où étaient attachées les étoiles ; ce firmament était folide & de glace , & portait les eaux fupérieures, qui s'échappèrent de ce réfervoir par des portes , des éclufes, des cataractes , au temps du déluge.

Au-deſſus de ce firmament, ou de ces eaux ſupé-
rieures, était le troiſième ciel, ou l'empyrée, où *St Paul*
fut ravi. Le firmament était une eſpèce de demi-voûte,
qui embraſſait la terre. Le ſoleil ne feſait point le tour
d'un globe qu'ils ne connaiſſaient pas. Quand il était
parvenu à l'occident, il revenait à l'orient par un
chemin inconnu ; & ſi on ne le voyait pas, c'était,
comme le dit le baron de *Feneſte*, parce qu'il revenait
de nuit.

Encore les Hébreux avaient-ils pris ces rêveries des
autres peuples. La plupart des nations, excepté
l'école des Chaldéens, regardaient le ciel comme
ſolide ; la terre fixe & immobile était plus longue
d'orient en occident, que du midi au nord, d'un
grand tiers ; de-là viennent ces expreſſions de longitude & de latitude que nous avons adoptées. On voit
que dans cette opinion il était impoſſible qu'il y eût
des antipodes. Auſſi *St Auguſtin* traite l'idée des antipodes d'*abſurdité* ; & *Laĉtance*, que nous avons déjà
cité, dit expreſſément : *Y a-t-il des gens aſſez fous pour
croire qu'il y ait des hommes dont la tête ſoit plus baſſe que
les pieds ? &c.*

St Chryſoſtome s'écrie dans ſa quatorzième homélie :
*Où ſont ceux qui prétendent que les cieux ſont mobiles, &
que leur forme eſt circulaire ?*

Laĉtance dit encore au livre III de ſes inſtitutions :
*Je pourrais vous prouver par beaucoup d'argumens, qu'il
eſt impoſſible que le ciel entoure la terre.*

L'auteur du Speĉtacle de la nature pourra dire à
M. le chevalier, tant qu'il voudra, que *Laĉtance* &
St Chryſoſtome étaient de grands philoſophes ; on lui
répondra qu'ils étaient de grands ſaints, & qu'il n'eſt

point du tout néceſſaire pour être un ſaint, d'être un bon aſtronome. On croira qu'ils ſont au ciel, mais on avouera qu'on ne ſait pas dans quelle partie du ciel préciſément.

CIRCONCISION.

Lorsqu'*Hérodote* raconte ce que lui ont dit les barbares chez leſquels il a voyagé, il raconte des ſottiſes, & c'eſt ce que font la plupart de nos voyageurs ; auſſi n'exige-t-il pas qu'on le croie, quand il parle de l'aventure de *Gigès* & de *Candaule*, d'*Arion* porté ſur un dauphin, & de l'oracle conſulté pour ſavoir ce que feſait *Créſus*, qui répondit qu'il feſait cuire alors une tortue dans un pot couvert ; & du cheval de *Darius* qui ayant henni le premier de tous, déclara ſon maître roi ; & de cent autres fables propres à amuſer des enfans, & à être compilées par des rhéteurs ; mais quand il parle de ce qu'il a vu, des coutumes des peuples qu'il a examinées, de leurs antiquités qu'il a conſultées, il parle alors à des hommes.

Il ſemble, dit-il au livre d'Euterpe, *que les habitans de la Colchide ſont originaires d'Egypte : j'en juge par moi-même plutôt que par ouï-dire ; car j'ai trouvé qu'en Colchide on ſe ſouvenait bien plus des anciens Egyptiens qu'on ne ſe reſſouvenait des anciennes coutumes de Colchos en Egypte.*

Ces habitans des bords du Pont-Euxin prétendaient être une colonie établie par Séſoſtris ; pour moi, je le conjecturerais non-ſeulement parce qu'ils ſont baſanés, & qu'ils ont

les cheveux frifés , mais parce que les peuples de Colchide,
d'Egypte , & d'Ethiopie , font les feuls fur la terre qui fe font
fait circoncire de tout temps ; car les Phéniciens , & ceux de
la Paleftine , avouent qu'ils ont pris la circoncifion des
Egyptiens. Les Syriens qui habitent aujourd'hui fur les
rivages du Thermodon & de Pathenie , & les Macrons leurs
voifins avouent qu'il n'y a pas long-temps qu'ils fe font
conformés à cette coutume d'Egypte ; c'eft par-là principale-
ment qu'ils font reconnus pour Egyptiens d'origine.

A l'égard de l'Ethiopie & de l'Egypte , comme cette
cérémonie eft très-ancienne chez ces deux nations , je ne
faurais dire qui des deux tient la circoncifion de l'autre ; il
eft toutefois vraifemblable que les Ethiopiens la prirent des
Egyptiens ; comme , au contraire , les Phéniciens ont aboli
l'ufage de circoncire les enfans nouveaux nés , depuis qu'ils
ont eu plus de commerce avec les Grecs.

Il eft évident , par ce paffage d'*Hérodote* , que plufieurs peuples avaient pris la circoncifion de l'Egypte ;
mais aucune nation n'a jamais prétendu avoir reçu
la circoncifion des Juifs. A qui peut-on donc attribuer
l'origine de cette coutume , ou à la nation de qui
cinq ou fix autres confeffent la tenir , ou à une autre
nation bien moins puiffante , moins commerçante ,
moins guerrière , cachée dans un coin de l'Arabie
pétrée , qui n'a jamais communiqué le moindre de
fes ufages à aucun peuple.

Les Juifs difent qu'ils ont été reçus autrefois par
charité dans l'Egypte ; n'eft-il pas bien vraifemblable
que le petit peuple a imité un ufage du grand peuple ,
& que les juifs ont pris quelques coutumes de leurs
maîtres ?

Clément

Clément d'Alexandrie rapporte que *Pythagore* voyageant chez les Egyptiens, fut obligé de fe faire circoncire, pour être admis à leurs myftères ; il fallait donc abfolument être circoncis pour être au nombre des prêtres d'Egypte. Ces prêtres exiftaient lorfque *Jofeph* arriva en Egypte ; le gouvernement était très-ancien, & les cérémonies antiques de l'Egypte obfervées avec la plus fcrupuleufe exactitude.

Les Juifs avouent qu'ils demeurèrent pendant deux cents cinq ans en Egypte ; ils difent qu'ils ne fe firent point circoncire dans cet efpace de temps : il eft donc clair que, pendant deux cents cinq ans, les Egyptiens n'ont pas reçu la circoncifion des Juifs ; l'auraient-ils prife d'eux, après que les Juifs leur eurent volé tous les vafes qu'on leur avait prêtés, & fe furent enfuis dans le défert avec leur proie, felon leur propre témoignage ? Un maître adoptera-t-il la principale marque de la religion de fon efclave voleur & fugitif ? cela n'eft pas dans la nature humaine.

Il eft dit, dans le livre de *Jofué*, que les Juifs furent circoncis dans le défert. *Je vous ai délivré de ce qui fefait votre opprobre chez les Egyptiens.* Or, quel pouvait être cet opprobre pour des gens qui fe trouvaient entre les peuples de Phénicie, les Arabes, & les Egyptiens, fi ce n'eft ce qui les rendait méprifables à ces trois nations ? comment leur ôte-t-on cet opprobre ? en leur ôtant un peu de prépuce : n'eft-ce pas-là le fens naturel de ce paffage ?

La Genèfe dit qu'*Abraham* avait été circoncis auparavant ; mais *Abraham* voyagea en Egypte, qui était depuis long-temps un royaume floriffant, gouverné

Dictionn. philofoph. Tome III.   B

par un puissant roi ; rien n'empêche que dans ce royaume si ancien, la circoncision ne fût établie. De plus la circoncision d'*Abraham* n'eut point de suite ; sa postérité ne fut circoncise que du temps de *Josué*.

Or avant *Josué* les Israélites, de leur aveu même, prirent beaucoup de coutumes des Egyptiens ; ils les imitèrent dans plusieurs sacrifices, dans plusieurs cérémonies, comme dans les jeûnes qu'on observait les veilles des fêtes d'*Isis*, dans les ablutions, dans la coutume de raser la tête des prêtres ; l'encens, le candelabre, le sacrifice de la vache rousse, la purification avec de l'hysope, l'abstinence du cochon, l'horreur des ustensiles de cuisine des étrangers, tout atteste que le petit peuple hébreu, malgré son aversion pour la grande nation égyptienne, avait retenu une infinité d'usages de ses anciens maîtres. Ce bouc *Hazazel* qu'on envoyait dans le désert, chargé des péchés du peuple, était une imitation visible d'une pratique égyptienne ; les rabbins conviennent même que le mot d'*Hazazel* n'est point hébreu. Rien n'empêche donc que les Hébreux n'aient imité les Egyptiens dans la circoncision, comme fesaient les Arabes leurs voisins.

Il n'est point extraordinaire que DIEU, qui a sanctifié le baptême si ancien chez les Asiatiques, ait sanctifié aussi la circoncision non moins ancienne chez les Africains. On a déjà remarqué qu'il est le maître d'attacher ses grâces aux signes qu'il daigne choisir.

Au reste, depuis que sous *Josué*, le peuple juif eût été circoncis, il a conservé cet usage jusqu'à nos jours ; les Arabes y ont aussi toujours été fidelles ;

mais les Egyptiens , qui dans les premiers temps circoncifaient les garçons & les filles , ceffèrent avec le temps de faire aux filles cette opération , & enfin la reftreignirent aux prêtres , aux aftrologues, & aux prophètes. C'eft ce que *Clément* d'Alexandrie & *Origène* nous apprennent. En effet , on ne voit point que les *Ptolomées* aient jamais reçu la circoncifion.

Les auteurs latins qui traitent les Juifs avec un fi profond mépris qu'ils les appellent *curtus appella* , par dérifion , *credat Judæus appella* , *curti Judæi* , ne donnent point de ces épithètes aux Egyptiens. Tout le peuple d'Egypte eft aujourd'hui circoncis ; mais par une autre raifon , parce que le mahométifme adopta l'ancienne circoncifion de l'Arabie.

C'eft cette circoncifion arabe qui a paffé chez les Ethiopiens , où l'on circoncit encore les garçons & les filles.

Il faut avouer que cette cérémonie de la circoncifion paraît d'abord bien étrange ; mais on doit remarquer que de tout temps les prêtres de l'Orient fe confacraient à leurs divinités par des marques particulières. On gravait avec un poinçon une feuille de lierre fur les prêtres de *Bacchus*. *Lucien* nous dit que les dévots à la déeffe *Ifis* s'imprimaient des caractères fur le poignet & fur le cou. Les prêtres de *Cybéle* fe rendaient eunuques.

Il y a grande apparence que les Egyptiens , qui révéraient l'inftrument de la génération , & qui en portaient l'image en pompe dans leurs proceffions , imaginèrent d'offrir à *Ifis* & *Ofiris* , par qui tout s'engendrait fur la terre , une partie légère du membre par qui ces dieux avaient voulu que le genre-humain se perpétuât. Les anciennes mœurs orientales sont si prodigieusement différentes des nôtres, que rien ne doit paraître extraordinaire à quiconque a un peu de lecture. Un Parisien est tout surpris quand on lui dit que les Hottentots sont couper à leurs enfans mâles un testicule. Les Hottentots sont peut-être surpris que les Parisiens en gardent deux.

C I R U S.

Plusieurs doctes, & *Rollin* après eux, dans un siècle où l'on cultive sa raison, nous ont assuré que *Javan*, qu'on suppose être le père des Grecs, était petit-fils de *Noé*. Je le crois, comme je crois que *Persée* était le fondateur du royaume de Perse, & *Niger* de la Nigritie. C'est seulement un de mes chagrins que les Grecs n'aient jamais connu ce *Noé* le véritable auteur de leur race. J'ai marqué ailleurs mon étonnement & ma douleur qu'*Adam*, notre père à tous, ait été absolument ignoré de tous, depuis le Japon jusqu'au détroit de Lemaire, excepté d'un petit peuple, qui n'a lui-même été connu que très-tard. La science des généalogies est sans doute très-certaine, mais bien difficile.

Ce n'est ni sur *Javan*, ni sur *Noé*, ni sur *Adam* que tombent aujourd'hui mes doutes, c'est sur *Cirus*; & je ne recherche pas laquelle des fables débitées sur *Cirus* est préférable, celle d'*Hérodote* ou de *Ctésias*, ou celle de *Xénophon*, ou de *Diodore*, ou de *Justin*, qui toutes se contredisent. Je ne demande point pourquoi on s'est obstiné à donner ce nom de *Cirus* à un barbare qui s'appelait *Kofrou* , & ceux de *Ciropolis* , de *Perfépolis* , à des villes qui ne fe nommèrent jamais ainfi.

Je laiffe là tout ce qu'on a dit du grand *Cirus* , & jufqu'au roman de ce nom, & jufqu'aux *voyages* que l'écoffais *Ramfay* lui a fait entreprendre. Je demande feulement quelques inftructions aux Juifs fur ce *Cirus* dont ils ont parlé.

Je remarque d'abord qu'aucun hiftorien n'a dit un mot des Juifs dans l'hiftoire de *Cirus* , & que les Juifs font les feuls qui ofent faire mention d'eux-mêmes en parlant de ce prince.

Ils reffemblent en quelque forte à certaines gens qui difaient d'un ordre de citoyens fupérieur à eux : *Nous connaiffons meffieurs, mais meffieurs ne nous connaiffent pas.* Il en eft de même d'*Alexandre* par rapport aux Juifs. Aucun hiftorien d'*Alexandre* n'a mêlé le nom d'*Alexandre* avec celui des Juifs ; mais *Jofephe* ne manque pas de dire qu'*Alexandre* vint rendre fes refpects à Jérufalem ; qu'il adora je ne fais quel pontife juif nommé *Jaddus* , lequel lui avait autrefois prédit en fonge la conquête de la Perfe. Tous les petits fe rengorgent ; les grands fongent moins à leur grandeur.

Quand *Tarif* vient conquérir l'Efpagne, les vaincus lui difent qu'ils l'ont prédit. On en dit autant à *Gengis* , à *Tamerlan* , à *Mahomet II.*

A Dieu ne plaife que je veuille comparer les prophéties juives à tous les difeurs de bonne aventure qui font leur cour aux victorieux , & qui leur prédifent ce qui leur eft arrivé. Je remarque feulement que les Juifs produifent des témoignages de leur nation fur *Cirus*, environ cent foixante ans avant qu'il fût au monde.

On trouve dans *Ifaïe* : (chap. XLV.) *Voici ce que dit le Seigneur à Cirus qui eft mon Chrift ; que j'ai pris par la main pour lui affujettir les nations , pour mettre en fuite les rois, pour ouvrir devant lui les portes : Je marcherai devant vous ; j'humilierai les grands ; je romprai les coffres ; je vous donnerai l'argent caché , afin que vous fachiez que je fuis le Seigneur &c.*

Quelques favans ont peine à digérer que le Seigneur gratifie du nom de fon C H R I S T un profane de la religion de *Zoroaftre*. Ils ofent dire que les Juifs firent comme tous les faibles qui flattent les puiffans , qu'ils fuppofèrent des prédictions en faveur de *Cirus*.

Ces favans ne refpectent pas plus *Daniel* qu'*Ifaïe*. Ils traitent toutes les prophéties attribuées à *Daniel* avec le même mépris que St *Jérôme* montre pour l'aventure de *Suzanne*, pour celle du dragon de *Bélus*, & pour les trois enfans de la fournaife.

Ces favans ne paraiffent pas affez pénétrés d'eftime pour les prophètes. Plufieurs même d'entr'eux prétendent qu'il eft métaphyfiquement impoffible de voir clairement l'avenir ; qu'il y a une contradiction formelle à voir ce qui n'eft point ; que le futur n'exifte pas , & par conféquent ne peut être vu ; que les fraudes en ce genre font innombrables chez toutes les nations ; qu'il faut enfin fe défier de tout dans l'hiftoire ancienne.

Ils ajoutent que s'il y a jamais eu une prédiction formelle , c'eft celle de la découverte de l'Amérique dans *Sénèque* le tragique.

. . . . . . Venient annis
Sæcula feris quibus oceanus
Vincula rerum laxet, & ingens
Pateat tellus &c.....

Les quatre étoiles du pole antarctique font annoncées encore plus clairement dans le *Dante*. Cependant perfonne ne s'eft avifé de prendre *Sénèque* & *Aligeri Dante* pour des devins.

Nous fommes bien loin d'être du fentiment de ces favans, nous nous bornons à être extrêmement circonfpects fur les prophètes de nos jours.

Quant à l'hiftoire de *Cirus*, il eft vraiment fort difficile de favoir s'il mourut de fa belle mort, ou fi *Thomiris* lui fit couper la tête. Mais je fouhaite, je l'avoue, que les favans qui font couper le cou à *Cirus*, aient raifon. Il n'eft pas mal que ces illuftres voleurs de grand chemin, qui vont pillant & enfanglantant la terre, foient un peu châtiés quelquefois.

Cirus a toujours été deftiné à devenir le fujet d'un roman. *Xénophon* a commencé, & malheureufement *Ramfay* a fini. Enfin, pour faire voir quel trifte fort attend les héros, *Danchet* a fait une tragédie de *Cirus*.

Cette tragédie eft entièrement ignorée. La *Cyropédie* de *Xénophon* eft plus connue, parce qu'elle eft d'un Grec. Les *Voyages de Cirus* le font beaucoup moins, quoiqu'ils aient été imprimés en anglais & en français, & qu'on y ait prodigué l'érudition.

Le plaifant du roman intitulé, *Voyages de Cirus*, confifte à trouver un *Meffie* par-tout, à Memphis, à Babylone, à Ecbatane, à Tyr, comme à Jérufalem,

& chez *Platon*, comme dans l'Evangile. L'auteur ayant
été quaker, anabaptifte, anglican, presbytérien, était
venu fe faire *fénélonifte* à Cambrai fous l'illuftre auteur
du Télémaque. Etant devenu depuis précepteur de
l'enfant d'un grand feigneur, il fe crut fait pour
inftruire l'univers, & pour le gouverner ; il donne
en conféquence des leçons à *Cirus* pour devenir le
meilleur roi de l'univers, & le théologien le plus
orthodoxe.

Ces deux rares qualités paraiffent affez incompatibles.

Il le mène à l'école de *Zoroaftre*, & enfuite à celle
du jeune juif *Daniel* le plus grand philofophe qui ait
jamais été. Car non-feulement il expliquait tous les
fonges ; (ce qui eft le fin de la fcience humaine)
mais il devinait tous ceux qu'on avait faits ; & c'eft
à quoi nul autre que lui n'eft encore parvenu. On
s'attendait que *Daniel* préfenterait la belle *Suzanne* au
prince, c'était la marche naturelle du roman ; mais
il n'en fit rien.

Cirus en récompenfe a de longues converfations
avec le grand roi *Nabuchodonofor*, dans le temps qu'il
était bœuf; & *Ramfay* fait ruminer *Nabuchodonofor* en
théologien très-profond.

Et puis, étonnez-vous que le prince, (*) pour
qui cet ouvrage fut compofé, aimât mieux aller à la
chaffe ou à l'opéra que de le lire.

(*) Le prince de *Turenne*.

C L E R C.

IL y aurait peut-être encore quelque chofe à dire fur ce mot, même après le dictionnaire de du *Cange*, & celui de l'Encyclopédie. Nous pouvons, par exemple, obferver qu'on était fi favant vers le dixième & onzième fiècle, qu'il s'introduifit une coutume ayant force de loi en France, en Allemagne, en Angleterre, de faire grâce de la corde à tout criminel condamné qui favait lire ; tant un homme de cette érudition était néceffaire à l'Etat.

Guillaume le bâtard, conquérant de l'Angleterre, y porta cette coutume. Cela s'appelait bénéfice de clergie, *beneficium clericorum aut clergicorum*.

Nous avons remarqué en plus d'un endroit que de vieux ufages perdus ailleurs fe retrouvent en Angleterre, comme on retrouva dans l'île de Samothrace les anciens myftères d'*Orphée*. Aujourd'hui même encore ce bénéfice de clergie fubfifte chez les Anglais dans toute fa force pour un meurtre commis fans deffein, & pour un premier vol qui ne paffe pas cinq cents livres fterling. Le criminel qui fait lire, demande un bénéfice de clergie ; on ne peut le lui refufer. Le juge qui était réputé par l'ancienne loi ne favoir pas lire lui-même, s'en rapporte encore au chapelain de la prifon, qui préfente un livre au condamné. Enfuite il demande au chapelain, *Legit?* *lit-il?* Le chapelain répond, *Legit ut clericus*, il lit comme un clerc. Et alors on fe contente de faire marquer d'un fer chaud le criminel à la paume de la main. On a eu foin de l'enduire de graiffe ; le fer fume & produit un fifflement fans faire aucun mal au patient réputé clerc.

Du célibat des clercs.

O n demande fi dans les premiers fiècles de l'Eglife le mariage fut permis aux clercs, & dans quel temps il fut défendu?

Il eft avéré que les clercs, loin d'être engagés au célibat dans la religion juive, étaient tous au contraire excités au mariage, non-feulement par l'exemple de leurs patriarches, mais par la honte attachée à vivre fans poftérité.

Toutefois, dans les temps qui précédèrent les derniers malheurs des Juifs, il s'éleva des fectes de rigoriftes, efféniens, judaïtes, thérapeutes, hérodiens; & dans quelques-unes, comme celles des efféniens & des thérapeutes, les plus dévots ne fe mariaient pas. Cette continence était une imitation de la chafteté des veftales établies par *Numa Pompilius*, de la fille de *Pythagore* qui inftitua un couvent, des prêtreffes de *Diane*, de la pythie de Delphes, & plus anciennement de *Caffandre* & de *Chryfis* prêtreffes d'*Apollon*, & même des prêtreffes de *Bacchus*.

Les prêtres de *Cybéle* non-feulement fefaient vœu de chafteté, mais de peur de violer leurs vœux ils fe rendaient eunuques.

Plutarque, dans fa huitième queftion des propos de table, dit qu'il y a des colléges de prêtres en Egypte qui renoncent au mariage.

Les premiers chrétiens, quoique fefant profeffion d'une vie auffi pure que celle des efféniens & des thérapeutes, ne firent point une vertu du célibat. Nous avons vu que prefque tous les apôtres & les difciples étaient mariés. *St Paul* écrit à *Tite* : (a) *Choififfez pour prêtre celui qui n'aura qu'une femme ayant des enfans fidelles & non accufés de luxure.*

Il dit la même chofe à *Timothée* : (b) *Que le furveillant foit mari d'une feule femme.*

Il femble faire fi grand cas du mariage, que dans la même lettre à *Timothée*, il dit : (c) *La femme ayant prévariqué fe fauvera en fefant des enfans.*

Ce qui arriva dans le fameux concile de **Nicée** au fujet des prêtres mariés, mérite une grande attention. Quelques évêques, au rapport de *Sozomène* & de *Socrate*, (d) propofèrent une loi qui défendît aux évêques & aux prêtres de toucher dorénavant à leurs femmes ; mais *St Paphnuce* le martyr, évêque de Thèbes en Egypte, s'y oppofa fortement, difant, *que coucher avec fa femme c'eft chafteté ;* & fon avis fut fuivi par le concile.

Suidas, *Gelafe Cificène*, *Caffiodore* & *Nicéphore Califte* rapportent précifément la même chofe.

Le concile feulement défendit aux eccléfiaftiques d'avoir chez eux des agapètes, des affociées, autres que leurs propres femmes, excepté leurs mères, leurs fœurs, leurs tantes, & des vieilles hors de tout foupçon.

Depuis ce temps, le célibat fut recommandé fans être ordonné. *St Jérôme*, voué à la folitude, fut celui de tous les pères qui fit les plus grands éloges du célibat des prêtres ; cependant il prend hautement

(a) Epître à *Tite*, chap. I.   (c) Chap. II, v. 15.
(b) l. à *Timoth.* ch. III, v. 2.   (d) *Sozom.* liv. I. *Socrate*, liv. I.

le parti de *Cartérius* évêque d'Efpagne qui s'était remarié deux fois. *Si je voulais nommer*, dit-il, *tous les évêques qui ont paffé à de fecondes noces, j'en trouverais plus qu'il n'y eut d'évêques au concile de Rimini.* (*e*) *Tantus numerus congregabitur ut Riminenfis fynodus fuperetur.*

Les exemples des clercs mariés & vivant avec leurs femmes, font innombrables. *Sydonius* évêque de Clermont en Auvergne au cinquième fiècle, époufa *Papianilla* fille de l'empereur *Avitus;* & la maifon de *Polignac* a prétendu en defcendre. *Simplicius* évêque de Bourges eut deux enfans de fa femme *Palladia.*

St *Grégoire* de Nazianze était fils d'un autre *Grégoire* évêque de Nazianze, & de *Nonna*, dont cet évêque eut trois enfans, favoir *Cefarius*, *Gorgonia*, & le *Saint.*

On trouve dans le décret romain, au canon *Ofius*, une lifte très-longue d'évêques enfans de prêtres. Le pape *Ofius* lui-même était fils du fous-diacre *Etienne*, & le pape *Boniface I* fils du prêtre *Joconde*. Le pape *Félix III* fut fils du prêtre *Félix*, & devint lui-même un des aïeux de *Grégoire le grand. Jean II* eut pour père le prêtre *Projectus*, *Agapet* le prêtre *Gordien*. Le pape *Silvestre* était fils du pape *Hormifdas. Théodore I* naquit du mariage de *Théodore* patriarche de Jérufalem, ce qui devait réconcilier les deux Eglifes.

Enfin, après plus d'un concile tenu inutilement fur le célibat qui devait toujours accompagner le facerdoce, le pape *Grégoire VII* excommunia tous les prêtres mariés, foit pour rendre l'Eglife plus refpectable par une difcipline plus rigoureufe, foit pour attacher plus étroitement à la cour de Rome les

(*e*) Lettre LXVII à *Oceanus.*

évêques & les prêtres des autres pays qui n'auraient d'autre famille que l'Eglife.

Cette loi ne s'établit pas fans de grandes contra-dictions.

C'eft une chofe très-remarquable que le concile de Bafle ayant dépofé, du moins en paroles, le pape *Eugène IV*, & élu *Amédée de Savoie*, plufieurs évêques ayant objecté que ce prince avait été marié, *Eneas Silvius*, depuis pape fous le nom de *Pie II*, foutint l'élection d'*Amédée*, par ces propres paroles : *Non folum qui uxorem habuit, fed uxorem habens poteft affumi. Non-feulement celui qui a été marié, mais celui qui l'eft peut être pape.*

Ce *Pie II* était conféquent. Lifez fes lettres à fa maîtreffe dans le recueil de fes œuvres. Il était per-fuadé qu'il y a de la démence à vouloir frauder la nature, qu'il faut la guider, & non chercher à l'anéantir. (*)

Quoi qu'il en foit, depuis le concile de Trente il n'y a plus de difpute fur le célibat des clercs dans l'Eglife catholique romaine ; il n'y a plus que des défirs.

Toutes les communions proteftantes fe font féparées de Rome fur cet article.

Dans l'Eglife grecque qui s'étend aujourd'hui des frontières de la Chine au cap Matapan, les prêtres fe marient une fois. Par-tout les ufages varient, la difcipline change felon les temps & felon les lieux. Nous ne fefons ici que raconter, & nous ne contro-verfons jamais.

(*) Voyez *Onanifme*.

Des clercs du secret , devenus depuis secrétaires
d'Etat & ministres.

LES clercs du secret , clercs du roi , qui sont
devenus depuis secrétaires d'Etat en France & en
Angleterre , étaient originairement notaires du roi ;
ensuite on les nomma *secrétaires des commandemens.* C'est
le savant & laborieux *Pasquier* qui nous l'apprend.
Il était bien instruit, puisqu'il avait sous ses yeux les
registres de la chambre des comptes qui de nos jours
ont été consumés par un incendie.

A la malheureuse paix du Catau - Cambresis en
1558, un clerc de *Philippe II* ayant pris le titre de
secrétaire d'Etat , l'*Aubépine* qui était clerc secrétaire des
commandemens du roi de France , & son notaire,
prit aussi le titre de *secrétaire d'Etat* , afin que les
dignités fussent égales , si les avantages de la paix ne
l'étaient pas.

En Angleterre avant *Henri VIII* , il n'y avait qu'un
secrétaire du roi , qui présentait debout les mémoires
& requêtes au conseil. *Henri VIII* en créa deux, &
leur donna les mêmes titres & les mêmes prérogatives
qu'en Espagne. Les grands seigneurs alors n'acceptaient
pas ces places ; mais avec le temps elles sont devenues
si considérables , que les pairs du royaume & les
généraux des armées en ont été revêtus. Ainsi tout
change. Il ne reste rien en France du gouvernement
de *Hugues* surnommé *Capet* , ni en Angleterre de
l'administration de *Guillaume* surnommé *le bâtard.*

C L I M A T.

H I C fegetes, illic veniunt feliciùs uvæ :
Arborei fætus alibi atque injuffa virefcunt
Gramina. Nonne vides, croceos ut Tmolus odores,
India mittit ebur, molles fua thura Sabæi ?
Ut Chalybes nudi ferrum, virofaque Pontus
Caflorea, Eliadum palmas Epirus equarum ?

Il faut ici fe fervir de la traduction de **M.** l'abbé
Delille, dont l'élégance en tant d'endroits eft égale
au mérite de la difficulté furmontée.

Ici font des vergers qu'enrichit la culture,
Là règne un verd gazon qu'entretient la nature ;
Le Tmole eft parfumé d'un fafran précieux ;
Dans les champs de Saba l'encens croît pour les dieux ;
L'Euxin voit le caftor fe jouer dans fes ondes ;
Le Pont s'enorgueillit fous fes mines profondes ;
L'Inde produit l'ivoire ; & dans fes champs guerriers
L'Epire pour l'Elide exerce fes courfiers.

Il eft certain que le fol & l'atmofphère fignalent
leur empire fur toutes les productions de la nature,
à commencer par l'homme, & à finir par les cham-
pignons.

Dans le grand fiècle de *Louis XIV*, l'ingénieux
Fontenelle a dit :

„ On pourrait croire que la zone torride & les
„ deux glaciales ne font pas fort propres pour les
„ fciences. Jufqu'à préfent elles n'ont point paffé

,, l'Egypte & la Mauritanie d'un côté, & de l'autre
,, la Suède. Peut-être n'a-ce pas été par hafard qu'elles
,, fe font tenues entre le mont Atlas & la mer Baltique.
,, On ne fait fi ce ne font point là les bornes que la
,, nature leur a pofées ; & fi l'on peut efpérer de voir
,, jamais de grands auteurs lapons ou nègres. ,,

Chardin, l'un de ces voyageurs qui raifonnent, &
qui approfondiffent, va encore plus loin que *Fontenelle*
en parlant de la Perfe. (*a*) ,, La température des
,, climats chauds, dit-il, énerve l'efprit comme le
,, corps, & diffipe ce feu néceffaire à l'imagination
,, pour l'invention. On n'eft pas capable dans ces
,, climats-là de longues veilles, & de cette forte
,, application qui enfantent les ouvrages des arts
,, libéraux & des arts mécaniques &c. ,,

Chardin ne fongeait pas que *Sadi* & *Lokman* étaient
Perfans. Il ne fefait pas attention qu'*Archimède* était
de Sicile, où la chaleur eft plus grande que dans les
trois quarts de la Perfe. Il oubliait que *Pythagore*
apprit autrefois la géométrie chez les brachmanes.

L'abbé *Dubos* foutint & développa autant qu'il le
put ce fentiment de *Chardin*.

Cent cinquante ans avant eux *Bodin* en avait fait
la bafe de fon fyftème, dans fa *république* & dans fa
méthode de l'hiftoire ; il dit que l'influence du climat
eft le principe du gouvernement des peuples & de leur
religion.

Diodore de Sicile fut de ce fentiment long-temps
avant *Bodin*.

L'auteur de l'Efprit des lois, fans citer perfonne,
pouffa cette idée encore plus loin que *Dubos*, *Chardin*

(*a*) *Chardin*, chap. VII.

&

& *Bodin*. Une certaine partie de la nation l'en crut l'inventeur , & lui en fit un crime. C'eſt ainſi que cette partie de la nation eſt faite: Il y a par-tout des gens qui ont plus d'enthouſiâſme que d'eſprit.

On pourrait demander à ceux qui ſoutiennent que l'atmoſphère fait tout , pourquoi l'empereur *Julien* dit dans ſon Miſopogon que ce qui lui plaiſait dans les Pariſiens c'était la gravité de leurs caractères, & la ſévérité de leurs mœurs ; & pourquoi ces Pariſiens, ſans que le climat ait changé, ſont aujourd'hui des enfans badins à qui le gouvernement donne le fouet en riant, & qui rient eux-mêmes le moment d'après, & chanſonnent leurs précepteurs ?

Pourquoi les Egyptiens , qu'on nous peint encore plus graves que les Pariſiens , ſont aujourd'hui le peuple le plus mou, le plus frivole, & le plus lâche, après avoir , dit-on, conquis autrefois toute la terre pour leur plaiſir , ſous un roi nommé *Séſoſtris*?

Pourquoi, dans Athènes, n'y a-t-il plus d'*Anacréons*, ni d'*Ariſtotes*, ni de *Zeuxis*?

D'où vient que Rome a pour ſes *Cicérons* , ſes *Catons* , & ſes *Tite-Lives*, des citoyens qui n'oſent parler , & une populace de gueux abrutis, dont le ſuprême bonheur eſt d'avoir quelquefois de l'huile à bon marché, & de voir défiler des proceſſions ?

Cicéron plaiſante beaucoup ſur les Anglais dans ſes lettres. Il prie *Quintus* ſon frère, lieutenant de *Céſar* , de lui mander s'il a trouvé de grands philoſophes parmi eux dans l'expédition d'Angleterre. Il ne ſe doutait pas qu'un jour ce pays pût produire des mathématiciens qu'il n'aurait jamais pu entendre.

Dictionn. philoſoph. Tome III.   C

Cependant le climat n'a point changé ; & le ciel de Londres est tout aussi nébuleux qu'il l'était alors.

Tout change dans les corps & dans les esprits avec le temps. Peut-être un jour les Américains viendront enseigner les arts aux peuples de l'Europe.

Le climat a quelque puissance, le gouvernement cent fois plus ; la religion jointe au gouvernement encore davantage.

Influence du climat.

LE climat influe sur la religion en fait de cérémonies & d'usages. Un législateur n'aura pas eu de peine à faire baigner des Indiens dans le Gange à certains temps de la lune ; c'est un grand plaisir pour eux. On l'aurait lapidé s'il eût proposé le même bain aux peuples qui habitent les bords de la Duina, vers Archangel. Défendez le porc à un Arabe qui aurait la lèpre s'il mangeait de cette chair très-mauvaise & très-dégoûtante dans son pays, il vous obéira avec joie. Faites la même défense à un Vestphalien, il sera tenté de vous battre.

L'abstinence du vin est un bon précepte de religion dans l'Arabie, où les eaux d'orange, de citron, de limon, sont nécessaires à la santé. *Mahomet* n'aurait pas peut-être défendu le vin en Suisse, surtout avant d'aller au combat.

Il y a des usages de pure fantaisie. Pourquoi les prêtres d'Egypte imaginèrent-ils la circoncision ? ce n'est pas pour la santé. *Cambyse* qui les traita comme ils le méritaient, eux & leur bœuf *Apis;* les courtisans de *Cambyse*, les soldats de *Cambyse*, n'avaient point fait rogner leurs prépuces , & fe portaient fort bien. La raifon du climat ne fait rien aux parties génitales d'un prêtre. On offrait fon prépuce à *Ifis* , probablement comme on préfenta par-tout les prémices des fruits de la terre. C'était offrir les prémices du fruit de la vie.

Les religions ont toujours roulé fur deux pivots ; obfervance & croyance : l'obfervance tient en grande partie au climat ; la croyance n'en dépend point. On fera tout auffi bien recevoir un dogme fous l'équateur & fous le cercle polaire. Il fera enfuite également rejeté à Batavia & aux Orcades , tandis qu'il fera foutenu *unguibus & roftro* à Salamanque. Cela ne dépend point du fol & de l'atmofphère , mais uniquement de l'opinion , cette reine inconftante du monde.

Certaines libations de vin feront de précepte dans un pays de vignoble , & il ne tombera point dans l'efprit d'un légiflateur d'inftituer en Norvège des myftères facrés qui ne pourraient s'opérer fans vin.

Il fera expreffément ordonné de brûler de l'encens dans le parvis d'un temple où l'on égorge des bêtes à l'honneur de la Divinité , & pour le fouper des prêtres. Cette boucherie appelée *temple* ferait un lieu d'infection abominable, fi on ne le purifiait pas continuellement : & fans le fecours des aromates, la religion des anciens aurait apporté la pefte. On ornait même l'intérieur des temples de feftons de fleurs pour rendre l'air plus doux.

On ne facrifiera point de vache dans le pays brûlant de la prefqu'île des Indes ; parce que cet animal qui nous fournit un lait néceffaire, eft très-rare dans une campagne aride, que sa chair y est séche, coriace, très-peu nourriffante, &' que les brachmanes feraient très-mauvaise chère. Au contraire, la vache deviendra sacrée, attendu sa rareté & son utilité.

On n'entrera que pieds-nus dans le temple de *Jupiter-Ammon*, où la chaleur est exceffive : il faudra être bien chauffé pour faire ses dévotions à Copenhague.

Il n'en est pas ainsi du dogme. On a cru au polythéifme dans tous les climats ; & il est auffi aifé à un tartare de Crimée qu'à un habitant de la Mecque de reconnaître un Dieu unique, incommunicable, non-engendré, & non-engendreur. C'est par le dogme encore plus que par les rites qu'une religion s'étend d'un climat à un autre. Le dogme de l'unité de D i e u paffa bientôt de Médine au mont Caucafe ; alors le climat cède à l'opinion.

Les Arabes dirent aux Turcs : » Nous nous fefions » circoncire en Arabie fans favoir trop pourquoi ; » c'était une ancienne mode des prêtres d'Egypte » d'offrir à *Oshiret* ou *Ofiris* une petite partie de ce » qu'ils avaient de plus précieux. Nous avions adopté » cette coutume trois mille ans avant d'être maho- » métans. Vous ferez circoncis comme nous ; vous » ferez obligés comme nous de coucher avec une de » vos femmes tous les vendredis, & de donner par » an deux & demi pour cent de votre revenu aux » pauvres. Nous ne buvons que de l'eau & du » forbet ; toute liqueur enivrante nous est défendue ; » elles font pernicieufes en Arabie. Vous embrafferez » ce régime, quoique vous aimiez le vin paffionné- » ment, & que même il vous foit fouvent néceffaire

,, fur les bords du Phafe & de l'Araxe. Enfin , fi
,, vous voulez aller au ciel, & y être bien placés,
,, vous prendrez le chemin de la Mecque. ,,

Les habitans du nord du Caucafe fe foumettent à
ces lois, & embraffent dans toute fon étendue une
religion qui n'était pas faite pour eux.

En Egypte le culte emblématique des animaux
fuccéda aux dogmes de *Thaut*. Les dieux des Romains
partagèrent enfuite l'Egypte avec les chiens, les chats,
& les crocodiles. A la religion romaine fuccéda le
chriftianifme : il fut entièrement chaffé par le mahométifme, qui cédera peut-être la place à une religion
nouvelle.

Dans toutes ces viciffitudes le climat n'eft entré
pour rien : le gouvernement a tout fait. Nous ne
confidérons ici que les caufes fecondes , fans lever
des yeux profanes vers la Providence qui les dirige.
La religion chrétienne , née dans la Syrie, ayant
reçu fes principaux accroiffemens dans Alexandrie ,
habite aujourd'hui les pays où *Teutate* , *Irminful* ,
Frida , *Odin*, étaient adorés.

Il y a des peuples dont ni le climat, ni le gouvernement n'ont fait la religion. Quelle caufe a détaché
le nord de l'Allemagne , le Danemarck , les trois
quarts de la Suiffe, la Hollande, l'Angleterre, l'Ecoffe,
l'Irlande , de la communion romaine?... la pauvreté.
On vendait trop cher les indulgences & la délivrance
du purgatoire à des ames dont les corps avaient alors
très-peu d'argent. Les prélats , les moines englou-
tiffaient tout le revenu d'une province. On prit une
religion à meilleur marché. Enfin , après vingt guerres
civiles on a cru que la religion du pape était fort

bonne pour les grands feigneurs, & la réformée pour les citoyens. Le temps fera voir qui doit l'emporter vers la mer Egée & le Pont-Euxin, de la religion grecque, ou de la religion turque.

C L O U.

Nous ne nous arrêterons pas à remarquer la barbarie agrefte qui fit clou de *clavus*, & cloud de *clodoaldus*, & clou de girofle, quoique le girofle reffemble fort mal à un clou ; & *clou*, maladie de l'œil ; & *clou*, tumeur de la peau, &c. Ces expreffions viennent de la négligence, & de la ftérilité de l'imagination ; c'eft la honte d'un langage.

Nous demandons feulement ici aux révifeurs de livres la permiffion de tranfcrire ce que le miffionnaire *Labat* dominicain, provéditeur du Saint-Office, a écrit fur les clous de la croix, à laquelle il eft plus que probable que jamais aucun clou ne fut attaché.

,, (a) Le religieux italien qui nous conduifait,
,, eut affez de crédit pour nous faire voir entr'autres
,, un des clous dont notre Seigneur fut attaché à la
,: croix. Il me parut bien différent de celui que les
,, bénédictins font voir à Saint-Denis. Peut-être que
,, celui de Saint-Denis avait fervi pour les pieds, &
,, qu'il devait êrre plus grand que celui des mains.
,, Il fallait pourtant que ceux des mains fuffent affez
,, grands & affez forts pour foutenir tout le poids
,, du corps. Mais il faut que les Juifs aient employé
,, plus de quatre clous, ou que quelques-uns de ceux

(a) Voyages du jacobin *Labat*, tome VIII, pages 34 & 35.

,, qu'on expofe à la vénération des fidelles ne foient
,, pas bien authentiques. Car l'hiftoire rapporte que
,, S*te* Hélène en jeta un dans la mer pour apaifer une
,, tempête furieufe qui agitait fon vaiffeau. *Conftantin*
,, fe fervit d'un autre pour faire le mors de la bride
,, de fon cheval. On en montre un tout entier à
,, Saint-Denis en France, un autre auffi tout entier
,, à Sainte-Croix de Jérufalem à Rome. Un auteur
,, romain de notre fiècle, très-célébre, affure que la
,, couronne de fer dont on couronne les empereurs
,, en Italie, eft faite d'un de ces clous. On voit à
,, Rome & à Carpentras deux mors de bride auffi
,, faits de ces clous, & on en fait voir encore en
,, d'autres endroits. Il eft vrai qu'on a la difcrétion
,, de dire de quelques-uns, tantôt que c'eft la pointe,
,, & tantôt que c'eft la tête. ,,

Le miffionnaire parle fur le même ton de toutes
les reliques. Il dit au même endroit que lorfqu'on
apporta de Jérufalem à Rome le corps du premier
diacre S*t* *Etienne*, & qu'on le mit dans le tombeau du
diacre S*t* *Laurent*, en 557, *S*t* Laurent fe retira de lui-
même pour donner la droite à fon hôte ; a&ion qui lui
acquit le furnom de civil efpagnol.* (*b*)

(*b*) Ce même miffionnaire *Labat*, frère prêcheur, provéditeur du
Saint-Office, qui ne manque pas une occafion de tomber rudement fur les
reliques & fur les miracles des autres moines, ne parle qu'avec une noble
affurance de tous les prodiges & de toutes les prééminences de l'ordre de
faint Dominique. Nul écrivain monaftique n'a jamais pouffé fi loin la
vigueur de l'amour-propre conventuel. Il faut voir comme il traite les
bénédictins & le père *Martène*. (*) *Ingrats bénédictins ! . . . . ah père
Martène ! . . . noire ingratitude, que toute l'eau du déluge ne peut effacer ! . . .
vous enchériffez fur les lettres provinciales, & vous retenez le bien des jacobins !*

(*) Voyages de *Labat*, tome V, depuis la page 33 jufqu'à la page 113.

Ne fefons fur ces paffages qu'une réflexion, c'eft que fi quelque philofophe s'était expliqué dans l'Encyclopédie comme le miffionnaire dominicain *Labat*, une foule de *Patouillets* & de *Nonottes*, de *Chiniacs*, de *Chaumeix*, & d'autres poliffons, auraient crié au déifte, à l'athée, au géomètre.

> Selon ce que l'on peut être
> Les chofes changent de nom.
>
> *Amphitrion.*

COHERENCE, COHESION, ADHESION.

FORCE par laquelle les parties des corps tiennent enfemble. C'eft le phénomène le plus commun & le plus inconnu. *Newton* fe moque des atomes crochus par lefquels on a voulu expliquer la *cohérence ;* car il refterait à favoir pourquoi ils font crochus, & pourquoi ils cohèrent.

Il ne traite pas mieux ceux qui ont expliqué la *cohéfion* par le repos : *C'eft*, dit-il, *une qualité occulte.*

---

tremblez, *révérends bénédiⱯins de la congrégation de Saint-Vannes. . . Si père Martène n'eft pas content, il n'a qu'a parler.*

C'eft bien pis quand il punit le très-judicieux & très-plaifant voyageur *Miffon*, de n'avoir pas excepté les jacobins de tous les moines auxquels il accorde beaucoup de ridicule. *Labat* traite *Miffon*, de *bouffon ignorant qui ne peut être lu que de la canaille anglaife,* Et ce qu'il y a de mieux, c'eft que ce moine fait tous fes efforts pour être plus hardi & plus drôle que *Miffon*. Au furplus, c'était un des plus effrontés convertiffeurs que nous euffions ; mais en qualité de voyageur il reffemble à tous les autres qui croient que tout l'univers a les yeux ouverts fur tous les cabarets où ils ont couché, & fur leurs querelles avec les commis de la douane.

Il a recours à une attraction ; mais cette attraction qui peut exifter, & qui n'eft point du tout démontrée, n'eft-elle pas une qualité occulte ? La grande attraction des globes céleftes eft démontrée & calculée. Celle des corps adhérens eft incalculable. Or, comment admettre une force immefurable qui ferait de la même nature que celle qu'on mefure ?

Néanmoins, il eft démontré que la force d'attraction agit fur toutes les planètes, & fur tous les corps graves, proportionnellement à leur folidité ; donc elle agit fur toutes les particuies de la matière ; donc il eft très-vraifemblable qu'en réfidant dans chaque partie par rapport au tout, elle réfide auffi dans chaque partie par rapport à la continuité ; donc la cohérence peut être l'effet de l'attraction.

Cette opinion paraît admiffible jufqu'à ce qu'on trouve mieux ; & le mieux n'eft pas facile à rencontrer.

C O N C I L E S. (1)

Assemblée d'ecclésiastiques convoquée pour résoudre des doutes ou des questions sur les points de foi ou de discipline.

L'USAGE des conciles n'était pas inconnu aux sectateurs de l'ancienne religion de *Zerdusht* que nous appelons *Zoroastre.* (*a*) Vers l'an 200 de notre ère vulgaire, le roi de Perse *Ardeshir - Babecan* assembla quarante mille prêtres pour les consulter sur des doutes qu'il avait touchant le paradis & l'enfer qu'ils nomment la géhenne, terme que les Juifs adoptèrent pendant leur captivité de Babylone, ainsi que les noms des anges & des mois. Le plus célébre des mages *Erdaviraph* ayant bu trois verres d'un vin soporifique, eut une extase qui dura sept jours & sept nuits, pendant laquelle son ame fut transportée vers D I E U. Revenu de ce ravissement, il raffermit la foi du roi en racontant le grand nombre de merveilles qu'il avait vues dans l'autre monde, & en les fesant mettre par écrit.

(1) Comme le fond de ces trois sections de l'article *Conciles* est absolument le même, nous croyons devoir répéter ici que les différentes sections qui composent chaque article, tirées presque toujours d'ouvrages publiés separément, doivent renfermer quelques répétitions ; mais comme le ton de chaque article, les réflexions, ou la manière de les présenter, différent presque toujours, nous avons conservé ces articles dans leur entier.

(*a*) *Hyde*, Relig. des Persans, chap. XXI.

On fait que JESUS fut appelé CHRIST, mot grec qui fignifie *oint*, & fa doctrine *chriſtianiſme*, ou bien évangile, c'eſt-à-dire bonne nouvelle, (*b*) parce qu'un jour du ſabbat étant entré, ſelon ſa coutume, dans la ſynagogue de Nazareth où il avait été élevé, il ſe fit à lui-même l'application de ce paſſage d'*Iſaïe* (*c*) qu'il venait de lire : *L'eſprit du Seigneur eſt ſur moi, c'eſt pourquoi il m'a rempli de ſon onction, & m'a envoyé prêcher l'évangile aux pauvres.* Il eſt vrai que tous ceux de la ſynagogue le chaſſèrent hors de leur ville, & le conduiſirent juſqu'à la pointe de la montagne ſur laquelle elle était bâtie, pour le précipiter, (*d*) & ſes proches vinrent pour ſe ſaiſir de lui : car ils diſaient, & on leur diſait qu'il avait perdu l'eſprit. Or il n'eſt pas moins certain que JESUS déclara conſtamment (*e*) qu'il n'était pas venu détruire la loi ou les prophètes, mais les accomplir.

Cependant comme il ne laiſſa rien par écrit, (*f*) ſes premiers diſciples furent partagés ſur la fameuſe queſtion s'il fallait circoncire les gentils, & leur ordonner de garder la loi moſaïque. (*g*) Les apôtres & les prêtres s'aſſemblèrent donc à Jéruſalem pour examiner cette affaire ; & après en avoir beaucoup conféré, ils écrivirent aux frères d'entre les gentils qui étaient à Antioche, en Syrie, & en Cilicie, une lettre dont voici le précis : ,, Il a ſemblé bon au Saint-Eſprit & à nous ,, de ne vous point impoſer d'autre charge que celles-ci ,, qui ſont néceſſaires : ſavoir, de vous abſtenir des

(*b*) *Luc*, chap. IV, v. 16.
(*c*) Chap. LXI, v. 1.
(*d*) *Marc*, chap. III, v. 21.
(*e*) *Matth.* chap. V, v. 17.

(*f*) *Saint Jérôme* ſur le chap. XLIV, v. 29 d'*Ezéchiel.*
(*g*) Act. chap. XV.

,, viandes immolées aux idoles , & du fang , & de la
,, chair étouffée , & de la fornication. ,,

La décifion de ce concile n'empêcha pas que (*h*)
Pierre étant à Antioche ne difcontinuât de manger
avec les gentils, dès que quelques circoncis qui venaient d'auprès de *Jacques* furent arrivés. Mais *Paul*
voyant qu'il ne marchait pas droit felon la vérité de
l'évangile, lui réfifta en face, & lui dit devant tout le
monde : Si vous qui êtes juif, vivez comme les gentils ,
& non pas comme les Juifs ; pourquoi contraignez-
vous les gentils à judaïfer ? *Pierre* en effet vivait
comme les gentils depuis que dans un (*i*) raviffement
d'efprit il avait vu le ciel ouvert, & comme une grande
nappe qui defcendait par les quatre coins du ciel en
terre , dans laquelle il y avait de toutes fortes d'animaux terreftres à quatre pieds , de reptiles , & d'oifeaux
du ciel , & qu'il avait ouï une voix qui lui avait dit :
Levez-vous , *Pierre* , tuez , & mangez.

Paul qui reprenait fi hautement *Pierre* d'ufer de
cette diffimulation pour faire croire qu'il obfervait
encore la loi, fe fervit lui-même à Jérufalem d'une
feinte femblable. (*k*) Se voyant accufé d'enfeigner
aux Juifs qui étaient parmi les gentils à renoncer à
Moïfe, il s'alla purifier dans le temple pendant fept
jours, afin que tous fuffent que ce qu'ils avaient ouï-
dire de lui était faux, mais qu'il continuait à garder
la loi ; & cela par le confeil de tous les prêtres affemblés chez *Jacques*, & ces prêtres étaient les mêmes
qui avaient décidé avec le Saint-Efprit que ces obfer-
vances légales n'étaient pas néceffaires.

(*h*) Galat. chap. II , v. 11.   (*k*) Act. chap. XXI , v. 23.
(*i*) Act. chap. X , v. 10.

On diftingua depuis les conciles en particuliers &
en généraux. Les particuliers font de trois fortes. Les
nationaux convoqués par le prince, par le patriarche
ou par le primat ; les provinciaux affemblés par le
métropolitain ou l'archevêque ; & les diocéfains ou
fynodes célébrés par chaque évêque. Le décret fuivant
eft tiré d'un de ces conciles tenus à Mâcon. *Tout laïque
qui rencontrera en chemin un prêtre ou un diacre, lui*
préfentera le cou pour s'appuyer ; fi le laïque & le prêtre
font tous deux à cheval, le laïque s'arrêtera & faluera
révéremment le prêtre ; enfin fi le prêtre eft à pied, & le
laïque à cheval, le laïque defcendra, & ne remontera que
lorfque l'eccléfiaftique fera à une certaine diftance. Le tout
fous peine d'être interdit pendant auffi long-temps qu'il
plaira au métropolitain.

La lifte des conciles tient plus de feize pages *in-folio*
dans le Dictionnaire de *Moréri* ; les auteurs ne conve-
nant pas d'ailleurs du nombre des conciles généraux,
bornons-nous ici au réfultat des huit premiers qui
furent affemblés par ordre des empereurs.

Deux prêtres d'Alexandrie ayant voulu favoir fi
JESUS était Dieu ou créature, ce ne fut pas feulement les évêques & les prêtres qui difputèrent, les
peuples entiers furent divifés ; le défordre vint à un
tel point que les païens fur leurs théâtres tournaient
en raillerie le chriftianifme. L'empereur *Conftantin*
commença par écrire en ces termes à l'évêque *Alexander*
& au prêtre *Arius*, auteurs de la divifion : ,, Ces
,, queftions qui ne font point néceffaires, & qui ne
,, viennent que d'une oifiveté inutile, peuvent être
,, faites pour exercer l'efprit ; mais elles ne doivent
,, pas être portées aux oreilles du peuple. Etant

,, divifés pour un fi petit fujet, il n'eft pas jufte que
,, vous gouverniez felon vos penfées une fi grande
,, multitude du peuple de D I E U. Cette conduite eft
,, baffe & puérile, indigne de prêtres, & d'hommes
,, fenfés. Je ne le dis pas pour vous contraindre à
,, vous accorder entièrement fur cette queftion frivole,
,, quelle qu'elle foit. Vous pouvez conferver l'unité
,, avec un différent particulier, pourvu que ces di-
,, verfes opinions & ces fubtilités demeurent fecrètes
,, dans le fond de la penfée. ,,

L'empereur ayant appris le peu d'effet de fa lettre,
réfolut, par le confeil des évêques, de convoquer un
concile œcunémique, c'eft-à-dire de toute la terre
habitable; & choifit pour le lieu de l'affemblée, la ville
de Nicée en Bythinie. Il s'y trouva deux mille quarante-huit évêques, qui tous, au rapport d'*Eutychius*,
(*l*) furent de fentimens & d'avis différens. (*m*) Ce
prince ayant eu la patience de les entendre difputer
fur cette matière, fut très-furpris de trouver parmi
eux fi peu d'unanimité; & l'auteur de la préface arabe
de ce concile, dit que les actes de ces difputes for-
maient quarante volumes.

Ce nombre prodigieux d'évêques ne paraîtra pas
incroyable, fi l'on fait attention à ce que rapporte
Uffer cité par *Selden*, (*n*) que S*t* *Patrice*, qui vivait
dans le cinquième fiècle, fonda 365 églifes, &
ordonna un pareil nombre d'évêques; ce qui prouve
qu'alors chaque églife avait fon évêque, c'eft-à-dire
fon furveillant. Il eft vrai que, par le canon XIII du

(*l*) Annales d'*Alexandrie*, page 440.
(*m*) *Selden* des origin. d'*Alexandrie*, page 76.
(*n*) Page 86.

concile d'Ancire, on voit que les évêques des villes firent leur poffible pour ôter les ordinations aux évêques de village, & les réduire à la condition de fimples prêtres.

On lut dans le concile de Nicée une lettre d'*Eusèbe* de Nicomédie, qui contenait l'héréfie manifeftement; & découvrait la cabale du parti d'*Arius*. Il y difait, entr'autres chofes, que fi l'on reconnaiffait J E S U S fils de D I E U incréé, il faudrait auffi le reconnaître confubftantiel au père. Voilà pourquoi *Athanafe* diacre d'Alexandrie perfuada aux pères de s'arrêter au mot de confubftantiel, qui avait été rejeté comme impropre par le concile d'Antioche, tenu contre *Paul* de Samofate; mais c'eft qu'il le prenait d'une manière groffière, & marquant de la divifion, comme on dit que plufieurs pièces de monnaie font d'un même métal; au lieu que les orthodoxes expliquèrent fi bien le terme de confubftantiel, que l'empereur lui-même comprit qu'il n'enfermait aucune idée corporelle, qu'il ne fignifiait aucune divifion de la fubftance du père abfolument immatérielle & fpirituelle, & qu'il fallait l'entendre d'une manière divine & ineffable. Ils montrèrent encore l'injuftice des ariens de rejeter ce mot, fous prétexte qu'il n'eft pas dans l'Ecriture, eux qui employaient tant de mots qui n'y font point, en difant que le fils de D I E U était tiré du néant, & n'avait pas toujours été.

Alors *Conftantin* écrivit en même temps deux lettres pour publier les ordonnances du concile, & les faire connaître à ceux qui n'y avaient pas affifté. La première adreffée aux Eglifes en général, dit en beaucoup de paroles que la queftion de la foi a été examinée, & fi bien éclaircie qu'il n'y eft refté aucune difficulté.

Dans la feconde, il dit entr'autres à l'Eglife d'Alexandrie en particulier : Ce que trois cents évêques ont ordonné n'eft autre chofe que la fentence du fils unique de D I E U ; le Saint-Efprit a déclaré la volonté de D I E U par ces grands-hommes qu'il infpirait : donc que perfonne ne doute, que perfonne ne diffère, mais revenez tous de bon cœur dans le chemin de la vérité.

Les écrivains eccléfiaftiques ne font pas d'accord fur le nombre des évêques qui foufcrivirent à ce concile. *Eusèbe* n'en compte que deux cents cinquante ; (2) *Euftathe* d'Antioche, cité par *Théodoret*, deux cents foixante & dix ; *St Athanafe*, dans fon épître aux folitaires, trois cents, comme *Conftantin ;* mais dans fa lettre aux Africains, il parle de trois cents dix-huit. Ces quatre auteurs font cependant témoins oculaires, & très-dignes de foi.

Ce nombre de trois cents dix-huit, que le pape (*o*) *St Léon* appelle myftérieux, a été adopté par la plupart des pères de l'Eglife. *St Ambroife* affure (*p*) que le nombre de trois cents dix-huit évêques fut une preuve de la préfence du Seigneur J E S U S dans fon concile de Nicée, parce que la croix défigne trois cents, & le nom de J E S U S dix-huit. *St Hilaire*, en défendant le mot de confubftantiel approuvé dans le concile de Nicée, quoique condamné cinquante-cinq ans auparavant dans le concile d'Antioche, raifonne ainfi : (*q*) Quatre-vingts évêques ont rejeté le mot de confubftantiel, mais trois cents dix-huit l'ont reçu. Or ce dernier

{ 2 } Le refte des 2048 n'eut point apparemment le temps de refter jufqu'à la fin du concile, ou peut-être ce nombre fe doit-il entendre de ceux qui furent convoqués, & non de ceux qui purent fe rendre à Nicée.

(*o*) Lett. 132.   (*q*) Page 393 du Synode.
(*p*) Liv. I, c. IX, de la foi.

nombre

nombre eft pour moi un nombre faint, parce que c'eft celui des hommes qui accompagnèrent *Abraham*, lorf- que victorieux des rois impies, il fut béni par celui qui eft la figure du facerdoce éternel. Enfin *Selden* (r) rap- porte que *Dorothée*, métropolitain de Monembafe, difait qu'il y avait eu précifément trois cents dix-huit pères à ce concile, parce qu'il s'était écoulé trois cents dix-huit ans depuis l'incarnation. Tous les chronolo- giftes placent ce concile à l'an 325 de l'ère vulgaire, mais *Dorothée* en retranche fept ans pour faire quadrer fa comparaifon; ce n'eft là qu'une bagatelle: d'ailleurs on ne commença à compter les années depuis l'incar- nation de JESUS qu'au concile de Leftines, l'an 743: *Denis le petit* avait imaginé cette époque dans fon cycle folaire de l'an 526, & *Bède* l'avait employée dans fon *Hiftoire eccléfiaftique*.

Au refte on ne fera point étonné que *Conftantin* ait adopté le fentiment de ces trois cents ou trois cents dix-huit évêques qui tenaient pour la divinité de JESUS, fi l'on fait attention qu'*Eusèbe* de Nicomédie, un des principaux chefs du parti arien, avait été complice de la cruauté de *Licinius*, dans les maffacres des évêques & dans la perfécution des chrétiens. C'eft l'empereur lui-même qui l'en accufe dans la lettre particulière qu'il écrivit à l'Eglife de Nicomédie. ,, Il a, dit-il, ,, envoyé contre moi des efpions pendant les troubles, ,, & il ne lui manquait que de prendre les armes pour ,, le tyran. J'en ai des preuves par les prêtres & les ,, diacres de fa fuite que j'ai pris. Pendant le concile ,, de Nicée, avec quel empreffement & quelle impu- ,, dence a-t-il foutenu, contre le témoignage de fa

(r) Pag. 80.

,, confcience, l'erreur convaincue de tous côtés, tan-
,, tôt en implorant ma protection, de peur qu'étant
,, convaincu d'un fi grand crime, il ne fût privé de fa
,, dignité. Il m'a circonvenu & furpris honteufement,
,, & a fait paffer toutes chofes comme il a voulu. Encore
,, depuis peu, voyez ce qu'il a fait avec *Théognis*. ,,

Conftantin veut parler de la fraude dont *Eusèbe* de
Nicomédie & *Théognis* de Nicée ufèrent en foufcrivant.
Dans le mot *omoufios* ils infèrèrent un *iota* qui fefait
omoioufios , c'eft-à-dire femblable en fubftance, au
lieu que le premier fignifie de même fubftance. On
voit par-là que ces évêques cédèrent à la crainte d'être
dépofés & bannis ; car l'empereur avait menacé d'exil
ceux qui ne voudraient pas foufcrire. Auffi l'autre
Eusèbe évêque de Céfarée approuva le mot de confubftantiel, après l'avoir combattu le jour précédent.

Cependant *Theonas* de Marmarique & *Second* de
Ptolémaïde, demeurèrent opiniatrément attachés à
Arius ; & le concile les ayant condamnés avec lui,
Conftantin les exila & déclara, par un édit, qu'on
punirait de mort quiconque ferait convaincu d'avoir
caché quelque écrit d'*Arius* , au lieu de le brûler.
Trois mois après, *Eusèbe* de Nicomédie & *Théognis*
furent auffi envoyés en exil dans les Gaules. On dit
qu'ayant gagné celui qui gardait les actes du concile par
ordre de l'empereur, ils avaient effacé leurs foufcrip-
tions, & s'étaient mis à enfeigner publiquement qu'il ne
faut pas croire que le fils foit confubftantiel au père.

Heureufement, pour remplacer leurs fignatures &
conferver le nombre myftérieux de trois cents dix-
huit, on imagina de mettre le livre où étaient ces
actes divifés par feffions fur le tombeau de *Chrifante*

& de *Mifonius*, qui étaient morts pendant la tenue du concile ; on y paffa la nuit en oraifon, & le lendemain il fe trouva que ces deux évêques avaient figné. (*s*)

Ce fut par un expédient à-peu-près femblable que les pères du même concile firent la diftinction des livres authentiques de l'Ecriture d'avec les apocryphes : (*t*) les ayant placés tous pêle-mêle fur l'autel, les apocryphes tombèrent d'eux-mêmes par terre.

Deux autres conciles affemblés l'an 359, par l'empereur *Conftance*, l'un de plus de quatre cents évêques à Rimini, & l'autre de plus de cent cinquante à Séleucie, rejetèrent après de longs débats le mot *confubftantiel* déjà condamné par un concile d'Antioche, comme nous l'avons dit ; mais ces conciles ne font reconnus que par les fociniens.

Les pères de Nicée avaient été fi occupés de la confubftantialité du fils, que fans faire aucune mention de l'Eglife dans leur fymbole, ils s'étaient contentés de dire : nous croyons auffi au St Efprit. Cet oubli fut réparé au fecond concile général convoqué à Conftantinople l'an 381 par *Théodofe*. Le St Efprit y fut déclaré Seigneur & vivifiant, qui procède du père, qui eft adoré & glorifié avec le père & le fils, qui a parlé par les prophètes. Dans la fuite l'Eglife latine voulut que le St Efprit procédât encore du fils, & le *filioque* fut ajouté au fymbole, d'abord en Efpagne l'an 447, puis en France au concile de Lyon l'an 1274, & enfin à Rome, malgré les plaintes des Grecs contre cette innovation.

(*s*) *Nicephore*, liv. VIII, ch. XXIII. *Baronius* & *Aurelius Peruginus* fur l'année 325.

(*t*) Conciles de *Labbe*, tom. I, page 84.

La divinité de JESUS une fois établie, il était naturel de donner à sa mère le titre de mère de DIEU; cependant le patriarche de Constantinople *Nestorius* soutint dans ses sermons que ce serait justifier la folie des païens, qui donnaient des mères à leurs dieux. *Théodose* le jeune, pour décider cette grande question, fit assembler le troisième concile général à Ephèse l'an 431, où *Marie* fut reconnue mère de DIEU.

Une autre hérésie de *Nestorius*, également condamnée à Ephèse, était de reconnaître deux personnes en JESUS. Cela n'empêcha pas le patriarche *Flavien* de reconnaître dans la suite deux natures en JESUS. Un moine nommé *Eutichès*, qui avait déjà beaucoup crié contre *Nestorius* assura, pour mieux les contredire l'un & l'autre que JESUS n'avait aussi qu'une nature. Cette fois-ci le moine se trompa. Quoique son sentiment eût été soutenu l'an 449 à coups de bâton dans un nombreux concile à Ephèse, *Eutichès* n'en fut pas moins anathématisé deux ans après par le quatrième concile général que l'empereur *Marcien* fit tenir à Chalcédoine où deux natures furent assignées à JESUS.

Restait à savoir combien, avec une personne & deux natures, JESUS devait avoir de volontés. Le cinquième concile général, qui l'an 553 assoupit par ordre de *Justinien* les contestations touchant la doctrine de trois évêques, n'eut pas le loisir d'entamer cet important objet. Ce ne fut que l'an 680 que le sixième concile général, convoqué aussi à Constantinople par *Constantin Pogonat*, nous apprit que JESUS a précisément deux volontés; & ce concile, en condamnant les monothélites qui n'en admettaient qu'une, n'excepta pas de l'anathème le pape *Honorius I* qui, dans une lettre rapportée par *Baronius*, (*u*) avait dit au patriarche de Conftantinople : ,, Nous confeffons une feule ,, volonté dans JESUS-CHRIST. Nous ne voyons point ,, que les conciles ni l'Ecriture nous autorifent à ,, penfer autrement; mais de favoir fi , à caufe des ,, œuvres de divinité & d'humanité qui font en lui , ,, on doit entendre une ou deux opérations , c'eft ,, ce que je laiffe aux grammairiens , & ce qui ,, n'importe guère. ,, Ainfi DIEU permit que l'Eglife grecque & l'Eglife latine n'euffent rien à fe reprocher à cet égard. Comme le patriarche *Neftorius* avait été condamné pour avoir reconnu deux per- fonnes en JESUS, le pape *Honorius* le fut à fon tour pour n'avoir confeffé qu'une volonté dans JESUS.

Le feptième concile général , ou fecond de Nicée , fut affemblé l'an 7 8 7 par *Conftantin* , fils de *Léon* & d'*Irène* , pour rétablir l'adoration des images. Il faut favoir que deux conciles de Conftantinople , le premier l'an 7 3 o fous l'empereur *Léon* , & l'autre vingt-quatre ans après fous *Conftantin Copronyme*, s'étaient avifés de profcrire les images , conformément à la loi mofaïque & à l'ufage des premiers fiècles du chriftianifme. Auffi le décret de Nicée où il eft dit que quiconque ne rendra pas aux images des faints le fervice , l'ado- ration , comme à la Trinité , fera jugé anathème , éprouva d'abord des contradictions ; les évêques qui voulurent le faire recevoir l'an 7 8 9 , dans un concile de Conftantinople , en furent chaffés par des foldats. Le même décret fut encore rejeté avec mépris l'an 7 9 4 par le concile de Francfort & par les livres carolins que *Charlemagne* fit publier. Mais enfin le

(*u*) Sur l'année 636.

fecond concile de Nicée fut confirmé à Conftantinople fous l'empereur *Michel* & *Théodora* fa mère, l'an 842, par un nombreux concile qui anathématifa les ennemis des faintes images. Il eft remarquable que ce furent deux femmes, les impératrices *Irène* & *Théodora*, qui protégèrent les images.

Paffons au huitième concile général. Sous l'empereur *Bafile*, *Photius*, ordonné à la place d'*Ignace* patriarche de Conftantinople, fit condamner l'Eglife latine fur le *filioque*, & autres pratiques, par un concile de l'an 866; mais *Ignace* ayant été rappelé l'année fuivante, un autre concile dépofa *Photius*, & l'an 869 les latins à leur tour condamnèrent l'Eglife grecque dans un concile appelé par eux huitième général, tandis que les Orientaux donnent ce nom à un autre concile, qui dix ans après annulla ce qu'avait fait le précédent, & rétablit *Photius*.

Ces quatre conciles fe tinrent à Conftantinople ; les autres appelés généraux par les Latins, n'ayant été compofés que des feuls évêques d'Occident, les papes à la faveur des fauffes décrétales s'arrogèrent infenfiblement le droit de les convoquer. Le dernier affemblé à Trente, depuis l'an 1545 jufqu'en 1563, n'a fervi ni à ramener les ennemis de la papauté, ni à les fubjuguer. Ses décrets fur la difcipline n'ont été admis chez prefqu'aucune nation catholique, & il n'a produit d'autre effet que de vérifier ces paroles de *St Grégoire* de Nazianze : (x) *Je n'ai jamais vu de concile qui ait eu une bonne fin & qui n'ait augmenté les maux plutôt que de les guérir. L'amour de la difpute &*

(x) Lettre 55.

l'ambition règnent au-delà de ce qu'on peut dire dans toute
assemblée d'évêques. (*)

Cependant le concile de Constance l'an 1415 ayant
décidé qu'un concile général reçoit immédiatement
de JESUS-CHRIST son autorité à laquelle toute
personne, de quelque état & dignité qu'elle soit, est
obligée d'obéir dans ce qui concerne la foi; le concile
de Basle ayant ensuite confirmé ce décret qu'il tient
pour article de foi , & qu'on ne peut négliger sans
renoncer au salut ; on sent combien chacun est intéressé
à se soumettre aux conciles.

SECTION II.
Notice des conciles généraux.

Assemblée, conseil d'Etat , parlement, états-généraux , c'était autrefois la même chose parmi nous. On
n'écrivait ni en celte, ni en germain , ni en espagnol,
dans nos premiers siècles. Le peu qu'on écrivait était
conçu en langue latine par quelques clercs; ils expri-
maient toute assemblée de leudes , de herren , ou
de ricos-ombres, ou de quelques prélats , par le mot
de *concilium.* De-là vient qu'on trouve dans les sixième,
septième , & huitième , siècles, tant de conciles qui
n'étaient précisément que des conseils d'Etat.

Nous ne parlerons ici que des grands conciles
appelés *généraux* soit par l'Eglise grecque , soit par
l'Eglise latine : on les nomma *synodes* à Rome comme
en Orient dans les premiers siècles ; car les latins
empruntèrent des Grecs les noms & les choses.

(*) Et dans ses poësies , trad. lat. :
Non ego cum gruibus simul anseribusque sedebo ,
In synodis. . . . .

D 4

En 325 , grand concile dans la ville de Nicée, convoqué par *Conſtantin*. La formule de la déciſion eſt : *Nous croyons* JESUS *conſubſtantiel au père*, DIEU *de* DIEU , *lumière de lumière , engendré & non fait. Nous croyons auſſi au Saint-Eſprit.* (*)

Il eſt dit dans le ſupplément appelé *appendix* , que les pères du concile voulant diſtinguer les livres cano-niques des apocryphes, les mirent tous ſur l'autel, & que les apocryphes tombèrent par terre d'eux-mêmes.

Nicéphore aſſure (y) que deux évêques *Chryſante* & *Miſonius*, morts pendant les premières ſeſſions, reſſuſ-citèrent pour ſigner la condamnation d'*Arius* , & remoururent incontinent après.

Baronius ſoutient le fait, (z) mais *Fleuri* n'en parle pas.

En 359 l'empereur *Conſtance* aſſemble le grand concile de Rimini & de Séleucie, au nombre de ſix cents évêques, & d'un nombre prodigieux de prêtres. Ces deux conciles correſpondans enſemble , défont tout ce que le concile de Nicée a fait , & proſcrivent la conſubſtantiabilité. Auſſi fut-il regardé depuis comme faux concile.

En 381 , par les ordres de l'empereur *Théodoſe* , grand concile à Conſtantinople , de cent cinquante évêques , qui anathématiſent le concile de Rimini. *St Grégoire* de Nazianze (a) y préſide ; l'évêque de Rome

(*) Voyez *Arianiſme*.
(y) Liv. VIII , ch. XXIII.   (z) Tome IV , N°. 82.
(a) Voyez la lettre de ſaint *Grégoire* de Nazianze à *Procope* ; il dit : ›› Je crains les conciles, je n'en ai jamais vu qui n'aient fait plus de ›› mal que de bien , & qui aient eu une bonne fin ; l'eſprit de diſpute , ›› la vanité , l'ambition y dominent ; celui qui veut y réformer les ›› méchans s'expoſe à être accuſé ſans les corriger. ››
Ce ſaint ſavait que les pères des conciles ſont hommes.

y envoie des députés. On ajoute au symbole de Nicée : *JESUS-CHRIST s'est incarné par le Saint-Esprit & de la Vierge Marie.* — *Il a été crucifié pour nous sous Ponce Pilate :* — *il a été enseveli, & il est ressuscité le troisième jour, suivant les Ecritures.* — *Il est assis à la droite du père.* — *Nous croyons aussi au Saint-Esprit, seigneur vivifiant qui procède du père.*

En 431 grand concile d'Ephèse convoqué par l'empereur *Théodose II. Nestorius* évêque de Constantinople ayant persécuté violemment tous ceux qui n'étaient pas de son opinion sur des points de théologie, essuya des persécutions à son tour, pour avoir soutenu que la sainte vierge *Marie* mère de JESUS-CHRIST n'était point mère de DIEU, parce que, disait-il, JESUS-CHRIST étant le verbe fils de DIEU consubstantiel à son père, *Marie* ne pouvait pas être à la fois la mère de DIEU le père & de DIEU le fils. *Saint Cyrille* s'éleva hautement contre lui. *Nestorius* demanda un concile écuménique ; il l'obtint. *Nestorius* fut condamné, mais *Cyrille* fut déposé par un comité du concile. L'empereur cassa tout ce qui s'était fait dans ce concile ; ensuite permit qu'on se rassemblât. Les députés de Rome arrivèrent fort tard. Les troubles augmentant, l'empereur fit arrêter *Nestorius* & *Cyrille*. Enfin, il ordonna à tous les évêques de s'en retourner chacun dans son église, & il n'y eut point de conclusion. Tel fut le fameux concile d'Ephèse.

En 449, grand concile encore à Ephèse, surnommé depuis *le brigandage*. Les évêques furent au nombre de cent trente. *Dioscore* évêque d'Alexandrie y présida. Il y eut deux députés de l'Eglise de Rome, & plusieurs abbés de moines. Il s'agissait de savoir si JESUS-

CHRIST avait deux natures. Les évêques & tous les moines d'Egypte s'écrièrent qu'*il fallait déchirer en deux tous ceux qui diviseraient en deux* JESUS-CHRIST. Les deux natures furent anathématisées. On se battit en plein concile ; ainsi qu'on s'était battu au petit concile de Cirthe en 355 , & au petit concile de Carthage.

En 451 , grand concile de Chalcédoine convoqué par *Pulchérie*, qui épousa *Martien* , à condition qu'il ne ferait que son premier sujet. *St Léon* évêque de Rome , qui avait un très-grand crédit , profitant des troubles que la querelle des deux natures excitait dans l'empire , présida au concile par ses légats ; c'est le premier exemple que nous en ayons. Mais les pères du concile craignant que l'Eglise d'Occident ne prétendît par cet exemple la supériorité sur celle d'Orient , décidèrent par le vingt-huitième canon que le siége de Constantinople & celui de Rome auraient également les mêmes avantages & les mêmes priviléges. Ce fut l'origine de la longue inimitié qui régna & qui règne encore entre les deux Eglises.

Ce concile de Chalcédoine établit les deux natures & une seule personne.

Nicéphore rapporte (*b*) qu'à ce même concile , les évêques , après une longue dispute au sujet des images , mirent chacun leur opinion par écrit dans le tombeau de *Ste Euphémie* , & passèrent la nuit en prière. Le lendemain les billets orthodoxes furent trouvés en la main de la sainte , & les autres à ses pieds.

(*b*) Liv. XV , chap. V.

En 553, grand concile à Conftantinople, convoqué par *Juflinien* qui fe mêlait de théologie. Il
s'agiffait de trois petits écrits différens qu'on ne
connaît plus aujourd'hui. On les appela *les trois
chapitres*. On difputait auffi fur quelques paffages
d'*Origène*.

L'évêque de Rome *Vigile* voulut y aller en perfonne ; mais *Juflinien* le fit mettre en prifon. Le
patriarche de Conftantinople préfida. Il n'y eut
perfonne de l'Eglife latine , parce qu'alors le grec
n'était plus entendu dans l'Occident devenu tout-à-
fait barbare.

En 680 encore un concile général à Conftantinople , convoqué par l'empereur *Conflantin le barbu*.
C'eft le premier concile appelé par les Latins *in
trullo*, parce qu'il fut tenu dans un fallon du palais
impérial. L'empereur y préfida lui-même. A fa droite
étaient les patriarches de Conftantinople & d'Antioche; à fa gauche les députés de Rome & de Jérufalem.
On y décida que JESUS-CHRIST avait deux volontés.
On y condamna le pape *Honorius I* comme mono-
thélite, c'eft-à-dire, qui voulait que JESUS-CHRIST
n'eût eu qu'une volonté.

En 787 fecond concile de Nicée , convoqué par
Irène fous le nom de l'empereur *Conflantin* fon fils ,
auquel elle fit crever les yeux. Son mari *Léon* avait
aboli le culte des images , comme contraire à la
fimplicité des premiers fiècles , & favorifant l'idolatrie : *Irène* le rétablit ; elle parla elle-même dans le
concile. C'eft le feul qui ait été tenu par une femme.
Deux légats du pape *Adrien IV* y affiftèrent & ne

parlèrent point, parce qu'ils n'entendaient point le grec ; ce fut le patriarche *Tarèze* qui fit tout.

, Sept ans après, les Francs ayant entendu dire qu'un concile à Conſtantinople avait ordonné l'adoration des images, aſſemblèrent par l'ordre de *Charles* fils de *Pepin*, nommé depuis *Charlemagne*, un concile aſſez nombreux à Francfort. On y traita le ſecond concile de Nicée de *ſynode impertinent & arrogant, tenu en Grèce pour adorer des peintures.*

En 842 grand concile à Conſtantinople, convoqué par l'impératrice *Théodora.* Culte des images ſolemnellement établi. Les Grecs ont encore une fête en l'honneur de ce grand concile, qu'on appelle l'*orthodoxie. Théodora* n'y préſida pas.

En 861 grand concile à Conſtantinople, compoſé de trois cents dix-huit évêques, convoqué par l'empereur *Michel.* On y dépoſa *Sᵗ Ignace* patriarche de Conſtantinople, & on élut *Photius.*

En 866 autre grand concile à Conſtantinople, où le pape *Nicolas I* eſt dépoſé par contumace & excommunié.

En 869 autre grand concile à Conſtantinople, où *Photius* eſt excommunié & dépoſé à ſon tour, & *Sₜ Ignace* rétabli.

En 879 autre grand concile à Conſtantinople, où *Photius* déjà rétabli eſt reconnu pour vrai patriarche par les légats du pape *Jean VIII.* On y traite de *conciliabule* le grand concile écuménique où *Photius* avait été dépoſé.

Le pape *Jean VIII* déclare *Judas*, tous ceux qui diſent que le Sᵗ Eſprit procède du père & du fils.

En 1122 & 23 grand concile à Rome, tenu
dans l'Eglife de Saint Jean de Latran par le pape
Calixte II. C'eft le premier concile général que les
papes convoquèrent. Les empereurs d'Occident
n'avaient prefque plus d'autorité, & les empereurs
d'Orient, preffés par les mahométans & par les croifés,
ne tenaient plus que de chétifs petits conciles.

Au refte on ne fait pas trop ce que c'eft que
Latran. Quelques petits conciles avaient été déjà
convoqués dans Latran. Les uns difent que c'était
une maifon bâtie par un nommé *Latranus* du temps
de *Néron*, les autres que c'eft l'Eglife de St Jean même
bâtie par l'évêque *Silveftre*.

Les évêques dans ce concile fe plaignirent fortement des moines : *Ils poffèdent*, difent-ils, *les églifes,
les terres, les châteaux, les dixmes, les offrandes des vivans
& des morts ; il ne leur refte plus qu'à nous ôter la croffe
& l'anneau.* Les moines reftèrent en poffeffion.

En 1139 autre grand concile de Latran par le
pape *Innocent II;* il y avait, dit-on, mille évêques.
C'eft beaucoup. On y déclara les dixmes eccléfiaftiques de *droit divin*, & on excommunia les laïques qui
en poffédaient.

En 1179 autre grand concile de Latran par le
pape *Alexandre III;* il y eut trois cents deux évêques
latins & un abbé grec. Les décrets furent tous
de difcipline. La pluralité des bénéfices y fut
défendue.

En 1215 dernier concile général de Latran par
Innocent III, quatre cents douze évêques, huit cents
abbés. Dès ce temps, qui était celui des croifades,
les papes avaient établi un patriarche latin à Jérufalem

& un à Conftantinople. Ces patriarches vinrent au concile. Ce grand concile dit *que* D I E U *ayant donné aux hommes la doctrine falutaire par Moïfe , fit naître enfin fon fils d'une vierge pour montrer le chemin plus clairement; que perfonne ne peut être fauvé hors de l'Eglife catholique.*

Le mot de *tranffubftantiation* ne fut connu qu'après ce concile. Il y fut défendu d'établir de nouveaux ordres religieux : mais depuis ce temps on en a formé quatre-vingts.

Ce fut dans ce concile qu'on dépouilla *Raimond* comte de Touloufe de toutes fes terres.

En 1245 grand concile à Lyon ville impériale. *Innocent IV* y mène l'empereur de Conftantinople *Jean Paléologue* qu'il fait affeoir à côté de lui. Il y dépofe l'empereur *Fréderic II* comme *félon;* il donne un chapeau rouge aux cardinaux , figne de guerre contre *Fréderic.* Ce fut la fource de trente ans de guerres civiles.

En 1274 autre concile général à Lyon. Cinq cents évêques , foixante & dix gros abbés & mille petits. L'empereur grec *Michel Paléologue*, pour avoir la protection du pape , envoie fon patriarche grec *Théophane ,* & un évêque de Nicée pour fe réunir en fon nom à l'Eglife latine. Mais ces évêques font défavoués par l'Eglife grecque.

En 1311 le pape *Clément V* indique un concile général dans la petite ville de Vienne en Dauphiné. Il y abolit l'ordre des templiers. On ordonne de brûler les bégares , béguins , & béguines , efpèce d'hérétiques auxquels on imputait tout ce qu'on avait imputé autrefois aux premiers chrétiens.

En 1414 grand concile de Conftance, convoqué enfin par un empereur qui rentre dans fes droits ; c'eft *Sigifmond*. On y dépofe le pape *Jean XXIII* convaincu de plufieurs crimes. On y brûle *Jean Hus* & *Jérôme de Prague* convaincus d'opiniâtreté.

En 1431 grand concile de Bafle, où l'on dépofe en vain le pape *Eugène IV* qui fut plus habile que le concile.

En 1438 grand concile à Ferrare, transféré à Florence, où le pape excommunié excommunie le concile, & le déclare criminel de lèfe-majefté. On y fit une réunion feinte avec l'Eglife grecque, écrafée par les fynodes turcs qui fe tenaient le fabre à la main.

Il ne tint pas au pape *Jules II* que fon concile de Latran en 1512 ne paffât pour un concile écuménique. Ce pape y excommunia folemnellement le roi de France *Louis XII*, mit la France en interdit, cita tout le parlement de Provence à comparaître devant lui ; il excommunia tous les philofophes, parce que la plupart avaient pris le parti de *Louis XII*. Cependant, ce concile n'a point le titre de *brigandage* comme celui d'Ephèfe.

En 1537 concile de Trente, convoqué d'abord par le pape *Paul III* à Mantoue, & enfuite à Trente en 1543, terminé en décembre 1563 fous *Pie IV*. Les princes catholiques le reçurent quant au dogme, & deux ou trois quant à la difcipline.

On croit qu'il n'y aura déformais pas plus de conciles généraux qu'il n'y aura d'états-généraux en France & en Efpagne.

Il y a dans le Vatican un beau tableau qui contient la lifte des conciles généraux. On n'y a infcrit que

ceux qui font approuvés par la cour de Rome : chacun
met ce qu'il veut dans fes archives.

Tous les conciles font infaillibles, fans doute ; car
ils font compofés d'hommes.

Il eft impoffible que jamais les paffions, les
intrigues, l'efprit de difpute, la haine, la jaloufie,
le préjugé, l'ignorance, régnent dans ces affemblées.

Mais pourquoi dira-t-on, tant de conciles ont-
ils été oppofés les uns aux autres ? C'eft pour exercer
notre foi ; ils ont tous eu raifon chacun dans leur
temps.

On ne croit aujourd'hui, chez les catholiques
romains, qu'aux conciles approuvés dans le Vatican,
& on ne croit, chez les catholiques grecs, qu'à ceux
approuvés dans Conftantinople. Les proteftans fe
moquent des uns & des autres, ainfi tout le monde
doit être content.

Nous ne parlerons ici que des grands conciles ; les
petits n'en valent pas la peine.

Le premier eft celui de Nicée. Il fut affemblé en
325 de l'ère vulgaire, après que *Conftantin* eut écrit
& envoyé par *Ozius* cette belle lettre au clergé un peu
brouillon d'Alexandrie : *Vous vous querellez pour un*
fujet bien mince. Ces fubtilités font indignes de gens
raifonnables. Il s'agiffait de favoir fi JESUS était créé,
ou incréé. Cela ne touchait en rien la morale, qui
eft l'effentiel. Que JESUS ait été dans le temps, ou
avant le temps, il n'en faut pas moins être homme de

bien

bien. Après beaucoup d'altercations, il fut enfin décidé que le fils était aussi ancien que le père, & *confubstantiel* au père. Cette décifion ne s'entend guère ; mais elle n'en est que plus fublime. Dix-fept évêques protestent contre l'arrêt, & une ancienne chronique d'Alexandrie, confervée à Oxford, dit que deux mille prêtres protestèrent auffi ; mais les prélats ne font pas grand cas des fimples prêtres, qui font d'ordinaire pauvres. Quoi qu'il en foit, il ne fut point du tout question de la Trinité dans ce premier concile. La formule porte : *Nous croyons* JESUS *confubstantiel au père*, DIEU *de* DIEU, *lumière de lumière, engendré & non fait ; nous croyons auffi au St Efprit*. Le St Efprit, il faut l'avouer, fut traité bien cavalièrement.

Il est rapporté dans le fupplément du concile de Nicée, que les pères étant fort embarraffés pour favoir quels étaient les livres cryphes ou apocryphes de l'ancien & du nouveau Testament, les mirent tous pêle-mêle fur un autel, & les livres à rejeter tombèrent par terre. C'est dommage que cette belle recette foit perdue de nos jours.

Après le premier concile de Nicée, compofé de 317 évêques infaillibles, il s'en tint un autre à Rimini ; & le nombre des infaillibles fut cette fois de 400, fans compter un gros détachement à Séleucie d'environ 200. Ces fix cents évêques, après quatre mois de querelles, ôtèrent unanimement à JESUS fa *confubstantiabilité*. Elle lui a été rendue depuis, excepté chez les fociniens : ainfi tout va bien.

Un des grands conciles est celui d'Ephèfe en 431 ; l'évêque de Conftantinople *Neftorius*, grand perfécuteur d'hérétiques, fut condamné lui-même comme

Diftionn. philofoph. Tome III.   E

hérétique, pour avoir foutenu qu'à la vérité JESUS
était bien DIEU, mais que fa mère n'était pas abfolument mère de DIEU, mais mère de JESUS. Ce fut
St Cyrille qui fit condamner Neftorius ; mais auffi
les partifans de Neftorius firent dépofer St Cyrille
dans le même concile ; ce qui embarraffa fort le
Saint-Efprit.

Remarquez ici, lecteur, bien foigneufement que
l'Evangile n'a jamais dit un mot, ni de la confubftan-
tiabilité du Verbe, ni de l'honneur qu'avait eu Marie
d'être mère de DIEU, non plus que des autres difputes
qui ont fait affembler des conciles infaillibles.

Eutichès était un moine qui avait beaucoup crié
contre Neftorius, dont l'héréfie n'allait pas moins qu'à
fuppofer deux perfonnes en JESUS, ce qui eft épouvantable. Le moine, pour mieux contredire fon
adverfaire, affure que JESUS n'avait qu'une nature.
Un Flavien, évêque de Conftantinople, lui foutint
qu'il fallait abfolument qu'il y eût deux natures en
JESUS. On affemble un concile nombreux à Ephèfe,
en 449 ; celui-là fe tint à coups de bâton, comme
le petit concile de Cirthe en 355, & certaine confé-
rence à Carthage. La nature de Flavien fut moulue
de coups, & deux natures furent affignées à JESUS.
Au concile de Chalcédoine en 451, JESUS fut réduit
à une nature.

Je paffe des conciles tenus pour des minuties, & je
viens au fixième concile général de Conftantinople,
affemblé pour favoir au jufte fi JESUS qui, après
n'avoir eu qu'une nature pendant quelque temps, en
avait deux alors, avait auffi deux volontés. On fent
combien cela eft important pour plaire à DIEU.

Ce concile fut convoqué par *Conſtantin le barbu*, comme tous les autres l'avaient été par les empereurs précédens : les légats de l'évêque de Rome eurent la gauche ; les patriarches de Conſtantinople & d'Antioche eurent la droite. Je ne ſais ſi les caudataires à Rome prétendent que la gauche eſt la place d'honneur. Quoi qu'il en ſoit, JESUS, de cette affaire-là, obtint deux volontés.

La loi moſaïque avait défendu les images. Les peintres & les ſculpteurs n'avaient pas fait fortune chez les Juifs. On ne voit pas que JESUS ait jamais eu de tableaux, excepté peut-être celui de *Marie* peinte par *Luc*. Mais enfin JESUS-CHRIST ne recommande nulle part qu'on adore les images. Les chrétiens les adorèrent pourtant vers la fin du quatrième ſiècle, quand ils ſe furent familiariſés avec les beaux arts. L'abus fut porté ſi loin au huitième ſiècle, que *Conſtantin Copronyme* aſſembla à Conſtantinople un concile de trois cents vingt évêques, qui anathématiſa le culte des images, & qui le traita d'idolatrie.

L'impératrice *Irène*, la même qui depuis fit arracher les yeux à ſon fils, convoqua le ſecond concile de Nicée en 787 : l'adoration des images y fut rétablie. On veut aujourd'hui juſtifier ce concile, en diſant que cette adoration était un culte de *dulie*, & non pas de *latrie*.

Mais ſoit de latrie, ſoit de dulie, *Charlemagne*, en 794, fit tenir à Francfort un autre concile qui traita le ſecond de Nicée d'idolatrie. Le pape *Adrien IV* y envoya deux légats, & ne le convoqua pas.

Le premier grand concile, convoqué par un pape, fut le premier de Latran, en 1139 ; il y eut environ mille évêques, mais on n'y fit prefque rien, finon qu'on anathématifa ceux qui difaient que l'Eglife était trop riche.

Autre concile de Latran en 1179, tenu par le pape *Alexandre III*, où les cardinaux, pour la première fois, prirent le pas fur les évêques; il ne fut queftion que de difcipline.

Autre grand concile de Latran en 1215. Le pape *Innocent III* y dépouilla le comte de *Touloufe* de tous fes biens, en vertu de l'excommunication. C'eft le prémier concile qui ait parlé de *tranffubftantiation*.

En 1245 concile général de Lyon, ville alors impériale, dans laquelle le pape *Innocent IV* excommunia l'empereur *Fréderic II*, & par conféquent le dépofa & lui interdit le feu & l'eau : c'eft dans ce concile qu'on donna aux cardinaux un chapeau rouge, pour les faire fouvenir qu'il faut fe baigner dans le fang des partifans de l'empereur. Ce concile fut la caufe de la deftruction de la maifon de Suabe, & de trente ans d'anarchie dans l'Italie & dans l'Allemagne.

Concile général à Vienne en Dauphiné en 1311, où l'on abolit l'ordre des templiers, dont les principaux membres avaient été condamnés aux plus horribles fupplices, fur les accufations les moins prouvées.

En 1414 le grand concile de Conftance, où l'on fe contenta de démettre le pape *Jean XXIII* convaincu de mille crimes; & où l'on brûla *Jean Hus* & *Jérôme de Prague*, pour avoir été opiniâtres, attendu que l'opiniâtreté eft un bien plus grand crime que le meurtre, le rapt, la fimonie, & la fodomie.

En 1430 le grand concile de Bafle, non reconnu à Rome, parce qu'on y dépofa le pape *Eugéne IV* qui ne fe laiffa point dépofer.

Les Romains comptent pour concile général le cinquième concile de Latran en 1512, convoqué contre *Louis XII* roi de France, & le pape *Jules II;* mais ce pape guerrier étant mort, ce concile s'en alla en fumée.

Enfin nous avons le grand concile de Trente, qui n'est pas reçu en France pour la discipline : mais le dogme en est incontestable, puisque le St Esprit arrivait de Rome à Trente, toutes les semaines, dans la malle du courrier, à ce que dit *Fra-Paolo Sarpi;* mais *Fra-Paolo Sarpi* sentait un peu l'hérésie.

(*Par M. Abaufit le cadet.*)

CONFESSION.

LE repentir de ses fautes peut seul tenir lieu d'innocence. Pour paraître s'en repentir, il faut commencer par les avouer. La confession est donc presque aussi ancienne que la société civile.

On se confessait dans tous les mystères d'Egypte, de Grèce, de Samothrace. Il est dit dans la vie de *Marc-Aurèle*, que lorsqu'il daigna s'associer aux mystères d'*Eleusine*, il se confessa à l'hiérophante, quoiqu'il fût l'homme du monde qui eût le moins besoin de confession.

Cette cérémonie pouvait être très-salutaire ; elle pouvait aussi être très-dangereuse : c'est le fort de toutes les institutions humaines. On fait la réponse de ce spartiate à qui un hiérophante voulait persuader de se confesser : A qui dois-je avouer mes fautes ? est-ce à

DIEU ou à toi? C'eſt à DIEU, dit le prêtre. — Retire-toi donc , homme. (*Plutarque* , dits notables des Lacédémoniens.)

Il eſt difficile de dire en quel temps cette pratique s'établit chez les Juifs qui prirent beaucoup de rites de leurs voiſins. La *Mishna*, qui eſt le recueil des lois juives, (*a*) dit que ſouvent on ſe confeſſait en mettant la main ſur un veau appartenant au prêtre, ce qui s'appelait *la confeſſion des veaux.*

Il eſt dit dans la même *Mishna*, (*b*) que tout accuſé qui avait été condamné à la mort , s'allait confeſſer devant témoins dans un lieu écarté, quelques momens avant ſon ſupplice. S'il ſe ſentait coupable, il devait dire : *Que ma mort expie tous mes péchés;* s'il ſe ſentait innocent, il prononçait : *Que ma mort expie mes péchés, hors celui dont on m'accuſe.*

Le jour de la fête que l'on appelait chez les Juifs *l'expiation ſolemnelle,* (*c*) les Juifs dévots ſe confeſſaient les uns les autres , en ſpécifiant leurs péchés. Le confeſ-ſeur récitait trois fois treize mots du pſeaume LXXVII, ce qui fait trente-neuf; & pendant ce temps il donnait trente-neuf coups de fouet au confeſſé , lequel les lui rendait à ſon tour; après quoi ils s'en retournaient quitte à quitte. On dit que cette cérémonie ſubſiſte encore.

On venait en foule ſe confeſſer à St *Jean* pour la réputation de ſa ſainteté , comme on venait ſe faire baptiſer par lui du baptême de juſtice, ſelon l'ancien

(*a*) *Mishna* , tome II , page 394.

(*b*) Tome IV , page 134.

(*c*) *Synagogue judaïque* , chap. XXXV.

ufage ; mais il n'eft point dit que *St Jean* donnât trente-neuf coups de fouet à fes pénitens.

La confeffion alors n'était point un facrement ; il y en a plufieurs raifons. La première eft que le mot de *facrement* était alors inconnu ; cette raifon difpenfe de déduire les autres. Les chrétiens prirent la confeffion dans les rites juifs, & non pas dans les myftères d'*Ifis* & de *Cérès*. Les Juifs fe confeffaient à leurs camarades, & les chrétiens auffi. Il parut dans la fuite plus convenable que ce droit appartînt aux prêtres. Nul rite, nulle cérémonie ne s'établit qu'avec le temps. Il n'était guère poffible qu'il ne reftât quelque trace de l'ancien ufage des laïques de fe confeffer les uns aux autres.

Voyez le paragraphe ci-deffous , *Si les laïques* , &c. page 78.

Du temps de *Conftantin*, on confeffa d'abord publiquement fes fautes publiques.

Au cinquième fiècle, après le fchifme de *Novatus* & de *Novatien*, on établit les pénitenciers pour abfoudre ceux qui étaient tombés dans l'idolatrie. Cette confeffion aux prêtres pénitenciers fut abolie fous l'empereur *Théodofe*. (*d*) Une femme s'étant accufée tout haut au pénitencier de Conftantinople d'avoir couché avec le diacre, cette indifcrétion caufa tant de fcandale & de trouble dans toute la ville, (*e*) que *Nectarius* permit à tous les fidelles de s'approcher de la fainte table fans confeffion, & de n'écouter que leur confcience pour communier. C'eft pourquoi *St Jean Chryfoftome*, qui fuccéda à *Nectarius*, dit au peuple dans fa cinquième

(*d*) *Socrate* , liv. V. *Sozomène* , liv. VII.

(*e*) En effet , comment cette indifcrétion aurait-elle caufé un fcandale public fi elle avait été fecrète ?

homélie : ,, Confeſſez-vous continuellement à Dieu ;
,, je ne vous produis pas ſur un théâtre avec vos com-
,, pagnons de ſervice pour leur découvrir vos fautes.
,, Montrez à Dieu vos bleſſures , & demandez-lui
,, les remèdes ; avouez vos péchés à celui qui ne les
,, reproche point devant les hommes. Vous les céleriez
,, en vain à celui qui connaît toutes choſes &c. ,,

On prétend que la confeſſion auriculaire ne commença en Occident que vers le ſeptième ſiècle , &
qu'elle fut inſtituée par les abbés qui exigèrent que
leurs moines vinſſent deux fois par an leur avouer
toutes leurs fautes. Ce furent ces abbés qui inven-
tèrent cette formule : *Je t'abſous autant que je le peux
& que tu en as beſoin.* Il ſemble qu'il eût été plus reſ-
pectueux pour l'Etre ſuprême, & plus juſte de dire :
Puiſſe-t-il pardonner à tes fautes & aux miennes !

Le bien que la confeſſion a fait, eſt d'avoir obtenu
quelquefois des reſtitutions de petits voleurs. Le mal
eſt d'avoir quelquefois, dans les troubles des Etats,
forcé les pénitens à être rebelles & ſanguinaires en
conſcience. Les prêtres guelfes refuſaient l'abſolution
aux gibelins, & les prêtres gibelins ſe gardaient bien
d'abſoudre les guelfes.

Le conſeiller d'Etat *Lénet* rapporte , dans ſes
mémoires, que tout ce qu'il put obtenir en Bourgogne
pour faire ſoulever les peuples en faveur du prince
de *Condé* détenu à Vincennes par le *Mazarin*, *fut de
lâcher des prêtres dans les confeſſionaux.* C'eſt en parler
comme de chiens enragés qui pouvaient ſouffler la rage
de la guerre civile dans le ſecret du confeſſionnal.

Au ſiége de Barcelone, les moines refuſèrent l'abſolution à tous ceux qui reſtaient fidelles à *Philippe V.*

Dans la dernière révolution de Gènes, on avertissait toutes les consciences qu'il n'y avait point de salut pour quiconque ne prendrait pas les armes contre les Autrichiens.

Ce remède salutaire se tourna de tout temps en poison. Les assassins des *Sforzes*, des *Médicis*, des princes d'*Orange*, des rois de France, se préparèrent aux parricides par le sacrement de la confession.

Louis XI, la *Brinvilliers*, se confessaient dès qu'ils avaient commis un grand crime, & se confessaient souvent, comme les gourmands prennent médecine pour avoir plus d'appétit.

De la révélation de la confession.

Jaurigni & *Balthazar Gérard*, assassins du prince d'Orange *Guillaume I*; le dominicain *Jacques Clément*, *Jean Châtel*, le feuillant *Ravaillac*, & tous les autres parricides de ce temps-là, se confessèrent avant de commettre leurs crimes. Le fanatisme, dans ces siècles déplorables, était parvenu à un tel excès, que la confession n'était qu'un engagement de plus à consommer leur scélératesse : elle devenait sacrée, par cette raison que la confession est un sacrement.

Strada dit lui-même que *Jaurigni non antè facinus aggredi sustinuit quàm expiatam noxis animam apud dominicanum sacerdotem cælesti pane firmaverit. Jaurigny n'osa entreprendre cette action sans avoir fortifiée par le pain céleste son ame purgée par la confession aux pieds d'un dominicain.*

On voit, dans l'interrogatoire de *Ravaillac*, que ce malheureux sortant des feuillans, & voulant entrer chez les jésuites, s'était adressé au jésuite d'*Aubigni;*

qu'après lui avoir parlé de plufieurs apparitions qu'il avait eues, il montra à ce jéfuite un couteau fur la lame duquel un cœur & une croix étaient gravés, & qu'il dit ces propres mots au jéfuite : *Ce cœur indique que le cœur du roi doit être porté à faire la guerre aux huguenots.*

Peut-être fi ce d'*Aubigni* avait eu affez de zèle & de prudence pour faire inftruire le roi de ces paroles ; peut-être s'il avait dépeint l'homme qui les avait prononcées, le meilleur des rois n'aurait pas été affaffiné.

Le vingtième augufte ou août, l'année 1610, trois mois après la mort de *Henri IV*, dont les bleffures faignaient dans le cœur de tous les Français, l'avocat-général *Servin*, dont la mémoire eft encore illuftre, requit qu'on fît figner aux jéfuites les quatre articles fuivans.

1°. Que le concile eft au-deffus du pape.

2°. Que le pape ne peut priver le roi d'aucun de fes droits par l'excommunication.

3°. Que les eccléfiaftiques font entièrement foumis au roi comme les autres.

4°. Qu'un prêtre qui fait par la confeffion une confpiration contre le roi & l'Etat, doit la révéler aux magiftrats.

Le 22, le parlement rendit un arrêt par lequel il défendait aux jéfuites d'enfeigner la jeuneffe avant d'avoir figné ces quatre articles ; mais la cour de Rome était alors fi puiffante, & celle de France fi faible, que cet arrêt fut inutile.

Un fait qui mérite d'être obfervé, c'eft que cette même cour de Rome, qui ne voulait pas qu'on

révélât la confeffion quand il s'agirait de la vie des
fouverains , obligeait les confeffeurs à dénoncer aux
inquifiteurs ceux que leurs pénitentes accufaient en
confeffion de les avoir féduites , & d'avoir abufé d'elles.
Paul IV, Pie IV, Clément VIII, Grégoire XV, ordonnèrent
ces révélations. (*f*) C'était un piége bien embarraf-
fant pour les confeffeurs & pour les pénitentes. C'était
faire d'un facrement un greffe de délations & même
de facriléges. Car par les anciens canons , & furtout
par le concile de Latran tenu fous *Innocent III*, tout
prêtre qui révèle une confeffion , de quelque nature
que ce puiffe être , doit être interdit & condamné à
une prifon perpétuelle.

Mais il y a bien pis ; voilà quatre papes , aux
feizième & dix-feptième fiècles , qui ordonnent la
révélation d'un péché d'impureté , & qui ne per-
mettent pas celle d'un parricide. Une femme avoue
ou fuppofe dans le facrement devant un carme qu'un
cordelier l'a féduite ; le carme doit dénoncer le cordelier. Un affaffin fanatique , croyant fervir D I E U en
tuant fon prince , vient confulter un confeffeur fur
ce cas de confcience ; le confeffeur devient facrilége
s'il fauve la vie à fon fouverain.

Cette contradiction abfurde & horrible eft une
fuite malheureufe de l'oppofition continuelle qui
règne depuis tant de fiècles entre les lois eccléfiaftiques & les lois civiles. Le citoyen fe trouve preffé
dans cent occafions entre le facrilége & le crime de
haute trahifon ; & les règles du bien & du mal font

(*f*) La conftitution de *Grégoire XV* eft du 30 août 1622. Voyez les
Mémoires eccléfiaftiques du jéfuite d'*Avrigni* , fi mieux n'aimez confulter le
Bullaire.

enfevelies dans un chaos dont on ne les a pas encore tirées.

La réponfe du jéfuite *Coton* à *Henri IV* durera plus que l'ordre des jéfuites. Révéleriez-vous la conféffion d'un homme réfolu de m'affaffiner ? *Non, mais je me mettrais entre vous & lui.*

On n'a pas toujours fuivi la maxime du père *Coton*. Il y a dans quelques pays des myftères d'Etat inconnus au public , dans lefquels les révélations des conffefions entrent pour beaucoup. On fait par le moyen des confeffeurs attitrés les fecrets des prifonniers. Quelques confeffeurs, pour accorder leur intérêt avec le facrilége , ufent d'un fingulier artifice. Ils rendent compte , non pas précifément de ce que le prifonnier leur a dit , mais de ce qu'il ne leur a pas dit. S'ils font chargés , par exemple, de favoir fi un accufé a pour complice un français ou un italien, ils difent à l'homme qui les emploie : Le prifonnier m'a juré qu'aucun italien n'a été informé de fes deffeins. De-là on juge que c'eft le français foupçonné qui eft coupable.

Bodin s'exprime ainfi dans fon livre *de la république.* (*) ,, Auffi ne faut-il pas diffimuler fi le coupable
,, eft découvert avoir conjuré contre la vie du fou-
,, verain , ou même l'avoir voulu. Comme il advint
,, à un gentilhomme de Normandie de confeffer à
,, un religieux qu'il avait voulu tuer le roi *François I.*
,, Le religieux avertit le roi qui envoya le gentilhomme
,, à la cour de parlement, où il fut condamné à la
,, mort , comme je l'ai appris de M. *Canaye* avocat
,, en parlement. ,,

(*) Livre IV , chap. VII.

L'auteur de cet article a été prefque témoin lui-même d'une révélation encore plus forte & plus fingulière.

On connaît la trahifon que fit *Daubenton* jéfuite à *Philippe V* roi d'Efpagne, dont il était confeffeur. Il crut, par une politique très-mal entendue, devoir rendre compte des fecrets de fon pénitent au duc d'*Orléans* régent du royaume, & eut l'imprudence de lui écrire ce qu'il n'aurait dû confier à perfonne de vive voix. Le duc d'*Orléans* envoya fa lettre au roi d'Efpagne; le jéfuite fut chaffé, & mourut quelque temps après. C'eft un fait avéré. (g)

On ne laiffe pas d'être fort en peine pour décider formellement dans quels cas il faut révéler la confeffion; car fi on décide que c'eft pour le crime de lèfe-majefté humaine, il eft aifé d'étendre bien loin ce crime de lèfe-majefté, & de le porter jufqu'à la contrebande du fel & des mouffelines, attendu que ce délit offenfe précifément les majeftés. A plus forte raifon faudra-t-il révéler les crimes de lèfe-majefté divine; & cela peut aller jufqu'aux moindres fautes, comme d'avoir manqué vêpres & le falut.

Il ferait donc très-important de bien convenir des confeffions qu'on doit révéler, & de celles qu'on doit taire; mais une telle décifion ferait encore très-dangereufe. Que de chofes il ne faut pas approfondir!

Pontas qui décide en trois volumes in-folio de tous les cas pòffibles de la confcience des Français, & qui eft ignoré dans le refte de la terre, dit qu'en aucune occafion on ne doit révéler la confeffion. Les

(g) Voyez le *Précis du fiècle de Louis XV*, page 12.

parlemens ont décidé le contraire. A qui croire de *Pontas* ou des gardiens des lois du royaume, qui veillent fur la vie des rois & fur le falut de l'Etat? (*h*)

Si les laïques & les femmes ont été confeſſeurs & confeſſeufes.

D E même que dans l'ancienne loi les laïques fe confeſſaient les uns aux autres, les laïques dans la nouvelle loi eurent long-temps ce droit par l'ufage. Il fuffit, pour le prouver, de citer le célébre *Joinville* qui dit expreſſément *que le connétable de Chypre fe confeſſa à lui, & qu'il lui donna l'abfolution fuivant le droit qu'il en avait.*

S*t Thomas* s'exprime ainfi dans fa Somme : (*i*) *Confeſſio ex defectu facerdotis laïco facta facramentalis eſt quodam modo. La confeſſion faite à un laïque au défaut d'un prêtre eſt facramentale en quelque façon.* On voit dans la vie de S*t Burgundofare*, (*k*) & dans la règle d'un inconnu, que les religieufes fe confeſſaient à leur abbeſſe des péchés les plus graves. La règle de S*t Donat* (*l*) ordonne que les religieufes découvriront trois fois chaque jour leurs fautes à la fupérieure. Les capitulaires de nos rois (*m*) difent qu'il faut interdire aux abbeſſes le droit qu'elles fe font arrogé contre la coutume de la fainte Eglife, de donner des bénédictions & d'impofer les mains, ce qui paraît

_____

(*h*) Voyez *Pontas* à l'article *Confeſſeur.*

(*i*) Troifième partie, page 255, édition de Lyon 1738.

(*k*) *Mabil.* chapitres VIII & XIII.

(*l*) Chapitre XXIII.

(*m*) Liv. I, chap. LXXVI.

fignifier donner l'abfolution, & fuppofe la confeffion des péchés. *Marc* patriarche d'Alexandrie demande à *Balzamon* célébre canonifte grec de fon temps, fi on doit accorder aux abbeffes la permiffion d'entendre les confeffions ? à quoi *Balzamon* répond négative-ment. Nous avons dans le droit canonique un décret du pape *Innocent III* qui enjoint aux évêques de Valence & de Burgos en Efpagne, d'empêcher certaines abbeffes de bénir leurs religieufes, de les confeffer, & de prêcher publiquement. ,, Quoique, ,, dit-il, (*n*) la bienheureufe Vierge *Marie* ait été ,, fupérieure à tous les apôtres en dignité & en ,, mérite, ce n'eft pas néanmoins à elle, mais aux ,, apôtres que le Seigneur a confié les clefs du royaume ,, des cieux. ,,

Ce droit était fi ancien qu'on le trouve établi dans les règles de St *Bafile*. (*o*) Il permet aux abbeffes de confeffer leurs religieufes conjointement avec un prêtre.

Le père *Martène*, dans fes *rites de l'Eglife*, (*p*) convient que les abbeffes confeffèrent long-temps leurs nonnes, mais il ajoute qu'elles étaient fi curieufes, qu'on fut obligé de leur ôter ce droit.

L'ex-jéfuite nommé *Nonotte* doit fe confeffer & faire pénitence, non pas d'avoir été un des plus grands ignorans qui aient jamais barbouillé du papier, car ce n'eft pas un péché; non pas d'avoir appelé du nom d'*erreurs* des vérités qu'il ne connaiffait pas;

(*n*) *C. Nova X. Extra de pœnit. & remiff.*
(*o*) Tome II, page 453.
(*p*) Tome II, page 39.

mais d'avoir calomnié avec la plus stupide infolence l'auteur de cet article, & d'avoir appelé son
frère *raca*, en niant tous ces faits & beaucoup
d'autres dont il ne savait pas un mot. Il s'est rendu
coupable de *la géhenne du feu ;* il faut espérer qu'il
demandera pardon à DIEU de ses énormes sottises :
nous ne demandons point la mort du pécheur, mais
sa conversion.

On a long-temps agité pourquoi trois hommes
assez fameux dans cette petite partie du monde où
la confession est en usage, sont morts sans ce sacrement. Ce sont le pape *Léon X*, *Pélisson*, & le cardinal
Dubois.

Ce cardinal se fit ouvrir le périnée par le bistouri
de *la Peironie*, mais il pouvait se confesser & communier avant l'opération.

Pélisson, protestant jusqu'à l'âge de quarante ans,
s'était converti pour être maître des requêtes, & pour
avoir des bénéfices.

A l'égard du pape *Léon X*, il était si occupé des
affaires temporelles, quand il fut surpris par la mort,
qu'il n'eut pas le temps de songer aux spirituelles.

Des billets de confession.

DANS les pays protestans on se confesse à DIEU,
& dans les pays catholiques aux hommes. Les protestans disent qu'on ne peut tromper DIEU, au lieu
qu'on ne dit aux hommes que ce qu'on veut.
Comme nous ne traitons jamais la controverse, nous
n'entrons point dans cette ancienne dispute. Notre
société littéraire est composée de catholiques & de

protestans

proteftans réunis par l'amour des lettres. Il ne faut pas que les querelles eccléfiaftiques y fément la zizanie.

Contentons-nous de la belle réponfe de ce grec dont nous avons déjà parlé, & qu'un prêtre voulait confeffer aux myftères de *Cérès* : Eft-ce à DIEU ou à toi que je dois parler ? — C'eft à DIEU. — Retire-toi donc, ô homme.

En Italie, & dans les pays d'obédience, il faut que tout le monde, fans diftinction, fe confeffe & communie. Si vous avez pardevers vous des péchés énormes, vous avez auffi de grands-pénitenciers pour vous abfoudre. Si votre confeffion ne vaut rien, tant pis pour vous. On vous donne à bon compte un reçu imprimé, moyennant quoi vous communiez, & on jette tous les reçus dans un ciboire ; c'eft la règle.

On ne connaiffait point à Paris ces billets au porteur, lorfque vers l'an 1750 un archevêque de Paris imagina d'introduire une efpèce de banque fpirituelle pour extirper le janfénifme, & pour faire triompher la bulle *Unigenitus*. Il voulut qu'on refufât l'extrême-onction & le viatique à tout malade qui ne remettait pas un billet de confeffion figné d'un prêtre conftitutionnaire.

C'était refufer les facremens aux neuf dixièmes de Paris. On lui difait en vain : Songez à ce que vous faites ; ou ces facremens font néceffaires pour n'être point damné, ou l'on peut être fauvé fans eux avec la foi, l'efpérance, la charité, les bonnes œuvres, & les mérites de notre Sauveur. Si l'on peut être fauvé fans ce viatique, vos billets font inutiles.

Dictionn. philofoph. Tome III.   F

Si les facremens font abfolument néceffaires, vous damnez tous ceux que vous en privez ; vous faites brûler pendant toute l'éternité fix à fept cents mille ames, fuppofé que vous viviez affez long-temps pour les enterrer : cela eft violent ; calmez-vous ; & laiffez mourir chacun comme il peut.

Il ne répondit point à ce dilemme ; mais il perfifta. C'eft une chofe horrible d'employer pour tourmenter les hommes, la religion qui les doit confoler. Le parlement qui a la grande police, & qui vit la fociété troublée, oppofa, felon la coutume, des arrêts aux mandemens. La difcipline eccléfiaftique ne voulut point céder à l'autorité légale. Il fallut que la magiftrature employât la force, & qu'on envoyât des archers pour faire confeffer, communier, & enterrer les Parifiens à leur gré.

Dans cet excès de ridicule dont il n'y avait point encore d'exemple, les efprits s'aigrirent ; on cabala à la cour, comme s'il s'était agi d'une place de fermier-général, ou de faire difgracier un miniftre. Le royaume fut troublé d'un bout à l'autre. Il entre toujours dans une caufe des incidens qui ne font pas du fond : il s'en mêla tant que tous les membres du parlement furent exilés, & que l'archevêque le fut à fon tour.

Ces billets de confeffion auraient fait naître une guerre civile dans les temps précédens ; mais dans le nôtre ils ne produifirent heureufement que des tracafferies civiles. L'efprit philofophique, qui n'eft autre chofe que la raifon, eft devenu chez tous les honnêtes gens le feul antidote dans ces maladies épidémiques.

CONFISCATION.

ON a très-bien remarqué dans le dictionnaire encyclopédique, à l'article *Confiscation*, que le fisc soit public, soit royal, soit seigneurial, soit impérial, soit déloyal, était un petit panier de jonc ou d'ofier, dans lequel on mettait autrefois le peu d'argent qu'on avait pu recevoir ou extorquer. Nous nous fervons aujourd'hui de facs; le fisc royal est le fac royal.

C'est une maxime reçue dans plufieurs pays de l'Europe, que qui confifque le corps confifque les biens. Cet ufage est furtout établi dans les pays où la coutume tient lieu de loi ; & une famille entière est punie dans tous les cas pour la faute d'un feul homme.

Confifquer le corps n'est pas mettre le corps d'un homme dans le panier de fon feigneur fuzerain ; c'est, dans le langage barbare du barreau, fe rendre maître du corps d'un citoyen, foit pour lui ôter la vie, foit pour le condamner à des peines aussi longues que fa vie : on s'empare de fes biens fi on le fait périr, ou s'il évite la mort par la fuite.

Ainfi, ce n'est pas assez de faire mourir un homme pour fes fautes, il faut encore faire mourir de faim fes enfans.

La rigueur de la coutume confifque dans plus d'un pays les biens d'un homme qui s'est arraché volontairement aux mifères de cette vie; & fes enfans font réduits à la mendicité parce que leur père est mort.

Dans quelques provinces catholiques romaines on condamne aux galères perpétuelles, par une fentence arbitraire, un père de famille, (*a*) foit pour avoir donné retraite chez foi à un prédicant, foit pour avoir écouté fon fermon dans quelques cavernes ou dans quelque défert : alors la femme & les enfans font réduits à mendier leur pain.

Cette jurifprudence, qui confifte à ravir la nourriture aux orphelins, fut inconnue dans tout le temps de la république romaine. *Sylla* l'introduifit dans fes profcriptions. Il faut avouer qu'une rapine inventée par *Sylla* n'était pas un exemple à fuivre. Auffi cette loi, qui femblait n'être dictée que par l'inhumanité & l'avarice, ne fut fuivie ni par *Céfar*, ni par le bon empereur *Trajan*, ni par les *Antonins*, dont toutes les nations prononcent encore le nom avec refpect & avec amour. Enfin, fous *Juftinien* la confifcation n'eut lieu que pour le crime de lèfe-majefté. Comme ceux qui en étaient accufés étaient pour la plupart de grands feigneurs, il femble que *Juftinien* n'ordonna la confifcation que par avarice. Il femble auffi que dans les temps de l'anarchie féodale les princes & les feigneurs des terres étant très-peu riches, cherchaffent à augmenter leur tréfor par les condamnations de leurs fujets, & qu'on voulût leur faire un revenu du crime. Les lois chez eux étant arbitraires, & la jurifprudence romaine ignorée, les coutumes ou bizarres ou cruelles prévalurent. Mais aujourd'hui que la puiffance des fouverains eft fondée fur des richeffes immenfes & affurées,

(*a*) Voyez l'édit de 1724, 14 mai, publié à la follicitation du cardinal de *Fleuri*, & revu par lui.

leur tréfor n'a pas befoin de s'enfler des faibles débris d'une famille malheureufe. Ils font abandonnés pour l'ordinaire au premier qui les demande. Mais eft ce à un citoyen à s'engraiffer des reftes du fang d'un autre citoyen ?

La confifcation n'eft point admife dans les pays où le droit romain eft établi , excepté le reffort du parlement de Touloufe. Elle ne l'eft point dans quelques pays coutumiers , comme le Bourbonnais, le Berri , le Maine , le Poitou , la Bretagne , où au moins elle refpecte les immeubles. Elle était établie autrefois à Calais , & les Anglais l'abolirent lorfqu'ils en furent les maîtres. Il eft affez étrange que les habitans de la capitale vivent fous une loi plus rigoureufe que ceux de ces petites villes : tant il eft vrai que la jurifprudence a été fouvent établie au hafard , fans régularité, fans uniformité , comme on bâtit des chaumières dans un village.

Voici comment l'avocat-général *Omer Talon* parla en plein parlement dans le plus beau fiècle de la France, en 1673 , au fujet des biens d'une demoifelle de *Canillac* qui avaient été confifqués. Lecteur , faites attention à ce difcours ; il n'eft pas dans le ftyle des oraifons de *Cicéron* , mais il eft curieux. (*b*)

Extrait du plaidoyer de l'avocat-général *Talon* fur des biens confifqués.

,, Au chapitre XIII du Deutéronome DIEU dit:
,, Si tu te rencontres dans une ville & dans un lieu
,, où règne l'idolâtrie , mets tout au fil de l'épée ,

(*b*) Journal du palais , tome I, page 444.

,, fans exception d'âge, de fexe, ni de condition.
,, Raffemble dans les places publiques toutes les
,, dépouilles de la ville, brûle-la toute entière avec
,, fes dépouilles, & qu'il ne refte qu'un monceau de
,, cendres de ce lieu d'abomination. En un mot,
,, fais-en un facrifice au Seigneur, & qu'il ne demeure
,, rien en tes mains des biens de cet anathème.

. ,, Ainfi, dans le crime de lèfe-majefté le roi était
,, maître des biens, & les enfans en étaient privés.
,, Le procès ayant été fait à *Naboth*, *quia maledixerat*
,, *regi*, le roi *Achab* fe mit en poffeffion de fon
,, héritage. *David*, étant averti que *Miphibozeth* s'était
,, engagé dans la rebellion, donna tous fes biens à
,, *Siba* qui lui en apporta la nouvelle : *tua fint omnia*
,, *quæ fuerunt Miphibozeth*. ,,

Il s'agit de favoir qui héritera des biens de
mademoifelle de *Canillac*, biens autrefois confifqués
fur fon père, abandonnés par le roi à un garde du
tréfor royal, & donnés enfuite par le garde du
tréfor royal à la teftatrice. Et c'eft fur ce procès
d'une fille d'Auvergne qu'un avocat-général s'en
rapporte à *Achab* roitelet d'une partie de la Paleftine,
qui confifqua la vigne de *Naboth* après avoir affaffiné
le propriétaire par le poignard de la juftice juive ;
action abominable qui eft paffée en proverbe, pour
infpirer aux hommes l'horreur de l'ufurpation.
Affurément la vigne de *Naboth* n'avait aucun rapport
avec l'héritage de mademoifelle de *Canillac*. Le
meurtre & la confifcation des biens de *Miphibozeth*,
petit-fils du roi *Saül*, & fils de *Jonathas* ami & protecteur de *David*, n'ont pas une plus grande affinité
avec le teftament de cette demoifelle.

C'eft avec cette pédanterie , avec cette démence de citations étrangères au fujet , avec cette ignorance des premiers principes de la nature humaine , avec ces préjugés mal conçus & mal appliqués , que la jurifprudence a été traitée par des hommes qui ont eu de la réputation dans leur fphère.

C O N Q U E T E.

Réponfe à un queftionneur fur ce mot.

QUAND les Siléfiens & les Saxons difent : *Nous fommes la conquête du roi de Pruffe* , cela ne veut pas dire , le roi de Pruffe nous a plu ; mais feulement , il nous a fubjugués.

Mais quand une femme dit : Je fuis la *conquête* de M. l'abbé , de M. le chevalier ; cela veut dire auffi , il m'a fubjuguée : or on ne peut fubjuguer madame fans lui plaire ; mais auffi madame ne peut être fubjuguée fans avoir plu à monfieur : ainfi felon toutes les règles de la logique , & encore plus de la phyfique , quand madame eft la *conquête* de quelqu'un , cette expreffion emporte évidemment que monfieur & madame fe plaifent l'un à l'autre ; j'ai fait la conquête de monfieur , fignifie , il m'aime , & je fuis fa *conquête* , veut dire nous nous aimons. M. *Tafcher* s'eft adreffé dans cette importante queftion à un homme défintéreffé , qui n'eft la conquête ni d'un roi ni d'une dame , & qui préfente fes refpects à celui qui a bien voulu le confulter.

F 4

CONSCIENCE.

SECTION PREMIERE.

De la conscience du bien & du mal.

Locke a démontré (s'il est permis de se servir de ce terme en morale & en métaphysique) que nous n'avons ni idées innées, ni principes innés ; & il a été obligé de le démontrer trop au long, parce qu'alors cette erreur était universelle.

De-là il suit évidemment que nous avons le plus grand besoin qu'on nous mette de bonnes idées & de bons principes dans la tête, dès que nous pouvons faire usage de la faculté de l'entendement.

Locke apporte l'exemple des sauvages qui tuent & qui mangent leur prochain sans aucun remords de conscience, & des soldats chrétiens bien élevés, qui dans une ville prise d'assaut, pillent, égorgent, violent, non-seulement sans remords, mais avec un plaisir charmant, avec honneur & gloire, avec les applaudissemens de tous leurs camarades.

Il est très-sûr que dans les massacres de la Saint-Barthelemi, & dans les *autos-da-fé*, dans les saints actes de foi de l'inquisition, nulle conscience de meurtrier ne se reprocha jamais d'avoir massacré hommes, femmes, enfans, d'avoir fait crier, évanouir, mourir dans les tortures des malheureux qui n'avaient d'autres crimes que de faire la pâque différemment des inquisiteurs.

Il réfulte de tout cela que nous n'avons point d'autre confcience que celle qui nous eft infpirée par le temps, par l'exemple, par notre tempérament, par nos réflexions.

L'homme n'eft né avec aucun principe, mais avec la faculté de les recevoir tous. Son tempérament le rendra plus enclin à la cruauté ou à la douceur; fon entendement lui fera comprendre un jour que le quarré de douze eft cent quarante-quatre, qu'il ne faut pas faire aux autres ce qu'il ne voudrait pas qu'on lui fît; mais il ne comprendra pas de lui-même ces vérités dans fon enfance; il n'entendra pas la première, & il ne fentira pas la feconde.

Un petit fauvage qui aura faim, & à qui fon père aura donné un morceau d'un autre fauvage à manger, en demandera autant le lendemain, fans imaginer qu'il ne faut pas traiter fon prochain autrement qu'on ne voudrait être traité foi-même. Il fait machinalement, invinciblement, tout le contraire de ce que cette éternelle vérité enfeigne.

La nature a pourvu à cette horreur; elle a donné à l'homme la difpofition à la pitié, & le pouvoir de comprendre la vérité. Ces deux préfens de D I E U font le fondement de la fociété civile. C'eft ce qui fait qu'il y a toujours eu peu d'anthropophages; c'eft ce qui rend la vie un peu tolérable chez les nations civilifées. Les pères & les mères donnent à leurs enfans une éducation qui les rend bientôt fociables: & cette éducation leur donne une confcience.

Une religion pure, une morale pure, infpirées de bonne heure, façonnent tellement la nature humaine, que depuis environ fept ans jufqu'à feize

ou dix-fept, on ne fait pas une mauvaife action fans
que la confcience en faffe un reproche. Enfuite
viennent les violentes paffions qui combattent la
confcience & qui l'étouffent quelquefois. Pendant
le conflit, les hommes tourmentés par cet orage
confultent en quelques occafions d'autres hommes,
comme dans leurs maladies ils confultent ceux qui
ont l'air de fe bien porter.

C'eft ce qui a produit des cafuiftes ; c'eft-à-dire,
des gens qui décident des cas de confcience. Un
des plus fages cafuiftes a été *Cicéron* dans fon livre
des *offices*, c'eft-à-dire, des devoirs de l'homme. Il
examine les points les plus délicats ; mais long-temps
avant lui *Zoroaftre* avait paru régler la confcience
par le plus beau des préceptes : *Dans le doute fi une
action eft bonne ou mauvaife, abftiens-toi.* Porte XXX.
Nous en parlons ailleurs.

S E C T I O N   I I.

Si un juge doit juger felon fa confcience ou felon les preuves.

T H O M A S *d'Aquin*, vous êtes un grand faint, un
grand théologien ; & il n'y a point de dominicain
qui ait pour vous plus de vénération que moi. Mais
vous avez décidé dans votre Somme, qu'un juge
doit donner fa voix felon les allégations & les prétendues preuves contre un accufé, dont l'innocence
lui eft parfaitement connue. Vous prétendez que les

dépofitions des témoins qui ne peuvent être que fauffes, les preuves réfultantes du procès qui font impertinentes, doivent l'emporter fur le témoignage de fes yeux mêmes. Il a vu commettre le crime par un autre; &, felon vous, il doit en confcience condamner l'accufé quand fa confcience lui dit que cet accufé eft innocent.

Il faudrait donc, felon vous, que fi le juge lui-même avait commis le crime dont il s'agit, fa conf-cience l'obligeât de condamner l'homme fauffement accufé de ce même crime.

En confcience, grand faint, je crois que vous vous êtes trompé de la manière la plus abfurde & la plus horrible : c'eft dommage qu'en poffédant fi bien le droit canon, vous ayez fi mal connu le droit naturel. Le premier devoir d'un magiftrat eft d'être jufte avant d'être formalifte : fi en vertu des preuves qui ne font jamais que des probabilités, je condam-nais un homme dont l'innocence me ferait démontrée, je me croirais un fot & un affaffin.

Heureufement, tous les tribunaux de l'univers penfent autrement que vous. Je ne fais pas fi *Farinacius* & *Grillandus* font de votre avis. Quoi qu'il en foit, fi vous rencontrez jamais *Cicéron*, *Ulpien*, *Tribonien*, *Dumoulin*, le chancelier de *l'Hofpital*, le chancelier d'*Agueffeau*, demandez-leur bien pardon de l'erreur où vous êtes tombé.

S E C T I O N   I I I.

De la confcience trompeufe.

CE qu'on a peut-être jamais dit de mieux fur cette queftion importante, fe trouve dans le livre comique de *Triftram Shandy*, écrit par un curé nommé *Stern*, le fecond *Rabelais* d'Angleterre ; il reffemble à ces petits fatyres de l'antiquité qui renfermaient des effences précieufes.

Deux vieux capitaines à demi-paye, affiftés du docteur *Slop*, font les queftions les plus ridicules. Dans ces queftions, les théologiens de France ne font pas épargnés. On infifte particulièrement fur un mémoire préfenté à la forbonne par un chirurgien, qui demande la permiffion de baptifer les enfans dans le ventre de leurs mères, au moyen d'une canule qu'il introduira proprement dans l'utérus, fans bleffer la mère ni l'enfant.

Enfin, ils fe font lire par un caporal un ancien fermon fur la confcience, compofé par ce même curé *Stern*.

Parmi plufieurs peintures, fupérieures à celles de *Rimbran* & aux crayons de *Calot*, il peint un honnête homme du monde paffant fes jours dans les plaifirs de la table, du jeu, & de la débauche, ne fefant rien que la bonne compagnie puiffe lui reprocher, & par conféquent ne fe reprochant rien. Sa confcience & fon honneur l'accompagnent aux fpectacles, au jeu, & furtout lorfqu'il paye

libéralement la fille qu'il entretient. Il punit févérement, quand il eſt en charge , les petits larcins du
commun peuple ; il vit gaiement & meurt ſans le
moindre remords,

Le doĉteur *Slop* interrompt le leĉteur pour dire
que cela eſt impoſſible dans l'Egliſe anglicane , & ne
peut arriver que chez des papiſtes.

Enfin, le curé *Stern* cite l'exemple de *David* , qui
a , dit-il , tantôt une conſcience délicate & éclairée,
tantôt une conſcience très-dure & très-ténébreuſe.

Lorſqu'il peut tuer ſon roi dans une caverne, il
ſe contente de lui couper un pan de ſa robe : voilà
une conſcience délicate. Il paſſe une année entière
ſans avoir le moindre remords de ſon adultère avec
Betſabée & du meurtre d'*Urie :* voilà la même conſcience
endurcie & privée de lumière.

Tels ſont , dit-il , la plupart des hommes. Nous
avouons à ce curé que les grands du monde ſont
très-ſouvent dans ce cas : le torrent des plaiſirs &
des affaires les entraîne ; ils n'ont pas le temps
d'avoir de la conſcience , cela eſt bon pour le peuple ;
encore n'en a-t-il guère quand il s'agit de gagner de
l'argent. Il eſt donc très-bon de réveiller ſouvent la
conſcience des couturières & des rois par une morale
qui puiſſe faire impreſſion ſur eux ; mais pour faire
cette impreſſion, il faut mieux parler qu'on ne parle
aujourd'hui.

S E C T I O N   I V.

Liberté de conscience.

Traduit de l'allemand.

(Nous n'adoptons pas tout ce paragraphe ; mais comme il y a quelques vérités, nous n'avons pas cru devoir l'omettre ; & nous ne nous chargeons pas de justifier ce qui peut s'y trouver de peu mesuré & de trop dur.)

L'AUMONIER du prince de *** lequel prince est catholique romain, menaçait un anabaptiste de le chasser des petits Etats du prince ; il lui disait qu'il n'y a que trois sectes autorisées dans l'empire ; que pour lui anabaptiste qui était d'une quatrième, il n'était pas digne de vivre dans les terres de monseigneur : & enfin, la conversation s'échauffant, l'aumônier menaça l'anabaptiste de le faire pendre. Tant pis pour son altesse, répondit l'anabaptiste ; je suis un gros manufacturier ; j'emploie deux cents ouvriers ; je fais entrer deux cents mille écus par an dans ses Etats ; ma famille ira s'établir ailleurs ; monseigneur y perdra.

Et si monseigneur fait pendre tes deux cents ouvriers & ta famille ? reprit l'aumônier ; & s'il donne ta manufacture à de bons catholiques ?

Je l'en défie, dit le vieillard ; on ne donne pas une manufacture comme une métairie, parce qu'on ne donne pas l'industrie : cela ferait beaucoup plus fou que s'il fesait tuer tous ses chevaux, parce que

l'un d'eux t'aura jeté par terre , & que tu es un
mauvais écuyer.

L'intérêt de monseigneur n'eft pas que je mange
du pain fans levain ou levé. Il eft que je procure
à fes fujets de quoi manger , & que j'augmente fes
revenus par mon travail. Je fuis honnête homme ;
& quand j'aurais le malheur de n'être pas né tel ,
ma profeffion me forcerait à le devenir ; car dans
les entreprifes de négoce , ce n'eft pas comme dans
celles de cour & dans les tiennes : point de fuccès
fans probité. Que t'importe que j'aie été baptifé
dans l'âge qu'on appelle de raifon , tandis que tu
l'as été fans le favoir ? Que t'importe que j'adore
DIEU à la manière de mes pères ? Si tu fuivais tes
belles maximes , fi tu avais la force en main , tu
irais donc d'un bout de l'univers à l'autre , fefant
pendre à ton plaifir le Grec qui ne croit pas que
l'Efprit procède du Père & du Fils ; tous les Anglais ,
tous les Hollandais , Danois , Suédois , Iflandais ,
Pruffiens , Hanovriens , Saxons , Holftenois , Heffois ,
Virtembergeois , Bernois , Hambourgeois , Cofaques ,
Valaques , Ruffes , qui ne croient pas le pape infaillible ;
tous les mufulmans qui croient un feul DIEU ; & les
Indiens dont la religion eft plus ancienne que la
juive ; & les lettrés chinois qui depuis quatre mille
ans fervent un DIEU unique fans fuperftition & fans
fanatifme ! Voilà donc ce que tu ferais fi tu étais le
maître ! Affurément , dit le moine ; car je fuis dévoré
du zèle de la maifon du Seigneur. *Zelus domus fuæ
comedit me.*

Çà , dis-moi un peu , cher aumônier , répartit
l'anabaptifte , es-tu dominicain , ou jéfuite , ou

diable? Je fuis jéfuite, dit l'autre. Hé, mon ami, fi tu n'es pas diable, pourquoi dis-tu des chofes fi diaboliques ?

C'eft que le révérend père reƈeur m'a ordonné de les dire.

Et qui a ordonné cette abomination au révérend père reƈeur ?

C'eft le provincial.

De qui le provincial a-t-il reçu cet ordre ?

De notre général ; & le tout pour plaire à un plus grand feigneur que lui.

Dieux de la terre, qui avec trois doigts avez trouvé le fecret de vous rendre maîtres d'une grande partie du genre-humain, fi dans le fond du cœur vous avouez que vos richeffes & votre puiffance ne font point effentielles à votre falut & au nôtre, jouiffez-en avec modération. Nous ne voulons pas vous démitrer, vous détiarer : mais ne nous écrafez pas. Jouiffez & laiffez-nous paifibles ; démêlez vos intérêts avec les rois ; & laiffez-nous nos manufaƈures.

CONSEILLER OU JUGE.

BARTOLOMÉ.

Quoi ! il n'y a que deux ans que vous étiez au collége, & vous voilà déjà confeiller de la cour de Naples ?

GERONIMO.

GERONIMO.

Oui, c'eſt un arrangement de famille, il m'en a peu coûté.

BARTOLOMÉ.

Vous êtes donc devenu bien ſavant depuis que je ne vous ai vu ?

GERONIMO.

Je me ſuis quelquefois fait inſcrire dans l'école de droit, où l'on m'apprenait que le droit naturel eſt commun aux hommes & aux bêtes, & que le droit des gens n'eſt que pour les gens. On me parlait de l'édit du préteur, & il n'y a plus de préteur; des fonctions des édiles, & il n'y a plus d'édiles ; du pouvoir des maîtres ſur les eſclaves, & il n'y a plus d'eſclaves. Je ne ſais preſque rien des lois de Naples, & me voilà juge.

BARTOLOMÉ.

Ne tremblez-vous pas d'être chargé de décider du ſort des familles, & ne rougiſſez-vous pas d'être ſi ignorant.

GERONIMO.

Si j'étais ſavant, je rougirais peut-être davantage. J'entends dire aux ſavans que preſque toutes les lois ſe contrediſent ; que ce qui eſt juſte à Gaïette eſt injuſte à Otrante ; que dans la même juriſdiction on perd à la ſeconde chambre le même procès qu'on gagne à la troiſième. J'ai toujours dans l'eſprit ce beau diſcours d'un avocat vénitien : *Illuſtriſſimi ſignori, l'anno paſſato avete judicato coſì ; e queſto anno nella medeſima lite avete judicato tutto il contrario ; e ſempre ben !*

Diction. philoſoph. Tome III.   G

Le peu que j'ai lu de nos lois m'a paru souvent très-embrouillé. Je crois que si je les étudiais pendant quarante ans, je serais embarrassé pendant quarante ans : cependant je les étudie ; mais je pense qu'avec du bon sens & de l'équité, on peut être un très-bon magistrat, sans être profondément savant. Je ne connais point de meilleur juge que *Sancho Pança :* cependant il ne savait pas un mot du code de l'île Balataria. Je ne chercherai point à accorder ensemble *Cujas* & *Camille Descurtis*, ils ne sont point mes législateurs. Je ne connais de lois que celles qui ont la sanction du souverain. Quand elles seront claires, je les suivrai à la lettre ; quand elles seront obscures, je suivrai les lumières de ma raison, qui sont celles de ma conscience.

BARTOLOMÉ.

Vous me donnez envie d'être ignorant, tant vous raisonnez bien. Mais comment vous tirerez-vous des affaires d'Etat, de finance, de commerce ?

GERONIMO.

DIEU merci, nous ne nous en mêlons guère à Naples. Une fois le marquis de *Carpi*, notre vice-roi, voulut nous consulter sur les monnaies ; nous parlâmes de l'*æs grave* des Romains, & les banquiers se moquèrent de nous. On nous assembla dans un temps de disette pour régler le prix du blé ; nous fûmes assemblés six semaines, & on mourait de faim. On consulta enfin deux forts laboureurs & deux bons marchands de blé, & il y eut dès le lendemain plus de pain au marché qu'on n'en voulait.

Chacun doit fe mêler de fon métier ; le mien eft de juger les conteftations, & non pas d'en faire naître : mon fardeau eft affez grand.

CONSEQUENCE.

QUELLE eft donc notre nature, & qu'eft-ce que notre chétif efprit ? Quoi ! l'on peut tirer les conféquences les plus juftes, les plus lumineufes, & n'avoir pas le fens commun ? Cela n'eft que trop vrai. Le fou d'Athènes qui croyait que tous les vaiffeaux qui abordaient au Pirée lui appartenaient, pouvait calculer merveilleufement combien valait le chargement de ces vaiffeaux, & en combien de jours ils pouvaient arriver de Smyrne au Pirée.

Nous avons vu des imbécilles qui ont fait des calculs & des raifonnemens bien plus étonnans. Ils n'étaient donc pas imbécilles ? me dites-vous. Je vous demande pardon, ils l'étaient. Ils pofaient tout leur édifice fur un principe abfurde ; ils enfilaient régulièrement des chimères. Un homme peut marcher très-bien & s'égarer, & alors mieux il marche & plus il s'égare.

Le *Fo* des Indiens eut pour père un éléphant qui daigna faire un enfant à une princeffe indienne, laquelle accoucha du dieu *Fo* par le côté gauche. Cette princeffe était la propre fœur d'un empereur des Indes : donc *Fo* était le neveu de l'empereur ; & les petits-fils de l'éléphant & du monarque étaient coufins iffus de germain ; donc, felon les lois de l'Etat,

G 2

la race de l'empereur étant éteinte, ce font les defcendans de l'éléphant qui doivent fuccéder. Le principe reçu, on ne peut mieux conclure.

Il eft dit que l'éléphant divin était haut de neuf pieds de roi. Tu préfumes avec raifon que la porte de fon écurie devait avoir plus de neuf pieds, afin qu'il pût y entrer à fon aife. Il mangeait cinquante livres de riz par jour, vingt-cinq livres de fucre, & buvait vingt-cinq livres d'eau. Tu trouves par ton arithmétique qu'il avalait trente-fix mille cinq cents livres pefant par année; on ne peut compter mieux. Mais ton éléphant a-t-il exifté? était-il beau-frère de l'empereur? fa femme a-t-elle fait un enfant par le côté gauche? c'eft-là ce qu'il fallait examiner. Vingt auteurs qui vivaient à la Cochinchine l'ont écrit l'un après l'autre; tu devais confronter ces vingt auteurs, pefer leurs témoignages, confulter les anciennes archives, voir s'il eft queftion de cet éléphant dans les regiftres; examiner fi ce n'eft point une fable que des impofteurs ont eu intérêt d'accréditer. Tu es parti d'un principe extravagant pour en tirer des conclufions juftes.

C'eft moins la logique qui manque aux hommes que la fource de la logique. Il ne s'agit pas de dire, fix vaiffeaux qui m'appartiennent font chacun de deux cents tonneaux, le tonneau eft de deux mille livres pefant; donc j'ai douze cents mille livres de marchandifes au port de Pirée. Le grand point eft de favoir fi ces vaiffeaux font à toi. Voilà le principe dont ta fortune dépend, tu compteras après. (*)

_____

(*) Voyez *Principe.*

Un ignorant, fanatique & conféquent, eft fouvent un homme à étouffer. Il aura lu que *Phinée* tranfporté d'un faint zèle, ayant trouvé un juif couché avec une madianite, les tua tous deux, & fut imité par les lévites qui maffacrèrent tous les ménages moitié madianites & moitié juifs. Il fait que fon voifin catholique couche avec fa voifine huguenote; il les tuera tous deux fans difficulté : on ne peut agir plus conféquemment. Quel eft le remède à cette maladie horrible de l'ame? c'eft d'accoutumer de bonne heure les enfans à ne rien admettre qui choque la raifon; de ne leur conter jamais d'hiftoires de revenans, de fantômes, de forciers, de poffédés, de prodiges ridicules. Une fille d'une imagination tendre & fenfible entend parler de poffeffions ; elle tombe dans une maladie de nerfs, elle a des convulfions, elle fe croit poffédée. J'en ai vu mourir une de la révolution que ces abominables hiftoires avaient faite dans fes organes. (*)

(*) Voyez *Efprit faux*, & *Fanatique*,

CONSTANTIN.

SECTION PREMIERE.

Du siècle de Constantin.

PARMI les siècles qui suivirent celui d'*Auguste* vous avez raison de distinguer celui de *Constantin*. Il est à jamais célébre par les grands changemens qu'il apporta sur la terre. Il commençait, il est vrai, à ramener la barbarie : non-seulement on ne retrouvait plus des *Cicérons*, des *Horaces*, & des *Virgiles*; mais il n'y avait pas même de *Lucains*, ni de *Sénèques*; pas un historien sage & exact : on ne voit que des satires suspectes, ou des panégyriques encore plus hasardés.

Les chrétiens commençaient alors à écrire l'histoire; mais ils n'avaient pris ni *Tite-Live*, ni *Thucydide* pour modèle. Les sectateurs de l'ancienne religion de l'empire n'écrivaient ni avec plus d'éloquence, ni avec plus de vérité. Les deux partis animés l'un contre l'autre n'examinaient pas bien scrupuleusement les calomnies dont on chargeait leurs adversaires. De-là vient que le même homme est regardé tantôt comme un Dieu, tantôt comme un monstre.

La décadence en toute chose, & dans les moindres arts mécaniques, comme dans l'éloquence & dans la vertu, arriva après *Marc-Aurèle*. Il avait été le dernier empereur de cette secte stoïque qui élevait l'homme au-dessus de lui-même en le rendant dur pour lui seul, & compatissant pour les autres. Ce ne fut plus depuis la mort de cet empereur, vraiment philofophe, que tyrannie & confufion. Les foldats difpofaient fouvent de l'empire. Le fénat tomba dans un tel mépris, que du temps de *Galien* il fut défendu par une loi expreffe aux fénateurs d'aller à la guerre. On vit à la foi trente chefs de partis prendre le titre d'*empereur*, dans trente provinces de l'empire. Les Barbares fondaient déjà de tous côtés au milieu du troifième fiècle fur cet empire déchiré. Cependant il fubfifta par la feule difcipline militaire qui l'avait fondé.

Pendant tous ces troubles, lé chriftianifme s'établiffait par degrés, furtout en Egypte, dans la Syrie, & fur les côtes de l'Afie mineure. L'empire romain admettait toutes fortes de religions, ainfi que toutes fortes de fectes philofophiques. On permettait le culte d'*Ofiris*, on laiffait même aux Juifs de grands priviléges, malgré leurs révoltes : mais les peuples s'élevèrent fouvent dans les provinces contre les chrétiens. Les magiftrats les perfécutaient, & on obtint même fouvent contre eux des édits émanés des empereurs. Il ne faut pas être étonné de cette haine générale qu'on portait d'abord au chriftianifme, tandis qu'on tolérait tant d'autres religions. C'eft que ni les Egyptiens, ni les Juifs, ni les adorateurs de la déeffe de Syrie, & de tant d'autres dieux étrangers, ne déclaraient une guerre ouverte aux dieux de l'empire. Ils ne s'élevaient point contre la religion dominante; mais un des premiers devoirs des chrétiens était d'exterminer le culte reçu dans l'empire. Les prêtres des dieux jetaient des cris quand ils voyaient diminuer les facrifices & les offrandes; le peuple toujours fanatique, & toujours emporté, fe foulevait contre les chrétiens :

G 4

cependant plufieurs empereurs les protégèrent. *Adrien* défendit expreffément qu'on les perfécutât. *Marc-Auréle* ordonna qu'on ne les pourfuivît point pour caufe de religion. *Caracalla* , *Héliogabale* , *Alexandre* , *Philippe* , *Galien*, leur laiffèrent une liberté entière ; ils avaient au troifième fiècle des églifes publiques très-fréquentées & très-riches ; & leur liberté fut fi grande , qu'ils tinrent feize conciles dans ce fiècle. Le chemin des dignités étant fermé aux premiers chrétiens , qui étaient prefque tous d'une condition obfcure , ils fe jetèrent dans le commerce , & il y en eut qui amaf-fèrent de grandes richeffes. C'eft la reffource de toutes les fociétés qui ne peuvent avoir de charges dans l'Etat : c'eft ainfi qu'en ont ufé les calviniftes en France, tous les non-conformiftes en Angleterre, les catho-liques en Hollande , les Arméniens en Perfe , les Banians dans l'Inde , & les Juifs dans toute la terre. Cependant à la fin la tolérance fut fi grande , & les mœurs du gouvernement fi douces, que les chrétiens furent admis à tous les honneurs & à toutes les dignités. Ils ne facrifiaient point aux dieux de l'em-pire ; on ne s'embarraffait pas s'ils allaient aux temples, ou s'ils les fuyaient ; il y avait parmi les Romains une liberté abfolue fur les exercices de leur religion ; perfonne ne fut jamais forcé de les remplir. Les chrétiens jouiffaient donc de la même liberté que les autres : il eft fi vrai qu'ils parvinrent aux honneurs , que *Dioclétien* & *Galérius* les en privèrent en 303, dans la perfécution dont nous parlerons.

Il faut adorer la Providence dans toutes fes voies ; mais je me borne , felon vos ordres , à l'hiftoire politique.

Manès, fous le règne de *Probus*, vers l'an 278, forma une religion nouvelle dans Alexandrie. Cette fecte était compofée des anciens principes des Perfans, & de quelques dogmes du chriftianifme. *Probus* & fon fucceffeur *Carus* laiffèrent en paix *Manès* & les chrétiens. *Numérien* leur laiffa une liberté entière. *Dioclétien* protégea les chrétiens, & toléra les manichéens, pendant douze années ; mais en 296 il donna un édit contre les manichéens, & les profcrivit comme des ennemis de l'empire attachés aux Perfes. Les chrétiens ne furent point compris dans l'édit ; ils demeurèrent tranquilles fous *Dioclétien*, & firent une profeffion ouverte de leur religion dans tout l'empire, jufqu'aux deux dernières années du règne de ce prince.

Pour achever l'efquiffe du tableau que vous demandez, il faut vous repréfenter quel était alors l'empire romain. Malgré toutes les fecouffes intérieures & étrangères, malgré les incurfions des Barbares, il comprenait tout ce que poffède aujourd'hui le fultan des Turcs, excepté l'Arabie ; tout ce que poffède la maifon d'Autriche en Allemagne, & toutes les provinces d'Allemagne jufqu'à l'Elbe ; l'Italie, la France, l'Efpagne, l'Angleterre, & la moitié de l'Ecoffe ; toute l'Afrique jufqu'au défert de Darha, & même les îles Canaries. Tant de pays étaient tenus fous le joug par des corps d'armée moins confidérables que l'Allemagne & la France n'en mettent aujourd'hui fur pied quand elles font en guerre.

Cette grande puiffance s'affermit & s'augmenta même depuis *Céfar* jufqu'à *Théodöfe*, autant par les lois, par la police, & par les bienfaits, que par les

armes & par la terreur. C'eſt encore un ſujet d'étonnement, qu'aucun de ces peuples conquis n'ait pu,
depuis qu'ils ſe gouvernent par eux-mêmes, ni
conſtruire des grands chemins, ni élever des amphi-
théâtres & des bains publics, tels que leurs vainqueurs
leur en donnèrent. Des contrées qui ſont aujourd'hui
preſque barbares & déſertes, étaient peuplées & policées; telles furent l'Epire, la Macédoine, la Theſſalie,
l'Illyrie, la Pannonie, ſurtout l'Aſie mineure, & les
côtes de l'Afrique; mais auſſi il s'en fallait beaucoup
que l'Allemagne, la France, & l'Angleterre, fuſſent ce
qu'elles ſont aujourd'hui. Ces trois Etats ſont ceux
qui ont le plus gagné à ſe gouverner par eux-mêmes;
encore a-t-il fallu près de douze ſiècles pour mettre
ces royaumes dans l'état floriſſant où nous les voyons:
mais il faut avouer que tout le reſte a beaucoup
perdu à paſſer ſous d'autres lois. Les ruines de l'Aſie
mineure & de la Grèce, la dépopulation de l'Egypte,
& la barbarie de l'Afrique, atteſtent aujourd'hui la
grandeur romaine. Le grand nombre de villes floriſ-
ſantes qui couvraient ces pays, eſt changé en villages
même malheureux; & le terrain eſt devenu ſtérile
ſous les mains des peuples abrutis.

S E C T I O N   I I.

Caractère de Constantin.

JE ne parlerai point ici de la confusion qui agita l'empire depuis l'abdication de *Dioclétien*. Il y eut après sa mort six empereurs à la fois. *Constantin* triompha d'eux tous, changea la religion & l'empire, & fut l'auteur non-seulement de cette grande révolution, mais de toutes celles qu'on a vues depuis dans l'Occident. Vous voudriez savoir quel était son caractère : demandez-le à *Julien*, à *Zozime*, à *Sozomène*, à *Victor ;* ils vous diront qu'il agit d'abord en grand prince, ensuite en voleur public, & que la dernière partie de sa vie fut d'un voluptueux, d'un efféminé, & d'un prodigue. Ils le peindront toujours ambitieux, cruel, & sanguinaire. Demandez-le à *Eusèbe*, à *Grégoire* de Nazianze, à *Lactance ;* ils vous diront que c'était un homme parfait. Entre ces deux extrêmes il n'y a que les faits avérés qui puissent vous faire trouver la vérité. Il avait un beau-père, il l'obligea de se pendre ; il avait un beau-frère, il le fit étrangler ; il avait un neveu de douze à treize ans, il le fit égorger ; il avait un fils aîné, il lui fit couper la tête ; il avait une femme, il la fit étouffer dans un bain. Un vieil auteur gaulois dit *qu'il aimait à faire maison nette.*

Si vous ajoutez à toutes ces affaires domestiques, qu'ayant été sur les bords du Rhin, à la chasse de quelques hordes de Francs qui habitaient dans ces

quartiers-là, & ayant pris leurs rois, qui probablement étaient de la famille de notre *Pharamond* & de
notre *Clodion le chevelu*, il les expofa aux bêtes pour
fon divertiffement ; vous pourrez inférer de tout cela,
fans craindre de vous tromper, que ce n'était pas
l'homme du monde le plus accommodant.

Examinons à préfent les principaux événemens
de fon règne. Son père *Conftance Chlore* était au fond
de l'Angleterre, où il avait pris pour quelques mois
le titre d'empereur. *Conftantin* était à Nicomédie,
auprès de l'empereur *Galère* ; il lui demanda la permiffion d'aller trouver fon père qui était malade ;
Galère n'en fit aucune difficulté : *Conftantin* partit
avec les relais de l'empire qu'on appelait *Veredarii*.
On pourrait dire qu'il était auffi dangereux d'être
cheval de pofte, que d'être de la famille de *Conftantin* ;
car il fefait couper les jarrets à tous les chevaux
après s'en être fervi, de peur que *Galère* ne révoquât
fa permiffion, & ne le fît revenir à Nicomédie. Il
trouva fon père mourant, & fe fit reconnaître empereur par le petit nombre de troupes romaines qui
étaient alors en Angleterre.

Une élection d'un empereur romain faite à Yorck
par cinq ou fix mille hommes. ne devait guère paraître
légitime à Rome : il manquait au moins la formule
du *fenatus populufque romanus*. Le fénat, le peuple, &
les gardes prétoriennes, élurent d'un confentement
unanime *Maxence*, fils du céfar *Maximien Hercule*,
déjà céfar lui-même, & frère de cette *Faufta* que
Conftantin avait époufée, & qu'il fit depuis étouffer.
Ce *Maxence* eft appelé *tyran*, *ufurpateur*, par nos hiftoriens, qui font toujours pour les gens heureux,

Il était le protecteur de la religion païenne, contre *Conſtantin* qui déjà commençait à ſe déclarer pour les chrétiens. Païen & vaincu, il fallait bien qu'il fût un homme abominable.

Euſèbe nous dit que *Conſtantin*, en allant à Rome combattre *Maxence*, vit dans les nuées, auſſi-bien que toute ſon armée, la grande enſeigne des empereurs nommée le *Labarum*, ſurmontée d'un platin, ou d'un grand *R* grec, avec une croix en ſautoir, & deux mots grecs qui ſignifiaient : *Tu vaincras par ceci*. Quelques auteurs prétendent que ce ſigne lui apparut à Beſançon, d'autres diſent à Cologne, quelques-uns à Trèves, d'autres à Troies. Il eſt étrange que le ciel ſe ſoit expliqué en grec dans tous ces pays-là. Il eût paru plus naturel aux faibles lumières des hommes, que ce ſigne eût paru en Italie le jour de la bataille ; mais alors il eût fallu que l'inſcription eût été en latin. Un ſavant antiquaire nommé *Loiſel* a réfuté cette antiquité ; mais on l'a traité de ſcélérat.

On pourrait cependant conſidérer que cette guerre n'était pas une guerre de religion, que *Conſtantin* n'était pas un ſaint, qu'il eſt mort ſoupçonné d'être arien, après avoir perſécuté les orthodoxes ; & qu'ainſi on n'a pas un intérêt bien évident à ſoutenir ce prodige.

Après ſa victoire, le ſénat s'empreſſa d'adorer le vainqueur, & de déteſter la mémoire du vaincu. On ſe hâta de dépouiller l'arc de triomphe de *Marc-Aurèle*, pour orner celui de *Conſtantin ;* on lui dreſſa une ſtatue d'or, ce qu'on ne feſait que pour les dieux ; il la reçut malgré le *Labarum*, & reçut encore le titre de *grand-pontife*, qu'il garda toute ſa vie.

Son premier foin, à ce que difent *Nazaire* & *Zozime*, fut d'exterminer toute la race du tyran & fes principaux amis ; après quoi il affifta très-humainement aux fpectacles & aux jeux publics.

Le vieux *Dioclétien* était mourant alors dans fa retraite de Salone. *Conftantin* aurait pu ne fe pas tant preffer d'abattre fes images dans Rome ; il eût pu fe fouvenir que cet empereur oublié avait été le bienfaiteur de fon père , & qu'il lui devait l'empire. Vainqueur de *Maxence*, il lui reftait à fe défaire de *Licinius* fon beau-frère, augufte comme lui ; & *Licinius* fongeait à fe défaire de *Conftantin* , s'il pouvait. Cependant leurs querelles n'éclatant pas encore , ils donnèrent conjointement en 313 à Milan le fameux édit de liberté de confcience. *Nous donnons*, difent-ils, *à tout le monde la liberté de fuivre telle religion que chacun voudra, afin d'attirer la bénédiction du ciel fur nous & fur tous nos fujets ; nous déclarons que nous avons donné aux chrétiens la faculté libre & abfolue d'obferver leur religion ; bien entendu que tous les autres auront la même liberté , pour maintenir la tranquillité de notre règne.* On pourrait faire un livre fur un tel édit ; mais je ne veux pas feulement y hafarder deux lignes.

Conftantin n'était pas encore chrétien. *Licinius* fon collègue ne l'était pas non plus. Il y avait encore un empereur ou un tyran à exterminer ; c'était un païen déterminé , nommé *Maximin*. *Licinius* le combattit avant de combattre *Conftantin*. Le ciel lui fut encore plus favorable qu'à *Conftantin* même ; car celui-ci n'avait eu que l'apparition d'un étendard , & *Licinius* eut celle d'un ange. Cet ange lui apprit une prière avec laquelle il vaincrait furement le barbare *Maximin*.

Licinius la mit par écrit, la fit réciter trois fois à son armée, & remporta une victoire complète. Si ce *Licinius*, beau-frère de *Constantin*, avait régné heureusement, on n'aurait parlé que de son ange : mais *Constantin* l'ayant fait pendre, ayant égorgé son jeune fils, étant devenu maître absolu de tout, on ne parle que du *Labarum* de *Constantin*.

On croit qu'il fit mourir son fils aîné *Crispus*, & sa femme *Fausta*, la même année qu'il assembla le concile de Nicée. *Zozime* & *Sozomène* prétendent que les prêtres des dieux lui ayant dit qu'il n'y avait pas d'expiations pour de si grands crimes, il fit alors profession ouverte du christianisme, & démolit plusieurs temples dans l'Orient. Il n'est guère vraisemblable que des pontifes païens eussent manqué une si belle occasion d'amener à eux leur grand-pontife qui les abandonnait. Cependant il n'est pas impossible qu'il s'en fût trouvé quelques-uns de sévères, il y a partout des hommes difficiles. Ce qui est bien plus étrange, c'est que *Constantin* chrétien n'a fait aucune pénitence de ses parricides. Ce fut à Rome qu'il commit cette barbarie ; & depuis ce temps le séjour de Rome lui devint odieux ; il la quitta pour jamais, & alla fonder Constantinople. Comment ose-t-il dire dans un de ses rescrits, qu'il transporte le siége de l'empire à Constantinople *par ordre de* D I E U *même* ? n'est-ce pas se jouer impudemment de la Divinité & des hommes ? Si D I E U lui avait donné quelque ordre, ne lui aurait-il pas donné celui de ne point assassiner sa femme & son fils ?

Dioclétien avait déjà donné l'exemple de la translation de l'empire vers les côtes de l'Asie. Le faste, le defpotifme & les mœurs afiatiques effarouchaient encore les Romains, tout corrompus & tout efclaves qu'ils étaient. Les empereurs n'avaient ofé fe faire baifer les pieds dans Rome, & introduire une foule d'eunuques dans leurs palais ; *Dioclétien* commença dans Nicomédie, & *Conftantin* acheva dans Conftantinople, de mettre la cour romaine fur le pied de celle des Perfes. Rome languit dès-lors dans la décadence. L'ancien efprit romain tomba avec elle. Ainfi *Conftantin* fit à l'empire le plus grand mal qu'il pouvait lui faire.

De tous les empereurs ce fut fans contredit le plus abfolu. *Augufte* avait laiffé une image de liberté ; *Tibère*, *Néron* même, avaient ménagé le fénat & le peuple romain : *Conftantin* ne ménagea perfonne. Il avait affermi d'abord fa puiffance dans Rome, en caffant ces fiers prétoriens, qui fe croyaient les maîtres des empereurs. Il fépara entièrement la robe & l'épée. Les dépofitaires des lois, écrafés alors par le militaire, ne furent plus que des jurifconfultes efclaves. Les provinces de l'empire furent gouvernées fur un plan nouveau.

La grande vue de *Conftantin* était d'être le maître en tout ; il le fut dans l'Eglife comme dans l'Etat. On le voit convoquer & ouvrir le concile de Nicée, entrer au milieu des pères tout couvert de pierreries, le diadème fur la tête, prendre la première place, exiler indifféremment, tantôt *Arius*, tantôt *Athanafe*. Il fe mettait à la tête du chriftianifme fans être chrétien : car c'était ne pas l'être dans ce temps-là, que de n'être pas baptifé ; il n'était que catéchumène. L'ufage même d'attendre les approches de la mort pour fe

faire

faire plonger dans l'eau de régénération, commençait à s'abolir pour les particuliers. Si *Conſtantin*, en différant ſon baptême juſqu'à la mort, crut pouvoir tout faire impunément dans l'eſpérance d'une expiation entière, il était triſte pour le genre-humain, qu'une telle opinion eût été miſe dans la tête d'un homme tout-puiſſant.

CONTRADICTIONS.

SECTION PREMIERE.

PLUS on voit ce monde, & plus on le voit plein de contradictions & d'inconſéquences. A commencer par le grand-turc, il fait couper toutes les têtes qui lui déplaiſent, & peut rarement conſerver la ſienne.

Si du grand-turc, nous paſſons au Sᵗ Père, il confirme l'élection des empereurs, il a des rois pour vaſſaux, mais il n'eſt pas ſi puiſſant qu'un duc de Savoie. Il expédie des ordres pour l'Amérique & pour l'Afrique, & il ne pourrait pas ôter un privilége à la république de Lucques. L'empereur eſt roi des Romains ; mais le droit de leur roi conſiſte à tenir l'étrier du pape , & à lui donner à laver à la meſſe.

Les Anglais ſervent leur monarque à genoux, mais ils le dépoſent, l'empriſonnent, & le font périr ſur l'échafaud.

Des hommes qui font vœu de pauvreté, obtiennent, en vertu de ce vœu, juſqu'à deux cents mille écus de rente ; & en conſéquence de leur vœu d'humilité, font des ſouverains deſpotiques. On condamne

Dictionn. philoſoph. Tome III.   H

hautement à Rome la pluralité des bénéfices avec charge d'ames ; & on donne tous les jours des bulles à un allemand pour cinq ou six évêchés à la fois. C'est, dit-on, que les évêques allemands n'ont point charge d'ames. Le chancelier de France est la première personne de l'Etat ; il ne peut manger avec le roi, du moins jusqu'à présent, & un colonel à peine gentilhomme a cet honneur. Une intendante est reine en province, & bourgeoise à la cour.

On cuit en place publique ceux qui sont convaincus du péché de non-conformité, & on explique gravement dans tous les colléges la seconde églogue de *Virgile*, avec la déclaration d'amour de *Corydon* au bel *Alexis* ; *Formosum pastor Corydon ardebat Alexin* ; & on fait remarquer aux enfans, que quoiqu'*Alexis* soit blond, & qu'*Amyntas* soit brun, cependant *Amyntas* pourrait bien avoir la préférence.

Si un pauvre philosophe, qui ne pense point à mal, s'avise de vouloir faire tourner la terre, ou d'imaginer que la lumière vient du soleil, ou de supposer que la matière pourrait bien avoir quelques autres propriétés que celles que nous connaissons, on crie à l'impie, au perturbateur du repos public ; & on traduit *ad usum Delphini*, les *Tusculanes* de *Cicéron*, & *Lucrèce*, qui sont deux cours complets d'irréligion.

Les tribunaux ne croient plus aux possédés, on se moque des sorciers ; mais on a brûlé *Gauffredi* & *Grandier* pour sortilége ; & en dernier lieu la moitié d'un parlement voulait condamner au feu un religieux, accusé d'avoir ensorcelé une fille de dix-huit ans, en soufflant sur elle. (*a*)

(*a*) C'est le procès du père *Girard* & de la *Cadière*. Rien n'a tant déshonoré l'humanité.

Le fceptique philofophe *Bayle* a été perfécuté même en Hollande. *La Mothe le Vayer*, plus fceptique & moins philofophe, a été précepteur du roi *Louis XIV*, & du frère du roi. *Gourville* était à la fois pendu en effigie à Paris, & miniftre de France en Allemagne.

Le fameux athée *Spinofa* vécut & mourut tranquille. *Vanini*, qui n'avait écrit que contre *Ariftote*, fut brûlé comme athée : il a l'honneur en cette qualité de remplir un article dans les hiftoires des gens de lettres & dans tous les dictionnaires, immenfes archives de menfonges & d'un peu de vérité ; ouvrez ces livres, vous y verrez que non-feulement *Vanini* enfeignait publiquement l'athéifme dans fes écrits, mais encore que douze profeffeurs de fa fecte étaient partis de Naples avec lui dans le deffein de faire par-tout beaucoup de profélytes ; ouvrez enfuite les livres de *Vanini*, vous ferez bien furpris de ne voir que des preuves de l'exiftence de DIEU. Voici ce qu'on lit dans fon *Amphitheatrum*, ouvrage également condamné & ignoré. ,, DIEU eft
,, fon principe & fon terme, fans fin & fans commen-
,, cement, n'ayant befoin ni de l'un ni de l'autre,
,, & père de tout commencement & de toute fin ; il
,, exifte toujours, mais dans aucun temps ; pour lui
,, le paffé ne fut point & l'avenir ne viendra point ;
,, il règne par-tout fans être dans un lieu, immobile
,, fans s'arrêter, rapide fans mouvement ; il eft tout,
,, & hors de tout ; il eft dans tout, mais fans être
,, enfermé ; hors de tout, mais fans être exclus
,, d'aucunes chofes ; bon, mais fans qualité ; entier,
,, mais fans parties ; immuable en variant tout
,, l'univers ; fa volonté eft fa puiffance ; fimple, il
,, n'y a rien en lui de purement poffible, tout y

H 2

,, eft réel ; il eft le premier , le moyen, le dernier acte ;
,, enfin étant tout, il eft au-deffus de tous les êtres ,
,, hors d'eux , dans eux , au-delà d'eux , à jamais
,, devant & après eux. ,, C'eft après une telle profeffion de foi que *Vanini* fut déclaré athée. Sur quoi
fut-il condamné ? fur la fimple dépofition d'un nommé
Françon. En vain fes livres dépofaient pour lui.
Un feul ennemi lui a coûté la vie , & l'a flétri dans
l'Europe.

   Le petit livre de *Cymbalum mundi*, qui n'eft qu'une
imitation froide de *Lucien*, & qui n'a pas le plus léger,
le plus éloigné rapport au chriftianifme, a été auffi
condamné aux flammes. Mais *Rabelais* a été imprimé
avec privilége , & on a très-tranquillement laiffé un
libre cours à l'*Efpion turc* , & même aux *Lettres perfanes*,
à ce livre léger , ingénieux, & hardi , dans lequel il
y a une lettre toute entière en faveur du fuicide ; une
autre où l'on trouve ces propres mots : *fi l'on fuppofe
une religion* ; une autre où il eft dit expreffément, que
les évêques n'ont *d'autres fonctions que de difpenfer
d'accomplir la loi* ; une autre enfin , où il eft dit que
le pape eft un magicien qui fait accroire que trois
ne font qu'un , que le pain qu'on mange n'eft pas du
pain , &c.

   L'abbé de *Saint-Pierre*, homme qui a pu fe tromper
fouvent , mais qui n'a jamais écrit qu'en vue du
bien public , & dont les ouvrages étaient appelés par
le cardinal *Dubois* , *les rêves d'un bon citoyen* ; l'abbé de
Saint-Pierre , dis-je, a été exclu de l'académie françaife
d'une voix unanime, pour avoir , dans un ouvrage
de politique , préféré l'établiffement des confeils fous
la régence aux bureaux de fecrétaires d'Etat qui

gouvernaient fous *Louis XIV*, & pour avoir dit que les finances avaient été malheureufement adminiftrées fur la fin de ce glorieux règne. L'auteur des *Lettres perfanes* n'avait parlé de *Louis XIV*, dans fon livre, que pour dire que ce roi était *un magicien, qui fefait accroire à fes fujets que du papier était de l'argent ; qu'il n'aimait que le gouvernement turc ; qu'il préférait un homme qui lui donnait la ferviette, à un homme qui lui avait gagné des batailles ; qu'il avait donné une penfion à un homme qui avait fui deux lieues, & un gouvernement à un homme qui en avait fui quatre ; qu'il était accablé de pauvreté ;* quoiqu'il foit dit dans la même lettre, que fes finances font inépuifables. Voilà, encore une fois, tout ce que cet auteur, dans fon feul livre alors connu, avait dit de *Louis XIV*, protecteur de l'académie françaife ; & ce livre eft le feul titre fur lequel l'auteur a été effectivement reçu dans l'académie françaife. On peut ajouter encore, pour comble de contradiction, que cette compagnie le reçut pour en avoir été tournée en ridicule. Car de tous les livres où on s'eft réjoui aux dépens de cette académie, il n'y en a guère où elle foit traitée plus mal que dans les *Lettres perfanes*. Voyez la lettre où il eft dit : *Ceux qui compofent ce corps, n'ont d'autres fonctions que de jafer fans ceffe. L'éloge vient fe placer comme de lui-même dans leur babil éternel &c.* Après avoir ainfi traité cette compagnie, il fut loué par elle à fa réception du talent de faire des portraits reffemblans. (1)

(1) Cette phrafe ne fe trouve point dans le difcours imprimé de M. *Mallet* alors directeur : ainfi ou la mémoire de M. de *Voltaire* l'a mal fervi, ou cette phrafe ayant été remarquée à la lecture publique, on l'aura fupprimée dans l'impreffion.

H 3

Si je voulais continuer à examiner les contrariétés qu'on trouve dans l'empire des lettres, il faudrait écrire l'histoire de tous les savans & de tous les beaux esprits; de même que si je voulais détailler les contrariétés dans la société, il faudrait écrire l'histoire du genre-humain. Un asiatique qui voyagerait en Europe pourrait bien nous prendre pour des païens. Nos jours de la semaine portent les noms de *Mars*, de *Mercure*, de *Jupiter*, de *Vénus*; les noces de *Cupidon* & de *Psyché* sont peintes dans la maison des papes : mais surtout si cet asiatique voyait notre opéra, il ne douterait pas que ce ne fût une fête à l'honneur des dieux du paganisme. S'il s'informait un peu plus exactement de nos mœurs, il serait bien plus étonné; il verrait en Espagne qu'une loi sévère défend qu'aucun étranger ait la moindre part indirecte au commerce de l'Amérique, & que cependant les étrangers y font, par les facteurs espagnols, un commerce de cinquante millions par an; de sorte que l'Espagne ne peut s'enrichir que par la violation de la loi, toujours subsistante & toujours méprisée. Il verrait qu'en un autre pays le gouvernement fait fleurir une compagnie des Indes, & que les théologiens ont déclaré le dividende des actions criminel devant DIEU. Il verrait qu'on achète le droit de juger les hommes, celui de commander à la guerre, celui d'entrer au conseil; il ne pourrait comprendre pourquoi il est dit dans les patentes qui donnent ces places, qu'elles ont été accordées gratis & sans brigue, tandis que la quittance de finance est attachée aux lettres de provision. Notre asiatique ne serait-il pas surpris de voir des comédiens gagés par les souverains, & excommuniés par les curés ? Il

demanderait pourquoi un lieutenant-général roturier,
qui aura gagné des batailles , (*b*) fera mis à la taille
comme un payfan, & qu'un échevin fera noble comme
les *Montmorencis*? Pourquoi, tandis qu'on interdit les
fpectacles réguliers , dans une femaine confacrée à
l'édification, on permet des bateleurs qui offenfent
les oreilles les moins délicates ? Il verrait prefque
toujours nos ufages en contradiction avec nos lois ;
& fi nous voyagions en Afie , nous y trouverions
à-peu-près les mêmes incompatibilités.

Les hommes font par-tout également fous ; ils ont
fait des lois à mefure , comme on répare des brèches
de murailles. Ici les fils aînés ont ôté tout ce qu'ils
ont pu aux cadets, là les cadets partagent également.
Tantôt l'Eglife a ordonné le duel, tantôt elle l'a
anathématifé. On a excommunié tour-à-tour les
partifans & les ennemis d'*Ariftote*, & ceux qui portaient
des cheveux longs & ceux qui les portaient courts.
Nous n'avons dans le monde de loi parfaite que pour
régler une efpèce de folie , qui eft le jeu. Les règles
du jeu font les feules qui n'admettent ni exception ,
ni relâchement, ni variété , ni tyrannie. Un homme
qui a été laquais , s'il joue au lanfquenet avec des
rois, eft payé fans difficulté quand il gagne ; par-tout
ailleurs la loi eft un glaive dont le plus fort coupe
par morceaux le plus faible.

Cependant ce monde fubfifte comme fi tout était
bien ordonné ; l'irrégularité tient à notre nature ;
notre monde politique eft comme notre globe, quelque chofe d'informe qui fe conferve toujours. Il y

_____

(*b*) Cette ridicule coutume a été enfin abolie en 1751. Les lieutenans-
généraux des armées ont été déclarés nobles comme les échevins.

aurait de la folie à vouloir que les montagnes, les
mers, les rivières fuſſent tracées en belles figures
régulières ; il y aurait encore plus de folie de demander
aux hommes une ſageſſe parfaite ; ce ferait vouloir
donner des ailes à des chiens, ou dès cornes à des
aigles.

S E C T I O N   I ì.

*Exemples tirés de l'hiſtoire, de la ſainte écriture, de
pluſieurs écrivains, du fameux curé Meſlier, d'un
prédicant nommé Antoine, &c.*

ON vient de montrer les contradictions dè nos
uſages, de nos mœurs, de nos lois : on n'en a pas
dit aſſez.

Tout a été fait, ſurtout dans notre Europe, comme
l'habit d'*Arlequin* : ſon maître n'avait point de drap ;
quand il fallut l'habiller, il prit des vieux lambeaux
de toutes couleurs : *Arlequin* fut ridicule, mais il fut
vêtu.

Où eſt le peuple dont les lois & les uſages ne ſe
contredifent pas ? Y a-t-il une contradiction plus
frappante & en même temps plus reſpectable que le
ſaint empire romain ? en quoi eſt-il ſaint ? en quoi
eſt-il empire ? en quoi eſt-il romain ?

Les Allemands ſont une brave nation que ni les
Germanicus, ni les *Trajans* ne purent jamais ſubjuguer
entièrement. Tous les peuples germains qui habitaient
au-delà de l'Elbe, furent toujours invincibles, quoique

mal armés; c'eft en partie de ces triftes climats que fortirent les vengeurs du monde. Loin que l'Allemagne foit l'empire romain, elle a fervi à le détruire.

Cet empire était réfugié à Conftantinople, quand un allemand, un auftrafien alla d'Aix-la-chapelle à Rome, dépouiller pour jamais les *Céfars* grecs de ce qui leur reftait en Italie. Il prit le nom de *Céfar*, d'*imperator*; mais ni lui ni fes fucceffeurs n'ofèrent jamais réfider à Rome. Cette capitale ne peut ni fe vanter, ni fe plaindre que depuis *Auguftule*, dernier excrément de l'empire romain, aucun *Céfar* ait vécu & foit enterré dans fes murs.

Il eft difficile que l'empire foit *faint*, puifqu'il profeffe trois religions, dont deux font déclarées impies, abominables, damnables & damnées, par la cour de Rome que toute la cour impériale regarde comme fouveraine fur ces cas.

Il n'eft certainement pas romain, puifque l'empereur n'a pas dans Rome une maifon.

En Angleterre on fert les rois à genoux. La maxime conftante eft que le roi ne peut jamais faire mal : *The king can do no wrong*. Ses miniftres feuls peuvent avoir tort; il eft infaillible dans fes actions comme le pape dans fes jugemens. Telle eft la loi fondamentale, la loi falique d'Angleterre. Cependant le parlement juge fon roi *Edouard II* vaincu & fait prifonnier par fa femme; on déclare qu'il a tous les torts du monde, & qu'il eft déchu de tous droits à la couronne. *Guillaume Truffel* vient dans fa prifon lui faire le compliment fuivant :

 ,, Moi, *Guillaume Truffel*, procureur du parle-
,, ment & de toute la nation anglaife, je révoque

,, l'hommage à toi fait autrefois ; je te défie & je te
,, prive du pouvoir royal , & nous ne tiendrons plus
,, à toi dorefnavant. ,, (c)

Le parlement juge & condamne le roi *Richard II*,
fils du grand *Edouard III*. Trente & un chefs d'accufation font produits contre lui , parmi lefquels on en
trouve deux finguliers : Qu'il avait emprunté de l'argent
fans payer , & qu'il avait dit en préfence de témoins
qu'il était le maître de la vie & des biens de fes
fujets.

Le parlement dépofe *Henri VI* qui avait un très-
grand tort , mais d'une autre efpèce , celui d'être
imbécille.

Le parlement déclare *Edouard IV* traître, confifque
tous fes biens ; & enfuite le rétablit quand il eft
heureux.

Pour *Richard III*, celui-là eut véritablement tort
plus que tous les autres : c'était un *Néron*, mais un
Néron courageux ; & le parlement ne déclara fes torts
que quand il eut été tué.

La chambre repréfentant le peuple d'Angleterre ,
imputa plus de torts à *Charles I* qu'il n'en avait , &
le fit périr fur un échafaud. Le parlement jugea que
Jacques II avait de très-grands torts , & furtout celui
de s'être enfui. Il déclara la couronne vacante, c'eft-
à-dire, il le dépofa.

Aujourd'hui *Junius* écrit au roi d'Angleterre , que
ce monarque a tort d'être bon & fage. Si ce ne font
pas là des contradictions , je ne fais où l'on peut en
trouver.

(c) *Rapin Thoyras* n'a pas traduit littéralement cet acte.

Des contradictions dans quelques rites.

APRÈS ces grandes contradictions politiques qui
se divisent en cent mille petites contradictions, il n'y
en a point de plus forte que celle de quelques-uns
de nos rites. Nous détestons le judaïsme ; il n'y a pas
quinze ans qu'on brûlait encore les Juifs. Nous les
regardons comme les assassins de notre DIEU, & nous
nous assemblons tous les dimanches pour psalmodier
des cantiques juifs : si nous ne les récitons pas en
hébreu, c'est que nous sommes des ignorans. Mais
les quinze premiers évêques, prêtres, diacres, & troupeau de Jérusalem, berceau de la réligion chrétienne,
récitèrent toujours les pseaumes juifs dans l'idiome
juif de la langue syriaque ; & jusqu'au temps du
calife *Omar*, presque tous les chrétiens depuis Tyr
jusqu'à Alep priaient dans cet idiome juif. Aujour-
d'hui qui réciterait les pseaumes tels qu'ils ont été
composés, qui les chanterait dans la langue juive,
serait soupçonné d'être circoncis & d'être juif : il
serait brûlé comme tel ; il l'aurait été du moins il y
a vingt ans, quoique JESUS-CHRIST ait été circoncis ;
quoique les apôtres & les disciples aient été circoncis.
Je mets à part tout le fond de notre sainte réligion,
tout ce qui est un objet de foi, tout ce qu'il ne faut
considérer qu'avec une soumission craintive ; je n'en-
visage que l'écorce, je ne touche qu'à l'usage : je
demande s'il y en eut jamais un plus contradictoire ?

Des contradictions dans les affaires & dans les hommes.

Si quelque société littéraire veut entreprendre le dictionnaire des contradictions, je soufcris pour vingt volumes *in-folio*.

Le monde ne fubfifte que de contradictions ; que faudrait-il pour les abolir ? affembler les états du genre-humain. Mais de la manière dont les hommes font faits, ce ferait une nouvelle contradiction s'ils étaient d'accord. Affemblez tous les lapins de l'univers, il n'y aura pas deux avis différens parmi eux.

Je ne connais que deux fortes d'êtres immuables fur la terre, les géomètres & les animaux ; ils font conduits par deux règles invariables, la démonftration & l'inftinct ; & encore les géomètres ont-ils eu quelques difputes, mais les animaux n'ont jamais varié.

Des contradictions dans les hommes & dans les affaires.

Les contraftes, les jours & les ombres fous lefquels on repréfente dans l'hiftoire les hommes publics, ne font pas des contradictions, ce font des portraits fidelles de la nature humaine.

Tous les jours on condamne & on admire *Alexandre* le meurtrier de *Clitus*, mais le vengeur de la grèce, le vainqueur des Perfes, & le fondateur d'Alexandrie ;

Céfar le débauché, qui vole le tréfor public de Rome pour afſervir fa patrie, mais dont la clémence égale la valeur, & dont l'efprit égale le courage ;

Mahomet impofteur, brigand, mais le feul des légiflateurs religieux qui ait eu du courage & qui ait fondé un grand empire;

L'enthoufiafte *Cromwell*, fourbe dans le fanatifme même, affaffin de fon roi en forme juridique, mais auffi profond politique que valeureux guerrier.

Mille contraftes fe préfentent fouvent en foule, & ces contraftes font dans la nature; ils ne font pas plus étonnans qu'un beau jour fuivi de la tempête.

Des contradictions apparentes dans les livres.

I L faut foigneufement diftinguer dans les écrits, & furtout dans les livres facrés, les contradictions apparentes & les réelles. Il eft dit dans le Pentateuque que *Moïfe* était le plus doux des hommes, & qu'il fit égorger vingt-trois mille hébreux qui avaient adoré le veau d'or, & vingt-quatre mille qui avaient ou époufé comme lui, ou fréquenté des femmes madianites. Mais de fages commentateurs ont prouvé folidement que *Moïfe* était d'un naturel très-doux, & qu'il n'avait fait qu'exécuter les vengeances de D I E U en fefant maffacrer ces quarante-fept mille Ifraélites coupables, comme nous l'avons déjà vu.

Des critiques hardis ont cru apercevoir une contradiction dans le récit où il eft dit que *Moïfe* changea toutes les eaux de l'Egypte en fang, & que les magiciens de *Pharaon* firent enfuite le même prodige, fans que l'Exode mette aucun intervalle entre le miracle de *Moïfe* & l'opération magique des enchanteurs.

Il paraît d'abord impoffible que ces magiciens changent en fang ce qui eft déjà devenu fang; mais cette difficulté peut fe lever en fuppofant que *Moïfe* avait laiffé les eaux reprendre leur première nature, pour donner au pharaon le temps de rentrer en lui-même. Cette fuppofition eft d'autant plus plaufible, que fi le texte ne la favorife pas expreffément, il ne lui eft pas contraire.

Les mêmes incrédules demandent comment tous les chevaux ayant été tués par la grêle dans la fixième plaie, *Pharaon* put pourfuivre la nation juive avec de la cavalerie? Mais cette contradiction n'eft pas même apparente, puifque la grêle qui tua tous les chevaux qui étaient aux champs, ne put tomber fur ceux qui étaient dans les écuries.

Une des plus fortes contradictions qu'on ait cru trouver dans l'hiftoire des Rois, eft la difette totale d'armes offenfives & défenfives chez les Juifs à l'avè-nement de *Saül*, comparée avec l'armée de trois cents trente mille combattans que *Saül* conduit contre les Ammonites qui affiégeaient Jabès en Galaad.

Il eft rapporté en effet qu'alors, (*d*) & même après cette bataille, il n'y avait pas une lance, pas une feule épée chez tout le peuple hébreu ; que les Philiftins empêchaient les Hébreux de forger des épées & des lances ; que les Hébreux étaient obligés d'aller chez les Philiftins pour faire aiguifer le foc de leurs charrues, (*e*) leurs hoyaux, leurs coignées, & leurs ferpettes.

Cet aveu femble prouver que les Hébreux étaient en très-petit nombre, & que les Philiftins étaient une

(*d*) I. Rois chap. III, v. 22.

(*e*) Chap. XII, v. 19, 20 & 21.

nation puiffante, victorieufe, qui tenait les Ifraélites fous le joug, & qui les traitait en efclaves ; qu'enfin il n'était pas poffible que *Saül* eût affemblé trois cents trente mille combattans, &c.

Le révérend père dom *Calmet* dit (*f*) qu'il eft croyable qu'*il y a un peu d'exagération dans ce qui eft dit ici de Saül & de Jonathas.* Mais ce favant homme oublie que les autres commentateurs attribuent les premières victoires de *Saül* & de *Jonathas* à un de ces miracles évidens que DIEU daigna faire fi fouvent en faveur de fon pauvre peuple. *Jonathas* avec fon feul écuyer tua d'abord vingt ennemis, & les Philif-tins étonnés tournèrent leurs armes les uns contre les autres. L'auteur du livre des Rois dit pofitivement, (*g*) que ce fut comme un miracle de DIEU, *accidit quafi miraculum à* DEO. Il n'y a donc point là de contradiction.

Les ennemis de la religion chrétienne, les *Celfes*, les *Porphyres*, les *Juliens*, ont épuifé la fagacité de leur efprit fur cette matière. Des auteurs juifs fe font prévalus de tous les avantages que leur donnait la fupériorité de leurs connaiffances dans la langue hébraïque pour mettre au jour ces contradictions apparentes ; ils ont été fuivis même par des chrétiens tels que milord *Herbert*, *Volafton*, *Tindal*, *Toland*, *Colins*, *Shaftesbury*, *Volfton*, *Gordon*, *Bolingbroke*, & plufieurs auteurs de divers pays. *Fréret*, fecrétaire perpétuel de l'académie de belles-lettres de France, le favant *le Clerc* même, *Simon* de l'oratoire, ont

(*f*) Note de dom *Calmet* fur le verfet 19.

(*g*) Chap. XIV, v. 15.

crû apercevoir quelques contradictions qu'on pouvait attribuer aux copistes. Une foule d'autres critiques ont voulu relever & réformer des contradictions qui leur ont paru inexplicables.

On lit dans un livre dangereux, fait avec beaucoup d'art : (*h*) ,, *St Matthieu* & *St Luc* donnent ,, chacun une généalogie de JESUS-CHRIST diffé- ,, rente ; & pour qu'on ne croie pas que ce sont ces ,, différences légères qu'on peut attribuer à méprise ,, ou inadvertance, il est aisé de s'en convaincre par ,, ses yeux en lisant *Matthieu* au chap. I, & *Luc* au ,, chap. III : on verra qu'il y a quinze générations ,, de plus dans l'une que dans l'autre ; que depuis ,, *David* elles se séparent absolument, qu'elles se ,, réunissent à *Salathiel ;* mais qu'après son fils elles ,, se séparent de nouveau, & ne se réunissent plus ,, qu'à *Joseph.*

,, Dans la même généalogie, *St Matthieu* tombe ,, encore dans une contradiction manifeste ; car il dit ,, qu'*Osias* était père de *Jonathan ;* & dans les Parali- ,, pomènes, livre premier, chap. III, v. 11 & 12, ,, on trouve trois générations entre eux ; savoir, *Joas,* ,, *Amazias, Azarias,* desquels *Luc* ne parle pas plus ,, que *Matthieu.* De plus, cette généalogie ne fait ,, rien à celle de JESUS, puisque, selon notre loi, ,, *Joseph* n'avait eu aucun commerce avec *Marie.* ,,

Pour répondre à cette objection faite depuis le temps d'*Origène*, & renouvelée de siècle en siècle, il faut lire *Julius Africanus.* Voici les deux généa- logies conciliées dans la table suivante, telle

_____

(*h*) Analyse de la religion chrétienne, page 22, attribuée à *Saint- Evremont.*

qu'elle

qu'elle se trouve dans la bibliothèque des auteurs ecclésiastiques.

David.

Salomon & ses descendans rapportés par *saint Matthieu*.		*Nathan* & ses descendans rapportés par *saint Luc*.

Estha.

Mathan premier mari.		*Melchi*, ou plutôt *Mathat*, second mari.
Jacob, fils de *Mathan* premier mari.	Leur femme commune, dont on ne fait point le nom; mariée premièrement à *Héli*, dont elle n'a point eu d'enfant, & ensuite à *Jacob* son frère.	*Héli*.
Joseph fils naturel de *Jacob*.		Fils d'*Héli* selon la loi.

Il y a une autre manière de concilier les deux généalogies par St *Epiphane*.

Suivant lui, *Jacob Panther*, descendu de *Salomon*, est père de *Joseph* & de *Cléophas*.

Joseph a de sa première femme six enfans, *Jacques*, *Josué*, *Siméon*, *Juda*, *Marie*, & *Salome*.

Il épouse ensuite la vierge *Marie*, mère de JESUS, fille de *Joachim* & d'*Anne*.

Dictionn. philosoph. Tome III.   I

Il y a plusieurs autres manières d'expliquer ces deux généalogies. Voyez l'ouvrage de dom *Calmet*, intitulé, *Differtation où l'on essaie de concilier St Matthieu avec St Luc fur la généalogie de* JESUS-CHRIST.

Les mêmes favans incrédules qui ne font occupés qu'à comparer des dates, à examiner les livres & les médailles, à confronter les anciens auteurs, à chercher la vérité avec la prudence humaine, & qui perdent par leur fcience la fimplicité de la foi, reprochent à *St Luc* de contredire les autres évangiles, & de s'être trompé dans ce qu'il avance fur la naiffance du Sauveur. Voici comme s'en explique témérairement l'auteur de l'*Analyfe de la religion chrétienne*.

,, *St Luc* dit que *Cirénius* avait le gouvernement de
,, Syrie lorfqu'*Augufte* fit faire le dénombrement de
,, tout l'empire. On va voir combien il fe rencontre
,, de fauffetés évidentes dans ce peu de mots. 1°. *Tacite*
,, & *Suétone*, les plus exacts de tous les hiftoriens,
,, ne difent pas un mot du prétendu dénombrement
,, de tout l'empire, qui affurément eût été un événe-
,, ment bien fingulier, puifqu'il n'y en eut jamais
,, fous aucun empereur, du moins aucun auteur ne
,, rapporte qu'il y en ait eu. 2°. *Cirénius* ne vint dans
,, la Syrie que dix ans après le temps marqué par
,, *Luc ;* elle était alors gouvernée par *Quintilius Varus*,
,, comme *Tertullien* le rapporte, & comme il eft
,, confirmé par les médailles. ,,

On avouera qu'en effet il n'y eut jamais de dénombrement de tout l'empire romain, & qu'il n'y eut qu'un cens de citoyens romains, felon l'ufage. Il fe peut que des copiftes aient écrit *dénombrement* pour

cens. A l'égard de *Cirénius*, que les copiftes ont tranf-
crit *Cirinus*, il eft certain qu'il n'était pas gouverneur
de la Syrie dans le temps de la naiffance de notre
Sauveur', & que c'était alors *Quintilius Varus ;* mais
il eft très-naturel que *Quintilius Varus* ait envoyé en
Judée ce même *Cirénius* qui lui fuccéda dix ans après
dans le gouvernement de la Syrie. On ne doit pas
diffimuler que cette explication laiffe encore quelques
difficultés.

Premièrement, le cens fait fous *Augufte* ne fe
rapporte point au temps de la naiffance de J E S U S-
C H R I S T.

Secondement, les Juifs n'étaient point compris
dans ce cens. *Jofeph* & fon époufe n'étaient point
citoyens romains. *Marie* ne devait donc point,
dit-on, partir de Nazareth, qui eft à l'extrémité de
la Judée, à quelques milles du mont Thabor, au
milieu du défert, pour aller accoucher à Bethléem
qui eft à quatre-vingts milles de Nazareth.

Mais il fe peut très-aifément que *Cirinus* ou *Cirénius*
étant venu à Jérufalem de la part de *Quintilius Varus*
pour impofer un tribut par tête, *Jofeph* & *Marie*
euffent reçu l'ordre du magiftrat de Bethléem de
venir fe préfenter pour payer le tribut dans le bourg
de Bethléem, lieu de leur naiffance ; il n'y a rien là
qui foit contradictoire.

Les critiques peuvent tâcher d'infirmer cette folution, en repréfentant que c'était *Hérode* feul qui
impofait les tributs ; que les Romains ne levaient rien
alors fur la Judée ; qu'*Augufte* laiffait *Hérode* maître
abfolu chez lui, moyennant le tribut que cet iduméen
payait à l'empire. Mais on peut dans un befoin

I 2

s'arranger avec un prince tributaire , & lui envoyer un intendant pour établir de concert avec lui la nouvelle taxe.

Nous ne dirons point ici , comme tant d'autres, que les copiftes ont commis beaucoup de fautes, & qu'il y en a plus de dix mille dans la verfion que nous avons. Nous aimons mieux dire avec les docteurs & les plus éclairés, que les évangiles nous ont été donnés pour nous enfeigner à vivre faintement , & non pas à critiquer favamment.

Ces prétendues contradictions firent un effet bien terrible fur le déplorable *Jean Meflier* curé d'Etrepigni & de But en Champagne ; cet homme vertueux à la vérité, & très-charitable , mais fombre & mélanco-lique, n'ayant guère d'autres livres que la Bible & quelques pères , les lut avec une attention qui lui devint fatale ; il ne fut pas affez docile, lui qui devait enfeigner la docilité à fon troupeau. Il vit les contra-dictions apparentes , & ferma les yeux fur la conci-liation. Il crut voir des contradictions affreufes entre JESUS né juif , & enfuite reconnu DIEU ; entre ce DIEU connu d'abord pour le fils de *Jofeph* charpen-tier & le frère de *Jacques*, mais defcendu d'un empyrée qui n'exifte point, pour détruire le péché fur la terre, & la laiffant couverte de crimes; entre ce DIEU né d'un vil artifan , & defcendant de *David* par fon père qui n'était pas fon père ; entre le créateur de tous les mondes , & le petit-fils de l'adultère *Betzabée*, de l'impudente *Ruth* , de l'inceftueufe *Thamar* , de la proftituée de Jéricho , & de la femme d'*Abraham* ravie par un roi d'Egypte, ravie enfuite à l'âge de quatre-vingt-dix ans.

Meflier étale avec une impiété monftrueufe toutes ces prétendues contradictions qui le frappèrent , & dont il lui aurait été aifé de voir la folution , pour peu qu'il eût eu l'efprit docile. Enfin fa trifteffe s'augmentant dans la folitude , il eut le malheur de prendre en horreur la fainte religion qu'il devait prêcher & aimer ; & n'écoutant plus que fa raifon féduite , il abjura le chriftianifme par un teftament olographe , dont il laiffa trois copies à fa mort , arrivée en 1732. L'extrait de ce teftament a été imprimé plufieurs fois , & c'eft un fcandale bien cruel. Un curé qui demande pardon à DIEU & à fes paroiffiens , en mourant , de leur avoir enfeigné des dogmes chrétiens ! un curé charitable qui a le chriftianifme en exécration , parce que plufieurs chrétiens font méchans , que le fafte de Rome le révolte , & que les difficultés des faints livres l'irritent ! un curé qui parle du chriftianifme comme *Porphyre* , *Jamblique* , *Epiĉléte* , *Marc - Aurèle* , *Julien !* & cela lorfqu'il eft près de paraître devant DIEU ! quel coup funefte pour lui & pour ceux que fon exemple peut égarer !

C'eft ainfi que le malheureux prédicant *Antoine* , trompé par les contradictions apparentes qu'il crut voir entre la nouvelle loi & l'ancienne , entre l'olivier franc & l'olivier fauvage , eut le malheur de quitter la religion chrétienne pour la religion juive ; & plus hardi que *Jean Meflier* , il aima mieux mourir que fe rétracter.

On voit par le teftament de *Jean Meflier* , que c'étaient furtout les contrariétés apparentes des évangiles qui avaient bouleverfé l'efprit de ce malheureux

I 3

pasteur, d'ailleurs d'une vertu rigide, & qu'on ne peut regarder qu'avec compassion. *Meslier* est profondément frappé des deux généalogies qui semblent se combattre ; il n'en avait pas vu la conciliation ; il se soulève, il se dépite, en voyant que *St Matthieu* fait aller le père, la mère, & l'enfant, en Egypte, après avoir reçu l'hommage des trois mages ou rois d'Orient, & pendant que le vieil *Hérode*, craignant d'être détrôné par un enfant qui vient de naître à Bethléem, fait égorger tous les enfans du pays, pour prévenir cette révolution. Il est étonné que ni *St Luc*, ni *St Jean*, ni *St Marc* ne parlent de ce massacre. Il est confondu quand il voit que *St Luc* fait rester *saint Joseph*, la bienheureuse vierge *Marie*, & JESUS notre Sauveur, à Bethléem, après quoi ils se retirèrent à Nazareth. Il devait voir que la sainte famille pouvait aller d'abord en Egypte, & quelque temps après à Nazareth sa patrie.

Si *St Matthieu* seul parle des trois mages & de l'étoile qui les conduisit du fond de l'Orient à Bethléem, & du massacre des enfans ; si les autres évangélistes n'en parlent pas, ils ne contredisent point *St Matthieu ;* le silence n'est point une contradiction.

Si les trois premiers évangélistes, *St Matthieu*, *St Marc*, & *St Luc*, ne font vivre JESUS-CHRIST que trois mois depuis son baptême en Galilée jusqu'à son supplice à Jérusalem ; & si *St Jean* le fait vivre trois ans & trois mois, il est aisé de rapprocher *saint Jean* des trois autres évangélistes, puisqu'il ne dit point expressément que JESUS-CHRIST prêcha en Galilée pendant trois ans & trois mois, & qu'on l'infère seulement de ses récits. Fallait-il renoncer à fa religion fur de fimples inductions, fur de fimples raifons de controverfe, fur des difficultés de chronologie?

Il eft impoffible, dit *Meflier*, d'accorder *faint Matthieu* & *St Luc*, quand le premier dit que JESUS en fortant du défert alla à Capharnaüm, & le fecond qu'il alla à Nazareth.

St Jean dit que ce fut *André* qui s'attacha le premier à JESUS-CHRIST, les trois autres évangéliftes difent que ce fut *Simon Pierre*.

Il prétend encore qu'ils fe contredifent fur le jour où JESUS célébra fa pâque, fur l'heure de fon fupplice, fur le lieu, fur le temps de fon apparition, de fa réfurrection. Il eft perfuadé que des livres qui fe contredifent, ne peuvent être infpirés par le St Efprit; mais il n'eft pas de foi que le St Efprit ait infpiré toutes les fyllabes; il ne conduifit pas la main de tous les copiftes, il laiffa agir les caufes fecondes : c'était bien affez qu'il daignât nous révéler les principaux myftères, & qu'il inftituât dans la fuite des temps une Eglife pour les expliquer. Toutes ces contradictions, reprochées fi fouvent aux évangiles avec une fi grande amertume, font mifes au grand jour par les fages commentateurs; loin de fe nuire, elles s'expliquent chez eux l'une par l'autre, elles fe prêtent un mutuel fecours dans les concordances, & dans l'harmonie des quatre évangiles.

Et s'il y a plufieurs difficultés qu'on ne peut expliquer, des profondeurs qu'on ne peut comprendre, des aventures qu'on ne peut croire, des prodiges qui révoltent la faible raifon humaine, des contradictions qu'on ne peut concilier; c'est pour exercer notre foi, & pour humilier notre esprit.

Contradictions dans les jugemens sur les ouvrages.

J'ai quelquefois entendu dire d'un bon juge plein de goût : Cet homme ne décide que par humeur ; il trouvait hier le *Poussin* un peintre admirable : aujourd'hui il le trouve très-médiocre. C'est que le *Poussin* en effet a mérité de grands éloges & des critiques.

On ne se contredit point quand on est en extase devant les belles scènes d'*Horace* & de *Curiace*, du *Cid* & de *Chimène*, d'*Auguste* & de *Cinna* ; & qu'on voit ensuite, avec un soulèvement de cœur mêlé de la plus vive indignation, quinze tragédies de suite sans aucun intérêt, sans aucune beauté, & qui ne sont pas même écrites en français.

C'est l'auteur qui se contredit : c'est lui qui a le malheur d'être entièrement différent de lui-même. Le juge se contredirait, s'il applaudissait également l'excellent & le détestable. Il doit admirer dans *Homère* la peinture des Prières qui marchent après l'Injure, les yeux mouillés de pleurs ; la ceinture de *Vénus* ; les adieux d'*Hector* & d'*Andromaque* ; l'entrevue d'*Achille* & de *Priam*. Mais doit-il applaudir de même à des dieux qui se disent des injures, & qui se battent ; à l'uniformité des combats qui ne décident rien ; à la brutale férocité des héros ; à l'avarice qui les domine presque tous ; enfin à un poëme qui finit par une trève de onze jours, laquelle fait sans doute attendre la continuation de la guerre & la prise de Troye que cependant on ne trouve point ?

Le bon juge paſſe ſouvent de l'approbation au blâme, quelque bon livre qu'il puiſſe lire. (*)

CONTRASTE.

CONTRASTE; oppoſition de figures, de ſituations, de fortune, de mœurs &c. Une bergère ingénue fait un beau contraſte dans un tableau avec une princeſſe orgueilleuſe. Le rôle de l'Impoſteur & celui d'*Ariſte* font un contraſte admirable dans le Tartuffe.

Le petit peut contraſter avec le grand dans la peinture, mais on ne peut dire qu'il lui eſt contraire. Les oppoſitions de couleurs contraſtent; mais auſſi il y a des couleurs contraires les unes aux autres, c'eſt-à-dire qui font un mauvais effet parce qu'elles choquent les yeux lorſqu'elles ſont rapprochées.

Contradictoire ne peut ſe dire que dans la dialectique. Il eſt contradictoire qu'une choſe ſoit & ne ſoit pas, qu'elle ſoit en pluſieurs lieux à la fois, qu'elle ſoit d'un tel nombre, d'une telle grandeur, & qu'elle n'en ſoit pas. Cette opinion, ce diſcours, cet arrêt, ſont contradictoires.

Les diverſes fortunes de *Charles XII* ont été contraires, mais non pas contradictoires; elles forment dans l'hiſtoire un beau contraſte.

C'eſt un grand contraſte, & ce ſont deux choſes bien contraires, mais il n'eſt point contradictoire que le pape ait été adoré à Rome, & brûlé à Londres le même jour, & que pendant qu'on l'appelait *vice-Dieu* en Italie, il ait été repréſenté en cochon dans les rues de Moſcou, pour l'amuſement de *Pierre le grand*.

(*) Voyez *Goût*.

Mahomet mis à la droite de DIEU dans la moitié du globe, & damné dans l'autre, eft le plus grand des contraftes.

Voyagez loin de votre pays, tout fera contrafte pour vous.

Le blanc qui le premier vit un nègre, fut bien étonné ; mais le premier raifonneur qui dit que ce nègre venait d'une paire blanche, m'étonne bien davantage ; fon opinion eft contraire à la mienne. Un peintre qui repréfente des blancs, des nègres, & des olivâtres, peut faire de beaux contraftes.

CONVULSIONS.

ON danfa vers l'an 1724 fur le cimetière de Saint-Médard, il s'y fit beaucoup de miracles : en voici un rapporté dans une chanfon de madame la ducheffe du *Maine.*

> Un décroteur à la royale,
> Du talon gauche eftropié,
> Obtint pour grâce fpéciale
> D'être boiteux de l'autre pié.

Les convulfions miraculeufes, comme on fait, continuèrent jufqu'à ce qu'on eût mis une garde au cimetière.

> De par le roi, défenfe à DIEU
> De faire miracle en ce lieu.

Les jéfuites, comme on le fait encore, ne pouvant plus faire de tels miracles depuis que leur *Xavier* avait épuifé les grâces de la compagnie à reffufciter neuf morts de compte fait, s'avifèrent, pour balancer le crédit des janféniftes, de faire graver une eftampe de JESUS-CHRIST habillé en jéfuite. Un plaifant du parti janfénifte, comme on le fait encore, mit au bas de l'eftampe :

> Admirez l'artifice extrême
> De ces moines ingénieux;
> Ils vous ont habillé comme eux,
> Mon DIEU, de peur qu'on ne vous aime.

Les janféniftes, pour mieux prouver que jamais JESUS-CHRIST n'avait pu prendre l'habit de jéfuite, remplirent Paris de convulfions, & attirèrent le monde à leur préau. Le confeiller au parlement *Carré de Montgeron* alla préfenter au roi un recueil in-4° de tous ces miracles, atteftés par mille témoins. Il fut mis, comme de raifon, dans un château, où l'on tâcha de rétablir fon cerveau par le régime ; mais la vérité l'emporte toujours fur les perfécutions ; les miracles fe perpétuèrent trente ans de fuite, fans dif-continuer. On fefait venir chez foi fœur *Rofe*, fœur *Illuminée*, fœur *Promife*, fœur *Confite;* elles fe fefaient fouetter, fans qu'il y parût le lendemain ; on leur donnait des coups de bûches fur leur eftomac bien cuiraffé, bien rambourré, fans leur faire de mal ; on les couchait devant un grand feu, le vifage frotté de pommade, fans qu'elles brûlaffent ; enfin, comme tous les arts fe perfectionnent, on a fini par leur enfoncer des épées dans les chairs, & par les crucifier. Un fameux maître d'école même a eu auffi l'avantage d'être mis en croix : tout cela pour convaincre le monde qu'une certaine bulle était ridicule, ce qu'on aurait pu prouver fans tant de frais. Cependant, & jéfuites & janféniftes fe réunirent tous contre l'*Efprit des lois*, & contre.... & contre.... & contre.... & contre...... Et nous ofons après cela nous moquer des Lapons, des Samoïèdes, & des Nègres, ainfi que nous l'avons dit tant de fois !

D E S   C O Q U I L L E S,

Et des fyftèmes bâtis fur des coquilles.

IL eft arrivé aux coquilles la même chofe qu'aux anguilles ; elles ont fait éclore des fyftèmes nouveaux. On trouve dans quelques endroits de ce globe des amas de coquillages, on voit dans quelques autres des huîtres pétrifiées : de-là on a conclu que malgré les lois de la gravitation & celle des fluides, & malgré la profondeur du lit de l'Océan, la mer avait couvert toute la terre, il y a quelques millions d'années.

La mer ayant inondé ainfi fucceffivement la terre, a formé les montagnes par fes courans, par fes marées ; & quoique fon flux ne s'élève qu'à la hauteur de quinze pieds dans fes plus grandes intumefcences fur nos côtes, elle a produit des roches hautes de dix-huit mille pieds.

Si la mer a été par-tout, il y a eu un temps où le monde n'était peuplé que de poiffons. Peu-à-peu les nageoires font devenues des bras, la queue fourchue s'étant alongée a formé des cuiffes & des jambes, enfin les poiffons font devenus des hommes, &

tout cela s'eft fait en conféquence des coquilles
qu'on a déterrées. Ces fyftèmes valent bien l'horreur
du vide, les formes fubftantielles, la matière globu-
leufe, fubtile, cannelée, ftriée, la négation de
l'exiftence des corps, la baguette divinatoire de
Jacques Aimard, l'harmonie préétablie, & le mouvement perpétuel.

Il y a, dit-on, des débris immenfes de coquilles
auprès de Maftricht. Je ne m'y oppofe pas, quoique
je n'y en aie vu qu'une très-petite quantité. La mer
a fait d'horribles ravages dans ces quartiers-là ; elle
a englouti la moitié de la Frife, elle a couvert des
terrains autrefois fertiles, elle en a abandonné
d'autres. C'eft une vérité reconnue, perfonne ne
contefte les changemens arrivés fur la furface du
globe dans une longue fuite de fiècles. Il fe peut
phyfiquement, & fans ofer contredire nos livres
facrés, qu'un tremblement de terre ait fait difparaître l'île Atlantide neuf mille ans avant *Platon*,
comme il le rapporte, quoique fes mémoires ne
foient pas furs. Mais tout cela ne prouve pas que
la mer ait produit le mont Caucafe, les Pyrénées, &
les Alpes.

On prétend qu'il *y a des fragmens de coquillages à
Montmartre, & à Courtagnon auprès de Reims*. On en
rencontre prefque par-tout ; mais non pas fur la
cime des montagnes, comme le fuppofe le fyftème
de *Maillet*.

Il n'y en a pas une feule fur la chaîne des hautes
montagnes depuis la Sierra-Morena jufqu'à la dernière cime de l'Apennin. J'en ai fait chercher fur le
mont Saint-Gothard, fur le Saint-Bernard, dans

les montagnes de la Tarentaise, on n'en a pas découvert.

Un seul physicien m'a écrit qu'il a trouvé une écaille d'huître pétrifiée vers le mont Cénis. Je dois le croire, & je suis très-étonné qu'on n'y en ait pas vu des centaines. Les lacs voisins nourriffent de groffes moules dont l'écaille reffemble parfaitement aux huîtres ; on les appelle même *petites huîtres* dans plus d'un canton.

Eft-ce d'ailleurs une idée tout-à-fait romanefque de faire réflexion à la foule innombrable de pélerins qui partaient à pied de St Jacques en Galice, & de toutes les provinces, pour aller à Rome par le mont Cénis, chargés de coquilles à leurs bonnets ? Il en venait de Syrie, d'Egypte, de Grèce, comme de Pologne & d'Autriche. Le nombre des romipètes a été mille fois plus confidérable que celui des hagi qui ont vifité la Mecque & Médine, parce que les chemins de Rome font plus faciles, & qu'on n'était pas forcé d'aller par caravanes. En un mot, une huître près du mont Cénis ne prouve pas que l'Océan indien ait enveloppé toutes les terres de notre hémifphère.

On rencontre quelquefois en fouillant la terre des pétrifications étrangères, comme on rencontre dans l'Autriche des médailles frappées à Rome. Mais pour une pétrification étrangère il y en a mille de nos climats.

Quelqu'un a dit qu'il aimerait autant croire le marbre compofé de plumes d'autruches que de croire le porphyre compofé de pointes d'ourfin. Ce quelqu'un-là avait grande raifon, fi je ne me trompe.

On découvrit, ou l'on crut découvrir il y a quelques années, les offemens d'un renne & d'un hippopotame près d'Etampes, & de-là on conclut que le Nil & la Laponie avaient été autrefois fur le chemin de Paris à Orléans. Mais on aurait dû plutôt foupçonner qu'un curieux avait eu autrefois dans fon cabinet le fquelette d'un renne, & celui d'un hippo-potame. Cent exemples pareils invitent à examiner long-temps avant que de croire.

Amas de coquilles.

MILLE endroits font remplis de mille débris de teftacées, de cruftacées, de pétrifications. Mais remarquons, encore une fois, que ce n'eft prefque jamais ni fur la croupe, ni dans les flancs de cette continuité de montagnes dont la furface du globe eft traverfée; c'eft à quelques lieues de ces grands corps, c'eft au milieu des terres, c'eft dans des cavernes, dans des lieux où il eft très-vraifemblable qu'il y avait de petits lacs qui ont difparu, de petites rivières dont le cours eft changé, des ruiffeaux confidérables dont la fource eft tarie. Vous y voyez des débris de tortues, d'écreviffes, de moules, de colimaçons, de petits cruftacées de rivière, de petites huîtres femblables à celles de Lorraine : mais de véritables corps marins, c'eft ce que vous ne voyez jamais. S'il y en avait, pourquoi n'aurait-on jamais vu d'os de chiens marins, de requins, de baleines ?

Vous prétendez que la mer a laiffé dans nos terres des marques d'un très-long féjour. Le monument le plus fûr ferait affurément quelques amas de marfouins au milieu de l'Allemagne ; car vous en voyez des milliers fe jouer fur la furface de la mer Germanique dans un temps ferein. Quand vous les aurez découverts, & que je les aurai vus à Nuremberg & à Francfort, je vous croirai ; mais en attendant permettez-moi de ranger la plupart de ces fuppofitions avec celle du vaiffeau pétrifié, trouvé dans le canton de Berne à cent pieds fous terre , tandis qu'un de fes ancres était fur le mont Saint-Bernard.

J'ai vu quelquefois des débris de moules & de colimaçons qu'on prenait pour des coquilles de mer.

Si on fongeait feulement que dans une année pluvieufe il y a plus de limaçons dans dix lieues de pays que d'hommes fur la terre , on pourrait fe difpenfer de chercher ailleurs l'origine de ces fragmens de coquillages dont le bord du Rhône & ceux d'autres rivières font tapiffés dans l'efpace de plufieurs milles. Il y a beaucoup de ces limaçons dont le diamètre eft de plus d'un pouce. Leur multitude détruit quelquefois les vignes & les arbres fruitiers. Les fragmens de leurs coques endurcies font partout. Pourquoi donc imaginer que des coquillages des Indes font venus s'amonceler dans nos climats, quand nous en avons chez nous par millions ? Tous ces petits fragmens de coquilles , dont on fait tant de bruit pour accréditer un fyflème , font pour la plupart fi informes, fi ufés, fi méconnaiffables qu'on pourrait également parier que ce font des débris d'écreviffes ou de crocodiles , ou des ongles d'autres animaux. Si on trouve une coquille bien

confervée

confervée dans le cabinet d'un curieux, on ne fait d'où elle vient, & je doute qu'elle puiffe fervir de fondement à un fyftème de l'univers.

Je ne nie pas, encore une fois, qu'on ne rencontre à cent milles de la mer quelques huîtres pétrifiées, des conques, des univalves, des productions qui ref-femblent parfaitement aux productions marines ; mais eft-on bien fûr que le fol de la terre ne peut enfanter ces foffiles ? La formation des agates arborifées ou herborifées ne doit-elle pas nous faire fufpendre notre jugement ? Un arbre n'a point produit l'agate qui repréfente parfaitement un arbre ; la mer peut auffi n'avoir point produit ces coquilles foffiles qui ref-femblent à des habitations de petits animaux marins. L'expérience fuivante en peut rendre témoignage.

De la grotte des fées.

LES grottes où fe forment lès ftalactites & les ftalagmites font communes. Il y en a dans prefque toutes les provinces. Celle du Chablais eft peut-être la moins connue des phyficiens, & qui mérite le plus de l'être. Elle eft fituée dans des rochers affreux, au milieu d'une forêt d'épines, à deux petites lieues de Ripaille, dans la paroiffe de Féterne. Ce font trois grottes en voûte l'une fur l'autre, taillées à pic par la nature dans un roc inabordable. On n'y peut monter que par une échelle, & il faut s'élancer enfuite dans ces cavités en fe tenant à des branches d'arbres. Cet endroit eft appelé par les gens du lieu *la grotte des fées*. Chacune a dans fon fond un baffin dont l'eau paffe pour avoir la même vertu que celle de Sainte-Reine. L'eau qui diftille de la fupérieure, à travers le rocher, y a formé dans la voûte la figure d'une poule qui couve des pouffins. Auprès de cette poule eft une autre concrétion qui reffemble parfaitement à un morceau de lard avec fa couenne, de la longueur de près de trois pieds.

Dans le baffin de cette même grotte, où l'on fe baigne, on trouve des figures de pralines telles qu'on les vend chez les confifeurs, & à côté la forme d'un rouet ou tour à filer avec la quenouille. Les femmes des environs prétendent avoir vu dans l'enfoncement une femme pétrifiée, au-deffous du rouet : mais les obfervateurs n'ont point vu en dernier lieu cette femme. Peut-être les concrétions ftalactiques avaient deffiné autrefois une figure informe de femme ; & c'eft ce qui fit nommer cette caverne *la grotte des fées*.

Il fut un temps qu'on n'ofait en approcher ; mais depuis que la figure de la femme a difparu, on eft devenu moins timide.

Maintenant, qu'un philofophe à fyftème raifonne fur ce jeu de la nature, ne pourrait-il pas dire : Voilà des pétrifications véritables ? Cette grotte était habitée, fans doute, autrefois par une femme ; elle filait au rouet, fon lard était pendu au plancher, elle avait auprès d'elle fa poule avec fes pouffins ; elle mangeait des pralines lorfqu'elle fut changée en rocher elle & fes poulets, & fon lard, & fon rouet, & fa quenouille, & fes pralines ; comme *Edith* femme de *Loth* fut changée en ftatue de fel. L'antiquité fourmille de ces exemples.

Il ferait bien plus raifonnable de dire, cette femme fut pétrifiée, que de dire, ces petites coquilles viennent de la mer des Indes ; cette écaille fut laiſſée ici par la mer il y a cinquante mille ſiècles ; ces gloſſopètres ſont des langues de marſouins qui s'aſſemblèrent un jour ſur cette colline pour n'y laiſſer que leurs goſiers ; ces pierres en ſpirale renfermaient autrefois le poiſſon *Nautilus* que perſonne n'a jamais vu.

Du falun de Touraine, & de ſes coquilles.

ON regarde enfin le falun de Touraine comme le monument le plus inconteſtable de ce ſéjour de l'Océan ſur notre continent dans une multitude prodigieuſe de ſiècles ; & la raiſon, c'eſt qu'on prétend que cette mine eſt compoſée de coquilles pulvériſées.

Certainement ſi à trente-ſix lieues de la mer il était d'immenſes bancs de coquillages marins, s'ils étaient poſés à plat par couches régulières, il ferait démontré que ces bancs ont été le rivage de la mer : & il eſt d'ailleurs très-vraiſemblable que des terrains bas & plats ont été tour-à-tour couverts & dégagés des eaux juſqu'à trente & quarante lieues ; c'eſt l'opinion de toute l'antiquité. Une mémoire confuſe s'en eſt conſervée, & c'eſt ce qui a donné lieu à tant de fables.

> *Nil equidem durare diu ſub imagine eâdem*
> *Crediderim. Sic ad ferrum veniſtis ab auro,*
> *Secula. Sic toties verſa eſt fortuna locorum.*
> *Vidi ego quod fuerat quondam ſolidiſſima tellus*
> *Eſſe fretum. Vidi factas ex æquore terras :*
> *Et procul à pelago conchæ jacuere marinæ :*

Et vetus inventa eſt in montibus anchora ſummis. (a)
Quodque fuit campus, vallem decurſus aquarum
Fecit : & eluvie mons eſt deduɛlus in æquor :
Eque paludoſâ ſiccis humus aret arenis :
Quæque ſitim tulerant, ſtagnata paludibus hument.

C'eſt ainſi que *Pythagore* s'explique dans *Ovide.*
Voici une imitation de ces vers qui en donnera l'idée.

Le temps, qui donne à tout le mouvement & l'être,
Produit, accroît, détruit, fait mourir, fait renaître,
Change tout dans les cieux, ſur la terre, & dans l'air.
L'âge d'or à ſon tour ſuivra l'âge de fer.
Flore embellit des champs l'aridité ſauvage.
La mer change ſon lit, ſon flux, & ſon rivage.
Le limon qui nous porte eſt né du ſein des eaux.
Où croiſſent les moiſſons, voguèrent les vaiſſeaux.
La main lente du temps applanit les montagnes ;
Il creuſe les vallons, il étend les campagnes ;
Tandis que l'Éternel, le ſouverain des temps,
Demeure inébranlable en ces grands changemens.

Mais pourquoi cet Océan n'a-t-il formé aucune montagne ſur tant de côtes plates livrées à ſes marées ? Et pourquoi, s'il a dépoſé des amas prodigieux de coquilles en Touraine, n'a-t-il pas laiſſé les mêmes monumens dans les autres provinces à la même diſtance ?

D'un côté je vois pluſieurs lieues de rivages au niveau de la mer dans la baſſe Normandie : je traverſe

(a) Cela reſſemble un peu à l'ancre de vaiſſeau qu'on prétendait avoir trouvé ſur le grand Saint-Bernard, auſſi s'eſt-on bien gardé d'inſérer cette chimère dans la traduction.

la Picardie, la Flandre, la Hollande, la baffe Allemagne, la Poméranie, la Pruffe, la Pologne, la
Ruffie, une grande partie de la Tartarie, fans qu'une
feule haute montagne, fefant partie de la grande
chaîne, fe préfente à mes yeux. Je puis franchir ainfi
l'efpace de deux mille lieues dans un terrain affez
uni, à quelques collines près. Si la mer répandue
originairement fur notre continent, avait fait les
montagnes, comment n'en a-t-elle pas fait une feule
dans cette vafte étendue ?

De l'autre côté, ces prétendus bancs de coquilles,
à trente, à quarante lieues de la mer, méritent le
plus férieux examen. J'ai fait venir de cette province,
dont je fuis éloigné de cent cinquante lieues, une
caiffe de ce falun. Le fond de cette minière eft évidemment une efpèce de terre calcaire & marneufe,
mêlée de talc, laquelle a quelques lieues de longueur
fur environ une & demie de largeur. Les morceaux
purs de cette terre pierreufe font un peu falés au
goût. Les laboureurs l'emploient pour féconder leurs
terres, & il eft très-vraifemblable que fon fel les
fertilife : on en fait autant dans mon voifinage avec
du gypfe. Si ce n'était qu'un amas de coquilles, je
ne vois pas qu'il pût fumer la terre. J'aurais beau
jeter dans mon champ toutes les coques defféchées
des limaçons & des moules de ma province, ce ferait
comme fi j'avais femé fur des pierres.

Quoique je fois fûr de peu de chofes, je puis affirmer que je mourrais de faim, fi je n'avais pour vivre
qu'un champ de vieilles coquilles caffées. (b)

_____

(b) Tout ce que ces coquillages pourraient opérer, ce ferait de divifer
une terre trop compacte. On en fait autant avec du gravier. Des coquilles

K 3

En un mot, il eft certain, autant que mes yeux peuvent avoir de certitude , que cette marne eft une efpèce de terre , & non pas un affemblage d'animaux marins qui feraient au nombre de plus de cent mille milliars de milliars. Je ne fais pourquoi l'académicien qui , le premier après *Paliffi* , fit connaître cette fingularité de la nature, a pu dire : *Ce ne font que de petits fragmens de coquilles très-reconnaiffables pour en être des fragmens ; car ils ont leurs cannelures très-bien marquées ; feulement ils ont perdu leur luifant & leur vernis.*

Il eft reconnu que dans cette mine de pierre calcaire & de talc on n'a jamais vu une feule écaille d'huître, mais qu'il y en a quelques-unes de moules, parce que cette mine eft entourée d'étangs. Cela feul décide la queftion contre *Bernard Paliffi* , & détruit tout le merveilleux que *Réaumur* & fes imitateurs ont voulu y mettre.

Si quelques petits fragmens de coquilles mêlées à la terre marneufe, étaient réellement des coquilles de mer, il faudrait avouer qu'elles font dans cette falunière depuis des temps reculés qui épouvantent l'imagination , & que c'eft un des plus anciens monumens des révolutions de notre globe. Mais auffi, comment une production enfouie quinze pieds en terre pendant tant de fiècles , peut-elle avoir l'air fi nouveau? Comment y a-t-on trouvé la coquille d'un limaçon toute fraîche? pourquoi la mer n'aurait-elle confié ces coquilles tourangeotes qu'à ce feul petit

---

fraîches & pilées pourraient fervir par leur huile : mais des coquillages deffèchés ne font bons à rien.

N. B. Quand ces coquilles font très-friables , elles peuvent fervir d'engrais comme la craie ou la marne.

morceau de terre, & non ailleurs? n'eft-il pas de la
plus extrême vraifemblance que ce falun qu'on avait
pris pour un réfervoir de petits poiffons, n'eft précifément qu'une mine de pierre calcaire d'une médiocre
étendue?

D'ailleurs l'expérience de M. de *la Sauvagère* qui
a vu des coquillages fe former dans une pierre tendre,
& qui en rend témoignage avec fes voifins, ne doit-
elle pas au moins nous infpirer quelques doutes?

Voici une autre difficulté, un autre fujet de douter.
On trouve entre Paris & Arcueil, fur la rive gauche
de la Seine, un banc de pierre très-long, tout parfemé
de coquilles maritimes, ou qui du moins leur reffemblent parfaitement. On m'en a envoyé un morceau
pris au hafard à cent pieds de profondeur. Il s'en
faut bien que les coquilles y foient amoncelées par
couches : elles y font éparfes & dans la plus grande
confufion. Cette confufion feule contredit la régularité
prétendue qu'on attribue au falun de Touraine.

Enfin, fi ce falun a été produit à la longue dans
la mer, elle eft donc venue à près de quarante lieues
dans un pays plat, & elle n'y a point formé de montagnes. Il n'eft donc nullement probable que les
montagnes foient des productions de l'Océan. De ce
que la mer ferait venue à quarante lieues, s'enfuivrait-
il qu'elle aurait été par-tout?

Idées de Paliſſi ſur les coquilles prétendues.

AVANT que *Bernard Paliſſi* eût prononcé que
cette mine de marne de trois lieues d'étendue n'était
qu'un amas de coquilles, les agriculteurs étaient dans

l'ufage de fe fervir de cet engrais , & ne foupçonnaient pas que ce fuffent uniquement des coquilles qu'ils employaffent. N'avaient-ils pas des yeux ? Pourquoi ne crut-on pas *Paliffi* fur fa parole ? Ce *Paliffi* d'ailleurs était *un peu vifionnaire*. Il fit imprimer le livre intitulé : *Le moyen de devenir riche , & la manière véritable par laquelle tous les hommes de France pourront apprendre à multiplier & à augmenter leur tréfor & poffeffions , par maître Bernard Paliffi, inventeur des ruftiques figulines du roi,* Il tint à Paris une école, où il fit afficher qu'il rendrait l'argent à ceux qui lui prouveraient la fauffeté de fes opinions. Cette efpèce de charlatanerie décrédita fes coquilles jufqu'au temps où elles furent remifes en honneur par un académicien célèbre qui enrichit les découvertes des *Swammerdam*, des *Leuvenhoeck* , par l'ordre dans lequel il les plaça, & qui voulut rendre de grands fervices à la phyfique. L'expérience, comme on l'a déjà dit, eft trompeufe ; il faut donc examiner encore ce falun. Il eft certain qu'il pique la langue par une légère âcreté , c'eft un effet que les coquilles ne produiront pas. Il eft indubitable que le falun eft une terre calcaire & marneufe. Il eft indubitable auffi qu'elle renferme quelques coquilles de moules à dix à quinze pieds de profondeur. L'auteur eftimable de l'Hiftoire naturelle, auffi profond dans fes vues qu'attrayant par fon ftyle , dit expreffément: *Je prétends que les coquilles font l'intermède que la nature emploie pour former la plupart des pierres. Je prétends que les craies, les marnes, & les pierres à chaux, ne font compofées que de pouffière & de détrimens de coquilles.*

On peut aller trop loin , quelque habile phyficien que l'on foit. J'avoue que j'ai examiné pendant douze

ans de fuite la pierre à chaux que j'ai employée, &
que ni moi, ni aucun des affiftans n'y avons aperçu
le moindre veftige de coquilles.

A-t-on donc befoin de toutes ces fuppofitions pour
prouver les révolutions que notre globe a effuyées dans
des temps prodigieufement reculés? Quand la mer
n'aurait abandonné & couvert tour-à-tour les terrains
bas de fes rivages que le long de deux mille lieues
fur quarante de large dans les terres, ce ferait un
changement fur la furface du globe de quatre-vingts
mille lieues quarrées.

Les éruptions des volcans, les tremblemens, les
affaiffemens des terrains doivent avoir bouleverfé une
affez grande quantité de la furface du globe; des lacs,
des rivières ont difparu, des villes ont été englouties;
des îles fe font formées; des terres ont été féparées:
les mers intérieures ont pu opérer des révolutions
beaucoup plus confidérables. N'en voilà-t-il pas affez?
Si l'imagination aime à fe repréfenter ces grandes
viciffitudes de la nature, elle doit être contente.

J'avoue encore qu'il eft démontré aux yeux, qu'il
a fallu une prodigieufe multitude de fiècles pour
opérer toutes les révolutions arrivées dans ce globe,
& dont nous avons des témoignages inconteftables.
Les quatre cents foixante & dix mille ans dont les
Babyloniens précepteurs des Egyptiens fe vantaient,
ne fuffifent peut-être pas ; mais je ne veux point
contredire la Genèfe que je regarde avec vénération.
Je fuis partagé entre ma faible raifon qui eft mon
feul flambeau , & les livres facrés juifs auxquels je
n'entends rien du tout. Je me borne toujours à prier
DIEU que des hommes ne perfécutent pas des

hommes ; qu'on ne faffe pas de cette terre fi fouvent bouleverfée une vallée de mifère & de larmes, dans laquelle des ferpens deftinés à ramper quelques minutes dans leurs trous, dardent continuellement leur venin les uns contre les autres.

Du fyftème de Maillet qui, de l'infpeftion des coquilles, conclut que les poiffons font les premiers pères des hommes.

Maillet, dont nous avons déjà parlé, crut s'appercevoir au grand Caire que notre continent n'avait été qu'une mer dans l'éternité paffée ; il vit des coquilles, & voici comme il raifonna : Ces coquilles prouvent que la mer a été pendant des milliers de fiècles à Memphis, donc les Egyptiens & les finges viennent inconteftablement des poiffons marins.

Les anciens habitans des bords de l'Euphrate ne s'éloignaient pas beaucoup de cette idée, quand ils débitèrent que le fameux poiffon *Oannès* fortait tous les jours du fleuve, pour les venir catéchifer fur le rivage. *Derceto*, qui eft la même que *Vénus*, avait une queue de poiffon. La *Vénus* d'*Héfiode* naquit de l'écume de la mer.

C'eft peut-être fuivant cette cofmogonie qu'*Homère* dit que l'Océan eft le père de toutes chofes ; mais par ce mot d'*Océan*, il n'entend, dit-on, que le Nil, & non notre mer Océane qu'il ne connaiffait pas.

Thalès apprit aux Grecs que l'eau eft le premier principe de la nature. Ses raifons font que la femence de tous les animaux eft aqueufe, qu'il faut de l'humidité à toutes les plantes, & qu'enfin les étoiles font

nourries des exhalaifons humides de notre globe.
Cette dernière raifon eft merveilleufe ; & il eft plaifant qu'on parle encore de *Thalès*, & qu'on veuille
favoir ce qu'*Athénée* & *Plutarque* en penfaient.

Cette nourriture des étoiles n'aurait pas réuffi dans
notre temps, & malgré les fermons du poiffon *Oannès*,
les argumens de *Thalès*, les imaginations de *Maillet*,
malgré l'extrême paffion qu'on a aujourd'hui pour les
généalogies, il y a peu de gens qui croient defcendre
d'un turbot & d'une morue. Pour étayer ce fyftème,
il fallait abfolument que toutes les efpèces & tous les
élémens fe changeaffent les uns en les autres. Les
Métamorphofes d'*Ovide* devenaient le meilleur livre
de phyfique qu'on ait jamais écrit.

Notre globe a eu fans doute fes métamorphofes,
fes changemens de forme ; & chaque globe a eu les
fiennes, puifque tout étant en mouvement, tout a dû
néceffairement changer ; il n'y a que l'immobile qui
foit immuable ; la nature eft éternelle, mais nous
autres nous fommes d'hier. Nous découvrons mille
fignes de variations fur notre petite fphère. Ces fignes
nous apprennent que cent villes ont été englouties,
que des rivières ont difparu, que dans de longs
efpaces de terrain on marche fur des débris. Ces
épouvantables révolutions accablent notre efprit. Elles
ne font rien du tout pour l'univers, & prefque rien
pour notre globe. La mer, qui laiffe des coquilles fur
un rivage qu'elle abandonne, eft une goutte d'eau qui
s'évapore au bord d'une petite taffe ; les tempêtes
les plus horribles ne font que le léger mouvement
de l'air produit par l'aile d'une mouche. Toutes nos
énormes révolutions font un grain de fable à peine

dérangé de fa place. Cependant que de vains efforts pour expliquer ces petites chofes ! que de fyftèmes, que de charlatanifme pour rendre compte de ces légères variations fi terribles à nos yeux ! que d'animofités dans ces difputes ! Les conquérans qui ont envahi le monde, n'ont pas été plus orgueilleux & plus acharnés que les vendeurs d'orviétan qui ont prétendu le connaître.

La terre eft un foleil encroûté, dit celui-ci ; c'eft une comète qui a effleuré le foleil, dit celui-là. En voici un qui crie que cette huître eft une médaille du déluge ; un autre lui répond qu'elle eft pétrifiée depuis quatre milliars d'années. Hé, pauvres gens qui ofez parler en maîtres, vous voulez m'enfeigner la formation de l'univers, & vous ne favez pas celle d'un ciron, celle d'une paille. (*)

CORPS.

Corps & matière, c'eft ici même chofe, quoiqu'il n'y ait pas de fynonyme à la rigueur. Il y a eu des gens qui par ce mot *corps* ont auffi entendu l'efprit. Ils ont dit : Efprit fignifie originairement *fouffle*, il n'y a qu'un corps qui puiffe fouffler ; donc efprit & corps pourraient bien au fond être la même chofe. C'eft dans ce fens que *la Fontaine* difait au célébre duc de *la Rochefoucauld* :

J'entends les efprits corps & pétris de matière.

(*) Voyez dans le volume de phyfique la *Differtation fur les changemens arrivés au globe*, & les *fingularités de la nature*.

C'est dans le même sens qu'il dit à madame de *la Sablière* :

Je subtiliserais un morceau de matière,
Quintessence d'atome extrait de la lumière,
Je ne sais quoi plus vif & plus subtil encor.

Personne ne s'avisa de harceler le bon *la Fontaine*, & de lui faire un procès sur ces expressions. Si un pauvre philosophe & même un poëte en disait autant aujourd'hui, que de gens pour se faire de fête, que de folliculaires pour vendre douze sous leurs extraits, que de frippons, uniquement dans le dessein de faire du mal, crieraient au philosophe, au péripatéticien, au disciple de *Gassendi*, à l'écolier de *Locke* & des premiers pères, au damné !

De même que nous ne savons ce que c'est qu'un esprit, nous ignorons ce que c'est qu'un corps : nous voyons quelques propriétés ; mais quel est ce sujet en qui ces propriétés résident ? Il n'y a que des corps, disaient *Démocrite* & *Epicure* ; il n'y a point de corps, disaient les disciples de *Zénon* d'Elée.

L'évêque de Cloine, *Berklay*, est le dernier qui, par cent sophismes captieux, a prétendu prouver que les corps n'existent pas. Ils n'ont, dit-il, ni couleurs, ni odeurs, ni chaleur ; ces modalités sont dans vos sensations, & non dans les objets. Il pouvait s'épargner la peine de prouver cette vérité ; elle était assez connue. Mais de là il passe à l'étendue, à la solidité, qui sont des essences du corps, & il croit prouver qu'il n'y a pas d'étendue dans une pièce de drap vert, parce que ce drap n'est pas vert en effet ; cette

fenfation du vert n'eft qu'en vous, donc cette fenfation de l'étendue n'eft auffi qu'en vous. Et après avoir
ainfi détruit l'étendue, il conclut que la folidité qui
y eft attachée tombe d'elle-même, & qu'ainfi il n'y a
rien au monde que nos idées. De forte que, felon ce
doƈeur, dix mille hommes tués par dix mille coups
de canon ne font dans le fond que dix mille appré-
henfions de notre entendement ; & quand un homme
fait un enfant à fa femme, ce n'eft qu'une idée qui fe
loge dans une autre idée dont il naîtra une troifième
idée.

Il ne tenait qu'à M. l'évêque de Cloine de ne
point tomber dans l'excès de ce ridicule. Il croit
montrer qu'il n'y a point d'étendue, parce qu'un
corps lui a paru avec fa lunette quatre fois plus gros
qu'il ne l'était à fes yeux, & quatre fois plus petit
à l'aide d'un autre verre. De-là il conclut qu'un corps
ne pouvant avoir à la fois quatre pieds, feize pieds,
& un feul pied d'étendue, cette étendue n'exifte pas ;
donc il n'y a rien. Il n'avait qu'à prendre une mefure,
& dire : De quelque étendue qu'un corps me paraiffe,
il eft étendu de tant de ces mefures.

Il lui était bien aifé de voir qu'il n'en eft pas de
l'étendue & de la folidité comme des fons, des couleurs, des faveurs, des odeurs &c. Il eft clair que ce
font en nous des fentimens excités par la configura-
tion des parties ; mais l'étendue n'eft point un fentiment. Que ce bois allumé s'éteigne, je n'ai plus
chaud ; que cet air ne foit plus frappé, je n'entends
plus ; que cette rofe fe fane, je n'ai plus d'odorat
pour elle : mais ce bois, cet air, cette rofe font étendus
fans moi. Le paradoxe de *Berklay* ne vaut pas la peine
d'être réfuté.

C'eſt ainſi que les *Zénons* d'Elée, les *Parménides*, argumentaient autrefois ; & ces gens-là avaient beaucoup d'eſprit : ils vous prouvaient qu'une tortue doit aller auſſi vîte qu'*Achille*, qu'il n'y a point de mouvement ; ils agitaient cent autres queſtions auſſi utiles. La plupart des Grecs jouèrent des gobelets avec la philoſophie, & tranſmirent leurs tréteaux à nos ſcolaſtiques. *Bayle* lui-même a été quelquefois de la bande ; il a brodé des toiles d'araignées comme un autre ; il argumente, à l'article *Zénon*, contre l'étendue diviſible de la matière, & la contiguité des corps ; il dit tout ce qu'il ne ſerait pas permis de dire à un géomètre de ſix mois.

Il eſt bon de ſavoir ce qui avait entraîné l'évêque *Berklay* dans ce paradoxe. J'eus, il y a long-temps, quelques converſations avec lui ; il me dit que l'origine de ſon opinion venait de ce qu'on ne peut concevoir ce que c'eſt que ce ſujet qui reçoit l'étendue. Et en effet, il triomphe dans ſon livre, quand il demande à *Hilas* ce que c'eſt que ce ſujet, ce *ſubſtratum*, cette ſubſtance. C'eſt le corps étendu, répond *Hilas*. Alors l'évêque, ſous le nom de *Philonoüs*, ſe moque de lui ; & le pauvre *Hilas* voyant qu'il a dit que l'étendue eſt le ſujet de l'étendue, & qu'il a dit une ſottiſe, demeure tout confus, & avoue qu'il n'y comprend rien ; qu'il n'y a point de corps, que le monde matériel n'exiſte pas, qu'il n'y a qu'un monde intellectuel.

Hilas devait dire ſeulement à *Philonoüs* : Nous ne ſavons rien ſur le fond de ce ſujet, de cette ſubſtance étendue, ſolide, diviſible, mobile, figurée &c. ; je ne la connais pas plus que le ſujet penſant, ſentant & voulant ; mais ce ſujet n'en exiſte pas moins, puiſqu'il a des propriétés effentielles dont il ne peut être dépouillé. (1)

Nous fommes tous comme la plupart des dames de Paris , elles font grande chère fans favoir ce qui entre dans les ragoûts ; de même nous jouiffons des corps , fans favoir ce qui les compofe. De quoi eft fait le corps ? de parties , & ces parties fe réfolvent en d'autres parties. Que font ces dernières parties ? toujours des corps ; vous divifez fans ceffe , & vous n'avancez jamais.

Enfin , un fubtil philofophe remarquant qu'un tableau eft fait d'ingrédiens dont aucun n'eft un tableau , & une maifon de matériaux dont aucun n'eft une maifon , imagina que les corps font bâtis d'une infinité de petits êtres qui ne font pas corps; & cela s'appelle des *monades*. Ce fyftème ne laiffe pas d'avoir fon bon , & s'il était révélé, je le croirais très-poffible; tous ces petits êtres feraient des points mathématiques : des efpèces d'ames qui n'attendraient qu'un habit pour fe mettre dedans : ce ferait une métempfycofe continuelle. Ce fyftème en vaut bien un autre ; je l'aime bien autant que la déclinaifon des atomes , les formes fubftantielles , la grâce verfatile , & les vampires.

(1) Voyez fur cet objet l'article *Exiftence* dans l'Encyclopédie ; c'eft le feul ouvrage où la queftion de l'exiftence des objets extérieurs ait été bien éclaircie , & où l'on trouve les principes qui peuvent conduire à la réfoudre.

COURTISANS

COURTISANS LETTRÉS.

IL a été un temps en France où les beaux arts étaient cultivés par les premiers de l'Etat. Les courtisans sur-tout s'en mêlaient malgré la diffipation , le goût des riens, la paffion pour l'intrigue , toutes divinités du pays. Il me paraît qu'on eft actuellement à la cour dans tout un autre goût que celui des lettres; peut-être dans peu de temps la mode de penfer reviendra-t-elle. Un roi n'a qu'à vouloir; on fait de cette nation-ci tout ce qu'on veut. En Angleterre communément on penfe , & les lettres y font plus en honneur qu'ici. Cet avantage eft une fuite néceffaire de la forme de leur gouvernement. Il y a à Londres environ huit cents perfonnes qui ont le droit de parler en public, & de foutenir les intérêts de la nation. Environ cinq ou fix mille prétendent au même honneur à leur tour. Tout le refte s'érige en juge de tous ceux-ci, & chacun peut faire imprimer ce qu'il penfe fur les affaires publiques ; ainfi toute la nation eft dans la néceffité de s'inftruire. On n'entend parler que des gouverne-mens d'Athènes & de Rome. Il faut bien , malgré qu'on en ait, lire les auteurs qui en ont traité. Cette étude conduit naturellement aux belles-lettres. En général les hommes ont l'efprit de leur état. Pourquoi d'ordinaire nos magiftrats, nos avocats, nos médecins, & beaucoup d'eccléfiaftiques, ont-ils plus de lettres , de goût, & d'efprit, que l'on n'en trouve dans toutes les autres profeffions ? C'eft que réellement leur état eft d'avoir l'efprit cultivé, comme celui d'un marchand eft de connaître fon négoce.

Dictionn. philofoph. Tome III. L

Il n'y a pas long-temps (*) qu'un seigneur anglais fort jeune me vint voir à Paris en revenant d'Italie. Il avait fait en vers une description de ce pays-là, aussi poliment écrite que tout ce qu'ont fait le comte de *Rochester*, & nos *Chaulieux*, nos *Sarasins*, & nos *Chapelles*. La traduction que j'en ai faite est si loin d'atteindre à la force & à la bonne plaisanterie de l'original, que je suis obligé d'en demander sérieusement pardon à l'auteur, & à ceux qui entendent l'anglais. Cependant comme je n'ai pas d'autre moyen de faire connaître les vers de milord *Harvey*, les voici dans ma langue.

> Qu'ai-je donc vu dans l'Italie ?
> Orgueil, astuce & pauvreté ;
> Grands complimens, peu de bonté ;
> Et beaucoup de cérémonie ;
>
> L'extravagante comédie,
> Que souvent l'inquisition (a)
> Veut qu'on nomme religion,
> Mais qu'ici nous nommons folie.
>
> La nature en vain bienfaisante
> Veut enrichir ces lieux charmans ;
> Des prêtres la main désolante
> Etouffe ses plus beaux présens.
>
> Les monsignor, soi-disant grands,
> Seuls dans leurs palais magnifiques,
> Y sont d'illustres fainéans,
> Sans argent & sans domestiques.

(*) Ceci a été écrit vers 1730.

(a) Il entend sans doute les farces que certains prédicateurs jouent dans les places publiques.

Pour les petits, fans liberté,
Martyrs du joug qui les domine,
Ils ont fait vœu de pauvreté,
Priant D I E U par oifiveté,
Et toujours jeûnant par famine.

Ces beaux lieux, du pape bénis,
Semblent habités par les diables ;
Et les habitans miférables
Sont damnés dans le paradis.

Je ne fuis pas de l'avis de milord *Harvey*. Il y a
des pays en Italie qui font très-malheureux, parce
que des étrangers s'y battent depuis long-temps à qui
les gouvernera ; mais il y en a d'autres où l'on n'eft
ni fi gueux ni fi fot qu'il le dit.

C O U T U M E S.

Il y a, dit-on, cent quarante-quatre coutumes en
France qui ont force de loi ; ces lois font prefque toutes
différentes. Un homme qui voyage dans ce pays change
de loi prefque autant de fois qu'il change de chevaux
de pofte. La plupart de ces coutumes ne commencèrent
à être rédigées par écrit que du temps de *Charles VII* ;
la grande raifon, c'eft qu'auparavant très-peu de gens
favaient écrire. On écrivit donc une partie d'une
partie de la coutume de Ponthieu ; mais ce grand
ouvrage ne fut achevé par les Picards que fous
Charles VIII. Il n'y en eut que feize de rédigées du temps
de *Louis XII*. Enfin, aujourd'hui la jurifprudence
s'eft tellement perfectionnée, qu'il n'y a guère de

coutume qui n'ait plufieurs commentateurs ; & tous, comme on croit bien, d'un avis différent. Il y en a déjà vingt-fix fur la coutume de Paris. Les juges ne favent auquel entendre ; mais pour les mettre à leur aife, on vient de faire la coutume de Paris en vers. C'est ainfi qu'autrefois la prêtreffe de Delphes rendait fes oracles.

Les mefures font auffi différentes que les coutumes ; de forte que ce qui eft vrai dans le faubourg de Montmartre, devient faux dans l'abbaye de Saint-Denis. DIEU ait pitié de nous !

CREDO.

JE récite mon *pater* & mon *credo* tous les matins, je ne reffemble point à *Brouffin* dont *Réminiac* difait :

> Brouffin, dès l'âge le plus tendre,
> Poffèda la fauffe Robert,
> Sans que fon précepteur lui pût jamais apprendre
> Ni fon credo ni fon pater.

Le *Symbole* ou la *collation* vient du mot *Symbolein*, & l'Eglife latine adopte ce mot comme elle a tout pris de l'Eglife grecque. Les théologiens un peu inftruits favent que ce fymbole qu'on nomme des apôtres, n'eft point du tout des apôtres.

On appelait fymbole chez les Grecs, les paroles, les fignes, auxquels les initiés aux myftères de *Cérès*, de *Cybéle*, de *Mithra*, fe reconnaiffaient ; (a) les chrétiens

(a) *Arnobe* liv. V. *Symbola quæ rogata facrorum &c.* Voyez auffi *Clément* d'Alexandrie dans fon fermon protreptique, ou *cohortatio ad gentes.*

avec le temps eurent leur symbole. S'il avait existé du temps des apôtres, il est à croire que *St Luc* en aurait parlé.

On attribue à *St Augustin* une histoire du symbole dans son sermon 115 ; on lui fait dire dans ce sermon que *Pierre* avait commencé le symbole en disant : *Je crois en* DIEU *père tout-puissant ;* Jean ajouta *créateur du ciel & de la terre ;* Jacques ajouta, *Je crois en* JESUS-CHRIST *son fils unique notre Seigneur ;* & ainsi du reste. On a retranché cette fable dans la dernière édition d'*Augustin.* Je m'en rapporte aux révérends pères bénédictins, pour savoir au juste s'il fallait retrancher ou non ce petit morceau qui est curieux.

Le fait est que personne n'entendit parler de ce *credo* pendant plus de quatre cents années. Le peuple dit que Paris n'a pas été bâti en un jour, le peuple a souvent raison dans ses proverbes. Les apôtres eurent notre symbole dans le cœur, mais ils ne le mirent point par écrit. On en forma un du temps de *St Irénée*, qui ne ressemble point à celui que nous récitons.

Notre symbole tel qu'il est aujourd'hui est constamment du cinquième siècle. Il est postérieur à celui de Nicée. L'article qui dit que JESUS descendit aux enfers, celui qui parle de la communion des saints, ne se trouvent dans aucun des symboles qui précédèrent le nôtre. Et en effet, ni les Evangiles, ni les Actes des apôtres, ne disent que JESUS descendit dans l'enfer. Mais c'était une opinion établie dès le troisième siècle que JESUS était descendu dans l'Adès, dans le Tartare, mots que nous traduisons par celui d'enfer. L'enfer en ce sens n'est pas le mot hébreu *Sheol*, qui

veut dire le fouterrain , la foffe. Et c'eft pourquoi
St *Athanafe* nous apprit depuis comment notre Sauveur
était defcendu dans les enfers. *Son humanité* , dit-il ,
*ne fut ni toute entière dans le fépulcre, ni toute entière dans
l'enfer. Elle fut dans le fépulcre felon la chair , & dans
l'enfer felon l'ame.*

St *Thomas* affure que les faints qui reffufcitèrent à
la mort de J E S U S-C H R I S T, moururent de nouveau
pour reffufciter enfuite avec lui ; c'eft le fentiment le
plus fuivi. Toutes ces opinions font abfolument étrangères à la morale ; il faut être homme de bien , foit
que les faints foient reffufcités deux fois , foit que
D I E U ne les ait reffufcités qu'une. Notre fymbole a
été fait tard , je l'avoue , mais la vertu eft de toute
éternité.

S'il eft permis de citer des modernes dans une
matière fi grave , je rapporterai ici le *credo* de l'abbé
de *Saint-Pierre*, tel qu'il eft écrit de fa main dans fon
livre fur la pureté de la religion , lequel n'a point
été imprimé , & que j'ai copié fidellement.

,, Je crois en un feul D I E U & je l'aime. Je crois
,, qu'il illumine toute ame venant au monde, ainfi
,, que le dit St *Jean*. J'entends par-là toute ame qui
,, le cherche de bonne foi.

,, Je crois en un feul D I E U, parce qu'il ne peut y
,, avoir qu'une feule ame du grand tout, un feul être
,, vivifiant, un formateur unique.

,, Je crois en D I E U le père tout-puiffant, parce
,, qu'il eft père commun de la nature, de tous les
,, hommes qui font également fes enfans. Je crois que
,, celui qui les fait tous naître également, qui arrangea
,, les refforts de notre vie de la même manière , qui leur

,, a donné les mêmes principes de morale , aperçue
,, par eux dès qu'ils réfléchiffent , n'a mis aucune
,, différence entre fes enfans que celle du crime & de
,, la vertu.

,, Je crois que le Chinois jufte & bienfefant eft
,, plus précieux devant lui qu'un docteur pointilleux
,, & arrogant.

,, Je crois que DIEU étant notre père commun ,
,, nous fommes tenus de regarder tous les hommes
,, comme nos frères.

,, Je crois que le perfécuteur eft abominable , &
,, qu'il marche immédiatement après l'empoifonneur
,, & le parricide.

,, Je crois que les difputes théologiques font à la
,, fois la farce la plus ridicule & le fléau le plus affreux
,, de la terre , immédiatement après la guerre , la
,, pefte , la famine , & la vérole.

,, Je crois que les eccléfiaftiques doivent être payés ,
,, & bien payés , comme ferviteurs du public , pré-
,, cepteurs de morale, teneurs des regiftres des enfans
,, & des morts ; mais qu'on ne doit leur donner ni
,, les richeffes des fermiers-généraux , ni le rang des
,, princes , parce que l'un & l'autre corrompent l'ame
,, & que rien n'eft plus révoltant que de voir des
,, hommes fi riches & fi fiers , faire prêcher l'humilité
,, & l'amour de la pauvreté par des gens qui n'ont
,, que cent écus de gages.

,, Je crois que tous les prêtres qui deffervent une
,, paroiffe doivent être mariés , non-feulement pour
,, avoir une femme honnête qui prenne foin de leur
,, ménage , mais pour être meilleurs citoyens, donner

L. 4

,, de bons fujets à l'Etat , & pour avoir beaucoup
,, d'enfans bien élevés.

,, Je crois qu'il faut abfolument extirper les moines,
,, que c'eft rendre un très-grand fervice à la patrie &
,, à eux-mêmes. Ce font des hommes que *Circé* a
,, changés en pourceaux , le fage *Ulyffe* doit leur
,, rendre la forme humaine. ,,

Paradis aux bienfefans !

DES CRIMES OU DELITS

DE TEMPS ET DE LIEU.

UN romain tue malheureufement en Egypte un
chat confacré ; & le peuple en fureur punit ce facrilége en déchirant le romain en pièces. Si on avait
mené ce romain au tribunal , & fi les juges avaient
eu le fens commun , ils l'auraient condamné à demander pardon aux Egyptiens & aux chats , à payer une
forte amende foit en argent, foit en fouris. Ils lui
auraient dit qu'il faut refpecter les fottifes du peuple
quand on n'eft pas affez fort pour les corriger.

Le vénérable chef de la juftice lui aurait parlé à-
peu-près ainfi : chaque pays a fes impertinences
légales, & fes délits de temps & de lieu. Si dans votre
Rome devenue fouveraine de l'Europe, de l'Afrique,
& de l'Afie mineure , vous alliez tuer un poulet facré
dans le temps qu'on lui donne du grain pour favoir
au jufte la volonté des dieux , vous feriez févérement
puni. Nous croyons que vous n'avez tué notre chat
que par mégarde. La cour vous admonefte. Allez en
paix ; foyez plus circonfpect.

C'eft une chofe très-indifférente d'avoir une ftatue dans fon veftibule : mais fi lorfqu'*Octave* furnommé *Augufte* était maître abfolu, un romain eût placé chez lui une ftatue de *Brutus*, il eût été puni comme féditieux. Si un citoyen avait, fous un empereur régnant, la ftatue du compétiteur à l'empire, c'était, difait-on, un crime de lèfe-majefté, de haute trahifon.

Un anglais ne fachant que faire, s'en va à Rome ; il rencontre le prince *Charles-Edouard* chez un cardinal; il en eft fort content. De retour chez lui, il boit dans un cabaret à la fanté du prince *Charles - Edouard*. Le voilà accufé de *haute* trahifon. Mais qui a-t-il trahi *hautement*, lorfqu'il a dit, en buvant, qu'il fouhaitait que ce prince fe portât bien ? S'il a conjuré pour le mettre fur le trône, alors il eft coupable envers la nation : mais jufque-là on ne voit pas que dans l'exacte juftice le parlement puiffe exiger de lui autre chofe que de boire quatre coups à la fanté de la maifon de *Hanovre*, s'il en a bu deux à la fanté de la maifon de *Stuart*.

Des crimes de temps & de lieu qu'on doit ignorer.

On fait combien il faut refpecter Notre-Dame de Lorette, quand on eft dans la marche d'Ancone. Trois jeunes gens y arrivent; ils font de mauvaifes plaifanteries fur la maifon de Notre-Dame qui a voyagé par l'air, qui eft venue en Dalmatie, qui a changé deux ou trois fois de place, & qui enfin ne s'eft trouvée commodément qu'à Lorette. Nos trois étourdis chantent à fouper une chanfon faite autrefois par quelque huguenot contre la tranflation de la *fanta cafa* de Jérufalem au fond du golfe Adriatique. Un fanatique

eft inftruit par hafárd de ce qui s'eft paffé à leur
foupé ; il fait des perquifitions ; il cherche des témoins ;
il engage un monfignor à lâcher un monitoire. Ce
monitoire alarme les confciences. Chacun tremble
de ne pas parler. Tourières , bedeaux , cabaretiers ,
laquais , fervantes , ont bien entendu tout ce qu'on
n'a point dit , ont vu tout ce qu'on n'a point fait ;
c'eft un vacarme , un fcandale épouvantable dans
toute la marche d'Ancone. Déjà l'on dit à une demi-
lieue de Lorette que ces enfans ont tué Notre-Dame ;
à une lieue plus loin on affure qu'ils ont jeté la *fanta
cafa* dans la mer. Enfin , ils font condamnés. La
fentence porte que d'abord on leur coupera la main ,
qu'enfuite on leur arrachera la langue , qu'après cela
on les mettra à la torture pour favoir d'eux (au moins
par fignes) combien il y avait de couplets à la chanfon ; & qu'enfin ils feront brûlés à petit feu.

Un avocat de Milan , qui dans ce temps fe trouvait à Lorette , demanda au principal juge à quoi donc
il aurait condamné ces enfans s'ils avaient violé leur
mère , & s'ils l'avaient enfuite égorgée pour la manger ? Oh oh ! répondit le juge , il y a bien de la
différence ; violer , affaffiner , & manger fon père & fa
mère n'eft qu'un délit contre les hommes.

Avez-vous une loi expreffe , dit le Milanais , qui
vous force à faire périr par un fi horrible fupplice des
jeunes gens à peine fortis de l'enfance , pour s'être
moqués indifcrétement de la *fanta cafa* dont on rit
d'un rire de mépris dans le monde entier , excepté
dans la marche d'Ancone ? Non , dit le juge , la
fageffe de notre jurifprudence laiffe tout à notre
difcrétion. — Fort bien , vous deviez donc avoir la

difcrétion de fonger que l'un de ces enfans eft le petit-fils d'un général qui a verfé fon fang pour la patrie, & le neveu d'une abbeffe aimable & refpectable : cet enfant & fes camarades font des étourdis qui méritent une correction paternelle. Vous arrachez à l'Etat des citoyens qui pourraient un jour le fervir ; vous vous fouillez du fang innocent, & vous êtes plus cruels que les Cannibales. Vous vous rendez exécrables à la dernière poftérité. Quel motif a été affez puiffant pour éteindre ainfi en vous la raifon, la juftice, l'humanité, & pour vous changer en bêtes féroces ? — Le malheureux juge répondit enfin : Nous avions eu des querelles avec le clergé d'Ancone : il nous accufait d'être trop zélés pour les libertés de l'Eglife lombarde, & par conféquent de n'avoir point de religion. J'entends, dit le Milanais, vous avez été affaffins pour paraître chrétiens. A ces mots le juge tomba par terre comme frappé de la foudre : fes confrères perdirent depuis leurs emplois, ils crièrent qu'on leur fefait injuftice ; ils oubliaient celle qu'ils avaient faite & ne s'apercevaient pas que la main de DIEU était fur eux. (1)

Pour que fept perfonnes fe donnent légalement l'amufement d'en faire périr un huitième en public à coups de barre de fer fur un théâtre ; pour qu'ils jouiffent du plaifir fecret & mal démêlé dans leur cœur, de voir comment cet homme fouffrira fon fupplice, & d'en parler enfuite à table avec leurs femmes & leurs voifins ; pour que des exécuteurs

---

(1) Voyez dans le fecond volume de *Politique* la Relation de la mort du chevalier de *la Barre*, par M. *Caffen* avocat, à M. le marquis de *Bécaria*, & le dernier chapitre de *l'hiftoire du parlement.*

qui font gaiement ce métier , comptent d'avance
l'argent qu'ils vont gagner ; pour que le public coure
à ce fpectacle comme à la foire &c. ; il faut que le
crime mérite évidemment ce fupplice du confentement
de toutes les nations policées , & qu'il foit néceffaire
au bien de la fociété : car il s'agit ici de l'humanité
entière. Il faut furtout que l'acte du délit foit démontré non comme une propofition de géométrie, mais
autant qu'un fait peut l'être.

Si contre cent mille probabilités que l'accufé eft
coupable , il y en a une feule qu'il eft innocent,
cette feule doit balancer toutes les autres.

Queſtion ſi deux témoins ſuffiſent pour faire pendre un homme.

ON s'eft imaginé long-temps, & le proverbe en eft
refté , qu'il fuffit de deux témoins pour faire pendre
un homme en fureté de confcience. Encore une
équivoque ! Les équivoques gouvernent donc le
monde ? Il eft dit dans S*t* Matthieu : (ainfi que nous
l'avons déjà remarqué) *Il ſuffira de deux ou trois témoins*
pour réconcilier deux amis brouillés ; & d'après ce texte,
on a réglé la jurifprudence criminelle , au point de
ftatuer que c'eft une loi divine de tuer un citoyen fur
la dépofition uniforme de deux témoins qui peuvent
être des fcélérats ! Une foule de témoins uniformes
ne peut conftater une chofe improbable niée par
l'accufé ; on l'a déjà dit. Que faut-il donc faire en ce
cas ? attendre , remettre le jugement à cent ans ,
comme fefaient les Athéniens.

Rapportons ici un exemple frappant de ce qui vient
de fe paffer fous nos yeux à Lyon. Une femme ne

voit pas revenir fa fille chez elle vers les onze heures
du foir; elle court par-tout; elle foupçonne fa voifine
d'avoir caché fa fille ; elle la redemande; elle l'accufe
de l'avoir proftituée. Quelques femaines après , des
pêcheurs trouvent dans le Rhône à Condrieux une
fille noyée & toute en pourriture. La femme dont
nous avons parlé croit que c'eft fa fille. Elle eft perfuadée par les ennemis de fa voifine qu'on a déshonoré
fa fille chez cette voifine même , qu'on l'a étranglée ,
qu'on l'a jetée dans le Rhône. Elle le dit , elle le
crie ; la populace le répète. Il fe trouve bientôt des
gens qui favent parfaitement les moindres détails de
ce crime. Toute la ville eft en rumeur ; toutes les
bouches crient vengeance. Il n'y a rien jufque - là
que d'affez commun dans une populace fans jugement : mais voici le rare , le prodigieux. Le propre
fils de cette voifine , un enfant de cinq ans & demi,
accufe fa mère d'avoir fait violer fous fes yeux cette
malheureufe fille retrouvée dans le Rhône, de l'avoir
fait tenir par cinq hommes pendant que le fixième
jouiffait d'elle. Il a entendu les paroles que prononçait
la violée ; il peint fes attitudes ; il a vu fa mère & ces
fcélérats étrangler cette infortunée immédiatement
après la confommation. Il a vu fa mère & les affaffins la
jeter dans un puits , l'en retirer, l'envelopper dans un
drap ; il a vu ces monftres la porter en triomphe dans
les places publiques , danfer autour du cadavre & le
jeter enfin dans le Rhône. Les juges font obligés de
mettre aux fers tous les prétendus complices ; des
témoins dépofent contre eux. L'enfant eft d'abord
entendu , & il foutient avec la naïveté de fon âge tout
ce qu'il a dit d'eux & de fa mère. Comment imaginer

que cet enfant n'ait pas dit la pure vérité? Le crime n'eſt pas vraiſemblable; mais il l'eſt encore moins qu'à cinq ans & demi on calomnie ainſi ſa mère ; qu'un enfant répète avec uniformité toutes les circonſtances d'un crime abominable & inouï, s'il n'en a pas été le témoin oculaire, s'il n'en a point été vivement frappé, ſi la force de la vérité ne les arrache à ſa bouche.

Tout le peuple s'attend à repaître ſes yeux du ſupplice des accuſés.

Quelle eſt la fin de cet étrange procès criminel? Il n'y avait pas un mot de vrai dans l'accuſation. Point de fille violée, point de jeunes gens aſſemblés chez la femme accuſée, point de meurtre, pas la moindre aventure, pas le moindre bruit. L'enfant avait été ſuborné, & par qui? choſe étrange, mais vraie! par deux autres enfans qui étaient fils des accuſateurs. Il avait été ſur le point de faire brûler ſa mère pour avoir des confitures.

Tous les chefs d'accuſation réunis étaient impoſſibles. Le préſidial de Lyon ſage & éclairé, après avoir déféré à la fureur publique au point de rechercher les preuves les plus ſurabondantes pour & contre les accuſés, les abſout pleinement & d'une voix unanime.

Peut-être autrefois aurait-on fait rouer & brûler tous les accuſés innocens, à l'aide d'un monitoire, pour avoir le plaiſir de faire ce qu'on appelle *une juſtice*, qui eſt la tragédie de la canaille.

CRIMINALISTE.

Dans les antres de la chicane, on appelle *grand criminaliſte*, un barbare en robe qui fait faire tomber les accufés dans le piége , qui ment impudemment pour découvrir la vérité , qui intimide des témoins , & qui les force, fans qu'ils s'en aperçoivent , à dépofer contre le prévenu : s'il y a une loi antique & oubliée, portée dans un temps de guerres civiles , il la fait revivre , il la réclame dans un temps de paix. Il écarte, il affaiblit tout ce qui peut fervir à juftifier un malheureux ; il amplifie , il aggrave tout ce qui peut fervir à le condamner ; fon rapport n'eft pas d'un juge , mais d'un ennemi. Il mérite d'être pendu à la place du citoyen qu'il fait pendre.

C R I M I N E L.

Procès criminel.

ON a puni fouvent par la mort des actions très-innocentes ; c'eft ainfi qu'en Angleterre *Richard III* & *Edouard IV* firent condamner par des juges ceux qu'ils foupçonnaient de ne leur être pas attachés. Ce ne font pas là des procès criminels, ce font des affaffinats commis par des meurtriers privilégiés. Le dernier degré de la perverfité eft de faire fervir les lois à l'injuftice.

On a dit que les Athéniens puniffaient de mort tout étranger qui entrait dans l'églife , c'eft-à-dire dans l'affemblée du peuple. Mais fi cet étranger n'était qu'un curieux , rien n'était plus barbare que de le faire mourir. Il eft dit dans l'Efprit des lois qu'on ufait de cette rigueur, *parce que cet homme ufurpait les droits de la fouveraineté.* Mais un français qui entre à Londres dans la chambre des communes pour entendre ce qu'on y dit, ne prétend point faire le fouverain. On le reçoit avec bonté. Si quelque membre de mauvaife humeur demande le *clear the houfe*, éclairciffez la chambre, mon voyageur l'éclaircit en s'en allant; il n'eft point pendu. Il eft croyable que fi les Athéniens ont porté cette loi paffagère, c'était dans un temps où l'on craignait qu'un étranger ne fût un efpion, & non qu'il s'arrogeât les droits de fouverain. Chaque Athénien opinait dans fa tribu ; tous ceux de la tribu fe connaiffaient ; un étranger n'aurait pu aller porter fa fève.

Nous ne parlons ici que des vrais procès criminels. Chez les Romains tout procès criminel était public. Le citoyen accufé des plus énormes crimes avait un avocat qui plaidait en fa préfence, qui fefait même des interrogations à la partie adverfe, qui difcutait tout devant fes juges. On produifait à portes ouvertes tous les témoins pour ou contre, rien n'était fecret. *Cicéron* plaida pour *Milon* qui avait affaffiné *Clodius* en plein jour à la vue de mille citoyens. Le même *Cicéron* prit en main la caufe de *Rofcius Amerinus* accufé de parricide. Un feul juge n'interrogeait pas en fecret des témoins, qui font d'ordinaire des gens de la lie du peuple, auxquels on fait dire ce qu'on veut.

Un citoyen romain n'était pas appliqué à la torture fur l'ordre arbitraire d'un autre citoyen romain qu'un contrat eût revêtu de ce droit cruel. On ne fefait pas cet horrible outrage à la nature humaine dans la perfonne de ceux qui étaient regardés comme les premiers des hommes, mais feulement dans celle des efclaves regardés à peine comme des hommes.

Il

Il eût mieux valu ne point employer la torture contre les esclaves mêmes. (*)

L'instruction d'un procès criminel se ressentait à Rome de la magnanimité, de la franchise, de la nation.

Il en est ainsi à-peu-près à Londres. Le secours d'un avocat n'y est refusé à personne en aucun cas; tout le monde est jugé par ses pairs. Tout citoyen peut de trente-six bourgeois jurés en récuser douze sans cause, douze en alléguant des raisons, & par conséquent choisir lui-même les douze autres pour ses juges. Ces juges ne peuvent aller ni en deçà, ni au delà de la loi; nulle peine n'est arbitraire, nul jugement ne peut être exécuté que l'on n'en ait rendu compte au roi, qui peut & qui doit faire grâce à ceux qui en sont dignes, & à qui la loi ne la peut faire; ce cas arrive assez souvent. Un homme violemment outragé aura tué l'offenseur dans un mouvement de colère pardonnable; il est condamné par la rigueur de la loi, & sauvé par la miséricorde qui doit être le partage du souverain.

Remarquons bien attentivement que dans ce pays où les lois sont aussi favorables à l'accusé que terribles pour le coupable, non-seulement un emprisonnement fait sur la dénonciation fausse d'un accusateur est puni par les plus grandes réparations & les plus fortes amendes; mais que si un emprisonnement illégal a été ordonné par un ministre d'Etat à l'ombre de l'autorité royale, le ministre est condamné à payer deux guinées par heure pour tout le temps que le citoyen a demeuré en prison.

(*) Voyez *Torture*.

Dictionn. philosoph. Tome III.   M

Procédure criminelle chez certaines nations.

Il y a des pays où la jurisprudence criminelle fut fondée sur le droit canon, & même sur les procédures de l'inquisition, quoique ce nom y soit détesté depuis long-temps. Le peuple dans ces pays est demeuré encore dans une espèce d'esclavage. Un citoyen poursuivi par l'homme du roi est d'abord plongé dans un cachot; ce qui est déjà un véritable supplice pour un homme qui peut être innocent. Un seul juge, avec son greffier, entend secrétement chaque témoin assigné l'un après l'autre.

Comparons seulement ici en quelques points la procédure criminelle des Romains avec celle d'un pays de l'occident, qui fut autrefois une province romaine.

Chez les Romains les témoins étaient entendus publiquement en présence de l'accusé, qui pouvait leur répondre, les interroger lui-même, ou leur mettre en tête un avocat. Cette procédure était noble & franche; elle respirait la magnanimité romaine.

En France, en plusieurs endroits de l'Allemagne, tout se fait secrétement. Cette pratique établie sous *François I* fut autorisée par les commissaires qui rédigèrent l'ordonnance de *Louis XIV* en 1670 : une méprise seule en fut la cause.

On s'était imaginé, en lisant le code *de testibus*, que ces mots : *Testes intrare judicii secretum*, signifiaient que les témoins étaient interrogés en secret. Mais *secretum* signifie ici le cabinet du juge. *Intrare secretum*, pour dire , parler fecrétement , ne ferait pas latin. Ce fut un folécifme qui fit cette partie de notre jurif-prudence.

Les dépofans font pour l'ordinaire des gens de la lie du peuple , & à qui le juge enfermé avec eux peut faire dire tout ce qu'il voudra. Ces témoins font entendus une feconde fois toujours en fecret, ce qui s'appelle *récolement* : & fi après le récolement ils fe rétractent de leurs dépofitions , ou s'il les changent dans des circonftances effentielles , ils font punis comme faux témoins. De forte que lorfqu'un homme d'un efprit fimple , & ne fachant pas s'exprimer, mais ayant le cœur droit , & fe fouvenant qu'il en a dit trop , ou trop peu , qu'il a mal entendu le juge , ou que le juge l'a mal entendu , révoque par efprit de juftice ce qu'il a dit par imprudence , il eft puni comme un fcélérat : ainfi il eft forcé fouvent de foutenir un faux témoignage , par la feule crainte d'être traité en faux témoin.

L'accufé, en fuyant, s'expofe à être condamné, foit que le crime ait été prouvé, foit qu'il ne l'ait pas été. Quelques jurifconfultes, à la vérité, ont affuré que le contumax ne devait pas être condamné, fi le crime n'était pas clairement prouvé : mais d'autres jurifcon-fultes , moins éclairés & peut-être plus fuivis, ont eu une opinion contraire; ils ont ofé dire que la fuite de l'accufé était une preuve du crime ; que le mépris qu'il marquait pour la juftice , en refufant de com-paraître , méritait le même châtiment que s'il était convaincu. Ainfi fuivant la fecte des jurifconfultes que le juge aura embraffée, l'innocent fera abfous ou condamné.

M 2

C'eſt un grand abus dans la juriſprudence, que l'on prenne ſouvent pour loi les rêveries & les erreurs, quelquefois cruelles, d'hommes ſans aveu qui ont donné leurs ſentimens pour des lois.

Sous le règne de *Louis XIV* on a fait en France deux ordonnances qui ſont uniformes dans tout le royaume. Dans la première, qui a pour objet la procédure civile, il eſt défendu aux juges de condamner en matière civile, par défaut, quand la demande n'eſt pas prouvée; mais dans la ſeconde, qui règle la procédure criminelle, il n'eſt point dit que, faute de preuves, l'accuſé ſera renvoyé. Choſe étrange! la loi dit qu'un homme à qui l'on demande quelque argent, ne ſera condamné par défaut qu'au cas que la dette ſoit avérée; mais s'il s'agit de la vie, c'eſt une controverſe au barreau de ſavoir ſi l'on doit condamner le contumax quand le crime n'eſt pas prouvé; & la loi ne réſout pas la difficulté.

Exemple tiré de la condamnation d'une famille entière.

VOICI ce qui arriva à cette famille infortunée dans le temps que des confréries inſenſées de prétendus pénitens, le corps enveloppé dans une robe blanche, & le viſage maſqué, avaient élevé dans une des principales égliſes de Toulouſe un catafalque ſuperbe à un jeune proteſtant homicide de lui-même, qu'ils prétendaient avoir été aſſaſſiné par ſon père & ſa mère pour avoir abjuré la religion réformée; dans ce temps même où toute la famille de ce proteſtant révéré en martyr, etait dans les fers, & que tout un peuple enivré d'une ſuperſtition également folle & barbare, attendait avec une dévote impatience le plaifir de voir expirer, fur la roue ou dans les flammes, cinq ou fix perfonnes de la probité la plus reconnue ; dans ce temps funefte, dis-je, il y avait auprès de Caftres, un honnête homme de cette même religion proteftante, nommé *Sirven*, exerçant dans cette province la profeffion de feudifte. Ce père de famille avait trois filles. Une femme qui gouvernait la maifon de l'évêque de Caftres, lui propofe de lui amener la feconde fille de *Sirven* nommée *Elifabeth*, pour la faire catholique, apoftolique, & romaine : elle l'amène en effet : l'évêque la fait enfermer chez les jéfuiteffes qu'on nomme les *dames régentes* ou *les dames noires*. Ces dames lui enfeignent ce qu'elles favent ; elles lui trouvèrent la tête un peu dure, & lui impofèrent des pénitences rigoureufes pour lui inculquer des vérités qu'on pouvait lui apprendre avec douceur : elle devint folle ; les dames noires la chaffent ; elle retourne chez fes parens ; fa mère en la fefant changer de chemife trouve tout fon corps couvert de meurtriffures : la folie augmente, elle fe change en fureur mélancolique ; elle s'échappe un jour de la maifon, tandis que le père était à quelques milles de là occupé publiquement de fes fonctions dans le château d'un feigneur voifin. Enfin vingt jours après l'évafion d'*Elifabeth*, des enfans la trouvent noyée dans un puits, le 4 janvier 1761.

C'était précifément le temps où l'on fe préparait à rouer *Calas* dans Touloufe. Le mot de *parricide*, & qui pis eft de *huguenot*, volait de bouche en bouche dans toute la province. On ne douta pas que *Sirven*, fa femme, & fes deux filles, n'euffent noyé la troifième

par principe de religion. C'était une opinion univerfelle que la religion proteftante ordonne pofitivement
aux pères & aux mères de tuer leurs enfans, s'ils
veulent être catholiques. Cette opinion avait jeté de
fi profondes racines dans les têtes mêmes des magiftrats, entraînés malheureufement alors par la clameur
publique, que le confeil & l'Eglife de Genève furent
obligés de démentir cette fatale erreur, & d'envoyer
au parlement de Touloufe une atteftation juridique,
que non-feulement les proteftans ne tuent point leurs
enfans, mais qu'on les laiffe maîtres de tous leurs
biens, quand ils quittent leur fecte pour une autre.
On fait que *Calas* fut roué malgré cette atteftation.

Un nommé *Landes*, juge de village, affifté de
quelques gradués auffi favans que lui, s'empreffa de
faire toutes les difpofitions pour bien fuivre l'exemple
qu'on venait de donner dans Touloufe. Un médecin
de village, auffi éclairé que les juges, ne manqua pas
d'affurer à l'infpection du corps, au bout de vingt
jours, que cette fille avait été étranglée & jetée enfuite
dans le puits. Sur cette dépofition le juge décrète de
prife de corps le père, la mère, & les deux filles.

La famille juftement effrayée par la cataftrophe
des *Calas*, & par les confeils de fes amis, prend
incontinent la fuite; ils marchent au milieu des
neiges pendant un hiver rigoureux; & de montagnes
en montagnes ils arrivent jufqu'à celles des Suiffes.
Celle des deux filles, qui était mariée & groffe,
accouche avant terme parmi les glaces.

La première nouvelle que cette famille apprend
quand elle eft en lieu de fureté, c'eft que le père & la
mère font condamnés à être pendus; les deux filles

à demeurer fous la potence pendant l'exécution de leur mère, & à être reconduites par le bourreau hors du territoire, fous peine d'être pendues fi elles reviennent. C'eft ainfi qu'on inftruit la *contumace*.

Ce jugement était également abfurde & abominable. Si le père, de concert avec fa femme, avait étranglé fa fille, il fallait le rouer comme *Calas*, & brûler la mère, au moins après qu'elle aurait été étranglée; parce que ce n'eft pas encore l'ufage de rouer les femmes dans le pays de ce juge. Se contenter de pendre en pareille occafion, c'était avouer que le crime n'était pas avéré, & que dans le doute la corde était un parti mitoyen qu'on prenait, faute d'être inftruit. Cette fentence bleffait également la loi & la raifon.

La mère mourut de défefpoir; & toute la famille, dont le bien était confifqué, allait mourir de mifère, fi elle n'avait pas trouvé des fecours.

On s'arrête ici pour demander s'il y a quelque loi & quelque raifon qui puiffe juftifier une telle fentence? On peut dire au juge: Quelle rage vous a porté à condamner à la mort un père & une mère? C'eft qu'ils fe font enfuis, répond le juge. Eh miférable! voulais-tu qu'ils reftaffent pour affouvir ton imbécille fureur? Qu'importe qu'ils paraiffent devant toi chargés de fers pour te répondre, ou qu'ils lèvent les mains au ciel contre toi loin de ta face! Ne peux-tu pas voir fans eux la vérité qui doit te frapper? Ne peux-tu pas voir que le père était à une lieue de fa fille au milieu de vingt perfonnes, quand cette malheureufe fille s'échappa des bras de fa mère? Peux-tu ignorer que toute la famille l'a cherchée pendant vingt jours & vingt nuits? Tu ne réponds à cela que ces mots,

M 4

contumace, *contumace*. Quoi ! parce qu'un homme est absent, il faut qu'on le condamne à être pendu, quand son innocence est évidente ! C'est la jurisprudence d'un sot & d'un monstre. Et la vie, les biens, l'honneur des citoyens, dépendront de ce code d'Iroquois !

La famille *Sirven* traîna son malheur loin de sa patrie pendant plus de huit années. Enfin, la superstition sanguinaire qui déshonorait le Languedoc, ayant été un peu adoucie, & les esprits étant devenus plus éclairés, ceux qui avaient consolé les *Sirven* pendant leur exil, leur conseillèrent de venir demander justice au parlement de Toulouse même, lorsque le sang des *Calas* ne fumait plus, & que plusieurs se repentaient de l'avoir répandu. Les *Sirven* furent justifiés.

Erudimini qui judicatis terram.

CRITIQUE.

L'ARTICLE *Critique* fait par M. de *Marmontel* dans l'Encyclopédie, est si bon qu'il ne serait pas pardonnable d'en donner ici un nouveau, si on n'y traitait pas une matière toute différente sous le même titre. Nous entendons ici cette critique née de l'envie, aussi ancienne que le genre-humain. Il y a environ trois mille ans qu'*Hésiode* a dit : Le potier porte envie au potier, le forgeron au forgeron, le musicien au musicien.

Je ne prétends point parler ici de cette critique de scoliaste, qui restitue mal un mot d'un ancien auteur qu'auparavant on entendait très-bien. Je ne touche point à ces vrais critiques qui ont débrouillé ce qu'on peut de l'hiftoire & de la philofophie ancienne. J'ai en vue les critiques qui tiennent à la fatire.

Un amateur des lettres lifait un jour le Taffe avec moi ; il tomba fur cette ftance :

Chiama gli abitator' dell' ombre eterne,
Il rauco fuon della tartarea tromba;
Treman le fpazioze atre caverne,
E l'aer cieco a quel rumor rimbomba,
Ne ftridendo cofi dalle fuperne
Regioni del cielo il fulgor piomba;
Ne fi fcoffa già mai trema la terra,
Quando i vapori in fen gravida ferra.

Il lut enfuite au hafard plufieurs ftances de cette force & de cette harmonie. Ah! c'eft donc là, s'écria-t-il, ce que votre *Boileau* appelle du clinquant? c'eft donc ainfi qu'il veut rabaiffer un grand-homme qui vivait cent ans avant lui, pour mieux élever un autre grand-homme qui vivait feize cents ans auparavant, & qui eût lui-même rendu juftice au *Taffe*?

Confolez-vous, lui dis-je, prenons les opéra de *Quinault*. Nous trouvâmes à l'ouverture du livre de quoi nous mettre en colère contre la critique; l'admirable poëme d'*Armide* fe préfenta, nous trouvâmes ces mots :

S I D O N I E.

La haine eft affreufe & barbare,
L'amour contraint les cœurs dont il s'empare
    A fouffrir des maux rigoureux.
Si votre fort eft en votre puiffance,

Faites choix de l'indifférence ;
Elle affure un fort plus heureux.

A R M I D E.

Non , non , il ne m'eft pas poffible
De paffer de mon trouble en un état paifible ;
Mon cœur ne fe peut plus calmer ;
Renaud m'offenfe trop , il n'eft que trop aimable ;
C'eft pour moi déformais un choix indifpenfable
De le haïr ou de l'aimer.

Nous lûmes toute la pièce d'Armide, dans laquelle le génie du *Taffe* reçoit encore de nouveaux charmes par les mains de *Quinault :* Hé bien, dis-je à mon ami, c'eft pourtant ce *Quinault* que *Boileau* s'efforça toujours de faire regarder comme l'écrivain le plus méprifable ; il perfuada même à *Louis XIV*, que cet écrivain gracieux , touchant , pathétique , élégant , n'avait d'autre mérite que celui qu'il empruntait du muficien *Lulli*. Je conçois cela très-aifément , me répondit mon ami ; *Boileau* n'était pas jaloux du muficien , il l'était du poëte. Quel fonds devons-nous faire fur le jugement d'un homme qui , pour rimer à un vers qui finiffait en *aut* , dénigrait tantôt *Bourfaut* , tantôt *Hénault* , tantôt *Quinault* , felon qu'il était bien ou mal avec ces meffieurs-là ?

Mais pour ne pas laiffer refroidir votre zèle contre l'injuftice , mettez feulement la tête à la fenêtre , regardez cette belle façade du Louvre , par laquelle *Perrault* s'eft immortalifé : cet habile homme était frère d'un académicien très-favant , avec qui *Boileau* avait eu quelque difpute ; en voilà affez pour être traité d'architecte ignorant. Mon ami , après avoir un

peu rêvé , reprit en foupirant : La nature humaine
eft ainfi faite.

Le duc de *Sulli*, dans fes mémoires, trouve le cardinal d'*Offat*, & le fecrétaire d'Etat *Villeroi*, de mauvais
miniftres; *Louvois* fefait ce qu'il pouvait pour ne pas
eftimer le grand *Colbert;* mais ils n'imprimaient rien
l'un contre l'autre : le duc de *Marlborough* ne fit rien
imprimer contre le comte *Peterborough :* c'eft une fottife
qui n'eft d'ordinaire attachée qu'à la littérature, à la
chicane, & à la théologie. C'eft dommage que les
économies politiques & royales foient tachées quelquefois de ce défaut.

La Motte Houdart était un homme de mérite en
plus d'un genre ; il a fait de très-belles ftances.

Quelquefois au feu qui la charme
Réfifte une jeune beauté,
Et contre elle-même elle s'arme
D'une pénible fermeté.
Hélas ! cette contrainte extrême
La prive du vice qu'elle aime,
Pour fuir la honte qu'elle hait.
Sa févérité n'eft que fafte,
Et l'honneur de paffer pour chafte
La réfout à l'être en effet.

En vain ce févère ftoïque,
Sous mille défauts abattu,
Se vante d'une ame héroïque
Toute vouée à la vertu ;
Ce n'eft point la vertu qu'il aime,
Mais fon cœur ivre de lui-même

Voudrait ufurper les autels ;
Et par fa fageffe frivole
Il ne veut que parer l'idole
Qu'il offre au culte des mortels.

Les champs de Pharfale & d'Arbelle
Ont vu triompher deux vainqueurs,
L'un & l'autre digne modèle
Que fe propofent les grands cœurs.
Mais le fuccès a fait leur gloire ;
Et fi le fceau de la victoire
N'eût confacré ces demi-dieux,
Alexandre, aux yeux du vulgaire,
N'aurait été qu'un téméraire
Et Céfar qu'un féditieux.

Cet auteur , dis-je , était un fage qui prêta plus
d'une fois le charme des vers à la philofophie. S'il
avait toujours écrit de pareilles ftances, il ferait le
premier des poëtes lyriques ; cependant c'eft alors
qu'il donnait ces beaux morceaux, que l'un de fes
contemporains l'appelait

Certain oifon, gibier de baffe-cour.

Il dit de *la Motte* en un autre endroit :

De fes difcours l'ennuyeufe beauté.

Il dit dans un autre :

. . . . . . Je n'y vois qu'un défaut,
C'eft que l'auteur les devait faire en profe.
Ces odes-là fentent bien le Quinault.

Il le pourfuit par-tout ; il lui reproche par-tout la
féchereffe & le défaut d'harmonie.

Seriez-vous curieux de voir les odes que fit quelques années après ce même cenfeur qui jugeait *la
Motte* en maître, & qui le décriait en ennemi ? Lifez.

Cette influence fouveraine
N'eft pour lui qu'une illuftre chaîne
Qui l'attache au bonheur d'autrui ;
Tous les brillans qui l'embelliffent,
Tous les talens qui l'ennobliffent
Sont en lui & non pas à lui.

Il n'eft rien que le temps n'abforbe, ne dévore ;
Et les faits qu'on ignore
Sont bien peu différens des faits non avenus.

La bonté qui brille en elle
De fes charmes les plus doux,
Eft une image de celle
Qu'elle voit briller en vous.
Et par vous feule enrichie,
Sa politeffe affranchie
Des moindres obfcurités,
Eft la lueur réfléchie
De vos fublimes clartés.

Ils ont vu par ta bonne foi
De leurs peuples troublés d'effroi
La crainte heureufement déçue,
Et déracinée à jamais
La haine fi fouvent reçue
En furvivance de la paix.

Dévoile à ma vue empreffée
Ces déités d'adoption,

Synonymes de la pensée,
Symboles de l'abstraction.

N'est-ce pas une fortune,
Quand d'une charge commune
Deux moitiés portent le faix,
Que la moindre le réclame,
Et que du bonheur de l'ame,
Le corps seul fasse les frais ?

Il ne fallait pas, sans doute, donner de si détestables ouvrages pour modèle à celui qu'on critiquait avec tant d'amertume ; il eût mieux valu laisser jouir en paix son adversaire de son mérite & conserver celui qu'on avait. Mais que voulez-vous ? le *genus irritabile vatum* est malade de la même bile qui le tourmentait autrefois. Le public pardonne ces pauvretés aux gens à talent, parce que le public ne songe qu'à s'amuser.

Il voit dans une allégorie intitulée *Pluton*, des juges condamnés à être écorchés, & à s'asseoir aux enfers, sur un siége couvert de leur peau, au lieu de fleurs de lis ; le lecteur ne s'embarrasse pas si ces juges le méritent, ou non ; si le complaignant qui les cite devant *Pluton*, a tort ou raison. Il lit ces vers uniquement pour son plaisir ; s'ils lui en donnent, il n'en veut pas davantage, s'ils lui déplaisent il laisse là l'allégorie, & ne ferait pas un seul pas pour faire confirmer ou casser la sentence.

Les inimitables tragédies de *Racine* ont toutes été critiquées, & très-mal ; c'est qu'elles l'étaient par des rivaux. Les artistes sont les juges compétens de l'art, il est vrai ; mais ces juges compétens sont presque toujours corrompus.

Un excellent critique ferait un artiste qui aurait beaucoup de science & de goût, sans préjugés & sans envie. Cela est difficile à trouver.

On est accoutumé, chez toutes les nations, aux mauvaises critiques de tous les ouvrages qui ont du succès. Le Cid trouva son *Scudéri; & Corneille* fut long-temps après vexé par l'abbé d'*Aubignac* prédicateur du roi, soi-disant législateur du théâtre, & auteur de la plus ridicule tragédie, toute conforme aux règles qu'il avait données. Il n'y a sorte d'injure qu'il ne dise à l'auteur de Cinna & des Horaces. L'abbé d'*Aubignac*, prédicateur du roi, aurait bien dû prêcher contre d'*Aubignac*.

On a vu chez les nations modernes qui cultivent les lettres, des gens qui se sont établis critiques de profession, comme on a créé des languayeurs de porcs, pour examiner si ces animaux qu'on amène au marché ne sont pas malades. Les languayeurs de la littérature ne trouvent aucun auteur bien sain; ils rendent compte deux ou trois fois par mois de toutes les maladies régnantes, des mauvais vers faits dans la capitale & dans les provinces, des romans insipides dont l'Europe est inondée, des systèmes de physique nouveaux, des secrets pour faire mourir les punaises. Ils gagnent quelque argent à ce métier, surtout quand ils disent du mal des bons ouvrages, & du bien des mauvais. On peut les comparer aux crapauds qui passent pour sucer le venin de la terre, & pour le communiquer à ceux qui les touchent. Il y eut un nommé *Denni*, qui fit ce métier pendant soixante ans à Londres, & qui ne laissa pas d'y gagner sa vie. L'auteur qui a cru être un nouvel *Arétin*, & s'enrichir en Italie par sa *frusta letteraria*, n'y a pas fait fortune.

L'ex-jéfuite *Guyot Desfontaines*, qui embraffa cette
profeffion au fortir de bicêtre, y amaffa quelque
argent. C'eft lui qui, lorfque le lieutenant de police
le menaçait de le renvoyer à bicêtre, & lui demandait
pourquoi il s'occupait d'un travail fi odieux, répondit:
Il faut que je vive. Il attaquait les hommes les plus
eftimables à tort & à travers fans avoir feulement lu,
ni pu lire les ouvrages de mathématiques & de phyfique dont il rendait compte.

Il prit un jour l'Alcifron de *Berklay* évêque de
Cloine pour un livre contre la religion. Voici comme
il s'exprime.

,, J'en ai trop dit pour vous faire méprifer un livre
,, qui dégrade également l'efprit & la probité de
,, l'auteur; c'eft un tiffu de fophifmes libertins forgés
,, à plaifir pour détruire les principes de la religion,
,, de la politique, & de la morale. ,,

Dans un autre endroit il prend le mot anglais *cake*
qui fignifie *gâteau* en anglais, pour le géant *Cacus*.
Il dit à propos de la tragédie de la Mort de Céfar,
que *Brutus était un fanatique barbare, un quaker.* Il
ignorait que les quakers font les plus pacifiques des
hommes, & ne verfent jamais de fang. C'eft avec ce
fonds de fcience qu'il cherchait à rendre ridicules les
deux écrivains les plus eftimables de leur temps,
Fontenelle & *la Motte.*

Il fut remplacé dans cette charge de *Zoïle* fubalterne
par un autre ex-jéfuite nommé *Fréron*, dont le nom
feul eft devenu un opprobre. On nous fit lire, il n'y
a pas long-temps, une de ces feuilles dont il infecte
la baffe littérature. *Le temps de Mahomet II*, dit-il, *eft*

le

le temps de l'entrée des Arabes en Europe. Quelle foule de bévues en peu de paroles!

Quiconque a reçu une éducation tolérable fait que les Arabes affiégèrent Conftantinople fous le calife *Moavia*, dès notre feptième fiècle; qu'ils conquirent l'Efpagne dans l'année de notre ère 713, & bientôt après, une partie de la France, environ fept cents ans avant *Mahomet II.*

Ce *Mahomet II*, fils d'*Amurat II*, n'était point arabe, mais turc.

Il s'en fallait beaucoup qu'il fût le premier prince turc qui eût paffé en Europe; *Orcan*, plus de cent ans avant lui, avait fubjugué la Thrace, la Bulgarie, & une partie de la Grèce.

On voit que ce folliculaire parlait à tort & à travers des chofes les plus aifées à favoir, & dont il ne favait rien. Cependant il infultait l'académie, les plus honnêtes gens, les meilleurs ouvrages, avec une infolence égale à fon abfurdité; mais fon excufe était celle de *Guyot Desfontaines : Il faut que je vive.* C'eft auffi l'excufe de tous les malfaiteurs dont on fait juftice.

On ne doit pas donner le nom de *critiques* à ces gens-là. Ce mot vient de *krites, juge, eftimateur, arbitre.* Critique fignifie *bon juge.* Il faut être un *Quintilien* pour ofer juger les ouvrages d'autrui; il faut du moins écrire comme *Bayle* écrivit fa République des lettres; il a eu quelques imitateurs, mais en petit nombre. Les journaux de Trévoux ont été décriés pour leur partialité pouffée jufqu'au ridicule, & pour leur mauvais goût.

Quelquefois les journaux fe négligent, ou le public s'en dégoûte par pure laffitude, ou les auteurs ne

Dictionn. philofoph. Tome III.　　　　N

fournissent pas des matières assez agréables; alors les journaux, pour réveiller le public, ont recours à un peu de satire. C'est ce qui a fait dire à *la Fontaine*:

Tout feseur de journal doit tribut au malin.

Mais il vaut mieux ne payer son tribut qu'à la raison & à l'équité.

Il y a d'autres critiques qui attendent qu'un bon ouvrage paraisse pour faire vîte un livre contre lui. Plus le libelliste attaque un homme accrédité, plus il est sûr de gagner quelque argent; il vit quelques mois de la réputation de son adversaire. Tel était un nommé *Faidit*, qui tantôt écrivait contre *Bossuet*, tantôt contre *Tillemont*, tantôt contre *Fénélon*; tel a été un polisson qui s'intitule *Pierre de Chiniac de la Bastide Duclaux*, *avocat au parlement*. *Cicéron* avait trois noms comme lui. Puis viennent les critiques contre *Pierre de Chiniac*, puis les réponses de *Pierre de Chiniac* à ses critiques. Ces beaux livres sont accompagnés de brochures sans nombre, dans lesquelles les auteurs font le public juge entre eux & leurs adversaires; mais le juge, qui n'a jamais entendu parler de leur procès, est fort en peine de prononcer. L'un veut qu'on s'en rapporte à sa dissertation insérée dans le journal littéraire, l'autre à ses éclaircissemens donnés dans le Mercure. Celui-ci crie qu'il a donné une version exacte d'une demi-ligne de *Zoroastre*, & qu'on ne l'a pas plus entendu qu'il n'entend le persan. Il duplique à la contre-critique qu'on a faite de sa critique d'un pasfage de *Chaufepied*.

Enfin, il n'y a pas un seul de ces critiques qui ne se croie juge de l'univers, & écouté de l'univers.

Hé l'ami, qui te savait là !

C R O I R E.

Nous avons vu à l'article *Certitude*, qu'on doit être souvent très-incertain quand on eſt certain, & qu'on peut manquer de bon ſens quand on juge ſuivant ce qu'on appelle *le ſens commun*. Mais qu'appelez-vous *croire* ?

Voici un turc qui me dit : „ Je crois que l'ange „ *Gabriel* deſcendait ſouvent de l'empyrée pour appor- „ ter à *Mahomet* des feuillets de l'Alcoran, écrits en „ lettres d'or ſur du vélin bleu. „

Hé bien, *Mouſtapha*, ſur quoi ta tête raſe croit-elle cette choſe incroyable ?

„ Sur ce que j'ai les plus grandes probabilités qu'on „ ne m'a point trompé dans le récit de ces prodiges „ improbables ; ſur ce qu'*Abubecre* le beau-père, *Ali* „ le gendre, *Aisha* ou *Aïſſé* la fille, *Omar*, *Otman*, „ certifièrent la vérité du fait en préſence de cinquante „ mille hommes, recueillirent tous les feuillets, les „ lurent devant les fidelles, & atteſtèrent qu'il n'y „ avait pas un mot de changé.

„ Sur ce que nous n'avons jamais eu qu'un Alcoran „ qui n'a jamais été contredit par un autre Alcoran. „ Sur ce que DIEU n'a jamais permis qu'on ait fait „ la moindre altération dans ce livre.

„ Sur ce que les préceptes & les dogmes ſont la „ perfection de la raiſon. Le dogme conſiſte dans „ l'unité d'un DIEU pour lequel il faut vivre & mou- „ rir ; dans l'immortalité de l'ame ; dans les récom- „ penſes éternelles des juſtes, & la punition des

,, méchans, & dans la miſſion de notre grand pro-
,, phète *Mahomet*, prouvée par des victoires.

,, Les préceptes ſont d'être juſte & vaillant , de
,, faire l'aumône aux pauvres , de nous abſtenir de
,, cette énorme quantité de femmes que les princes
,, orientaux, & ſurtout les roitelets juifs épouſaient
,, ſans ſcrupule ; de renoncer au bon vin d'Engaddi
,, & de Tadmor , que ces ivrognes d'Hébreux ont
,, tant vantés dans leurs livres ; de prier DIEU cinq
,, fois par jour &c.

,, Cette ſublime religion a été confirmée par le plus
,, beau & le plus conſtant des miracles , & le plus
,, avéré dans l'hiſtoire du monde ; c'eſt que *Mahomet*
,, perſécuté par les groſſiers & abſurdes magiſtrats
,, ſcolaſtiques qui le décrétèrent de priſe de corps,
,, *Mahomet* obligé de quitter ſa patrie n'y revint qu'en
,, victorieux ; qu'il fit de ſes juges imbécilles & ſan-
,, guinaires l'eſcabeau de ſes pieds ; qu'il combattit
,, toute ſa vie les combats du Seigneur ; qu'avec un
,, petit nombre il triompha toujours du grand nombre ;
,, que lui & ſes ſucceſſeurs convertirent la moitié de
,, la terre, & que, DIEU aidant, nous convertirons un
,, jour l'autre moitié. ,,

Rien n'eſt plus éblouiſſant. Cependant *Mouſtapha*,
en croyant ſi fermement, ſent toujours quelques petits
nuages de doute s'elever dans ſon ame , quand on
lui fait quelques difficultés ſur les viſites de l'ange
Gabriel ; ſur le ſura ou le chapitre apporté du ciel,
pour déclarer que le grand prophète n'eſt point cocu ;
ſur la jument *Borak* qui le tranſporte en une nuit de
la Mecque à Jéruſalem. *Mouſtapha* bégaye , il fait de
très-mauvaiſes réponſes, il en rougit ; & cependant

non-feulèment il dit qu'il croit, mais il veut auffi vous engager à croire. Vous preffez *Mouftapha*, il refte la bouche béante, les yeux égarés, & va fe laver en l'honneur d'*Alla*, en commençant fon ablution par le coude, & en finiffant par le doigt index.

Mouftapha eft-il en effet perfuadé, convaincu de tout ce qu'il nous a dit? eft-il parfaitement fûr que *Mahomet* fut envoyé de DIEU, comme il eft fûr que la ville de Stamboul exifte, comme il eft fûr que l'impératrice *Catherine II* a fait aborder une flotte du fond de la mer hyperborée dans le Péloponèfe, chofe auffi étonnante que le voyage de la Mecque à Jérufalem en une nuit; & que cette flotte a détruit celle des Ottomans auprès des Dardanelles?

Le fond de *Mouftapha* eft qu'il croit ce qu'il ne croit pas. Il s'eft accoutumé à prononcer, comme fon molla, certaines paroles qu'il prend pour des idées. Croire, c'eft très-fouvent douter.

Sur quoi crois-tu cela? dit *Harpagon*. Je le crois fur ce que je le crois, répond maître *Jacques*. La plupart des hommes pourraient répondre de même.

Croyez-moi pleinement, mon cher lecteur; il ne faut pas croire de léger.

Mais que dirons-nous de ceux qui veulent perfuader aux autres ce qu'ils ne croient point? Et que dirons-nous des monftres qui perfécutent leurs confrères dans l'humble & raifonnable doctrine du doute & de la défiance de foi-même?

C R O M W E L L.

S E C T I O N   P R E M I E R E.

ON peint *Cromwell* comme un homme qui a été
fourbe toute fa vie. J'ai de la peine à le croire. Je
penfe qu'il fut d'abord enthoufiafte, & qu'enfuite il
fit fervir fon fanatifme même à fa grandeur. Un
novice fervent à vingt ans devient fouvent un fripon
habile à quarante. On commence par être dupe, &
on finit par être fripon, dans le grand jeu de la vie
humaine. Un homme d'Etat prend pour aumônier
un moine tout pétri des petiteffes de fon couvent,
dévot, crédule, gauche, tout neuf pour le monde:
le moine s'inftruit, fe forme, s'intrigue, & fupplante
fon maître.

Cromwell ne favait d'abord s'il fe ferait eccléfiaftique
ou foldat. Il fut l'un & l'autre. Il fit en 1622 une
campagne dans l'armée du prince d'Orange *Fréderic-
Henri*, grand-homme, frère de deux grands-hommes;
& quand il revint en Angleterre. il fe mit au fervice
de l'évêque *Williams*, & fut le théologien de monfeigneur, tandis que monfeigneur paffait pour l'amant
de fa femme. Ses principes étaient ceux des puritains;
ainfi il devait haïr de tout fon cœur un évêque, &
ne pas aimer les rois. On le chaffa de la maifon de
l'évêque *Williams*, parce qu'il était puritain; & voilà
l'origine de fa fortune. Le parlement d'Angleterre
fe déclarait contre la royauté & contre l'épifcopat;
quelques amis qu'il avait dans ce parlement, lui pro-
curèrent la nomination d'un village. Il ne commença

à exister que dans ce temps-là , & il avait plus de
quarante ans sans qu'il eût jamais fait parler de lui.
Il avait beau posséder l'écriture sainte , disputer sur
les droits des prêtres & des diacres , faire quelques
mauvais sermons & quelques libelles , il était ignoré.
J'ai vu de lui un sermon qui est fort insipide , & qui
ressemble assez aux prédications des quakers ; on n'y
découvre assurément aucune trace de cette éloquence
persuasive avec laquelle il entraîna depuis les parlemens. C'est qu'en effet il était beaucoup plus propre
aux affaires qu'à l'Eglise. C'était surtout dans son
ton & dans son air que consistait son éloquence ; un
geste de cette main qui avait gagné tant de batailles
& tué tant de royalistes , persuadait plus que les
périodes de *Cicéron*. Il faut avouer que ce fut sa valeur
incomparable qui le fit connaître , & qui le mena par
degrés au faîte de la grandeur.

Il commença par se jeter en volontaire qui voulait
faire fortune , dans la ville de Hull assiégée par le roi.
Il y fit de belles & d'heureuses actions , pour lesquelles
il reçut une gratification d'environ six mille francs du
parlement. Ce présent fait par le parlement à un
aventurier , fait voir que le parti rebelle devait prévaloir. Le roi n'était pas en état de donner à ses
officiers-généraux ce que le parlement donnait à des
volontaires. Avec de l'argent & du fanatisme on doit
à la longue être maître de tout. On fit *Cromwell*
colonel. Alors ses grands talens pour la guerre se
développèrent au point que lorsque le parlement
créa le comte de *Manchester* général de ses armées , il
fit *Cromwell* lieutenant-général , sans qu'il eût passé
par les autres grades. Jamais homme ne parut plus

N 4

digne de commander; jamais on ne vit plus d'activité
& de prudence, plus d'audace & plus de reſſources
que dans *Cromwell*. Il eſt bleſſé à la bataille d'Yorck;
& tandis que l'on met le premier appareil à ſa plaie,
il apprend que ſon général *Mancheſter* ſe retire, & que
la bataille eſt perdue. Il court à *Mancheſter*; il le
trouve fuyant avec quelques officiers; il le prend par
le bras, & lui dit avec un air de confiance & de
grandeur : *Vous vous méprenez, Milord, ce n'eſt pas de ce
côté-ci que ſont les ennemis*. Il le ramène près du champ
de bataille, rallie pendant la nuit plus de douze mille
hommes, leur parle au nom de D I E U, cite *Moïſe*,
Gédéon, & *Joſué*, recommence la bataille au point du
jour contre l'armée royale victorieuſe, & la défait
entièrement. Il fallait qu'un tel homme pérît ou
fût le maître. Preſque tous les officiers de ſon armée
étaient des enthouſiaſtes qui portaient le nouveau Teſ-
tament à l'arçon de leur ſelle : on ne parlait à l'armée
comme dans le parlement, que de perdre Babylone,
d'établir le culte dans Jéruſalem, de briſer le coloſſe.
Cromwell parmi tant de fous ceſſa de l'être, & penſa
qu'il valait mieux les gouverner que d'être gouverné
par eux. L'habitude de prêcher en inſpiré lui reſtait.
Figurez-vous un faquir qui s'eſt mis aux reins une
ceinture de fer par pénitence, & qui enſuite détache
ſa ceinture pour en donner ſur les oreilles aux autres
faquirs. Voilà *Cromwell*. Il devient auſſi intrigant
qu'il était intrépide; il s'aſſocie avec tous les colonels
de l'armée, & forme ainſi dans les troupes une république qui force le généraliſſime à ſe démettre. Un
autre généraliſſime eſt nommé, & il le dégoûte. Il
gouverne l'armée, & par elle il gouverne le parlement;

il met ce parlement dans la néceffité de le faire enfin
généraliffime. Tout cela eft beaucoup ; mais ce qui eft
effentiel , c'eft qu'il gagne toutes les batailles qu'il
donne en Angleterre , en Ecoffe, en Irlande ; & il les
gagne, non en voyant combattre & en fe ménageant ,
mais toujours en chargeant l'ennemi , ralliant fes
troupes , courant par-tout , fouvent bleffé , tuant de
fa main plufieurs officiers royaliftes , comme un gre-
nadier furieux & acharné.

Au milieu de cette guerre affreufe *Cromwell* fefait
l'amour ; il allait, la Bible fous le bras , coucher avec
la femme de fon major-général *Lambert*. Elle aimait
le comte de *Holland* , qui fervait dans l'armée du roi.
Cromwell le prend prifonnier dans une bataille , &
jouit du plaifir de faire trancher la tête à fon rival.
Sa maxime était de verfer le fang de tout ennemi
important, ou dans le champ de bataille , ou par la
main des bourreaux. Il augmenta toujours fon pouvoir , en ofant toujours en abufer ; les profondeurs de
fes deffeins n'ôtaient rien à fon impétuofité féroce. Il
entre dans la chambre du parlement , & prenant fa
montre qu'il jette à terre , & qu'il brife en morceaux:
Je vous cafferai, dit-il , comme cette montre. Il y
revient quelque temps après , chaffe tous les membres
l'un après l'autre , en les fefant défiler devant lui.
Chacun d'eux eft obligé en paffant de lui faire une
profonde révérence : un d'eux paffe le chapeau fur la
tête ; *Cromwell* lui prend fon chapeau, & le jette par
terre : Apprenez , dit-il , à me refpecter.

Quand il eut outragé tous les rois en fefant couper
la tête à fon roi légitime , & qu'il commença lui-
même à régner , il envoya fon portrait à une tête

couronnée ; c'était à la reine de Suède *Chrifline*. *Marvel*, fameux poëte anglais, qui fefait fort bien des vers latins, accompagna ce portrait de fix vers où il fait parler *Cromwell* lui-même. *Cromwell* corrigea les deux derniers que voici :

At tibi fubmittit frontem reverentior umbra ,
Non funt hi vultus regibus ufque truces.

Le fens hardi de ces fix vers peut fe rendre ainfi :

Les armes à la main j'ai défendu les lois;
D'un peuple audacieux j'ai vengé la querelle.
Regardez fans frémir cette image fidelle :
Mon front n'eft pas toujours l'épouvante des rois.

Cette reine fut la première à le reconnaître, dès qu'il fut protecteur des trois royaumes. Prefque tous les fouverains de l'Europe envoyèrent des ambaffadeurs *à leur frère Cromwell*, à ce domeftique d'un évêque, qui venait de faire périr par les mains du bourreau un fouverain leur parent. Ils briguèrent à l'envi fon alliance. Le cardinal *Mazarin*, pour lui plaire, chaffa de France les deux fils de *Charles I*, les deux petits-fils de *Henri IV*, les deux coufins-germains de *Louis XIV*. La France conquit Dunkerque pour lui, & on lui en remit les clefs. Après fa mort, *Louis XIV* & toute fa cour portèrent le deuil, excepté *Mademoifelle*, qui eut le courage de venir au cercle en habit de couleur, & foutint feule l'honneur de fa race.

Jamais roi ne fut plus abfolu que lui. Il difait qu'il avait mieux aimé gouverner fous le nom de *protecteur* que fous celui de *roi*, parce que les Anglais

favaient jufqu'où s'étend la prérogative d'un roi
d'Angleterre , & ne favaient pas jufqu'où celle d'un
protecteur pouvait aller. C'était connaître les hommes
que l'opinion gouverne , & dont l'opinion dépend
d'un nom. Il avait conçu un profond mépris pour la
religion , qui avait fervi à fa fortune. Il y a une
anecdote certaine confervée dans la maifon de *Saint-
Jean*, qui prouve affez le peu de cas que *Cromwell*
fefait de cet inftrument qui avait opéré de fi grands
effets dans fes mains. Il buvait un jour avec *Ireton*,
Fletwood , & *Saint-Jean* , bifaïeul du célébre milord
Bolingbroke ; on voulut déboucher une bouteille, &
le tire-bouchon tomba fous la table; ils le cherchaient
tous , & ne le trouvaient pas. Cependant une dépu-
tation des églifes presbytériennes attendait dans
l'antichambre, & un huiffier vint les annoncer. Qu'on
leur dife que je fuis retiré, dit *Cromwell* , & *que je
cherche le Seigneur*. C'était l'expreffion dont fe fervaient
les fanatiques , quand ils fefaient leurs prières. Lorfqu'il eut ainfi congédié la bande des miniftres , il dit
à fes confidens ces propres paroles : *Ces faquins - là
croient que nous cherchons le Seigneur , & nous ne cherchons
que le tire-bouchon.*

Il n'y a guère d'exemple en Europe d'aucun
homme qui , venu de fi bas, fe foit élevé fi haut.
Mais que lui fallait-il abfolument avec tous fes grands
talens ? la fortune. Il l'eut cette fortune ; mais fut-il
heureux? Il vécut pauvre & inquiet jufqu'à quarante-
trois ans ; il fe baigna depuis dans le fang , paffa fa
vie dans le trouble , & mourut avant le temps à
cinquante-fept ans. Que l'on compare à cette vie celle
d'un *Newton*, qui a vécu quatre-vingt-quatre années,

toujours tranquille, toujours honoré, toujours la lumière de tous les êtres penſans, voyant augmenter chaque jour ſa renommée, ſa réputation, ſa fortune, ſans avoir jamais ni ſoins ni remords; & qu'on juge lequel a été le mieux partagé.

O curas hominum, ô quantum eſt in rebus inane!

SECTION II.

OLIVIER *Cromwell* fut regardé avec admiration par les puritains & les indépendans d'Angleterre; il eſt encore leur héros. Mais *Richard Cromwell* ſon fils eſt mon homme.

Le premier eſt un fanatique qui ſerait ſifflé aujourd'hui dans la chambre des communes, s'il y prononçait une ſeule des inintelligibles abſurdités qu'il débitait avec tant de confiance devant d'autres fanatiques qui l'écoutaient la bouche béante, & les yeux égarés, au nom du Seigneur. S'il diſait qu'il faut chercher le Seigneur, & combattre les combats du Seigneur; s'il introduiſait le jargon juif dans le parlement d'Angleterre, à la honte éternelle de l'eſprit humain, il ſerait bien plus près d'être conduit à Bedlam que d'être choiſi pour commander des armées.

Il était brave, ſans doute; les loups le ſont auſſi: il y a même des ſinges auſſi furieux que des tigres. De fanatique il devint politique habile, c'eſt-à-dire que de loup il devint renard, monta par la fourberie, des premiers degrés où l'enthouſiaſme enragé du temps l'avait placé, juſqu'au faîte de la grandeur; & le fourbe marcha ſur les têtes des fanatiques proſternés. Il régna, mais il vécut dans les horreurs de l'inquiétude. Il n'eut ni des jours sereins ni des nuits tranquilles. Les consolations de l'amitié & de la société n'approchèrent jamais de lui ; il mourut avant le temps, plus digne, sans doute, du dernier supplice, que le roi qu'il fit conduire d'une fenêtre de son palais même à l'échafaud.

Richard Cromwell, au contraire, né avec un esprit doux & sage, refuse de garder la couronne de son père aux dépens du sang de trois ou quatre factieux qu'il pouvait sacrifier à son ambition. Il aime mieux être réduit à la vie privée que d'être un assassin tout-puissant. Il quitte le protectorat sans regret, pour vivre en citoyen. Libre & tranquille à la campagne, il y jouit de la santé ; il y possède son ame en paix pendant quatre-vingt-dix années, aimé de ses voisins, dont il est l'arbitre & le père.

Lecteurs, prononcez. Si vous aviez à choisir entre le destin du père & celui du fils, lequel prendriez-vous ?

CUISSAGE OU CULAGE,

Droit de prélibation, de marquette &c.

D I O N *Cassius* ce flatteur d'*Auguste*, ce détracteur de *Cicéron*, (parce que *Cicéron* avait défendu la cause de la liberté) cet écrivain sec & diffus, ce gazetier des bruits populaires ; ce *Dion Cassius* rapporte que des sénateurs opinèrent, pour récompenser *César* de tout le mal qu'il avait fait à la république, de lui donner le droit de coucher, à l'âge de cinquante-sept

ans., avec toutes les dames qu'il daignerait honorer de
ses faveurs. Et il se trouve encore parmi nous des gens
assez bons pour croire cette ineptie. L'auteur même
de l'Esprit des lois la prend pour une vérité , & en
parle comme d'un décret qui aurait passé dans le
sénat romain , sans l'extrême modestie du dictateur
qui se sentit peu propre à remplir les vœux du sénat.
Mais si les empereurs romains n'eurent pas ce droit
par un sénatusconsulte appuyé d'un plébiscite , il est
très-vraisemblable qu'ils l'obtinrent par la courtoisie
des dames. Les *Marc-Aurèles* , les *Juliens* , n'usèrent
point de ce droit ; mais tous les autres l'étendirent
autant qu'ils le purent.

Il est étonnant que dans l'Europe chrétienne on ait
fait très-long-temps une espèce de loi féodale , & que
du moins on ait regardé comme un droit coutumier,
l'usage d'avoir le pucelage de sa vassale. La première
nuit des noces de la fille au villain appartenait sans
contredit au seigneur.

Ce droit s'établit comme celui de marcher avec
un oiseau sur le poing , & de se faire encenser à la
messe. Les seigneurs , il est vrai , ne statuèrent pas
que les femmes de leurs villains leur appartiendraient,
ils se bornèrent aux filles ; la raison en est plausible.
Les filles sont honteuses , il faut un peu de temps pour
les apprivoiser. La majesté des lois les subjugue tout-
d'un-coup ; les jeunes fiancées donnaient donc sans
résistance la première nuit de leurs noces au seigneur
châtelain , ou au baron , quand il les jugeait dignes
de cet honneur.

On prétend que cette jurisprudence commença en
Ecosse ; je le croirais volontiers : les seigneurs écossais

avaient un pouvoir encore plus abfolu fur leurs clans,
que les barons allemands & français fur leurs fujets.

Il eft indubitable que des abbés, des évêques
s'attribuèrent cette prérogative en qualité de feigneurs
temporels : & il n'y a pas bien long-temps que des
prélats fe font défiftés de cet ancien privilége pour des
redevances en argent, auxquelles ils avaient autant
de droit qu'aux pucelages des filles.

Mais remarquons bien que cet excès de tyrannie
ne fut jamais approuvé par aucune loi publique. Si
un feigneur ou un prélat avait affigné pardevant un
tribunal réglé une fille fiancée à un de fes vaffaux,
pour venir lui payer fa redevance, il eût perdu fans
doute fa caufe avec dépens.

Saififfons cette occafion d'affurer qu'il n'y a jamais
eu de peuple un peu civilifé qui ait établi des lois
formelles contre les mœurs ; je ne crois pas qu'il y
en ait un feul exemple. Des abus s'établiffent, on
les tolère ; ils paffent en coutume ; les voyageurs les
prennent pour des lois fondamentales. Ils ont vu,
difent-ils, dans l'Afie de faints mahométans bien
craffeux marcher tout nus, & de bonnes dévotes
venir leur baifer ce qui ne mérite pas de l'être ; mais
je les défie de trouver dans l'Alcoran une permiffion
à des gueux de courir tout nus, & de faire baifer leur
vilenie par des dames.

On me citera pour me confondre le *Phallum* que
les Egyptiens portaient en proceffion, & l'idole *Jaganat*
des Indiens. Je répondrai que cela n'eft pas plus contre
les mœurs que de s'aller faire couper le prépuce en
cérémonie à l'âge de huit ans. On a porté dans
quelques-unes de nos villes le faint prépuce en

proceffion ; on le garde encore dans quelques facrifties, fans que cette facétie ait caufé le moindre trouble dans les familles. Je puis encore affurer qu'aucun concile, aucun arrêt de parlement n'a jamais ordonné qu'on fêterait le faint prépuce.

J'appelle *loi contre les mœurs* une loi publique, qui me prive de mon bien, qui m'ôte ma femme pour la donner à un autre ; & je dis que la chofe eft impoffible.

Quelques voyageurs prétendent qu'en Laponie des maris font venus leur offrir leurs femmes par politeffe; c'eft une plus grande politeffe à moi de les croire. Mais je leur foutiens qu'ils n'ont jamais trouvé cette loi dans le code de la Laponie, de même que vous ne trouverez ni dans les conftitutions de l'Allemagne, ni dans les ordonnances des rois de France, ni dans les regiftres du parlement d'Angleterre, aucune loi pofitive qui adjuge le droit de cuiffage aux barons.

Des lois abfurdes, ridicules, barbares, vous en trouverez par-tout; des lois contre les mœurs nulle part.

C U L.

ON répétera ici ce qu'on a déjà dit ailleurs, & ce qu'il faut répéter toujours, jufqu'au temps où les Français fe feront corrigés ; c'eft qu'il eft indigne d'une langue auffi polie & auffi univerfelle que la leur, d'employer fi fouvent un mot déshonnête & ridicule, pour fignifier des chofes communes qu'on pourrait exprimer autrement fans le moindre embarras.

Pourquoi

Pourquoi nommer *cul-d'âne* & *cul-de-cheval* des orties de mer? pourquoi donc donner le nom de *cul-blanc* à l'ænante, & de *cul-rouge* à l'épeiche? Cette épeiche eft une efpèce de pivert, & l'ænante une efpèce de moineau cendré. Il y a un oifeau qu'on nomme *fétu-en-cul*, ou *paille-en-cul;* on avait cent manières de le défigner d'une expreffion beaucoup plus précife. N'eft-il pas impertinent d'appeler *cul-de-vaiffeau* le fond de la poupe?

Plufieurs auteurs nomment encore *à-cul* un petit mouillage, un ancrage, une grève, un fable, une anfe, où les barques fe mettent à l'abri des corfaires. *Il y a un petit à-cul à Palo comme à Sainte-Marinée.* (*)

On fe fert continuellement du mot *cul-de-lampe* pour exprimer un fleuron, un petit cartouche, un pendantif, un encorbellement, une bafe de pyramide, un placard, une vignette.

Un graveur fe fera imaginé que cet ornement reffemble à la bafe d'une lampe; il l'aura nommé *cul-de-lampe* pour avoir plutôt fait; & les acheteurs auront répété ce mot après lui. C'eft ainfi que les langues fe forment. Ce font les artifans qui ont nommé leurs ouvrages & leurs inftrumens.

Certainement il n'y avait nulle néceffité de donner le nom de *cul-de-four* aux voûtes fphériques, d'autant plus que ces voûtes n'ont rien de celle d'un four qui eft toujours furbaiffée.

Le fond d'un artichaut eft formé & creufé en ligne courbe, & le nom de *cul* ne lui convient en aucune manière. Les chevaux ont quelquefois une tache verdâtre dans les yeux, on l'appelle *cul-de-verre.* Une

(*) Voyage d'Italie.

autre maladie des chevaux, qui eſt une eſpèce d'éré-
ſipèle, eſt appelée le *cul-de-poule*. Le haut d'un chapeau
eſt un *cul-de-chapeau*. Il y a des boutons à comparti-
mens qu'on appelle *boutons-à-cul-de-dé*.

Comment a-t-on pu donner le nom de *cul-de-ſac* à
l'*angiportus* des Romains? Les Italiens ont pris le nom
d'*angiporto*, pour ſignifier *ſtrada ſenza uſcita*. On lui
donnait autrefois chez nous le nom d'*impaſſe*, qui eſt
expreſſif & ſonore. C'eſt une groſſièreté énorme que
le mot de *cul-de-ſac* ait prévalu.

Le terme de *culage* a été aboli. Pourquoi tous ceux
que nous venons d'indiquer ne le ſont-ils pas? Ce
terme infame de *culage* ſignifiait le droit que s'étaient
donné pluſieurs ſeigneurs, dans les temps de la
tyrannie féodale, d'avoir à leur choix les prémices
de tous les mariages dans l'étendue de leurs terres.
On ſubſtitua enſuite le mot de *cuiſſage* à celui de *culage*.
Le temps ſeul peut corriger toutes les façons vicieuſes
de parler.

Il eſt triſte qu'en fait de langue, comme en d'autres
uſages plus importans, ce ſoit la populace qui dirige
les premiers d'une nation.

CURÉ DE CAMPAGNE.

SECTION PREMIERE.

Un curé, que dis-je, un curé? un iman même, un talapoin, un brame, doit avoir honnêtement de quoi vivre. Le prêtre en tout pays doit être nourri de l'autel, puisqu'il sert la république. Qu'un fanatique fripon ne s'avise pas de dire ici que je mets au niveau un curé & un brame, que j'associe la vérité avec l'imposture. Je ne compare que les services rendus à la société; je ne compare que la peine & le salaire.

Je dis que quiconque exerce une fonction pénible doit être bien payé de ses concitoyens; je ne dis pas qu'il doive regorger de richesses, souper comme *Lucullus*, être insolent comme *Clodius*. Je plains le sort d'un curé de campagne obligé de disputer une gerbe de blé à son malheureux paroissien, de plaider contre lui, d'exiger la dixme des lentilles & des pois, d'être haï & de haïr, de consumer sa misérable vie dans des querelles continuelles, qui avilissent l'ame autant qu'elles l'aigrissent.

Je plains encore davantage le curé à portion congrue, à qui des moines, nommés *gros décimateurs*, osent donner un salaire de quarante ducats, pour aller faire, pendant toute l'année, à deux ou trois milles de sa maison, le jour, la nuit, au soleil, à la pluie, dans les neiges, au milieu des glaces, les fonctions les plus désagréables, & souvent les plus

O 2

inutiles. Cependant l'abbé, gros décimateur, boit son vin de Volney, de Baune, de Chambertin, de Silleri, mange ses perdrix & ses faisans, dort sur le duvet avec sa voisine, & fait bâtir un palais. La disproportion est trop grande.

On imagina du temps de *Charlemagne* que le clergé, outre ses terres, devait posséder la dixme des terres d'autrui; & cette dixme est au moins le quart en comptant les frais de culture. Pour assurer ce payement, on stipula qu'il était de droit divin. Et comment était-il de droit divin? DIEU était-il descendu sur la terre pour donner le quart de mon bien à l'abbé du Mont-Cassin, à l'abbé de Saint-Denis, à l'abbé de Fulde? non pas que je sache. Mais on trouva qu'autrefois dans le désert d'Ethan, d'Oreb, de Cadés-Barné, on avait donné aux lévites quarante-huit villes, & la dixme de tout ce que la terre produisait.

Hé bien, gros décimateurs, allez à Cadés-Barné; habitez les quarante-huit villes qui sont dans ce désert inhabitable; prenez la dixme des cailloux que la terre y produit, & grand bien vous fasse.

Mais *Abraham* ayant combattu pour Sodome, donna la dixme à *Melchisédech* prêtre & roi de Salem. Hé bien, combattez pour Sodome, mais que *Melchisédech* ne me prenne pas le blé que j'ai semé.

Dans un pays chrétien de douze cents mille lieues quarrées, dans tout le Nord, dans la moitié de l'Allemagne, dans la Hollande, dans la Suisse, on paye le clergé de l'argent du trésor public. Les tribunaux n'y retentissent point des procès mus entre les seigneurs & les curés, entre le gros & le petit décimateur, entre le pasteur demandeur & l'ouaille intimée, en conséquence du troisième concile de Latran dont l'ouaille n'a jamais entendu parler.

Le roi de Naples, cette année 1772, vient d'abolir la dixme dans une de ses provinces ; les curés sont mieux payés, & la province le bénit.

Les prêtres égyptiens, dit-on, ne prenaient point la dixme. Non ; mais on nous assure qu'ils avaient le tiers de toute l'Egypte en propre. O miracle ! ô chose du moins difficile à croire ! ils avaient le tiers du pays, & ils n'eurent pas bientôt les deux autres !

Ne croyez pas, mon cher lecteur, que les Juifs, qui étaient un peuple de col roide, ne se soient jamais plaints de l'impôt de la dixme.

Donnez-vous la peine de lire le Talmud de Babylone ; & si vous n'entendez pas le chaldaïque, lisez la traduction faite par *Gilbert Gaumin*, avec les notes, le tout imprimé par les soins de *Fabricius*. Vous y verrez l'aventure d'une pauvre veuve avec le grand-prêtre *Aaron*, & comment le malheur de cette veuve fut la cause de la querelle entre *Dathan*, *Coré*, & *Abiron*, d'un côté, & *Aaron* de l'autre.

,, Une veuve n'avait qu'une seule brebis, (a) ,, elle voulut la tondre : *Aaron* vient qui prend la ,, laine pour lui ; elle m'appartient, dit-il, selon ,, la loi : *Tu donneras les prémices de la laine à* D I E U. ,, La veuve implore en pleurant la protection de ,, *Coré*. *Coré* va trouver *Aaron*. Ses prières sont inu-,, tiles ; *Aaron* répond que par la loi la laine est à ,, lui. *Coré* donne quelque argent à la femme, & s'en ,, retourne plein d'indignation.

(a) Page 165, n° 297.

O 3

,, Quelque temps après, la brebis fait un agneau ;
,, *Aaron* revient, & s'empare de l'agneau. La veuve
,, vient encore pleurer auprès de *Coré* qui veut en vain
,, fléchir *Aaron*. Le grand-prêtre lui répond : Il eſt
,, écrit dans la loi, *Tout mâle premier né de ton troupeau*
,, *appartiendra à ton* DIEU ; il mangea l'agneau, &
,, *Coré* s'en alla en fureur.

,, La veuve au déſeſpoir tue ſa brebis. *Aaron* arrive
,, encore, il en prend l'épaule & le ventre ; *Coré* vient
,, encore ſe plaindre. *Aaron* lui répond : Il eſt écrit,
,, *Tu donneras le ventre & l'épaule aux prêtres*.

,, La veuve ne pouvant plus contenir ſa douleur,
,, dit *anathème* à ſa brebis. *Aaron* alors dit à la veuve :
,, Il eſt écrit, *Tout ce qui ſera anathème dans Iſraël ſera*
,, *à toi ;* & il emporta la brebis toute entière. ,,

Ce qui n'eſt pas ſi plaiſant, mais qui eſt fort
ſingulier, c'eſt que dans un procès entre le clergé de
Reims & les bourgeois, cet exemple tiré du Talmud
fut cité par l'avocat des citoyens. *Gaumin* aſſure qu'il
en fut témoin. Cependant on peut lui répondre que
les décimateurs ne prennent pas tout au peuple ; les
commis des fermes ne le ſouffriraient pas. Chacun
partage, comme il eſt bien juſte.

Au reſte, nous penſons que ni *Aaron* ni aucun
de nos curés ne ſe ſont approprié les brebis & les
agneaux des veuves de notre pauvre pays.

Nous ne pouvons mieux finir cet article honnête
du *Curé de campagne*, que par ce dialogue, dont une
partie a déjà été imprimée.

SECTION II.

DIALOGUE.

ARISTON.

HÉ bien, mon cher *Téotime*, vous allez donc être curé de campagne?

TEOTIME.

Oui ; on me donne une petite paroiffe, & je l'aime mieux qu'une grande. Je n'ai qu'une portion limitée d'intelligence & d'activité ; je ne pourrais certainement pas diriger foixante & dix mille ames, attendu que je n'en ai qu'une ; un grand troupeau m'effraie, mais je pourrai faire quelque bien à un petit. J'ai étudié affez de jurifprudence pour empêcher, autant que je le pourrai, mes pauvres paroiffiens de fe ruiner en procès. J'ai affez de connaiffance de l'agriculture pour leur donner quelquefois des confeils utiles. Le feigneur du lieu, & fa femme, font d'honnêtes gens qui ne font point dévots, & qui m'aideront à faire du bien. Je me flatte que je vivrai affez heureux, & qu'on ne fera pas malheureux avec moi.

ARISTON.

N'êtes-vous pas fâché de n'avoir point de femme ? ce ferait une grande confolation ; il ferait doux après avoir prôné, chanté, confeffé, communié, baptifé, enterré, confolé des malades, apaifé des querelles, confumé votre journée au fervice du prochain, de trouver dans votre logis une femme douce, agréable, & honnête, qui aurait foin de votre linge & de votre perfonne, qui vous égaierait dans la fanté, qui vous foignerait dans la maladie, qui vous ferait de jolis enfans, dont la bonne éducation ferait utile à l'Etat. Je vous plains, vous qui fervez les hommes, d'être privé d'une confolation fi néceffaire aux hommes.

TEOTIME.

L'Eglife grecque a grand foin d'encourager les curés au mariage ; l'Eglife anglicane & les proteftans ont la même fageffe ; l'Eglife latine a une fageffe contraire ; il faut m'y foumettre. Peut-être aujourd'hui que l'efprit philofophique a fait tant de progrès, un concile ferait des lois plus favorables à l'humanité. Mais en attendant, je dois me conformer aux lois préfentes ; il en coûte beaucoup, je le fais ; mais tant de gens qui valaient mieux que moi s'y font foumis, que je ne dois pas murmurer.

ARISTON.

Vous êtes favant, & vous avez une éloquence fage ; comment comptez-vous prêcher devant des gens de campagne ?

TEOTIME.

Comme je prêcherais devant les rois. Je parlerai toujours de morale, & jamais de controverfe; DIEU me préferve d'approfondir la grâce concomitante, la grâce efficace, à laquelle on réfifte, la fuffifante qui ne fuffit pas ; d'examiner fi les anges qui mangèrent avec *Abraham* & avec *Loth* avaient un corps, ou s'ils firent femblant de manger ; fi le diable *Afmodée* était effectivement amoureux de la femme du jeune *Tobie;* quelle eft la montagne fur laquelle JESUS-CHRIST fut emporté par un autre diable ; & fi JESUS-CHRIST envoya deux mille diables , ou deux diables feulement dans le corps de deux mille cochons &c. &c. Il y a bien des chofes que mon auditoire n'entendrait pas , ni moi non plus. Je tâcherai de faire des gens de bien , & de l'être ; mais je ne ferai point de théologiens , & je le ferai le moins que je pourrai.

A R I S T O N.

Oh le bon curé ! Je veux acheter une maifon de campagne dans votre paroiffe. Dites-moi , je vous prie , comment vous en uferez dans la confeffion.

T E O T I M E.

La confeffion eft une chofe excellente , un frein aux crimes, inventé dans l'antiquité la plus reculée ; on fe confeffait dans la célébration de tous les anciens myftères ; nous avons imité & fanctifié cette fage pratique ; elle eft très-bonne pour engager les cœurs ulcérés de haine à pardonner , & pour faire rendre par les petits voleurs ce qu'ils peuvent avoir dérobé à leur prochain. Elle a quelques inconvéniens. Il y a beaucoup de confeffeurs indifcrets, furtout parmi les moines, qui apprennent quelquefois plus de fottifes aux filles, que tous les garçons d'un village ne pourraient leur en faire. Point de détails dans la confeffion ; ce n'eft point un interrogatoire juridique , c'eft l'aveu de fes fautes qu'un pécheur fait à l'Etre fuprême entre les mains d'un autre pécheur qui va s'accufer à fon tour. Cet aveu falutaire n'eft point fait pour contenter la curiofité d'un homme.

ARISTON.

·Et des excommunications, en uferez-vous?

TEOTIME.

Non ; il y a des rituels où l'on excommunie les fauterelles , les forciers , & les comédiens. Je n'interdirai point l'entrée de l'églife aux fauterelles, attendu qu'elles n'y vont jamais. Je n'excommunierai point les forciers , parce qu'il n'y a point de forciers; & à l'égard des comédiens, comme ils font penfionnés par le roi, & autorifés par le magiftrat, je me garderai bien de les diffamer. Je vous avouerai même, comme à mon ami , que j'ai du goût pour la comédie, quand elle ne choque point les mœurs. J'aime paffionnément le Mifanthrope , & toutes les tragédies où il y a des mœurs. Le feigneur de mon village fait jouer dans fon château quelques-unes de ces pièces, par de jeunes perfonnes qui ont du talent ; ces repréfentations infpirent la vertu par l'attrait du plaifir ; elles forment le goût , elles apprennent à bien parler, & à bien prononcer. Je ne vois rien là que de très-innocent , & même de très-utile; je compte bien affifter quelquefois à ces fpectacles pour mon inftruction , mais dans une loge grillée , pour ne point fcandalifer les faibles.

ARISTON.

Plus vous me découvrez vos fentimens , & plus j'ai envie de devenir votre paroiffien. Il y a un point bien important qui m'embarrasse. Comment ferez-vous pour empêcher les payfans de s'enivrer les jours de fêtes? c'eft-là leur grande manière de les célébrer. Vous voyez les uns accablés d'un poifon liquide, la tête penchée vers les genoux, les mains pendantes, ne voyant point, n'entendant rien, réduits à un état fort au-deffous de celui des brutes, reconduits chez eux en chancelant par leurs femmes éplorées, incapables de travail le lendemain, fouvent malades & abrutis pour le refte de leur vie. Vous en voyez d'autres devenus furieux par le vin, exciter des querelles fanglantes, frapper & être frappés, & quelquefois finir par le meurtre ces fcènes affreufes, qui font la honte de l'efpèce humaine. Il le faut avouer, l'Etat perd plus de fujets par les fêtes que par les batailles; comment pourrez-vous diminuer dans votre paroiffe un abus fi exécrable?

TEOTIME.

Mon parti eft pris; je leur permettrai, je les prefferai même de cultiver leurs champs les jours de fête après le fervice divin, que je ferai de très-bonne heure. C'eft l'oifiveté de la férie qui les conduit au cabaret. Les jours ouvrables ne font point les jours de la débauche & du meurtre. Le travail modéré contribue à la fanté du corps, & à celle de l'ame; de plus ce travail eft néceffaire à l'Etat. Suppofons cinq millions d'hommes qui font par jour pour dix fous d'ouvrage l'un portant l'autre, & ce compte eft bien modéré; vous rendez ces cinq millions d'hommes inutiles trente jours de l'année; c'eft donc trente fois cinq millions de pièces de dix fous que l'Etat perd en main d'œuvre. Or, certainement DIEU n'a jamais ordonné ni cette perte ni l'ivrognerie.

ARISTON.

Ainfi vous concilierez la prière & le travail ; DIEU ordonne l'un & l'autre. Vous fervirez DIEU & le prochain ; mais dans les difputes eccléfiaftiques, quel parti prendrez-vous ?

TEOTIME.

Aucun. On ne difpute jamais fur la vertu , parce qu'elle vient de DIEU : on fe querelle fur des opinions qui viennent des hommes.

ARISTON.

Oh le bon curé ! le bon curé !

CURIOSITÉ.

SUAVE mari magno turbantibus æquora ventis,
E terrâ magnum alterius fpectare laborem ;
Non quia vexari quemquam eft jucunda voluptas,
Sed quibus ipfe malis careas, quia cernere fuave eft ;
Suave etiam belli certamina magna tueri
Per campos inftructa, tuâ fine parte pericli.
Sed nil dulcius eft, bene quàm munita tenere
Edita doctrinâ fapientum templa ferenâ,
Defpicere unde queas alios, paffimque videre
Errare atque viam palantes quærere vitæ,
Certare ingenio, contendere nobilitate,
Noctes atque dies niti præftante labore
Ad fummas emergere opes rerumque potiri.
O miferas hominum mentes ! ô pectora cæca !

On voit avec plaisir, dans le sein du repos,
 Des mortels malheureux lutter contre les flots;
 On aime à voir de loin deux terribles armées,
 Dans les champs de la mort au combat animées:
 Non que le mal d'autrui soit un plaisir si doux;
 Mais son danger nous plaît quand il est loin de nous.
 Heureux qui, retiré dans le temple des sages,
 Voit en paix sous ses pieds se former les orages;
 Qui rit en contemplant les mortels insensés,
 De leur joug volontaire esclaves empressés,
 Inquiets, incertains du chemin qu'il faut suivre,
 Sans penser, sans jouir, ignorant l'art de vivre,
 Dans l'agitation consumant leurs beaux jours,
 Poursuivant la fortune, & rampant dans les cours.
 O vanité de l'homme! ô faiblesse! ô misère!

Pardon, *Lucrèce*, je soupçonne que vous vous trompez ici en morale, comme vous vous trompez toujours en physique. C'est, à mon avis, la curiosité seule qui fait courir sur le rivage pour voir un vaisseau que la tempête va submerger. Cela m'est arrivé; & je vous jure que mon plaisir, mêlé d'inquiétude & de mal-aise, n'était point du tout le fruit de ma réflexion; il ne venait point d'une comparaison secrète entre ma sécurité & le danger de ces infortunés; j'étais curieux & sensible.

A la bataille de Fontenoi les petits garçons & les petites filles montaient sur les arbres d'alentour pour voir tuer du monde.

Les dames se firent apporter des siéges sur un bastion de la ville de Liége, pour jouir du spectacle à la bataille de Rocou.

Quand j'ai dit , *Heureux qui voit en paix se former les orages* , mon bonheur était d'être tranquille & de chercher le vrai , & non pas de voir souffrir des êtres pensans , persécutés pour l'avoir cherché , opprimés par des fanatiques , ou par des hypocrites.

Si l'on pouvait supposer un ange volant sur six belles ailes du haut de l'empyrée, s'en allant regarder par un soupirail de l'enfer les tourmens & les contorsions des damnés , & se réjouissant de ne rien sentir de leurs inconcevables douleurs , cet ange tiendrait beaucoup du caractère de *Belzébuth*.

Je ne connais point la nature des anges , parce que je ne suis qu'homme; il n'y a que les théologiens qui la connaissent : mais en qualité d'homme, je pense par ma propre expérience , & par celle de tous les badauds mes confrères, qu'on ne court à aucun spectacle, de quelque genre qu'il puisse être , que par pure curiosité.

Cela me semble si vrai que le spectacle a beau être admirable , on s'en lasse à la fin. Le public de Paris ne va plus guère au Tartuffe qui est le chef-d'œuvre des chefs-d'œuvre de *Molière ;* pourquoi ? c'est qu'il y est allé souvent ; c'est qu'il le fait par cœur. Il en est ainsi d'Andromaque.

Perrin Dandin a bien malheureusement raison quand il propose à la jeune *Isabelle* de la mener voir comment on donne la question ; cela fait, dit-il, passer une heure ou deux. Si cette anticipation du dernier supplice , plus cruelle souvent que le supplice même, était un spectacle public, toute la ville de Toulouse aurait volé en foule pour contempler le vénérable *Calas* souffrant à deux reprises ces tourmens abominables, fur les conclufions du procureur-général. Pénitens blancs, pénitens gris & noirs, femmes, filles, maîtres des jeux floraux, étudians, laquais, fervantes, filles de joie, docteurs en droit-canon, tout fe ferait preffé. On fe ferait étouffé à Paris pour voir paffer dans un tombereau le malheureux général *Lalli* avec un bâillon de fix doigts dans la bouche.

Mais fi ces tragédies de Cannibales qu'on repréfente quelquefois chez la plus frivole des nations, & la plus ignorante en général dans les principes de la jurif-prudence & de l'équité ; fi les fpectacles donnés par quelques tigres à des finges, comme ceux de la Saint-Barthelemi & fes diminutifs, fe renouvelaient tous les jours, on déferterait bientôt un tel pays ; on le fuirait avec horreur ; on abandonnerait fans retour la terre infernale où ces barbaries feraient fréquentes.

Quand les petits garçons & les petites filles déplument leurs moineaux, c'eft purement par efprit de curiofité, comme lorfqu'elles mettent en pièces les jupes de leurs poupées. C'eft cette paffion feule qui conduit tant de monde aux exécutions publiques, comme nous l'avons vu. *Etrange empreffement de voir des miférables !* a dit l'auteur d'une tragédie.

Je me fouviens qu'étant à Paris lorfqu'on fit fouffrir à *Damiens* une mort des plus recherchées, & des plus affreufes qu'on puiffe imaginer, toutes les fenêtres qui donnaient fur la place furent louées chèrement par les dames ; aucune d'elle affurément ne fefait la réflexion confolante qu'on ne la tenaillerait point aux mamelles, qu'on ne verferait point du plomb fondu & de la poix réfine bouillante dans fes plaies, & que quatre chevaux ne tireraient point fes membres

difloqués & fanglans. Un des bourreaux jugea plus
fainement que *Lucrèce;* car lorfqu'un des académiciens
de Paris voulut entrer dans l'enceinte pour examiner la
chofe de plus près, & qu'il fut repouffé par les archers:
Laiffez entrer monfieur, dit-il, *c'eft un amateur.* C'eft-à-
dire, c'eft un curieux, ce n'eft point par méchanceté
qu'il vient ici, ce n'eft pas un retour fur foi-même,
pour goûter le plaifir de n'être pas écartelé : c'eft
uniquement par curiofité , comme on va voir des
expériences de phyfique.

La curiofité eft naturelle à l'homme, aux finges, &
aux petits chiens. Menez avec vous un petit chien
dans votre carroffe , il mettra continuellement fes
pattes à la portière pour voir ce qui fe paffe. Un finge
fouille par-tout, il a l'air de tout confidérer. Pour
l'homme, vous favez comme il eft fait ; Rome, Londres,
Paris, paffent leur temps à demander ce qu'il y a de
nouveau.

D.

LE DANTE.

VOUS voulez connaître le *Dante.* Les Italiens l'appellent *divin;* mais c'eft une divinité cachée; peu de
gens entendent fes oracles ; il a des commentateurs,
c'eft peut-être encore une raifon de plus pour n'être
pas compris. Sa réputation s'affermira toujours, parce
qu'on ne le lit guère. Il y a de lui une vingtaine de
traits qu'on fait par cœur : cela fuffit pour s'épargner
la peine d'examiner le refte.

Ce

Ce divin *Dante* fut, dit-on, un homme aſſez malheureux. Ne croyez pas qu'il fût divin de ſon temps, ni qu'il fût prophète chez lui. Il eſt vrai qu'il fut prieur, non pas prieur de moines, mais prieur de Florence, c'eſt-à-dire l'un des ſénateurs.

Il était né en 1260, à ce que diſent ſes compatriotes. *Bayle* qui écrivait à Roterdam, *currente calamo*, pour ſon libraire, environ quatre ſiècles entiers après le *Dante*, le fait naître en 1265, & je n'en eſtime *Bayle* ni plus ni moins pour s'être trompé de cinq ans : la grande affaire eſt de ne ſe tromper ni en fait de goût ni en fait de raiſonnemens.

Les arts commençaient alors à naître dans la patrie du *Dante*. Florence était, comme Athènes, pleine d'eſprit, de grandeur, de légéreté, d'inconſtance, & de factions. La faction blanche avait un grand crédit : elle ſe nommait ainſi du nom de la *Signora Bianca*. Le parti oppoſé s'intitulait le *parti des noirs*, pour mieux ſe diſtinguer des *blancs*. Ces deux partis ne ſuffiſaient pas aux Florentins. Ils avaient encore les *Guelfes* & les *Gibelins*. La plupart des blancs étaient *Gibelins* du parti des empereurs, & les noirs penchaient pour les *Guelfes* attachés aux papes.

Toutes ces factions aimaient la liberté, & feſaient pourtant ce qu'elles pouvaient pour la détruire. Le pape *Boniface VIII* voulut profiter de ces diviſions pour anéantir le pouvoir des empereurs en Italie. Il déclara *Charles de Valois*, frère du roi de France *Philippe le bel*, ſon vicaire en Toſcane. Le vicaire vint bien armé, chaſſa les *blancs* & les *gibelins*, & ſe fit déteſter des *noirs* & des *guelfes*. Le *Dante* était *blanc* & *gibelin*; il fut chaſſé des premiers, & ſa maiſon raſée. On peut juger

de-là s'il fut le refte de fa vie affectionné à la maifon
de France & aux papes ; on prétend pourtant qu'il alla
faire un voyage à Paris , & que pour fe défennuyer il
fe fit théologien , & difputa vigoureufement dans les
écoles. On ajoute que l'empereur *Henri VII* ne fit rien
pour lui , tout *gibelin* qu'il était ; qu'il alla chez *Frédéric
d'Arragon* roi de Sicile , & qu'il en revint auffi pauvre
qu'il y était allé. Il fut réduit au marquis de *Malafpina*,
& au grand-can de Véroné. Le marquis & le grand-
can ne le dédommagèrent pas ; il mourut pauvre à
Ravenne, à l'âge de cinquante-fix ans. Ce fut dans
ces divers lieux qu'il compofa fa comédie de l'enfer,
du purgatoire , & du paradis : on a regardé ce falmi-
gondis comme un beau poëme épique.

Il trouva d'abord à l'entrée de l'enfer un lion & une
louve. Tout d'un coup *Virgile* fe préfente à lui pour
l'encourager ; *Virgile* lui dit qu'il eft né lombard ; c'eft
précifément comme fi *Homère* difait qu'il eft né turc.
Virgile offre de faire au *Dante* les honneurs de l'enfer
& du purgatoire , & de le mener jufqu'à la porte de
St Pierre ; mais il avoue qu'il ne pourra pas entrer
avec lui.

Cependant *Caron* les paffe tous deux dans fa barque.
Virgile lui raconte que , peu de temps après fon arrivée
en enfer , il y vit un être puiffant qui vint chercher les
ames d'*Abel* , de *Noé* , d'*Abraham* , de *Moïfe* , de *David*.
En avançant chemin , ils découvrent dans l'enfer des
demeures très-agréables ; dans l'une font *Homère* ,
Horace , *Ovide* , & *Lucain ;* dans une autre on voit
Electre , *Hector* , *Enée* , *Lucrèce* , *Brutus* , & le turc *Saladin ;*
dans une troifième , *Socrate* , *Platon* , *Hippocrate* , &
l'arabe *Averroès*.

Enfin paraît le véritable enfer, où *Pluton* juge les condamnés. Le voyageur y reconnaît quelques cardinaux, quelques papes, & beaucoup de florentins. Tout cela eft-il dans le ftyle comique? non. Tout eft-il dans le genre héroïque? non. Dans quel goût eft donc ce poëme? dans un goût bizarre.

Mais il y a des vers fi heureux & fi naïfs, qu'ils n'ont point vieilli depuis quatre cents ans, & qu'ils ne vieilliront jamais. Un poëme d'ailleurs où l'on met des papes en enfer, réveille beaucoup l'attention; & les commentateurs épuifent toute la fagacité de leur efprit à déterminer au jufte qui font ceux que le *Dante* a damnés, & à ne fe pas tromper dans une matière fi grave.

On a fondé une chaire, une lecture pour expliquer cet auteur claffique. Vous me demanderez comment l'inquifition ne s'y oppofe pas? Je vous répondrai que l'inquifition entend raillerie en Italie; elle fait bien que des plaifanteries en vers ne peuvent point faire de mal: vous en allez juger par cette petite traduction très-libre d'un morceau du chant vingt-troifième; il s'agit d'un damné de la connaiffance de l'auteur. Le damné parle ainfi:

> Je m'appelais le comte de Guidon;
> Je fus fur terre & foldat & poltron;
> Puis m'enrôlai fous faint François d'Affife,
> Afin qu'un jour le bout de fon cordon
> Me donnât place en la célefte Eglife;
> Et j'y ferais fans ce pape félon,
> Qui m'ordonna de fervir fa feintife,
> Et me rendit aux griffes du démon.

Voici le fait. Quand j'étais fur la terre,
Vers Rimini je fis long-temps la guerre,
Moins, je l'avoue, en héros qu'en fripon.
L'art de fourber me fit un grand renom.
Mais quand mon chef eut porté poil grifon,
Temps de retraite où convient la fagefle,
Le repentir vint ronger ma vieillefle,
Et j'eus recours à la confeffion.
O repentir tardif & peu durable !
Le bon faint père en ce temps guerroyait,
Non le Soudan, non le Turc intraitable,
Mais les chrétiens, qu'en vrai turc il pillait.
Or fans refpect pour tiare & tonfure,
Pour faint François, fon froc & fa ceinture ;
Frère, dit-il, il me convient d'avoir
Inceffamment Préneste en mon pouvoir.
Confeille-moi, cherche fous ton capuce
Quelque beau tour, quelque gentille aftuce,
Pour ajouter en bref à mes Etats
Ce qui me tente, & ne m'appartient pas.
J'ai les deux clefs du ciel en ma puiffance.
De Céleftin la dévote imprudence
S'en fervit mal, & moi je fais ouvrir
Et refermer le ciel à mon plaifir.
Si tu me fers, ce ciel eft ton partage.
Je le fervis, & trop bien, dont j'enrage.
Il eut Préneste, & la mort me faifit.
Lors devers moi faint François defcendit,
Comptant au ciel amener ma bonne ame ;
Mais Belzébuth vint en pofte, & lui dit :
Monfieur d'Affife, arrêtez : je réclame
Ce confeiller du faint père, il eft mien ;

Bon faint François, que chacun ait le fien.
Lors tout penaud le bon homme d'Affife
M'abandonnait au grand diable d'enfer.
Je lui criai : Monfieur de Lucifer,
Je fuis un faint, voyez ma robe grife ;
Je fus abfous par le chef de l'Eglife.
J'aurai toujours, répondit le démon,
Un grand refpect pour l'abfolution :
On eft lavé de fes vieilles fottifes,
Pourvu qu'après, autres ne foient commifes.
J'ai fait fouvent cette diftinction
A tes pareils, & grâce à l'Italie,
Le diable fait de la théologie.
Il dit, & rit : je ne répliquai rien
A Belzébuth ; il raifonnait trop bien.
Lors il m'empoigne, & d'un bras roide & ferme
Il appliqua fur mon trifte épiderme
Vingt coups de fouet, dont bien fort il me cuit ;
Que DIEU le rende à Boniface huit !

D A V I D.

Nous devons révérer *David* comme un prophète, comme un roi, comme un ancêtre du faint époux de *Marie*, comme un homme qui a mérité la miféricorde de DIEU par fa pénitence.

Je dirai hardiment que l'article *David* qui fufcita tant d'ennemis à *Bayle*, premier auteur d'un dictionnaire de faits & de raifonnemens, ne méritait pas le bruit étrange que l'on fit alors. Ce n'était pas *David* qu'on voulait défendre, c'était *Bayle* qu'on voulait perdre. Quelques prédicans de Hollande, fes ennemis mortels, furent aveuglés par leur haine, au point de le reprendre d'avoir donné des louanges à des papes qu'il en croyait dignes, & d'avoir réfuté les calomnies débitées contre eux.

Cette ridicule & honteuse injustice fut signée de douze théologiens, le 20 décembre 1698, dans le même consistoire où ils feignaient de prendre la défense du roi *David*. Comment osaient-ils manifester hautement une passion lâche que le reste des hommes s'efforce toujours de cacher? Ce n'était pas seulement le comble de l'injustice, & du mépris de toutes les sciences; c'était le comble du ridicule que de défendre à un historien d'être impartial, & à un philosophe d'être raisonnable. Un homme seul n'oserait être insolent & injuste à ce point; mais dix ou douze personnes rassemblées, avec quelque espèce d'autorité, sont capables des injustices les plus absurdes. C'est qu'elles sont soutenues les unes par les autres, & qu'aucune n'est chargée en son propre nom de la honte de la compagnie.

Une grande preuve que cette condamnation de *Bayle* fut personnelle, est ce qui arriva en 1761 à M. *Hutte*, membre du parlement d'Angleterre. Les docteurs *Chandler* & *Palmer* avaient prononcé l'oraison funèbre du roi *George II*, & l'avaient, dans leurs discours, comparé au roi *David*, selon l'usage de la plupart des prédicateurs qui croient flatter les rois.

M. *Hutte* ne regarda point cette comparaison comme une louange; il publia la fameuse dissertation *The man after God's own heart*. Dans cet écrit il veut faire voir que *George II*, roi beaucoup plus puissant que *David*, n'étant pas tombé dans les fautes du melk juif, & n'ayant pu par conséquent faire la même pénitence, ne pouvait lui être comparé.

Il fuit pas à pas les livres des Rois. Il examine toute la conduite de *David* beaucoup plus févèrement que *Bayle*; & il fonde fon opinion fur ce que le Saint-Efprit ne donne aucune louange aux actions qu'on peut reprocher à *David*. L'auteur anglais juge le roi de Judée uniquement fur les notions que nous avons aujourd'hui du jufte & de l'injufte.

Il ne peut approuver que *David* raffemble une bande de voleurs au nombre de quatre cents, qu'il fe faffe armer par le grand-prêtre *Abimelec* de l'épée de *Goliath*, & qu'il en reçoive les pains confacrés. (*a*)

Qu'il defcende chez l'agriculteur *Nabal* pour mettre chez lui tout à feu & à fang, parce que *Nabal* a refufé des contributions à fa troupe de brigands; que *Nabal* meure peu de jours après, & que *David* époufe la veuve. (*b*)

Il réprouve fa conduite avec le roi *Achis*, poffeffeur de cinq ou fix villages dans le canton de Geth. *David* étant alors à la tête de fix cents bandits, allait faire des courfes chez les alliés de fon bienfaiteur *Achis*; il pillait tout, il égorgeait tout, vieillards, femmes, enfans à la mamelle. Et pourquoi maffacrait-il les enfans à la mamelle? *C'eft*, dit le texte, *de peur que ces enfans n'en portaffent la nouvelle au roi Achis*. (*c*)

Cependant *Saül* perd une bataille contre les Philiftins, & il fe fait tuer par fon écuyer. Un juif en apporte la nouvelle à *David* qui lui donne la mort pour fa récompenfe. (*d*)

Ifbofeth fuccède à fon père *Saül; David* eft affez fort pour lui faire la guerre: enfin *Ifbofeth* eft affaffiné.

(*a*) I Rois, chap. XXI & XXII.   (*c*) *Ibid.* chap. XXVII.
(*b*) *Ibid.* chap. XXV.   (*d*) II Rois, chap. I.

David s'empare de tout le royaume ; il furprend la petite ville ou le village de Raba, & il fait mourir tous les habitans par des fupplices affez extraordinaires ; on les fcie en deux, on les déchire avec des herfes de fer, on les brûle dans des fours à briques. (*e*)

Après ces expéditions, il y a une famine de trois ans dans le pays. En effet, à la manière dont on fefait la guerre, les terres devaient être mal enfemencées. On confulte le Seigneur, & on lui demande pourquoi il y a famine ? La réponfe était fort aifée ; c'était affurément parce que, dans un pays qui à peine produit du blé, quand on a fait cuire les laboureurs dans des fours à briques, & qu'on les a fciés en deux, il refte peu de gens pour cultiver la terre : mais le Seigneur répond que c'eft parce que *Saül* avait tué autrefois des Gabaonites.

Que fait auffitôt *David* ? il affemble les Gabaonites, il leur dit que *Saül* a eu grand tort de leur faire la guerre ; que *Saül* n'était point comme lui felon le cœur de D I E U, qu'il eft jufte de punir fa race ; & il leur donne fept petit-fils de *Saül* à pendre, lefquels furent pendus parce qu'il y avait eu famine. (*f*)

M. *Hutte* a la juftice de ne point infifter fur l'adultère avec *Betzabé* & fur le meurtre d'*Urie*, puifque ce crime fut pardonné à *David* lorfqu'il fe repentit. Le crime eft horrible, abominable ; mais enfin le Seigneur tranféra fon péché, l'auteur anglais le transfère auffi.

Perfonne ne murmura en Angleterre contre l'auteur ; fon livre fut réimprimé avec l'approbation publique : la voix de l'équité fe fait entendre tôt ou tard chez les

(*e*) II Rois, chap. XII.
(*f*) *Ibid.* chap. XXI.

hommes. Ce qui paraiſſait téméraire il y a quatre-vingts ans, ne paraît aujourd'hui que ſimple & raiſonnable, pourvu qu'on ſe tienne dans les bornes d'une critique ſage, & du reſpect qu'on doit aux livres divins.

D'ailleurs il n'en va pas en Angleterre aujourd'hui comme autrefois. Ce n'eſt plus le temps où un verſet d'un livre hébreu, mal traduit d'un jargon barbare en un jargon plus barbare encore, mettait en feu trois royaumes. Le parlement prend peu d'intérêt à un roitelet d'un petit canton de la Syrie.

Rendons juſtice à dom *Calmet* ; il n'a point paſſé les bornes dans ſon *Dictionnaire de la Bible*, à l'article DAVID. *Nous ne prétendons pas*, dit-il, *approuver la conduite de David ; il eſt croyable qu'il ne tomba dans ces excès de cruauté qu'avant qu'il eût reconnu le crime qu'il avait commis avec Betzabé.* Nous ajouterons que probablement il les reconnut tous, car ils ſont aſſez nombreux.

Feſons ici une queſtion qui nous paraît très-importante. Ne s'eſt-on pas ſouvent mépris ſur l'article *David* ? s'agit-il de ſa perſonne, de ſa gloire, du reſpect dû aux livres canoniques ? Ce qui intéreſſe le genre-humain n'eſt-ce pas que l'on ne conſacre jamais le crime ? qu'importe le nom de celui qui égorgeait les femmes & les enfans de ſes alliés, qui feſait pendre les petits-fils de ſon roi, qui feſait ſcier en deux, brûler dans des fours, déchirer ſous des herſes des citoyens malheureux ? Ce ſont ces actions que nous jugeons, & non les lettres qui compoſent le nom du coupable ; le nom n'augmente ni ne diminue le crime.

Plus on révère *David* comme réconcilié avec DIEU par ſon repentir, & plus on condamne les cruautés dont il s'eſt rendu coupable.

Si un jeune payſan, en cherchant des âneſſes, trouve un royaume, cela n'arrive pas communément; ſi un autre payſan guérit ſon roi d'un accès de folie, en jouant de la harpe, ce cas eſt encore très-rare: mais que ce petit joueur de harpe devienne roi parce qu'il a rencontré dans un coin un prêtre de village qui lui jette une bouteille d'huile d'olive ſur la tête, la choſe eſt encore plus merveilleuſe.

Quand & par qui ces merveilles furent-elles écrites? je n'en ſais rien, mais je ſuis bien ſûr que ce n'eſt ni par un *Polybe*, ni par un *Tacite*.

Je ne parlerai pas ici de l'aſſaſſinat d'*Urie*, & de l'adultère de *Betzabé*; ils ſont aſſez connus: & les voies de DIEU ſont ſi différentes des voies des hommes, qu'il a permis que JESUS-CHRIST deſcendît de cette *Betzabé*, tout étant purifié par ce ſaint myſtère.

Je ne demande pas maintenant comment *Jurieu* a eu l'inſolence de perſécuter le ſage *Bayle*, pour n'avoir pas approuvé toutes les actions du bon roi *David;* mais je demande comment on a ſouffert qu'un homme tel que *Jurieu* moleſtât un homme tel que *Bayle*?

DECRETALES.

Lettres des papes qui règlent les points de doctrine ou de diſcipline, & qui ont force de loi dans l'Egliſe latine.

OUTRE les véritables recueillies par *Denis le petit*, il y en a une collection de fauſſes, dont l'auteur eſt inconnu, de même que l'époque. Ce fut un archevêque de Maïence, nommé *Riculphe*, qui la répandit en France vers la fin du huitième siècle ; il avait aussi apporté à Vorms une épître du pape *Grégoire*, de laquelle on n'avait point entendu parler auparavant ; mais il n'en est resté aucun vestige, tandis que les fausses décrétales ont eu, comme nous l'allons voir, le plus grand succès pendant huit siècles.

Ce recueil porte le nom d'*Isidor Mercator*, & renferme un nombre infini de décrétales faussement attribuées aux papes depuis *Clément I* jusqu'à *Sirice* ; la fausse donation de *Constantin* ; le concile de Rome sous *Silvestre* ; la lettre d'*Athanase* à *Marc* ; celle d'*Anastase* aux évêques de Germanie & de Bourgogne ; celle de *Sixte III* aux Orientaux ; celle de *Léon I*, touchant les priviléges des chorévêques ; celle de *Jean I* à l'archevêque *Zacharie* ; une de *Boniface II* à *Eulalie* d'Alexandrie ; une de *Jean III* aux évêques de France & de Bourgogne ; une de *Grégoire*, contenant un privilége du monastère de Saint-Médard ; une du même à *Félix*, évêque de Messine ; & plusieurs autres.

L'objet de l'auteur a été d'étendre l'autorité du pape & des évêques. Dans cette vue, il établit que les évêques ne peuvent être jugés définitivement que par le pape seul ; & il répète souvent cette maxime, que non-seulement tout évêque, mais tout prêtre, & en général toute personne opprimée, peut en tout état de cause appeler directement au pape. Il pose encore comme un principe incontestable qu'on ne peut tenir aucun concile, même provincial, sans la permission du pape.

Ces décrétales favorifant l'impunité des évêques, & plus encore les prétentions ambitieufes des papes, les uns & les autres les adoptèrent avec empreffement. En 861, *Rotade*, évêque de Soiffons, ayant été privé de la communion épifcopale dans un concile provincial pour caufe de défobéiffance, appelle au pape. *Hincmar* de Reims, fon métropolitain, nonobflant cet appel, le fit dépofer dans un autre concile, fous prétexte que depuis il y avait renoncé, & s'était foumis au jugement des évêques.

Le pape *Nicolas I*, inftruit de l'affaire, écrivit à *Hincmar*, & blâma fa conduite. Vous deviez, dit-il, honorer la mémoire de St *Pierre*, & attendre notre jugement, quand même *Rotade* n'eût point appelé. Et dans une autre lettre fur la même affaire, il menace *Hincmar* de l'excommunier, s'il ne rétablit pas *Rotade*. Ce pape fit plus. *Rotade* étant venu à Rome, il le déclara abfous dans un concile tenu la veille de noël en 864, & le renvoya à fon fiége avec des lettres. Celle qu'il adreffe à tous les évêques des Gaules eft digne de remarque : la voici.

,, Ce que vous dites eft abfurde, que *Rotade* après avoir appelé au faint-fiége, ait changé de langage pour fe foumettre de nouveau à votre jugement. Quand il l'aurait fait, vous deviez le redreffer, & lui apprendre qu'on n'appelle point d'un juge fupérieur à un inférieur. Mais encore qu'il n'eût pas appelé au faint-fiége, vous n'avez dû en aucune manière dépofer un évêque fans notre participation, *au préjudice de tant de décrétales de nos prédéceffeurs*: car fi c'eft par leur jugement que les écrits des autres docteurs font approuvés ou rejetés, combien plus doit-on refpecter ce qu'ils ont écrit eux-mêmes pour décider fur la doctrine ou la difcipline? Quelques-uns vous difent que ces décrétales ne font point dans le code des canons; cependant quand ils les trouvent favorables à leurs intentions, ils s'en fervent fans diftinction, & ne les rejettent que pour diminuer la puiffance du faint-fiége; que s'il faut rejeter les décrétales des anciens papes, parce qu'elles ne font pas dans le code des canons, il faut donc rejeter les écrits de *St Grégoire* & des autres pères, & même les faintes écritures.

„ Vous dites, continue le pape, que les jugemens des évêques ne font pas des caufes majeures; nous foutenons qu'elles font d'autant plus grandes, que les évêques tiennent un plus grand rang dans l'Eglife. Direz-vous qu'il n'y a que les affaires des métropolitains qui foient des caufes majeures? Mais ils ne font pas d'un autre ordre que les évêques, & nous n'exigeons pas des témoins ou des juges d'autre qualité pour les uns & pour les autres; c'eft pourquoi nous voulons que les caufes des uns & des autres nous foient réfervées. Et enfuite, fe trouvera-t-il quelqu'un affez déraifonnable pour dire que l'on doive conferver à toutes les Eglifes leurs priviléges, & que la feule Eglife romaine doit perdre les fiens?„ Il conclut en leur ordonnant de recevoir *Rotade*, & de le rétablir.

Le pape *Adrien II*, fucceffeur de *Nicolas I*, ne paraît pas moins zélé dans une affaire femblable d'*Hincmar* de Laon. Ce prélat s'était rendu odieux au clergé & au peuple de fon diocèfe par fes injuftices

& ſes violences. Ayant été accuſé au concile de Verberie en 869, où préſidait *Hincmar* de Reims ſon oncle & ſon métropolitain, il appela au pape, & demanda la permiſſion d'aller à Rome : elle lui fut refuſée. On ſuſpendit ſeulement la procédure, & on ne paſſa pas outre. Mais ſur de nouveaux ſujets de plaintes que le roi *Charles le chauve* & *Hincmar* de Reims eurent contre lui, on le cita d'abord au concile d'Attigni, où il comparut, & bientôt après il prit la fuite ; enſuite au concile de Douzi, où il renouvela ſon appel, & fut dépoſé. Le concile écrivit au pape une lettre ſynodale le 6 ſeptembre 871, pour lui demander la confirmation des actes qu'il lui envoyait ; & loin d'acquieſcer au jugement du concile, *Adrien* déſapprouva dans les termes les plus forts la condamnation d'*Hincmar*, ſoutenant que puiſque *Hincmar* de Laon criait dans le concile qu'il voulait ſe défendre devant le ſaint-ſiége, il ne fallait pas prononcer de condamnation contre lui. Ce ſont les termes de ce pape dans ſa lettre aux évêques du concile, & dans celle qu'il écrivit au roi.

Voici la réponſe vigoureuſe que *Charles* fit à *Adrien:* ,, Vos lettres portent : *Nous voulons & nous ordonnons par l'autorité apoſtolique, qu'Hincmar de Laon vienne à Rome & devant nous, appuyé de votre puiſſance.* Nous admirons où l'auteur de cette lettre a trouvé qu'un roi, obligé à corriger les méchans & à venger les crimes, doive envoyer à Rome un coupable condamné ſelon les règles, vu principalement qu'avant ſa dépoſition il a été convaincu dans trois conciles d'entrepriſes contre le repos public, & qu'après ſa dépoſition il perſévéra dans ſa déſobéiſſance.

Nous fommes obligés de vous écrire encore que nous autres rois de France, nés de race royale, n'avons point paffé jufqu'à préfent pour les lieutenans des évêques, mais pour les feigneurs de la terre. Et comme dit S*t* *Léon* & le concile romain, les rois & les empereurs que D I E U a établis pour commander fur la terre, ont permis aux évêques de régler leurs affaires fuivant leurs ordonnances, mais ils n'ont pas été les économes des évêques; & fi vous feuilletez les regiftres de vos prédéceffeurs, vous ne trouverez point qu'ils aient écrit aux nôtres comme vous venez de nous écrire. ,,

Il rapporte enfuite deux lettres de S*t* *Grégoire* pour montrer avec quelle modeftie il écrivait, non-feulement aux rois de France, mais aux exarques d'Italie. ,, Enfin, conclut-il, je vous prie de ne me plus envoyer à moi ni aux évêques de mon royaume de telles lettres, afin que nous puiffions toujours leur rendre l'honneur & le refpeƈt qui leur convient. ,, Les évêques du concile de Douzi répondirent au pape à-peu-près fur le même ton; & quoique nous n'ayons pas la lettre en entier, il paraît qu'ils voulaient prouver que l'appel d'*Hincmar* ne devait pas être jugé à Rome, mais en France par des juges délégués conformément aux canons du concile de Sardique.

Ces deux exemples fuffifent pour faire fentir combien les papes étendaient leur jurifdiƈtion à la faveur de ces fauffes décrétales. Et quoique *Hincmar* de Reims objeƈtât à *Adrien*, que n'étant point rapportées dans le code des canons, elles ne pouvaient renverfer la difcipline établie par les canons, ce qui le fit accufer auprès du pape *Jean VIII*, de ne pas recevoir les décrétales des papes, il ne laiffa pas d'alléguer lui-même ces décrétales dans fes lettres & fes autres opufcules. Son exemple fut fuivi par plufieurs évêques. On admit d'abord celles qui n'étaient point contraires aux canons plus récens, enfuite on fe rendit encore moins fcrupuleux.

Les conciles eux-mêmes en firent ufage. C'eft ainfi que dans celui de Reims, tenu l'an 992, les évêques fe fervirent de décrétales d'*Anaclet*, de *Jules*, de *Damafe*, & des autres papes dans la caufe d'*Arnould*. Les conciles fuivans imitèrent celui de Reims. Les papes *Grégoire VII*, *Urbain II*, *Pafcal II*, *Urbain III*, *Alexandre III*, foutinrent les maximes qu'ils y lifaient, perfuadés que c'était la difcipline des beaux jours de l'Eglife. Enfin les compilateurs des canons, *Bouchard* de Vorms, *Yves* de Chartres, & *Gratien*, en remplirent leur collection. Lorfqu'on eut commencé à enfeigner le décret publiquement dans les écoles, & à le commenter, tous les théologiens polémiques & fcolaftiques, & tous les interprètes du droit canon employèrent à l'envi ces fauffes décrétales pour confirmer les dogmes catholiques ou établir la difcipline, & en parfemèrent leurs ouvrages.

Ce ne fut que dans le feizième fiècle que l'on conçut les premiers foupçons fur leur authenticité. *Erafme* & plufieurs avec lui la révoquèrent en doute; voici fur quels fondemens.

1°. Les décrétales rapportées dans la collection d'*Ifidore* ne font point dans celle de *Denis le petit*, qui n'a commencé à citer les décrétales des papes qu'à *Sirice*. Cependant il nous apprend qu'il avait pris un foin extrême à les recueillir. Ainfi elles n'auraient n'auraient pu lui échapper, si elles avaient existé dans les archives de l'Eglise de Rome où il fesait son séjour. Si elles ont été inconnues à l'Eglise romaine à qui elles étaient favorables, elles l'ont été également à toute l'Eglise. Les pères ni les conciles des huit premiers siècles n'en ont fait aucune mention. Or comment accorder un silence aussi universel avec leur authenticité ?

2º. Ces décrétales n'ont aucun rapport avec l'état des choses dans les temps où on les suppose écrites. On n'y dit pas un mot des hérétiques des trois premiers siècles, ni des autres affaires de l'Eglise dont les véritables ouvrages d'alors sont remplis. Ce qui prouve qu'elles ont été fabriquées postérieurement.

3º. Leurs dates sont presque toutes fausses. Leur auteur suit en général la chronologie du livre pontifical, qui de l'aveu de *Baronius* est très-fautive. C'est un indice pressant que cette collection n'a été composée que depuis le livre pontifical.

4º. Ces décrétales, dans toutes les citations des passages de l'Ecriture, emploient la version appelée Vulgate, faite ou du moins revue & corrigée par *St Jérôme*. Donc elles sont plus récentes que *St Jérôme*.

5º. Enfin elles sont toutes écrites d'un même style, qui est très-barbare & en cela très-conforme à l'ignorance du huitième siècle ; or il n'est pas vraisemblable que tous les différens papes dont elles portent le nom aient affecté cette uniformité de style. On en peut conclure avec assurance que toutes ces décrétales sont d'une même main.

Dictionn. philosoph. Tome III.   Q

Outre ces raisons générales, chacune des pièces qui composent le recueil d'*Isidore*, porte avec elle des marques de supposition qui lui sont propres, & dont aucune n'a échappé à la critique sévère de *David Blondel*, à qui nous sommes principalement redevables des lumières que nous avons aujourd'hui sur cette compilation, qui n'est plus nommée que *les fausses décrétales;* mais les usages par elle introduits n'en subsistent pas moins dans une partie de l'Europe.

DEFLORATION.

IL semble que le Dictionnaire encyclopédique, à l'article *Défloration*, fasse entendre qu'il n'était pas permis par les lois romaines de faire mourir une fille, à moins qu'auparavant on ne lui ôtât sa virginité. On donne pour exemple la fille de *Séjan*, que le bourreau viola dans la prison avant de l'étrangler, pour n'avoir pas à se reprocher d'avoir étranglé une pucelle, & pour satisfaire à la loi.

Premièrement, *Tacite* ne dit point que la loi ordonnât qu'on ne fît jamais mourir les pucelles. Une telle loi n'a jamais existé; & si une fille de vingt ans, vierge ou non, avait commis un crime capital, elle aurait été punie comme une vieille mariée; mais la loi portait qu'on ne punirait pas de mort les enfans, parce qu'on les croyait incapables de crimes.

La fille de *Séjan* était enfant aussi bien que son frère; & si la barbarie de *Tibère*, & la lâcheté du sénat les abandonnèrent au bourreau, ce fut contre toutes les lois. De telles horreurs ne se seraient pas commises du temps des *Scipions* & de *Caton* le censeur. *Cicéron* n'aurait pas fait mourir une fille de *Catilina* âgée de sept à huit ans. Il n'y avait que *Tibére* & le sénat de *Tibére* qui pussent outrager ainsi la nature. Le bourreau qui commit les deux crimes abominables de déflorer une fille de huit ans, & de l'étrangler ensuite, méritait d'être un des favoris de *Tibére*.

Heureusement *Tacite* ne dit point que cette exécrable exécution soit vraie; il dit qu'on l'a rapportée, *tradunt*; & ce qu'il faut bien observer, c'est qu'il ne dit point que la loi défendît d'infliger le dernier supplice à une vierge; il dit seulement que la chose était inouïe, *inauditum*. Quel livre immense on composerait de tous les faits qu'on a crus, & dont il fallait douter !

D E J E C T I O N.

Excrémens, leur rapport avec le corps de l'homme,
avec ses idées & ses passions.

L'HOMME n'a jamais pu produire par l'art rien de ce que fait la nature. Il a cru faire de l'or, & il n'a jamais pu seulement faire de la boue, quoiqu'il en soit pétri. On nous a fait voir un canard artificiel qui marchait, qui béquetait, mais on n'a pu réussir à le faire digérer, & à former de vraies déjections.

Quel art pourrait produire une matière qui ayant été préparée par les glandes salivaires, ensuite par le suc gastrique, puis par la bile hépatique, & par le suc pancréatique, ayant fourni dans sa route un chyle qui s'eft changé en fang, devient enfin ce compofé fétide & putride, qui fort de l'inteftin rectum par la force étonnante des mufcles.

Il y a fans doute autant d'induftrie & de puiffance à former ainfi cette déjection qui rebute la vue, & à lui préparer les conduits qui fervent à fa fortie, qu'à produire la femence qui fit naître *Alexandre*, *Virgile*, & *Newton*, & les yeux avec lefquels *Galilée* vit de nouveaux cieux. La décharge de ces excrémens eft néceffaire à la vie comme la nourriture.

Le même artifice les prépare, les pouffe, & les évacue, chez l'homme & chez les animaux.

Ne nous étonnons pas que l'homme, avec tout fon orgueil, naiffe entre la matière fécale & l'urine, puifque ces parties de lui-même plus ou moins élaborées, plus fouvent ou plus rarement expulfées, plus ou moins putrides, décident de fon caractère & de la plupart des actions de fa vie.

Sa merde commence à fe former dans le duodenum quand fes alimens fortent de fon eftomac & s'imprègnent de la bile de fon foie. Qu'il ait une diarrhée, il eft languiffant & doux, la force lui manque pour être méchant. Qu'il foit conftipé, alors les fels & les foufres de fa merde entrent dans fon chyle, portent l'acrimonie dans fon fang, fourniffent fouvent à fon cerveau des idées atroces. Tel homme (& le nombre en eft grand) n'a commis des crimes qu'à caufe de l'acrimonie de fon fang, qui ne venait que de fes excrémens par lefquels ce fang était altéré.

O homme! qui ofes te dire l'image de DIEU, dis-moi fi DIEU mange, & s'il a un boyau rectum?

Toi l'image de DIEU! & ton cœur & ton efprit dépendent d'une felle!

Toi l'image de DIEU fur ta chaife percée! Le premier qui dit cette impertinence, la proféra-t-il par une extrême bêtife, ou par un extrême orgueil?

Plus d'un penfeur (comme vous le verrez ailleurs) a douté qu'une ame immatérielle & immortelle pût venir de je ne fais où, fe loger pour fi peu de temps entre de la matière fécale & de l'urine.

Qu'avons-nous, difent-ils, au-deffus des animaux? plus d'idées, plus de mémoire, la parole, & deux mains adroites. Qui nous les a données? celui qui donne des ailes aux oifeaux & des écailles aux poiffons. Si nous fommes fes créatures, comment pouvons-nous être fon image?

Nous répondons à ces philofophes que nous ne fommes l'image de DIEU que par la penfée. Ils nous répliquent que la penfée eft un don de DIEU, qui n'eft point du tout fa peinture; & que nous ne fommes images de DIEU en aucune façon. Nous les laiffons dire, & nous les renvoyons à meffieurs de forbonne.

Plufieurs animaux mangent nos excrémens; & nous mangeons ceux de plufieurs animaux, ceux des grives, des bécaffes, des ortolans, des alouettes.

Voyez à l'article *Ezéchiel* pourquoi le Seigneur lui ordonna de manger de la merde fur fon pain, & fe borna enfuite à la fiente de vache.

Nous avons connu le tréforier *Paparel* qui mangeait les déjections des laitières; mais ce cas eft rare, & c'eft celui de ne pas difputer des goûts.

Q 3

DELITS LOCAUX.

PARCOUREZ toute la terre, vous trouverez que le vol, le meurtre, l'adultère, la calomnie, font regardés comme des délits que la fociété condamne & réprime; mais ce qui eſt approuvé en Angleterre , & condamné en Italie, doit-il être puni en Italie comme un de ces attentats contre l'humanité entière ? c'eſt-là ce que j'appelle délit local. Ce qui n'eſt criminel que dans l'enceinte de quelques montagnes , ou entre deux rivières, n'exige-t-il pas des juges plus d'indulgence que ces attentats qui font en horreur à toutes les contrées ? Le juge ne doit-il pas fe dire à lui-même? je n'oferais punir à Raguſe ce que je punis à Lorette. Cette réflexion ne doit-elle pas adoucir dans fon cœur cette dureté qu'il n'eſt que trop aifé de contraĉter dans le long exercice de fon emploi ?

On connaît les kermeſſes de la Flandre; ils étaient portés dans le fiècle paſſé juſqu'à une indécence qui pouvait révolter des yeux inaccoutumés à ces ſpeĉtacles.

Voici ĉomme l'on célébrait la fête de noël dans quelques villes. D'abord paraiſſait un jeune homme à moitié nu , avec des ailes au dos ; il récitait l'*Ave Maria* à une jeune fille qui lui répondait *fiat* , & l'ange la baiſait fur la bouche : enfuite un enfant enfermé dans un grand coq de carton criait en imitant le chant du coq : *puer natus eſt nobis.* Un gros bœuf en mugiſſant diſait *ubi*, qu'il prononçait *oubi;* une brebis bêlait en criant *Bethléem.* Un âne criait *hihanus,* pour fignifier *eamus* : une longue proceſſion précédée de quatre fous avec des grelots & des marottes fermait la marche. Il reſte encore aujourd'hui des traces de ces dévotions populaires, que chez des peuples plus inſtruits on prendrait pour profanations. Un ſuiſſe de mauvaiſe humeur, & peut-être plus ivre que ceux qui jouaient le rôle du bœuf & de l'âne, ſe prit de parole avec eux dans Louvain ; il y eut des coups de donnés, on voulut faire pendre le ſuiſſe qui échappa à peine.

Le même homme eut une violente querelle à la Haye en Hollande, pour avoir pris hautement le parti de *Barnevelt* contre un gomariſte outré. Il fut mis en priſon à Amſterdam, pour avoir dit que les prêtres ſont le fléau de l'humanité & la ſource de tous nos malheurs. Eh quoi ! diſait-il, ſi l'on croit que les bonnes œuvres peuvent ſervir au ſalut, on eſt au cachot ; ſi l'on ſe moque d'un coq & d'un âne, on riſque la corde. Cette aventure, toute burleſque qu'elle eſt, fait aſſez voir qu'on peut être répréhenſible ſur un ou deux points de notre hémiſphère, & être abſolument innocent dans le reſte du monde.

DELUGE UNIVERSEL.

Nous commençons par déclarer que nous croyons le déluge univerſel, parce qu'il eſt rapporté dans les ſaintes écritures hébraïques tranſmiſes aux chrétiens.

Nous le regardons comme un miracle. 1°. Parce que tous les faits où DIEU daigne intervenir dans les ſacrés cahiers, ſont autant de miracles.

2°. Parce que l'Océan n'aurait pu s'élever de quinze coudées, ou vingt & un pieds & demi de roi au-deſſus des plus hautes montagnes, ſans laiſſer ſon lit à ſec, & ſans violer en même temps toutes les lois de la peſanteur & de l'équilibre des liqueurs ; ce qui exigeait évidemment un miracle.

3°. Parce que quand même il aurait pu parvenir à la hauteur propoſée, l'arche n'aurait pu contenir, ſelon les lois de la phyſique, toutes les bêtes de l'univers & leur nourriture pendant ſi long-temps, attendu que les lions, les tigres, les panthères, les léopards, les onces, les rhinocéros, les ours, les loups, les hiennes, les aigles, les éperviers, les milans, les vautours, les faucons, & tous les animaux carnaſſiers, qui ne ſe nourriſſent que de chair, ſeraient morts de faim, même après avoir mangé toutes les autres eſpèces.

On imprima autrefois à la ſuite des penſées de *Paſcal*, une diſſertation d'un marchand de Rouen nommé *le Pelletier*, dans laquelle il propoſe la manière de bâtir un vaiſſeau où l'on puiſſe faire entrer tous les animaux & les nourrir pendant un an. On voit bien que ce marchand n'avait jamais gouverné de baſſe-cour. Nous ſommes obligés d'enviſager M. *le Pelletier*, architecte de l'arche, comme un viſionnaire qui ne ſe connaiſſait pas en ménagerie, & le déluge comme un miracle adorable, terrible, & incompréhenſible à la faible raiſon du ſieur *le Pelletier*, tout comme à la nôtre.

4°. Parce que l'impoſſibilité phyſique d'un déluge univerſel, par des voies naturelles, eſt démontrée en rigueur ; en voici la démonſtration.

Toutes les mers couvrent la moitié du globe ; en prenant une mefure commune de leur profondeur vers les rivages & en haute mer, on compte cinq cents pieds.

Pour qu'elles couvriffent les deux hémifphères feulement de cinq cents pieds, il faudrait non feulement un Océan de cinq cents pieds de profondeur fur toute la terre habitable ; mais il faudrait encore une nouvelle mer pour envelopper notre océan actuel ; fans quoi les lois de la pefanteur & des fluides feraient écouler ce nouvel amas d'eau profond de cinq cents pieds que la terre fupporterait.

Voilà donc deux nouveaux Océans pour couvrir, feulement de cinq cents pieds, le globe terraqué.

En ne donnant aux montagnes que vingt mille pieds de hauteur, ce ferait donc quarante Océans de cinq cents pieds de hauteur chacun, qu'il ferait néceffaire d'établir les uns fur les autres, pour égaler feulement la cime des hautes montagnes. Chaque Océan fupérieur contiendrait tous les autres, & le dernier de tous ces Océans ferait d'une circonférence qui contiendrait quarante fois celle du premier.

Pour former cette maffe d'eau, il aurait fallu la créer du néant. Pour la retirer, il aurait fallu l'anéantir.

Donc l'événement du déluge eft un double miracle, & le plus grand qui ait jamais manifefté la puiffance de l'éternel fouverain de tous les globes.

Nous fommes très-furpris que des favans aient attribué à ce déluge, quelques coquilles répandues çà & là fur notre continent. (*)

(*) Voyez *Coquilles.*

Nous fommes encore plus furpris de ce que nous lifons à l'article *Déluge* du grand Dictionnaire encyclopédique ; on y cite un auteur qui dit des chofes fi profondes (*a*) qu'on les prendrait pour creufes. C'eft toujours *Pluche ;* il prouve la poffibilité du déluge par l'hiftoire des géans qui firent la guerre aux dieux.

Briarée, felon lui, eft vifiblement le déluge, car il fignifie la *perte de la férénité ;* & en quelle langue fignifie-t-il cette perte ? en hébreu. Mais *Briarée* eft un mot grec qui veut dire *robufte.* Ce n'eft point un mot hébreu. Quand par hafard il le ferait, gardons-nous d'imiter *Bochart* qui fait dériver tant de mots grecs, latins, français même, de l'idiome hébraïque. Il eft certain que les Grecs ne connaiffaient pas plus l'idiome juif que la langue chinoife.

Le géant *Othus* eft auffi en hébreu, felon *Pluche*, le *dérangement des faifons.* Mais c'eft encore un mot grec qui ne fignifie rien, du moins que je fache ; & quand il fignifierait quelque chofe, quel rapport s'il vous plaît avec l'hébreu ?

Porphyrion eft un *tremblement de terre* en hébreu ; mais en grec c'eft du *porphyre.* Le déluge n'a que faire là.

Mimas, c'eft une *grande pluie ;* pour le coup en voilà une qui peut avoir quelque rapport au déluge. Mais en grec *mimas* veut dire *imitateur , comédien ;* & il n'y a pas moyen de donner au déluge une telle origine.

Encelade, autre preuve du déluge en hébreu ; car, felon *Pluche*, c'eft la *fontaine du temps ;* mais malheureufement en grec c'eft du *bruit.*

(*a*) *Hift. du ciel*, tome I, depuis la page 105.

Ephialtes, autre démonftration du déluge en hébreu; car *éphialtes* , qui fignifie *fauteur*, *oppreffeur* , *incube* en grec , eft , felon *Pluche*, un *grand amas de nuées*.

Or, les Grecs ayant tout pris chez les Hébreux, qu'ils ne connaiffaient pas, ont évidemment donné à leurs géans tous ces noms que *Pluche* tire de l'hébreu comme il peut; le tout en mémoire du déluge.

Deucalion, felon lui, fignifie l'*affaibliffement du foleil*. Cela n'eft pas vrai; mais n'importe.

C'eft ainfi que raifonne *Pluche* ; c'eft lui que cite l'auteur de l'article *Déluge* fans le réfuter. Parle-t-il férieufement ? fe moque-t-il ? je n'en fais rien. Tout ce que je fais, c'eft qu'il n'y a guère de fyftème dont on puiffe parler fans rire.

J'ai peur que cet article du grand Dictionnaire, attribué à M. *Boulanger*, ne foit férieux ; en ce cas nous demandons fi ce morceau eft philofophique ? La philofophie fe trompe fi fouvent que nous n'ofons prononcer contre M. *Boulanger*.

Nous ofons encore moins demander ce que c'eft que l'abyme qui fe rompit , & les cataractes du ciel qui s'ouvrirent. *Ifaac Voffius* nie l'univerfalité du déluge ; (*b*) *hoc eft piè nugari*. *Calmet* la foutient en affurant que les corps ne pèfent dans l'air que par la raifon que l'air les comprime. *Calmet* n'était pas phyficien , & la pefanteur de l'air n'a rien à faire avec le déluge. Contentons-nous de lire & de refpecter tout ce qui eft dans la Bible fans en comprendre un mot.

(*b*) *Commentaire fur la Genèfe* , page 197. &c.

Je ne comprends pas comment DIEU créa une race pour la noyer & pour lui fubftituer une race plus méchante encore ;

Comment fept paires de toutes les efpèces d'animaux non immondes vinrent des quatre quarts du globe , avec deux paires des immondes , fans que les loups mangeaffent les brebis en chemin , & fans que les éperviers mangeaffent les pigeons , &c. &c.

Comment huit perfonnes purent gouverner, nourrir, abreuver, tant d'embarqués pendant près de deux ans ; car il fallut encore un an, après la ceffation du déluge, pour alimenter tous ces paffagers, vu que l'herbe était courte.

Je ne fuis pas comme M. *le Pelletier*. J'admire tout, & je n'explique rien.

DEMOCRATIE.

LE pire des Etats, c'eft l'Etat populaire.

Cinna s'en explique ainfi à *Augufte*. Mais auffi *Maxime* foutient que

Le pire des Etats, c'eft l'Etat monarchique.

Bayle ayant plus d'une fois, dans fon dictionnaire, foutenu le pour & le contre, fait, à l'article de *Périclès*, un portrait fort hideux de la démocratie , & furtout de celle d'Athènes.

Un républicain grand amateur de la démocratie, qui eft l'un de nos fefeurs de queftions , nous envoie fa réfutation de *Bayle* & fon apologie d'Athènes. Nous expoferons fes raifons. C'eft le privilége de quiconque écrit, de juger les vivans & les morts ; mais on eſt jugé ſoi-même par d'autres, qui le feront à leur tour ; & de fiècle en fiècle toutes les fentences font réformées.

Bayle donc, après quelques lieux communs, dit ces propres mots : *Qu'on chercherait en vain dans l'hiſtoire de Macédoine, autant de tyrannie que l'hiſtoire d'Athènes nous en préſente.*

Peut-être *Bayle* était-il mécontent de la Hollande quand il écrivait ainſi, & probablement mon républicain qui le réfute eſt content de ſa petite ville démocratique, *quant à préſent.*

Il eſt difficile de peſer dans une balance bien juſte les iniquités de la république d'Athènes & celles de la cour de Macédoine. Nous reprochons encore aujourd'hui aux Athéniens le banniſſement de *Cimon*, d'*Ariſtide*, de *Thémiſtocle*, d'*Alcibiade*, les jugemens à mort portés contre *Phocion* & contre *Socrate*, jugemens qui reſſemblent à ceux de quelques-uns de nos tribunaux abſurdes & cruels.

Enfin, ce qu'on ne pardonne point aux Athéniens, c'eſt la mort de leurs ſix généraux victorieux, condamnés pour n'avoir pas eu le temps d'enterrer leur morts après la victoire, & pour en avoir été empêchés par une tempête. Cet arrêt eſt à la fois ſi ridicule & ſi barbare, il porte un tel caractère de ſuperſtition & d'ingratitude, que ceux de l'inquiſition, ceux qui furent rendus contre *Urbain Grandier* & contre la maréchale d'*Ancre*, contre *Morin*, contre tant de ſorciers &c., ne font pas des inepties plus atroces.

On a beau dire pour excuſer les Athéniens, qu'ils croyaient, d'après *Homère*, que les ames des morts étaient toujours errantes, à moins qu'elles n'euſſent reçu les honneurs de la ſépulture ou du bûcher. Une ſottiſe n'excuſe point une barbarie.

Le grand mal que les ames de quelques grecs ſe fuſſent promenées une ſemaine ou deux au bord de la mer! Le mal eſt de livrer des vivans aux bourreaux, & des vivans qui vous ont gagné une bataille, des vivans que vous deviez remercier à genoux.

Voilà donc les Athéniens convaincus d'avoir été les plus ſots & les plus barbares juges de la terre.

Mais il faut mettre à préſent dans la balance les crimes de la cour de Macédoine; on verra que cette cour l'emporte prodigieuſement ſur Athènes en fait de tyrannie & de ſcélérateſſe.

Il n'y a d'ordinaire nulle comparaiſon à faire entre les crimes des grands qui ſont toujours ambitieux, & les crimes du peuple qui ne veut jamais, & qui ne peut vouloir que la liberté & l'égalité. Ces deux ſentimens *liberté* & *égalité* ne conduiſent point droit à la calomnie, à la rapine, à l'aſſaſſinat, à l'empoiſonnement, à la dévaſtation des terres de ſes voiſins &c.; mais la grandeur ambitieuſe & la rage du pouvoir précipitent dans tous ces crimes en tous temps & en tous lieux.

On ne voit dans cette Macédoine, dont *Bayle* oppoſe la vertu à celle d'Athènes, qu'un tiſſu de crimes épouvantables pendant deux cents années de ſuite.

C'eſt *Ptolomée*, oncle d'*Alexandre le grand*, qui aſſaſſine ſon frère *Alexandre* pour uſurper le royaume.

C'eſt *Philippe* ſon frère qui paſſe ſa vie à tromper, & à violer, & qui finit par être poignardé par *Pauſanias*.

Olimpias fait jeter la reine *Cléopâtre* & son fils dans une cuve d'airain brûlante. Elle assassine *Aridée*.

Antigone assassine *Eumènes*.

Antigone Gonathas son fils empoisonne le gouverneur de la citadelle de Corinthe, épouse sa veuve, la chasse, & s'empare de la citadelle.

Philippe son petit-fils empoisonne *Démétrius*, & souille toute la Macédoine de meurtres.

Persée tue sa femme de sa propre main, & empoisonne son frère.

Ces perfidies & ces barbaries sont fameuses dans l'histoire.

Ainsi donc pendant deux siècles, la fureur du despotisme fait de la Macédoine le théâtre de tous les crimes; & dans le même espace de temps, vous ne voyez le gouvernement populaire d'Athènes souillé que de cinq ou six iniquités judiciaires, de cinq ou six jugemens atroces, dont le peuple s'est toujours repenti, & dont il a fait amende honorable. Il demanda pardon à *Socrate* après sa mort, & lui érigea le petit temple du *Socrateion*. Il demanda pardon à *Phocion*, & lui éleva une statue. Il demanda pardon aux six généraux condamnés avec tant de ridicule, & si indignement exécutés. Ils mirent aux fers le principal accusateur, qui n'échappa qu'à peine à la vengeance publique. Le peuple athénien était donc naturellement aussi bon que léger. Dans quel Etat despotique a-t-on jamais pleuré ainsi l'injustice de ses arrêts précipités?

Bayle a donc tort cette fois; mon républicain a donc raison. Le gouvernement populaire est donc par lui-même moins inique, moins abominable, que le pouvoir tyrannique.

Le grand vice de la démocratie n'eſt certainement pas la tyrannie & la cruauté : il y eut des républicains montagnards, ſauvages & féroces ; mais ce n'eſt pas l'eſprit républicain qui les fit tels, c'eſt la nature. L'Amérique ſeptentrionale était toute en républiques. C'étaient des ours.

Le véritable vice d'une république civiliſée eſt dans la fable turque du dragon à pluſieurs têtes, & du dragon à pluſieurs queues. La multitude des têtes ſe nuit, & la multitude des queues obéit à une ſeule tête qui veut tout dévorer.

La démocratie ne ſemble convenir qu'à un très-petit pays, encore faut-il qu'il ſoit heureuſement ſitué. Tout petit qu'il ſera, il fera beaucoup de fautes, parce qu'il ſera compoſé d'hommes. La diſcorde y règnera comme dans un couvent de moines ; mais il n'y aura ni Saint-Barthelemi, ni maſſacre d'Irlande, ni vêpres ſiciliennes, ni inquiſition, ni condamnation aux galères, pour avoir pris de l'eau dans la mer ſans payer, à moins qu'on ne ſuppoſe cette république compoſée de diables dans un coin de l'enfer.

Après avoir pris le parti de mon ſuiſſe contre l'ambidextre *Bayle*, j'ajouterai :

Que les Athéniens furent guerriers comme les Suiſſes, & polis comme les Pariſiens l'ont été ſous *Louis XIV*.

Qu'ils ont réuſſi dans tous les arts qui demandent le génie & la main, comme les Florentins du temps de *Médicis*.

Qu'ils

Qu'ils ont été les maîtres des Romains dans les sciences & dans l'éloquence, du temps même de *Cicéron*.

Que ce petit peuple qui avait à peine un territoire, & qui n'est aujourd'hui qu'une troupe d'esclaves ignorans, cent fois moins nombreux que les Juifs, & ayant perdu jusqu'à son nom, l'emporte pourtant sur l'empire romain par son antique réputation qui triomphe des siècles & de l'esclavage.

L'Europe a vu une république dix fois plus petite encore qu'Athènes, attirer pendant cent cinquante ans les regards de l'Europe, & son nom placé à côté du nom de Rome, dans le temps que Rome commandait encore aux rois, qu'elle condamnait un *Henri* souverain de la France, & qu'elle absolvait & fouettait un autre *Henri* le premier homme de son siècle; dans le temps même que Venise conservait son ancienne splendeur, & que la nouvelle république des sept Provinces-Unies étonnait l'Europe & les Indes par son établissement & par son commerce.

Cette fourmillière imperceptible ne put être écrasée par le roi démon du Midi, & dominateur des deux mondes, ni par les intrigues du Vatican qui fesaient mouvoir les ressorts de la moitié de l'Europe. Elle résista par la parole & par les armes; & à l'aide d'un picard qui écrivait, & d'un petit nombre de suisses qui combattit, elle s'affermit, elle triompha; elle put dire *Rome & moi*. Elle tint tous les esprits partagés entre les riches pontifes successeurs des Scipions, *Romanos rerum dominos*, & les pauvres habitans d'un coin de terre long-temps ignoré dans le pays de la pauvreté & des goîtres.

Dictionn. philosoph. Tome III.   R

Il s'agissait alors de savoir comment l'Europe penserait sur des questions que personne n'entendait. C'était la guerre de l'esprit humain. On eut des *Calvin*, des *Béze*, des *Turettins*, pour ses *Démosthènes*, ses *Platons*, & ses *Aristotes*.

L'absurdité de la plupart des questions de controverse qui tenaient l'Europe attentive ayant été enfin reconnue, la petite république se tourna vers ce qui paraît solide, l'acquisition des richesses. Le système de *Lass*, plus chimérique & non moins funeste que ceux des supralapsaires & des infralapsaires, engagea dans l'arithmétique ceux qui ne pouvaient plus se faire un nom en théo-morianique. Ils devinrent riches, & ne furent plus rien.

On croit qu'il n'y a aujourd'hui de républiques qu'en Europe. Ou je me trompe, ou je l'ai dit aussi quelque part; mais c'eût été une très-grande inadvertance. Les Espagnols trouvèrent en Amérique la république de Tlascala très-bien établie. Tout ce qui n'a pas été subjugué dans cette partie du monde est encore république. Il n'y avait dans tout ce continent que deux royaumes lorsqu'il fut découvert ; & cela pourrait bien prouver que le gouvernement républicain est le plus naturel. Il faut s'être bien raffiné, & avoir passé par bien des épreuves, pour se soumettre au gouvernement d'un seul.

En Afrique, les Hottentots, les Cafres, & plusieurs peuplades de Nègres, font des démocraties. On prétend que les pays où l'on vend le plus de nègres sont gouvernés par des rois. Tripoli, Tunis, Alger, font des républiques de soldats & de pirates. Il y en a aujourd'hui de pareilles dans l'Inde : les Marates, plusieurs hordes de Patanes, les Seiks, n'ont point de rois ; ils élifent des chefs quand ils vont piller.

Telles font encore plufieurs fociétés de tartares. L'empire turc même a été très-long-temps une république de janiffaires qui étranglaient fouvent leur fultan, quand leur fultan ne les fefait pas décimer.

On demande tous les jours fi un gouvernement républicain eft préférable à celui d'un roi ? La difpute finit toujours par convenir qu'il eft fort difficile de gouverner les hommes. Les Juifs eurent pour maître DIEU même ; voyez ce qui leur en eft arrivé : ils ont été prefque toujours battus & efclaves ; & aujourd'hui ne trouvez-vous pas qu'ils font une belle figure ?

DEMONIAQUES,

Poffédés du démon, énergumènes, exorcifés,

ou plutôt,

Malades de la matrice, des pâles couleurs, hypocondriaques, épileptiques, cataleptiques, guéris par les émolliens de M. Pomme, grand exorcifte.

LES vaporeux, les épileptiques, les femmes travaillées de l'utérus, paffèrent toujours pour être les victimes des efprits malins, des démons malfefans, des vengeances des dieux. Nous avons vu que ce mal s'appelait le *mal facré*, & que les prêtres de l'antiquité s'emparèrent par-tout de ces maladies, attendu que les médecins étaient de grands ignorans.

Quand les symptomes étaient fort compliqués, c'est qu'on avait plusieurs démons dans le corps, un démon de fureur, un de luxure, un de contraction, un de roideur, un d'éblouissement, un de *surdité*; & l'exorciseur avait à coup sûr un démon d'*absurdité* joint à un de friponnerie.

Nous avons vu que les Juifs chassaient les diables du corps des possédés avec la racine barath & des paroles; que notre Sauveur les chassait par une vertu divine, qu'il communiqua cette vertu à ses apôtres, mais que cette vertu est aujourd'hui fort affaiblie.

On a voulu renouveler depuis peu l'histoire de *St Paulin*. Ce saint vit à la voûte d'une église un pauvre démoniaque qui marchait sous cette voûte ou sur cette voûte, la tête en bas & les pieds en haut, à-peu-près comme une mouche. *St Paulin* vit bien que cet homme était possédé; il envoya vîte chercher à quelques lieues de là des reliques de *St Felix* de Nole: on les appliqua au patient comme des véficatoires. Le démon qui soutenait cet homme contre la voûte, s'enfuit aussitôt, & le démoniaque tomba sur le pavé.

Nous pouvons douter de cette histoire en conservant le plus profond respect pour les vrais miracles; & il nous sera permis de dire que ce n'est pas ainsi que nous guérissons aujourd'hui les démoniaques. Nous les saignons, nous les baignons, nous les purgeons doucement, nous leur donnons des émolliens; voilà comme M. *Pomme* les traite; & il a opéré plus de cures que les prêtres d'*Isis* & de *Diane*, ou autres, n'ont jamais fait de miracles.

Quant aux démoniaques qui se disent possédés pour gagner de l'argent, au lieu de les baigner on les fouette.

Il arrivait fouvent que des épileptiques ayant les fibres & les mufcles defféchés, pefaient moins qu'un pareil volume d'eau, & furnageaient quand on les mettait dans le bain. On criait miracle ; on difait : c'eft un poffédé ou un forcier ; on allait chercher de l'eau bénite ou un bourreau. C'était une preuve indubitable, ou que le démon s'était rendu maître du corps de la perfonne furnageante, ou qu'elle s'était donnée à lui. Dans le premier cas elle était exorcifée ; dans le fecond elle était brûlée.

C'eft ainfi que nous avons raifonné & agi pendant quinze ou feize cents ans ; & nous avons ofé nous moquer des Cafres ! c'eft une exclamation qui peut fouvent échapper.

En 1603, dans une petite ville de la Franche-Comté, une femme de qualité fefait lire les vies des faints à fa belle-fille devant fes parens ; cette jeune perfonne un peu trop inftruite, mais ne fachant pas l'orthographe, fubftitua le mot d'*hiftoires* à celui de *vies*. Sa marâtre, qui la haïffait, lui dit aigrement : *Pourquoi ne lifez-vous pas comme il y a ?* la petite fille rougit, trembla, n'ofa répondre ; elle ne voulut pas décéler celle de fes compagnes qui lui avait appris le mot propre mal orthographié, qu'elle avait eu la pudeur de ne pas prononcer. Un moine confeffeur de la maifon prétendit que c'était le diable qui lui avait enfeigné ce mot. La fille aima mieux fe taire que fe juftifier : fon filence fut regardé comme un aveu. L'inquifition la convainquit d'avoir fait un pacte avec le diable. Elle fut condamnée à être brûlée, parce qu'elle avait beaucoup de bien de fa mère, & que la confifcation appartenait de droit aux

R 3

inquifiteurs : elle fut la cent-millième victime de la doctrine des démoniaques, des poffédés, des exor-cifmes, & des véritables diables qui ont régné fur la terre.

DENIS (SAINT) L'ARÉOPAGITE,

Et la fameufe éclipfe.

L'AUTEUR de l'article *Apocryphe* a négligé une centaine d'ouvrages reconnus pour tels, & qui étant entièrement oubliés, femblaient ne pas mériter d'entrer dans fa lifte. Nous avons cru devoir ne pas omettre *St Denis* furnommé l'*aréopagite*, qu'on a prétendu long-temps avoir été difciple de *St Paul* & d'un *Hierothée* compagnon de *St Paul*, qu'on n'a jamais connu. Il fut, dit-on, facré évêque d'Athènes par *St Paul* lui-même. Il eft dit dans fa vie qu'il alla rendre une vifite dans Jérufalem à la fainte Vierge, & qu'il la trouva fi belle & fi majeftueufe, qu'il fut tenté de l'adorer.

Après avoir long-temps gouverné l'Eglife d'Athènes, il alla conférer avec *St Jean* l'évangélifte à Ephèfe, enfuite à Rome avec le pape *Clément ;* de là il alla exercer fon apoftolat en France ; *& fachant*, dit l'hif-toire, *que Paris était une ville riche, peuplée, abondante, & comme la capitale des autres, il vint y planter une citadelle pour battre l'enfer & l'infidélité en ruine.*

On le regarda très-long-temps comme le premier évêque de Paris. *Harduinus*, l'un de fes hiftoriens, ajoute qu'à Paris on l'expofa aux bêtes ; mais qu'ayant fait le figne de la croix fur elles, les bêtes

fe profternèrent à fes pieds. Les païens Parifiens le
jetèrent alors dans un four chaud ; il en fortit frais
& en parfaite fanté. On le crucifia ; quand il fut
crucifié il fe mit à prêcher du haut de la potence.

On le ramena en prifon avec *Ruftique* & *Eleuthère*
fes compagnons. Il y dit la meffe ; St *Ruftique* fervit
de diacre, & *Eleuthère* de fous-diacre. Enfin on les
mena tous trois à Montmartre, & on leur trancha la
tête, après quoi ils ne dirent plus de meffe.

Mais, felon *Harduinus*, il arriva un bien plus grand
miracle ; le corps de St *Denis* fe leva debout, prit fa
tête entre fes mains, les anges l'accompagnaient en
chantant : *Gloria tibi, Domine, alleluia.* Il porta fa tête
jufqu'à l'endroit où on lui bâtit une églife, qui eft la
fameufe églife de Saint-Denis.

Métaphrafte, Harduinus, Hincmar évêque de Reims,
difent qu'il fut martyrifé à l'âge de quatre-vingt-onze
ans ; mais le cardinal *Baronius* prouve qu'il en avait
cent-dix, (*a*) en quoi il eft fuivi par *Ribadeneira*,
favant auteur de la *Fleur des faints.* C'eft fur quoi nous
ne prenons point de parti.

On lui attribue dix-fept ouvrages, dont malheureufement nous avons perdu fix. Les onze qui nous
reftent, ont été traduits du grec par *Jean Scot, Hugues
de Saint-Victor, Albert* dit *le grand,* & plufieurs autres
favans illuftres.

Il eft vrai que depuis que la faine critique s'eft
introduite dans le monde, on eft convenu que tous
les livres qu'on attribue à *Denis* furent écrits par un
impofteur l'an 362 de notre ère, & il ne refte plus
fur cela de difficultés.

{*a*) *Baron,* tome II, page 37.

R 4

De la grande éclipse observée par Denis.

CE qui a furtout excité une grande querelle entre les favans, c'eft ce que rapporte un des auteurs inconnus de la vie de *St Denis.* On a prétendu que ce premier évêque de Paris étant en Egypte dans la ville de Diofpolis ou No-Ammon, à l'âge de vingt-cinq ans, & n'étant pas encore chrétien, il y fut témoin avec un de fes amis de la fameufe éclipfe du foleil arrivée dans la pleine lune à la mort de JESUS-CHRIST, & qu'il s'écria en grec: *Ou* DIEU *pâtit, ou il s'afflige avec le patient.*

Ces paroles ont été diverfement rapportées par divers auteurs; mais dès le temps d'*Eusèbe* de Céfarée on prétendait que deux hiftoriens, l'un nommé *Phlégon* & l'autre *Thallus*, avaient fait mention de cette éclipfe miraculeufe. *Eusèbe* de Céfarée cite *Phlégon*, mais nous n'avons plus fes ouvrages. Il difait, à ce qu'on prétend, que cette éclipfe arriva la quatrième année de la deux centième olympiade, qui ferait la dix-huitième année de *Tibère.* Il y a fur cette anecdote plufieurs leçons, & on peut fe défier de toutes, d'autant plus qu'il refte à favoir fi on comptait encore par olympiades du temps de *Phlégon;* ce qui eft fort douteux.

Ce calcul important intéreffa tous les aftronomes; *Hodgfon, Wifton, Gale, Maurice,* & le fameux *Halley,* ont démontré qu'il n'y avait point eu d'éclipfe de foleil cette année; mais que dans la première année de la deux cent-deuxième olympiade, le 24 novembre, il en arriva une qui obfcurcit le foleil pendant deux minutes à une heure & un quart à Jérufalem.

On a encore été plus loin ; un jésuite nommé *Greslon* prétendit que les Chinois avaient conservé dans leurs annales la mémoire d'une éclipse arrivée à-peu-près dans ce temps-là , contre l'ordre de la nature. On pria les mathématiciens d'Europe d'en faire le calcul. Il était assez plaisant de prier des astronomes de calculer une éclipse qui n'était pas naturelle. Enfin , il fut avéré que les annales de la Chine ne parlent en aucune manière de cette éclipse. (*)

Il résulte de l'histoire de *St Denis* l'aréopagite, & du passage de *Phlégon*, & de la lettre du jésuite *Greslon*, que les hommes aiment fort à en imposer. Mais cette prodigieuse multitude de mensonges, loin de faire du tort à la religion chrétienne, ne sert au contraire qu'à en prouver la divinité, puisqu'elle s'est affermie de jour en jour malgré eux.

DÉNOMBREMENT.

SECTION PREMIERE.

LES plus anciens dénombremens que l'histoire nous ait laissés, sont ceux des Israélites. Ceux-là sont indubitables puisqu'ils sont tirés des livres juifs.

On ne croit pas qu'il faille compter pour un dénombrement la fuite des Israélites au nombre de six cents mille hommes de pied , parce que le texte ne les spécifie pas tribu par tribu; (*a*) il ajoute qu'une troupe innombrable de gens ramassés se joignit à eux; ce n'est qu'un récit.

(*) Voyez *Eclipse*.
(*a*) Exod. chap. XII, v. 37 & 38.

Le premier dénombrement circonftancié eft celui qu'on voit dans le livre du Vaiedaber, & que nous nommons les *Nombres*. (b) Par le recenfement que *Moïfe* & *Aaron* firent du peuple dans le défert, on trouva en comptant toutes les tribus, excepté celle de Lévi, fix cents trois mille cinq cents cinquante hommes en état de porter les armes ; & fi vous y joignez la tribu de Lévi fuppofée égale en nombre aux autres tribus, le fort portant le faible, vous aurez fix cents cinquante-trois mille neuf cents trente-cinq hommes, auxquels il faut ajouter un nombre égal de vieillards, de femmes & d'enfans, ce qui compofera deux millions fix cents quinze mille fept cents quarante-deux perfonnes parties de l'Egypte.

Lorfque *David*, à l'exemple de *Moïfe*, ordonna le recenfement de tout le peuple, (c) il fe trouva huit cents mille guerriers des tribus d'Ifraël, & cinq cents mille de celle de Juda, felon le livre des Rois ; mais, felon les Paralipomènes, (d) on compta onze cents mille guerriers dans Ifraël, & moins de cinq cents mille dans Juda.

Le livre des Rois exclut formellement Lévi & Benjamin ; & les Paralipomènes ne les comptent pas. Si donc on joint ces deux tribus aux autres, proportion gardée, le total des guerriers fera de dix-neuf cents vingt mille. C'eft beaucoup pour le petit pays de la Judée, dont la moitié eft compofée de rochers affreux & de cavernes. Mais c'était un miracle.

(b) Nomb. chap. I.
(c) Liv. II des Rois, chap. XXIV.
(d) Liv. I des Paralip. chap. XXI, v. 5.

Ce n'eft pas à nous d'entrer dans les raifons pour lefquelles le fouverain arbitre des rois & des peuples punit *David* de cette opération qu'il avait commandée lui-même à *Moïfe*. Il nous appartient encore moins de rechercher pourquoi DIEU étant irrité contre *David*, c'eft le peuple qui fut puni pour avoir été dénombré. Le prophète *Gad* ordonna au roi de la part de DIEU de choifir la guerre, la famine, ou la pefte ; *David* accepta la pefte, & il en mourut foixante & dix mille juifs en trois jours.

St Ambroife dans fon livre de la *pénitence*, & *St Auguftin* dans fon livre contre *Faufte*, reconnaiffent que l'orgueil & l'ambition avaient déterminé *David* à faire cette revue. Leur opinion eft d'un grand poids, & nous ne pouvons que nous foumettre à leur décifion, en éteignant toutes les lumières trompeufes de notre efprit.

L'Ecriture rapporte un nouveau dénombrement du temps d'*Efdras*, (*e*) lorfque la nation juive revint de la captivité. *Toute cette multitude*, difent également *Efdras* & *Néhémie*, (*f*) *étant comme un feul homme, fe montait à quarante-deux mille trois cents foixante perfonnes.* Ils les nomment toutes par familles, & ils comptent le nombre des juifs de chaque famille & le nombre des prêtres. Mais non-feulement il y a dans ces deux auteurs des différences entre les nombres & les noms des familles, on voit encore une erreur de calcul dans l'un & dans l'autre. Par le calcul d'*Efdras*, au lieu de quarante-deux mille hommes, on n'en trouve,

(*e*) Liv. I d'*Efdras*, chap. II, v. 64.
(*f*) Liv. II d'*Efdras*, qui eft l'hiftoire de *Néhémie*, ch. VII, v. 66.

après avoir tout additionné, que vingt-neuf mille huit cents dix-huit ; & par celui de *Néhémie*, on en trouve trente & un mille quatre-vingt-neuf.

Il faut, fur cette méprife apparente, confulter les commentateurs, & furtout dom *Calmet*, qui ajoutant à un de ces deux comptes ce qui manque à l'autre, & ajoutant encore ce qui leur manque à tous deux, réfout toute la difficulté. Il manque aux fupputations d'*Efdras* & de *Néhémie*, rapprochées par *Calmet*, dix mille fept cents foixante & dix-fept perfonnes ; mais on les retrouve dans les familles qui n'ont pu donner leur généalogie : d'ailleurs, s'il y avait quelque faute de copifte, elle ne pourrait nuire à la véracité du texte divinement infpiré.

Il eft à croire que les grands rois voifins de la Paleftine, avaient fait les dénombremens de leurs peuples autant qu'il eft poffible. *Hérodote* nous donne le calcul de tous ceux qui fuivirent *Xerxès*, (g) fans y faire entrer fon armée navale. Il compte dix-fept cents mille hommes, & il prétend que pour parvenir à cette fupputation, on les fefait paffer en divifions de dix mille dans une enceinte qui ne pouvait tenir que ce nombre d'hommes très-preffés. Cette méthode eft bien fautive, car en fe preffant un peu moins, il fe pouvait aifément que chaque divifion de dix mille ne fût en effet que de huit à neuf. De plus, cette méthode n'eft nullement guerrière ; & il eût été beaucoup plus aifé de voir le complet, en fefant marcher les foldats par rang & par files.

Il faut encore obferver combien il était difficile de nourrir dix-fept cents mille hommes dans le pays de

(g) *Hérodote*, liv. VII, ou *Polymnis*.

la Grèce qu'il allait conquérir. On pourrait bien douter & de ce nombre & de la manière de le compter, & du fouet donné à l'Hellefpont, & du facrifice de mille bœufs fait à *Minerve* par un roi perfan qui ne la connaiffait pas, & qui ne vénérait que le foleil, comme l'unique fymbole de la Divinité.

Le dénombrement des dix-fept cents mille hommes n'eft pas d'ailleurs complet, de l'aveu même d'*Hérodote*, puifque *Xerxès* mena encore avec lui tous les peuples de la Thrace & de la Macédoine, qu'il força, dit-il, chemin fefant, de le fuivre, apparemment pour affamer plus vîte fon armée. On doit donc faire ici ce que les hommes fages font à la lecture de toutes les hiftoires anciennes, & même modernes, fufpendre fon jugement & douter beaucoup.

Le premier dénombrement que nous ayons d'une nation profane, eft celui que fit *Servius Tullius*, fixième roi de Rome. Il fe trouva, dit *Tite-Live*, quatre-vingts mille combattans, tous citoyens romains. Cela fuppofe trois cents vingt mille citoyens au moins, tant vieillards que femmes & enfans; à quoi il faut ajouter au moins vingt mille domeftiques tant efclaves que libres.

Or on peut raifonnablement douter que le petit Etat romain contînt cette multitude. *Romulus* n'avait régné (fuppofé qu'on puiffe l'appeler *roi*) que fur environ trois mille bandits raffemblés dans un petit bourg entre des montagnes. Ce bourg était le plus mauvais terrain de l'Italie. Tout fon pays n'avait pas trois mille pas de circuit. *Servius* était le fixième chef ou roi de cette peuplade naiffante. La règle de *Newton*, qui eft indubitable pour les royaumes électifs, donne à chaque roi vingt & un ans de règne, & contredit par-là tous les anciens hiftoriens qui n'ont jamais obfervé l'ordre des temps, & qui n'ont donné aucune date précife. Les cinq rois de Rome doivent avoir régné environ cent ans.

Il n'eft certainement pas dans l'ordre de la nature qu'un terrain ingrat qui n'avait pas cinq lieues en long & trois en large, & qui devait avoir perdu beaucoup d'habitans dans fes petites guerres prefque continuelles, pût être peuplé de trois cents quarante mille ames. Il n'y en a pas la moitié dans le même territoire où Rome aujourd'hui eft la métropole du monde chrétien, où l'affluence des étrangers & des ambaffadeurs de tant de nations doit fervir à peupler la ville, où l'or coule de la Pologne, de la Hongrie, de la moitié de l'Allemagne, de l'Efpagne, de la France, par mille canaux dans la bourfe de la daterie, & doit faciliter encore la population, fi d'autres caufes l'interceptent.

L'hiftoire de Rome ne fut écrite que plus de cinq cents ans après fa fondation. Il ne ferait point du tout furprenant que les hiftoriens euffent donné libéralement quatre-vingts mille guerriers à *Servius Tullius* au lieu de huit mille, par un faux zèle pour la patrie. Le zèle eût été plus grand & plus vrai, s'ils avaient avoué les faibles commencemens de leur république. Il eft plus beau de s'être élevé d'une fi petite origine à tant de grandeur, que d'avoir eu le double des foldats d'*Alexandre* pour conquérir environ quinze lieues de pays en quatre cents années.

Le cens ne s'eft jamais fait que des citoyens romains. On prétend que fous *Augufte* il était de quatre millions foixante-trois mille l'an 29 avant notre ère vulgaire, felon *Tillemont* qui eft affez exact; mais il cite *Dion Caffius* qui ne l'eft guère.

Laurent Echard n'admet qu'un dénombrement de quatre millions cent trente-fept mille hommes l'an 14 de notre ère. Le même *Echard* parle d'un dénombrement général de l'Empire pour la première année de la même ère; mais il ne cite aucun auteur romain, & ne fpécifie aucun calcul du nombre des citoyens. *Tillemont* ne parle en aucune manière de ce dénombrement.

On a cité *Tacite* & *Suétone*; mais c'eft très-mal-à-propos. Le cens dont parle *Suétone* n'eft point un dénombrement de citoyens, ce n'eft qu'une lifte de ceux auxquels le public fourniffait du blé.

Tacite ne parle au livre II que d'un cens établi dans les feules Gaules pour y lever plus de tributs par têtes. Jamais *Augufte* ne fit un dénombrement des autres fujets de fon empire, parce que l'on ne payait point ailleurs la capitation qu'il voulut établir en Gaule.

Tacite dit (*h*) qu'*Augufte avait un mémoire écrit de fa main, qui contenait les revenus de l'empire, les flottes, les royaumes tributaires.* Il ne parle point d'un dénombrement.

Dion Caffius fpécifie un cens, (*i*) mais il n'articule aucun nombre.

Jofephè, dans fes *antiquités*, dit (*k*) que l'an 759 de Rome, (temps qui répond à l'onzième année de notre ère) *Cirénius*, établi alors gouverneur de Syrie,

---

(*h*) Annales, liv. I. (*k*) *Jofephe*, liv. XVIII, chap. I.
(*i*) Liv. XLIII.

fe fit donner une lifte de tous les biens des Juifs, ce qui caufa une révolte. Cela n'a aucun rapport à un dénombrement général, & prouve feulement que ce *Cirénius* ne fut gouverneur de la Judée (qui était alors une petite province de Syrie) que dix ans après la naiffance de notre Sauveur, & non pas au temps de fa naiffance.

Voilà, ce me femble, ce qu'on peut recueillir de principal dans les profanes touchant les dénombremens attribués à *Augufte.* Si nous nous en rapportions à eux, JESUS-CHRIST ferait né fous le gouvernement de *Varus*, & non fous celui de *Cirénius;* il n'y aurait point eu de dénombrement univerfel. Mais *St Luc*, dont l'autorité doit prévaloir fur *Jofephe*, *Suétone*, *Tacite*, *Dion Caffius*, & tous les écrivains de Rome; *St Luc* affirme pofitivement qu'il y eut un dénombrement univerfel de toute la terre, & que *Cirénius* était gouverneur de Judée. Il faut donc s'en rapporter uniquement à lui, fans même chercher à le concilier avec *Flavien Jofephe*, ni avec aucun autre hiftorien.

Au refte, ni le nouveau Teftament, ni l'ancien, ne nous ont été donnés pour éclaircir des points d'hiftoire, mais pour nous annoncer des vérités falutaires, devant lefquelles tous les événemens & toutes les opinions devaient difparaître. C'eft toujours ce que nous répondons aux faux calculs, aux contradictions, aux abfurdités, aux fautes énormes de géographie, de chronologie, de phyfique, & même de fens commun, dont les philofophes nous difent fans ceffe que la fainte écriture eft remplie : nous ne ceffons de leur dire qu'il n'eft point ici queftion de raifon, mais de foi & de piété.

SECTION

SECTION II.

A l'égard du dénombrement des peuples modernes, les rois n'ont point à craindre aujourd'hui qu'un doĉteur *Gad* vienne leur propofer, de la part de DIEU, la famine, la guerre, ou la pefte, pour les punir d'avoir voulu favoir leur compte. Aucun d'eux ne le fait.

On conjeĉture, on devine, & toujours à quelques millions d'hommes près.

J'ai porté le nombre d'habitans qui compofent l'empire de Ruffie, à vingt-quatre millions, fur les mémoires qui m'ont été envoyés ; mais je n'ai point garanti cette évaluation, car je connais très-peu de chofes que je vouluffe garantir.

J'ai cru que l'Allemagne poffède autant de monde en comptant les Hongrois. Si je me fuis trompé d'un million ou deux, on fait que c'eft une bagatelle en pareil cas.

Je demande pardon au roi d'Efpagne fi je ne lui accorde que fept millions de fujets dans notre continent. C'eft bien peu de chofe ; mais dom *Uftaris*, employé dans le miniftère, ne lui en donne pas davantage.

On compte environ neuf à dix millions d'êtres libres dans les trois royaumes de la Grande-Bretagne.

On balance en France entre feize & vingt millions. C'eft une preuve que le doĉteur *Gad* n'a rien à reprocher au miniftère de France. Quant aux villes capitales, les opinions font encore partagées. Paris,

Diĉtionn. philofoph. Tome III.   S

felon quelques calculateurs, a fept cents mille habitans; &, felon d'autres, cinq cents. Il en eft ainfi de
Londres, de Conftantinople, du grand Caire.

Pour les fujets du pape, ils feront la foule en
paradis ; mais la foule eft médiocre fur terre. Pourquoi cela ? c'eft qu'ils font fujets du pape. *Caton* le
cenfeur aurait-il jamais cru que les Romains en
viendraient là ? (*)

D E S T I N.

DE tous les livres de l'Occident, qui font parvenus
jufqu'à nous, le plus ancien eft *Homère* ; c'eft là qu'on
trouve les mœurs de l'antiquité profane, des héros
groffiers, des dieux groffiers, faits à l'image de l'homme.
Mais c'eft là que parmi les rêveries & les inconféquences
on trouve auffi les femences de la philofophie, & furtout l'idée du deftin qui eft maître des dieux, comme
les dieux font les maîtres du monde.

Quand le magnanime *Hector* veut abfolument
combattre le magnanime *Achille*, & que pour cet effet
il fe met à fuir de toutes fes forces, & fait trois fois
le tour de la ville avant de combattre, afin d'avoir
plus de vigueur ; quand *Homère* compare *Achille* aux
pieds légers qui le pourfuit, à un homme qui dort ;
quand madame *Dacier* s'extafie d'admiration fur l'art
& le grand fens de ce paffage ; alors *Jupiter* veut fauver
le grand *Hector* qui lui a fait tant de facrifices ; & il
confulte les deftinées ; il pèfe dans une balance les
deftins d'*Hector* & d'*Achille* ; (a) il trouve que le troyen

(*) Voyez *Population*.   (a) Iliade, liv. XXII.

doit abſolument être tué par le grec ; il ne peut s'y
oppoſer ; & dès ce moment *Apollon*, le génie gardien
d'*Hector*, eſt obligé de l'abandonner. Ce n'eſt pas
qu'*Homère* ne prodigue ſouvent, & ſurtout en ce même
endroit, des idées toutes contraires, ſuivant le privilége
de l'antiquité ; mais enfin, il eſt le premier chez qui
on trouve la notion du deſtin. Elle était donc très en
vogue de ſon temps.

Les phariſiens, chez le petit peuple juif, n'adoptèrent le deſtin que pluſieurs ſiècles après. Car ces
phariſiens eux-mêmes, qui furent les premiers lettrés
d'entre les Juifs, étaient très-nouveaux. Ils mêlèrent
dans Alexandrie une partie des dogmes des ſtoïciens
aux anciennes idées juives. St *Jérôme* prétend même
que leur ſecte n'eſt pas beaucoup antérieure à notre
ère vulgaire.

Les philoſophes n'eurent jamais beſoin ni d'*Homère*,
ni des phariſiens, pour ſe perſuader que tout ſe fait par
des lois immuables, que tout eſt arrangé, que tout eſt
un effet néceſſaire. Voici comme ils raiſonnaient.

Ou le monde ſubſiſte par ſa propre nature, par ſes
lois phyſiques, ou un être ſuprême l'a formé ſelon
ſes lois ſuprêmes ; dans l'un & l'autre cas ces lois ſont
immuables ; dans l'un & l'autre cas, tout eſt néceſſaire ;
les corps graves tendent vers le centre de la terre,
ſans pouvoir tendre à ſe repoſer en l'air. Les poiriers
ne peuvent jamais porter d'ananas. L'inſtinct d'un
épagneul ne peut être l'inſtinct d'une autruche ; tout
eſt arrangé, engrené, & limité.

L'homme ne peut avoir qu'un certain nombre de
dents, de cheveux, & d'idées ; il vient un temps où

il perd néceffairement fes dents, fes cheveux, & fes idées.

Il eft contradictoire que ce qui fut hier n'ait pas été, que ce qui eft aujourd'hui ne foit pas ; il eft auffi contradictoire que ce qui doit être, puiffe ne pas devoir être.

Si tu pouvais déranger la deftinée d'une mouche, il n'y aurait nulle raifon qui pût t'empêcher de faire le deftin de toutes les autres mouches, de tous les autres animaux, de tous les hommes, de toute la nature ; tu te trouverais au bout du compte plus puiffant que DIEU.

Des imbécilles difent : Mon médecin a tiré ma tante d'une maladie mortelle, il a fait vivre ma tante dix ans de plus qu'elle ne devait vivre ; d'autres qui font les capables difent : L'homme prudent fait lui-même fon deftin.

Nullum numen abeft fi fit prudentia, fed nos
Te facimus, Fortuna, Deam, cæloque locamus.

La fortune n'eft rien ; c'eft en vain qu'on l'adore.
La prudence eft le Dieu qu'on doit feul implorer.

Mais fouvent le prudent fuccombe fous fa deftinée, loin de la faire ; c'eft le deftin qui fait les prudens.

De profonds politiques affurent que fi on avait affaffiné *Cromwell*, *Ludlow*, *Ireton*, & une douzaine d'autres parlementaires, huit jours avant qu'on coupât la tête à *Charles I*, ce roi aurait pu vivre encore & mourir dans fon lit ; ils ont raifon : ils peuvent ajouter encore que fi toute l'Angleterre avait été engloutie dans la mer, ce monarque n'aurait pas péri fur un échafaud auprès de *Whitehall* ou *falle blanche* ; mais les chofes étaient arrangées de façon que *Charles* devait avoir le cou coupé.

Le cardinal d'*Offat* était fans doute plus prudent qu'un fou des petites-maifons ; mais n'eft-il pas évident que les organes du fage d'*Offat* étaient autrement faits que ceux de cet écervelé ? de même que les organes d'un renard font différens de ceux d'une grue & d'une alouette.

Ton médecin a fauvé ta tante ; mais certainement il n'a pas en cela contredit l'ordre de la nature, il l'a fuivi. Il eft clair que ta tante ne pouvait pas s'empêcher de naître dans une telle ville, qu'elle ne pouvait pas s'empêcher d'avoir dans un tel temps une certaine maladie, que le médecin ne pouvait pas être ailleurs que dans la ville où il était, que ta tante devait l'appeler, qu'il devait lui prefcrire les drogues qui l'ont guérie, ou qu'on a cru l'avoir guérie, lorfque la nature était le feul médecin.

Un payfan croit qu'il a grêlé par hafard fur fon champ ; mais le philofophe fait qu'il n'y a point de hafard, & qu'il était impoffible, dans la conftitution de ce monde, qu'il ne grêlât pas ce jour-là en cet endroit.

Il y a des gens qui étant effrayés de cette vérité en accordent la moitié, comme des débiteurs qui offrent moitié à leurs créanciers, & demandent répit pour le refte. Il y a, difent-ils, des événemens néceffaires, & d'autres qui ne le font pas. Il ferait plaifant qu'une partie de ce monde fût arrangée, & que l'autre ne le fût point ; qu'une partie de ce qui arrive dût arriver, & qu'une autre partie de ce qui arrive ne

dût pas arriver. Quand on y regarde de près, on voit
que la doctrine contraire à celle du deſtin eſt abſurde;
mais il y a beaucoup de gens deſtinés à raiſonner mal,
d'autres à ne point raiſonner du tout, d'autres à perſécuter ceux qui raiſonnent.

Quelques-uns vous diſent : Ne croyez pas au fata-
liſme ; car alors tout vous paraiſſant inévitable vous
ne travaillerez à rien, vous croupirez dans l'indifférence, vous n'aimerez ni les richeſſes ni les honneurs,
ni les louanges, vous ne voudrez rien acquérir, vous
vous croirez ſans mérite comme ſans pouvoir; aucun
talent ne ſera cultivé, tout périra par l'apathie.

Ne craignez rien, Meſſieurs, nous aurons toujours
des paſſions & des préjugés, puiſque c'eſt notre deſtinée d'être ſoumis aux préjugés & aux paſſions : nous
ſaurons bien qu'il ne dépend pas plus de nous d'avoir
beaucoup plus de mérite & de grands talens, que
d'avoir les cheveux bien plantés & la main belle :
nous ſerons convaincus qu'il ne faut tirer vanité de
rien, & cependant nous aurons toujours de la vanité.

J'ai néceſſairement la paſſion d'écrire ceci, & toi
tu as la paſſion de me condamner ; nous ſommes tous
deux également ſots, également les jouets de la deſtinée.
Ta nature eſt de faire du mal, la mienne eſt d'aimer
la vérité, & de la publier malgré toi.

Le hibou qui ſe nourrit de ſouris dans ſa maſure,
a dit au roſſignol : Ceſſe de chanter ſous tes beaux
ombrages, viens dans mon trou, afin que je t'y
dévore ; & le roſſignol a répondu : Je ſuis né pour
chanter ici, & pour me moquer de toi.

Vous me demandez ce que deviendra la liberté ?
Je ne vous entends pas. Je ne ſais ce que c'eſt que

cette liberté dont vous parlez ; il y a si long-temps que vous disputez sur sa nature , qu'assurément vous ne la connaissez pas. Si vous voulez , ou plutôt , si vous pouvez examiner paisiblement avec moi ce que c'est, passez à la lettre L.

D E V O T.

L'évangile au chrétien ne dit en aucun lieu :
Sois dévot ; elle dit : sois doux, simple, équitable ;
Car d'un dévot souvent au chrétien véritable
La distance est cent fois plus grande, à mon avis,
Que du pôle antarctique au détroit de Davis.
Boileau, satire **XI**.

IL est bon de remarquer, dans nos questions, que *Boileau* est le seul poëte qui ait jamais fait *évangile* féminin. On ne dit point : la sainte évangile , mais le saint évangile. Ces inadvertances échappent aux meilleurs écrivains ; il n'y a que des pédans qui en triomphent. Il est aisé de mettre à la place :

L'évangile au chrétien ne dit en aucun lieu :
Sois dévot ; mais il dit : sois doux, simple, équitable.

A l'égard de *Davis*, il n'y a point de détroit de *Davis*, mais un détroit de *David*. Les Anglais mettent un *s* au génitif, & c'est la source de la méprise. Car au temps de *Boileau*, personne en France n'apprenait l'anglais, qui est aujourd'hui l'objet de l'étude des gens de lettres. C'est un habitant du mont Krapac

qui a infpiré aux Français le goût de cette langue,
& qui leur ayant fait connaître la philofophie & la
poëfie anglaife, a été pour cela perfécuté par des
welches.

Venons à préfent au mot *dévot*; il fignifie *dévoué*;
& dans le fens rigoureux du terme, cette qualification
ne devrait appartenir qu'aux moines & aux religieufes
qui font des vœux. Mais comme il n'eft pas plus parlé
de vœux que de dévots dans l'évangile, ce titre ne
doit en effet appartenir à perfonne. Tout le monde
doit être également jufte. Un homme qui fe dit dévot
reffemble à un roturier qui fe dit marquis; il s'arroge
une qualité qu'il n'a pas. Il croit valoir mieux que fon
prochain. On pardonne cette fottife à des femmes;
leur faibleffe & leur frivolité les rendent excufables;
les pauvres créatures paffent d'un amant à un directeur
avec bonne foi : mais on ne pardonne pas aux fripons
qui les dirigent, qui abufent de leur ignorance, qui
fondent le trône de leur orgueil fur la crédulité du fexe.
Ils fe forment un petit férail myftique, compofé de
fept ou huit vieilles beautés, fubjuguées par le poids
de leur défœuvrement; & prefque toujours ces fujettes
payent des tributs à leur nouveau maître. Point de
jeune femme fans amant, point de vieille dévote fans
un directeur. Oh! que les Orientaux font plus fenfés
que nous! Jamais un bacha n'a dit : Nous foupâmes
hier avec l'aga des janiffaires qui eft l'amant de ma
fœur, & le vicaire de la mofquée, qui eft le directeur
de ma femme.

DICTIONNAIRE.

LA méthode des dictionnaires inconnue à l'antiquité, est d'une utilité qu'on ne peut contester ; & l'Encyclopédie imaginée par MM. d'*Alembert* & *Diderot*, achevée par eux & par leurs associés avec tant de succès malgré ses défauts, en est un assez bon témoignage. Ce qu'on y trouve à l'article *Dictionnaire* doit suffire ; il est fait de main de maître.

Je ne veux parler ici que d'une nouvelle espèce de dictionnaires historiques qui renferment des mensonges & des satires par ordre alphabétique ; tel est le *Dictionnaire historique, littéraire, & critique, contenant une idée abrégée de la vie des hommes illustres en tout genre,* & imprimé en 1758, en six volumes in-8°, sans nom d'auteur.

Les compilateurs de cet ouvrage commencent par déclarer qu'il a été entrepris *sur les avis de l'auteur de la gazette ecclésiastique, écrivain redoutable, disent-ils, dont la flèche déjà comparée à celle de Jonathas, n'est jamais retournée en arrière, & est toujours teinte du sang des morts, du carnage des plus vaillans : A sanguine interfectorum, ab adipe fortium sagitta Jonathæ nunquam rediit retrorsum.*

On conviendra sans peine que *Jonathas* fils de *Saül*, tué à la bataille de Gelboé, a un rapport immédiat avec un convulsionnaire de Paris qui barbouillait les nouvelles ecclésiastiques dans un grenier en 1758.

L'auteur de cette préface y parle du grand *Colbert*. On croit d'abord que c'est du ministre d'Etat qui a

rendu de fi grands fervices à la France ; point du
tout, c'eft d'un évêque de Montpellier. Il fe plaint
qu'un autre dictionnaire n'ait pas affez loué le célèbre
abbé d'*Asfeld*, l'illuftre *Bourfier*, le fameux *Gennes*,
l'immortel *la Borde*, & qu'on n'ait pas dit affez d'injures à l'archevêque de Sens *Languet*, & à un nommé
Fillot, tous gens connus, à ce qu'il prétend, des
colonnes d'Hercule à la mer Glaciale. Il promet qu'il
fera *vif, fort, & piquant, par principe de religion; qu'il
rendra fon vifage plus ferme que le vifage de fes ennemis,
& fon front plus dur que leur front, felon la parole
d'Ezéchiel*.

Il déclare qu'il a mis à contribution tous les journaux & tous les ana, & il finit par efpérer que le ciel
répandra fes bénédictions fur fon travail.

Dans ces efpèces de dictionnaires, qui ne font que
des ouvrages de parti, on trouve rarement ce qu'on
cherche, & fouvent ce qu'on ne cherche pas. Au mot
Adonis, par exemple, on apprend que *Vénus* fut
amoureufe de lui ; mais pas un mot du culte d'*Adonis*,
ou *Adonaï* chez les Phéniciens ; rien fur ces fêtes fi
antiques & fi célébres, fur les lamentations fuivies de
réjouiffances qui étaient des allégories manifeftes,
ainfi que les fêtes de *Cérès*, celles d'*Ifis*, & tous les
myftères de l'antiquité. Mais en récompenfe on trouve
la religieufe *Adkichomia* qui traduifit en vers les pfeaumes
de *David* au feizième fiècle, & *Adkichomius* qui était
apparemment fon parent, & qui fit la *Vie de* JESUS-
CHRIST en bas-allemand.

On peut bien penfer que tous ceux de la faction
dont était le rédacteur font accablés de louanges, &
les autres d'injures. L'auteur, ou la petite horde

d'auteurs qui ont broché ce vocabulaire d'inepties, dit de *Nicolas Boindin* procureur-général des tréforiers de France, de l'académie des belles-lettres, qu'il était *poëte & athée.*

Ce magiftrat n'a pourtant jamais fait imprimer de vers, & n'a rien écrit fur la métaphyfique & fur la religion.

Il ajoute que *Boindin* fera mis par la poftérité au rang des *Vanini*, des *Spinofa*, & des *Hobbes*. Il ignore que *Hobbes* n'a jamais profeffé l'athéifme, qu'il a feulement foumis la religion à la puiffance fouveraine, qu'il appelle le *Léviathan*. Il ignore que *Vanini* ne fut point athée; que le mot d'*athée* même ne fe trouve pas dans l'arrêt qui le condamna; qu'il fut accufé d'impiété pour s'être élevé fortement contre la philofophie d'*Arifote*, & pour avoir difputé aigrement & fans retenue contre un confeiller au parlement de Touloufe, nommé *Francon* ou *Franconi*, qui eut le crédit de le faire brûler, parce qu'on fait brûler qui on veut, témoin la *Pucelle d'Orléans*, *Michel Servet*, le confeiller *Dubourg*, la maréchale d'*Ancre*, *Urbain Grandier*, *Morin*, & les livres des janféniftes. Voyez d'ailleurs l'apologie de *Vanini* par le favant *la Crofe*, & l'article *Athéifme.*

Le vocabulaire traite *Boindin* de *fcélérat;* fes parens voulaient attaquer en juftice & faire punir un auteur qui mérite fi bien le nom qu'il ofe donner à un magiftrat, à un favant eftimable: mais le calomniateur fe cachait fous un nom fuppofé comme la plupart des libelliftes.

Immédiatement après avoir parlé fi indignement d'un homme refpeftable pour lui, il le regarde comme un témoin irréfragable, parce que *Boindin*, dont la mauvaise humeur était connue, a laissé un mémoire très-mal fait & très-téméraire, dans lequel il accuse *la Motte* le plus honnête homme du monde, un géomètre, & un marchand quincallier, d'avoir fait les vers infames qui firent condamner *Jean-Baptiste Rousseau*. Enfin, dans la liste des ouvrages de *Boindin*, il omet exprès ses excellentes dissertations imprimées dans le *Recueil de l'académie des belles-lettres*, dont il était un membre très-distingué.

L'article *Fontenelle* n'est qu'une satire de cet ingénieux & savant académicien dont l'Europe littéraire estime la science & les talens. L'auteur a l'impudence de dire que *son Histoire des oracles ne fait pas honneur à sa religion*. Si *Vandale* auteur de l'*Histoire des oracles*, & son rédacteur *Fontenelle* avaient vécu du temps des Grecs & de la république romaine, on pourrait dire avec raison qu'ils étaient plutôt de bons philosophes que de bons païens ; mais, en bonne foi, quel tort font-ils à la religion chrétienne en fefant voir que les prêtres païens étaient des fripons ? Ne voit-on pas que les auteurs de ce libelle intitulé *Dictionnaire*, plaident leur propre cause ? *Jam proximus ardet Ucalegon.* Mais serait-ce insulter à la religion chrétienne que de prouver la friponnerie des convulsionnaires ? Le gouvernement a fait plus, il les a punis sans être accusé d'irréligion.

Le libelliste ajoute qu'il soupçonne *Fontenelle* de n'avoir rempli ses devoirs de chrétien que par mépris pour le christianisme même. C'est une étrange démence dans ces fanatiques de crier toujours qu'un philosophe ne peut être chrétien ; il faudrait les excommunier &

les punir pour cela feul : car c'eft affurément vouloir détruire le chriftianifme, que d'affurer qu'il eft impoffible de bien raifonner, & de croire une religion fi raifonnable & fi fainte.

Des-Ivetaux, précepteur de *Louis XIII*, eft accufé d'avoir vécu & d'être mort fans religion. Il femble que les compilateurs n'en aient aucune, ou du moins qu'en violant tous les préceptes de la véritable, ils cherchent par-tout des complices.

Le galant homme auteur de ces articles, fe complaît à rapporter tous les mauvais vers contre l'académie françaife, & des anecdotes auffi ridicules que fauffes. C'eft apparemment encore par zèle de religion.

Je ne dois pas perdre une occafion de réfuter le conte abfurde qui a tant couru, & qu'il répète fort mal-à-propos à l'article de l'abbé *Gédouin*, fur lequel il fe fait un plaifir de tomber, parce qu'il avait été jéfuite dans fa jeuneffe ; faibleffe paffagère dont je l'ai vu fe repentir toute fa vie.

Le dévot & fcandaleux rédacteur du dictionnaire, prétend que l'abbé *Gédouin* coucha avec la célébre *Ninon l'Enclos*, le jour même qu'elle eut quatre-vingts ans accomplis. Ce n'était pas affurément à un prêtre de conter cette aventure dans un prétendu *Dictionnaire des hommes illuftres*. Une telle fottife n'eft nullement vraifemblable ; & je puis certifier que rien n'eft plus faux. On mettait autrefois cette anecdote fur le compte de l'abbé de *Châteauneuf*, qui n'était pas difficile en amour, & qui, difait-on, avait eu les faveurs de *Ninon* âgée de foixante ans, ou plutôt lui avait donné les fiennes. J'ai beaucoup vu dans mon enfance l'abbé *Gédouin*, l'abbé de *Châteauneuf*, &

Mlle *l'Enclos;* je puis affurer qu'à l'âge de quatre-vingts ans fon vifage portait les marques les plus hideufes de la vieilleffe ; que fon corps en avait toutes les infirmités , & qu'elle avait dans l'efprit les maximes d'un philofophe auftère.

A l'article *Deshoulières*, le rédacteur prétend que c'eft elle qui eft défignée fous le nom de *précieufe* dans la fatire de *Boileau* contre les femmes. Jamais perfonne n'eut moins ce défaut que Mme *Deshoulières;* elle paffa toujours pour la femme du meilleur commerce ; elle était très-fimple & très-agréable dans la converfation.

L'article *la Motte* eft plein d'injures atroces contre cet académicien , homme très-aimable . poëte-philofophe qui a fait des ouvrages eftimables dans tous les genres. Enfin l'auteur , pour vendre fon livre en fix volumes , en a fait un libelle diffamatoire.

Son héros eft *Carré de Montgeron*, qui préfenta au roi un recueil des miracles opérés par les convulfionnaires dans le cimetière de Saint-Médard ; & fon héros était un fot qui eft mort fou.

L'intérêt du public , de la littérature , & de la raifon , exigerait qu'on livrât à l'indignation publique ces libelliftes à qui l'avidité d'un gain fordide pourrait fufciter des imitateurs ; d'autant plus que rien n'eft fi aifé que de copier des livres par ordre alphabétique, & d'y ajouter des platitudes , des calomnies , & des injures.

Extrait des réflexions d'un académicien sur le dictionnaire de l'académie.

J'aurais voulu rapporter l'étymologie naturelle & incontestable de chaque mot, comparer l'emploi, les diverses significations, l'énergie de ce mot avec l'emploi, les acceptions diverses, la force ou la faiblesse du terme qui répond à ce mot dans les langues étrangères ; enfin, citer les meilleurs auteurs qui ont fait usage de ce mot, faire voir le plus ou moins d'étendue qu'ils lui ont donné, remarquer s'il est plus propre à la poësie qu'à la prose.

Par exemple, j'observais que l'*inclémence* des airs est ridicule dans une histoire, parce que ce terme d'*inclémence* a son origine dans la colère du ciel qu'on suppose manifestée par l'intempérie, les dérangemens, les rigueurs des saisons, la violence du froid, la corruption de l'air, les tempêtes, les orages, les vapeurs pestilentielles, &c. Ainsi donc *inclémence* étant une métaphore, est consacrée à la poësie.

Je donnais au mot *impuissance* toutes les acceptions qu'il reçoit. Je fesais voir dans quelle faute est tombé un historien qui parle de l'impuissance du roi *Alfonse*, en n'exprimant pas si c'était celle de résister à son frère, ou celle dont sa femme l'accusait.

Je tâchais de faire voir que les épithètes *irrésistible*, *incurable*, exigeaient un grand ménagement. Le premier qui a dit, l'*impulsion irrésistible du génie*, a très-bien rencontré, parce qu'en effet il s'agissait d'un grand génie qui s'était livré à son talent malgré tous les

obſtacles. Les imitateurs qui ont employé cette expreſſion pour des hommes médiocres, ſont des plagiaires
qui ne ſavent pas placer ce qu'ils dérobent.

Le mot *incurable* n'a été encore enchâſſé dans un
vers que par l'induſtrieux *Racine*.

D'un incurable amour remèdes impuiſſans.

Voilà ce que *Boileau* appelle *des mots trouvés.*

Dès qu'un homme de génie a fait un uſage nouveau
d'un terme de la langue, les copiſtes ne manquent
pas d'employer cette même expreſſion mal-à-propos
en vingt endroits, & n'en ſont jamais honneur à
l'inventeur.

Je ne crois pas qu'il y ait un ſeul de ces mots
trouvés, une ſeule expreſſion neuve de génie dans
aucun auteur tragique depuis *Racine*, excepté ces
années dernières. Ce ſont pour l'ordinaire des termes
lâches, oiſeux, rebattus, ſi mal mis en place qu'il en
réſulte un ſtyle barbare ; & à la honte de la nation,
ces ouvrages viſigoths & vandales furent quelque temps
prônés, célébrés, admirés dans les journaux, dans
les mercures, ſurtout quand ils furent protégés par
je ne ſais quelle dame qui ne s'y connaiſſait point du
tout. On en eſt revenu aujourd'hui ; & à un ou deux
près, ils ſont pour jamais anéantis.

Je ne prétendais pas faire toutes ces réflexions, mais
mettre le lecteur en état de les faire.

Je feſais voir à la lettre E que nos *e* muets qui nous
ſont reprochés par un italien, ſont préciſément ce
qui forme la délicieuſe harmonie de notre langue.
Empire, couronne, diadème, épouvantable, ſenſible ; cet *e*
muet qu'on fait ſentir, ſans l'articuler, laiſſe dans

l'oreille

l'oreille un son mélodieux, comme celui d'un timbre qui résonne encore quand il n'est plus frappé. C'est ce que nous avons déjà répondu à un Italien homme de lettres, qui était venu à Paris pour enseigner sa langue, & qui ne devait pas y décrier la nôtre.

Il ne sentait pas la beauté & la nécessité de nos rimes féminines ; elles ne sont que des e muets. Cet entrelacement de rimes masculines & féminines fait le charme de nos vers.

De semblables observations sur l'alphabet & sur les mots, auraient pu être de quelque utilité ; mais l'ouvrage eût été trop long.

DIEU, DIEUX.

SECTION PREMIERE.

ON ne peut trop avertir que ce Dictionnaire n'est point fait pour répéter ce que tant d'autres ont dit.

La connaissance d'un Dieu n'est point empreinte en nous par les mains de la nature, car tous les hommes auraient la même idée, & nulle idée ne naît avec nous. (*) Elle ne nous vient point comme la perception de la lumière, de la terre &c. que nous recevons dès que nos yeux & notre entendement s'ouvrent. Est-ce une idée philosophique ? non. Les hommes ont admis des dieux avant qu'il y eût des philosophes.

D'où est donc dérivée cette idée ? du sentiment & de cette logique naturelle qui se développe avec l'âge dans les hommes les plus grossiers. On a vu des effets

(*) Voyez Idée.

étonnans de la nature, des moiffons & des ftérilités, des jours fereins & des tempêtes, des bienfaits & des fléaux, & on a fenti un maître. Il a fallu des chefs pour gouverner des fociétés, & on a eu befoin d'admettre des fouverains de ces fouverains nouveaux que la faibleffe humaine s'était donnés, des êtres dont le pouvoir fuprême fît trembler des hommes qui pouvaient accabler leurs égaux. Les premiers fouverains ont à leur tour employé ces notions pour cimenter leur puiffance. Voilà les premiers pas, voilà pourquoi chaque petite fociété avait fon Dieu. Ces notions étaient groffières, parce que tout l'était. Il eft très-naturel de raifonner par analogie. Une fociété fous un chef ne niait point que la peuplade voifine n'eût auffi fon juge, fon capitaine; par conféquent elle ne pouvait nier qu'elle n'eût auffi fon Dieu. Mais comme chaque peuplade avait intérêt que fon capitaine fût le meilleur, elle avait intérêt auffi à croire, & par conféquent elle croyait que fon Dieu était le plus puiffant. De-là ces anciennes fables fi long-temps généralement répandues, que les dieux d'une nation combattaient contre les dieux d'une autre. De-là tant de paffages dans les livres hébreux qui décèlent à tout moment l'opinion où étaient les Juifs, que les dieux de leurs ennemis exiftaient, mais que le dieu des Juifs leur était fupérieur.

Cependant il y eut des prêtres, des mages, des philofophes, dans les grands Etats où la fociété perfectionnée pouvait comporter des hommes oififs, occupés de fpéculations.

Quelques-uns d'entre eux perfectionnèrent leur raifon jufqu'à reconnaître en fecret un Dieu unique

& univerfel. Ainfi, quoique chez les anciens Egyptiens on adorât *Ofiri*, *Ofiris*, ou plutôt *Ofireth*, qui fignifie *cette terre eft à moi*; quoiqu'ils adoraffent encore d'autres êtres fupérieurs; cependant ils admettaient un Dieu fuprême, un principe unique qu'ils appelaient *Knef*, & dont le fymbole était une fphère pofée fur le frontifpice du temple.

Sur ce modèle les Grecs eurent leur *Zeus*, leur *Jupiter*, maître des autres dieux qui n'étaient que ce que font les anges chez les Babyloniens & chez les Hébreux, & les faints chez les chrétiens de la communion romaine.

C'eft une queftion plus épineufe qu'on ne penfe, & très-peu approfondie, fi plufieurs dieux égaux en puiffance pourraient fubfifter à la fois.

Nous n'avons aucune notion adéquate de la Divinité, nous nous traînons feulement de foupçons en foupçons, de vraifemblances en probabilités. Nous arrivons à un très-petit nombre de certitudes. Il y a quelque chofe, donc il y a quelque chofe d'éternel, car rien n'eft produit de rien. Voilà une vérité certaine fur laquelle votre efprit fe repofe. Tout ouvrage qui nous montre des moyens & une fin annonce un ouvrier; donc cet univers compofé de refforts, de moyens dont chacun a fa fin, découvre un ouvrier très-puiffant, très-intelligent. Voilà une probabilité qui approche de la plus grande certitude; mais cet artifan fuprême eft-il infini? eft-il par-tout? eft-il en un lieu? comment répondre à cette queftion avec notre intelligence bornée & nos faibles connaiffances?

Ma feule raifon me prouve un être qui a arrangé la matière de ce monde; mais ma raifon eft impuiffante

à me prouver qu'il ait fait cette matière, qu'il l'ait
tirée du néant. Tous les sages de l'antiquité, sans
aucune exception, ont cru la matière éternelle &
subsistante par elle-même. Tout ce que je puis faire
sans le secours d'une lumière supérieure, c'est donc
de croire que le Dieu de ce monde est aussi éternel &
existant par lui-même ; D I E U & la matière existent
par la nature des choses. D'autres dieux ainsi que
d'autres mondes ne subsisteraient-ils pas ? Des nations
entières, des écoles très-éclairées ont bien admis deux
dieux dans ce monde-ci, l'un la source du bien,
l'autre la source du mal. Ils ont admis une guerre
interminable entre deux puissances égales. Certes la
nature peut plus aisément souffrir dans l'immensité
de l'espace plusieurs êtres indépendans, maîtres
absolus chacun dans leur étendue, que deux dieux
bornés & impuissans dans ce monde, dont l'un ne
peut faire le bien, & l'autre ne peut faire le mal.

Si D I E U & la matière existent de toute éternité,
comme l'antiquité l'a cru, voilà deux êtres nécessaires ;
or s'il y a deux êtres nécessaires, il peut y en avoir
trente. Ces seuls doutes, qui font le germe d'une infinité de réflexions, servent au moins à nous convaincre
de la faiblesse de notre entendement. Il faut que nous
confessions notre ignorance sur la nature de la Divinité
avec *Cicéron*. Nous n'en saurons jamais plus que lui.

Les écoles ont beau nous dire que D I E U est infini
négativement & non privativement, *formaliter & non
materialiter*, qu'il est le premier, le moyen, & le dernier
acte, qu'il est par-tout sans être dans aucun lieu. Cent
pages de commentaires sur de pareilles définitions
ne peuvent nous donner la moindre lumière. Nous

n'avons ni degré , ni *point d'appui* pour monter à de telles connaiffances. Nous fentons que nous fommes fous la main d'un être invifible ; c'eft tout., & nous ne pouvons faire un pas au-delà. Il y a une témérité infenfée à vouloir deviner ce que c'eft que cet être ; s'il eft étendu ou non , s'il exifte dans un lieu ou non ; comment il exifte , comment il opère. (*)

SECTION II.

JE crains toujours de me tromper ; mais tous les monumens me font voir avec évidence que les anciens peuples policés reconnaiffaient un Dieu fuprême. Il n'y a pas un feul livre , une médaille , un bas-relief , une infcription , où il foit parlé de *Junon* , de *Minerve* , de *Neptune* , de *Mars* , & des autres dieux , comme d'un être formateur , fouverain de toute la nature. Au contraire , les plus anciens livres profanes que nous ayons , *Héfiode* & *Homère* , repré-fentent leur *Zeus* comme feul lançant la foudre , comme feul maître des dieux & des hommes ; il punit même les autres dieux ; il attache *Junon* à une chaîne ; il chaffe *Apollon* du ciel.

L'ancienne religion des brachmanes , la première qui admit des créatures céleftes , la première qui parla de leur rebellion , s'explique d'une manière fublime fur l'unité & la puiffance de DIEU , comme nous l'avons vu à l'article *Ange*.

Les Chinois , tout anciens qu'ils font , ne viennent qu'après les Indiens ; ils ont reconnu un feul Dieu

(*) Voyez *Création* , *Infini*.

de temps immémorial ; point de dieux fubalternes, point de génies ou démons médiateurs entre DIEU & les hommes, point d'oracles, point de dogmes abftraits, point de difputes théologiques chez les lettrés ; l'empereur fut toujours le premier pontife, la religion fut toujours augufte & fimple : c'eft ainfi que ce vafte empire, quoique fubjugué deux fois, s'eft toujours confervé dans fon intégrité, qu'il a foumis fes vainqueurs à fes lois, & que malgré les crimes & les malheurs attachés à la race humaine, il eft encore l'Etat le plus floriffant de la terre.

Les mages de Chaldée, les Sabéens ne reconnaiffaient qu'un feul Dieu fuprême, & l'adoraient dans les étoiles qui font fon ouvrage.

Les Perfans l'adoraient dans le foleil. La fphère pofée fur le frontifpice du temple de Memphis, était l'emblême d'un Dieu unique & parfait, nommé *Knef* par les Égyptiens.

Le titre de *Deus optimus maximus* n'a jamais été donné par les Romains qu'au feul *Jupiter, hominum fator atque deorum.* On ne peut trop répéter cette grande vérité que nous indiquons ailleurs. (*a*)

Cette adoration d'un Dieu fuprême eft confirmée depuis *Romulus* jufqu'à la deftruction entière de l'empire & à celle de fa religion. Malgré toutes les folies du peuple qui vénérait des dieux fécondaires & ridicules, & malgré les épicuriens qui au fond n'en reconnaiffaient aucun, il eft avéré que les magiftrats

---

(*a*) Le prétendu *Jupiter*, né en Crète, n'était qu'une fable hiftorique, ou poëtique, comme celle des autres dieux. *Jovis*, depuis *Jupiter*, était la traduction du mot grec *Zeus* ; & *Zeus* était la traduction du mot phénicien *Jehova*.

& les fages adorèrent dans tous les temps un Dieu fouverain.

Dans le grand nombre de témoignages qui nous reftent de cette vérité, je choifirai d'abord celui de *Maxime* de Tyr, qui floriffait fous les *Antonins*, ces modèles de la vraie piété, puifqu'ils l'étaient de l'humanité. Voici fes paroles dans fon difcours intitulé *De* D I E U *felon Platon.* Le lecteur qui veut s'inftruire eft prié de les bien pefer.

Les hommes ont eu la faibleffe de donner à D I E U *une figure humaine, parce qu'ils n'avaient rien vu au-deffus de l'homme; mais il eft ridicule de s'imaginer, avec Homère, que Jupiter ou la fuprême Divinité a les fourcils noirs & les cheveux d'or, & qu'il ne peut les fecouer fans ébranler le ciel.*

Quand on interroge les hommes fur la nature de la Divinité, toutes leurs réponfes font différentes. Cependant, au milieu de cette variété prodigieufe d'opinions, vous trouverez un même fentiment par toute la terre, c'eft qu'il n'y a qu'un feul Dieu qui eft le père de tous &c.

Que deviendront, après cet aveu formel & après les difcours immortels des *Cicérons*, des *Antonins*, des *Epiclètes;* que deviendront, dis-je, les déclamations que tant de pédans ignorans répètent encore aujourd'hui? A quoi ferviront ces éternels reproches d'un polythéifme groffier & d'une idolatrie puérile, qu'à nous convaincre que ceux qui les font n'ont pas la plus légère connaiffance de la faine antiquité? Ils ont pris les rêveries d'*Homère* pour la doctrine des fages.

Faut-il un témoignage encore plus fort & plus expreffif? vous le trouverez dans la lettre de *Maxime*

de Madaure à *St Augustin* ; tous deux étaient philosophes & orateurs ; du moins ils s'en piquaient : ils
s'écrivaient librement ; ils étaient amis autant que
peuvent l'être un homme de l'ancienne religion & un
de la nouvelle.

Lisez la lettre de *Maxime* de Madaure, & la réponse
de l'évêque d'Hippone.

Lettre de Maxime de Madaure.

,, OR, qu'il y ait un Dieu souverain qui soit sans
,, commencement, & qui, sans avoir rien engendré
,, de semblable à lui, soit néanmoins le père & le
,, formateur de toutes choses, quel homme est assez
,, grossier, assez stupide, pour en douter ? C'est celui
,, dont nous adorons sous des noms divers l'éternelle
,, puissance répandue dans toutes les parties du
,, monde ; ainsi honorant séparément, par diverses
,, sortes de culte, ce qui est comme ses divers
,, membres, nous l'adorons tout entier.... qu'ils vous
,, conservent ces dieux *subalternes*, sous les noms
,, desquels & par lesquels, tout autant de mortels
,, que nous sommes sur la terre, nous adorons le
,, *père commun des dieux & des hommes*, par différentes
,, sortes de cultes, à la vérité, mais qui s'accordent
,, tous dans leur variété même, & ne tendent qu'à
,, la même fin. ,,

Qui écrivait cette lettre ? un numide, un homme
du pays d'Alger.

Réponfe d'Auguftin.

,, IL y a dans votre place publique deux ſtatues
,, de *Mars*, nu dans l'une & armé dans l'autre, &
,, tout auprès, la figure d'un homme qui, avec trois
,, doigts qu'il avance vers *Mars*, tient en bride cette
,, divinité dangereuſe à toute la ville. Sur ce que
,, vous me dites que de pareils dieux ſont comme les
,, membres du ſeul véritable Dieu, je vous avertis,
,, avec toute la liberté que vous me donnez, de ne
,, pas tomber dans de pareils ſacriléges : car ce ſeul
,, Dieu dont vous parlez, eſt ſans doute celui qui
,, eſt reconnu de tout le monde, & ſur lequel les
,, ignorans conviennent avec les ſavans, comme
,, quelques anciens ont dit. Or, direz-vous que
,, celui dont la force, pour ne pas dire la cruauté,
,, eſt réprimée par un homme mort, ſoit un membre
,, de celui-là ? Il me ſerait aiſé de vous pouſſer ſur
,, ce ſujet, car vous voyez bien ce qu'on pourrait
,, dire ſur cela; mais je me retiens, de peur que vous
,, ne difiez que ce ſont les armes de la rhétorique
,, que j'emploie contre vous plutôt que celles de la
,, vérité. ,, (*b*)

Nous ne ſavons pas ce que ſignifiaient ces deux
ſtatues dont il ne reſte aucun veſtige ; mais toutes les
ſtatues dont Rome était remplie, le Panthéon & tous
les temples conſacrés à tous les dieux ſubalternes,
& même aux douze grands dieux, n'empêchèrent
jamais que *Deus optimus maximus*, D I E U *très-bon & très-
grand* ne fût reconnu dans tout l'empire.

(*b*) Traduction de *Dubois* précepteur du dernier duc de *Guiſe*.

Le malheur des Romains était donc d'avoir ignoré la loi mosaïque, & enfuite d'ignorer la loi des difciples de notre Sauveur JESUS-CHRIST, de n'avoir pas eu la foi, d'avoir mêlé au culte d'un Dieu fuprême le culte de *Mars*, de *Vénus*, de *Minerve*, d'*Apollon*, qui n'exiftaient pas, & d'avoir confervé cette religion jufqu'au temps des *Théodofes*. Heureufement les Goths, les Huns, les Vandales, les Hérules, les Lombards, les Francs, qui détruifirent cet empire, fe foumirent à la vérité, & jouirent d'un bonheur qui fut refufé aux *Scipions*, aux *Catons*, aux *Metellus*, aux *Emiles*, aux *Cicérons*, aux *Varrons*, aux *Virgiles*, & aux *Horaces*. (*)

Tous ces grands-hommes ont ignoré JESUS-CHRIST qu'ils ne pouvaient connaître ; mais ils n'ont point adoré le diable, comme le répètent tous les jours tant de pédans. Comment auraient-ils adoré le diable, puifqu'ils n'en avaient jamais entendu parler ?

D'une calomnie de Warburton contre Cicéron, au fujet d'un Dieu fuprême.

Warburton a calomnié *Cicéron* & l'ancienne Rome, (*c*) ainfi que fes contemporains. Il fuppofe hardiment que *Cicéron* a prononcé ces paroles dans fon oraifon pour *Flaccus* : *Il eft indigne de la majefté de l'empire d'adorer un feul Dieu. Majeftatem imperii non decuit ut unus tantùm Deus colatur.*

Qui le croirait ? il n'y a pas un mot de cela dans l'oraifon pour *Flaccus*, ni dans aucun ouvrage de

(*) Voyez *Idolâtrie.*
(*c*) Préface de la II partie du tome II, de la légation de *Moïfe*, p. 19.

Cicéron. Il s'agit de quelques vexations dont on accufait *Flaccus*, qui avait exercé la préture dans l'Afie
mineure. Il était fecrétement pourfuivi par les Juifs
dont Rome était alors inondée ; car ils avaient obtenu
à force d'argent des priviléges à Rome, dans le temps
même que *Pompée*, après *Craffus*, ayant pris Jérufalem, avait fait pendre leur roitelet *Alexandre* fils
d'*Ariftobule*. *Flaccus* avait défendu qu'on fît paffer des
efpèces d'or & d'argent à Jérufalem, parce que ces
monnaies en revenaient altérées, & que le commerce
en fouffrait ; il avait fait faifir l'or qu'on y portait en
fraude. Cet or, dit *Cicéron*, eft encore dans le tréfor ;
Flaccus s'eft conduit avec autant de défintéreffement
que *Pompée*.

Enfuite, *Cicéron*, avec fon ironie ordinaire, prononce
ces paroles : ,, Chaque pays a fa religion, nous avons
,, la nôtre. Lorfque Jérufalem était encore libre, &
,, que les Juifs étaient en paix, ces Juifs n'avaient
,, pas moins en horreur la fplendeur de cet empire,
,, la dignité du nom romain, les inftitutions de nos
,, ancêtres. Aujourd'hui cette nation a fait voir plus
,, que jamais, par la force de fes armes, ce qu'elle
,, doit penfer de l'empire romain. Elle nous a montré
,, par fa valeur combien elle eft chère aux dieux
,, immortels ; elle nous l'a prouvé, en étant vaincue,
,, difperfée, tributaire. ,,

*Stantibus Hierofolymis, pacatifque Judæis, tamen iftorum
religio facrorum, à fplendore hujus imperii, gravitate
nominis noftri, majorum inftitutis, abhorrebat : nunc verò,
hoc magis, quid illa gens, quid de imperio noftro fentiret,
oftendit armis : quàm cara diis immortalibus effet, docuit,
quod eft victa, quod elocata, quod fervata.*

Il est donc très-faux que jamais ni *Cicéron* ni aucun romain ait dit, qu'il ne convenait pas à la majesté de l'empire de reconnaître un Dieu suprême. Leur *Jupiter*, ce *Zeus* des Grecs, ce *Jehova* des Phéniciens, fut toujours regardé comme le maître des dieux fécondaires ; on ne peut trop inculquer cette grande vérité.

Les Romains ont-ils pris tous leurs dieux des Grecs?

Les Romains n'auraient-ils pas eu plusieurs dieux qu'ils ne tenaient pas des Grecs ?

Par exemple, ils ne pouvaient avoir été plagiaires en adorant *Cœlum*, quand les Grecs adoraient *Ouranon*; en s'adressant à *Saturnus* & à *Tellus*, quand les Grecs s'adressaient à *Gé* & à *Chronos*.

Ils appelaient *Cérès* celle que les Grecs nommaient *Deo* & *Demiter*.

Leur *Neptune* était *Poseidon* ; leur *Vénus* était *Aphrodite* ; leur *Junon* s'appelait en grec *Era* ; leur *Proserpine*, *Coré* ; enfin, leur favori *Mars*, *Arès*; & leur favorite *Bellone*, *Enio*. Il n'y a pas là un nom qui se ressemble.

Les beaux esprits grecs & romains s'étaient-ils rencontrés, ou les uns avaient-ils pris des autres la chose dont ils déguisaient le nom ?

Il est assez naturel que les Romains, sans consulter les Grecs, se soient fait des dieux, du ciel, du temps, d'un être qui préside à la guerre, à la génération, aux moissons, sans aller demander des dieux en Grèce, comme ensuite ils allèrent leur demander des lois. Quand vous trouvez un nom qui ne ressemble à rien, il paraît jufte de le croire originaire du pays.

Mais *Jupiter*, le maître de tous les dieux, n'eft-il pas un mot appartenant à toutes les nations, depuis l'Euphrate jufqu'au Tibre ? C'était *Jov*, *Jovis* chez les premiers Romains, *Zeus* chez les Grecs, *Jehova* chez les Phéniciens, les Syriens, les Egyptiens.

Cette reffemblance ne paraît-elle pas fervir à confirmer que tous ces peuples avaient la connaiffance de l'Etre fuprême? connaiffance confufe à la vérité ; mais quel homme peut l'avoir diftincte ?

S E C T I O N   I I I.

Examen de Spinofa.

S PINOSA ne peut s'empêcher d'admettre une intelligence agiffante dans la matière, & fefant un tout avec elle.

Je dois conclure, dit-il, (d) *que l'être abfolu n'eft ni penfée, ni étendue, exclufivement l'un de l'autre, mais que l'étendue & la penfée font les attributs néceffaires de l'être abfolu.*

C'eft en quoi il paraît différer de tous les athées de l'antiquité, *Ocellus*, *Lucanus*, *Héraclite*, *Démocrite*, *Leucipe*, *Straton*, *Epicure*, *Pythagore*, *Diagore*, *Zenon* d'Elée, *Anaximandre*, & tant d'autres. Il en diffère furtout par fa méthode, qu'il avait entièrement puifée dans la lecture de *Defcartes*, dont il a imité jufqu'au ftyle.

(d) Page 18, édition de *Foppens*.

Ce qui étonnera furtout la foule de ceux qui crient *Spinofa*, *Spinofa*, & qui ne l'ont jamais lu, c'eft fa déclaration fuivante. Il ne la fait pas pour éblouir les hommes, pour apaifer des théologiens, pour fe donner des protecteurs, pour défarmer un parti; il parle en philofophe fans fe nommer, fans s'afficher; il s'exprime en latin pour être entendu d'un très-petit nombre. Voici fa profeffion de foi.

Profeffion de foi de Spinofa.

,, Si je concluais auffi que l'idée de DIEU, comprife
,, fous celle de l'infinité de l'univers, (e) me difpenfe
,, de l'obéiffance, de l'amour, & du culte, je ferais
,, encore un plus pernicieux ufage de ma raifon; car
,, il m'eft évident que les lois que j'ai reçues, non
,, par le rapport ou l'entremife des autres hommes,
,, mais immédiatement de lui, font celles que la
,, lumière naturelle me fait connaître pour véritables
,, guides d'une conduite raifonnable. Si je manquais
,, d'obéiffance à cet égard, je pécherais non-feule-
,, ment contre le principe de mon être & contre la
,, fociété de mes pareils, mais contre moi-même,
,, en me privant du plus folide avantage de mon
,, exiftence. Il eft vrai que cette obéiffance ne m'en-
,, gage qu'aux devoirs de mon état, & qu'elle me
,, fait envifager tout le refte comme des pratiques
,, frivoles, inventées fuperftitieufement, ou pour
,, l'utilité de ceux qui les ont inftituées.
,, A l'égard de l'amour de DIEU, loin que cette
,, idée le puiffe affaiblir, j'eftime qu'aucune autre

(e) Page 44.

„ n'eſt plus propre à l'augmenter, puiſqu'elle me
„ fait connaître que DIEU eſt intime à mon être;
„ qu'il me donne l'exiſtence & toutes mes propriétés;
„ mais qu'il me les donne libéralement ſans reproche,
„ ſans intérêt, ſans m'aſſujettir à autre choſe qu'à
„ ma propre nature. Elle bannit la crainte, l'inquié-
„ tude, la défiance, & tous les défauts d'un amour
„ vulgaire ou intéreſſé. Elle me fait ſentir que c'eſt
„ un bien que je ne puis perdre, & que je poſſède
„ d'autant mieux que je le connais & que je l'aime. „

Eſt-ce le vertueux & tendre *Fénélon*, eſt-ce *Spinoſa*
qui a écrit ces penſées? Comment deux hommes ſi
oppoſés l'un à l'autre ont-ils pu ſe rencontrer dans
l'idée d'aimer DIEU pour lui-même, avec des notions
de DIEU ſi différentes? (*)

Il le faut avouer; ils allaient tous deux au même
but, l'un en chrétien, l'autre en homme qui avait
le malheur de ne le pas être; le ſaint archevêque
en philoſophe perſuadé que DIEU eſt diſtingué
de la nature, l'autre en diſciple très-égaré de
Deſcartes, qui s'imaginait que DIEU eſt la nature
entière.

Le premier était orthodoxe, le ſecond ſe trompait,
j'en dois convenir : mais tous deux étaient dans la
bonne foi : tous deux eſtimables dans leur ſincérité
comme dans leurs mœurs douces & ſimples; quoiqu'il n'y ait eu d'ailleurs nul rapport entre l'imitateur
de l'Odyſſée & un carteſien ſec, hériſſé d'argumens;
entre un très-bel eſprit de la cour de *Louis XIV*,

(*) Voyez *Amour de* DIEU.

revêtu de ce qu'on nomme une *grande dignité*, & un pauvre juif déjudaïfé, vivant avec trois cents florins de rente (*f*) dans l'obfcurité la plus profonde.

S'il eft entre eux quelque reffemblance, c'eft que *Fénélon* fut accufé devant le fanhédrin de la nouvelle loi, & l'autre devant une fynagogue fans pouvoir comme fans raifon ; mais l'un fe foumit, & l'autre fe révolta.

Du fondement de la philofophie de Spinofa.

LE grand dialecticien *Bayle* a réfuté *Spinofa*. (*g*) Ce fyftème n'eft donc pas démontré comme une propofition d'*Euclide*. S'il l'était, on ne faurait le combattre. Il eft donc au moins obfcur.

J'ai toujours eu quelque foupçon que *Spinofa* avec fa fubftance univerfelle, fes modes, & fes accidens, avait entendu autre chofe que ce que *Bayle* entend, & que par conféquent *Bayle* peut avoir eu raifon, fans avoir confondu *Spinofa*. J'ai toujours cru furtout que *Spinofa* ne s'entendait pas fouvent lui-même, & que c'eft la principale raifon pour laquelle on ne l'a pas entendu.

Il me femble qu'on pourrait battre les remparts du fpinofifme par un côté que *Bayle* a négligé. *Spinofa* penfe qu'il ne peut exifter qu'une feule fubftance ;

(*f*) On vit après fa mort, par fes comptes, qu'il n'avait quelquefois dépenfé que quatre fous & demi en un jour pour fa nourriture. Ce n'eft pas là un repas de moines affemblés en chapitre.

(*g*) Voyez l'article *Spinofa*, Dictionnaire de *Bayle*.

&

& il paraît par tout son livre, qu'il se fonde sur la méprise de *Descartes*, *que tout est plein*. Or, il est aussi faux que tout soit plein, qu'il est faux que tout soit vide. Il est démontré aujourd'hui que le mouvement est aussi impossible dans le plein absolu, qu'il est impossible que dans une balance égale, un poids de de deux livres élève un poids de quatre.

Or, si tous les mouvemens exigent absolument des espaces vides, que deviendra la substance unique de *Spinosa*? Comment la substance d'une étoile entre laquelle & nous est un espace vide si immense, sera-t-elle précisément la substance de notre terre, la substance de moi-même, (*h*) la substance d'une mouche mangée par une araignée?

Je me trompe peut-être; mais je n'ai jamais conçu comment *Spinosa* admettant une substance infinie dont la pensée & la matière sont les deux modalités, admettant la substance, qu'il appelle *Dieu*, & dont tout ce que nous voyons est mode ou accident, a pu cependant rejeter les causes finales. Si cet être infini, universel, pense, comment n'aurait-il pas des desseins? s'il a des desseins, comment n'aurait-il pas une volonté? Nous sommes, dit *Spinosa*, des modes de cet être absolu, nécessaire, infini. Je dis à *Spinosa*, nous voulons, nous avons des desseins, nous qui ne sommes que des modes : donc cet être infini, nécessaire, absolu, ne peut en être privé; donc il a volonté, desseins, puissance.

(*h*) Ce qui fait que *Boyle* n'a pas pressé cet argument, c'est qu'il n'était pas instruit des démonstrations de *Newton*, de *Keil*, de *Gregori*, de *Halley*, que le vide est nécessaire pour le mouvement.

Je fais bien que plufieurs philofophes, & furtout *Lucréce*, ont nié les caufes finales; & je fais que *Lucréce*, quoique peu châtié, eft un très-grand poëte dans fes defcriptions & dans fa morale; mais en philofophie, il me paraît, je l'avoue, fort au-deffous d'un portier de collége & d'un bedeau de paroiffe. Affirmer que ni l'œil n'eft fait pour voir, ni l'oreille pour entendre, ni l'eftomac pour digérer, n'eft-ce pas là la plus énorme abfurdité, la plus révoltante folie qui foit jamais tombée dans l'efprit humain? Tout douteur que je fuis, cette démence me paraît évidente, & je le dis.

Pour moi, je ne vois dans la nature, comme dans les arts, que des caufes finales; & je crois un pommier fait pour porter des pommes, comme je crois une montre faite pour marquer l'heure.

Je dois avertir ici que fi *Spinofa* dans plufieurs endroits de fes ouvrages fe moque des caufes finales, il les reconnaît plus expreffément que perfonne dans fa première partie de l'*Etre en général & en particulier*.

Voici fes paroles.

,,Qu'il me foit permis de m'arrêter ici quelque ,,inftant, (*i*) pour admirer la merveilleufe difpen- ,,fation de la nature, laquelle ayant enrichi la ,,conftitution de l'homme de tous les refforts nécef- ,,faires pour prolonger j'ufqu'à certain terme la durée ,,de fa fragile exiftence, & pour animer la connaiffance ,,qu'il a de lui-même par celle d'une infinité de ,,chofes éloignées, femble avoir exprès négligé de ,,lui donner des moyens pour bien connaître celle ,,dont il eft obligé de faire un ufage plus ordinaire,

(*i*) Page 14.

,, même les individus de fa propre efpèce. Cepen-
,, dant, à le bien prendre, c'eft moins l'effet d'un
,, refus que celui d'une extrême libéralité, puifque
,, s'il y avait quelque être intelligent qui en pût
,, pénétrer un autre contre fon gré, il jouirait d'un
,, tel avantage au-deffus de lui, que par cela même
,, il ferait exclus de la fociété; au lieu que dans l'état
,, préfent, chaque individu jouiffant de lui-même
,, avec une pleine indépendance, ne fe communique
,, qu'autant qu'il lui convient. ,,

Que conclurai-je de-là ? que *Spinofa* fe contredifait
fouvent, qu'il n'avait pas toujours des idées nettes,
que dans le grand naufrage des fyftèmes il fe fauvait
tantôt fur une planche, tantôt fur une autre; qu'il ref-
femblait par cette faibleffe à *Mallebranche*, à *Arnaud*,
à *Boffuet*, à *Claude*, qui fe font contredits quelquefois
dans leurs difputes; qu'il était comme tant de méta-
phyficiens & de théologiens. Je conclurai que je dois
me défier à plus forte raifon de toutes mes idées en
métaphyfique, que je fuis un animal très-faible,
marchant fur des fables mouvans qui fe dérobent
continuellement fous moi, & qu'il n'y a peut-être rien
de fi fou que de croire avoir toujours raifon.

Vous êtes très-confus, *Baruc* (*k*) *Spinofa;* mais
êtes-vous auffi dangereux qu'on le dit ? Je foutiens
que non; & ma raifon, c'eft que vous êtes confus,
que vous avez écrit en mauvais latin, & qu'il n'y a
pas dix perfonnes en Europe qui vous lifent d'un
bout à l'autre, quoiqu'on vous ait traduit en français.
Quel eft l'auteur dangereux ? c'eft celui qui eft lu par
les oififs de la cour & par les dames.

(*k*) Il s'appelle *Baruc* & non *Benoît*, car il ne fut jamais baptifé.

S E C T I O N   I V.

Du Système de la nature.

L'AUTEUR du *Système de la nature* a eu l'avantage de se faire lire des savans, des ignorans, des femmes ; il a donc dans le style des mérites que n'avait pas *Spinosa*. Souvent de la clarté, quelquefois de l'éloquence, quoiqu'on puisse lui reprocher de répéter, de déclamer, & de se contredire, comme tous les autres. Pour le fond des choses, il faut s'en défier très-souvent en physique & en morale. Il s'agit ici de l'intérêt du genre-humain. Examinons donc si sa doctrine est vraie & utile, & soyons courts si nous pouvons.

(*l*) *L'ordre & le désordre n'existent point &c.*

Quoi ! en physique, un enfant né aveugle, ou privé de ses jambes, un monstre n'est pas contraire à la nature de l'espèce ? N'est-ce pas la régularité ordinaire de la nature qui fait l'ordre, & l'irrégularité qui est le désordre ? N'est-ce pas un très-grand dérangement, un désordre funeste qu'un enfant à qui la nature a donné la faim, & a bouché l'œsophage ? Les évacuations de toute espèce sont nécessaires, & souvent les conduits manquent d'orifices ; on est obligé d'y remédier : ce désordre a sa cause, sans doute. Point d'effet sans cause ; mais c'est un effet très-désordonné.

L'assassinat de son ami, de son frère, n'est-il pas un désordre horrible en morale ? Les calomnies d'un *Garasse*, d'un *le Tellier*, d'un *Doucin*, contre des

_____

(*l*) Première partie, page 60.

janféniftes, & celles des janféniftes contre des jéfuites;
les impoftures des *Patouillet* & *Paulian* ne font-elles
pas de petits défordres? La Saint-Barthelemi, lesmaf-
facres d'Irlande &c. &c., ne font-ils pas des défordres
exécrables? Ce crime a fa caufe dans des paffions,
mais l'effet eftexécrable; la caufe eft fatale; ce défordre
fait frémir. Refte à découvrir, fi l'on peut, l'origine
de ce défordre; mais il exifte.

(*m*) *L'expérience prouve que les matières que nous
regardons comme inertes & mortes, prennent de l'action,
de l'intelligence, de la vie, quand elles font combinées d'une
certaine façon.*

C'eft-là précifément la difficulté. Comment un
germe parvient-il à la vie? l'auteur & le lecteur n'en
favent rien. De-là les deux volumes du *Syftème*, &
tous les fyftèmes du monde ne font-ils pas des rêves?

(*n*) *Il faudrait définir la vie, & c'eft ce que j'eftime
impoffible.*

Cette définition n'eft-elle pas très-aifée, très-
commune? la vie n'eft-elle pas organifation avec
fentiment? Mais que vous teniez ces deux propriétés
du mouvement feul de la matière, c'eft ce dont il eft
impoffible de donner une preuve: & fi on ne peut le
prouver, pourquoi l'affirmer? pourquoi dire tout
haut, *je fais*, quand on fe dit tout bas, *j'ignore*?

(*o*) *L'on demandera ce que c'eft que l'homme* &c.

Cet article n'eft pas affurément plus clair que les
plus obfcurs de *Spinofa*, & bien des lecteurs s'indi-
gneront de ce ton décifif que l'on prend fans rien
expliquer.

(*m*) Page 69.   (*n*) Page 78.   (*o*) Page 80.

(*p*) *La matière est éternelle & nécessaire, mais ses formes & ses combinaisons sont passagères & contingentes &c.*

Il est difficile de comprendre comment la matière étant nécessaire, & aucun être libre n'existant, selon l'auteur, il y aurait quelque chose de contingent. On entend par contingence ce qui peut être & ne pas être : mais tout devant être d'une nécessité absolue, toute manière d'être qu'il appelle ici mal-à-propos *contingent*, est d'une nécessité aussi absolue que l'être même. C'est là où l'on se trouve encore plongé dans un labyrinthe où l'on ne voit point d'issue.

Lorsqu'on ose assurer qu'il n'y a point de DIEU, que la matière agit par elle-même, par une nécessité éternelle, il faut le démontrer comme une proposition d'*Euclide*, sans quoi vous n'appuyez votre système que sur un peut-être. Quel fondement pour la chose qui intéresse le plus le genre-humain !

(*q*) *Si l'homme d'après sa nature est forcé d'aimer son bien-être, il est forcé d'en aimer les moyens. Il serait inutile & peut-être injuste de demander à un homme d'être vertueux, s'il ne peut l'être sans se rendre malheureux. Dès que le vice le rend heureux, il doit aimer le vice.*

Cette maxime est encore plus exécrable en morale que les autres ne sont fausses en physique. Quand il serait vrai qu'un homme ne pourrait être vertueux sans souffrir, il faudrait l'encourager à l'être. La proposition de l'auteur serait visiblement la ruine de la société. D'ailleurs, comment saura-t-il qu'on ne peut être heureux sans avoir des vices ? n'est-il pas au contraire prouvé par l'expérience, que la satisfaction

(*p*) Page 82.   (*q*) Page 152.

de les avoir domptés eſt cent fois plus grande que
le plaiſir d'y avoir ſuccombé ; plaiſir toujours empoi-
ſonné, plaiſir qui mène au malheur ? On acquiert en
domptant ſes vices , la tranquillité , le témoignage
conſolant de ſa conſcience ; on perd en s'y livrant
ſon repos , ſa ſanté ; on riſque tout. Auſſi l'auteur
lui-même en vingt endroits veut qu'on ſacrifie tout
à la vertu ; & il n'avance cette propoſition que pour
donner dans ſon ſyſtème une nouvelle preuve de la
néceſſité d'être vertueux.

(*r*) *Ceux qui rejettent avec tant de raiſons les idées
innées , auraient dû ſentir que cette intelligence ineffable
que l'on place au gouvernail du monde, & dont nos ſens
ne peuvent conſtater ni l'exiſtence ni les qualités , eſt un
être de raiſon.*

En vérité, de ce que nous n'avons point d'idées
innées, comment s'enſuit-il qu'il n'y a point de DIEU ?
cette conſéquence n'eſt-elle pas abſurde ? y a-t-il quelque contradiction à dire que DIEU nous donne des
idées par nos ſens ? n'eſt-il pas au contraire de la plus
grande évidence que s'il eſt un être tout-puiſſant dont
nous tenons la vie, nous lui devons nos idées & nos
ſens comme tout le reſte ? Il faudrait avoir prouvé
auparavant que D I E U n'exiſte pas ; & c'eſt ce que
l'auteur n'a point fait ; c'eſt même ce qu'il n'a pas
encore tenté de faire juſqu'à cette page du chap. X.

Dans la crainte de fatiguer les lecteurs par l'examen
de tous ces morceaux détachés , je viens au fondement du livre , & à l'erreur étonnante ſur laquelle il a
élevé ſon ſyſtème. Je dois abſolument répéter ici ce
qu'on a dit ailleurs.

(r) Page 167.

V 4

(*) *Histoire des anguilles sur lesquelles est fondé le Systême.*

Il y avait en France vers l'an 1750 un jésuite anglais nommé *Needham*, déguisé en séculier, qui servait alors de précepteur au neveu de M. *Dillon* archevêque de Toulouse. Cet homme fesait des expériences de physique, & surtout de chimie.

Après avoir mis de la farine de seigle ergoté dans des bouteilles bien bouchées, & du jus de mouton bouilli dans d'autres bouteilles, il crut que son jus de mouton & son seigle avaient fait naître des anguilles, lesquelles même en produisaient bientôt d'autres ; & qu'ainsi une race d'anguilles se formait indifféremment d'un jus de viande, ou d'un grain de seigle.

Un physicien qui avait de la réputation, ne douta pas que ce *Needham* ne fût un profond athée. Il conclut que puisque l'on fesait des anguilles avec de la farine de seigle, on pouvait faire des hommes avec de la farine de froment ; que la nature & la chimie produisaient tout ; & qu'il était démontré qu'on peut se passer d'un Dieu formateur de toutes choses.

Cette propriété de la farine trompa aisément un homme (s) malheureusement égaré alors dans des idées qui doivent faire trembler pour la faiblesse de l'esprit humain. Il voulait creuser un trou jusqu'au centre de la terre pour voir le feu central, disséquer des Patagons pour connaître la nature de l'ame, enduire les malades de poix résine pour les empêcher de

(*) Voyez *Anguilles.*   (s) *Maupertuis.*

transpirer, exalter son ame pour prédire l'avenir. Si
on ajoutait qu'il fut encore plus malheureux en cherchant à opprimer deux de ses confrères, cela ne ferait
pas d'honneur à l'athéisme, & servirait seulement à
nous faire rentrer en nous-mêmes avec confusion.

Il est bien étrange que des hommes, en niant un
créateur, se soient attribué le pouvoir de créer des
anguilles.

Ce qu'il y a de plus déplorable, c'est que des physi-
ciens plus instruits adoptèrent le ridicule système du
jésuite *Needham*, & le joignirent à celui de *Maillet*,
qui prétendait que l'Océan avait formé les Pyrénées
& les Alpes, & que les hommes étaient originairement des marsouins, dont la queue fourchue se
changea en cuisses & en jambes dans la suite des
temps, ainsi que nous l'avons dit. De telles imaginations peuvent être mises avec les anguilles formées
par de la farine.

Il n'y a pas long-temps qu'on assura qu'à Bruxelles
un lapin avait fait une demi-douzaine de lapereaux
à une poule.

Cette transmutation de farine & de jus de mouton
en anguilles fut démontrée aussi fausse & aussi ridicule qu'elle l'est en effet, par M. *Spalanzani* un peu
meilleur observateur que *Needham*.

On n'avait pas besoin même de ses observations
pour démontrer l'extravagance d'une illusion si pal-
pable. Bientôt les anguilles de *Needham* allèrent
trouver la poule de Bruxelles.

Cependant, en 1768, le traducteur exact, élégant,
& judicieux de *Lucrèce*, se laissa surprendre au point

que non-feulement il rapporte dans fes notes du livre
V I I I , pag. `3`61 , les prétendues expériences de
Néedham, mais qu'il fait ce qu'il peut pour en conftater
la validité.

Voilà donc le nouveau fondement du *Syftème de
la nature*. L'auteur dès le fecond chapitre s'exprime
ainfi.

(*t*) *En humeEtant de la farine avec de l'eau , & en
renfermant ce mélange , on trouve au bout de quelque temps,
à l'aide du microfcope , qu'il a produit des êtres organifés
dont on croyait la farine & l'eau incapables. C'eft ainfi que
la nature inanimée peut paffer à la vie , qui n'eft elle-même
qu'un affemblage de moùvemens.*

Quand cette fottife inouïe ferait vraie, je ne vois
pas , à raifonner rigoureufement, qu'elle prouvât qu'il
n'y a point de DIEU ; car il fe pourrait très-bien qu'il
y eût un être fuprême, intelligent, & puiffant, qui
ayant formé le foleil & tous les aftres , daigna former
auffi des animalcules fans germe. Il n'y a point là de
contradiction dans les termes. Il faudrait chercher
ailleurs une preuve démonftrative que DIEU n'exifte
pas , & c'eft ce qu'affurément perfonne n'a trouvé ni
ne trouvera.

L'auteur traite avec mépris les caufes finales, parce
que c'eft un argument rebattu : mais cet argument fi
méprifé eft de *Cicéron* & de *Newton*. Il pourrait par
cela feul faire entrer les athées en quelque défiance
d'eux-mêmes. Le nombre eft affez grand des fages qui
en obfervant le cours des aftres , & l'art prodigieux

(*t*) Première partie , page 2`3`. Voyez fur les anguilles de *Néedham* le
volume de *Phyfique.*

qui règne dans la ſtructure des animaux & des végé-
taux, reconnaiſſent une main puiſſante qui opère ces
continuelles merveilles.

L'auteur prétend que la matière aveugle & ſans
choix produit des animaux intelligens. Produire ſans
intelligence des êtres qui en ont ! cela eſt-il conce-
vable ? ce ſyſtème eſt-il appuyé ſur la moindre vrai-
ſemblance ? Une opinion ſi contradictoire exigerait
des preuves auſſi étonnantes qu'elle-même. L'auteur
n'en donne aucune ; il ne prouve jamais rien, & il
affirme tout ce qu'il avance. Quel chaos, quelle confu-
ſion ! mais quelle témérité !

Spinoſa du moins avouait une intelligence agiſſante
dans ce grand tout, qui conſtituait la nature ; il y
avait là de la philoſophie. Mais je ſuis forcé de dire
que je n'en trouve aucune dans le nouveau ſyſtème.

La matière eſt étendue, ſolide, gravitante, diviſible ;
j'ai tout cela auſſi-bien que cette pierre. Mais a-t-on
jamais vu une pierre ſentante & penſante ? Si je ſuis
étendu, ſolide, diviſible, je le dois à la matière. Mais
j'ai ſenſations & penſées ; à qui le dois-je ? ce n'eſt
pas à de l'eau, à de la fange ; il eſt vraiſemblable
que c'eſt à quelque choſe de plus puiſſant que moi.
C'eſt à la combinaiſon ſeule des élémens, me dites-
vous. Prouvez-le-moi donc ; faites-moi donc voir
nettement qu'une cauſe intelligente ne peut m'avoir
donné l'intelligence. Voilà où vous êtes réduit.

L'auteur combat avec ſuccès le dieu des ſcolaſtiques, un dieu compoſé de qualités diſcordantes, un
dieu auquel on donne, comme à ceux d'*Homère*, les
paſſions des hommes ; un dieu capricieux, inconſtant,
vindicatif, inconſéquent, abſurde : mais il ne peut

combattre le DIEU des fages. Les fages, en contemplant la nature, admettent un pouvoir intelligent &
fuprême. Il eft peut-être impoffible à la raifon humaine
deftituée du fecours divin de faire un pas plus avant.

L'auteur demande où réfide cet être ? & de ce
que perfonne fans être infini ne peut dire où il réfide,
il conclut qu'il n'exifte pas. Cela n'eft pas philofophique ; car de ce que nous ne pouvons dire où eft
la caufe d'un effet, nous ne devons pas conclure
qu'il n'y a point de caufe. Si vous n'aviez jamais vu
de canonnier, & que vous viffiez l'effet d'une batterie
de canon, vous ne devriez pas dire, elle agit toute
feule par fa propre vertu.

Ne tient-il donc qu'à dire, il n'y a point de DIEU,
pour qu'on vous en croie fur votre parole ?

Enfin, fa grande objection eft dans les malheurs
& dans les crimes du genre-humain, objection auffi
ancienne que philofophique ; objection commune
mais fatale & terrible, à laquelle on ne trouve de
réponfe que dans l'efpérance d'une vie meilleure. Et
quelle eft encore cette efpérance ? nous n'en pouvons
avoir aucune certitude par la raifon. Mais j'ofe dire
que quand il nous eft prouvé, qu'un vafte édifice
conftruit avec le plus grand art eft bâti par un architecte quel qu'il foit, nous devons croire à cet architecte, quand même l'édifice ferait teint de notre fang,
fouillé de nos crimes, & qu'il nous écraferait par fa
chute. Je n'examine pas encore fi l'architecte eft bon,
fi je dois être fatisfait de fon édifice, fi je dois en
fortir plutôt que d'y demeurer ; fi ceux qui font logés
comme moi dans cette maifon pour quelques jours,
en font contens : j'examine feulement s'il eft vrai qu'il

y ait un architecte, ou fi cette maifon, remplie de tant de beaux appartemens & de vilains galetas, s'eft bâtie toute feule.

SECTION V.

De la néceſſité de croire un être ſuprême.

LE grand objet, le grand intérêt, ce me femble, n'eft pas d'argumenter en métaphyfique, mais de pefer s'il faut, pour le bien commun de nous autres animaux miférables & penfans, admettre un DIEU rénumérateur & vengeur, qui nous ferve à la fois de frein & de confolation, ou rejeter cette idée en nous abandonnant à nos calamités fans efpérances, & à nos crimes fans remords.

Hobbes dit que fi dans une république où l'on ne reconnaîtrait point de DIEU, quelque citoyen en propofait un, il le ferait pendre.

Il entendait apparemment par cette étrange exagération, un citoyen qui voudrait dominer au nom de DIEU; un charlatan qui voudrait fe faire un tyran. Nous entendons des citoyens qui fentant la faibleffe humaine, fa perverfité & fa mifère, cherchent un appui qui les foutienne dans les langueurs & dans les horreurs de cette vie.

Depuis Job jufqu'à nous, un très-grand nombre d'hommes a maudit fon exiftence; nous avons donc un befoin perpétuel de confolation & d'efpoir. Votre philofophie nous en prive. La fable de Pandore valait mieux; elle nous laiffait l'efpérance; & vous nous la raviffez ! La philofophie, felon vous, ne fournit aucune preuve d'un bonheur à venir. Non ; mais vous n'avez aucune démonftration du contraire. Il fe peut qu'il y ait en nous une monade indeftructible qui fente & qui penfe, fans que nous fachions le moins du monde comment cette monade eft faite. La raifon ne s'oppofe point abfolument à cette idée, quoique la raifon feule ne la prouve pas. Cette opinion n'a-t-elle pas un prodigieux avantage fur la vôtre ? La mienne eft utile au genre-humain, la vôtre eft funefte ; elle peut, quoi que vous en difiez, encourager les *Nérons*, les *Alexandres VI*, & les *Cartouches* ; la mienne peut les réprimer.

Marc-Antonin, *Epictète*, croyaient que leur monade, de quelque efpèce qu'elle fût, fe rejoindrait à la monade du grand être ; & ils furent les plus vertueux des hommes.

: Dans le doute où nous fommes tous deux, je ne vous dis pas avec *Pafcal : Prenez le plus fûr*. Il n'y a rien de fûr dans l'incertitude. Il ne s'agit pas ici de parier, mais d'examiner ; il faut juger, & notre volonté ne détermine pas notre jugement. Je ne vous propofe pas de croire des chofes extravagantes pour vous tirer d'embarras ; je ne vous dis pas : Allez à la Mecque baifer la pierre noire pour vous inftruire ; tenez une queue de vache à la main ; affublez-vous d'un fcapulaire, foyez imbécille & fanatique pour acquérir la faveur de l'être des êtres. Je vous dis : Continuez à cultiver la vertu, à être bienfefant, à regarder toute fuperftition avec horreur ou avec pitié ; mais adorez avec moi le deffein qui fe manifefte dans toute la nature, & par conféquent l'auteur de ce

deffein, la caufe primordiale & finale de tout ; efpérez
avec moi que notre monade qui raifonne fur le grand
être éternel, pourra être heureufe par ce grand être
même. Il n'y a point là de contradiction. Vous ne
m'en démontrerez pas l'impoffibilité ; de même que
je ne puis vous démontrer mathématiquement que la
chofe eft ainfi. Nous ne raifonnons guère en métaphyfique que fur des probabilités : nous nageons tous
dans une mer dont nous n'avons jamais vu le rivage.
Malheur à ceux qui fe battent en nageant. Abordera
qui pourra ; mais celui qui me crie : Vous nagez en
vain, il n'y a point de port, me décourage & m'ôte
toutes mes forces.

De quoi s'agit-il dans notre difpute ? de confoler
notre malheureufe exiftence. Qui la confole, vous
ou moi ?

Vous avouez vous-même, dans quelques endroits
de votre ouvrage, que la croyance d'un D I E U a
retenu quelques hommes fur le bord du crime : cet
aveu me fuffit. Quand cette opinion n'aurait prévenu que dix affaffinats, dix calomnies, dix jugemens
iniques fur la terre, je tiens que la terre entière doit
l'embraffer.

La religion, dites-vous, a produit des milliaffes
de forfaits ; dites la fuperftition, qui règne fur
notre trifte globe ; elle eft la plus cruelle ennemie
de l'adoration pure qu'on doit à l'être fuprême.
Déteftons ce monftre qui a toujours déchiré le fein
de fa mère ; ceux qui le combattent font les bienfai-
teurs du genre-humain ; c'eft un ferpent qui entoure
la religion de fes replis ; il faut lui écrafer la tête
fans bleffer celle qu'il infecte & qu'il dévore.

Vous craignez qu'*en adorant* DIEU *on ne redevienne bientôt superstitieux & fanatique*. Mais n'est-il pas à craindre qu'en le niant on ne s'abandonne aux passions les plus atroces, & aux crimes les plus affreux ? Entre ces deux excès, n'y a-t-il pas un milieu très-raisonnable ? Où est l'asile entre ces deux écueils ? le voici. DIEU, & des lois sages.

Vous affirmez qu'il n'y a qu'un pas de l'adoration à la superstition. Il y a l'infini pour les esprits bien faits : & ils sont aujourd'hui en grand nombre ; ils sont à la tête des nations, ils influent sur les mœurs publiques ; & d'année en année, le fanatisme qui couvrait la terre se voit enlever ses détestables usurpations.

Je répondrai encore un mot à vos paroles de la page 223. *Si l'on présume des rapports entre l'homme & cet être incroyable, il faudra lui élever des autels, lui faire des présens &c ; si l'on ne conçoit rien à cet être, il faudra s'en rapporter à des prêtres qui . . . . . . &c. &c. &c.* Le grand mal de s'assembler aux temps des moissons pour remercier DIEU du pain qu'il nous a donné ! qui vous dit de faire des présens à DIEU ? l'idée en est ridicule : mais où est le mal de charger un citoyen, qu'on appellera *vieillard* ou *prêtre*, de rendre des actions de grâces à la Divinité au nom des autres citoyens, pourvu que ce prêtre ne soit pas un *Grégoire V I I* qui marche sur la tête des rois, ou un *Alexandre V I* fouillant par un inceste le sein de sa fille qu'il a engendrée par un stupre, & affassinant, empoisonnant, à l'aide de son bâtard, presque tous les princes ses voisins ; pourvu que dans une paroisse ce prêtre ne soit pas un fripon

volant

volant dans la poche des pénitens qu'il confeſſe , &
employant cet argent à féduire les petites filles qu'il
catéchife ; pourvu que ce prêtre ne foit pas un
le Tellier , qui met tout un royaume en combuſtion
par des fourberies dignes du pilori ; un *Warburton* qui
viole les lois de la fociété en manifeſtant les papiers
fecrets d'un membre du parlement pour le perdre ,
& qui calomnie quiconque n'eſt pas de fon avis ? Ces
derniers cas font rares. L'état du facerdoce eſt un frein
qui force à la bienféance.

Un fot prêtre excite le mépris ; un mauvais prêtre
infpire l'horreur ; un bon prêtre, doux, pieux, fans
fuperſtition, charitable, tolérant, eſt un homme qu'on
doit chérir & refpecter. Vous craignez l'abus , & moi
auſſi. Uniſſons-nous pour le prévenir ; mais ne con-
damnons pas l'ufage quand il eſt utile à la fociété ,
quand il n'eſt pas perverti par le fanatifme, ou par la
méchanceté frauduleufe.

J'ai une chofe très-importante à vous dire. Je fuis
perfuadé que vous êtes dans une grande erreur ; mais
je fuis également convaincu que vous vous trompez
en honnête homme. Vous voulez qu'on foit vertueux,
même fans DIEU , quoique vous ayez dit malheureufement que *dès que le vice rend l'homme heureux , il
doit aimer le vice ;* propofition affreufe que vos amis
auraient dû vous faire effacer. Par-tout ailleurs vous
infpirez la probité. Cette difpute philofophique ne
fera qu'entre vous & quelques philofophes répandus
dans l'Europe ; le reſte de la terre n'en entendra
point parler. Le peuple ne nous lit pas. Si quelque
théologien voulait vous perfécuter , il ferait un

méchant, il ferait un imprudent qui ne fervirait qu'à vous affermir, & à faire de nouveaux athées.

Vous avez tort ; mais les Grecs n'ont point perfécuté *Epicure*, les Romains n'ont point perfécuté *Lucrèce.* Vous avez tort ; mais il faut refpecter votre génie & votre vertu, en vous réfutant de toutes fes forces.

Le plus bel hommage, à mon gré, qu'on puiffe rendre à DIEU, c'eft de prendre fa défenfe fans colère ; comme le plus indigne portrait qu'on puiffe faire de lui, eft de le peindre vindicatif & furieux. Il eft la vérité même : la vérité eft fans paffions. C'eft être difciple de DIEU que de l'annoncer d'un cœur doux, & d'un efprit inaltérable.

Je penfe avec vous que le fanatifme eft un monftre mille fois plus dangereux que l'athéifme philofophique. *Spinofa* n'a pas commis une feule mauvaife action. *Châtel* & *Ravaillac*, tous deux dévots, affaffinèrent *Henri IV.*

L'athée de cabinet eft prefque toujours un philofophe tranquille ; le fanatique eft toujours turbulent : mais l'athée de cour, le prince athée pourrait être le fléau du genre-humain. *Borgia* & fes femblables ont fait prefqu'autant de mal que les fanatiques de Munfter & des Cévènes : je dis les fanatiques des deux partis. Le malheur des athées de cabinet eft de faire des athées de cour. C'eft *Chiron* qui élève *Achille ;* il le nourrit de moëlle de lion. Un jour *Achille* traînera le corps d'*Hector* autour des murailles de Troye, & immolera douze captifs innocens à fa vengeance.

DIEU nous garde d'un abominable prêtre qui hache un roi en morceaux avec fon couperet facré, ou de celui qui, le cafque en tête & la cuiraffe fur le dos, à l'âge de foixante & dix ans, ofe figner de fes trois doigts enfanglantés la ridicule excommunication d'un roi de France, ou de.... ou de.... ou de....

Mais que DIEU nous préferve auffi d'un defpote colère & barbare, qui ne croyant point un DIEU, ferait fon Dieu à lui-même; qui fe rendrait indigne de fa place facrée, en foulant aux pieds les devoirs que cette place impofe; qui facrifierait fans remords fes amis, fes parens, fes ferviteurs, fon peuple, à fes paffions. Ces deux tigres, l'un tondu, l'autre couronné, font également à craindre. Par quel frein pourrons-nous les retenir? &c. &c.

Si l'idée d'un DIEU auquel nos ames peuvent fe rejoindre, a fait des *Titus*, des *Trajans*, des *Antonins*, des *Marcs-Auréles*, & ces grands empereurs chinois, dont la mémoire eft fi précieufe dans le fecond des plus anciens & des plus vaftes empires du monde; ces exemples fuffifent pour ma caufe; & ma caufe eft celle de tous les hommes.

Je ne crois pas que dans toute l'Europe il y ait un feul homme d'Etat, un feul homme un peu verfé dans les affaires du monde, qui n'ait le plus profond mépris pour toutes les légendes dont nous avons été inondés plus que nous le fommes aujourd'hui de brochures. Si la religion n'enfante plus de guerres civiles, c'eft à la philofophie feule qu'on en eft redevable; les difputes théologiques commencent à être regardées du même œil que les querelles de

Gilles & de *Pierrot* à la foire. Une usurpation également odieuse & ridicule, fondée d'un côté sur la fraude, & de l'autre sur la bêtise, est minée chaque instant par la raison qui établit son règne. La bulle *in Cænâ Domini*, le chef-d'œuvre de l'insolence & de la folie, n'ose plus paraître dans Rome même. Si un régiment de moines fait la moindre évolution contre les lois de l'Etat, il est cassé sur le champ. Mais quoi! parce qu'on a chassé les jésuites, faut-il chasser D I E U? au contraire, il faut l'en aimer davantage.

S E C T I O N   V I.

Sous l'empire d'*Arcadius*, *Logomacos*, théologal de Constantinople, alla en Scythie, & s'arrêta au pied du Caucase, dans les fertiles plaines de Zephirim, sur les frontières de la Colchide. Le bon vieillard *Dondindac* était dans sa grande salle basse, entre sa grande bergerie & sa vaste grange; il était à genoux avec sa femme, ses cinq fils & ses cinq filles, ses parens & ses valets; & tous chantaient les louanges de D I E U après un léger repas. Que fais-tu là, idolâtre? lui dit *Logomacos*. Je ne suis point idolâtre, dit *Dondindac*. Il faut bien que tu sois idolâtre, dit *Logomacos*, puisque tu n'es pas grec. Çà, dis-moi, que chantais-tu dans ton barbare jargon de Scythie? Toutes les langues sont égales aux oreilles de D I E U, répondit le scythe; nous chantions ses louanges. Voilà qui est bien extraordinaire, reprit le théologal; une famille scythe qui prie D I E U sans avoir été instruite par nous ! Il engagea bientôt une conversation avec le scythe *Dondindac*, car le théologal savait un peu de scythe, & l'autre un peu de grec. On a retrouvé cette conversation dans un manuscrit conservé dans la bibliothèque de Constantinople.

LOGOMACOS.

Voyons si tu fais ton catéchisme. Pourquoi pries-tu DIEU?

DONDINDAC.

C'est qu'il est juste d'adorer l'Etre suprême de qui nous tenons tout.

LOGOMACOS.

Pas mal pour un barbare ! Et que lui demandes-tu?

DONDINDAC.

Je le remercie des biens dont je jouis, & même des maux dans lesquels il m'éprouve ; mais je me garde bien de lui rien demander ; il sait mieux que nous ce qu'il nous faut ; & je craindrais d'ailleurs de demander du beau temps quand mon voisin demanderait de la pluie.

LOGOMACOS.

Ah ! je me doutais bien qu'il allait dire quelque sottise. Reprenons les choses de plus haut. Barbare, qui t'a dit qu'il y a un Dieu?

DONDINDAC.

La nature entière.

LOGOMACOS.

Cela ne suffit pas. Quelle idée as-tu de DIEU?

X 3

D O N D I N D A C.

L'idée de mon créateur, de mon maître, qui me récompenfera fi je fais bien, & qui me punira fi je fais mal.

L O G O M A C O S.

Bagatelles, pauvretés que cela ! Venons à l'effentiel. DIEU eft-il infini *fecundùm quid*, ou felon l'effence ?

D O N D I N D A C.

Je ne vous entends pas.

L O G O M A C O S.

Bête brute ! DIEU eft-il en un lieu, ou hors de tout lieu, ou en tout lieu ?

D O N D I N D A C.

Je n'en fais rien.... tout comme il vous plaira.

L O G O M A C O S.

Ignorant ! Peut-il faire que ce qui a été n'ait point été, & qu'un bâton n'ait pas deux bouts ? voit-il le futur comme futur ou comme préfent ? comment fait-il pour tirer l'être du néant, & pour anéantir l'être ?

D O N D I N D A C.

Je n'ai jamais examiné ces chofes.

L O G O M A C O S.

Quel lourdaud ! allons, il faut s'abaiffer, fe proportionner. Dis-moi, mon ami, crois-tu que la matière puiffe être éternelle ?

D O N D I N D A C.

Que m'importe qu'elle exifte de toute éternité, ou non ; je n'exifte pas moi de toute éternité. DIEU eft toujours mon maître ; il m'a donné la notion de la juſtice, je dois la ſuivre ; je ne veux point être philo-ſophe, je veux être homme.

L O G O M A C O S.

On a bien de la peine avec ces têtes dures. Allons pied à pied : qu'eſt-ce que DIEU ?

D O N D I N D A C.

Mon ſouverain, mon juge, mon père.

L O G O M A C O S.

Ce n'eſt pas là ce que je demande. Quelle eſt ſa nature ?

D O N D I N D A C.

D'être puiſſant & bon.

L O G O M A C O S.

Mais eſt-il corporel ou ſpirituel ?

D O N D I N D A C.

Comment voulez-vous que je le ſache ?

L O G O M A C O S.

Quoi ! tu ne ſais pas ce que c'eſt qu'un eſprit ?

D O N D I N D A C.

Pas le moindre mot : à quoi cela me ſervirait-il ? en ferais-je plus juſte ? ferais-je meilleur mari, meilleur père, meilleur maître, meilleur citoyen ?

L O G O M A C O S.

Il faut abſolument t'apprendre ce que c'eſt qu'un eſprit ; c'eſt, c'eſt, c'eſt.... Je te dirai cela une autre fois.

X 4

DONDINDAC.

J'ai bien peur que vous ne me difiez moins ce qu'il eft que ce qu'il n'eft pas. Permettez-moi de vous faire à mon tour une queftion. J'ai vu autrefois un de vos temples ; pourquoi peignez-vous DIEU avec une grande barbe ?

LOGOMACOS.

C'eft une queftion très-difficile, & qui demande des inftruclions préliminaires.

DONDINDAC.

Avant de recevoir vos inftruclions, il faut que je vous conte ce qui m'eft arrivé un jour. Je venais de faire bâtir un cabinet au bout de mon jardin ; j'entendis une taupe qui raifonnait avec un hanneton : Voilà une belle fabrique, difait la taupe ; il faut que ce foit une taupe bien puiffante qui ait fait cet ouvrage. Vous vous moquez, dit le hanneton, c'eft un hanneton tout plein de génie qui eft l'architecte de ce bâtiment. Depuis ce temps-là j'ai réfolu de ne jamais difputer.

DIOCLETIEN.

APRÈS plufieurs règnes faibles ou tyranniques, l'empire romain eut un bon empereur dans *Probus*, & les légions le maffacrèrent. Elles élurent *Carus*, qui fut tué d'un coup de tonnerre vers le Tigre, lorfqu'il fefait la guerre aux Perfes. Son fils *Numérien* fut proclamé par les foldats. Les hiftoriens nous difent

férieufement, qu'à force de pleurer la mort de fon
père, il en perdit prefque la vue, & qu'il fut obligé,
en fefant la guerre, de demeurer toujours entre quatre
rideaux. Son beau-père, nommé *Aper*, le tua dans
fon lit pour fe mettre fur le trône : mais un druide
avait prédit dans les Gaules à *Dioclétien*, l'un des
généraux de l'armée, qu'il ferait immédiatement
empereur après avoir tué un fanglier ; or, un fanglier
fe nomme en latin *aper*. *Dioclétien* affembla l'armée,
tua de fa main *Aper* en préfence des foldats, &
accomplit ainfi la prédiction du druide. Les hiftoriens
qui rapportent cet oracle, méritaient de fe nourrir du
fruit de l'arbre que les druides révéraient. Il eft
certain que *Dioclétien* tua le beau-père de fon empereur ;
ce fut-là fon premier droit au trône : le fecond, c'eft
que *Numérien* avait un frère nommé *Carin*, qui était
auffi empereur, & qui, s'étant oppofé à l'élévation de
Dioclétien, fut tué par un des tribuns de fon armée.
Voilà les droits de *Dioclétien* à l'empire. Depuis long-
temps il n'y en avait guère d'autres.

Il était originaire de Dalmatie, de la petite ville de
Dioclé, dont il avait pris le nom. S'il eft vrai que fon
père ait été laboureur, & que lui-même, dans fa jeuneffe, ait été efclave d'un fénateur nommé *Anulinus*,
c'eft-là fon plus bel éloge : il ne pouvait devoir fon
élévation qu'à lui-même : il eft bien clair qu'il s'était
concilié l'eftime de fon armée, puifqu'on oublia fa
naiffance pour lui donner le diadème. *Lactance*, auteur
chrétien, mais un peu partial, prétend que *Dioclétien*
était le plus grand poltron de l'empire. Il n'y a guère
d'apparence que des foldats romains aient choifi un
poltron pour les gouverner, & que ce poltron eût

paſſé par tous les degrés de la milice. Le zèle de
Lactance contre un empereur païen eſt très-louable,
mais il n'eſt pas adroit.

   Dioclétien contint en maître pendant vingt années
ces fières légions, qui défeſaient leurs empereurs avec
autant de facilité qu'elles les feſaient : c'eſt encore une
preuve, malgré *Lactance*, qu'il fut auſſi grand prince
que brave ſoldat. L'empire reprit bientôt ſous lui ſa
première ſplendeur. Les Gaulois, les Africains, les
Egyptiens, les Anglais ſoulevés en divers temps,
furent tous remis ſous l'obéiſſance de l'empire : les
Perſes mêmes furent vaincus. Tant de ſuccès au dehors,
une adminiſtration encore plus heureuſe au dedans;
des lois auſſi humaines que ſages qu'on voit encore
dans le *Code Juſtinien*; Rome, Milan, Autun, Nicomédie, Carthage, embellies par ſa munificence; tout
lui concilia le reſpect & l'amour de l'Orient & de
l'Occident, au point que deux cents quarante ans
après ſa mort on comptait encore & on datait de la
première année de ſon règne, comme on comptait
auparavant depuis la fondation de Rome. C'eſt ce
qu'on appelle l'*ère de Dioclétien*; on l'a appelée auſſi
l'*ère des martyrs* : mais c'eſt ſe tromper évidemment
de dix-huit années; car il eſt certain qu'il ne perſécuta
aucun chrétien pendant dix-huit ans. Il en était ſi
éloigné, que la première choſe qu'il fit étant empereur,
ce fut de donner une compagnie de gardes prétoriennes
à un chrétien nommé *Sébaſtien*, qui eſt au catalogue
des ſaints.

   Il ne craignit point de ſe donner un collègue à
l'empire dans la perſonne d'un ſoldat de fortune comme
lui; c'était *Maximien Hercule* ſon ami. La conformité

de leurs fortunes avait fait leur amitié. *Maximien Hercule* était auſſi né de parens obſcurs & pauvres, & s'était élevé comme *Dioclétien* de grade en grade par ſon courage. On n'a pas manqué de reprocher à ce *Maximien* d'avoir pris le ſurnom d'*Hercule*, & à *Dioclétien* d'avoir accepté celui de *Jovien*. On ne daigne pas s'apercevoir que nous avons tous les jours des gens d'égliſe qui s'appellent *Hercule*, & des bourgeois qui s'appellent *Céſar* & *Auguſte*.

Dioclétien créa encore deux céſars ; le premier fut un autre *Maximien* ſurnommé *Galérius*, qui avait commencé par être gardeur de troupeaux. Il ſemblait que *Dioclétien*, le plus fier & le plus faſtueux des hommes, lui qui le premier introduiſit de ſe faire baiſer les pieds, mît ſa grandeur à placer ſur le trône des céſars, des hommes nés dans la condition la plus abjecte. Un eſclave & deux payſans étaient à la tête de l'empire, & jamais il ne fut plus floriſſant.

Le ſecond céſar qu'il créa était d'une naiſſance diſtinguée ; c'était *Conſtance Chlore*, petit-neveu par ſa mère de l'empereur *Claude II*. L'empire fut gouverné par ces quatre princes. Cette aſſociation pouvait produire par année quatre guerres civiles ; mais *Dioclétien* fut tellement être le maître de ſes aſſociés, qu'il les obligea toujours à le reſpecter, & même à vivre unis entre eux. Ces princes avec le nom de Céſars n'étaient au fond que ſes premiers ſujets : on voit qu'il les traitait en maître abſolu ; car lorſque le céſar *Galérius* ayant été vaincu par les Perſes vint en Méſopotamie lui rendre compte de ſa défaite, il le laiſſa marcher l'eſpace d'un mille auprès de ſon char, & ne le reçut en grâce que quand il eut réparé ſa faute & ſon malheur.

Galère les répara en effet l'année d'après, en 297, d'une manière bien signalée. Il battit le roi de Perse en personne. Ces rois de Perse ne s'étaient pas corrigés depuis la bataille d'Arbelles, de mener dans leurs armées leurs femmes, leurs filles, & leurs eunuques. *Galère* prit comme *Alexandre* la femme & toute la famille du roi de Perse, & les traita avec le même respect. La paix fut aussi glorieuse que la victoire : les vaincus cédèrent cinq provinces aux Romains, des sables de Palmyrène jusqu'à l'Arménie.

Dioclétien & *Galère* allèrent à Rome étaler un triomphe inouï jusqu'alors : c'était la première fois qu'on montrait au peuple romain la femme d'un roi de Perse & ses enfans enchaînés. Tout l'empire était dans l'abondance & dans la joie. *Dioclétien* en parcourait toutes les provinces ; il allait de Rome en Egypte, en Syrie, dans l'Asie mineure : sa demeure ordinaire n'était point à Rome ; c'était à Nicomédie près du Pont-Euxin, soit pour veiller de plus près sur les Perses & sur les Barbares, soit qu'il s'affectionnât à un séjour qu'il avait embelli.

Ce fut au milieu de ces prospérités que *Galère* commença la persécution contre les chrétiens. Pourquoi les avait-on laissés en repos jusque-là, & pourquoi furent-ils maltraités alors ? *Eusèbe* dit qu'un centurion de la légion Trajane, nommé *Marcel*, qui servait dans la Mauritanie, assistant avec sa troupe à une fête qu'on donnait pour la victoire de *Galère*, jeta par terre sa ceinture militaire, ses armes & sa baguette de sarment qui était la marque de son office, disant tout haut qu'il était chrétien, & qu'il ne voulait plus servir des païens. Cette désertion fut punie de

mort par le conseil de guerre. C'est-là le premier
exemple avéré de cette persécution si fameuse. Il est
vrai qu'il y avait un grand nombre de chrétiens dans
les armées de l'empire ; & l'intérêt de l'Etat demandait
qu'une telle désertion publique ne fût point autorisée.
Le zèle de *Marcel* était très-pieux, mais il n'était pas
raisonnable. Si dans la fête qu'on donnait en Mauritanie on mangeait des viandes offertes aux dieux de
l'empire, la loi n'ordonnait point à *Marcel* d'en
manger ; le christianisme ne lui ordonnait point de
donner l'exemple de la sédition ; & il n'y a point de
pays au monde où l'on ne punît une action si
téméraire.

Cependant depuis l'aventure de *Marcel*, il ne paraît
pas qu'on ait recherché les chrétiens jusqu'à l'an 303.
Ils avaient à Nicomédie une superbe église cathédrale
vis-à-vis le palais, & même beaucoup plus élevée.
Les historiens ne nous disent point les raisons pour
lesquelles *Galère* demanda instamment à *Dioclétien*
qu'on abattît cette église ; mais ils nous apprennent
que *Dioclétien* fut très-long-temps à se déterminer : il
résista près d'une année. Il est bien étrange qu'après
cela, ce soit lui qu'on appelle *persécuteur*. Enfin, en
303 l'église fut abattue ; & on afficha un édit par
lequel les chrétiens seraient privés de tout honneur
& de toute dignité. Puisqu'on les en privait, il est
évident qu'ils en avaient. Un chrétien arracha & mit
en pièces publiquement l'édit impérial : ce n'était pas
là un acte de religion ; c'était un emportement de
révolte. Il est donc très-vraisemblable qu'un zèle
indiscret, qui n'était pas selon la science, attira cette
persécution funeste. Quelque temps après, le palais de

Galère brûla ; il en accufa les chrétiens ; & ceux-ci accusèrent *Galère* d'avoir mis le feu lui-même à fon palais, pour avoir un prétexte de les calomnier. L'accufation de *Galère* paraît fort injufte ; celle qu'on intente contre lui ne l'eft pas moins ; car l'édit étant déjà porté, de quel nouveau prétexte avait-il befoin ? S'il avait fallu en effet une nouvelle raifon pour engager *Dioclétien* à perfécuter, ce ferait feulement une nou-velle preuve de la peine qu'eut *Dioclétien* à abandonner les chrétiens qu'il avait toujours protégés ; cela ferait voir évidemment qu'il avait fallu de nouveaux refforts pour le déterminer à la violence.

Il paraît certain qu'il y eut beaucoup de chrétiens tourmentés dans l'empire. Mais il eft difficile de concilier avec les lois romaines tous ces tourmens recherchés, toutes ces mutilations, ces langues arra-chées, ces membres coupés & grillés, & tous ces attentats à la pudeur, faits publiquement contre l'honnêteté publique. Aucune loi romaine n'ordonna jamais de tels fupplices. Il fe peut que l'averfion des peuples contre les chrétiens les ait portés à des excès horribles ; mais on ne trouve nulle part que ces excès aient été ordonnés par les empereurs ni par le fénat.

Il eft bien vraifemblable que la jufte douleur des chrétiens fe répandit en plaintes exagérées. Les *actes finceres* nous racontent que l'empereur étant dans Antioche, le préteur condamna un petit enfant chrétien nommé *Romain* à être brûlé ; que des juifs préfens à ce fupplice fe mirent méchamment à rire, en difant : *Nous avons eu autrefois trois petits enfans, Sidrac, Midrac, & Abdenago, qui ne brûlèrent point dans la fournaife ardente, mais ceux-ci y brûlent.* Dans l'inftant, pour confondre les Juifs, une grande pluie éteignit le bûcher, & le petit garçon en fortit fain & fauf, en demandant : *Où eft donc le feu ?* Les *actes finceres* ajoutent que l'empereur le fit délivrer, mais que le juge ordonna qu'on lui coupât la langue. Il n'eft guère poffible de croire qu'un juge ait fait couper la langue à un petit garçon à qui l'empereur avait pardonné.

Ce qui fuit eft plus fingulier. On prétend qu'un vieux médecin chrétien nommé *Arifton*, qui avait un biftouri tout prêt, coupa la langue de l'enfant pour faire fa cour au préteur. Le petit *Romain* fut auffitôt renvoyé en prifon. Le geolier lui demanda de fes nouvelles. L'enfant raconta fort au long comment un vieux médecin lui avait coupé la langue. Il faut noter que le petit avant cette opération était extrêmement bègue, mais qu'alors il parlait avec une volubilité merveilleufe. Le geolier ne manqua pas d'aller raconter ce miracle à l'empereur. On fit venir le vieux médecin ; il jura que l'opération avait été faite dans les règles de l'art, & montra la langue de l'enfant qu'il avait confervée proprement dans une boîte comme une relique. *Qu'on faffe venir*, dit-il, *le premier venu ; je m'en vais lui couper la langue en préfence de votre majefté ; & vous verrez s'il pourra parler.* La propofition fut acceptée. On prit un pauvre homme, à qui le médecin coupa jufte autant de langue qu'il en avait coupé au petit enfant ; l'homme mourut fur le champ.

Je veux croire que les *actes* qui rapportent ce fait font auffi *finceres* qu'ils en portent le titre : mais ils font encore plus fimples que finceres ; & il eft bien étrange que *Fleuri*, dans son *Histoire ecclésiastique*, rapporte un si prodigieux nombre de faits semblables, bien plus propres au scandale qu'à l'édification.

Vous remarquerez encore que dans cette année 303, où l'on prétend que *Dioclétien* était présent à toute cette belle aventure dans Antioche, il était à Rome, & qu'il passa toute l'année en Italie. On dit que ce fut à Rome en sa présence que *Saint Genest* comédien se convertit sur le théâtre, en jouant une comédie contre les chrétiens. Cette comédie montre bien que le goût de *Plaute* & de *Térence* ne subsistait plus. Ce qu'on appelle aujourd'hui *la comédie*, ou la *farce italienne*, semble avoir pris naissance dans ce temps-là. *Saint Genest* représentait un malade ; le médecin lui demandait ce qu'il avait : *Je me sens pesant*, dit Genest. *Veux-tu que nous te rabotions pour te rendre plus léger?* lui dit le médecin. *Non*, répondit Genest, *je veux mourir chrétien, pour ressusciter avec une belle taille.* Alors des acteurs habillés en prêtres & en exorcistes viennent pour le baptiser ; dans le moment Genest devint en effet chrétien ; & au lieu d'achever son rôle, il se mit à prêcher l'empereur & le peuple. Ce sont encore les *actes sincères* qui rapportent ce miracle.

Il est certain qu'il y eut beaucoup de vrais martyrs : mais aussi il n'est pas vrai que les provinces fussent inondées de sang, comme on se l'imagine. Il est fait mention d'environ deux cents martyrs, vers ces derniers temps de *Dioclétien*, dans toute l'étendue de l'empire romain ; & il est avéré, par les lettres de *Constantin* même, que *Dioclétien* eut bien moins de part à la persécution que *Galère*.

Dioclétien

Dioclétien tomba malade cette année ; & se sentant affaibli, il fut le premier qui donna au monde l'exemple de l'abdication de l'empire. Il n'est pas aisé de savoir si cette abdication fut forcée ou non. Ce qui est certain, c'est qu'ayant recouvré la santé, il vécut encore neuf ans, aussi honoré que paisible, dans sa retraite de Salone au pays de sa naissance. Il disait qu'il n'avait commencé à vivre que du jour de sa retraite ; & lorsqu'on le pressa de remonter sur le trône, il répondit que le trône ne valait pas la tranquillité de sa vie, & qu'il prenait plus de plaisir à cultiver son jardin qu'il n'en avait eu à gouverner la terre. Que conclurez-vous de tous ces faits, sinon, qu'avec de très-grands défauts, il régna en grand empereur, & qu'il acheva sa vie en philosophe ?

DE DIODORE DE SICILE,
ET D'HERODOTE.

IL est juste de commencer par *Hérodote*, comme le plus ancien.

Quand *Henri Etienne* intitula sa comique rapsodie : *Apologie d'Hérodote*, on sait assez que son dessein n'était pas de justifier les contes de ce père de l'histoire ; il ne voulait que se moquer de nous, & faire voir que les turpitudes de son temps étaient pires que celles des Egyptiens & des Perses. Il usa de la liberté que se donnait tout protestant contre ceux de l'Eglise catholique, apostolique, & romaine. Il leur reproche aigrement leurs débauches, leur avarice, leurs crimes expiés à prix d'argent, leurs indulgences publiquement

vendues dans les cabarets, les fauffes reliques fuppo-
fées par leurs moines; il les appelle *idolâtres*. Il ofe
dire que fi les Egyptiens adoraient, à ce qu'on dit,
des chats & des oignons, les catholiques adoraient
des os de morts. Il ofe les appeler dans fon difcours
préliminaire *théophages*, & même *théokèfes*. (*a*) Nous
avons quatorze éditions de ce livre; car nous aimons
les injures qu'on nous dit en commun, autant que
nous regimbons contre celles qui s'adreffent à nos
perfonnes en notre propre & privé nom.

Henri Etienne ne fe fervit donc d'*Hérodote* que pour
nous rendre exécrables & ridicules. Nous avons un
deffein tout contraire; nous prétendons montrer que
les hiftoires modernes de nos bons auteurs, depuis
Guichardin, font en général auffi fages, auffi vraies
que celles de *Diodore* & d'*Hérodote* font folles &
fabuleufes.

1°. Que veut dire le père de l'hiftoire, dès le
commencement de fon ouvrage : *Les hiftoriens perfes
rapportent que les Phéniciens furent les auteurs de toutes
les guerres. De la mer Rouge ils entrèrent dans la nôtre*, &c.
Il femblerait que les Phéniciens fe fuffent embarqués
au golfe de Suez, qu'arrivés au détroit de Babel-
Mandel ils euffent côtoyé l'Ethiopie, paffé la ligne,
doublé le cap des Tempêtes, appelé depuis le *cap de
Bonne-Efpérance*, remonté au loin entre l'Afrique &
l'Amérique, qui eft le feul chemin, repaffé la ligne,
entré de l'Océan dans la Méditerranée par les colonnes

_____

(*a*) *Théokèfes* fignifie *qui rend Dieu à la felle*, proprement *ch* . . . . . .
Dieu : ce reproche affreux, cette injure aviliffante n'a pas cependant
effrayé le commun des catholiques; preuve évidente que les livres n'étant
point lus par le peuple, n'ont point d'influence fur le peuple.

d'Hercule ; ce qui aurait été un voyage de plus de quatre mille de nos grandes lieues marines , dans un temps où la navigation était dans son enfance.

2°. La première chofe que font les Phéniciens , c'eft d'aller vers Argos enlever la fille du roi *Inachus* , après quoi les Grecs à leur tour vont enlever *Europe* , fille du roi de Tyr.

3°. Immédiatement après , vient *Candaule* , roi de Lydie, qui rencontrant un de fes foldats aux gardes, nommé *Gygès* , lui dit : Il faut que je te montre ma femme toute nue; il n'y manque pas. La reine l'ayant fu , dit au foldat, comme de raifon : il faut que tu meures, ou que tu affaffines mon mari , & que tu règnes avec moi ; ce qui fut fait fans difficulté.

4°. Suit l'hiftoire d'*Orion* , porté par un marfouin fur la mer, du fond de la Calabre jufqu'au cap de Matapan , ce qui fait un voyage affez extraordinaire d'environ cent lieues.

5°. De conte en conte (& qui n'aime pas les contes ?) on arrive à l'oracle infaillible de Delphes, qui tantôt devine que *Créfus* fait cuire un quartier d'agneau & une tortue dans une tourtière de cuivre , & tantôt lui prédit qu'il fera détrôné par un mulet.

6°. Parmi les inconcevables fadaifes dont toute l'hiftoire ancienne regorge , en eft-il beaucoup qui approchent de la famine qui tourmenta pendant vingt-huit ans les Lydiens ? Ce peuple qu'*Hérodote* nous peint plus riche en or que les Péruviens , au lieu d'acheter des vivres chez l'étranger , ne trouva d'autre fecret que celui de jouer aux dames, de deux jours l'un , fans manger pendant vingt-huit années de fuite.

7°. Connaiffez-vous rien de plus merveilleux que l'hiftoire de *Cyrus* ? Son grand-père le mède *Aftyage* qui, comme vous voyez, avait un nom grec, rêve une fois que fa fille *Mandane* (autre nom grec) inonde toute l'Afie en piffant ; une autre fois, que de fa matrice il fort une vigne dont toute l'Afie mange les raifins. Et là-deffus, le bon homme *Aftyage* ordonne à un *Harpage*, autre grec, de faire tuer fon petit-fils *Cyrus* ; car il n'y a certainement point de grand-père qui n'égorge toute fa race après de tels rêves. *Harpage* n'obéit point. Le bon *Aftyage*, qui était prudent & jufte, fait mettre en capilotade le fils d'*Harpage*, & le fait manger à fon père, felon l'ufage des anciens héros.

8° *Hérodote*, non moins bon naturalifte qu'hiftorien exact, ne manque pas de vous dire que la terre à froment, devers Babylone, rapporte trois cents pour un. Je connais un petit pays qui rapporte trois pour un. J'ai envie d'aller me tranfporter dans le Diarbek quand les Turcs en feront chaffés par *Catherine II*, qui a de très-beaux blés auffi, mais non pas trois cents pour un.

9°. Ce qui m'a toujours femblé très-honnête & très-édifiant chez *Hérodote*, c'eft la belle coutume religieufe établie dans Babylone, & dont nous avons parlé, que toutes les femmes mariées allaffent fe proftituer dans le temple de *Milita* pour de l'argent au premier étranger qui fe préfentait. On comptait deux millions d'habitans dans cette ville. Il devait y avoir de la preffe aux dévotions. Cette loi eft furtout très-vraifemblable chez les Orientaux, qui ont toujours renfermé les dames, & qui plus de dix fiècles avant *Hérodote* imaginèrent de faire des eunuques qui leur répondiffent de la chafteté de leurs femmes. (*b*) Je m'arrête ; fi quelqu'un veut fuivre l'ordre de ces numéros, il fera bientôt à cent.

Tout ce que dit *Diodore* de Sicile, fept fiècles après *Hérodote*, eft de la même force dans tout ce qui regarde les antiquités & la phyfique. L'abbé *Terraffon* nous difait : Je traduis le texte de *Diodore* dans toute fa turpitude. Il nous en lifait quelquefois des morceaux chez M. de *la Faye* ; & quand on riait, il difait : Vous verrez bien autre chofe. Il était tout le contraire de *Dacier*.

Le plus beau morceau de *Diodore* eft la charmante defcription de l'île Pancaie, *Panchaica tellus*, célébrée par *Virgile*. Ce font des allées d'arbres odoriférans, à perte de vue ; de la myrrhe & de l'encens pour en fournir au monde entier fans s'épuifer ; des fontaines qui forment une infinité de canaux bordés de fleurs ; des oifeaux ailleurs inconnus, qui chantent fous d'éternels ombrages ; un temple de marbre de quatre mille pieds de longueur, orné de colonnes & de ftatues coloffales &c. &c.

Cela fait fouvenir du duc de *la Ferté* qui, pour flatter le goût de l'abbé *Servien*, lui difait un jour : Ah ! fi vous aviez vu mon fils, qui eft mort à l'âge

(*b*) Remarquez qu'*Hérodote* vivait du temps de *Xerxès*, lorfque Babylone était dans fa plus grande fplendeur : les Grecs ignoraient la langue chaldéenne. Quelque interprète fe moqua de lui, ou *Hérodote* fe moqua des Grecs. Lorfque les *Muficos* d'Amfterdam étaient dans leur plus grande vogue, on aurait bien pu faire accroire à un étranger que les premières dames de la ville venaient fe proftituer aux matelots qui revenaient de l'Inde, pour les récompenfer de leurs peines. Le plus plaifant de tout ceci, c'eft que des pédans welches ont trouvé la coutume de Babylone très-vraifemblable & très-honnête.

de quinze ans ! quels yeux ! quelle fraîcheur de teint ! quelle taille admirable ! l'Antinoüs du Belvedère n'était auprès de lui qu'un magot de la Chine. Et puis quelle douceur de mœurs ! faut-il que ce qu'il y a jamais eu de plus beau m'ait été enlevé ! L'abbé *Servien* s'attendrit ; le duc de *la Ferté* s'échauffant par ses propres paroles, s'attendrit aussi. Tous deux enfin se mirent à pleurer ; après quoi il avoua qu'il n'avait jamais eu de fils.

Un certain abbé *Bazin* avait relevé avec sa discrétion ordinaire un autre conte de *Diodore.* C'était à propos du roi d'Egypte *Sésostris*, qui probablement n'a pas plus existé que l'île Pancaie. Le père de *Sésostris*, qu'on ne nomme point, imagina, le jour que son fils naquit, de lui faire conquérir toute la terre dès qu'il serait majeur. C'est un beau projet. Pour cet effet, il fit élever auprès de lui tous les garçons qui étaient nés le même jour en Egypte ; & pour en faire des conquérans, on ne leur donnait à déjeûner qu'après leur avoir fait courir cent quatre-vingts stades, qui font environ huit de nos grandes lieues.

Quand *Sésostris* fut majeur, il partit avec ses coureurs pour aller conquérir le monde. Ils étaient encore au nombre de dix-sept cents ; & probablement la moitié était morte, selon le train ordinaire de la nature, & surtout de la nature de l'Egypte, qui de tout temps fut désolée par une peste destructive, au moins une fois en dix ans.

Il fallait donc qu'il fût né trois mille quatre cents garçons en Egypte le même jour que *Sésostris.* Et comme la nature produit presque autant de filles que de garçons, il naquit ce jour-là environ six mille perſonnes au moins ; mais on accouche tous les jours ; & ſix mille naiſſances par jour produiſent au bout de l'année deux millions cent quatre-vingt-dix mille enfans. Si vous les multipliez par trente-quatre, ſelon la règle de *Kerſeboum*, vous aurez en Egypte plus de ſoixante & quatorze millions d'habitans, dans un pays qui n'eſt pas ſi grand que l'Eſpagne ou que la France.

Tout cela parut énorme à l'abbé *Bazin*, qui avait un peu vu le monde, & qui ſavait comme il va.

Mais un *Larcher* qui n'était jamais ſorti du collége Mazarin, prit violemment le parti de *Séſoſtris* & de ſes coureurs. Il prétendit qu'*Hérodote*, en parlant aux Grecs, ne comptait point par ſtades de la Grèce, & que les héros de *Séſoſtris* ne couraient que quatre grandes lieues pour avoir à déjeûner. Il accabla ce pauvre abbé *Bazin* d'injures telles que jamais ſavant en *us*, ou en *es* n'en avait pas encore dites. Il ne s'en tint pas même aux dix-ſept cents petits garçons ; il alla juſqu'à prouver par les prophètes, que les femmes, les filles, les nièces, des rois de Babylone, toutes les femmes des ſatrapes & des mages, allaient par dévotion coucher dans les allées du temple de Babylone pour de l'argent, avec tous les chameliers & tous les mule-tiers de l'Aſie. Il traita de mauvais chrétien, de damné, & d'ennemi de l'Etat, quiconque oſait défendre l'honneur des dames de Babylone.

Il prit auſſi le parti des boucs qui avaient commu-nément les faveurs des jeunes Egyptiennes. Sa grande raiſon, diſait-il, c'eſt qu'il était allié par les femmes à un parent de l'évêque de Meaux, *Boſſuet*, auteur d'un difcours éloquent fur l'*Hiftoire non-univerfelle*; mais ce n'eft pas là une raifon péremptoire.

Gardez-vous des contes bleus en tout genre.

Diodore de Sicile fut le plus grand compilateur de ces contes. Ce ficilien n'avait pas un efprit de la trempe de fon compatriote *Archimède*, qui chercha & trouva tant de vérités mathématiques.

Diodore examine férieufement l'hiftoire des Amazones & de leur reine *Mirine*; l'hiftoire des Gorgones qui combattirent contre les Amazones; celle des Titans, celle de tous les dieux. Il approfondit l'hiftoire de *Priape* & d'*Hermaphrodite*. On ne peut donner plus de détails fur *Hercule*: ce héros parcourt tout l'hémifphère, tantôt à pied & tout feul comme un pélerin, tantôt comme un général à la tête d'une grande armée. Tous fes travaux y font fidellement difcutés; mais ce n'eft rien en comparaifon de l'hiftoire des dieux de Crète.

Diodore juftifie *Jupiter* du reproche que d'autres graves hiftoriens lui ont fait d'avoir détrôné & mutilé fon père. On voit comment ce *Jupiter* alla combattre des géans, les uns dans fon île, les autres en Phrygie, & enfuite en Macédoine & en Italie.

Aucun des enfans qu'il eut de fa fœur *Junon* & de fes favorites n'eft omis.

On voit enfuite comment il devint Dieu, & Dieu fuprême.

C'eft ainfi que toutes les hiftoires anciennes ont été écrites. Ce qu'il y a de plus fort, c'eft qu'elles étaient facrées; & en effet, fi elles n'avaient pas été facrées, elles n'auraient jamais été lues.

Il n'eſt pas mal d'obſerver que quoiqu'elles fuſſent ſacrées, elles étaient toutes différentes ; & de province en province, d'île en île, chacune avait une hiſtoire des dieux, des demi-dieux & des héros, contradiétoire avec celle de ſes voiſins. Mais auſſi, ce qu'il faut bien obſerver, c'eſt que les peuples ne ſe battirent jamais pour cette mythologie.

L'hiſtoire honnête de *Thucydide*, & qui a quelques lueurs de vérité, commence à *Xerxès :* mais avant cette époque, que de temps perdu !

D I R E C T E U R.

CE n'eſt ni d'un direéteur de finances, ni d'un direéteur d'hôpitaux, ni d'un direéteur des bâtimens du roi &c. &c. que je prétends parler, mais d'un direéteur de conſcience ; car celui-là dirige tous les autres, il eſt le précepteur du genre-humain. Il fait & enſeigne ce qu'on doit faire & ce qu'on doit omettre dans tous les cas poſſibles.

Il eſt clair qu'il ferait utile que dans toutes les cours il y eût un homme *conſciencieux*, que le monarque conſultât en ſecret dans plus d'une occaſion, & qui lui dît hardiment : *non licet. Louis le juſte* n'aurait pas commencé ſon triſte & malheureux règne par aſſaſſiner ſon premier miniſtre & par empriſonner ſa mère. Que de guerres auſſi funeſtes qu'injuſtes de bons direéteurs nous auraient épargnées ! que de cruautés ils auraient prévenues !

Mais ſouvent on croit conſulter un agneau & on conſulte un renard. *Tartuffe* était le direéteur d'*Orgon*.

Je voudrais bien favoir quel fut le directeur de confcience qui confeilla la St Barthelemi.

Il n'eft pas plus parlé de directeurs que de confef-feurs dans l'Evangile. Chez les peuples que notre courtoifie ordinaire nomme *païens*, nous ne voyons pas que *Scipion*, *Fabricius*, *Caton*, *Titus*, *Trajan*, les *Antonins*, euffent des directeurs. Il eft bon d'avoir un ami fcrupuleux qui vous rappelle à vos devoirs; mais votre confcience doit être le chef de votre confeil.

Un huguenot fut bien étonné quand une dame catholique lui apprit qu'elle avait un confeffeur pour l'abfoudre de fes péchés, & un directeur pour l'empêcher d'en commettre. Comment votre vaiffeau, lui dit-il, Madame, a-t-il pu faire eau fi fouvent ayant deux fi bons pilotes ?

Les doctes obfervent qu'il n'appartient pas à tout le monde d'avoir un directeur. Il en eft de cette charge dans une maifon comme de celle d'écuyer; cela n'appartient qu'aux grandes dames. L'abbé *Gobelin* homme proceffif & avide, ne dirigeait que Mme de *Maintenon*. Les directeurs à la ville fervent fouvent quatre ou cinq dévotes à la fois; ils les brouillent tantôt avec leurs maris, tantôt avec leurs amans, & rempliffent quelquefois les places vacantes.

Pourquoi les femmes ont-elles des directeurs, & les hommes n'en ont-ils point ? c'eft par la raifon que madame de *la Vallière* fe fit carmélite quand elle fut quittée par *Louis XIV*, & que M. de *Turenne* étant trahi par madame de *Coetquen* ne fe fit pas moine.

St *Jérome* & *Rufin* fon antagonifte étaient grands directeurs de femmes & de filles ; ils ne trouvèrent pas un fénateur romain , pas un tribun militaire à gouverner. Il faut à ces gens-là du *devoto femineo fexu*. Les hommes ont pour eux trop de barbe au menton , & fouvent trop de force dans l'efprit. *Boileau* a fait dans la fatire des femmes le portrait d'un directeur.

Nul n'eft fi bien foigné qu'un directeur de femmes.
Quelque léger dégoût vient-il le travailler ?
Une froide vapeur le fait-elle bâiller ?
Un efcadron coiffé d'abord court à fon aide :
L'une chauffe un bouillon , l'autre apprête un remède ;
Chez lui firops exquis , ratafias vantés,
Confitures , furtout , volent de tous côtés , &c.

Ces vers font bons pour *Broffette*. Il y avait ce me femble quelque chofe de mieux à nous dire.

D I S P U T E.

ON a toujours difputé , & fur tous les fujets. *Mundum tradidit difputationi eorum*. Il y a eu de violentes querelles pour favoir fi le tout eft plus grand que fa partie ; fi un corps peut être en plufieurs endroits à la fois ; fi la matière eft toujours impénétrable ; fi la blancheur de la neige peut fubfifter fans neige ; fi la douceur du fucre peut fe faire fentir fans fucre ; fi on peut penfer fans tête.

Je ne fais aucun doute que dès qu'un janfénifte aura fait un livre pour démontrer que deux & un font trois, il ne fe trouve un molinifte qui démontre que deux & un font cinq.

Nous avons cru inftruire le lecteur & lui plaire en mettant fous fes yeux cette pièce de vers fur les difputes. Elle eft fort connue de tous les gens de goût de Paris; mais elle ne l'eft point des favans qui difputent encore fur la prédeftination gratuite, & fur la grâce concomitante, & fur la queftion fi la mer a produit les montagnes.

Lifez les vers fuivans fur les difputes; voilà comme on en fefait dans le bon temps.

Difcours en vers fur les difputes.

Vingt têtes, vingt avis; nouvel an, nouveau goût.
Autre ville, autres mœurs; tout change, on détruit tout.
Examine pour toi ce que ton voifin penfe;
Le plus beau droit de l'homme eft cette indépendance.
Mais ne difpute point; les deffeins éternels,
Cachés au fein de Dieu, font trop loin des mortels;
Le peu que nous favons d'une façon certaine,
Frivole comme nous, ne vaut pas tant de peine.
Le monde eft plein d'erreurs, mais de-là je conclus
Que prêcher la raifon n'eft qu'une erreur de plus.
En parcourant au loin la planète où nous fommes,
Que verrons-nous? Les torts & les travers des hommes.
Ici c'eft un fynode, & là c'eft un divan;
Nous verrons le muphti, le derviche, l'iman,
Le bonze, le lama, le talapoin, le pope,
Les antiques rabbins, & les abbés d'Europe,
Nos moines, nos prélats, nos docteurs aggrégés;
Etes-vous difputeurs, mes amis? Voyagez.

Qu'un jeune ambitieux ait ravagé la terre;
Qu'un regard de Vénus ait allumé la guerre;
Qu'à Paris, au palais, l'honnête citoyen
Plaide pendant vingt ans pour un mur mitoyen;
Qu'au fond d'un diocèfe un vieux prêtre gémiffe,
Quand un abbé de cour enlève un bénéfice;
Et que dans le parterre un poëte envieux
Ait en battant des mains un feu noir dans les yeux;
Tel eft le cœur humain : mais l'ardeur infenfée
D'affervir fes voifins à fa propre penfée,
Comment la concevoir ? Pourquoi, par quel moyen
Veux-tu que ton efprit foit la règle du mien ?

Je hais furtout, je hais tout caufeur incommode,
Tous ces demi-favans gouvernés par la mode,
Ces gens qui pleins de feu, peut-être pleins d'efprit,
Soutiendront contre vous ce que vous aurez dit.
Un peu muficiens, philofophes, poëtes,
Et grands hommes d'Etat formés par les gazettes;
Sachant tout, lifant tout, prompts à parler de tout,
Et qui contrediraient Voltaire fur le goût,
Montefquieu fur les lois, de Broglie fur la guerre,
Ou la jeune d'Egmont fur le talent de plaire.

Voyez-les s'emporter fur les moindres fujets,
Sans ceffe répliquant fans répondre jamais :
,, Je ne céderais pas au prix d'une couronne...
,, Je fens.. le fentiment ne confulte perfonne...
,, Et le roi ferait là.... je verrais là le feu...
,, Meffieurs, la vérité mife une fois en jeu,
,, Doit-il nous importer de plaire ou de déplaire?...

C'eft bien dit; mais pourquoi cette roideur auftère?
Hélas ! c'eft pour juger de quelques nouveaux airs,
Ou des deux Poinfinet lequel fait mieux des vers.

Auriez-vous par hafard connu feu monfieur d'Aube, (a)
Qu'une ardeur de difpute éveillait avant l'aube ?
Contiez-vous un combat de votre régiment,
Il favait mieux que vous, où, contre qui, comment.
Vous feul en auriez eu toute la renommée,
N'importe, il vous citait des lettres de l'armée ;
Et Richelieu préfent il aurait raconté
Ou Gènes défendue, ou Mahon emporté.
D'ailleurs homme de fens, d'efprit, & de mérite ;
Mais fon meilleur ami redoutait fa vifite.
L'un bientôt rebuté d'une vaine clameur
Gardait en l'écoutant un filence d'humeur.
J'en ai vu dans le feu d'une difpute aigrie,
Prêts à l'injurier, le quitter de furie ;
Et rejetant la porte à fon double battant,
Ouvrir à leur colère un champ libre en fortant.
Ses neveux qu'à fa fuite attachait l'efpérance
Avaient vu dérouter toute leur complaifance.
Un voifin afthmatique, en l'embraffant un foir,
Lui dit : Mon médecin me défend de vous voir ;
Et parmi cent vertus cette unique faibleffe
Dans un trifte abandon réduifit fa vieilleffe.
Au fortir d'un fermon la fièvre le faifit,
Las d'avoir écouté fans avoir contredit.
Et tout près d'expirer, gardant fon caractère ,
Il fefait difputer le prêtre & le notaire.
    Que la bonté divine, arbitre de fon fort,
Lui donne le repos que nous rendit fa mort !
Si du moins il s'eft tu devant ce grand arbitre.

(a) Oui je l'ai connu ; il était précifément tel que le dépeint M. de *Ruliere* auteur de cette épître. Ce fut fa rage de difputer contre tout venant fur les plus petites chofes, qui lui fit ôter l'intendance dont il était revêtu.

Un jeune bachelier bientôt docteur en titre,
Doit, suivant une affiche, un tel jour, en tel lieu,
Répondre à tout venant sur l'essence de Dieu.
Venez-y, venez voir comme sur un théâtre
Une dispute en règle, un choc opiniâtre;
L'enthymème serré, les dilèmes pressans,
Poignards à double lame, & frappant en deux sens;
Et le grand syllogisme en forme régulière,
Et le sophisme vain de sa fausse lumière;
Des moines échauffés vrai fléau de docteurs,
De pauvres Hibernois complaisans disputeurs,
Qui fuyant leur pays pour les saintes promesses,
Viennent vivre à Paris d'argumens & de messes;
Et l'honnête public qui même écoutant bien,
A la saine raison de n'y comprendre rien.
Voilà donc les leçons qu'on prend dans vos écoles !

   Mais tous les argumens sont-ils faux ou frivoles ?
Socrate disputait jusque dans les festins,
Et tout nu quelquefois argumentait aux bains.
Etait-ce dans un sage une folle manie ?
La contrariété fait sortir le génie.
La veine d'un caillou recèle un feu qui dort;
Image de ces gens froids au premier abord,
Et qui dans la dispute, à chaque repartie
Sont pleins d'une chaleur qu'on n'avait point sentie.

   C'est un bien, j'y consens. Quant au mal le voici.
Plus on a disputé, moins on s'est éclairci.
On ne redresse point l'esprit faux ni l'œil louche :
Ce mot *j'ai tort*, ce mot nous déchire la bouche.
Nos cris & nos efforts ne frappent que le vent,
Chacun dans son avis demeure comme avant.

C'est mêler seulement aux opinions vaines
Le tumulte insensé des passions humaines.
Le vrai peut quelquefois n'être point de saison ;
Et c'est un très-grand tort que d'avoir trop raison.
   Autrefois la justice & la vérité nues,
Chez les premiers humains furent long-temps connues ;
Elles régnaient en sœurs : mais on sait que depuis
L'une a fui dans le ciel & l'autre dans un puits.
La vaine opinion règne sur tous les âges ;
Son temple est dans les airs porté sur les nuages ;
Une foule de dieux, de démons, de lutins ,
Sont au pied de son trône ; & tenant dans leurs mains
Mille riens enfantés par un pouvoir magique ,
Nous les montrent de loin sous des verres d'optique.
Autour d'eux, nos vertus, nos biens, nos maux divers,
En boules de savon sont épars dans les airs ;
Et le souffle des vents y promène sans cesse
De climats en climats le temple & la déesse.
Elle fuit & revient, Elle place un mortel
Hier sur un bucher, demain sur un autel.
Le jeune Antinoüs eut autrefois des prêtres.
Nous rions maintenant des mœurs de nos ancêtres ;
Et qui rit de nos mœurs ne fait que prévenir
Ce qu'en doivent penser les siècles à venir.
Une beauté frappante & dont l'éclat étonne,
Les Français la peindront sous les traits de Brionne,
Sans croire qu'autrefois un petit front serré ,
Un front à cheveux d'or fut toujours adoré.
Ainsi l'opinion changeante & vagabonde
Soumet la beauté même, autre reine du monde ;
Ainsi dans l'univers ses magiques effets
Des grands événemens font les ressorts secrets.

Comment

Comment donc espérer qu'un jour, aux pieds d'un sage,
Nous la voyons tomber du haut de son nuage,
Et que la Vérité, se montrant aussitôt,
Vienne, au bord de son puits, voir ce qu'on fait en haut?

Il est pour les savans, & pour les sages même,
Une autre illusion : cet esprit de système,
Qui bâtit, en rêvant, des mondes enchantés,
Et fonde mille erreurs sur quelques vérités.
C'est par lui qu'égarés après de vaines ombres,
L'inventeur du calcul chercha DIEU dans les nombres,
L'auteur du mécanisme attacha follement
La liberté de l'homme aux lois du mouvement ;
L'un du soleil éteint veut composer la terre.
La terre, dit un autre, est un globe de verre.
De-là ces différens soutenus à grands cris ;
Et sur un tas poudreux d'inutiles écrits,
La dispute s'assied dans l'asile du sage.

La contrariété tient souvent au langage ;
On peut s'entendre moins, formant un même son,
Que si l'un parlait basque, & l'autre bas-breton.
C'est-là, qui le croirait ? un fléau redoutable ;
Et la pâle famine, & la peste effroyable
N'égalent point les maux & les troubles divers
Que les mal-entendus sèment dans l'univers.

Peindrai-je des dévots les discordes funestes,
Les saints emportemens de ces ames célestes,
Le fanatisme, au meurtre excitant les humains,
Des poisons, des poignards, des flambeaux dans les mains;
Nos villages déserts, nos villes embrasées,
Sous nos foyers détruits nos mères écrasées ;

* *Dictionn. philosoph.* Tome III.   Z

Dans nos temples fanglans, abandonnés du ciel,
Les miniftres rivaux égorgés fur l'autel,
Tous les crimes unis, meurtre, incefte, pillage,
Les fureurs du plaifir fe mêlant au carnage ;
Sur des corps expirans d'infames ravifleurs
Dans leurs embraffemens reconnaiffant leurs fœurs ;
L'étranger dévorant le fein de ma patrie,
Et fous la piété déguifant fa furie ;
Les pères conduifant leurs enfans aux bourreaux,
Et les vaincus toujours traînés aux échafauds ?...
Dieu puiffant ! permettez que ces temps déplorables,
Un jour par nos neveux foient mis au rang des fables.
    Mais je vois s'avancer un fâcheux difputeur ;
Son air d'humilité couvre mal fa hauteur ;
Et fon auftérité ; pleine de l'Evangile,
Paraît offrir à Dieu le venin qu'il diftile.
,, Monfieur, tout ceci cache un dangereux poifon ;
,, Perfonne, felon vous, n'a ni tort ni raifon ;
,, Et fur la vérité n'ayant point de mefure,
,, Il faut fuivre pour loi l'inftinct de la nature ! ,,
    Monfieur, je n'ai pas dit un mot de tout cela....
,, Eh ! quoique vous ayez déguifé ce fens-là,
,, En vous interprétant la chofe devient claire. ,,...
    Mais en termes précis j'ai dit tout le contraire.
Cherchons la vérité, mais d'un commun accord.
Qui difcute a raifon, & qui difpute a tort.
Voilà ce que j'ai dit ; & d'ailleurs, qu'à la guerre,
A la ville, à la cour fouvent il faut fe taire....
,, Mon cher monfieur, ceci cache toujours deux fens ;
,, Je diftingue... ,, Monfieur diftinguez, j'y confens.
J'ai dit mon fentiment, je vous laiffe les vôtres,
En demandant pour moi ce que j'accorde aux autres...

,, Mon fils, nous vous avons défendu de penfer;
,, Et pour vous convertir je cours vous dénoncer. ,,
    Heureux! ô trop heureux qui loin des fanatiques,
Des caufeurs importuns, & des jaloux critiques,
En paix fur l'Hélicon pourrait cueillir des fleurs!
Tels on voit dans les champs de fages laboureurs,
D'une ruche irritée évitant les bleffures,
En dérober le miel à l'abri des piqûres.

D I S T A N C E.

Un homme qui connaît combien on compte de
pas d'un bout de fa maifon à l'autre, s'imagine
que la nature lui a enfeigné tout d'un coup cette
diftance, & qu'il n'a eu befoin que d'un coup d'œil
comme lorfqu'il a vu des couleurs. Il fe trompe;
on ne peut connaître les différens éloignemens des
objets que par expérience, par comparaifon, par
habitude. C'eft ce qui fait qu'un matelot, en voyant
fur mer un vaiffeau voguer loin du fien, vous dira
fans héfiter à quelle diftance on eft à-peu-près de ce
vaiffeau; & le paffager n'en pourra former qu'un
doute très-confus.

La diftance n'eft qu'une ligne de l'objet à nous.
Cette ligne fe termine à un point; nous ne fentons
donc que ce point; & foit que l'objet exifte à mille
lieues, ou qu'il foit à un pied, ce point eft toujours
le même dans nos yeux.

Nous n'avons donc aucun moyen immédiat pour
apercevoir tout d'un coup la diftance, comme nous
en avons pour fentir par l'attouchement, fi un corps
eft dur ou mou; par le goût, s'il eft doux ou amer;

par l'ouïe, fi de deux fons l'un eft grave & l'autre aigu. Car, qu'on y prenne bien garde, les parties d'un corps, qui cèdent à mon doigt, font la plus prochaine caufe de ma fenfation de molleffe; & les vibrations de l'air, excitées par le corps fonore, font la plus prochaine caufe de ma fenfation du fon. Or fi je ne puis avoir ainfi immédiatement une idée de diftance, il faut donc que je connaiffe cette diftance par le moyen d'une autre idée intermédiaire; mais il faut au moins que j'aperçoive cette idée intermédiaire; car une idée que je n'aurai point, ne fervira certainement pas à m'en faire avoir un autre.

On dit qu'une telle maifon eft à un mille d'une telle rivière; mais fi je ne fais pas où eft cette rivière, je ne fais certainement pas où eft cette maifon. Un corps cède aifément à l'impreffion de ma main; je conclus immédiatement fa molleffe. Un autre réfifte; je fens immédiatement fa dureté. Il faudrait donc que je fentiffe les angles formées dans mon œil, pour en conclure immédiatement les diftances des objets. Mais la plupart des hommes ne favent pas même fi ces angles exiftent : donc il eft évident que ces angles ne peuvent être la caufe immédiate de ce que vous connaiffez les diftances.

Celui qui, pour la première fois de fa vie, entendrait le bruit du canon, ou le fon d'un concert, ne pourrait juger fi on tire ce canon, ou fi on exécute ce concert à une lieue ou à trente pas. Il n'y a que l'expérience qui puiffe l'accoutumer à juger de la diftance qui eft entre lui & l'endroit d'où part ce bruit. Les vibrations, les ondulations de l'air, portent un fon à fes oreilles, ou plutôt à fon *fenforium*; mais ce bruit n'avertit pas plus fon *fenforium* de l'endroit où le bruit commence, qu'il ne lui apprend la forme du canon ou des inftrumens de mufique. C'eft la même chofe précifément par rapport aux rayons de lumière qui partent d'un objet ; ils ne nous apprennent point du tout où eft cet objet.

Ils ne nous font pas connaître davantage les grandeurs, ni même les figures. Je vois de loin une petite tour ronde. J'avance, j'aperçois, & je touche un grand bâtiment quadrangulaire. Certainement ce que je vois & ce que je touche n'eft pas ce que je voyais. Ce petit objet rond, qui était dans mes yeux, n'eft point ce grand bâtiment quarré. Autre chofe eft donc, par rapport à nous, l'objet mefurable & tangible, autre chofe eft l'objet vifible. J'entends de ma chambre le bruit d'un carroffe : j'ouvre la fenêtre, & je le vois ; je defcends, & j'entre dedans. Or ce carroffe que j'ai entendu, ce carroffe que j'ai vu, ce carroffe que j'ai touché, font trois objets abfolument divers de trois de mes fens, qui n'ont aucun rapport immédiat les uns avec les autres.

Il y a bien plus : il eft démontré qu'il fe forme dans mon œil un angle une fois plus grand, à très-peu de chofe près, quand je vois un homme à quatre pieds de moi, que quand je vois le même homme à huit pieds de moi. Cependant je vois toujours cet homme de la même grandeur. Comment mon fentiment contredit-il ainfi le mécanifme de mes organes ? L'objet eft réellement une fois plus petit dans mes yeux, & je le vois une fois plus grand. C'eft en vain qu'on veut expliquer ce myftère par le chemin que fuivent les rayons, ou par la forme que prend le criftallin

Z 3

dans nos yeux. Quelque fuppofition que l'on faffe, l'angle fous lequel je vois un homme à quatre pieds de moi, eft toujours à-peu-près double de l'angle fous lequel je le vois à huit pieds. La géométrie ne réfoudra jamais ce problême : la phyfique y eft également impuiffante ; car vous avez beau fuppofer que l'œil prend une nouvelle conformation, que le criftallin s'avance, que l'angle s'aggrandit ; tout cela s'opèrera également pour l'objet qui eft à huit pas, & pour l'objet qui eft à quatre. La proportion fera toujours la même ; fi vous voyez l'objet à huit pas fous un angle de moitié plus grand qu'il ne doit être, vous verriez auffi l'objet à quatre pas fous un angle de moitié plus grand ou environ. Donc ni la géométrie ni la phyfique ne peuvent expliquer cette difficulté.

Ces lignes & ces angles géométriques ne font pas plus réellement la caufe de ce que nous voyons les objets à leur place, que de ce que nous les voyons de telles grandeurs & à telle diftance. L'ame ne confidère pas fi telle partie va fe peindre au bas de l'œil ; elle ne rapporte rien à des lignes qu'elle ne voit point. L'œil fe baiffe feulement pour voir ce qui eft près de la terre, & fe relève pour voir ce qui eft au-deffus de la terre. Tout cela ne pouvait être éclairci & mis hors de toute conteftation, que par quelque aveugle né à qui on aurait donné le fens de la vue. Car fi cet aveugle, au moment qu'il eût ouvert les yeux, eût jugé des diftances, des grandeurs, & des fituations, il eût été vrai que les angles optiques, formés tout d'un coup dans fa rétine, euffent été les caufes immédiates de fes fentimens. Auffi le docteur *Berclay* affurait, d'après M. *Locke*, (& allant même en cela plus loin que *Locke*) que ni situation, ni grandeur, ni distance, ni figure, ne serait aucunement discernée par cet aveugle, dont les yeux recevraient tout d'un coup la lumière.

On trouva enfin en 1729 l'aveugle né, dont dépendait la décision indubitable de cette question. Le célèbre *Cheselden*, un de ces fameux chirurgiens qui joignent l'adresse de la main aux plus grandes lumières de l'esprit, ayant imaginé qu'on pouvait donner la vue à cet aveugle né, en lui abaissant ce qu'on appelle des *cataractes*, qu'il soupçonnait formées dans ses yeux presqu'au moment de sa naissance, il proposa l'opération. L'aveugle eut de la peine à y consentir. Il ne concevait pas trop, que le sens de la vue pût beaucoup augmenter ses plaisirs. Sans l'envie qu'on lui inspira d'apprendre à lire & à écrire, il n'eût point désiré de voir. Il vérifiait par cette indifférence, *qu'il est impossible d'être malheureux par la privation des biens dont on n'a pas d'idée;* vérité bien importante. Quoi qu'il en soit, l'opération fut faite & réussit. Ce jeune homme d'environ quatorze ans vit la lumière pour la première fois. Son expérience confirma tout ce que *Locke* & *Berclay* avaient si bien prévu. Il ne distingua de long-temps ni grandeur, ni situation, ni même figure. Un objet d'un pouce mis devant son œil, & qui lui cachait une maison, lui paraissait aussi grand que la maison. Tout ce qu'il voyait lui semblait d'abord être sur ses yeux, & les toucher comme les objets du tact touchent la peau. Il ne pouvait distinguer d'abord ce qu'il avait jugé rond à l'aide de ses mains, d'avec ce qu'il avait jugé angulaire ; ni difcerner avec fes yeux, fi ce que fes mains avaient fenti être en haut ou en bas, était en effet en haut ou en bas. Il était fi loin de connaître les grandeurs , qu'après avoir enfin conçu par la vue, que fa maifon était plus grande que fa chambre, il ne concevait pas comment la vue pouvait donner cette idée. Ce ne fut qu'au bout de deux mois d'expérience, qu'il pût apercevoir que les tableaux repréfentaient des corps faillans. Et lorfqu'après ce long tâtonnement d'un fens nouveau en lui , il eut fenti que des corps, & non des furfaces feules , étaient peints dans les tableaux, il y porta la main , & fut étonné de ne point trouver avec fes mains ces corps folides , dont il commençait à apercevoir les repréfentations. Il demandait quel était le trompeur du fens du toucher ou du fens de la vue.

Ce fut donc une décifion irrévocable , que la manière dont nous voyons les chofes, n'eft point du tout la fuite immédiate des angles formés dans nos yeux. Car ces angles mathématiques étaient dans les yeux de cet homme , comme dans les nôtres; & né lui fervaient de rien fans le fecours de l'expérience & des autres fens.

L'aventure de l'aveugle né fut connue en France vers l'an 1735. L'auteur des *Elémens de Newton*, qui avait beaucoup vu *Chefelden* , fit mention de cette découverte importante; mais à peine y prit-on garde. Et même lorfqu'on fit enfuite à Paris la même opération de la cataracte fur un jeune homme qu'on prétendait privé de la vue dès fon berceau , on négligea de fuivre le développement journalier du fens de la vue en lui , & la marche de la nature.

Le fruit de cette opération fut perdu pour les philofophes.

Comment nous repréfentons - nous les grandeurs & les diftances ? De la même façon dont nous imaginons les paffions des hommes , par les couleurs qu'elles peignent fur leurs vifages, & par l'altération qu'elles portent dans leurs traits. Il n'y a perfonne qui ne life tout d'un coup fur le front d'un autre la douleur ou la colère. C'eft la langue que la nature parle à tous les yeux ; mais l'expérience feule apprend ce langage. Auffi l'expérience feule nous apprend que quand un objet eft trop loin, nous le voyons confufément & faiblement. De-là nous formons des idées, qui enfuite accompagnent toujours la fenfation de la vue. Ainfi tout homme qui , à dix pas, aura vu fon cheval haut de cinq pieds, s'il voit, quelques minutes après, ce cheval gros comme un mouton , fon ame , par un jugement involontaire, conclut à l'inftant que ce cheval eft très-loin.

Il eft bien vrai que quand je vois mon cheval de la groffeur d'un mouton, il fe forme alors dans mon œil une peinture plus petite, un angle plus aigu ; mais c'eft-là ce qui accompagne, non ce qui caufe mon fentiment. De même il fe fait un autre ébranlement dans mon cerveau , quand je vois un homme rougir de honte , que quand je le vois rougir de colère; mais ces différentes impreffions ne m'apprendraient rien de ce qui fe paffe dans l'ame de cet homme , fans l'expérience, dont la voix feule fe fait entendre.

Loin que cet angle foit la caufe immédiate de ce que je juge qu'un grand cheval eft très-loin, quand je vois ce cheval fort petit; il arrive au contraire, à tous les momens , que je vois ce même cheval également grand, à dix pas, à vingt, à trente, à quarante pas, quoique l'angle à dix pas foit double, triple, quadruple. Je regarde de fort loin , par un petit trou, un homme pofté fur un toît ; le lointain & le peu de rayons m'empêchent d'abord de diftinguer fi c'eft un homme : l'objet me paraît très-petit, je crois voir une ftatue de deux pieds tout au plus : l'objet fe remue, je juge que c'eft un homme , & dès ce même inftant cet homme me paraît de la grandeur ordinaire. D'où viennent ces deux jugemens fi différens? Quand j'ai cru voir une ftatue, je l'ai imaginée de deux pieds, parce que je la voyais fous un tel angle ; nulle expérience ne pliait mon ame à démentir les traits imprimés dans ma rétine : mais dès que j'ai jugé que c'était un homme , la liaifon mife par l'expérience dans mon cerveau , entre l'idée d'un homme & l'idée de la hauteur de cinq à fix pieds, me force, fans que j'y penfe, à imaginer par un jugement foudain , que je vois un homme de telle hauteur, & à voir une telle hauteur en effet.

Il faut abfolument conclure de tout ceci, que les diftances , les grandeurs , les fituations, ne font pas , à proprement parler, des chofes vifibles, c'eft-à-dire, ne font pas les objets propres & immédiats de la vue. L'objet propre & immédiat de la vue n'eft autre chofe que la lumière colorée ; tout le refte , nous ne le fentons qu'à la longue & par expérience. Nous apprenons à voir , précifément comme nous apprenons à parler & à lire. La différence eft que l'art de voir eft plus facile , & que la nature eft également à tous notre maître.

Les jugemens foudains , prefque uniformes , que toutes nos ames,à un certain âge, portent des diftances, des grandeurs , des fituations, nous font penfer qu'il n'y a qu'à ouvrir les yeux pour voir de la manière dont nous voyons. On fe trompe ; il y faut le fecours des autres fens. Si les hommes n'avaient que le fens de la vue , ils n'auraient aucun moyen pour connaître l'étendue en longueur, largeur, & profondeur ; (*) & un pur efprit ne la connaîtrait pas peut-être, à moins que D i e u ne la lui révélât. Il eft très difficile de féparer dans notre entendement l'extenfion d'un objet d'avec les couleurs de cet objet. Nous ne voyons jamais rien que d'étendu , & de-là nous fommes tous portés à croire que nous voyons en effet l'étendue. Nous ne pouvons guère diftinguer dans notre ame ce jaune que nous voyons dans un louis-d'or, d'avec ce louis-d'or dont nous voyons le jaune. C'eft comme , lorf-que nous entendons prononcer ce mot *louis-d'or*, nous ne pouvons nous empêcher d'attacher malgré nous l'idée de cette monnaie au fon que nous enten-dons prononcer.

Si tous les hommes parlaient la même langue , nous ferions toujours prêts à croire qu'il y aurait une connexion néceffaire entre les mots & les idées. Or tous les hommes ont ici le même langage , en fait d'imagination. La nature leur dit à tous: Quand vous aurez vu des couleurs pendant un certain temps , votre imagination vous repréfentera à tous , de la même façon , les corps auxquels ces couleurs femblent attachées. Ce jugement prompt & involontaire que

(*) Voyez dans les *Elémens de la Philofophie de Newton* une note des éditeurs fur cette queftion.

vous formerez, vous fera utile dans le cours de votre vie ; car s'il fallait attendre, pour eftimer les diftances, les grandeurs, les fituations, de tout ce qui vous environne, que vous euffiez examiné des angles & des rayons vifuels, vous feriez mort avant que de favoir fi les chofes dont vous avez befoin font à dix pas de vous, ou à cent millions de lieues, & fi elles font de la groffeur d'un ciron, ou d'une montagne. Il vaudrait beaucoup mieux pour vous être nés aveugles.

Nous avons donc peut-être grand tort quand nous difons que nos fens nous trompent. Chacun de nos fens fait la fonction à laquelle la nature l'a deftiné. Ils s'aident mutuellement, pour envoyer à notre ame, par les mains de l'expérience, la mefure des connaif-fances que notre être comporte. Nous demandons à nos fens ce qu'ils ne font point faits pour nous donner. Nous voudrions que nos yeux nous fiffent connaître la folidité, la grandeur, la diftance, &c. mais il faut que le toucher s'accorde en cela avec la vue, & que l'expérience les feconde. Si le père *Mallebranche* avait envifagé la nature par ce côté, il eût attribué peut-être moins d'erreurs à nos fens, qui font les feules fources de toutes nos idées.

Il ne faut pas, fans doute, étendre à tous les cas cette efpèce de métaphyfique que nous venons de voir. Nous ne devons l'appeler au fecours, que quand les mathématiques nous font infuffifantes.

DIVINITÉ DE JESUS.

LES fociniens qui font regardés comme des blaf-phémateurs ne reconnaiffent point la divinité de JESUS-CHRIST. Ils ofent prétendre avec les philofophes de l'antiquité , avec les Juifs, les Mahométans, & tant d'autres nations, que l'idée d'un Dieu - homme eft monftrueufe , que la diftance d'un Dieu à l'homme eft infinie , & qu'il eft impoffible que l'être infini, immenfe , éternel , ait été contenu dans un corps périffable.

Ils ont la confiance de citer en leur faveur *Eufèbe* , évêque de Céfarée , qui, dans fon hiftoire eccléfiafti-que , liv. I, chap. XI·, déclare qu'il eft abfurde que la nature non engendrée , immuable, du D I E U tout-puiffant, prenne la forme d'un homme. Ils citent les pères de l'Eglife , *Juftin* & *Tertullien* , qui ont dit la même chofe ; *Juftin* dans fon dialogue avec *Triphon* , & *Tertullien* dans fon difcours contre *Praxeas*.

Ils citent *St Paul* qui n'appelle jamais JESUS-CHRIST DIEU, & qui l'appelle homme très-fouvent. Ils pouf-fent l'audace jufqu'au point d'affirmer que les chré-tiens paffèrent trois fiècles entiers à former peu-à-peu l'apothéofe de JESUS , & qu'ils n'élevaient cet éton-nant édifice qu'à l'exemple des païens qui avaient divinifé des mortels. D'abord , felon eux , on ne regarda JESUS que comme un homme infpiré de DIEU ; enfuite comme une créature plus parfaite que les autres. On lui donna quelque temps après une place au-deffus des anges , comme le dit *St Paul.* Chaque jour ajoutait à fa grandeur. Il devint une émanation de DIEU produite dans le temps. Ce ne fut pas affez; on le fit naître avant le temps même. Enfin on le fit Dieu confubftantiel à DIEU. *Crellius*, *Voquelfius*, *Natalis Alexander*, *Hornebeck*, ont appuyé tous ces blafphèmes par des argumens qui étonnent les fages, & qui pervertiffent les faibles. Ce fut furtout *Faufte Socin* qui répandit les femences de cette doctrine dans l'Europe; & fur la fin du feizième fiècle il s'en eft peu fallu qu'il n'établît une nouvelle efpèce de chriftianifme. Il y en avait déjà eu plus de trois cents efpèces.

D I V O R C E.

SECTION PREMIERE.

IL eft dit dans l'Encyclopédie, à l'article *Divorce*, que l'*ufage du divorce ayant été porté dans les Gaules par les Romains, ce fut ainfi que Biffine ou Bazine quitta le roi de Thuringe fon mari, pour fuivre Childéric qui l'époufa*. C'eft comme fi on difait que les Troyens ayant établi le divorce à Sparte, *Hélène* répudia *Menelas*, fuivant la loi, pour s'en aller avec *Pâris* en Phrygie.

La fable agréable de *Pâris*, & la fable ridicule de *Childéric* qui n'a jamais été roi de France, & qu'on prétend avoir enlevé *Bazine* femme de *Bazin*, n'ont rien de commun avec la loi du divorce.

On cite encore *Cherebert*, régule de la petite ville de Lutèce près d'Iffi, *Lutetia Parifiorum*, qui répudia fa femme. L'abbé *Véli*, dans fon *hiftoire de France*, dit que ce *Cherebert*, ou *Caribert*, répudia fa femme

Ingoberge pour époufer *Mirefleur* fille d'un artifan, & enfuite *Theudegilde*, fille d'un berger, qui *fut élevée fur le premier trône de l'empire français.*

Il n'y avait alors ni premier ni fecond trône chez ces barbares, que l'empire romain ne reconnut jamais pour rois. Il n'y avait point d'empire *français.*

L'empire des francs ne commença que par *Charlemagne.* Il eft fort douteux que le mot *Mirefleur* fût en ufage dans la langue welche ou gauloife, qui était un patois du jargon celte. Ce patois n'avait pas des expreffions fi douces.

Il eft dit encore que le réga, ou régule *Chilpéric*, feigneur de la province du Soiffonnais, & qu'on appelle *roi de France*, fit un divorce avec la reine *Andove* ou *Andovère*; & voici la raifon de ce divorce.

Cette *Andovère* après avoir donné au feigneur de Soiffons, trois enfans mâles, accoucha d'une fille. Les Francs étaient en quelque façon chrétiens depuis *Clovis. Andovère* étant relevée de couche préfenta fa fille au baptême. *Chilpéric* de Soiffons, qui apparemment était fort las d'elle, lui déclara que c'était un crime irrémiffible d'être marraine de fon enfant, qu'elle ne pouvait plus être fa femme par les lois de l'Eglife, & il époufa *Fredegonde*; après quoi il chaffa *Fredegonde*, époufa une vifigothe, & puis reprit *Fredegonde*.

Tout cela n'a rien de bien légal, & ne doit pas plus être cité que ce qui fe paffait en Irlande & dans les îles Orcades.

Le code juftinien, que nous avons adopté en plufieurs points, autorife le divorce: mais le droit canonique, que les catholiques ont encore plus adopté, ne le permet pas.

L'auteur de l'article dit *que le divorce se pratique dans les Etats d'Allemagne de la confession d'Augsbourg.*

On peut ajouter que cet usage est établi dans tous les pays du Nord, chez tous les réformés de toutes les confessions possibles, & dans toute l'Eglise grecque.

Le divorce est probablement de la même date à-peu-près que le mariage. Je crois pourtant que le mariage est de quelques semaines plus ancien, c'est-à-dire qu'on se querella avec sa femme au bout de quinze jours, qu'on la battit au bout d'un mois, & qu'on s'en sépara après six semaines de cohabitation.

Justinien qui rassembla toutes les lois faites avant lui, auxquelles il ajouta les siennes, non-seulement confirme celle du divorce, mais il lui donne encore plus d'étendue; au point que toute femme dont le mari était non pas esclave, mais simplement prisonnier de guerre pendant cinq ans, pouvait après les cinq ans révolus, contracter un autre mariage.

Justinien était chrétien, & même théologien; comment donc arriva-t-il que l'Eglise dérogeât à ses lois? ce fut quand l'Eglise devint souveraine & législatrice. Les papes n'eurent pas de peine à substituer leurs décrétales au code dans l'Occident, plongé dans l'ignorance & dans la barbarie. Ils profitèrent tellement de la stupidité des hommes, qu'*Honorius III*, *Grégoire IX*, *Innocent III*, défendirent par leurs bulles qu'on enseignât le droit civil. On peut dire de cette hardiesse: cela n'est pas croyable; mais cela est vrai.

Comme l'Eglise jugea seule du mariage, elle jugea seule du divorce. Point de prince qui ait fait un divorce, & qui ait épousé une seconde femme sans l'ordre du pape, avant *Henri VIII* roi d'Angleterre,

qui

qui ne fe paffa du pape qu'après avoir long-temps follicité fon procès en cour de Rome.

Cette coutume, établie dans des temps d'ignorance, fe perpétua dans les temps éclairés, par la feule raifon qu'elle exiftait. Tout abus s'éternife de lui-même ; c'eft l'écurie d'*Augias* ; il faut un *Hercule* pour la nétoyer.

Henri IV ne put être père d'un roi de France que par une fentence du pape : encore fallut-il, comme on l'a déjà remarqué, non pas prononcer un divorce, mais mentir en prononçant qu'il n'y avait point eu de mariage.

SECTION II.

UN principal magiftrat d'une ville de France a le malheur d'avoir une femme qui a été débauchée par un prêtre avant fon mariage, & qui depuis s'eft couverte d'opprobre par des fcandales publics : il a eu la modération de fe féparer d'elle fans éclat. Cet homme âgé de quarante ans, vigoureux, & d'une figure agréable, a befoin d'une femme ; il eft trop fcrupuleux pour chercher à féduire l'époufe d'un autre ; il craint même le commerce d'une fille ou d'une veuve qui lui fervirait de concubine. Dans cet état inquiétant & douloureux, voici le précis des plaintes qu'il adreffe à fon Eglife.

Mon époufe eft criminelle, & c'eft moi qu'on punit. Une autre femme eft néceffaire à la confolation de ma vie, à ma vertu même ; & la fecte dont je fuis me la refufe ; elle me défend de me marier avec une fille honnête. Les lois civiles d'aujourd'hui, malheureufement fondées fur le droit canon, me privent des droits de l'humanité. L'Eglife me réduit à chercher ou des plaifirs qu'elle réprouve, ou des dédommagemens honteux qu'elle condamne; elle veut me forcer d'être criminel.

Je jette les yeux fur tous les peuples de la terre; il n'y en a pas un feul, excepté le peuple catholique romain, chez qui le divorce & un nouveau mariage ne foient de droit naturel.

Quel renverfement de l'ordre a donc fait chez les catholiques une vertu de fouffrir l'adultère,& un devoir de manquer de femme quand on a été indignement outragé par la fienne?

Pourquoi un lien pourri eft-il indiffoluble malgré la grande loi adoptée par le code *quidquid ligatur diffolubile eft?* On me permet la féparation de corps & de biens, & on ne me permet pas le divorce. La loi peut m'ôter ma femme, & elle me laiffe un nom qu'on appelle *facrement!* je ne jouis plus du mariage, & je fuis marié! quelle contradiction! quel efclavage! & fous quelles lois avons-nous reçu la naiffance!

Ce qui eft bien plus étrange, c'eft que cette loi de mon Eglife eft directement contraire aux paroles que cette Eglife elle-même croit avoir été prononcées par JESUS-CHRIST: (*a*) *Quiconque a renvoyé fa femme, (excepté pour adultère) péche s'il en prend une autre.*

Je n'examine point fi les pontifes de Rome ont été en droit de violer à leur plaifir la loi de celui qu'ils regardent comme leur maître; fi lorfqu'un Etat a befoin d'un héritier, il eft permis de répudier celle qui ne peut en donner. Je ne recherche point fi une

(*a*) *Matthieu*, chap. XIX.

femme turbulente, attaquée de démence, ou homicide, ou empoifonneufe, ne doit pas être répudiée auffi-bien qu'une adultère ; je m'en tiens au trifte état qui me concerne. DIEU me permet de me remarier , & l'évêque de Rome ne me le permet pas !

Le divorce a été en ufage chez les catholiques, fous tous les empereurs ; il l'a été dans tous les Etats démembrés de l'empire romain. Les rois de France qu'on appelle *de la première race* , ont prefque tous répudié leurs femmes pour en prendre de nouvelles. Enfin il vint un *Grégoire IX* , ennemi des empereurs & des rois, qui , par un décret, fit du mariage un joug infecouable : fa décrétale devint la loi de l'Europe. Quand les rois voulurent répudier une femme adul-tère felon la loi de JESUS-CHRIST, ils ne purent en venir à bout ; il fallut chercher des prétextes ridicules. *Louis le jeune* fut obligé , pour faire fon malheureux divorce avec *Eléonore de Guienne*, d'alléguer une parenté qui n'exiftait pas. Le roi *Henri IV*, pour répudier *Marguerite de Valois* , prétexta une caufe encore plus fauffe , un défaut de confentement. Il fallut mentir pour faire un divorce légitimement.

Quoi ! un fouverain peut abdiquer fa couronne , & fans la permiffion du pape il ne pourra abdiquer fa femme ! eft-il poffible que des hommes d'ailleurs éclairés, aient croupi fi long-temps dans cette abfurde fervitude !

Que nos prêtres , que nos moines renoncent aux femmes, j'y confens ; c'eft un attentat contre la pòpu-lation, c'eft un malheur pour eux ; mais ils méritent ce malheur qu'ils fe font fait eux-mêmes. Ils ont été les viĉtimes des papes qui ont voulu avoir en eux des

efclaves, des foldats fans famille & fans patrie, vivant
uniquement pour l'Eglife ; mais moi magiftrat qui fers
l'Etat toute la journée, j'ai befoin le foir d'une femme,
& l'Eglife n'a pas le droit de me priver d'un bien que
D I E U m'accorde. Les apôtres étaient mariés, *Joseph*
était marié, & je veux l'être. Si moi alfacien je dépends
d'un prêtre qui demeure à Rome, fi ce prêtre a la
barbare puiffance de me priver d'une femme, qu'il
me faffe eunuque pour chanter des *miferere* dans fa
chapelle. (1)

DOGMES.

ON fait que toute croyance enfeignée par l'Eglife,
eft un dogme qu'il faut embraffer. Il eft trifte qu'il y
ait des dogmes reçus par l'Eglife latine, & rejetés par
l'Eglife grecque. Mais fi l'unanimité manque, la
charité la remplace. C'eft furtout entre les cœurs
qu'il faudrait de la réunion.

Je crois que nous pouvons à ce propos rapporter
un fonge qui a déjà trouvé grâce devant quelques
perfonnes pacifiques.

Le 17 février de l'an 1763 de l'ère vulgaire, le
foleil entrant dans le figne des poiffons, je fus tranfporté au ciel, comme le favent tous mes amis. Ce

(1) L'empereur *Joseph II* vient de donner à fes peuples une nouvelle
légiflation fur les mariages. Par cette légiflation, le mariage devient ce
qu'il doit être : un fimple contrat civil. Il a également autorifé le divorce
fans exiger d'autre motif que la volonté conftante des deux époux. Sur
ces deux objets plus importans qu'on ne croit pour la morale & la prof-
périté des Etats, il a donné un grand exemple qui fera fuivi par les
autres nations de l'Europe, quand elles commenceront à fentir qu'il n'eft
pas plus raifonnable de confulter fur la légiflation les théologiens que les
danfeurs de corde.

ne fut point la jument *Borac* de *Mahomet* qui fut ma monture ; ce ne fut point le char enflammé d'*Elie* qui fut ma voiture ; je ne fus porté ni fur l'éléphant de *Sammonocodom* le fiamois , ni fur le cheval de *St George* patron de l'Angleterre , ni fur le cochon de *St Antoine :* j'avoue avec ingénuité que mon voyage fe fit je ne fais comment.

On croira bien que je fus ébloui ; mais ce qu'on ne croira pas , c'eft que je vis juger tous les morts. Et qui étaient les juges ? c'était, ne vous en déplaife, tous ceux qui ont fait du bien aux hommes , *Confucius* , *Solon* , *Socrate* , *Titus* , les *Antonins* , *Epictète* , *Charron* , de *Thou* , le chancelier de l'*Hofpital ;* tous les grands-hommes qui , ayant enfeigné & pratiqué les vertus que D I E U exige , femblent feuls être en droit de prononcer fes arrêts.

Je ne dirai point fur quels trônes ils étaient affis, in combien de millions d'êtres céleftes étaient profter-nés devant l'éternel architecte de tous les globes , ni quelle foule d'habitans de ces globes innombrables comparut devant les juges. Je ne rendrai compte ici que de quelques petites particularités tout-à-fait intéreffantes dont je fus frappé.

Je remarquai que chaque mort qui plaidait fa caufe , & qui étalait fes beaux fentimens, avait à côté de lui tous les témoins de fes actions. Par exemple, quand le cardinal de *Lorraine* fe vantait d'avoir fait adopter quelques-unes de fes opinions par le concile de Trente, & que pour prix de fon orthodoxie il demandait la vie éternelle ; tout auffitôt paraiffaient autour de lui vingt courtifannes ou dames de la cour, portant toutes fur le front le nombre de leur rendez-vous avec le cardinal. On voyait ceux qui avaient jeté avec lui les fondemens de la ligue ; tous les complices de fes deffeins pervers venaient l'environner.

Vis-à-vis du cardinal de *Lorraine* était *Jean Chauvin* qui fe vantait, dans fon patois groffier, d'avoir donné des coups de pieds à l'idole papale, après que d'autres l'avaient abattue. J'ai écrit contre la peinture & la fculpture, difait-il ; j'ai fait voir évidemment que les bonnes œuvres ne fervent à rien du tout, & j'ai prouvé qu'il eft diabolique de danfer le menuet ; chaffez vîte d'ici le cardinal de *Lorraine*, & placez-moi à côté de St *Paul.*

Comme il parlait, on vit auprès de lui un bûcher enflammé ; un fpectre épouvantable, portant au cou une fraife efpagnole à moitié brûlée, fortait du milieu des flammes avec des cris affreux : Monftre, s'écriait-il, monftre exécrable, tremble ; reconnais ce *Servet* que tu as fait périr par le plus cruel des fupplices, parce qu'il avait difputé contre toi fur la manière dont trois perfonnes peuvent faire une feule fubftance. Alors tous les juges ordonnèrent que le cardinal de *Lorraine* ferait précipité dans l'abyme, mais que *Calvin* ferait puni plus rigoureufement. (1)

Je vis une foule prodigieufe de morts qui difaient : J'ai cru, j'ai cru ; mais fur leur front il était écrit, j'ai fait ; & ils étaient condamnés.

Le jéfuite *le Tellier* paraiffait fièrement, la bulle *Unigenitus* à la main. Mais à fes côtés s'éleva tout d'un coup un monceau de deux mille lettres de cachet. Un janfénifte y mit le feu, *le Tellier* fut brûlé jufqu'aux os ;

(1) Cela n'eft pas jufte ; le cardinal de *Lorraine* avait allumé plus de bûchers que *Calvin.*

& le janféniste, qui n'avait pas moins cabalé que le jéfuite, eut fa part de la brûlure.

Je voyais arriver à droite & à gauche des troupes de faquirs, de talapoins, de bonzes, de moines blancs, noirs & gris, qui s'étaient tous imaginés que, pour faire leur cour à l'Etre fuprême, il fallait ou chanter, ou fe fouetter, ou marcher tout nus. J'entendis une voix terrible qui leur demanda : Quel bien avez-vous fait aux hommes ? A cette voix fuccéda un morne filence ; aucun n'ofa répondre, & ils furent tous conduits aux petites maifons de l'univers : c'eft un des plus grands bâtimens qu'on puiffe imaginer.

L'un criait : c'eft aux métamorphofes de *Xaca* qu'il faut croire ; l'autre, c'eft à celles de *Sammonocodom ; Bacchus* arrêta le foleil & la lune, difait celui-ci ; les Dieux reffufcitèrent *Pélops*, difait celui-là. Voici la bulle *in cœnâ Domini*, difait un nouveau venu, & l'huiffier des juges criait : Aux petites-maifons, aux petites-maifons.

Quand tous ces procès furent vidés, j'entendis alors promulguer cet arrêt : DE PAR L'ETERNEL CRÉATEUR, CONSERVATEUR, RÉMUNÉRATEUR, VENGEUR, PARDONNEUR, &c. &c., foit notoire à tous les habitans des cent mille millions de milliars de mondes qu'il nous a plu de former, que nous ne jugerons jamais aucun defdits habitans fur leurs idées creufes, mais uniquement fur leurs actions ; car telle eft notre juftice.

J'avoue que ce fut la première fois que j'entendis un tel édit ; tous ceux que j'avais lus fur le petit grain de fable où je fuis né, finiffaient par ces mots ; *car tel eft notre plaifir.*

DONATIONS.

LA république romaine qui s'empara de tant d'Etats, en donna aussi quelques-uns.

Scipion fit *Massinisse* roi de Numidie.

Lucullus, *Scylla*, *Pompée*, donnèrent une demi-douzaine de royaumes.

Cléopâtre reçut l'Egypte de *César* : *Antoine*, & ensuite *Octave* donnèrent le petit royaume de Judée à *Hérode*.

Sous *Trajan*, on frappa la fameuse médaille *regna assignata*, les royaumes accordés.

Des villes, des provinces données en souveraineté à des prêtres, à des colléges pour la plus grande gloire de DIEU ou des Dieux, c'est ce qu'on ne voit dans aucun pays.

Mahomet & les califes ses vicaires prirent beaucoup d'Etats pour la propagation de leur foi, mais on ne leur fit aucune donation. Ils ne tenaient rien que de leur Alcoran & de leur sabre.

La religion chrétienne, qui fut d'abord une société de pauvres, ne vécut long-temps que d'aumônes. La première donation est celle d'*Anania* & de *Saphira* sa femme. Elle fut en argent comptant, & ne réussit pas aux donateurs.

Donation de Constantin.

LA célèbre donation de Rome & de toute l'Italie au pape *Silvestre*, par l'empereur *Constantin*, fut soutenue comme une partie du symbole jusqu'au seizième siécle. Il fallait croire que *Constantin* étant à Nicomédie fut guéri de la lèpre à Rome, par le baptême qu'il reçut de l'évêque *Silveſtre* , (quoiqu'il ne fût point baptiſé) & que pour récompenſe il donna ſur le champ ſa ville de Rome & toutes ſes provinces occidentales à ce *Silveſtre*. Si l'acte de cette donation avait été dreſſé par le docteur de la comédie italienne, il n'aurait pas été plus plaiſamment conçu. On ajoute que *Conſtantin* déclara tous les chanoines de Rome conſuls & patrices , *patricios & conſules effici* ; qu'il tint lui-même la bride de la haquenée ſur laquelle mònta le nouvel empereur évêque , *tenentes frenum equi illius*. (*)

Quand on fait réflexion que cette belle hiſtoire a été en Italie une eſpèce d'article de foi , & une opinion révérée du reſte de l'Europe pendant huit ſiècles ; qu'on a pourſuivi comme des hérétiques ceux qui en doutaient , il ne faut plus s'étonner de rien.

Donation de Pepin.

AUJOURD'HUI on n'excommunie plus perſonne pour avoir douté que *Pepin* l'uſurpateur ait donné & pu donner au pape l'exarchat de Ravenne; c'eſt tout au plus une mauvaiſe penſée , un péché véniel qui n'entraîne point la perte du corps & de l'ame.

Voici ce qui pourrait excuſer les juriſconſultes allemands qui ont des ſcrupules ſur cette donation.

1°. Le bibliothécaire *Anaſtaſe*, dont le témoignage eſt toujours cité , écrivait cent quarante ans après l'événement.

2°. Il n'était point vraiſemblable que *Pepin* mal affermi en France , & à qui l'Aquitaine feſait la guerre ,

_____

(*) Voyez l'*Eſſai ſur les mœurs &c*. , tome I , pages 363 & 364 , où cette donation ſe trouve traduite en entier.

allât donner en Italie des Etats qu'il avouait appartenir à l'empereur réfident à Conſtantinople.

3°. Le pape *Zacharie* reconnaiſſait l'empereur romain-grec pour ſouverain de ces terres diſputées par les Lombards, & lui en avait prêté ſerment, comme il ſe voit par les lettres de cet évêque de Rome *Zacharie* à l'évêque de Maïence *Boniface*. Donc *Pepin* ne pouvait donner au pape les terres impériales.

4°. Quand le pape *Etienne II* fit venir une lettre du ciel, écrite de la propre main de *St Pierre* à *Pepin*, pour ſe plaindre des vexations du roi des Lombards *Aſtolphe*, *St Pierre* ne dit point du tout dans ſa lettre que *Pepin* eût fait préſent de l'exarchat de Ravenne au pape; & certainement *St Pierre* n'y aurait pas manqué, pour peu que la choſe eût été ſeulement équivoque; il entend trop bien ſes intérêts.

5°. Enfin, on ne vit jamais l'acte de cette donation; & ce qui eſt plus fort, on n'oſa pas même en fabriquer un faux. Il n'eſt pour toute preuve que des récits vagues mêlés de fables. On n'a donc au lieu de certitude, que des écrits de moines, abſurdes, copiés de ſiècle en ſiècle.

L'avocat italien qui écrivit en 1722, pour faire voir qu'originairement Parme & Plaiſance avaient été concédés au Saint-Siége comme une dépendance de l'exarchat, (a) aſſure que *les empereurs grecs furent juſtement dépouillés de leurs droits, parce qu'ils avaient ſoulevé les peuples contre* DIEU. C'eſt de nos jours qu'on écrit ainſi! mais c'eſt à Rome. Le cardinal *Bellarmin* va plus loin : *Les premiers chrétiens*, dit-il, *ne ſupportaient les empereurs que parce qu'ils n'étaient pas les plus forts*. L'aveu eſt franc, & je ſuis perſuadé que *Bellarmin* a raiſon.

(a) Page 120, ſeconde partie.

Donation de Charlemagne.

DANS le temps que la cour de Rome croyait avoir befoin de titres, elle prétendit que *Charlemagne* avait confirmé la donation de l'exarchat, & qu'il y avait ajouté la Sicile, Venife, Bénévent, la Corfe, la Sardaigne. Mais comme *Charlemagne* ne poffédait aucun de ces Etats, il ne pouvait les donner; & quant à la ville de Ravenne, il eft bien clair qu'il la garda, puifque dans fon teftament il fait un legs à *fa ville de Ravenne*, ainfi qu'à *fa ville de Rome*. C'eft beaucoup que les papes aient eu Ravenne & la Romagne avec le temps; mais pour Venife, il n'y a pas d'apparence qu'ils faffent valoir dans la place Saint-Marc le diplôme qui leur en accorde la fouveraineté.

On a difpute pendant des fiècles fur tous ces actes, inftrumens, diplômes; mais c'eft une opinion conftante, dit *Giannone*, ce martyr de la vérité, que toutes ces pièces furent forgées du temps de *Grégoire VII*. (*b*) *E coftante opinione preffo i più gravi fcrittori che tutti quefti iftromenti e diplomi furono fuppofti ne' tempi d'Ildebrando.*

Donation de Bénévent par l'empereur Henri III.

LA première donation bien avérée qu'on ait faite, au fiége de Rome, fut celle de Bénévent; & ce fut un échange de l'empereur *Henri III* avec le pape *Léon IX*; il n'y manqua qu'une formalité, c'eft qu'il eût fallu que l'empereur qui donnait Bénévent en fût le maître.

(*b*) Lib. IX, cap. III.

Elle appartenait aux ducs de Bénévent, & les empereurs romains-grecs réclamaient leurs droits fur ce duché. Mais l'hiftoire n'eft autre chofe que la lifte de ceux qui fe font accommodés du bien d'autrui.

Donation de la comteffe Mathilde.

LA plus confidérable des donations, & la plus authentique fut celle de tous les biens de la fameufe comteffe *Mathilde* à *Grégoire VII*. C'était une jeune veuve qui donnait tout à fon directeur. Il paffe pour conftant que l'acte en fut réitéré deux fois, & enfuite confirmé par fon teftament.

Cependant il refte encore quelque difficulté. On a toujours cru à Rome que *Mathilde* avait donné tous fes Etats, tous fes biens préfens & à venir à fon ami *Grégoire VII*, par un acte folemnel, dans fon château de Canoffa en 1077, pour le remède de fon ame & de l'ame de fes parens. Et pour corroborer ce faint inftrument, on nous en montre un fecond de l'an 1102, par lequel il eft dit que c'eft à Rome qu'elle a fait cette donation, laquelle s'eft égarée, & qu'elle la renouvelle, & toujours pour le remède de fon ame.

Comment un acte fi important était-il égaré ? la cour romaine eft-elle fi négligente ? comment cet inftrument écrit à Canoffe avait-il été écrit à Rome? que fignifient ces contradictions ? Tout ce qui eft bien clair, c'eft que l'ame des donataires fe portait mieux que l'ame de la donatrice qui avait befoin, pour fe guérir, de fe dépouiller de tout en faveur de fes médecins.

Enfin, voilà donc, en 1102, une fouveraine réduite, par un acte en forme, à ne pouvoir pas difpofer d'un arpent de terre; & depuis cet acte, jufqu'à fa mort en 1115, on trouve encore des donations de terres confidérables, faites par cette même *Mathilde* à des chanoines & à des moines. Elle n'avait donc pas tout donné. Et enfin, cet acte de 1102 pourrait bien avoir été fait après fa mort par quelque habile homme.

La cour de Rome ajouta encore à tous fes droits le teftament de *Mathilde* qui confirmait fes donations. Les papes ne produifirent jamais ce teftament.

Il fallait encore favoir fi cette riche comteffe avait pu difpofer de fes biens, qui étaient la plupart des fiefs de l'Empire.

L'empereur *Henri V* fon héritier s'empara de tout, ne reconnut ni teftament, ni donations, ni fait, ni droit. Les papes en temporifant gagnèrent plus que les empereurs en ufant de leur autorité; & avec le temps, ces céfars devinrent fi faibles, qu'enfin les papes ont obtenu de la fucceffion de *Mathilde* ce qu'on appelle aujourd'hui le *patrimoine de Sᵗ Pierre*.

Donation de la fuzeraineté de Naples aux papes.

LES gentilshommes normands, qui furent les premiers inftrumens de la conquête de Naples & de Sicile, firent le plus bel exploit de chevalerie dont on ait jamais entendu parler. Quarante à cinquante hommes feulement délivrent Salerne au moment qu'elle eft prife par une armée de Sarrazins. Sept autres gentilshommes normands, tous frères, fuffifent pour chaffer ces mêmes Sarrazins de toute la contrée,

& pour l'ôter à l'empereur grec qui les avait payés d'ingratitude. Il eft bien naturel que les peuples dont ces héros avaient ranimé la valeur, s'accoutumaffent à leur obéir par admiration & par reconnaiffance.

Voilà les premiers droits à la couronne des deux Siciles. Les évêques de Rome ne pouvaient pas donner ces Etats en fief plus que le royaume de Boutan ou de Cachemire.

Ils ne pouvaient même en accorder l'inveftiture, quand on la leur aurait demandée ; car dans le temps de l'anarchie des fiefs, quand un feigneur voulait tenir fon bien allodial en fief pour avoir une protection, il ne pouvait s'adreffer qu'au fouverain, au chef du pays où ce bien était fitué. Or certainement le pape n'était pas feigneur fouverain de Naples, de la Pouille, & de la Calabre.

On a beaucoup écrit fur cette vaffalité prétendue, mais on n'a jamais remonté à la fource. J'ofe dire que c'eft le défaut de prefque tous les jurifconfultes, comme de tous les théologiens. Chacun tire bien ou mal, d'un principe reçu, les conféquences les plus favorables à fon parti. Mais ce principe eft-il vrai ? ce premier fait fur lequel ils s'appuient eft-il inconteftable ? c'eft ce qu'ils fe donnent bien de garde d'examiner. Ils reffemblent à nos anciens romanciers qui fuppofaient tous que *Francus* avait apporté en France le cafque d'*Hector*. Ce cafque était impénétrable fans doute, mais *Hector* en effet l'avait-il porté ? Le lait de la Vierge eft auffi très-refpectable ; mais vingt facrifties qui fe vantent d'en poff. der une roquille, la poffèdent-elles en effet?

Les hommes de ce temps-là, auffi méchans qu'im-bécilles , ne s'effrayaient pas des plus grands crimes,

& redoutaient une excommunication qui les rendait exécrables aux peuples encore plus méchans qu'eux, & beaucoup plus fots.

Robert Guifcard, & *Richard*, vainqueurs de la Pouille & de la Calabre, furent d'abord excommuniés par le pape *Léon IX*. Ils s'étaient déclarés vaffaux de l'empire ; mais l'empereur *Henri III*, mécontent de ces feudataires conquérans, avait engagé *Léon IX* à lancer l'excommunication à la tête d'une armée d'allemands. Les Normands qui ne craignaient point ces foudres comme les princes d'Italie les craignaient, battirent les Allemands, & prirent le pape prifonnier. Mais pour empêcher déformais les empereurs & les papes de venir les troubler dans leurs poffeffions, ils offrirent leurs conquêtes à l'Eglife, fous le nom d'*oblata*. C'eft ainfi que l'Angleterre avait payé le *denier de St Pierre* ; c'eft ainfi que les premiers rois d'Efpagne & de Portugal, en recouvrant leurs Etats contre les Sarrazins, promirent à l'Eglife de Rome deux livres d'or par an. Ni l'Angleterre, ni l'Efpagne, ni le Portugal, ne regardèrent jamais le pape comme leur feigneur fuzerain.

Le duc *Robert*, oblat de l'Eglife, ne fut pas non plus feudataire du pape ; il ne pouvait pas l'être, puifque les papes n'étaient pas fouverains de Rome. Cette ville alors était gouvernée par fon fénat, & l'évêque n'avait que du crédit ; le pape était à Rome précifément ce que l'électeur eft à Cologne. Il y a une différence prodigieufe entre être oblat d'un faint & être feudataire d'un évêque.

Baronius, dans fes actes, rapporte l'hommage prétendu fait par *Robert* duc de la Pouille & de la Calabre à *Nicolas II;* mais cette pièce eft fufpecte comme tant d'autres, on ne l'a jamais vue ; elle n'a jamais été dans aucune archive. *Robert* s'intitula : *Duc par la grâce de* DIEU *& de St Pierre;* mais certainement *St Pierre* ne lui avait rien donné, & n'était point roi de Rome.

Les autres papes, qui n'étaient pas plus rois que *St Pierre*, reçurent fans difficulté l'hommage de tous les princes qui fe préfentèrent pour régner à Naples, furtout quand ces princes furent les plus forts.

Donation de l'Angleterre & de l'Irlande aux papes, par le roi Jean.

EN 1213 le roi *Jean*, vulgairement nommé *Jean fans terre*, & plus juftement *fans vertu*, étant excommunié, & voyant fon royaume mis en interdit, le donna au pape *Innocent III* & à fes fucceffeurs. *Non contraint par une crainte, mais de mon plein gré & de l'avis de mes barons, pour la rémiffion de mes péchés contre* DIEU *& l'Eglife, je réfigne l'Angleterre & l'Irlande à* DIEU, *à St Pierre, à St Paul, & à monfeigneur le pape Innocent, & à fes fucceffeurs dans la chaire apoftolique.*

Il fe déclara feudataire lieutenant du pape ; paya d'abord huit mille livres fterling comptant au légat *Pandolphe* ; promit d'en payer mille tous les ans; donna la première année d'avance au légat qui la foula aux pieds, & jura entre fes genoux qu'il fe foumettait à tout perdre faute de payer à l'échéance.

Le plaifant de cette cérémonie fut que le légat s'en alla avec fon argent, & oublia de lever l'excommunication.

Examen

Examen de la vaſſalité de Naples & de l'Angleterre.

O N demande laquelle vaut le mieux de la donation de *Robert Guiſcard*, ou de celle de *Jean ſans terre*: tous deux avaient été excommuniés ; tous deux donnaient leurs Etats à St *Pierre*, & n'en étaient plus que les fermiers. Si les barons anglais s'indignèrent du marché infame de leur roi avec le pape & le caſſèrent, les barons napolitains ont pu caſſer celui du duc *Robert* : & s'ils l'ont pu autrefois, ils le peuvent aujourd'hui.

De deux choſes l'une ; ou l'Angleterre & la Pouille étaient données au pape ſelon la loi de l'Egliſe, ou ſelon la loi des fiefs ; ou comme à un évêque, ou comme à un ſouverain. Comme à un évêque, c'était préciſément contre la loi de JESUS-CHRIST, qui défendit ſi ſouvent à ſes diſciples de rien prendre, & qui leur déclara que ſon royaume n'eſt point de ce monde.

Si comme à un ſouverain, c'était un crime de lèſe-majeſté impériale. Les Normands avaient déjà fait hommage à l'empereur. Ainſi nul droit ni ſpirituel, ni temporel n'appartenait aux papes dans cette affaire. Quand le principe eſt ſi vicieux, tous les effets le ſont. Naples n'appartient donc pas plus au pape que l'Angleterre.

Il y a encore une autre façon de ſe pourvoir contre cet ancien marché ; c'eſt le droit des gens, plus fort que le droit des fiefs. Ce droit des gens ne veut pas qu'un ſouverain appartienne à un autre ſouverain ; &

Dictionn. philoſoph. Tome III. B b

la loi la plus ancienne est qu'on soit le maître chez
soi, à moins qu'on ne soit le plus faible.

Des donations faites par les papes.

Si on a donné des principautés aux évêques de
Rome, ils en ont donné bien davantage. Il n'y a pas
un seul trône en Europe dont ils n'aient fait présent.
Dès qu'un prince avait conquis un pays, ou même
voulait le conquérir, les papes le lui accordaient au
nom de St Pierre. Quelquefois même ils firent les
avances, & l'on peut dire qu'ils ont donné tous les
royaumes excepté celui des cieux.

Peu de gens en France savent que *Jules II* donna
les Etats du roi *Louis XII* à l'empereur *Maximilien*,
qui ne put s'en mettre en possession; & l'on ne se
souvient pas assez que *Sixte-Quint*, *Grégoire XIV*, &
Clément VIII, furent près de faire une libéralité de la
France à quiconque *Philippe II* aurait choisi pour le
mari de sa fille *Claire Eugénie*.

Quant aux empereurs, il n'y en a pas un depuis
Charlemagne, que la cour de Rome n'ait prétendu
avoir nommé. C'est pourquoi *Swift*, dans son *Conte du
tonneau*, dit que milord *Pierre* devint tout-à-fait fou,
& que *Martin* & *Jean* ses frères voulurent le faire
enfermer par avis de parens. Nous ne rapportons
cette témérité que comme un blasphème plaisant
d'un prêtre anglais contre l'évêque de Rome.

Toutes ces donations disparaissent devant celles des
Indes orientales & occidentales, dont *Alexandre VI*
investit l'Espagne & le Portugal de sa pleine puissance
& autorité divine : c'était donner presque toute la terre.

Il pouvait donner de même les globes de *Jupiter* &
de *Saturne* avec leurs fatellites.

Donations entre particuliers.

LES donations des citoyens fe traitent tout différemment. Les codes des nations font convenus d'abord
unanimement, que perfonne ne peut donner le bien
d'autrui, de même que perfonne ne peut le prendre.
C'eft la loi des particuliers.

En France la jurifprudence fut incertaine fur cet
objet, comme fur prefque tous les autres, jufqu'à
l'année 1731, où l'équitable chancelier d'*Aguesseau*
ayant conçu le deffein de rendre enfin la loi uniforme,
ébaucha très-faiblement ce grand ouvrage par l'édit
fur les *donations*. Il eft rédigé en quarante-fept articles.
Mais en voulant rendre uniformes toutes les formalités
concernant les donations, on excepta la Flandre de la
loi générale; & en exceptant la Flandre on oublia
l'Artois qui devrait jouir de la même exception : de
forte que fix ans après la loi générale, on fut obligé
d'en faire pour l'Artois une particulière.

On fit furtout ces nouveaux édits concernant les
donations & les teftamens, pour écarter tous les commentateurs qui embrouillent les lois; & on en a déjà
fait dix commentaires.

Ce qu'on peut remarquer fur les donations, c'eft
qu'elles s'étendent beaucoup plus loin qu'aux particuliers à qui on fait un préfent. Il faut payer pour chaque
préfent aux fermiers du domaine royal, droit de
contrôle, droit d'infinuation, droit de centième denier,
droit de deux fous pour livre, droit de huit fous pour
livre.   B b 2

De forte que toutes les fois que vous donnez à un citoyen, vous êtes bien plus libéral que vous ne penfez. Vous avez le plaifir de contribuer à enrichir les fermiers généraux ; mais cet argent ne fort point du royaume, comme celui qu'on paye à la cour de Rome.

DORMANS. (LES SEPT)

LA fable imagina qu'un *Epiménide* avait dormi d'un fomme pendant vingt-fept ans, & qu'à fon réveil il fut tout étonné de trouver fes petits-enfans mariés qui lui demandaient fon nom ; fes amis morts, fa ville & les mœurs des habitans changées. C'était un beau champ à la critique, & un plaifant fujet de comédie. La légende a emprunté tous les traits de la fable, & les a groffis.

L'auteur de la *Légende dorée* ne fut pas le premier qui, au treizième fiècle, au lieu d'un dormeur nous en donna fept, & en fit bravement fept martyrs. Il avait pris cette édifiante hiftoire chez *Grégoire* de Tours, écrivain véridique, qui l'avait prife chez *Sigebert*, qui l'avait prife chez *Métaphrafte*, qui l'avait prife chez *Nicéphore*. C'eft ainfi que la vérité arrive aux hommes de main en main.

Le révérend *Pierre Ribadeneïra* de la compagnie de JESUS, enchérit encore fur la *Légende dorée* dans fa célèbre *Fleur des faints*, dont il eft fait mention dans le Tartuffe de *Molière*. Elle fut traduite, augmentée, & enrichie de tailles-douces, par le révérend père *Antoine Girard* de la même fociété ; rien n'y manque.

Quelques curieux feront peut-être bien aifes de voir la profe du révérend père *Girard*, la voici :

,, Du temps de l'empereur *Déce*, l'Eglife reçut une
,, furieufe & épouvantable bourafque ; entre les autres
,, chrétiens l'on prit fept frères, jeunes, bien difpos,
,, & de bonne grâce, qui étaient enfans d'un cheva-
,, lier d'Ephèfe, & qui s'appelaient *Maximien*, *Marie*,
,, *Martinien*, *Dcnis*, *Jean*, *Sérapion*, & *Conftantin*. L'em-
,, pereur leur ôta d'abord leurs ceintures dorées. ...
,, ils fe cachèrent dans une caverne, l'empereur en
,, fit murer l'entrée pour les faire mourir de faim. ,,

Auffitôt ils s'endormirent tous fept, & ne fe réveil-
lèrent qu'après avoir dormi cent foixante & dix-fept
ans.

Le père *Girard*, loin de croire que ce foit un *conte
à dormir debout*, en prouve l'authenticité par les argumens les plus démonftratifs : & quand on n'aurait
d'autre preuve que les noms des fept affoupis, cela
fuffirait ; on ne s'avife pas de donner des noms à des
gens qui n'ont jamais exifté. Les fept dormans ne
pouvaient être ni trompés, ni trompeurs. Auffi ce
n'eft pas pour contefter cette hiftoire que nous en
parlons, mais feulement pour remarquer qu'il n'y a
pas un feul événement fabuleux de l'antiquité qui
n'ait été rectifié par les anciens légendaires. Toute
l'hiftoire d'*Oedipe*, d'*Hercule*, de *Théfée*, fe trouve chez
eux accommodée à leur manière. Ils ont peu inventé,
mais ils ont beaucoup perfectionné.

J'avoue ingénument que je ne fais pas d'où *Nicéphore*
avait tiré cette belle hiftoire. Je fuppofe que c'était de
la tradition d'Ephèfe ; car la caverne des fept dormans,
& la petite églife qui leur eft dédiée, fubfiftent encore.

Les moins éveillés des pauvres grecs y viennent faire leurs dévotions. Le chevalier *Ricaut* & plufieurs autres voyageurs anglais ont vu ces deux monumens; mais pour leurs dévotions ils ne les y ont pas faites.

Terminons ce petit article par le raifonnement d'*Abadie*. Voilà des *mémoriaux* inftitués pour célébrer à jamais l'aventure des fept dormans. Aucun grec n'en a jamais douté dans Ephèfe ; ces grecs n'ont pu être abufés ; ils n'ont pu abufer perfonne ; donc l'hiftoire des fept dormans eft inconteftable.

D R O I T.

Droit des gens, droit naturel, droit public.

S E C T I O N   P R E M I E R E.

JE ne connais rien de mieux fur ce fujet que ces vers de l'*Ariofte* au chant XLIV.

> *Fan' lega oggi rè, papi, imperatori,*
> *Doman' faranno capitali nemici ;*
> *Perche quella apparenza efteriori*
> *Non hanno i cor', non hanno gli animi tali,*
> *Che non guardando al torto più che a dritto*
> *Attendon' folamente al' lor profitto.*
> Rois, empereurs, & fucceffeurs de Pierre,
> Au nom de D I E U fignent un beau traité ;
> Le lendemain ces gens fe font la guerre.
> Pourquoi cela? C'eft que la piété,
> La bonne foi ne les tourmente guère,
> Et que malgré faint Jacque & faint Matthieu,
> Leur intérêt eft leur unique dieu.

S'il n'y avait que deux hommes fur la terre, comment vivraient-ils enfemble? ils s'aideraient, fe
nuiraient, fe carefferaient, fe diraient des injures, fe
battraient, fe réconcilieraient, ne pourraient vivre
l'un fans l'autre, ni l'un avec l'autre. Ils feraient
comme tous les hommes font aujourd'hui. Ils ont le
don du raifonnement, oui; mais ils ont auffi le don de
l'inftinct, & ils fentiront, & ils raifonneront, & ils agi-
ront toujours comme ils y font deftinés par la nature.

Un DIEU n'eft pas venu fur notre globe pour
affembler le genre-humain & pour lui dire : „J'or-
„ donne aux Nègres & aux Cafres d'aller tout nus,
„ & de manger des infectes.

„ J'ordonne aux Samoïèdes de fe vêtir de peaux
„ de rangifères, & d'en manger la chair, toute infi-
„ pide qu'elle eft, avec du poiffon féché & puant,
„ le tout fans fel. Les Tartares du Thibet croiront
„ tout ce que leur dira le dalaï-lama; & les Japonnais
„ croiront tout ce que leur dira le dairi.

„ Les Arabes ne mangeront point de cochon, &
„ les Veftphaliens ne fe nourriront que de cochon.

„ Je vais tirer une ligne du mont Caucafe à
„ l'Egypte, & de l'Egypte au mont Atlas : tous ceux
„ qui habiteront à l'orient de cette ligne pourront
„ époufer plufieurs femmes; ceux qui feront à l'oc-
„ cident n'en auront qu'une.

„ Si vers le golfe Adriatique, depuis Zara jufqu'à
„ la Poléfine, ou vers les marais du Rhin & de la
„ Meufe, ou vers le mont Jura, ou même dans l'île
„ d'Albion, ou chez les Sarmates, ou chez les Scan-
„ dinaviens, quelqu'un s'avife de vouloir rendre un
„ feul homme défpotique, ou de prétendre lui-même

,, à l'être, qu'on lui coupe le cou au plus vîte, en
,, attendant que la deftinée & moi nous en ayons
,, autrement ordonné.

,, Si quelqu'un a l'infolence & la démence de
,, vouloir établir ou rétablir une grande affemblée
,, d'hommes libres fur le Mançanarès ou fur la Pro-
,, pontide, qu'il foit ou empalé ou tiré à quatre
,, chevaux.

,, Quiconque produira fes comptes fuivant une
,, certaine règle d'arithmétique à Conftantinople, au
,, grand Caire, à Tafilet, à Déhli, à Andrinople, fera
,, fur le champ empalé fans forme de procès ; &
,, quiconque ofera compter fuivant une autre règle
,, à Rome, à Lisbonne, à Madrid, en Champagne,
,, en Picardie, & vers le Danube, depuis Ulm jufqu'à
,, Belgrade, fera brûlé dévotement pendant qu'on
,, lui chantera des *miferere.*

,, Ce qui fera jufte tout le long de la Loire, fera
,, injufte fur les bords de la Tamife : car mes loix
,, font univerfelles, &c. &c. &c. ,,

Il faut avouer que nous n'avons pas de preuve
bien claire, pas même dans le *Journal-chrétien*, ni
dans la *Clef du cabinet des princes*, qu'un D I E U foit
venu fur la terre promulguer ce droit public. Il exifte
cependant ; il eft fuivi à la lettre tel qu'on vient de
l'énoncer ; & on a compilé, compilé, compilé fur ce
droit des nations de très-beaux commentaires qui
n'ont jamais fait rendre un écu à ceux qui ont été
ruinés par la guerre ou par des édits, ou par les
commis des fermes.

Ces compilations reffemblent affez aux cas de
confcience de *Pontas.* Voici un cas de loi à examiner :

il eſt défendu de tuer. Tout meurtrier eſt puni, à moins qu'il n'ait tué en grande compagnie, & au ſon des trompettes ; c'eſt la règle.

Du temps qu'il y avait encore des anthropophages dans la forêt des Ardennes, un bon villageois rencontra un anthropophage qui emportait un enfant pour le manger. Le villageois, ému de pitié, tua le mangeur d'enfans, & délivra le petit garçon qui s'enfuit auſſitôt. Deux paſſans voient de loin le bon homme, & l'accuſent, devant le prévôt, d'avoir commis un meurtre ſur le grand chemin. Le corps du délit était ſous les yeux du juge, deux témoins parlaient, on devait payer cent écus au juge pour ſes vacations ; la loi était préciſe : le villageois fut pendu ſur le champ pour avoir fait ce qu'auraient fait à ſa place *Hercule*, *Théſée*, *Roland*, & *Amadis*. Fallait-il pendre le prévôt qui avait ſuivi la loi à la lettre ? Et que jugea-t-on à la grande audience ? Pour réſoudre mille cas de cette eſpèce, on a fait mille volumes.

Puffendorf établit d'abord des êtres moraux. *Ce ſont, dit-il,* (*a*) *certains modes que les êtres intelligens attachent aux choſes naturelles, ou aux mouvemens phyſiques, en vue de diriger ou de reſtreindre la liberté des actions volontaires de l'homme, pour mettre quelque ordre, quelque convenance & quelque beauté dans la vie humaine.*

Enſuite, pour donner des idées nettes aux Suédois & aux Allemands du juſte & de l'injuſte, il remarque (*b*) qu'*il y a deux ſortes d'eſpace, l'un à l'égard duquel*

(*a*) Tome I, page 2, traduction de *Barbeirac* avec commentaires.
(*b*) Page 6.

on dit que les chofes font quelque part, par exemple ici, là; l'autre à l'égard duquel on dit qu'elles exiftent en un certain temps, par exemple, aujourd'hui, hier, demain. Nous concevons auffi deux fortes d'états moraux, l'un qui marque quelque fituation morale, & qui a quelque conformité avec le lieu naturel; l'autre qui défigne un certain temps en tant qu'il provient de-là quelque effet moral &c.

Ce n'eft pas tout; (c) *Puffendorf* diftingue trèscurieufement les modes moraux fimples & les modes d'eftimation, les qualités formelles & les qualités opératives. Les qualités formelles font de fimples attributs; mais les opératives doivent foigneufement fe divifer en originales & en dérivées.

Et cependant *Barbeirac* a commenté ces belles chofes, & on les enfeigne dans les univerfités. On y eft partagé entre *Grotius* & *Puffendorf* fur des queftions de cette importance. Croyez-moi, lifez les offices de *Cicéron*.

S E C T I O N I I.

Rien ne contribuera peut-être plus à rendre un efprit faux, obfcur, confus, incertain, que la lecture de *Grotius*, de *Puffendorf*, & de prefque tous les commentaires fur le droit public.

Il ne faut jamais faire un mal dans l'efpérance d'un bien, dit la vertu que perfonne n'écoute. Il eft permis de faire la guerre à une puiffance qui devient trop prépondérante, dit l'*Efprit des lois*.

Quand les droits doivent-ils être conftatés par la prefcription? Les publiciftes appellent ici à leur

(c) Page 16.

fecours le droit divin & le droit humain ; les théologiens fe mettent de la partie. *Abraham*, difent-ils, &
fa femence, avait droit fur le Canaan, car il y avait
voyagé, & DIEU le lui avait donné dans une apparition. Mais, nos fages maîtres, il y a cinq cents
quarante-fept ans, felon la Vulgate, entre *Abraham*
qui acheta un caveau dans le pays, & *Jofué* qui en
faccagea une petite partie. N'importe, fon droit était
clair & net. Mais la prefcription ?..........point
de prefcription. Mais ce qui s'eft paffé autrefois en
Paleftine doit-il fervir de règle à l'Allemagne & à
l'Italie ?....Oui ; car il l'a dit. Soit, Meffieurs, je ne
difpute pas contre vous ; DIEU m'en préferve.

Les defcendans d'*Attila* s'établiffent, à ce qu'on dit,
en Hongrie. Dans quel temps les anciens habitans
commencèrent-ils à être tenus en confcience d'être
ferfs des defcendans d'*Attila* ?

Nos docteurs qui ont écrit fur la guerre & la paix
font bien profonds ; à les en croire tout appartient
de droit au fouverain pour lequel ils écrivent. Il n'a
pu rien aliéner de fon domaine. L'empereur doit
poff‚der Rome, l'Italie, & la France, c'était l'opinion
de *Barthole ;* premièrement parce que l'empereur s'intitule *roi des Romains ;* fecondement, parce que l'archevêque de Cologne eft chancelier d'Italie, & que
l'archevêque de Trèves eft chancelier des Gaules.
De plus, l'empereur d'Allemagne porte un globe
doré à fon facre ; donc il eft maître du globe de la
terre.

A Rome, il n'y a point de prêtre qui n'ait appris
dans fon cours de théologie que le pape doit être
fouverain du monde, attendu qu'il eft écrit que

Simon fils de *Jone* en Galilée, ayant furnom *Pierre*, on lui dit : *Tu es Pierre, & fur cette pierre je bâtirai mon affemblée.* On avait beau dire à *Grégoire VII :* Il ne s'agit que des ames, il n'eft queftion que du royaume célefte ; maudit damné , répondait-il , il s'agit du terreftre ; & il vous damnait , & il vous fefait pendre, s'il pouvait.

Des efprits encore plus profonds fortifient cette raifon par un argument fans réplique. Celui dont l'évêque de Rome fe dit vicaire , a déclaré que fon royaume n'eft point de ce monde ; donc ce monde doit appartenir au vicaire quand le maître y a renoncé. Qui doit l'emporter du genre-humain , ou des décrétales ? les décrétales , fans difficulté.

On demande enfuite s'il y a eu quelque juftice à maffacrer en Amérique dix ou douze millions d'hommes défarmés ? on répond qu'il n'y a rien de plus jufte & de plus faint , puifqu'ils n'étaient pas catholiques, apoftoliques, & romains.

Il n'y a pas un fiècle qu'il était toujours ordonné, dans toutes les déclarations de guerre des princes chrétiens, de *courre-fus* à tous les fujets du prince à qui la guerre était fignifiée par un héraut à cotte de mailles & à manches pendantes. Ainfi la fignification une fois faite, fi un auvergnac rencontrait une allemande , il était tenu de la tuer, fauf à la violer avant ou après.

Voici une queftion fort épineufe dans les écoles : le ban & l'arrière-ban étant commandés pour aller tuer & fe faire tuer fur la frontière, les Suabes étant perfuadés que la guerre ordonnée était de la plus horrible injuftice , devaient-ils marcher ? quelques docteurs difaient oui ; quelques juftes difaient non : que difaient les politiques ?

Quand on eut bien difputé fur ces grandes queftions préliminaires, dont jamais aucun fouverain ne s'eft embarraffé, ni ne s'embarraffera, il fallut difcuter les droits refpectifs de cinquante ou foixante familles, fur le comté d'Aloft, fur la ville d'Orchies, fur le duché de Berg & de Juliers, fur le comté de Tournai, fur celui de Nice, fur toutes les frontières de toutes les provinces ; & le plus faible perdit toujours fa caufe.

On agita pendant cent ans fi les ducs d'*Orléans*, *Louis XII*, *François I*, avaient droit au duché de Milan, en vertu du contrat de mariage de *Valentine de Milan*, petite-fille du bâtard d'un brave payfan nommé *Jacob Muzio*. Le procès fut jugé par la bataille de Pavie.

Les ducs de Savoie, de Lorraine, de Tofcane, prétendirent auffi au Milanais ; mais on a cru qu'il y avait dans Frioul une famille de pauvres gentilshommes, iffue en droite ligne d'*Alboin* roi des Lombards, qui avait un droit bien antérieur.

Les publiciftes ont fait de gros livres fur les droits au royaume de Jérufalem. Les Turcs n'en ont point fait ; mais Jérufalem leur appartient, du moins jufqu'à préfent dans l'année 1770 ; & Jérufalem n'eft point un royaume.

DROIT CANONIQUE.

Idée générale du droit canonique, par M. Bertrand ci-devant premier pasteur de l'église de Berne.

Nous ne prétendons ni adopter, ni contredire ses principes ; c'est au public d'en juger.

Le *droit canonique*, ou *canon*, est suivant les idées vulgaires, la jurisprudence ecclésiastique. C'est le recueil des canons, des règles des conciles, des décrets des papes, & des maximes des pères.

Selon la raison, selon les droits des rois & des peuples, la jurisprudence ecclésiastique n'est & ne peut être que l'exposé des priviléges accordés aux ecclésiastiques par les souverains représentans la nation.

S'il est deux autorités suprêmes, deux administrations qui aient leurs droits séparés, l'une fera sans cesse effort contre l'autre. Il en résultera nécessairement des chocs perpétuels, des guerres civiles, l'anarchie, la tyrannie, malheurs dont l'histoire nous présente l'affreux tableau.

Si un prêtre s'est fait souverain, si le dairi du Japon a été roi jusqu'à notre seizième siècle, si le dalaï-lama est souverain au Thibet, si *Numa* fut roi & pontife, si les califes furent les chefs de l'Etat & de la religion, si les papes règnent dans Rome, ce sont autant de preuves de ce que nous avançons ; alors l'autorité n'est point divisée, il n'y a qu'une puissance. Les souverains de Ruſſie & d'Angleterre préſident à la religion; l'unité eſſentielle de puiſſance eſt conſervée.

Toute religion eſt dans l'Etat, tout prêtre eſt dans la ſociété civile ; & tous les eccléſiaſtiques ſont au nombre des ſujets du ſouverain chez lequel ils exercent leur miniſtère. S'il était une religion qui établît quelque indépendance en faveur des eccléſiaſtiques, en les ſouſtrayant à l'autorité ſouveraine & légitime, cette religion ne ſaurait venir de D I E U auteur de la ſociété.

Il eſt par-là même de toute évidence que dans une religion dont D I E U eſt repréſenté comme l'auteur, les fonctions des miniſtres, leurs perſonnes, leurs biens, leurs prétentions, la manière d'enſeigner la morale, de prêcher le dogme, de célébrer les cérémonies, les peines ſpirituelles ; que tout en un mot ce qui intéreſſe l'ordre civil, doit être ſoumis à l'autorité du prince & à l'inſpection des magiſtrats.

Si cette juriſprudence fait une ſcience, on en trouvera ici les élémens.

C'eſt aux magiſtrats ſeuls d'autoriſer les livres admiſſibles dans les écoles, ſelon la nature & la forme du gouvernement. C'eſt ainſi que M. *Paul-Joſeph Rieger*, conſeiller de cour, enſeigne judicieuſement le droit canonique de l'univerſité de Vienne. Ainſi nous voyons la république de Veniſe examiner & réformer toutes les règles établies dans ſes Etats, qui ne lui conviennent plus. Il eſt à déſirer que des exemples auſſi ſages ſoient enfin ſuivis dans toute la terre.

Du miniſtère eccléſiaſtique.

La religion n'eſt inſtituée que pour maintenir les hommes dans l'ordre, & leur faire mériter les bontés de Dieu par la vertu. Tout ce qui dans une religion ne tend pas à ce but, doit être regardé comme étranger ou dangereux.

L'inſtruction, les exhortations, les menaces des peines à venir, les promeſſes d'une béatitude immortelle, les prières, les conſeils, les ſecours ſpirituels, ſont les ſeuls moyens que les eccléſiaſtiques puiſſent mettre en uſage pour eſſayer de rendre les hommes vertueux ici-bas, & heureux pour l'éternité.

Tout autre moyen répugne à la liberté de la raiſon, à la nature de l'ame, aux droits inaltérables de la conſcience, à l'eſſence de la religion, à celle du miniſtère eccléſiaſtique, à tous les droits du ſouverain.

La vertu ſuppoſe la liberté, comme le tranſport d'un fardeau ſuppoſe la force active. Dans la contrainte point de vertu, & ſans vertu point de religion. Rends-moi eſclave, je n'en ferai pas meilleur.

Le ſouverain même n'a aucun droit d'employer la contrainte pour amener les hommes à la religion qui ſuppoſe eſſentiellement choix & liberté. Ma penſée n'eſt pas plus ſoumiſe à l'autorité que la maladie ou la ſanté.

Afin de démêler toutes les contradictions dont on a rempli les livres ſur le droit canonique, & de fixer nos idées ſur le miniſtère eccléſiaſtique, recherchons au milieu de mille équivoques ce que c'eſt que l'Egliſe.

L'Egliſe

L'Eglise est l'assemblée de tous les fidelles appelés certains jours à prier en commun, & à faire en tout temps de bonnes actions.

Les prêtres sont des personnes établies sous l'autorité du souverain, pour diriger ces prières & tout le culte religieux.

Une Eglise nombreuse ne saurait être sans ecclésiastiques; mais ces ecclésiastiques ne sont pas l'Eglise.

Il n'est pas moins évident que si les ecclésiastiques qui sont dans la société civile avaient acquis des droits qui allassent à troubler ou à détruire la société, ces droits doivent être supprimés.

Il est encore de la plus grande évidence que si Dieu a attaché à l'Eglise des prérogatives ou des droits, ces droits ni ces prérogatives ne sauraient appartenir privativement ni au chef de l'Eglise ni aux ecclésiastiques, parce qu'ils ne sont pas l'Eglise, comme les magistrats ne sont le souverain, ni dans un Etat démocratique, ni dans une monarchie.

Enfin il est très-évident que ce sont nos ames qui sont soumises aux soins du clergé, uniquement pour les choses spirituelles.

Notre ame agit intérieurement, les actes intérieurs sont la pensée, les volontés, les inclinations, l'acquiescement à certaines vérités. Tous ces actes sont au-dessus de toute contrainte, & ne sont du ressort du ministère ecclésiastique qu'autant qu'il doit instruire & jamais commander.

Cette ame agit aussi extérieurement. Les actions extérieures sont soumises à la loi civile. Ici la contrainte peut avoir lieu; les peines temporelles ou corporelles maintiennent la loi en puniſſant les violateurs.

La docilité à l'ordre eccléſiaſtique doit par conſéquent toujours être libre & volontaire : il ne ſaurait y en avoir d'autre. La ſoumiſſion au contraire à l'ordre civil peut être contrainte & forcée.

Par la même raiſon, les peines eccléſiaſtiques toujours ſpirituelles, n'atteignent ici-bas que celui qui eſt intérieurement convaincu de ſa faute. Les peines civiles au contraire accompagnées d'un mal phyſique ont leurs effets phyſiques, ſoit que le coupable en reconnaiſſe la juſtice ou non.

De-là il réſulte manifeſtement que l'autorité du clergé n'eſt & ne peut être que ſpirituelle ; qu'il ne ſaurait avoir aucun pouvoir temporel ; qu'aucune force coactive ne convient à ſon miniſtère qui en ſerait détruit.

Il ſuit encore de-là que le ſouverain attentif à ne ſouffrir aucun partage de ſon autorité, ne doit permettre aucune entrepriſe qui mette les membres de la ſociété dans une dépendance extérieure & civile d'un corps eccléſiaſtique.

Tels ſont les principes inconteſtables du véritable droit canonique, dont les règles & les déciſions doivent en tout temps être jugées d'après ces vérités éternelles & immuables, fondées ſur le droit naturel & l'ordre néceſſaire de la ſociété.

SECTION II.

Des poſſeſſions des eccléſiaſtiques.

REMONTONS toujours aux principes de la ſociété, qui, dans l'ordre civil comme dans l'ordre religieux, ſont les fondemens de tous droits.

La ſociété en général eſt propriétaire du territoire d'un pays, ſource de la richeſſe nationale. Une portion de ce revenu national eſt attribuée au ſouverain pour ſoutenir les dépenſes de l'adminiſtration. Chaque particulier eſt poſſeſſeur de la partie du territoire & du revenu que les lois lui aſſurent; & aucune poſſeſſion ni aucune jouiſſance ne peut en aucun temps être ſouſtraite à l'autorité de la loi.

Dans l'état de ſociété nous ne tenons aucun bien, aucune poſſeſſion de la ſeule nature, puiſque nous avons renoncé aux droits naturels pour nous ſoumettre à l'ordre civil qui nous garantit & nous protége; c'eſt de la loi que nous tenons toutes nos poſſeſſions.

Perſonne non plus ne peut rien tenir ſur la terre de la religion; ni domaine ni poſſeſſions, puiſque ſes biens ſont tous ſpirituels. Les poſſeſſions du fidelle comme véritable membre de l'Egliſe, ſont dans le ciel; là eſt ſon tréſor. Le royaume de JESUS-CHRIST, qu'il annonça toujours comme prochain, n'était & ne pouvait être de ce monde. Aucune poſſeſſion ne peut donc être de droit divin.

Les lévites, ſous la loi hébraïque, avaient, il eſt vrai, la dixme, par une loi poſitive de DIEU; mais c'était une théocratie qui n'exifte plus ; & DIEU agiffait comme le fouverain de la terre. Toutes ces lois ont ceffé , & ne fauraient être aujourd'hui un titre de poffeffion.

Si quelque corps aujourd'hui , comme celui des eccléfiaftiques, prétend poff-éder la dixme ou tout autre bien, de droit divin pofitif, il faut qu'il produife un titre enregiftré dans une révélation divine, expreffe & inconteftable. Ce titre miraculeux ferait , j'en conviens, exception à la loi civile, autorifée de DIEU, qui dit *que toute perfonne doit être foumife aux puiffances fupérieures , parce qu'elles font ordonnées de* DIEU*, & établies en fon nom.*

Au défaut d'un titre pareil, un corps eccléfiaftique quelconque ne peut donc jouir fur la terre que du confentement du fouverain , & fous l'autorité des lois civiles : ce fera là le feul titre de fes poffeffions. Si le clergé renonçait imprudemment à ce titre, il n'en aurait plus aucun , & il pourrait être dépouillé par quiconque aurait affez de puiffance pour l'entre-prendre. Son intérêt effentiel eft donc de dépendre de la fociété civile qui feule lui donne du pain.

Par la même raifon , puifque tous les biens du territoire d'une nation font foumis fans exception aux charges publiques pour les dépenfes du fouverain & de la nation , aucune poffeffion ne peut être exemptée que par la loi ; & cette loi même eft toujours révocable lorfque les circonftances viennent à changer. *Pierre* ne peut être exempté que la charge de *Jean* ne foit augmentée. Ainfi l'équité réclamant fans ceffe pour la proportion contre toute furcharge , le fou-verain eft à chaque inftant en droit d'examiner les exemptions, & de remettre les chofes dans l'ordre naturel & proportionnel, en aboliffant les immunités accordées, fouffertes, ou extorquées.

Toute loi qui ordonnerait que le fouverain fît tout aux frais du public, pour la fureté & la confervation des biens d'un particulier ou d'un corps, fans que ce corps ou ce particulier contribuât aux charges communes, ferait une fubverfion des lois.

Je dis plus, la quotité quelconque de la contribution d'un particulier ou d'un corps quelconque, doit être réglée proportionnellement, non par lui, mais par le fouverain ou les magiftrats, felon la loi & la forme générale. Ainfi, le fouverain doit connaître & peut demander un état des biens & des poffeffions de tout corps, comme de tout particulier.

C'eft donc encore dans ces principes immuables que doivent être puifées les règles du droit canonique, par rapport aux poffeffions & aux revenus du clergé.

Les eccléfiaftiques doivent fans doute avoir de quoi vivre honorablement ; mais ce n'eft ni comme membres ni comme repréfentans de l'Eglife ; car l'Eglife par elle-même n'a ni règne ni poffeffion fur cette terre.

Mais s'il eft de la juftice que les miniftres de l'autel vivent de l'autel, il eft naturel qu'ils foient entretenus par la fociété, tout comme les magiftrats & les foldats le font. C'eft donc à la loi civile à faire la penfion proportionnelle du corps eccléfiaftique.

Lors même que les poffeffions des eccléfiaftiques leur ont été données par teftament, ou de quelque autre manière, les donateurs n'ont pu dénaturer les

biens en les fouftrayant aux charges publiques, ou
à l'autorité des lois. C'eft toujours fous la garantie
des lois, fans lefquelles il ne faurait y avoir poffeffion
affurée & légitime, qu'ils en jouiront.

C'eft donc encore au fouverain ou aux magiftrats
en fon nom, à examiner en tout temps fi les revenus
eccléfiaftiques font fuffifans ; s'ils ne l'étaient pas,
ils doivent y pourvoir par des augmentations de
penfións ; mais s'ils étaient manifeftement exceffifs,
c'eft à eux à difpofer du fuperflu pour le bien commun
de la fociété.

Mais felon les principes du droit vulgairement
appelé *canonique*, qui a cherché à faire un état dans
l'Etat, un empire dans l'empire, les biens eccléfiaftiques font facrés & intangibles, parce qu'ils appartiennent à la religion & à l'Eglife, ils viennent de
DIEU & non des hommes.

D'abord, ils ne fauraient appartenir, ces biens
terreftres, à la religion qui n'a rien de temporel. Ils
ne font pas à l'Eglife qui eft le corps univerfel de tous
les fidelles, à l'Eglife qui renferme les rois, les
magiftrats, les foldats, tous les fujets ; car nous ne
devons jamais oublier que les eccléfiaftiques ne font
pas plus l'Eglife que les magiftrats ne font l'Etat.

Enfin, ces biens ne viennent de DIEU que comme
tous les autres biens en dérivent, parce que tout eft
foumis à fa providence.

Ainfi, tout eccléfiaftique poffeffeur d'un bien ou
d'une rente en jouit comme fujet & citoyen de l'Etat,
fous la protection unique de la loi civile.

Un bien qui eft quelque chofe de matériel & de
temporel, ne faurait être facré ni faint dans aucun

fens, ni au propre ni au figuré. Si l'on dit qu'une perfonne, un édifice font façrés, cela fignifie qu'ils font confacrés, employés à des ufages fpirituels.

Abufer d'une métaphore pour autorifer des droits & des prétentions deftructives de toute fociété, c'eft une entreprife dont l'hiftoire de la religion fournit plus d'un exemple, & même des exemples bien finguliers qui ne font pas ici de mon reffort.

SECTION III.

Des affemblées eccléfiaftiques ou religieufes.

IL eft certain qu'aucun corps ne peut former dans l'Etat aucune affemblée publique & régulière que du confentement du fouverain.

Les affemblées religieufes pour le culte doivent être autorifées par le fouverain dans l'ordre civil, afin qu'elles foient légitimes.

En Hollande, où le fouverain accorde à cet égard la plus grande liberté, de même à-peu-près qu'en Ruffie, en Angleterre, en Pruffe, ceux qui veulent former une Eglife doivent en obtenir la permiffion : dès-lors cette Eglife eft dans l'Etat, quoiqu'elle ne foit pas la religion de l'Etat. En général, dès qu'il y a un nombre fuffifant de perfonnes ou de familles qui veulent avoir un certain culte & des affemblées, elles peuvent fans doute en demander la permiffion au magiftrat fouverain; & c'eft à ce magiftrat à en juger. Ce culte une fois autorifé, on ne peut le troubler fans pécher contre l'ordre public. La facilité que le fouverain a eue en Hollande d'accorder ces

C c 4

permiffions n'entraîne aucun défordre; & il en ferait ainfi par-tout, fi le magiftrat feul examinait, jugeait, & protégeait.

Le fouverain a le droit en tout temps de favoir ce qui fe paffe dans les affemblées, de les diriger felon l'ordre public, d'en réformer les abus, & d'abroger les affemblées s'il en naiffait des défordres. Cette infpection perpétuelle eft une portion effentielle de l'adminiftration fouveraine que toute religion doit reconnaître.

S'il y a dans le culte des formulaires de prières, des cantiques, des cérémonies, tout doit être foumis de même à l'infpection du magiftrat. Les eccléfiaftiques peuvent compofer ces formulaires; mais c'eft au fouverain à les examiner, à les approuver, à les réformer au befoin. On a vu des guerres fanglantes pour des formulaires, & elles n'auraient pas eu lieu fi les fouverains avaient mieux connu leurs droits.

Les jours de fêtes ne peuvent pas non plus être établis fans le concours & le confentement du fouverain, qui en tout temps peut les réformer, les abolir, les réunir, en régler la célébration, felon que le bien public le demande. La multiplication de ces jours de fêtes fera toujours la dépravation des mœurs & l'appauvriffement d'une nation.

L'infpection fur l'inftruction publique de vive voix, ou par des livres de dévotion, appartient de droit au fouverain. Ce n'eft pas lui qui enfeigne, mais c'eft à lui à voir comment font enfeignés fes fujets. Il doit faire enfeigner furtout la morale, qui eft auffi néceffaire que les difputes fur le dogme ont été fouvent dangereufes.

S'il y a quelque difpute entre les eccléfiaftiques fur la manière d'enfeigner, ou fur certains points de doctrine, le fouverain peut impofer filence aux deux partis, & punir ceux qui défobéiffent.

Comme les affemblées religieufes ne font point établies fous l'autorité fouveraine pour y traiter des matières politiques, les magiftrats doivent réprimer les prédicateurs féditieux qui échauffent la multitude par des déclamations puniffables; ils font la pefte des Etats.

Tout culte fuppofe une difcipline pour y conferver l'ordre, l'uniformité, & la décence. C'eft au magiftrat à maintenir cette difcipline, & à y apporter les changemens que le temps & les circonftances peuvent exiger.

Pendant près de huit fiècles les empereurs d'Orient affemblèrent des conciles pour apaifer des troubles qui ne firent qu'augmenter, par la trop grande attention qu'on y apporta. Le mépris aurait plus furement fait tomber de vaines difputes que les paffions avaient allumées. Depuis le partage des Etats d'Occident en divers royaumes, les princes ont laiffé aux papes la convocation de ces affemblées. Les droits du pontife de Rome ne font à cet égard que conventionnels, & tous les fouverains réunis peuvent en tout temps en décider autrement. Aucun d'eux en particulier n'eft obligé de foumettre fes Etats à aucun canon, fans l'avoir examiné & approuvé. Mais comme le concile de Trente fera apparemment le dernier, il eft très-inutile d'agiter toutes les queftions qui pourraient regarder un concile futur ou général.

Quant aux affemblées, ou fynodes, ou conciles nationaux, ils ne peuvent fans contredit être convoqués que quand le fouverain les juge néceffaires : fes commiffaires doivent y préfider & en diriger toutes les délibérations, & c'eft à lui à donner la fanction aux décrets.

Il peut y avoir des affemblées périodiques du clergé pour le maintien de l'ordre, & fous l'autorité du fouverain ; mais la puiffance civile doit toujours en déterminer les vues, en diriger les délibérations, & en faire exécuter les décifions. L'affemblée périodique du clergé de France n'eft autre chofe qu'une affemblée de commiffaires économiques pour tout le clergé du royaume.

Les vœux par lefquels s'obligent quelques eccléfiaftiques de vivre en corps felon une certaine règle, fous le nom de *moines* ou de *religieux*, fi prodigieufement multipliés dans l'Europe ; ces vœux doivent auffi être toujours foumis à l'examen & à l'infpection des magiftrats fouverains. Ces couvens qui renferment tant de gens inutiles à la fociété, & tant de victimes qui regrettent la liberté qu'ils ont perdue ; ces ordres qui portent tant de noms fi bizarres ne peuvent être établis valables ou obligatoires, que quand ils ont été examinés & approuvés au nom du fouverain.

En tout temps le prince eft donc en droit de prendre connaiffance des règles de ces maifons religieufes, de leur conduite : il peut réformer ces maifons, & les abolir s'il les juge incompatibles avec les circonftances préfentes, & le bien actuel de la fociété.

Les biens & les acquifitions de ces corps religieux font de même foumis à l'infpection des magiftrats pour en connaître la valeur & l'emploi. Si la maffe de ces richeffes qui ne circulent plus était trop forte ; fi les revenus excédaient trop les befoins raifonnables de ces réguliers ; fi l'emploi de ces rentes était con-traire au bien général ; fi cette accumulation appau-vriffait les autres citoyens ; dans tous ces cas il ferait du devoir des magiftrats , pères communs de la patrie , de diminuer ces richeffes , de les partager , de les faire entrer dans la circulation qui fait la vie d'un Etat , de les employer même à d'autres ufages pour le bien de la fociété.

⁂ Par les mêmes principes, le fouverain doit expref-fément défendre qu'aucun ordre religieux ait un fupérieur dans le pays étranger; c'eft prefque un crime de lèfe-majefté.

Le fouverain peut prefcrire les règles pour entrer dans ces ordres ; il peut , felon les anciens ufages , fixer un âge , & empêcher que l'on ne faffe des vœux que du confentement exprès des magiftrats. Chaque citoyen naît fujet de l'Etat , & il n'a pas le droit de rompre des engagemens naturels envers la fociété, fans l'aveu de ceux qui la gouvernent.

Si le fouverain abolit un ordre religieux , ces vœux ceffent d'être obligatoires. Le premier vœu eft d'être citoyen ; c'eft un ferment primordial & tacite, autorifé de D I E U, un vœu dans l'ordre de la providence , un vœu inaltérable & imprefcriptible, qui unit l'homme en fociété avec la patrie & avec le fouverain. Si nous avons pris un engagement poftérieur, le vœu primitif a été réfervé; rien n'a pu énerver ni fufpendre la force de ce ferment primitif. Si donc le fouverain déclare ce dernier vœu , qui n'a pu être que conditionnel &

dépendant du premier, incompatible avec le ferment
naturel ; s'il trouve ce dernier vœu dangereux dans la
fociété, & contraire au bien public qui eft la suprême
loi, tous font dès-lors déliés en confcience de ce vœu;
pourquoi ? parce que la confcience les attachait
primitivement au ferment naturel & au fouverain.
Le fouverain dans ce cas ne diffout point un vœu ;
il le déclare nul, il remet l'homme dans l'état
naturel.

En voilà affez pour diffiper tous les fophifmes par
lefquels les canoniftes ont cherché à embarraffer cette
queftion fi fimple pour quiconque ne veut écouter
que la raifon.

SECTION IV.

Des peines eccléfiaftiques.

Puisque ni l'Eglife qui eft l'affemblée de tous les
fidelles, ni les eccléfiaftiques qui font miniftres dans
cette Eglife, au nom du fouverain, & fous fon autorité, n'ont aucune force coactive, aucune puiffance
exécutrice, aucun pouvoir terreftre, il eft évident que
ces miniftres de la religion ne peuvent infliger que des
peines uniquement fpirituelles. Menacer les pécheurs
de la colère du ciel, c'eft la feule peine dont un
pafteur peut faire ufage. Si l'on ne veut pas donner le
nom de *peines* à ces cenfures ou à ces déclamations,
les miniftres de la religion n'auront aucune peine à
infliger.

L'Eglife peut-elle bannir de fon fein ceux qui la
déshonorent ou la troublent ? Grande queftion fur

laquelle les canoniftes n'ont point héfité de prendre l'affirmative. Obfervons d'abord que les eccléfiaftiques ne font pas l'Eglife. L'Eglife affemblée dans laquelle font les magiftrats fouverains, pourrait fans doute de droit exclure de fes congrégations un pécheur fcandaleux, après des avertiffemens charitables, réitérés & fuffifans. Cette exclufion ne peut dans ce cas même emporter aucune peine civile, aucun mal corporel, ni la privation d'aucun avantage terreftre. Mais ce que peut l'Eglife de droit, les eccléfiaftiques qui font dans l'Eglife ne le peuvent qu'autant que le fouverain les y autorife & le leur permet.

C'eft donc encore même dans ce cas au fouverain à veiller fur la manière dont ce droit fera exercé; vigilance d'autant plus néceffaire qu'il eft plus aifé d'abufer de cette difcipline. C'eft par conféquent à lui, en confultant les règles du fupport & de la charité, à prefcrire les formes & les reftrictions convenables : fans cela, toute déclaration du clergé, toute excommunication ferait nulle & fans effet, même dans l'ordre fpirituel. C'eft confondre des cas entièrement différens que de conclure de la pratique des apôtres la manière de procéder aujourd'hui. Le fouverain n'était pas de la religion des apôtres, l'Eglife n'était pas encore dans l'Etat ; les miniftres du culte ne pouvaient pas recourir au magiftrat. D'ailleurs, les apôtres étaient des miniftres extraordinaires tels qu'on n'en voit plus. Si l'on me cite d'autres exemples d'excommunications lancées fans l'autorité du fouverain ; que dis-je ? fi l'on rappelle ce qu'on ne peut entendre fans frémir d'horreur, des exemples mêmes d'excommunications fulminées infolemment contre

des souverains & des magistrats, je répondrai hardiment que ces attentats font une rebellion manifeste,
une violation ouverte des devoirs les plus sacrés de la
religion, de la charité, & du droit naturel.

On voit donc évidemment que c'est au nom de
toute l'Eglise que l'excommunication doit être prononcée contre les pécheurs publics, puisqu'il s'agit
seulement de l'exclusion de ces corps ; ainsi elle doit
être prononcée par les ecclésiastiques sous l'autorité
des magistrats & au nom de l'Eglise, pour les seuls
cas dans lesquels on peut présumer que l'Eglise entière
bien instruite la prononcerait, si elle pouvait avoir
en corps cette discipline qui lui appartient privativement.

Ajoutons encore, pour donner une idée complète
de l'excommunication, & des vraies règles du droit
canonique à cet égard, que cette excommunication
légitimement prononcée par ceux à qui le souverain
au nom de l'Eglise en a expressément laissé l'exercice,
ne renferme que la privation des biens spirituels sur
la terre. Elle ne saurait s'étendre à autre chose. Tout
ce qui serait au-delà serait abusif, & plus ou moins
tyrannique. Les ministres de l'Eglise ne font que
déclarer qu'un tel homme n'est plus membre de l'Eglise.
Il peut donc jouir, malgré l'excommunication, de tous
les droits naturels, de tous les droits civils, de tous
les biens temporels, comme homme, ou comme
citoyen. Si le magistrat intervient, & prive outre cela
un tel homme d'une charge ou d'un emploi dans la
société, c'est alors une peine civile ajoutée pour
quelque faute contre l'ordre civil.

Suppofons encore que les eccléfiaftiques qui ont prononcé l'excommunication , aient été féduits par quelque erreur ou quelque paffion , (ce qui peut toujours arriver puifqu'ils font hommes) celui qui a été ainfi expofé à une excommunication précipitée eft juftifié par fa confcience devant DIEU. La déclaration faite contre lui n'eft & ne peut être d'aucun effet pour la vie à venir. Privé de la communion extérieure avec les vrais fidelles , il peut encore jouir ici-bas de toutes les confolations de la communion intérieure. Juftifié par fa confcience , il n'a rien à redouter dans la vie à venir du jugement de DIEU qui eft fon véritable juge.

C'eft encore une grande queftion dans le droit canonique, fi le clergé , fi fon chef , fi un corps eccléfiaftique quelconque , peut excommunier les magiftrats ou le fouverain , fous prétexte ou pour raifon de l'abus de leur pouvoir. Cette queftion feule eft fcandaleufe , & le fimple doute une rebellion manifefte. En effet , le premier devoir de l'homme en fociété eft de refpecter & de faire refpecter le magiftrat; & vous prétendriez avoir le droit de le diffamer & de l'avilir ! qui vous aurait donné ce droit auffi abfurde qu'exécrable ? ferait-ce DIEU qui gouverne le monde politique par les fouverains , qui veut que la fociété fubfifte par la fubordination ?

Les premiers eccléfiaftiques , à la naiffance du chriftianifme, fe font-ils crus autorifés à excommunier les *Tibères* , les *Nérons* , les *Claudes* , & enfuite les *Conftances* qui étaient hérétiques ? Comment donc a-t-on pu fouffrir fi long-temps des prétentions auffi monftrueufes , des idées auffi atroces , & les attentats affreux qui en ont été la fuite ; attentats également

réprouvés par la raifon, le droit naturel & la religion ?
S'il était une religion qui enfeignât de pareilles horreurs, elle devrait être profcrite de la fociété comme
directement oppofée au repos du genre-humain. Le
cri des nations s'eft déjà fait entendre contre ces prétendues lois canoniques, dictées par l'ambition & le
fanatifme. Il faut efpérer que les fouverains mieux
inftruits de leurs droits, foutenus par la fidélité des
peuples, mettront enfin un terme à des abus fi énormes
& qui ont caufé tant de malheurs. Le philofophe inimi-
table qui nous a donné l'*Effai fur les mœurs & l'efprit
des nations*, a été le premier qui a relevé avec force
l'atrocité des entreprifes de cette nature.

SECTION V.

De l'infpection fur le dogme.

LE fouverain n'eft point le juge de la vérité du
dogme ; il peut juger pour lui-même comme tout
autre homme : mais il doit prendre connaiffance du
dogme dans tout ce qui intéreffe l'ordre civil, foit
quant à la nature de la doctrine, fi elle avait quelque
chofe de contraire au bien public ; foit quant à la
manière de la propofer.

Règle générale dont les magiftrats fouverains n'auraient jamais dû fe départir. Rien dans le dogme ne
mérite l'attention de la police que ce qui peut inté-
reffer l'ordre public ; c'eft l'influence de la doctrine
fur les mœurs qui décide de fon importance. Toute
doctrine qui n'a qu'un rapport éloigné avec la vertu,

ne

ne faurait être fondamentale. Les vérités qui font propres à rendre les hommes doux, humains, foumis aux lois, obéiffans au fouverain, intéreffent l'Etat, & viennent évidemment de DIEU.

SECTION VI.

Infpection des magiftrats fur l'adminiftration des facremens.

L'ADMINISTRATION des facremens doit être auffi foumife à l'infpection affidue du magiftrat en tout ce qui intéreffe l'ordre public.

On convient d'abord que le magiftrat doit veiller fur la forme des regiftres publics des mariages, des baptêmes, des morts, fans aucun égard à la croyance des divers citoyens de l'Etat.

Les mêmes raifons de police & d'ordre n'exige-raient-elles pas qu'il y eût des regiftres exacts entre les mains du magiftrat, de tous ceux qui font des vœux pour entrer dans les cloîtres, dans les pays où les cloîtres font admis ?

Dans le facrement de la pénitence, le miniftre qui refufe ou accorde l'abfolution, n'eft comptable de fes jugemens qu'à DIEU; de même auffi le pénitent n'eft comptable qu'à DIEU s'il communie ou non, & s'il communie bien ou mal.

Aucun pafteur pécheur ne peut avoir le droit de refufer publiquement, & de fon autorité privée, l'eucha-riftie à un autre pécheur. JESUS-CHRIST impeccable ne refufa pas la communion à *Judas*.

Dictionn. philofoph. Tome III.　　　　D d

L'extrême-onction & le viatique demandés par les malades font foumis aux mêmes règles. Le feul droit du miniftre eft de faire des exhortations au malade, & le devoir du magiftrat eft d'avoir foin que le pafteur n'abufe pas de ces circonftances pour perfécuter les malades.

Autrefois c'était l'Eglife en corps qui appelait fes pafteurs, & leur conférait le droit d'inftruire & de gouverner le troupeau. Ce font aujourd'hui des eccléfiaftiques qui en confacrent d'autres, mais la police publique doit y veiller.

C'eft fans doute un grand abus introduit depuis long-temps, que de conférer les ordres fans fonction; c'eft enlever des membres à l'Etat fans en donner à l'Eglife. Le magiftrat eft en droit de réformer cet abus.

Le mariage, dans l'ordre civil, eft une union légitime de l'homme & de la femme pour avoir des enfans, pour les élever, & pour leur affurer les droits des propriétés fous l'autorité de la loi. Afin de conftater cette union, elle eft accompagnée d'une cérémonie religieufe, regardée par les uns comme un facrement, par les autres comme une pratique du culte public; vraie logomachie qui ne change rien à la chofe. Il faut donc diftinguer deux parties dans le mariage, le contrat civil ou l'engagement naturel, & le facrement ou la cérémonie facrée. Le mariage peut donc fubfifter avec tous fes effets naturels & civils, indépendamment de la cérémonie religieufe. Les cérémonies même de l'Eglife ne font devenues néceffaires dans l'ordre civil, que parce que le magiftrat les a adoptées. Il s'eft même écoulé un long temps fans que les miniftres de la religion aient eu aucune part à la célébration des mariages. Du temps de *Juſtinien*, le conſentement des parties en préſence de témoins, ſans aucune cérémonie de l'Egliſe, légitimait encore le mariage parmi les chrétiens. C'eſt cet empereur qui fit, vers le milieu du ſixième ſiècle, les premières lois pour que les prêtres intervinſſent comme ſimples témoins, ſans ordonner encore de bénédiction nuptiale. L'empereur *Léon*, qui mourut ſur le trône en 886, ſemble être le premier qui ait mis la cérémonie religieuſe au rang des conditions néceſſaires. La loi même qu'il fit, atteſte que c'était un nouvel établiſſement.

De l'idée juſte que nous nous formons ainſi du mariage, il réſulte d'abord que le bon ordre & la piété même rendent aujourd'hui néceſſaires les formalités religieuſes, adoptées dans toutes les communions chrétiennes. Mais l'eſſence du mariage ne peut en être dénaturée; & cet engagement, qui eſt le principal dans la ſociété, eſt & doit demeurer toujours ſoumis, dans l'ordre politique, à l'autorité du magiſtrat.

Il ſuit de-là encore, que deux époux élevés dans le culte même des infidelles & des hérétiques, ne ſont point obligés de ſe marier s'ils l'ont été ſelon la loi de leur patrie; c'eſt au magiſtrat dans tous les cas d'examiner la choſe.

Le prêtre eſt aujourd'hui le magiſtrat que la loi a déſigné librement en certains pays pour recevoir la foi du mariage. Il eſt très-évident que la loi peut modifier ou changer, comme il lui plaît, l'étendue de cette autorité eccléſiaſtique.

Les teſtamens & les enterremens ſont inconteſtablement du reſſort de la loi civile & de celui de la police.

Jamais les magiftrats n'auraient dû fouffrir que le clergé ufurpât l'autorité de la loi à aucun de ces égards. On peut voir encore dans le *Siècle de Louis XIV* & dans celui de *Louis XV*, des exemples frappans des entreprifes de certains eccléfiaftiques fanatiques fur la police des enterremens. On a vu des refus de facremens, d'inhumation, fous prétexte d'héréfie ; barbarie dont les païens mêmes auraient eu horreur.

<h2 style="text-align:center">SECTION VII.</h2>

<h3 style="text-align:center">*Jurifdiction des eccléfiaftiques.*</h3>

LE fouverain peut fans doute abandonner, à un corps eccléfiaftique ou à un feul prêtre, une jurifdiction fur certains objets & fur certaines perfonnes, avec une compétence convenable à l'autorité confiée. Je n'examine point s'il a été prudent de remettre ainfi une portion de l'autorité civile entre les mains d'un corps ou d'une perfonne, qui avait déjà une autorité fur les chofes fpirituelles. Livrer à ceux qui devaient feulement conduire les hommes au ciel, une autorité fur la terre, c'était réunir deux pouvoirs dont l'abus était trop facile ; mais il eft certain du moins qu'aucun homme, en tant qu'eccléfiaftique, ne peut avoir aucune forte de jurifdiction. S'il la poffède, elle eft ou concédée par le fouverain, ou ufurpée ; il n'y a point de milieu. Le royaume de JESUS-CHRIST n'eft point de ce monde ; il a refufé d'être juge fur la terre, il a ordonné de rendre à *Céfar* ce qui appartient à *Céfar* ; il a interdit à fes apôtres toute domination ; il n'a prêché que l'humilité, la douceur & la dépendance. Les eccléfiaftiques ne peuvent tenir de lui ni puiffance, ni autorité, ni domination, ni jurifdiction, dans le monde ; ils ne peuvent donc poff"éder légitimement aucune autorité que par une conceffion du fouverain, de qui tout pouvoir doit dériver dans la fociété.

Puifque c'eft du fouverain feul que les eccléfiaftiques tiennent quelque jurifdiction fur la terre, il fuit de-là que le fouverain & les magiftrats doivent veiller fur l'ufage que le clergé fait de fon autorité, comme nous l'avons prouvé.

Il fut un temps, dans l'époque malheureufe du gouvernement féodal, où les eccléfiaftiques s'étaient emparés en divers lieux des principales fonctions de la magiftrature. On a borné dès-lors l'autorité des feigneurs de fiefs laïques, fi redoutable au fouverain & fi dure pour les peuples ; mais une partie de l'indépendance des jurifdictions eccléfiaftiques a fubfifté. Quand donc eft-ce que les fouverains feront affez inftruits, ou affez courageux pour reprendre à eux toute autorité ufurpée, & tant de droits dont on a fi fouvent abufé pour vexer les fujets qu'ils doivent protéger ?

C'eft de cette inadvertance des fouverains que font venues les entreprifes audacieufes de quelques eccléfiaftiques contre le fouverain même. L'hiftoire fcandaleufe de ces attentats énormes eft confignée dans des monumens qui ne peuvent être conteftés ; & il eft à préfumer que les fouverains, éclairés aujourd'hui par les écrits des fages, ne permettront plus des tentatives qui ont fi fouvent été accompagnées ou fuivies de tant d'horreurs.

La bulle *in Cœnâ Domini* eft encore en particulier une preuve fubfiftante des entreprifes continuelles du clergé contre l'autorité fouveraine & civile, &c. (*)

Extrait du tarif des droits qu'on paye en France à la cour de Rome pour les bulles, difpenfes, abfolutions &c. lequel tarif fut arrêté au confeil du roi le 4 feptembre 1691, & qui eft rapporté tout entier dans l'inftruction de Jacques le Pelletier, imprimée à Lyon en 1699, avec approbation & privilége du roi ; à Lyon chez Antoine Boudet, huitième édition.

On en a retiré les exemplaires, & les taxes fubfiftent.

1°. Pour abfolution du crime d'apoftafie, on paiera au pape quatre-vingts livres.

2°. Un bâtard qui voudra prendre les ordres, paiera pour la difpenfe vingt-cinq livres ; s'il veut poff.éder un bénéfice fimple, il paiera de plus cent quatre-vingts livres. S'il veut que dans la difpenfe on ne faffe pas mention de fon illégitimité, il paiera mille cinquante livres.

3°. Pour difpenfe & abfolution de bygamie, mille cinquante livres.

4°. Pour difpenfe à l'effet de juger criminellement, ou d'exercer la médecine, quatre-vingt-dix livres.

5°. Abfolution d'héréfie, quatre-vingts livres.

6°. Bref de quarante heures pour fept ans, douze livres.

(*) Voyez *Bulle*, & furtout l'article des *Deux Puiffances*.

7°. Abfolution pour avoir commis un homicide à fon corps défendant ou fans mauvais deffein, quatre-vingt-quinze livres. Ceux qui étaient dans la compagnie du meurtrier doivent aufli fe faire abfoudre, & payer pour cela quatre-vingt-cinq livres.

8°. Indulgences pour fept années, douze livres.

9°. Indulgences perpétuelles pour une confrérie, quarante livres.

10°. Difpenfe d'irrégularité ou d'inhabilité, vingt-cinq livres ; fi l'irrégularité eft grande, cinquante livres.

11°. Permiffion de lire les livres défendus, vingt-cinq livres.

12°. Difpenfe de fimonie, quarante livres ; fauf à augmenter fuivant les circonftances.

13°. Bref pour manger les viandes défendues, foixante-cinq livres.

14°. Difpenfe de vœux fimples de chafteté ou de religion, quinze livres. Bref déclaratoire de la nullité de la profeffion d'un religieux ou d'une religieufe, cent livres : fi on demande ce bref dix ans après la profeffion, on paye le double.

Difpenfes de mariage.

Difpenfe du quatrième degré de parenté avec caufe, foixante-cinq livres ; fans caufe, quatre-vingt-dix livres ; avec abfolution des familiarités que les futurs ont eues enfemble, cent quatre-vingts livres.

Pour les parens du troifième au quatrième degré, tant du côté du père que de celui de la mère, la difpenfe fans caufe eft de huit cents quatre-vingts livres ; avec caufe, cent quarante-cinq livres.

D d 4

Pour les parens au fecond degré d'un côté, & au quatrième de l'autre, les nobles paieront mille quatre cents trente livres ; pour les roturiers mille cent cinquante-cinq livres.

Celui qui voudra époufer la fœur de la fille avec laquelle il a été fiancé, paiera pour la difpenfe mille quatre cents trente livres.

Ceux qui font parens au troifième degré, s'ils font nobles, ou s'ils vivent honnêtement, paieront mille quatre cents trente livres; fi la parenté eft tant du côté du père que celui de la mère, deux mille quatre cents trente livres.

Parens au fecond degré paieront quatre mille cinq cents trente livres ; fi la future a accordé des faveurs au futur, ils paieront de plus pour l'abfolution deux mille trente livres.

Ceux qui ont tenu fur les fonts de baptême l'enfant de l'un ou de l'autre, la difpenfe eft de deux mille fept cents trente livres. Si l'on veut fe faire abfoudre d'avoir pris des plaifirs prématurés, on paiera de plus mille trois cents trente livres.

Celui qui a joui des faveurs d'une veuve pendant la vie du premier mari, paiera pour l'époufer légitimement cent quatre-vingt-dix livres.

En Efpagne & en Portugal, les difpenfes de mariage font beaucoup plus chères. Les coufins-germains ne les obtiennent pas à moins de deux mille écus, de dix jules de componane.

Les pauvres ne pouvant pas payer des taxes auffi fortes, on leur fait des remifes. Il vaut bien mieux tirer la moitié du droit que de ne rien avoir du tout en refufant la difpenfe.

On ne rapporte pas ici les fommes que l'on paye au pape pour les bulles des évêques, des abbés, &c. on les trouve dans les almanachs ; mais on ne voit pas de quelle autorité il impofe des taxes fur les laïques qui époufent leurs coufines.

D R U I D E S.

(La fcène eſt dans le Tartare.)

LES FURIES *entourées de ferpens, & le fouet à la main.*

ALLONS, *Barbaroquincorix* druide celte, & toi, déteftable *Calchas* hiérophante grec, voici les momens où vos juftes fupplices fe renouvellent ; l'heure des vengeances a fonné.

LE DRUIDE ET CALCHAS.

Ah ! la tête, les flancs, les yeux, les oreilles, les feffes ! pardon, Mefdames, pardon !

CALCHAS.

Voici deux vipères qui m'arrachent les yeux.

LE DRUIDE.

Un ferpent m'entre dans les entrailles par le fondement ; je fuis dévoré.

CALCHAS.

Je fuis déchiré ; faut-il que mes yeux reviennent tous les jours pour m'être arrachés !

LE DRUIDE.

Faut-il que ma peau renaiffe pour tomber en lambeaux ! aie ! ouf !

TISIPHONE.

Cela t'apprendra, vilain druide, à donner une autre fois la misérable plante parasite nommée le gui de chêne, pour un remède universel. Hé bien, immoleras-tu encore à ton dieu *Theutatès* des petites filles & des petits garçons ? les brûleras-tu encore dans des paniers d'osier, au son du tambour ?

LE DRUIDE.

Jamais, jamais, Madame; un peu de charité.

TISIPHONE.

Tu n'en as jamais eu. Courage, mes serpens; encore un coup de fouet à ce sacré coquin.

ALECTON.

Qu'on m'étrille vigoureusement ce *Calchas* qui vers nous s'est avancé,

L'œil farouche, l'air sombre, & le poil hérissé. (*)

CALCHAS.

On m'arrache le poil, on me brûle, on me berne, on m'écorche, on m'empale.

ALECTON.

Scélérat! égorgeras-tu encore une jeune fille au lieu de la marier, & le tout pour avoir du vent?

CALCHAS ET LE DRUIDE.

Ah! quels tourmens! que de peines, & point mourir!

ALECTON ET TISIPHONE.

Ah! ah! j'entends de la musique, DIEU me pardonne; c'est *Orphée;* nos serpens sont devenus doux comme des moutons.

(*) Iphigénie de *Racine.*

C A L C H A S.

Je ne souffre plus du tout ; voilà qui est bien
étrange !

L E   D R U I D E.

Je suis tout ragaillardi. O la grande puissance de la
bonne musique ! & qui es-tu, homme divin, qui guéris
les blessures, & qui réjouis l'enfer ?

O R P H É E.

Mes camarades, je suis prêtre comme vous, mais
je n'ai jamais trompé personne, & je n'ai égorgé ni
garçon ni fille. Lorsque j'étais sur la terre, au lieu de
faire abhorrer les dieux, je les ai fait aimer ; j'ai adouci
les mœurs des hommes que vous rendiez féroces ; je
fais le même métier dans les enfers. J'ai rencontré là-bas
deux barbares prêtres qu'on fessait à toute outrance ;
l'un avait autrefois haché un roi en morceaux, l'autre
avait fait couper la tête à sa propre reine, à la porte-
aux-chevaux. J'ai fini leur pénitence, je leur ai joué
du violon ; ils m'ont promis que quand ils reviendraient
au monde, ils vivraient en honnêtes gens.

L E   D R U I D E   E T   C A L C H A S.

Nous vous en promettons autant, foi de prêtres.

O R P H É E.

Oui, mais *passato il pericolo, gabbato il santo.*

(*La scène finit par une danse figurée d'Orphée, des damnés,
& des furies, & par une symphonie très-agréable.*)

E.

ECLIPSE.

CHAQUE phénomène extraordinaire paſſa long-
temps, chez la plupart des peuples connus, pour être
le préſage de quelque événement heureux ou malheureux. Ainſi, les hiſtoriens romains n'ont pas manqué
d'obſerver qu'une éclipſe de ſoleil accompagna la
naiſſance de *Romulus*, qu'une autre annonça ſon décès,
& qu'une troiſième avait préſidé à la fondation de la
ville de Rome.

Nous parlerons, à l'article *Viſion de Conſtantin*, de
l'apparition de la croix qui précéda le triomphe du
chriſtianiſme ; & ſous le mot *Prophétie*, de l'étoile
nouvelle qui avait éclairé la naiſſance de JESUS:
bornons-nous ici à ce que l'on a dit des ténèbres
dont toute la terre fut couverte avant qu'il rendît
l'eſprit.

Les écrivains de l'Egliſe, grecs & latins, ont cité
comme authentiques deux lettres attribuées à *Denis*
l'aréopagite, dans leſquelles il rapporte qu'étant à
Héliopolis d'Egypte avec *Apollophane* ſon ami, ils
virent tout d'un coup, vers la ſixième heure, la lune
qui vint ſe placer au-deſſous du ſoleil, & y cauſer une
grande éclipſe ; enſuite, ſur la neuvième heure, ils
l'aperçurent de nouveau, quittant la place qu'elle y
occupait, pour aller ſe remettre à l'endroit oppoſé
du diamètre. Ils prirent alors les règles de *Philippe
Aridæus*, & ayant examiné le cours des aſtres, ils
trouvèrent que le ſoleil naturellement n'avait pu être
éclipſé en ce temps-là. De plus, ils obſervèrent que

la lune, contre fon mouvement naturel, au lieu de venir de l'Occident fe ranger fous le foleil, était venue du côté de l'Orient, & s'en était enfin retournée en arrière du même côté. C'eft ce qui fit dire à *Apollophane : Ce font-là, mon cher Denis, des changemens des chofes divines*; à quoi Denis répliqua : *Ou l'auteur de la nature fouffre, ou la machine de l'univers fera bientôt détruite.*

Denis ajoute qu'ayant exactement remarqué & le temps & l'année de ce prodige, & ayant combiné tout cela avec ce que *Paul* lui en apprit dans la fuite, il fe rendit à la vérité ainfi que fon ami. Voilà ce qui a fait croire que les ténèbres arrivées à la mort de JESUS-CHRIST avaient été caufées par une éclipfe furnaturelle, & ce qui a donné tant de cours à ce fentiment, que *Maldonat* dit que c'eft celui de prefque tous les catholiques. Comment en effet réfifter à l'autorité d'un témoin oculaire, éclairé, & défintéreffé, puifqu'alors on fuppofe que *Denis* était encore païen ?

Comme ces prétendues lettres de *Denis* ne furent forgées que vers le cinquième ou fixième fiècle, *Eufèbe* de Céfarée s'était contenté d'alléguer le témoignage de *Phlégon*, affranchi de l'empereur *Adrien*. Cet auteur était auffi païen, & avait écrit l'hiftoire des olympiades en feize livres, depuis leur origine jufqu'à l'an 140 de l'ère vulgaire. On lui fait dire qu'en la quatrième année de la deux cent-deuxième olympiade, il y eut la plus grande éclipfe de foleil qu'on eût jamais vue; le jour fut changé en nuit à la fixième heure; on voyait les étoiles; & un tremblement de terre renverfa plufieurs édifices de la ville de Nicée en Bithynie. *Eufèbe* ajoute que les mêmes événemens font rapportés dans les monumens anciens des Grecs comme étant arrivés la dix-huitième année de *Tibère.* On croit qu'*Eusèbe* veut parler de *Thallus* historien grec déjà cité par *Justin*, *Tertullien*, & *Jules* africain ; mais l'ouvrage de *Thallus* ni celui de *Phlégon* n'étant point parvenus jusqu'à nous, l'on ne peut juger de l'exactitude des deux citations que par le raisonnement.

Il est vrai que le *chronicon paschale* des Grecs, ainsi que *St Jérôme*, *Anastase*, l'auteur de l'*Historia miscella*, & *Freculphe* de Luxem parmi les latins, se réunissent tous à représenter le fragment de *Phlégon* de la même manière, & s'accordent à y lire le même nombre qu'*Eusèbe*. Mais on sait que ces cinq témoins, allégués comme uniformes dans leur déposition, ont traduit ou copié le passage, non de *Phlégon* lui-même, mais d'*Eusèbe* qui l'a cité le premier ; & *Jean Philoponus* qui avait lu *Phlégon*, bien loin d'être d'accord avec *Eusèbe*, en diffère de deux ans. On pourrait aussi nommer *Maxime* & *Madela* comme ayant vécu dans le temps que l'ouvrage de *Phlégon* subsistait encore, & alors voici le résultat. Cinq des auteurs cités sont des copistes ou des traducteurs d'*Eusèbe*. *Philoponus*, là où il déclare qu'il rapporte les propres termes de *Phlégon*, lit d'une seconde façon, *Maxime* d'une troisième, & *Madela* d'une quatrième ; en sorte qu'il s'en faut de beaucoup qu'ils rapportent le passage de la même manière.

On a d'ailleurs une preuve non équivoque de l'infidélité d'*Eusèbe* en fait de citations. Il assure que les Romains avaient dressé à *Simon*, que nous appelons le *magicien*, une statue avec cette inscription : *Simoni deo sancto*, à *Simon* dieu saint. *Théodoret*,

St Auguſtin, *St Cyrille* de Jéruſalem, *Clément* d'Alexandrie, *Tertullien*, & *St Juſtin*, ſont tous ſix parfaitement
d'accord là-deſſus avec *Euſèbe*; *St Juſtin*, qui dit avoir
vu cette ſtatue, nous apprend qu'elle était placée
entre les deux ponts du Tibre, c'eſt-à-dire dans l'île
formée par ce fleuve. Cependant cette inſcription,
qui fut déterrée à Rome l'an 1574, dans l'endroit
même indiqué par *Juſtin*, porte : *Semoni Sanco deo
Fidio*, au dieu *Semo Sancus Fidius*. Nous liſons dans
Ovide que les anciens Sabins avaient bâti un temple
ſur le mont Quirinal à cette divinité qu'ils nommaient
indifféremment *Semo*, *Sancus*, *Sanctus* ou *Fidius*, & l'on
trouve dans *Gruter* deux inſcriptions pareilles dont
l'une était ſur le mont Quirinal, & l'autre ſe voit
encore à Rieti, pays des anciens Sabins.

Enfin les calculs de MM. *Hodgſon*, *Halley*, *Whiſton*,
Gale Morris, ont démontré que *Phlégon* & *Thallus*
avaient parlé d'une éclipſe naturelle arrivée le 24
novembre, la première année de la deux cent-
deuxième olympiade, & non dans la quatrième année,
comme le prétend *Euſèbe*. Sa grandeur pour Nicée en
Bithynie ne fut, ſelon M. *Whiſton*, que d'environ
neuf à dix doigts, c'eſt-à-dire deux tiers & demi du
diſque du ſoleil; ſon commencement à huit heures
un quart, & ſa fin à dix heures quinze minutes. Et
entre le Caire en Egypte & Jéruſalem, ſuivant
M. *Gale Morris*, le ſoleil fut totalement obſcurci pendant près de deux minutes. A Jéruſalem, le milieu de
l'éclipſe arriva vers une heure un quart après midi.

On ne s'en eſt pas tenu à ces prétendus témoignages
de *Denis*, de *Phlégon*, & de *Thallus*; on a allégué dans
ces derniers temps l'hiſtoire de la Chine, touchant

une grande éclipfe de foleil que l'on prétend être arrivée contre l'ordre de la nature l'an 32 de JESUS-CHRIST. Le premier ouvrage où il en eft fait mention eft une Hiftoire de la Chine publiée à Paris en 1672 par le jéfuite *Greflon*. On trouve dans l'extrait qu'en donna le Journal des favans, du 2 février de la même année, ces paroles fingulières :

,, Les annales de la Chine remarquent qu'au mois ,, d'avril de l'an 32 de JESUS-CHRIST, il y eut une ,, grande éclipfe de foleil qui n'était pas felon l'ordre ,, de la nature. Si cela était, ajoute-t-on, cette éclipfe ,, pourrait bien être celle qui fe fit au temps de la ,, paffion de JESUS-CHRIST, lequel mourut au mois ,, d'avril, felon quelques auteurs. *C'eft pourquoi* les ,, miffionnaires de la Chine prient les aftronomes de ,, l'Europe d'examiner s'il n'y eut point d'éclipfe en ,, ce mois & en cette année, & fi naturellement il ,, pouvait y en avoir ; parce que cette circonftance ,, étant bien vérifiée, on en pourrait tirer de grands ,, avantages pour la converfion des Chinois. ,,

Pourquoi prier les mathématiciens de l'Europe de faire ce calcul, comme fi les jéfuites *Adam Shâl*, & *Verbieft*, qui avaient réformé le calendrier de la Chine & calculé les éclipfes, les équinoxes, & les folftices, n'avaient pas été en état de le faire eux-mêmes ? D'ailleurs l'éclipfe dont parle *Greflon*, étant arrivée contre le cours de la nature, comment la calculer ? Bien plus, de l'aveu du jéfuite *Couplet*, les Chinois ont inféré dans leurs faftes un grand nombre de fauffes éclipfes ; & le chinois *Yam-Quemfiam*, dans fa Réponfe à l'apologie pour la religion chrétienne, publiée par les jéfuites à la Chine, dit pofitivement

que

que cette prétendue éclipfe n'eft marquée dans aucune hiftoire chinoife.

Que penfer après cela du jéfuite *Tachard* qui dans l'épître dédicatoire de fon premier *Voyage de Siam*, dit que la fageffe fuprême fit connaître autrefois aux rois & aux peuples d'Orient JESUS-CHRIST naiffant & mourant par une nouvelle étoile & par une éclipfe extraordinaire ? Ignorait-il ce mot de *St Jérôme*, fur un fujet à-peu-près femblable : (*a*) Cette opinion qui eft affez propre à flatter les oreilles du peuple, n'en eft pas plus veritable pour cela ?

Mais ce qui aurait dû épargner toutes ces difcuffions, c'eft que *Tertullien* dont nous avons déja parlé, dit que (*b*) le jour manqua tout d'un coup pendant que le foleil était au milieu de fa carrière ; que les païens crurent que c'était une éclipfe, ne fachant pas que cela avait été prédit par *Amos* en ces termes : (*c*) Le foleil fe couchera à midi, & la lumière fe cachera fur la terre au milieu du jour. Ceux, ajoute *Tertullien*, qui ont recherché la caufe de cet événement, & qui ne l'ont pu découvrir, l'ont nié ; mais le fait eft certain, & vous le trouverez marqué dans vos archives.

Origène (*d*) au contraire dit qu'il n'eft pas étonnant que les auteurs étrangers n'aient rien dit des ténèbres dont parlent les évangéliftes, puifqu'elles ne parurent qu'aux environs de Jérufalem ; la Judée, felon lui, étant défignée fous le nom de toute la terre en plus d'un endroit de l'Ecriture. Il avoue d'ailleurs que le

(*o*) Sur *faint Matth*. chap. 27.
(*b*) Apologétique, chap. 21.
(*c*) Chap. 8, v. 9.
(*d*) Sur *faint Matth*. chap. 27.

paſſage de l'évangile de *St Luc* (*e*) où l'on liſait de ſon temps que toute la terre fut couverte de ténèbres à cauſe de l'éclipſe du ſoleil, avait été ainſi falſifié par quelque chrétien ignorant, qui avait cru donner par là du jour au texte de l'évangéliſte, ou par quelque ennemi mal intentionné, qui avait voulu faire naître un prétexte de calomnier l'Egliſe, comme ſi les évangéliſtes avaient marqué une éclipſe dans un temps où il était notoire qu'elle ne pouvait arriver. Il eſt vrai, ajoute-t-il, que *Phlégon* dit qu'il y en eut une ſous *Tibère* ; mais comme il ne dit pas qu'elle ſoit arrivée dans la pleine lune, il n'y a rien en cela de merveilleux.

Ces ténèbres, continue *Origène*, étaient de la nature de celles qui couvrirent l'Egypte au temps de *Moïſe*, leſquelles ne ſe firent point ſentir dans le canton où demeuraient les Iſraélites. Celles d'Egypte durèrent trois jours, & celles de Jéruſalem ne durèrent que trois heures ; les premières étaient la figure des ſecondes ; & de même que *Moïſe* pour les attirer ſur l'Egypte, éleva les mains au ciel & invoqua le Seigneur, ainſi JESUS-CHRIST, pour couvrir de ténèbres Jéruſalem, étendit ſes mains ſur la croix contre un peuple ingrat qui avait crié : Crucifiez-le, crucifiez-le.

C'eſt bien ici le cas de s'écrier auſſi comme *Plutarque :* Les ténèbres de la ſuperſtition ſont plus dangereuſes que celles des éclipſes.

(*e*) Chap. 23, v. 45.

ECONOMIE.

CE mot ne fignifie dans l'acception ordinaire que la manière d'adminiftrer fon bien ; elle eft commune à un père de famille & à un fur-intendant des finances d'un royaume. Les différentes fortes de gouverne-ment , les tracafferies de famille & de cour , les guerres injuftes & mal conduites , l'épée de *Thémis* mife dans les mains des bourreaux pour faire périr l'innocent , les difcordes inteftines , font des objets étrangers à l'économie.

Il ne s'agit pas ici des déclamations de ces politiques qui gouvernent un Etat du fond de leur cabinet par des brochures.

Economie domeſtique.

LA première économie , celle par qui fubfiftent toutes les autres , eft celle de la campagne. C'eft elle qui fournit les trois feules chofes dont les hommes ont un vrai befoin , le vivre , le vêtir & le couvert ; il n'y en a pas une quatrième , à moins que ce ne foit le chauffage dans les pays froids. Toutes les trois bien entendues donnent la fanté , fans laquelle il n'y a rien.

On appelle quelquefois le féjour de la campagne la *vie patriarchale* ; mais dans nos climats cette vie patriarchale ferait impraticable & nous ferait mourir de froid , de faim & de mifère.

Abraham va de la Chaldée au pays de Sichem ; de là il faut qu'il faffe un long voyage par des déferts arides jufqu'à Memphis pour aller acheter du blé.

J'écarte toujours refpectueufement, comme je le dois, tout ce qui eft divin dans l'hiftoire d'*Abraham* & de fes enfans ; je ne confidère ici que fon économie rurale.

Je ne lui vois pas une feule maifon : il quitte la plus fertile contrée de l'univers, & des villes où il y avait des maifons commodes, pour aller errer dans des pays dont il ne pouvait entendre la langue.

Il va de Sodôme dans le défert de Gérar fans avoir le moindre établiffement. Lorfqu'il renvoie *Agar* & l'enfant qu'il a eu d'elle, c'eft encore dans un défert ; & il ne leur donne pour tout viatique qu'un morceau de pain & une cruche d'eau. Lorfqu'il va facrifier fon fils au Seigneur, c'eft encore dans un défert. Il va couper le bois lui-même pour brûler la victime, & le charge fur le dos de fon fils qu'il doit immoler.

Sa femme meurt dans un lieu nommé *Arbé* ou *Hébron* ; il n'a pas feulement fix pieds de terre à lui pour l'enfevelir : il eft obligé d'acheter une caverne pour y mettre fa femme. C'eft le feul morceau de terre qu'il ait jamais poffédé.

Cependant il eut beaucoup d'enfans ; car fans compter *Ifaac* & fa poftérité, il eut de fon autre femme *Cethura* à l'âge de cent quarante ans, felon le calcul ordinaire, cinq enfans mâles qui s'en allérent vers l'Arabie.

Il n'eft point dit qu'*Ifaac* eût un feul quartier de terre dans le pays où mourut fon père ; au contraire, il s'en va dans le défert de Gérar avec fa femme *Rebecca*, chez ce même *Abimelec* roi de Gérar qui avait été amoureux de fa mère.

Ce roi du défert devient auffi amoureux de fa femme *Rebecca* que fon mari fait paffer pour fa fœur, comme *Abraham* avait donné fa femme *Sara* pour fa fœur à ce même roi *Abimelec*, quarante ans auparavant. Il eft un peu étonnant que dans cette famille on faffe toujours paffer fa femme pour fa fœur afin d'y gagner quelque chofe ; mais puifque ces faits font confacrés, c'eft à nous de garder un filence refpectueux.

L'Ecriture dit qu'il s'enrichiffait dans cette terre horrible, devenue fertile pour lui, & qu'il devint extrêmement puiffant. Mais il eft dit auffi qu'il n'avait pas de l'eau à boire, qu'il eut une grande querelle avec les pafteurs du roitelet de Gérar pour un puits; & on ne voit point qu'il eût une maifon en propre.

Ses enfans, *Efaü* & *Jacob*, n'ont pas plus d'établiffement que leur père. *Jacob* eft obligé d'aller chercher à vivre dans la Méfopotamie dont *Abraham* était forti : il fert fept années pour avoir une des filles de *Laban*, & fept autres années pour obtenir la feconde fille. Il s'enfuit avec *Rachel* & les troupeaux de fon beau-père qui court après lui. Ce n'eft pas là une fortune bien affurée.

Efaü eft repréfenté auffi errant que *Jacob*. Aucun des douze patriarches, enfans de *Jacob*, n'a de demeure fixe, ni un champ dont il foit propriétaire. Ils ne répofent que fous des tentes, comme les Arabes Bedouins.

Il eft clair que cette vie patriarchale ne convient nullement à la température de notre air. Il faut à un bon cultivateur tel que les *Pignoux* d'Auvergne, une maifon faine tournée à l'Orient, de vaftes granges, de non moins vaftes écuries, des étables proprement

tenues; & le tout peut aller à cinquante mille francs
au moins de notre monnaie d'aujourd'hui. Il doit
femer tous les ans cent arpens en blé, en mettre
autant en bons pâturages, posséder quelques arpens
de vigne, & environ cinquante arpens pour les menus
grains & les légumes; une trentaine d'arpens de bois,
une plantation de mûriers, des vers à foie, des ruches.
Avec tous ces avantages bien économisés, il entre-
tiendra une nombreuse famille dans l'abondance de
tout. Sa terre s'améliorera de jour en jour; il fup-
portera fans rien craindre les dérangemens des faifons
& le fardeau des impôts; parce qu'une bonne année
répare les dommages de deux mauvaifes. Il jouira
dans fon domaine d'une fouveraineté réelle qui ne
fera foumife qu'aux lois. C'eft l'état le plus naturel
de l'homme, le plus tranquille, le plus heureux, &
malheureufement le plus rare.

Le fils de ce véritable patriarche fe voyant riche,
fe dégoûte bientôt de payer la taxe humiliante de la
taille; il a malheureufement appris quelque latin;
il court à la ville, achète une charge qui l'exempte
de cette taxe & qui donnera la nobleffe à fon fils au
bout de vingt ans. Il vend fon domaine pour payer
fa vanité. Une fille élevée dans le luxe l'époufe, le
déshonore & le ruine; il meurt dans la mendicité, &
fon fils porte la livrée dans Paris.

Telle eft la différence entre l'économie de la campagne & les illufions des villes.

L'économie à la ville eft toute différente. Vivez-
vous dans votre terre, vous n'achetez prefque rien;
le fol vous produit tout, vous pouvez nourrir foixante
perfonnes fans prefque vous en apercevoir. Portez à

la ville le même revenu, vous achetez tout chèrement, & vous pouvez nourrir à peine cinq ou fix domefti-ques. Un père de famille qui vit dans fa terre avec douze mille livres de rente, aura befoin d'une grande attention pour vivre à Paris dans la même abondance avec quarante mille. Cette proportion a toujours fubfifté entre l'économie rurale & celle de la capitale. Il en faut toujours revenir à la fingulière lettre de Mme de *Maintenon* à fa belle-fœur Mme d'*Aubigné*, dont on a tant parlé ; on ne peut trop la remettre fous les yeux.

. . . .

. . . .

,, Vous croirez bien que je connais Paris mieux
,, que vous ; dans ce même efprit, voici, ma chère
,, fœur, un projet de dépenfe, tel que je l'exécuterais
,, fi j'étais hors de la cour. Vous êtes douze perfonnes,
,, monfieur & madame, trois femmes, quatre laquais,
,, deux cochers, un valet de chambre.

,, Quinze livres de viande à
,, cinq fous la livre	3 liv. 15 fous.	
,, Deux pièces de rôti . . .	2	10
,, Du pain	1	10
,, Le vin	2	10
,, Le bois	2	
,, Le fruit	1	10
,, Sa bougie		10
,, La chandelle		8

14 liv. 13 fous.

,, Je compte quatre fous en vin pour vos quatre
,, laquais & vos deux cochers. C'eft ce que Mme de
,, *Montefpan* donne aux fiens. Si vous aviez du vin

E e 4

,, en cave il ne vous coûterait pas trois fous : j'en
,, mets fix pour votre valet de chambre , & vingt
,, pour vous deux qui n'en buvez pas pour trois.

,, Je mets une livre de chandelle par jour , quoi-
,, qu'il n'en faille qu'une demi-livre. Je mets dix fous
,, en bougie ; il y en a fix à la livre qui coûte une
,, liv. dix fous , & qui dure trois jours.

,, Je mets deux livres pour le bois ; cependant
,, vous n'en brûlerez que trois mois de l'année ; &
,, il ne faut que deux feux.

,, Je mets une liv. dix fous pour le fruit ; le fucre
,, ne coûte que onze fous la livre , & il n'en faut
,, qu'un quarteron pour une compote.

,, Je mets deux pièces de rôti : on en épargne une
,, quand monfieur ou madame dîne ou foupe en ville ;
,, mais auffi j'ai oublié une volaille bouillie pour le
,, potage. Nous entendons le ménage. Vous pouvez
,, fort bien fans paffer quinze livres avoir une entrée,
,, tantôt de fauciffes , tantôt de langues de mouton
,, ou de fraife de veau, le gigot bourgeois, la pyramide
,, éternelle, & la compote que vous aimez tant. (a)

,, Cela pofé , & ce que j'apprends à la cour , ma
,, chère enfant, votre dépenfe ne doit pas paffer cent
,, livres par femaine : c'eft quatre cents liv. par mois.
,, Pofons cinq cents , afin que les bagatelles que
,, j'oublie ne fe plaignent pas que je leur fais injuf-
,, tice. Cinq cents livres par mois font ,

,, Pour votre dépenfe de bouche . . . 6000 l.
,, Pour vos habits 1000

(a) Dans ce temps-là , & c'était le plus brillant de *Louis XIV*, on ne
fervait d'entremets que dans les grands repas d'appareil.

Ci - contre . . . . 7000 liv.
,, Pour loyer de maifon 1000
,, Pour gages & habits des gens . . . 1000
,, Pour les habits, l'opéra & les magni-
,, ficences (*b*) de monfieur 3000
_____
12000

,, Tout cela n'eft-il pas honnête ? &c.

Le marc de l'argent valait alors à-peu-près la moitié
du numéraire d'aujourd'hui ; tout le néceffaire abfolu
était de la moitié moins cher : & le luxe ordinaire
qui eft devenu néceffaire, & qui n'eft plus luxe, coû-
tait trois à quatre fois moins que de nos jours. Ainfi
le comte d'*Aubigné* aurait pu pour fes douze mille
livres de rente qu'il mangeait à Paris affez obfcuré-
ment, vivre en prince dans fa terre.

Il y a dans Paris trois ou quatre cents familles
municipales qui occupent la magiftrature depuis un
fiècle, & dont le bien eft en rentes fur l'hôtel-de-ville.
Je fuppofe qu'elles euffent chacune vingt mille livres
de rente, ces vingt mille livres fefaient jufte le
double de ce qu'elles font aujourd'hui ; ainfi elles
n'ont réellement que la moitié de leur ancien revenu.
De cette moitié on retrancha une moitié dans le temps
inconcevable du fyftème de *Lafs*. Ces familles ne
jouiffent donc réellement que du quart du revenu
qu'elles poffédaïent à l'avénement de *Louis XIV* au
trône ; & le luxe étant augmenté des trois quarts,
refte à-peu-près rien pour elles ; à moins qu'elles

_____

(*b*) Madame de *Maintenon* compte deux cochers, & oublie quatre
chevaux, qui dans ce temps-là devaient avec l'entretien des voitures coûter
environ deux mille francs par année.

n'aient réparé leur ruine par de riches mariages, ou par des fucceffions, ou par une induftrie fecrète : & c'eft ce qu'elles ont fait.

En tout pays tout fimple rentier qui n'augmente pas fon bien dans une capitale, le perd à la longue. Les terriens fe foutiennent parce que l'argent augmentant numériquement, le revenu de leurs terres augmente en proportion ; mais ils font expofés à un autre malheur ; & ce malheur eft dans eux-mêmes. Leur luxe & leur inattention non moins dangereufe encore, les conduifent à la ruine. Ils vendent leurs terres à des financiers qui entaffent, & dont les enfans diffipent tout à leur tour. C'eft une circulation perpétuelle d'élévation & de décadence ; le tout faute d'une économie raifonnable qui confifte uniquement à ne pas dépenfer plus qu'on ne reçoit.

De l'économie publique.

L'ECONOMIE d'un Etat n'eft précifément que celle d'une grande famille. C'eft ce qui porta le duc de *Sulli* à donner le nom d'*économies* à fes mémoires. Toutes les autres branches d'un gouvernement font plutôt des obftacles que des fecours à l'adminiftration des deniers publics. Des traités qu'il faut quelquefois conclure à prix d'or, des guerres malheureufes, ruinent un Etat pour long-temps ; les heureufes même l'épuifent. Le commerce intercepté & mal entendu l'appauvrit encore ; les impôts exceffifs comblent la mifère.

Qu'eft-ce qu'un Etat riche & bien économifé ? c'eft celui où tout homme qui travaille eft fûr d'une fortune convenable à fa condition, à commencer par le roi, & finir par le manœuvre.

Prenons pour exemple l'Etat où le gouvernement des finances eft le plus compliqué; l'Angleterre. Le roi eft prefque fûr d'avoir toujours un million fterling par an à dépenfer pour fa maifon, fa table, fes ambaffadeurs & fes plaifirs. Ce million revient tout entier au peuple par la confommation, car fi les ambaffadeurs dépenfent leurs appointemens ailleurs, les miniftres étrangers confument leur argent à Londres. Tout poffeffeur de terres eft certain de jouir de fon revenu, aux taxes près impofées par fes repréfentans en parlement, c'eft-à-dire, par lui-même.

Le commerçant joue un jeu de hafard & d'induftrie contre prefque tout l'univers; & il eft long-temps incertain s'il mariera fa fille à un pair du royaume, ou s'il mourra à l'hôpital.

Ceux qui fans être négocians placent leur fortune précaire dans les grandes compagnies de commerce, reffemblent parfaitement aux oififs de la France qui achètent des effets royaux, & dont le fort dépend de la bonne ou mauvaife fortune du gouvernement.

Ceux dont l'unique profeffion eft de vendre & d'acheter des billets publics fur les nouvelles heureufes ou malheureufes qu'on débite, & de trafiquer la crainte & l'efpérance, font en fous ordre dans le même cas que les actionnaires; & tous font des joueurs, hors le cultivateur qui fournit de quoi jouer.

Une guerre furvient; il faut que le gouvernement emprunte de l'argent comptant, car on ne paye pas des flottes & des armées avec des promeffes. La chambre des communes imagine une taxe fur la bierre, fur le charbon, fur les cheminées, fur les fenêtres, fur les acres de blé & de pâturage, fur l'importation &c.

On calcule ce que cet impôt pourra produire à-peu-près ; toute la nation en eft inftruite ; un acte du parlement dit aux citoyens : ceux qui voudront prêter à la patrie recevront quatre pour cent de leur argent pendant dix ans, au bout defquels ils feront rembourfés.

Ce même gouvernement fait un fonds d'amortiffe-ment du furplus de ce que produifent les taxes. Ce fonds doit fervir à rembourfer les créanciers. Le temps du remboursement venu, on leur dit : voulez-vous votre fonds, ou voulez-vous le laiffer à trois pour cent ? Les créanciers qui croient leur dette affurée, laiffent pour la plupart leur argent entre les mains du gouvernement.

Nouvelle guerre, nouveaux emprunts, nouvelles dettes ; le fonds d'amortiffement eft vide, on ne rembourfe rien.

Enfin, ce monceau de papier repréfentatif d'un argent qui n'exifte pas, a été porté jufqu'à cent trente millions de livres fterling, qui font cent vingt-fept millions de guinées en l'an 1770 de notre èrevulgaire.

Difons en paffant que la France eft à-peu-près dans ce cas ; elle doit de fonds environ cent vingt-fept millions de louis d'or ; or ces deux fommes montant à deux cent cinquante-quatre millions de louis d'or, n'exiftent pas dans l'Europe. Comment payer ? Examinons d'abord l'Angleıerre.

Si chacun redemande fon fonds, la chofe eft vifible-ment impoffible à moins de la pierre philofophale, ou de quelque multiplication pareille. Que faire? Une partie de la nation a prêté à toute la nation. L'Angleterre doit à l'Angleterre cent trente millions fterling à trois pour cent d'intérêt: elle paye donc de ce feul article très-modique trois millions neuf cents mille livres fterling d'or chaque année. (*c*) Les impôts font d'environ fept millions ; il refte donc pour fatisfaire aux charges de l'Etat , trois millions & cent mille livres fterling , fur quoi l'on peut en économifant éteindre peu-à-peu une partie des dettes publiques.

La banque de l'Etat , en produifant des avantages immenfes aux directeurs, eft utile à la nation , parce qu'elle augmente le crédit , que fes opérations font connues , & qu'elle ne pourrait faire plus de billets qu'il n'en faut fans perdre ce crédit & fans fe ruiner elle-même. C'eft-là le grand avantage d'un pays commerçant , où tout fe fait en vertu d'une loi pofi- tive , où nulle opération n'eft cachée , où la confiance eft établie fur des calculs faits par les repréfentans de l'Etat , examinés par tous les citoyens. L'Angleterre, quoi qu'on dife , voit donc fon opulence affurée , tant qu'elle aura des terres fertiles , des troupeaux abondans, & un commerce avantageux. (1)

_____

(*c*) Ceci était écrit en 1770.

(1) La dette immenfe de l'Angleterre & de la France prépare à ces deux nations , non une ruine totale ou une décadence durable , mais de longs malheurs & peut-être de grands bouleverfemens. Cependant en fuppofant ces dettes égales , (& celle de l'Angleterre eft encore plus forte) la France aurait encore de grands avantages. 1°. Quoique la fupériorité de fa richeffe réelle ne foit point proportionnelle à celle de l'étendue de fon territoire &

Si les autres pays parviennent à n'avoir pas besoin de ses blés & à tourner contre elle la balance du commerce, il peut arriver alors un très-grand bouleversement dans les fortunes des particuliers ; mais la terre reste, l'industrie reste ; & l'Angleterre alors moins riche en argent l'est toujours en valeurs renaissantes que le sol produit ; elle revient au même état où elle était au seizième siècle.

Il en est absolument de tout un royaume comme d'une terre d'un particulier ; si le fonds de la terre est bon, elle ne sera jamais ruinée ; la famille qui la fesait valoir peut être réduite à l'aumone ; mais le sol prospèrera sous une autre famille.

Il y a d'autres royaumes qui ne seront jamais riches, quelque effort qu'ils fassent : ce sont ceux qui, situés sous un ciel rigoureux, ne peuvent avoir

du nombre de ses habitans, cette supériorité est très-grande. 2°. L'agriculture, l'industrie & le commerce n'y étant pas aussi près qu'en Angleterre du degré de perfection & d'activité qu'on peut atteindre, leurs progrès peuvent procurer de plus grandes ressources. La suppression des corvées, celle des jurandes pour les métiers, comme pour le commerce, la liberté du commerce des blés, des vins, des bestiaux, en un mot les lois faites en 1776, & celles qu'on préparait alors, auraient changé en peu d'années la face de la France. 3°. La dette foncière en France était en très-grande partie à cinq pour cent & au-delà ; tout ministre éclairé & vertueux que l'on croira établi dans sa place, trouvant à emprunter à quatre pour cent, lorsqu'il n'empruntera que pour rembourser, pourra diminuer l'intérêt de cette partie de la dette d'un cinquième & au-delà, & former de cela seul un fonds d'amortissement. 4°. La vente des domaines, & celle des biens du clergé qui appartiennent à l'Etat, est une ressource immense qui manque encore à l'Angleterre. La publicité des opérations peut aussi avoir lieu en France ; & si la confiance doit être plus grande en Angleterre, parce que les membres du parlement sont eux-mêmes intéressés à ce que la nation soit fidelle à ses engagemens, d'un autre côté, ces mêmes membres du parlement ont beaucoup plus d'intérêt à ce que les finances soient mal administrées que n'en peuvent avoir les ministres du roi de France.

tout au plus que l'exact néceſſaire. Les citoyens n'y
peuvent jouir des commodités de la vie qu'en les
feſant venir de l'étranger à un prix qui eſt exceſſif
pour eux. Donnez à la Sibérie & au Kamshatka
réunis, qui font quatre fois l'étendue de l'Allemagne,
un *Cyrus* pour ſouverain, un *Solon* pour légiſlateur,
un duc de *Sulli*, un *Colbert* pour ſurintendant des
finances, un duc de *Choiſeul* pour miniſtre de la
guerre & de la paix, un *Anſon* pour amiral, ils y
mourront de faim avec tout leur génie.

Au contraire, faites gouverner la France par un
fou ſérieux tel que *Laſs*, par un fou plaiſant tel que
le cardinal *Dubois*, par des miniſtres tels que nous
en avons vu quelquefois, on pourra dire d'eux ce
qu'un ſénateur de Veniſe diſait de ſes confrères au
roi *Louis XII*, à ce que prétendent les raconteurs
d'anecdotes. *Louis XII* en colère menaçait de ruiner
la république : Je vous en défie, dit le ſénateur, la
choſe me paraît impoſſible ; il y a vingt ans que mes
confrères font tous les efforts imaginables pour la
détruire, & ils n'en ont pu venir à bout

Il n'y eut jamais rien de plus extravagant ſans
doute que de créer une compagnie imaginaire du
Miſſiſſipi qui devait rendre au moins cent pour un à
tout intéreſſé ; de tripler tout d'un coup la valeur
numéraire des eſpèces, de rembourſer en papier
chimérique les dettes & les charges de l'Etat, & de
finir enfin par la défenſe auſſi folle que tyrannique à
tout citoyen de garder chez ſoi plus de cinq cents
francs en or ou en argent. Ce comble d'extravagances
étant inouï, le bouleverſement général fut auſſi
grand qu'il devait l'être : chacun criait que c'en était

fait de la France pour jamais. Au bout de dix ans il n'y paraiſſait pas.

Un bon pays ſe rétablit toujours par lui-même, pour peu qu'il ſoit tolérablement régi : un mauvais ne peut s'enrichir que par une induſtrie extrême & heureuſe.

La proportion ſera toujours la même entre l'Eſpagne, la France, l'Angleterre proprement dite, & la Suède.(2) On compte communément vingt millions d'habitans en France, c'eſt peut-être trop. *Uſtaris* n'en admet que ſept en Eſpagne, *Nicols* en donne huit à l'Angleterre, on n'en attribue pas cinq à la Suède. L'Eſpagnol (l'un portant l'autre) a la valeur de quatre-vingts de nos livres à dépenſer par an. Le Français meilleur culti-vateur a cent vingt livres, l'Anglais cent quatre-vingts, le Suédois cinquante. Si nous voulions parler du Hollandais, nous trouverions qu'il n'a que ce qu'il gagne, parce que ce n'eſt pas ſon territoire qui le nourrit & qui l'habille. La Hollande eſt une foire continuelle où perſonne n'eſt riche que de ſa propre induſtrie, ou de celle de ſon père.

Quelle énorme diſproportion entre les fortunes ! un anglais qui a ſept mille guinées de revenu abſorbe la ſubſiſtance de mille perſonnes. Ce calcul effraie au premier coup d'œil ; mais au bout de l'année il a réparti ſes ſept mille guinées dans l'Etat, & chacun a eu à-peu-près ſon contingent.

En général l'homme coûte très-peu à la nature. Dans l'Inde, où les raïas & les nababs entaſſent tant

---

(2) C'eſt-à-dire ſi la légiſlation ou l'adminiſtration ne changent point. Car la France, moins peuplée à proportion que l'Angleterre, peut acquérir une population égale ; l'Eſpagne, la Suède peuvent en très-peu de temps duboler leur population.

de

de tréfors, le commun peuple vit pour deux fous par jour tout au plus.

Ceux des Américains qui ne font fous aucune domination, n'ayant que leurs bras, ne dépenfent rien ; la moitié de l'Afrique a toujours vécu de même ; & nous ne fommes fupérieurs à tous ces hommes-là que d'environ quarante écus par an. Mais ces quarante écus font une prodigieufe différence ; c'eft elle qui couvre la terre de belles villes, & la mer de vaifseaux.

C'eft avec nos quarante écus que *Louis XIV* eut deux cents vaiffeaux, & bâtit Verfailles. Et tant que chaque individu, l'un portant l'autre, pourra être cenfé jouir de quarante écus de rente, l'Etat pourra être floriffant.

Il eft évident que plus il y a d'hommes & de richeffes dans un Etat, plus on y voit d'abus. Les frottemens font fi confidérables dans les grandes machines, qu'elles font prefque toujours détraquées. Ces dérangemens font une telle impreffion fur les efprits, qu'en Angleterre, où il eft permis à tout citoyen de dire ce qu'il penfe, il fe trouve tous les mois quelque calculateur qui avertit charitablement fes compatriotes que tout eft perdu, & que la nation eft ruinée fans reffource. La permiffion de penfer étant moins grande en France, on s'y plaint en contrebande ; on imprime furtivement, mais fort fouvent, que jamais fous les enfans de *Clotaire*, ni du temps du roi *Jean*, de *Charles VI*, de la bataille de Pavie, des guerres civiles, & de la Saint-Barthelemi, le peuple ne fut fi miférable qu'aujourd'hui.

Dictionn. philofoph. Tome III.   F f

Si on répond à ces lamentations par une lettre de cachet qui ne paffe pas pour une raifon bien légitime, mais qui eft très-péremptoire, le plaignant s'enfuit en criant aux alguafils qu'ils n'en ont pas pour fix femaines, & que DIEU merci ils mourront de faim avant ce temps-là comme les autres.

Bois-Guilbert, qui attribua fi impudemment fon infenfée *Dixme royale* au maréchal de *Vauban*, prétendait, dans fon *Détail de la France*, que le grand miniftre *Colbert* avait déjà appauvri l'Etat de quinze cents millions, en attendant pis.

Un calculateur de notre temps, qui paraît avoir les meilleures intentions du monde, quoiqu'il veuille abfolument qu'on s'enivre après la meffe, prétend que les valeurs renaiffantes de la France, qui forment le revenu de la nation, ne fe montent qu'à environ quatre cents millions; en quoi il paraît qu'il ne fe trompe que d'environ feize cents millions de livres à vingt fous la pièce, le marc d'argent monnayé étant à quarante-neuf livres dix. Et il affure que l'impôt pour payer les charges de l'Etat ne peut être que de foixante & quinze millions, dans le temps qu'il l'eft de trois cents, lefquels ne fuffifent pas à beaucoup près pour acquitter les dettes annuelles.

Une feule erreur dans toutes ces fpéculations, dont le nombre eft très-confidérable, reffemble aux erreurs commifes dans les mefures aftronomiques prifes fur la terre. Deux lignes répondent à des efpaces immenfes dans le ciel.

C'eft en France & en Angleterre que l'économie publique eft le plus compliquée. On n'a pas d'idée d'une telle adminiftration dans le refte du globe, depuis le mont Atlas jufqu'au Japon. Il n'y a guère que cent trente ans que commença cet art de rendre la moitié d'une nation débitrice de l'autre ; de faire paffer avec du papier les fortunes de main en main ; de rendre l'Etat créancier de l'Etat ; de faire un chaos de ce qui devrait être foumis à une règle uniforme. Cette méthode s'eft étendue en Allemagne & en Hollande. On a pouffé ce rafinement à cet excès jufqu'à établir un jeu entre le fouverain & les fujets ; & ce jeu eft appelé *loterie*. Votre en-jeu eft de l'argent comptant ; fi vous gagnez vous obtenez des efpèces ou des rentes ; qui perd ne fouffre pas un grand dommage. Le gouvernement prend d'ordinaire dix pour cent pour fa peine. On fait ces loteries les plus compliquées que l'on peut , pour étourdir & pour amorcer le public. Toutes ces méthodes ont été adoptées en Allemagne & en Hollande ; prefque tout Etat a été obéré tour-à-tour. Cela n'eft pas trop fage ; mais qui l'eft ? les petits qui n'ont pas le pouvoir de fe ruiner.

ECONOMIE DE PAROLES.

Parler par économie.

C'EST une expreffion confacrée aux pères de l'Eglife & même aux premiers inftituteurs de notre fainte religion ; elle fignifie *parler felon les temps & felon les lieux.*

Par exemple , (a) *St Paul* étant chrétien vient dans le temple des Juifs s'acquitter des rites judaïques , pour faire voir qu'il ne s'écarte point de la loi mofaïque ;

(a) Actes des apôtres, chap. XXI.

il eft reconnu au bout de fept jours, & accufé d'avoir profané le temple. Auffitôt on le charge de coups, on le traîne en tumulte ; le tribun de la cohorte, *tribunus cohortis* (*b*) arrive , & le fait lier de deux chaînes. (*c*) Le lendemain ce tribun fait affembler le fanhédrin , & amène *Paul* devant ce tribunal ; le grand-prêtre *Annaniah* commence par lui faire donner un foufflet, (*d*) & *Paul* l'appelle *muraille blanchie*. (*e*)

Il me donna un foufflet ; mais je lui dis bien fon fait. (*)

(*f*) *Or Paul fachant qu'une partie des juges était compofée de faducéens , & l'autre de pharifiens , il s'écria : Je fuis pharifien & fils de pharifien , on ne veut me condamner qu'à caufe de l'efpérance & de la réfurrection des morts. Paul ayant ainfi parlé , il s'éleva une difpute entre les pharifiens & les faducéens , & l'affemblée fut rompue ; car les faducéens difent qu'il n'y a ni réfurrection , ni ange, ni efprit ; & les pharifiens confeffent le contraire.*

Il eft bien évident par le texte, que *Paul* n'était point pharifien, puifqu'il était chrétien, & qu'il n'avait point du tout été queftion dans cette affaire ni de réfurrection , ni d'efpérance , ni d'ange , ni d'efprit.

(*b*) Il n'y avait pas à la vérité dans la milice romaine de tribun de cohorte. C'eft comme fi on difait parmi nous colonel d'une compagnie. Les centurions étaient à la tête des cohortes , & les tribuns à la tête des légions. Il y avait trois tribuns fouvent dans une légion. Ils commandaient alors tour-à-tour ; & étaient fubordonnés les uns aux autres. L'auteur des Actes a probablement entendu que le tribun fit marcher une cohorte.

(*c*) Chap. XXII.

(*d*) Un foufflet chez les peuples aafitiques était une punition légale. Encore aujourd'hui à la Chine , & dans les pays au-delà du Gange , on condamne un homme à une douzaine de foufflets.

(*e*) Chap. XXIII.   (*f*) Chap. XXIII.

(*) *Pourceaugnac.*

Le texte fait voir que *St Paul* ne parlait ainfi que pour compromettre enfemble les pharifiens & les faducéens. C'était parler par *économie*, par prudence ; c'était un artifice pieux , qui n'eût pas été peut-être permis à tout autre qu'à un apôtre.

C'eft ainfi que prefque tous les pères de l'Eglife ont parlé par *économie*. *St Jérôme* développe admirablement cette méthode dans fa lettre cinquante-quatrième à *Pammaque*. Pefez fes paroles.

Après avoir dit qu'il eft des occafions où il faut préfenter un pain & jeter une pierre, voici comme il continue :

„ Lifez, je vous prie, *Démofthènes*, lifez *Cicéron ;*
„ & fi les rhétoriciens vous déplaifent parce que leur
„ art eft de dire le vraifemblable plutôt que le vrai,
„ lifez *Platon* , *Théophrafte* , *Xénophon* , *Arifote* , &
„ tous ceux qui ayant puifé dans la fontaine de
„ *Socrate* en ont tiré divers ruiffeaux. Y a-t-il chez
„ eux quelque candeur, quelque fimplicité ? quels
„ termes chez eux n'ont pas deux fens ? & quels
„ fens ne préfentent-ils pas pour remporter la victoire ?
„ *Origène* , *Méthodius* , *Eusèbe* , *Apollinaire* , ont écrit
„ des milliers de verfets contre *Celfe* & *Porphyre*.
„ Confidérez avec quel artifice, avec quelle fubtilité
„ problématique ils combattent l'efprit du diable ;
„ ils difent, non ce qu'ils penfent, mais ce qui eft
„ néceffaire. *Non quod fentiunt , fed quod neceffe eft*
„ *dicunt.*

„ Je ne parle point des auteurs latins, *Tertullien ,*
„ *Cyprien* , *Minutius* , *Victorin* , *Lactance* , *Hilaire ;* je
„ ne veux point les citer ici ; je ne veux que me

„ défendre ; je me contenterai de vous rapporter „ l'exemple de l'apôtre *St Paul* &c. „

St Augustin écrit souvent par *économie*. Il se proportionne tellement aux temps & aux lieux, que dans une de ses épîtres, il avoue qu'il n'a expliqué la trinité que *parce qu'il fallait bien dire quelque chose*.

Ce n'est pas assurément qu'il doutât de la sainte trinité ; mais il sentait combien ce mystère est ineffable, & il avait voulu contenter la curiosité du peuple.

Cette méthode fut toujours reçue en théologie. On emploie contre les encratiques un argument qui donnerait gain de cause aux carpocratiens : & quand on dispute ensuite contre les carpocratiens, on change ses armes.

Tantôt on dit que JESUS n'est mort que pour *plusieurs*, quand on étale le grand nombre des réprouvés ; tantôt on affirme qu'il est mort pour *tous*, quand on veut manifester sa bonté universelle. Là vous prenez le sens propre pour le sens figuré ; ici vous prenez le sens figuré pour le sens propre, selon que la prudence l'exige.

Un tel usage n'est pas admis en justice. On punirait un témoin qui dirait le pour & le contre dans une affaire capitale : mais il y a une différence infinie entre les vils intérêts humains qui exigent la plus grande clarté, & les intérêts divins qui sont cachés dans un abyme impénétrable. Les mêmes juges qui veulent à l'audience des preuves indubitables approchantes de la démonstration, se contenteront au sermon de preuves morales, & même de déclamations sans preuves.

St Augustin parle par *économie* quand il dit : *Je crois parce que cela est absurde ; je crois parce que cela est impossible.* Ces paroles, qui feraient extravagantes dans toute affaire mondaine, font très-respectables en théologie. Elles signifient : Ce qui est absurde & impossible aux yeux mortels, ne l'est point aux yeux de DIEU ; or DIEU m'a révélé ces prétendues absurdités, ces impossibilités apparentes, donc je dois les croire.

Un avocat ne ferait pas reçu à parler ainsi au barreau. On enfermerait à l'hôpital des fous des témoins qui diraient : Nous affirmons qu'un accusé étant au berceau à la Martinique, a tué un homme à Paris ; & nous fommes d'autant plus certains de cet homicide, qu'il est absurde & impossible. Mais la révélation, les miracles, la foi fondée fur des motifs de crédibilité, font un ordre de chofes tout différent.

Le même *St Augustin* dit dans fa lettre cent cinquante-troifième : *Il est écrit (g) que le monde entier appartient aux fidelles ; & les infidelles n'ont pas une obole qu'ils possèdent légitimement.*

Si fur ce principe deux dépositaires viennent m'affurer qu'ils font fidelles, & fi en cette qualité ils me font banqueroute à moi miférable mondain, il est certain qu'ils feront condamnés par le châtelet & par le parlement, malgré toute l'économie avec laquelle *St Augustin* a parlé.

(g) Cela est écrit dans les Proverbes, chapitre XVII ; mais ce n'est que dans la traduction des feptante, à laquelle toute l'Eglife s'en tenait alors.

St Irénée prétend (*h*) qu'il ne faut condamner ni l'incefte des deux filles de *Loth* avec leur père, ni celui de *Thamar* avec fon beau-père, par la raifon que la fainte écriture ne dit pas expreffément que cette action foit criminelle. Cette économie n'empê-chera pas que l'incefte parmi nous ne foit puni par les lois. Il eft vrai que fi DIEU ordonnait expreffément à des filles d'engendrer des enfans avec leur père, non-feulement elles feraient innocentes, mais elles deviendraient très-coupables en n'obéiffant pas. C'eft-là où eft l'économie d'*Irénée*; fon but très-louable eft de faire refpecter tout ce qui eft dans les faintes écritures hébraïques: mais comme DIEU qui les a dictées n'a donné nul éloge aux filles de *Loth* & à la bru de *Juda*, il eft permis de les condamner.

Tous les premiers chrétiens, fans exception, penfaient fur la guerre comme les efféniens & les thérapeutes, comme penfent & agiffent aujourd'hui les primitifs appelés *quakers*, & les autres primitifs appelés *dunkars*, comme ont toujours penfé & agi les brachmanes. *Tertullien* eft celui qui s'explique le plus fortement fur ces homicides légaux que notre abominable nature a rendus néceffaires: (*i*) *Il n'y a point de règle, point d'ufage qui puiffe rendre légitime cet acte criminel.*

Cependant, après avoir affuré qu'il n'eft aucun chrétien qui puiffe porter les armes, il dit par éco-nomie dans le même livre, pour intimider l'empire romain: (*k*) *Nous fommes d'hier, & nous rempliffons vos villes & vos armées.*

(*h*) Liv. IV, chap. XXV.
(*i*) De l'idolatrie, chap. XIX.
(*k*) Chap. XLII.

Cela n'était pas vrai, & ne fut vrai que sous *Conftance-Chlore;* mais l'économie exigeait que *Tertullien* exagérât dans la vue de rendre son parti redoutable.

C'eft dans le même efprit qu'il dit (*l*) que *Pilate* était chrétien dans le cœur. Tout fon apologétique eft plein de pareilles affertions qui redoublaient le zèle des néophytes.

Terminons tous ces exemples du ftyle économique qui font innombrables, par ce paffage de S*t* *Jérôme* dans fa difpute contre *Jovinien* fur les fecondes noces. (*m*) ,, Si les organes de la génération dans les
,, hommes, l'ouverture de la femme, le fond de fa,
,, vulve, & la différence des deux fexes faits l'un
,, pour l'autre, montrent évidemment qu'ils font
,, deftinés pour former des enfans, voici ce que je
,, réponds. Il s'enfuivrait que nous ne devons jamais
,, ceffer de faire l'amour, de peur de porter en vain
,, des membres deftinés pour lui. Pourquoi un mari
,, s'abftiendrait-il de fa femme? pourquoi une veuve
,, perfévérerait-elle dans le veuvage, fi nous fommes
,, nés pour cette action comme les autres animaux?
,, en quoi me nuira un homme qui couchera avec
,, ma femme? Certainement fi les dents font faites
,, pour manger, & pour faire paffer dans l'eftomac
,, ce qu'elles ont broyé; s'il n'y a nul mal qu'un
,, homme donne du pain à ma femme, il n'y en a
,, pas davantage fi étant plus vigoureux que moi il
,, apaife fa faim d'une autre manière, & qu'il me
,, foulage de mes fatigues, puifque les génitoires font
,, faits pour jouir toujours de leur deftinée. ,,

(*l*) Apologét. chap. XXI.   (*m*) Liv. I.

Quoniam ipfa organa & genitalium fabrica & noftra feminarumque difcretio, & receptacula vulvæ, ad fufci-piendos coalendos fœtus condita, fexus differentiam præ-dicant, hoc breviter refpondebo. Numquam ergo ceffemus à libidine, ne fruftra hujufcemodi membra portemus. Cur enim maritus fe abftineat ab uxore? Cur cafta vidua perfeveret, fi ad hoc tantùm nati fumus ut pecudum more vivamus? Aut quid mihi nocebit fi cum uxore meâ alius concubuerit? Quomodo enim dentium officium eft mandere, & in alvum ea quæ funt manfa tranfmittere, & non habet crimen, qui conjugi meæ panem dederit; ita fi genitalium hoc eft officium ut femper fruantur naturâ fuâ, meam laffitudinem alterius vires fuperent; & uxoris, ut ita dixerim, ardentiffimam gulam fortuita libido reftinguat.

Après un tel paffage, il eft inutile d'en citer d'autres. Remarquons feulement que ce ftyle économique qui tient de fi près au polémique, doit être manié avec la plus grande circonfpection, & qu'il n'appartient point aux profanes d'imiter dans leurs difputes ce que les faints ont hafardé, foit dans la chaleur de leur zèle, foit dans la naïveté de leur ftyle.

E C R O U E L L E S.

Ecrouelles, fcrophules, appelées *humeurs froides*, quoiqu'elles foient très-cauftiques; l'une de ces maladies prefque incurables qui défigurent la nature humaine, & qui mènent à une mort prématurée par les douleurs & par l'infection.

On prétend que cette maladie fut traitée de divine, parce qu'il n'était pas au pouvoir humain de la guérir.

Peut-être quelques moines imaginèrent que des rois, en qualité d'images de la Divinité, pouvaient avoir le droit d'opérer la cure des fcrophuleux, en les touchant de leurs mains qui avaient été ointes. Mais pourquoi ne pas attribuer à plus forte raifon ce privilége aux empereurs qui avaient une dignité fi fupérieure à celle des rois? pourquoi ne le pas donner aux papes, qui fe difaient les maîtres des empereurs, & qui étaient bien autre chofe que de fimples images de DIEU, puifqu'ils en étaient les vicaires. Il y a quelque apparence que quelque fonge-creux de Normandie, pour rendre l'ufurpation de *Guillaume le bâtard* plus refpeétable, lui concéda de la part de DIEU la faculté de guérir les écrouelles avec le bout du doigt.

C'eft quelque temps après *Guillaume* qu'on trouve cet ufage tout établi. On ne pouvait gratifier les rois d'Angleterre de ce don miraculeux, & le refufer aux rois de France leurs fuzerains. C'eût été bleffer le refpeét dû aux lois féodales. Enfin, on fit remonter ce droit à *St Edouard* en Angleterre, & à *Clovis* en France.

Le feul témoignage un peu croyable que nous ayons de l'antiquité de cet ufage, (*a*) fe trouve dans les écrits en faveur de la maifon de *Lancaftre*, compofés par le chevalier *Jean Fortefcue* fous le roi *Henri VI*, reconnu roi de France à Paris dans fon berceau, & enfuite roi d'Angleterre, & qui perdit fes deux royaumes. *Jean Fortefcue*, grand-chancelier d'Angleterre, dit que de temps immémorial, les rois d'Angleterre étaient en poffeffion de toucher les gens du peuple malades

(*a*) Appendix, n° VI.

des écrouelles. On ne voit pourtant pas que cette prérogative rendît leurs perfonnes plus facrées dans les guerres de la Rofe rouge & de la Rofe blanche.

Les reines qui n'étaient que femmes de rois ne guériffaient pas les écrouelles, parce qu'elles n'étaient pas ointes aux mains comme les rois ; mais *Elifabeth* reine de fon chef, & ointe, les guériffait fans difficulté.

Il arriva une chofe affez trifte à *Martorillo* le cala-brois, que nous nommons *St François de Paule*. Le roi *Louis XI* le fit venir au Pleffis-les-Tours pour le guérir des fuites de fon apoplexie : le faint arriva avec les écrouelles : (*b*) *Ipfe fuit detentus gravi inflaturâ quam in parte inferiori genæ fuæ dextræ circa guttur patiebatur ; chirurgi dicebant morbum effe fcropharum.*

Le faint ne guérit point le roi, & le roi ne guérit point le faint.

Quand le roi d'Angleterre *Jacques II* fut reconduit de Rochefter à Whitehall, on propofa de lui laiffer faire quelque acte de royauté, comme de toucher les écrouelles ; il ne fe préfenta perfonne. Il alla exercer fa prérogative en France, à Saint-Germain, où il toucha quelques irlandaifes. Sa fille *Marie*, le roi *Guillaume*, la reine *Anne*, les rois de la maifon de *Brunfwick* ne guérirent perfonne. Cette mode facrée paffa, quand le raifonnement arriva.

(*b*) *Acta fancti Francifci Pauli*, page 155.

E D U C A T I O N.

Dialogue entre un conseiller & un ex-jésuite.

L'E X - J E S U I T E.

MONSIEUR, vous voyez le triste état où la banqueroute de deux marchands missionnaires m'ont réduit. Je n'avais assurément aucune correspondance avec frère *la Valette* & frère *Saci* ; j'étais un pauvre prêtre du collége de Clermont dit *Louis le grand* ; je savais un peu de latin & de catéchisme que je vous ai enseignés pendant six ans, sans aucun salaire : à peine sorti du collége, à peine ayant fait semblant d'étudier en droit avez-vous acheté une charge de conseiller au parlement, que vous avez donné votre voix pour me faire mendier mon pain hors de ma patrie, ou pour me réduire à y vivre bafoué avec seize louis & seize francs par an, qui ne suffisent pas pour me vêtir & me nourrir, moi & ma sœur la couturière devenue impotente. Tout le monde m'a dit que ce désastre était advenu aux frères jésuites non-seulement par la banqueroute de *la Valette* & *Saci* missionnaires, mais parce que frère *la Chaise* confesseur avait été un trigaud, & frère *le Tellier* confesseur un persécuteur impudent : mais je n'ai jamais connu ni l'un ni l'autre ; ils étaient morts avant que je fusse né.

On prétend encore que des disputes de jansénistes & de molinistes sur la grâce versatile & sur la science moyenne, ont fort contribué à nous chasser de nos maifons : mais je n'ai jamis fu ce que c'était que la grâce. Je vous ai fait lire autrefois *Defpautère* & *Cicéron*, les vers de *Commire* & de *Virgile*, le *Pédagogue chrétien* & *Sénèque*, les pfeaumes de *David* en latin de cuifine, & les odes d'*Horace* à la brune *Lalagé* & au blond *Ligurinus*, *flavam religantis comam*, renouant fa blonde chevelure. En un mot, j'ai fait ce que j'ai pu pour vous bien élever ; & voilà ma récompenfe.

LE CONSEILLER.

Vraiment, vous m'avez donné là une plaifante éducation ; il eft vrai que je m'accommodais fort du blond *Ligurinus*. Mais lorfque j'entrai dans le monde, je voulus m'avifer de parler, & on fe moqua de moi ; j'avais beau citer les odes à *Ligurinus* & le *Pédagogue chrétien*, je ne favais ni fi *François I* avait été fait prifonnier à Pavie, ni où eft Pavie ; le pays même où je fuis né était ignoré de moi ; je ne connaiffais ni les lois principales, ni les intérêts de ma patrie : pas un mot de mathématiques, pas un mot de faine philofophie ; je favais du latin & des fottifes.

L'EX-JESUITE.

Je ne pouvais vous apprendre que ce qu'on m'avait enfeigné. J'avais étudié au même collége jufqu'à quinze ans ; à cet âge un jéfuite m'enquinauda ; je fus novice, on m'abêtit pendant deux ans, & enfuite on me fit régenter. Ne voudriez-vous pas que je vous euffe donné l'éducation qu'on reçoit dans l'école militaire ?

LE CONSEILLER.

Non, il faut que chacun apprenne de bonne heure tout ce qui peut le faire réuffir dans la profeffion à laquelle il eſt deſtiné. *Clairaut* était le fils d'un maître de mathématiques ; dès qu'il ſut lire & écrire, ſon père lui montra ſon art : il devint très - bon géomètre à douze ans ; il apprit enſuite le latin, qui ne lui ſervit jamais à rien. La célébre marquiſe du *Châtelet* apprit le latin en un an, & le ſavait très-bien ; tandis qu'on nous tenait ſept années au collége pour nous faire balbutier cette langue ſans jamais parler à notre raiſon.

Quant à l'étude des lois dans laquelle nous entrions en ſortant de chez vous, c'était encore pis. Je ſuis de Paris, & on m'a fait étudier pendant trois ans les lois oubliées de l'ancienne Rome ; ma coutume me ſuffirait s'il n'y avait pas dans notre pays cent quarante-quatre coutumes différentes.

J'entendis d'abord mon profeſſeur qui commence par diſtinguer la juriſprudence en droit naturel & droit des gens : le droit naturel eſt commun, ſelon lui, aux hommes & aux bêtes ; & le droit des gens commun à toutes les nations, dont aucune n'eſt d'accord avec ſes voiſins.

Enſuite on me parla de la loi des douze tables, abrogée bien vîte chez ceux qui l'avaient faite ; de l'édit du préteur quand nous n'avons point de préteur ; de tout ce qui concerne les eſclaves quand nous n'avons point d'eſclaves domeſtiques, (au moins dans l'Europe chrétienne) du divorce quand le divorce n'eſt pas encore réçu chez nous &c. &c. &c.

Je m'aperçus bientôt qu'on me plongeait dans un abyme dont je ne pourrais jamais me tirer. Je vis qu'on m'avait donné une éducation très-inutile pour me conduire dans le monde.

J'avoue que ma confufion a redoublé quand j'ai lu nos ordonnances ; il y en a la valeur de quatre-vingts volumes, qui prefque toutes fe contredifent : je fuis obligé, quand je juge, de m'en rapporter au peu de bon fens & d'équité que la nature m'a donné ; & avec ces deux fecours je me trompe à prefque toutes les audiences.

J'ai un frère qui étudie en théologie pour être grand-vicaire ; il fe plaint bien davantage de fon éducation : il faut qu'il confume fix années à bien ftatuer s'il y a neuf chœurs d'anges, & quelle eft la différence précife entre un trône & une domination ; fi le Phifon dans le paradis terreftre était à droite ou à gauche du Géon ; fi la langue dans laquelle le ferpent eut des converfations avec *Eve*, était la même que celle dont l'âneffe fe férvit avec *Balaam* ; comment *Melchifédech* était né fans père & fans mère ; en quel endroit demeure *Enoch* qui n'eft point mort ; où font les chevaux qui tranfportèrent *Elie* dans un char de feu, après qu'il eut féparé les eaux du Jourdain avec fon manteau, & dans quel temps il doit revenir pour annoncer la fin du monde. Mon frère dit que toutes ces queftions l'embarraffent beaucoup, & ne lui ont encore pu procurer un canonicat de Notre-Dame fur lequel nous comptions.

Vous voyez entre nous que la plupart de nos éducations font ridicules, & que celles qu'on reçoit dans les arts & métiers font infiniment meilleures.

L'EX-JESUITE.

D'accord ; mais je n'ai pas de quoi vivre avec mes quatre cents francs, qui font vingt-deux fous deux

deniers

deniers par jour ; tandis que tel homme, dont le père allait derrière un caroſſe , a trente-ſix chevaux dans ſon écurie, quatre cuiſiniers , & point d'aumônier.

LE CONSEILLER.

Hé bien , je vous donne quatre cents autres francs de ma poche ; c'eſt ce que *Jean Deſpautère* ne m'avait point enſeigné dans mon éducation.

E G A L I T É.

SECTION PREMIERE.

IL eſt clair que les hommes, jouiſſant des facultés attachées à leur nature, ſont égaux; ils le ſont quand ils s'acquittent des fonctions animales , & quand ils exercent leur entendement. Le roi de la Chine, le grand-mogol, le padisha de Turquie, ne peut dire au dernier des hommes : je te défends de digérer, d'aller à la garderobe & de penſer. Tous les animaux de chaque eſpèce ſont égaux entre eux.

Un cheval ne dit point au cheval ſon confrère :
Qu'on peigne mes beaux crins, qu'on m'étrille & me ferre;
Toi, cours , & va porter mes ordres ſouverains
Aux mulets de ces bords, aux ânes mes voiſins.
Toi, prépare les grains dont je fais des largeſſes
A mes fiers favoris, à mes douces maîtreſſes.
Qu'on châtre les chevaux déſignés pour ſervir
Les coquettes jumens dont ſeul je dois jouir.
Que tout ſoit dans la crainte & dans la dépendance :
Et ſi quelqu'un de vous hennit en ma préſence;

Dictionn. philoſoph. Tome III. G g

Pour punir cet impie & ce féditieux,
Qui foule aux pieds les lois des chevaux & des dieux,
Pour venger dignement le ciel & la patrie,
Qu'il foit pendu fur l'heure auprès de l'écurie.

Les animaux ont naturellement au-deffus de nous l'avantage de l'indépendance. Si un taureau qui courtife une geniffe, eft chaffé à coups de cornes par un taureau plus fort que lui; il va chercher une autre maîtreffe dans un autre pré, & il vit libre. Un coq battu par un coq, fe confole dans un autre poulailler. Il n'en eft pas ainfi de nous. Un petit vifir exile à Lemnos un boftangi: le vifir *Azem* exile le petit vifir à Ténédos: le padisha exile le vifir *Azem* à Rhodes: les janiffaires mettent en prifon le padisha, & en élifent un autre qui exilera les bons mufulmans à fon choix; encore lui fera-t-on bien obligé s'il fe borne à ce petit exercice de fon autorité facrée.

Si cette terre était ce qu'elle femble devoir être, fi l'homme y trouvait par-tout une fubfiftance facile & affurée, & un climat convenable à fa nature, il eft clair qu'il eût été impoffible à un homme d'en affervir un autre. Que ce globe foit couvert de fruits falutaires; que l'air qui doit contribuer à notre vie, ne nous donne point des maladies & une mort prématurée; que l'homme n'ait befoin d'autre logis & d'autre lit que de celui des daims & des chevreuils; alors les *Gengis-kan* & les *Tamerlan* n'auront de valets que leurs enfans qui feront affez honnêtes gens pour les aider dans leur vieilleffe.

Dans cet état naturel dont jouiffent tous les quadrupèdes non domptés, les oifeaux, & les reptiles, l'homme ferait auffi heureux qu'eux ; la domination ferait alors une chimère, une abfurdité à laquelle perfonne ne penferait; car pourquoi chercher des ferviteurs quand vous n'avez befoin d'aucun fervice?

S'il paffait par l'efprit de quelque individu à tête tyrannique & à bras nerveux, d'affervir fon voifin moins fort que lui, la chofe ferait impoffible ; l'opprimé ferait fur le Danube, avant que l'oppreffeur eût pris fes mefures fur le Volga.

Tous les hommes feraient donc néceffairement égaux, s'ils étaient fans befoins ; la mifère attachée à notre efpèce fubordonne un homme à un autre homme : ce n'eft pas l'inégalité qui eft un malheur réel, c'eft la dépendance. Il importe fort peu que tel homme s'appelle *fa hauteffe*, tel autre *fa fainteté* ; mais il eft dur de fervir l'un ou l'autre.

Une famille nombreufe a cultivé un bon terroir; deux petites familles voifines ont des champs ingrats & rebelles ; il faut que les deux pauvres familles fervent la famille opulente ou qu'ils l'égorgent : cela va fans difficulté. Une des deux familles indigentes va offrir fes bras à la riche pour avoir du pain ; l'autre va l'attaquer & eft battue. La famille fervante eft l'origine des domeftiques & des manœuvres ; la famille battue eft l'origine des efclaves.

Il eft impoffible dans notre malheureux globe que les hommes vivans en fociété ne foient pas divifés en deux claffes, l'une de riches qui commandent, l'autre de pauvres qui fervent ; & ces deux fe fubdi-vifent en mille, & ces mille ont encore des nuances différentes.

Tu viens , quand les lots font faits, nous dire : Je fuis homme comme vous ; j'ai deux mains & deux pieds, autant d'orgueil & plus que vous , un efprit auffi défordonné pour le moins , auffi inconféquent, auffi contradictoire, que le vôtre. Je fuis citoyen de Saint-Marin, ou de Ragufe, ou de Vaugirard; donnez-moi ma part de la terre. Il y a dans notre hémifphère connu environ cinquante mille millions d'arpens à cultiver, tant paffables que ftériles. Nous ne fommes qu'environ un milliar d'animaux à deux pieds fans plumes fur ce continent ; ce font cinquante arpens pour chacun , faites-moi juftice , donnez-moi mes cinquante arpens.

On lui répond : Va-t-en les prendre chez les Cafres , chez les Hottentots , ou chez les Samoïèdes ; arrange-toi avec eux à l'amiable ; ici toutes les parts font faites. Si tu veux avoir parmi nous le manger , le vêtir , le loger , & le chauffer ; travaille pour nous comme fefait ton père ; fers nous , ou amufe-nous , & tu feras payé ; finon tu feras obligé de demander l'aumône ; ce qui dégraderait trop la fublimité de ta nature , & t'empêcherait réellement d'être égal aux rois , & même aux vicaires de village , felon les prétentions de ta noble fierté.

SECTION II,

Tous les pauvres ne font pas malheureux. La plupart font nés dans cet état, & le travail continuel les empêche de trop fentir leur fituation ; mais quand ils la fentent, alors on voit des guerres, comme celle du parti populaire contre le parti du fénat à Rome, celles des payfans en Allemagne, en Angleterre, en France. Toutes ces guerres finiffent tôt ou tard par l'afferviffement du peuple, parce que les puiffans ont l'argent, & que l'argent eft maître de tout dans un Etat; je dis dans un Etat, car il n'en eft pas de même de nation à nation. La nation qui fe fervira le mieux du fer, fubjuguera toujours celle qui aura plus d'or & moins de courage.

Tout homme naît avec un penchant affez violent pour la domination, la richeffe, & les plaifirs, & avec beaucoup de goût pour la pareffe; par conféquent tout homme voudrait avoir l'argent & les femmes ou les filles des autres, être leur maître, les affujettir à tous fes caprices, & ne rien faire, ou du moins ne faire que des chofes très-agréables. Vous voyez bien qu'avec ces belles difpofitions il eft auffi impoffible que les hommes foient égaux, qu'il eft impoffible que deux prédicateurs ou deux profeffeurs de théologie ne foient pas jaloux l'un de l'autre.

Le genre humain, tel qu'il eft, ne peut fubfifter à moins qu'il n'y ait une infinité d'hommes utiles qui ne poffèdent rien du tout. Car certainement un homme à fon aife ne quittera pas fa terre pour venir labourer la vôtre; & fi vous avez befoin d'une paire de fouliers, ce ne fera pas un maître de requêtes qui vous la fera. L'égalité eft donc à la fois la chofe la plus naturelle, & en même temps la plus chimérique.

Comme les hommes font exceffifs en tout quand ils le peuvent, on a outré cette inégalité; on a prétendu dans plufieurs pays qu'il n'était pas permis à un citoyen de fortir de la contrée où le hafard l'a fait naître; le fens de cette loi eft vifiblement: *Ce pays eft fi mauvais & fi mal gouverné que nous défendons à chaque individu d'en sortir, de peur que tout le monde n'en sorte.* Faites mieux; donnez à tous vos sujets envie de demeurer chez vous, & aux étrangers d'y venir.

Chaque homme dans le fond de son cœur a droit de se croire entièrement égal aux autres hommes : il ne s'ensuit pas de-là que le cuisinier d'un cardinal doive ordonner à son maître de lui faire à dîner. Mais le cuisinier peut dire : Je suis homme comme mon maître ; je suis né comme lui en pleurant; il mourra comme moi dans les angoisses & les mêmes cérémonies. Nous fesons tous deux les mêmes fonctions animales. Si les Turcs s'emparent de Rome, & si alors je suis cardinal & mon maître cuisinier, je le prendrai à mon service. Tout ce discours est raisonnable & juste; mais en attendant que le grand-turc s'empare de Rome, le cuisinier doit faire son devoir, ou toute société humaine est pervertie.

A l'égard d'un homme qui n'est ni cuisinier d'un cardinal, ni revêtu d'aucune autre charge dans l'Etat; à l'égard d'un particulier qui ne tient à rien, mais qui est fâché d'être reçu par-tout avec l'air de la protection ou du mépris, qui voit évidemment que plusieurs *monsignors* n'ont ni plus de science, ni plus d'esprit, ni plus de vertu, que lui, & qui s'ennuie d'être quelquefois dans leur antichambre, quel parti doit-il prendre ? celui de s'en aller.

E G L I S E.

Précis de l'hiſtoire de l'Egliſe chrétienne.

Nous ne porterons point nos regards ſur les profondeurs de la théologie ; Dieu nous en préſerve ;
l'humble foi ſeule nous ſuffit. Nous ne feſons jamais
que raconter.

Dans les premières années qui ſuivirent la mort de
Jesus-Christ Dieu & homme, on comptait chez
les Hébreux neuf écoles, ou neuf ſociétés religieuſes,
phariſiens, ſaducéens, eſſéniens, judaïtes, thérapeutes, récabites, hérodiens, diſciples de *Jean*, & les
diſciples de Jesus, nommés les *frères*, les *Galiléens*,
les *fidelles*, qui ne prirent le nom de *chrétiens* que dans
Antioche, vers l'an 60 de notre ère, conduits ſecré-
tement par Dieu même dans des voies inconnues
aux hommes.

Les phariſiens admettaient la métempſycoſe, les
ſaducéens niaient l'immortalité de l'ame & l'exiſtence
des eſprits, & cependant étaient fidelles au Pentateuque.

Pline le naturaliſte (*a*) (apparemment ſur la foi de
Flavien Joſephe) appelle les eſſéniens *gens æterna in
quâ nemo naſcitur* ; famille éternelle dans laquelle il ne
naît perſonne ; parce que les eſſéniens ſe mariaient
très-rarement. Cette définition a été depuis appliquée
à nos moines.

Il eſt difficile de juger ſi c'eſt des eſſéniens ou des
judaïtes que parle *Joſephe* quand il dit : (*b*) *Ils mépriſent*

(*a*) Liv. V, chap. XVII.   ( ) Hiſt. chap. XII.

G g 4

les maux de la terre; ils triomphent des tourmens par leur constance; ils préfèrent la mort à la vie lorsque le sujet en est honorable. Ils ont souffert le fer & le feu, & vu briser leurs os, plutôt que de prononcer la moindre parole contre leur législateur, ni manger des viandes défendues.

Il paraît que ce portrait tombe sur les judaïtes, & non pas sur les esséniens. Car voici les paroles de Josephe: *Judas fut l'auteur d'une nouvelle secte, entièrement différente des trois autres,* c'est-à-dire, *des saducéens, des pharisiens, & des esséniens.* Il continue & dit: *Ils sont juifs de nation; ils vivent unis entre eux, & regardent la volupté comme un vice :* le sens naturel de cette phrase fait croire que c'est des judaïtes dont l'auteur parle.

Quoi qu'il en soit, on connut ces judaïtes avant que les disciples du CHRIST commençassent à faire un parti considérable dans le monde. Quelques bonnes gens les ont pris pour des hérétiques qui adoraient *Judas Iscariote.*

Les thérapeutes étaient une société différente des esséniens & des judaïtes; ils ressemblaient aux gymnosophistes des Indes & aux Brames. *Ils ont,* dit Philon, *un mouvement d'amour céleste, qui les jette dans l'enthousiasme des bacchantes & des coribantes, & qui les met dans l'état de la contemplation à laquelle ils aspirent. Cette secte naquit dans Alexandrie qui était toute remplie de Juifs, & s'étendit beaucoup dans l'Egypte..*

Les récabites subsistaient encore; ils fesaient vœu de ne jamais boire de vin; & c'est peut-être à leur exemple que *Mahomet* défendit cette liqueur à ses musulmans.

Les hérodiens regardaient *Hérode* premier du nom comme un messie, un envoyé de D I E U, qui avait rebâti le temple. Il eſt évident que les Juifs célébraient ſa fête à Rome du temps de *Néron*, témoin les vers de *Perſe* : *Herodi venêre dies* &c.

Voici le jour d'Hérode où tout infame juif
Fait fumer ſa lanterne avec l'huile ou le ſuif.

Les diſciples de *Jean-Baptiſte* s'étendirent un peu en Egypte, mais principalement dans la Syrie, dans l'Arabie, & vers le golfe perſique. On les connaît aujourd'hui ſous le nom de *chrétiens de St Jean;* il y en eut auſſi dans l'Aſie mineure. Il eſt dit dans les *Actes des apôtres* (chap. IX) que *Paul* en rencontra pluſieurs à Ephèſe; il leur dit : *Avez-vous reçu le St Eſprit?* Ils lui répondirent : *Nous n'avons pas ſeulement ouï dire qu'il y ait un St Eſprit.* Il leur dit : *Quel baptême avez-vous donc reçu?* Ils lui répondirent : *Le baptême de Jean.*

Les véritables chrétiens cependant jetaient, comme on ſait, les fondemens de la ſeule religion véritable.

Celui qui contribua le plus à fortifier cette ſociété naiſſante, fut ce *Paul* même qui l'avait perſécutée avec le plus de violence. Il était né à Tarſis en Cilicie, (*c*) & fut élevé par le fameux docteur phariſien *Gamaliel* diſciple de *Hillel.* Les Juifs prétendent qu'il rompit avec *Gamaliel*, qui refuſa de lui donner ſa fille en mariage. On voit quelques traces de cette anecdote à la ſuite des *Actes de Ste Thécle.* Ces actes portent qu'il avait le front large, la tête chauve, les ſourcils joints, le nez aquilin, la taille courte & groſſe, & les jambes torſes. *Lucien*, dans ſon dialogue de *Philopatris*, ſemble faire un portrait aſſez ſemblable.

_____

(*c*) *Saint Jérôme* dit qu'il était de Giſcala en Galilée.

On a douté qu'il fût citoyen romain, car en ce temps-là on n'accordait ce titre à aucun juif; ils avaient été chaffés de Rome par *Tibère;* & Tarfis ne fut colonie romaine que près de cent ans après, fous *Caracalla,* comme le remarque *Cellarius* dans fa géographie liv. III, & *Grotius* dans fon commentaire fur les actes, auxquels feuls nous devons nous en rapporter.

DIEU qui était defcendu fur la terre pour y être un exemple d'humilité & de pauvreté, donnait à fon Eglife les plus faibles commencemens, & la dirigeait dans ce même état d'humiliation, dans lequel il avait voulu naître. Tous les premiers fidelles furent des hommes obfcurs; ils travaillaient tous de leurs mains. L'apôtre *St Paul* témoigne qu'il gagnait fa vie à faire des tentes. *St Pierre* reffufcita la couturière *Dorcas* qui fefait les robes des frères. L'affemblée des fidelles fe tenait à Joppé dans la maifon d'un corroyeur nommé *Simon,* comme on le voit au chapitre IX des Actes des apôtres.

Les fidelles fe répandirent fecrètement en Grèce, & quelques-uns allèrent de-là à Rome, parmi les Juifs à qui les Romains permettaient une fynagogue. Ils ne fe féparèrent point d'abord des Juifs; ils gardèrent la circoncifion; &, comme on l'a déjà remarqué ailleurs, les quinze premiers évêques fecrets de Jérufalem furent tous circoncis ou du moins de la nation juive.

Lorfque l'apôtre *Paul* prit avec lui *Timothée* qui était fils d'un père gentil, il le circoncit lui-même dans la petite ville de Liftre. Mais *Tite* fon autre difciple ne voulut point fe foumettre à la circoncifion. Les frères difciples de JESUS furent unis aux Juifs, jufqu'au temps où *Paul* essuya une persécution à Jérusalem, pour avoir amené des étrangers dans le temple. Il était accusé par les Juifs de vouloir détruire la loi mosaïque par JESUS-CHRIST. C'est pour se laver de cette accusation que l'apôtre *St Jacques* proposa à l'apôtre *Paul* de se faire raser la tête, & de s'aller purifier dans le temple avec quatre juifs qui avaient fait vœu de se raser: *Prenez-les avec vous*, lui dit *Jacques* (chap. XXI, Act. des apôt.) *purifiez-vous avec eux, & que tout le monde sache que ce que l'on dit de vous est faux, & que vous continuez à garder la loi de Moïse.* Ainsi donc *Paul* qui d'abord avait été le persécuteur sanguinaire de la sainte société établie par JESUS, *Paul* qui depuis voulut gouverner cette société naissante, *Paul* chrétien judaïse, *afin que le monde sache qu'on le calomnie quand on dit qu'il ne suit plus la loi mosaïque.*

Saint Paul n'en fut pas moins accusé d'impiété & d'hérésie, & son procès criminel dura long-temps; mais on voit évidemment par les accusations mêmes intentées contre lui, qu'il était venu à Jérusalem pour observer les rites judaïques.

Il dit à *Festus* ces propres paroles: (chap. XXV des Actes) *Je n'ai péché ni contre la loi juive, ni contre le temple.*

Les apôtres annonçaient JESUS-CHRIST comme un juste indignement persécuté, un prophète de DIEU, un fils de DIEU, envoyé aux Juifs pour la réformation des mœurs.

La circoncision est utile, dit l'apôtre *St Paul*, (chap. II, épît. aux Rom.) *si vous observez la loi; mais si vous la violez, votre circoncision devient prépuce. Si un incirconcis garde la loi, il fera comme circoncis. Le vrai juif eft celui qui eft juif intérieurement.*

Quand cet apôtre parle de JESUS-CHRIST dans fes épîtres, il ne révèle point le myftère ineffable de fa confubftantialité avec DIEU. ,, Nous fommes délivrés ,, par lui (dit-il chap. V, épît. aux Rom.) de la colère ,, de DIEU : le don de DIEU s'eft répandu fur nous, ,, par la grâce donnée à un feul homme qui eft JESUS- ,, CHRIST .... La mort a régné par le péché d'un ,, feul homme, les juftes régneront dans la vie par ,, un feul homme qui eft JESUS-CHRIST. ,,

Et au chap. VIII. ,, Nous les héritiers de DIEU, ,, & les cohéritiers de CHRIST. Et au chap. XVI: ,, A DIEU, qui eft le feul fage, honneur & gloire ,, par JESUS-CHRIST... Vous êtes à JESUS-CHRIST, & ,, JESUS-CHRIST à DIEU. (aux Cor. chap. III.)

Et, (I aux Corinth. chap. XV, v. 27) ,, Tout lui ,, eft affujetti, en exceptant fans doute DIEU qui lui ,, a affujetti toutes chofes. ,,

On a eu quelque peine à expliquer le paffage de l'Epître aux Philippiens : *Ne faites rien par une vaine gloire; croyez mutuellement par humilité que les autres vous font fupérieurs; ayez les mêmes fentimens que* CHRIST-JESUS, *qui étant dans l'empreinte de* DIEU, *n'a point cru fa proie de s'égaler à* DIEU. Ce paffage paraît très-bien approfondi, & mis dans tout fon jour, dans une lettre qui nous refte des Eglifes de Vienne & de Lyon, écrite l'an 117, & qui eft un précieux monument de l'antiquité. On loue dans cette lettre la modeftie de quelques fidelles : *Ils n'ont pas voulu*, dit la lettre, *prendre le grand titre de martyrs*, (pour quelques tribulations) *à l'exemple de* JESUS-CHRIST, *lequel étant*

empreint de DIEU, *n'a pas cru sa proie la qualité d'égal à*
DIEU. *Origène* dit aussi dans son commentaire sur
Jean : La grandeur de J E S U S a plus éclaté quand il
s'est humilié, *que s'il eût fait sa proie d'être égal à* DIEU.
En effet, l'explication contraire peut paraître un contre-
sens. Que signifierait : *Croyez les autres supérieurs à vous ;*
imitez J E S U S *qui n'a pas cru que c'était une proie, une*
usurpation de s'égaler à D I E U ? Ce serait visiblement
se contredire, ce serait donner un exemple de grandeur
pour un exemple de modestie ; ce serait pécher contre
la dialectique.

   La sagesse des apôtres fondait ainsi l'Eglise naissante.
Cette sagesse ne fut point altérée par la dispute qui
survint entre les apôtres *Pierre*, *Jacques*, & *Jean*, d'un
côté, & *Paul* de l'autre. Cette contestation arriva
dans Antioche. L'apôtre *Pierre*, autrement *Céphas*,
ou *Simon Barjone*, mangeait avec les gentils convertis ;
& n'observait point avec eux les cérémonies de la loi,
ni la distinction des viandes ; il mangeait, lui, *Barnabé*,
& d'autres disciples, indifféremment du porc, des
chairs étouffées, des animaux qui avaient le pied
fendu & qui ne ruminaient pas ; mais plusieurs juifs
chrétiens arrivés, *St Pierre* se remit avec eux à
l'abstinence des viandes défendues, & aux cérémonies
de la loi mosaïque.

   Cette action paraissait très-prudente ; il ne voulait
pas scandaliser les juifs chrétiens ses compagnons ;
mais *St Paul* s'éleva contre lui avec un peu de dureté.
Je lui résistai, dit-il, *à sa face, parce qu'il était blamâble.*
(épître aux Galates, chap. II.)

   Cette querelle paraît d'autant plus extraordinaire
de la part de *St Paul*, qu'ayant été d'abord persécuteur,

il devait être modéré , & que lui-même il était allé
facrifier dans le temple à Jérufalem , qu'il avait
circoncis fon difciple *Timothée*, qu'il avait accompli
les rites juifs , lefquels il reprochait alors à *Céphas*.
St Jérôme prétend que cette querelle entre *Paul* &
Céphas était feinte. Il dit dans fa première homélie,
tom. III, qu'ils firent comme deux avocats qui s'échauffent & fe piquent au barreau, pour avoir plus d'autorité fur leurs cliens ; il dit que *Pierre Céphas* étant
deftiné à prêcher aux Juifs , & *Paul* aux gentils , ils
firent femblant de fe quereller, *Paul* pour gagner les
gentils, & *Pierre* pour gagner les Juifs. Mais *St Auguftin*
n'eft point du tout de cet avis. *Je fuis fâché*, dit-il
dans l'épître à Jérôme, *qu'un auffi grand homme fe rende
le patron du menfonge, patronum mendacii.*

Cette difpute entre *St Jérôme* & *St Auguftin* ne doit
pas diminuer notre vénération pour eux , encore
moins pour *St Paul* & pour *St Pierre*.

Au refte, fi *Pierre* était deftiné aux juifs judaïfans,
& *Paul* aux étrangers , il paraît probable que *Pierre*
ne vint point à Rome. Les Actes des apôtres ne font
aucune mention du voyage de *Pierre* en Italie.

Quoi qu'il en foit, ce fut vers l'an 60 de notre
ère , que les chrétiens commencèrent à fe féparer de
la communion juive , & c'eft ce qui leur attira tant
de querelles & tant de perfécutions de la part des
fynagogues répandues à Rome , en Grèce , dans
l'Egypte , & dans l'Afie. Ils furent accufés d'impiété,
d'athéïfme, par leurs frères juifs , qui les excommu-
niaient dans leurs fynagogues trois fois les jours du
fabbat. Mais DIEU les foutint toujours au milieu
des perfécutions.

Petit à petit plufieurs églifes fe formèrent, & la féparation devint entière entre les Juifs & les chrétiens, avant la fin du premier fiècle ; cette féparation était ignorée du gouvernement romain. Le fénat de Rome, ni les empereurs, n'entraient point dans ces querelles d'un petit troupeau que D I E U avait jufque-là conduit dans l'obfcurité, & qu'il élevait par des dégrés infenfibles.

Le chriftianifme s'établit en Grèce & en Alexandrie. Les chrétiens y eurent à combattre une nouvelle fecte de juifs devenus philofophes à force de fréquenter les Grecs ; c'était celle de la gnofe ou des gnoftiques ; il s'y mêla de nouveaux chrétiens. Toutes ces fectes jouiffaient alors d'une entière liberté de dogmatifer, de conférer, & d'écrire, quand les courtiers juifs établis dans Rome & dans Alexandrie ne les accufaient pas auprès des magiftrats ; mais fous *Domitien* la religion chrétienne commença à donner quelque ombrage au gouvernement.

Le zèle de quelques chrétiens, qui n'était pas felon la fcience, n'empêcha pas l'Eglife de faire les progrès que D I E U lui deftinait. Les chrétiens célébrèrent d'abord leurs myftères dans des maifons retirées, dans des caves, pendant la nuit ; de-là leur vint le titre de *lucifugaces*, felon *Minutius Felix*. *Philon* les appelle *gefféens*. Leurs noms les plus communs, dans les quatre premiers fiècles chez les gentils, étaient ceux de *Galiléens*, & de *Nazaréens ;* mais celui de *chrétiens* a prévalu fur tous les autres.

Ni la hiérarchie, ni les ufages, ne furent établis tout d'un coup ; les temps apoftoliques furent différens des temps qui les fuivirent.

La meffe, qui fe célèbre au matin, était la cène qu'on fefait le foir ; ces ufages changèrent à mefure que l'Eglife fe fortifia. Une fociété plus étendue exigea plus de réglemens, & la prudence des pafteurs fe conforma aux temps & aux lieux.

St *Jérôme* & *Eufebe* rapportent que quand les Eglifes reçurent une forme, on y diftingua peu-à-peu cinq ordres différens : les furveillans, *epifcopoi*, d'où font venus les évêques ; les anciens de la fociété, *prebyteroi*, les prêtres ; *diaconoi*, les fervans ou diacres ; les *pifloi*, croyans, initiés, c'eft-à-dire, les baptifés, qui avaient part aux foupers des agapes, les catéchumènes qui attendaient le baptême, & les énergumènes qui attendaient qu'on les délivrât du démon. Aucun, dans ces cinq ordres, ne portait d'habit différent des autres ; acucun n'était contraint au célibat, témoin le livre de *Tertullien* dédié à fa femme, témoin l'exemple des apôtres. Aucune repréfentation, foit en peinture, foit en fculpture, dans leurs affemblées, pendant les deux premiers fiècles ; point d'autels, encore moins de cierges, d'encens, & d'eau luftrale. Les chrétiens cachaient foigneufement leurs livres aux gentils ; ils ne les confiaient qu'aux initiés ; il n'était pas même permis aux catéchumènes de réciter l'oraifon dominicale.

Du pouvoir de chaffer les diables donné à l'Eglife.

CE qui diftinguait lé plus les chrétiens, & ce qui à duré jufqu'à nos derniers temps, était le pouvoir de chaffer les diables avec le figne de la croix. *Origène* dans fon traité contre *Celfe*, avoue au nombre 133 qu'*Antinoüs*, divinifé par l'empereur *Adrien*, fefait des miracles

en

en Egypte par la force des charmes & des preftiges ; mais il dit que les diables fortent du corps des poffédés à la prononciation du feul nom de Jesus.

Tertullien va plus loin, & du fond de l'Afrique où il était, il dit dans fon apologétique, au chap. XXIII : *Si vos dieux ne confeffent pas qu'ils font des diables à la préfence d'un vrai chrétien, nous voulons bien que vous répandiez le fang de ce chrétien. Y a-t-il une démonftration plus claire ?*

En effet, JESUS-CHRIST envoya fes apôtres pour chaffer les démons. Les Juifs avaient auffi de fon temps le don de les chaffer ; car lorfque JESUS eut délivré des poffédés, & eut envoyé les diables dans les corps d'un troupeau de deux mille cochons, & qu'il eut opéré d'autres guérifons pareilles, les pharifiens dirent : il chaffe les démons par la puiffance de *Belzébuth. Si c'eft par Belzébuth que je les chaffe,* répondit JESUS, *par qui vos fils les chaffent-ils ?* Il eft inconteftable que les Juifs fe vantaient de ce pouvoir : ils avaient des exorciftes & des exorcifmes. On invoquait le nom de DIEU, de *Jacob* & d'*Abraham.* On mettait des herbes confacrées dans le nez des démoniaques. (*Jofephe* rapporte une partie de ces cérémonies.) Ce pouvoir fur les diables, que les Juifs ont perdu, fut tranfmis aux chrétiens, qui femblent auffi l'avoir perdu depuis quelque temps.

Dans le pouvoir de chaffer les démons était compris celui de détruire les opérations de la magie ; car la magie fut toujours en vigueur chez toutes les nations. Tous les pères de l'Eglife rendent témoignage à la magie. St *Juftin* avoue dans fon apologétique, au livre III, qu'on évoque fouvent les ames des morts,

Dictionn. philofoph. Tome III.   H h

& il en tire un argument en faveur de l'immortalité de l'ame. *Lactance*, au livre VII de fes inftitutions divines, dit *que fi on ofait nier l'exiftence des ames après la mort, le magicien vous en convaincrait bientôt en les fefant paraître.* *Irénée*, *Clément Alexandrin*, *Tertullien*, l'évêque *Cyprien*, tous affirment la même chofe. Il eft vrai qu'aujourd'hui tout eft changé, & qu'il n'y a pas plus de magiciens que de démoniaques. Mais D I E U eft le maître d'avertir les hommes par des prodiges dans certains temps, & de les faire ceffer dans d'autres.

Des martyrs de l'Eglife.

QUAND les fociétés chrétiennes devinrent un peu nombreufes, & que plufieurs s'élevèrent contre le culte de l'empire romain, les magiftrats févirent contre elles, & les peuples furtout les perfécutèrent. On ne perfécutait point les juifs qui avaient des priviléges particuliers, & qui fe renfermaient dans leurs fynagogues; on leur permettait l'exercice de leur religion, comme on fait encore aujourd'hui à Rome; on fouffrait tous les cultes divers répandus dans l'empire, quoique le fénat ne les adoptât pas.

Mais les chrétiens fe déclarant ennemis de tous ces cultes, & furtout de celui de l'empire, furent expofés plufieurs fois à ces cruelles épreuves.

Un des premiers & des plus célébres martyrs, fut *Ignace* évêque d'Antioche, condamné par l'empereur *Trajan* lui-même, alors en Afie; & envoyé par fes ordres à Rome, pour être expofé aux bêtes, dans un temps où l'on ne maffacrait point à Rome les autres chrétiens. On ne fait point précifément de quoi il était accufé auprès de cet empereur renommé d'ailleurs pour fa clémence ; il fallait que St Ignace eût de bien violens ennemis. Quoi qu'il en foit, l'hiftoire de fon martyre rapporte qu'on lui trouva le nom de J E S U S- CHRIST gravé fur le cœur, en caraétères d'or ; & c'eft de-là que les chrétiens prirent en quelques endroits le nom de Théophores, qu'Ignace s'était donné à lui-même.

On nous a confervé une lettre de lui, (d) par laquelle il prie les évêques & les chrétiens de ne point s'oppofer à fon martyre ; foit que dès-lors les chrétiens fuffent affez puiffans pour le délivrer, foit que parmi eux quelques-uns euffent affez de crédit pour obtenir fa grâce. Ce qui eft encore très-remarquable, c'eft qu'on fouffrit que les chrétiens de Rome vinffent au devant de lui, quand il fut amené dans cette capitale ; ce qui prouverait évidemment qu'on puniffait en lui la perfonne, & non pas la feéte.

Les perfécutions ne furent pas continuées. Origène, dans fon livre III contre Celfe, dit : On ne peut compter facilement les chrétiens qui font morts pour leur religion, parce qu'il en eft mort peu, & feulement de temps en temps, & par intervalle.

D I E U eut un fi grand foin de fon Eglife, que malgré fes ennemis, il fit en forte qu'elle tint cinq conciles dans le premier fiècle, feize dans le fecond, & trente dans le troifième ; c'eft-à-dire des affemblées fecrètes & tolérées. Ces affemblées furent quelquefois défen- dues, quand la fauffe prudence des magiftrats craignit qu'elles ne devinffent tumultueufes. Il nous eft refté

(d) Dupin dans fa bibliothique eccléfiaftique, prouve que cette lettre eft authentique.

peu de procès verbaux des proconfuls & des préteurs qui condamnèrent les chrétiens à mort. Ce ferait les feuls actes fur lefquels on pût conftater les accufations portées contre eux, & leurs fupplices.

Nous avons un fragment de *Denys* d'Alexandrie, dans lequel il rapporte l'extrait du greffe d'un proconful d'Egypte, fous l'empereur *Valérien;* le voici.

,, *Denys*, *Faufle*, *Maxime*, *Marcel*, & *Chéremon*, ,, ayant été introduits à l'audience, le préfet *Emilien* ,, leur a dit : Vous avez pu connaître par les entre- ,, tiens que j'ai eus avec vous, & par tout ce que je ,, vous ai écrit, combien nos princes ont témoigné ,, de bonté à votre égard; je veux bien encore vous ,, le redire : ils font dépendre votre confervation & ,, votre falut de vous-mêmes, & votre deftinée eft ,, entre vos mains. Ils ne demandent de vous qu'une ,, feule chofe, que la raifon exige de toute perfonne ,, raifonnable ; c'eft que vous adoriez les Dieux ,, protecteurs de leur empire, & que vous abandon- ,, niez cet autre culte fi contraire à la nature & au ,, bon fens. ,,

Denys a répondu : ,, Chacun n'a pas les mêmes ,, Dieux, & chacun adore ceux qu'il croit l'être ,, véritablement. ,,

Le préfet *Emilien* a repris : ,, Je vois bien que ,, vous êtes des ingrats, qui abufez des bontés que ,, les empereurs ont pour vous. Hé bien, vous ne ,, demeurerez pas davantage dans cette ville, & je ,, vous envoie à Cephro dans le fond de la Lybie; ,, ce fera là le lieu de votre banniffement ; felon ,, l'ordre que j'en ai reçu de nos empereurs : au ,, refte ne penfez pas y tenir vos affemblées, ni aller

,, faire vos prières dans ces lieux que vous nommez
,, des cimetières, cela vous eft abfolument défendu,
,, je ne le permettrai à perfonne. ,,

Rien ne porte plus les caractères de vérité que ce
procès verbal. On voit par-là qu'il y avait des temps
où les affemblées étaient prohibées. C'eft ainfi qu'en
France il eft défendu aux calviniftes de s'affembler ;
on a même quelquefois fait pendre & rouer des
miniftres ou prédicans, qui tenaient des affemblées
malgré les lois ; & depuis 1745 il y en a eu fix de
pendus. C'eft ainfi qu'en Angleterre & en Irlande,
les affemblées font défendues aux catholiques romains;
& il y a eu des occafions où les délinquans ont été
condamnés à la mort.

Malgré ces défenfes portées par les lois romaines,
DIEU infpira à plufieurs empereurs de l'indulgence
pour les chrétiens. *Dioclétien* même, qui paffe chez les
ignorans pour un perfécuteur, *Dioclétien* dont la
première année de règne eft encore l'époque de l'ère
des martyrs, fut pendant plus de dix-huit ans, le
protecteur déclaré du chriftianifme, au point que
plufieurs chrétiens eurent des charges principales
auprès de fa perfonne. Il époufa même une chrétienne,
il fouffrit que dans Nicomédie fa réfidence, il y eût
une fuperbe églife élevée vis-à-vis fon palais.

Le céfar *Galerius* ayant malheureufement été prévenu contre les chrétiens, dont il croyait avoir à fe
plaindre, engagea *Dioclétien* à faire détruire la cathédrale de Nicomédie. Un chrétien plus zélé que fage
mit en pièces l'édit de l'empereur, & de-là vint cette
perfécution fi fameufe, dans laquelle il y eut plus de
deux cents perfonnes exécutées à mort dans l'empire

romain, fans compter ceux que la fureur du petit peuple, toujours fanatique, & toujours barbare, fit périr contre les formes juridiques.

Il y eut en divers temps un fi grand nombre de martyrs, qu'il faut bien fe donner de garde d'ébranler la vérité de l'hiftoire de ces véritables confeffeurs de notre fainte religion, par un mélange dangereux de fables & de faux martyrs.

Le bénédictin dom *Ruinart*, par exemple, homme d'ailleurs auffi inftruit qu'eftimable & zélé, aurait dû choifir avec plus de difcrétion fes actes fincères. Ce n'eft pas affez qu'un manufcrit foit tiré de l'abbaye de Saint-Benoît-fur-Loire, ou d'un couvent de céleftins de Paris, conforme à un manufcrit des feuillans, pour que cet acte foit authentique; il faut que cet acte foit ancien, écrit par des contemporains, & qu'il porte d'ailleurs tous les caractères de la vérité.

Il aurait pu fe paffer de rapporter l'aventure du jeune *Romanus*, arrivée en 303. Ce jeune romain avait obtenu fon pardon de *Dioclétien* dans Antioche. Cependant, il dit que le juge *Afclépiade* le condamna à être brûlé. Des Juifs préfens à ce fpectacle fe moquèrent du jeune St *Romanus*, & reprochèrent aux chrétiens que leur Dieu les laiffait brûler, lui qui avait délivré *Sidrac*, *Mifac*, & *Abdenago*, de la fournaife; qu'auffi-tôt il s'éleva, dans le temps le plus ferein, un orage qui éteignit le feu; qu'alors le juge ordonna qu'on coupât la langue au jeune *Romanus*; que le premier médecin de l'empereur fe trouvant là, fit officieufement la fonction de bourreau, & lui coupa la langue dans la racine; qu'auffitôt le jeune homme, qui était bègue auparavant, parla avec beaucoup de liberté; que l'empereur fut étonné que l'on parlât si bien sans langue ; que le médecin, pour réitérer cette expérience, coupa sur le champ la langue à un paffant, lequel en mourut subitement.

Eusèbe, dont le bénédiftin *Ruinart* a tiré ce conte, devait refpecter affez les vrais miracles, opérés dans l'ancien & dans le nouveau teftament (defquels perfonne ne doutera jamais) pour ne pas leur affocier des hiftoires fi fufpectes, lefquelles pourraient fcandalifer les faibles.

Cette dernière perféution ne s'étendit pas dans tout l'empire. Il y avait alors en Angleterre quelque chriftianifme qui s'éclipfa bientôt pour reparaître enfuite fous les rois faxons. Les Gaules méridionales & l'Efpagne étaient remplies de chrétiens. Le céfar *Conftance-Chlore* les protégea beaucoup dans toutes ces provinces. Il avait une concubine qui était chrétienne, c'eft la mère de *Conftantin*, connue fous le nom de *S.te Hélène* ; car il n'y eut jamais de mariage avéré entre elle & lui ; il la renvoya même dès l'an 92, quand il époufa la fille de *Maximien-Hercule* ; mais elle avait confervé fur lui beaucoup d'afcendant, & lui avait infpiré une grande affection pour notre fainte religion.

De l'établiffement de l'Eglife fous Conftantin.

LA divine Providence préparait ainfi, par des voies qui femblent humaines, le triomphe de fon Eglife.

Conftance-Chlore mourut en 306 à Yorck en Angleterre, dans un temps où les enfans qu'il avait de la fille d'un céfar étaient en bas âge, & ne pouvaient

prétendre à l'empire. *Conſtantin* eut la confiance de
ſe faire élire à Yorck par cinq ou ſix mille ſoldats
allemands, gaulois & anglais pour la plupart. Il n'y
avait pas d'apparence que cette élection faite ſans le
conſentement de Rome, du ſénat & des armées, pût
prévaloir; mais DIEU lui donna la victoire ſur *Maxentius*
élu à Rome, & le délivra enfin de tous ſes collègues.
On ne peut diffimuler qu'il ne ſe rendît d'abord
indigne des faveurs du ciel, par le meurtre de tous
ſes proches, & enfin de ſa femme & de ſon fils.

On peut douter de ce que *Zozime* rapporte à ce
ſujet. Il dit que *Conſtantin* agité de remords, après
tant de crimes, demanda aux pontifes de l'empire
s'il y avait quelque expiation pour lui, & qu'ils lui
dirent qu'ils n'en connaiffaient pas. Il eſt bien vrai
qu'il n'y en avait point eu pour *Néron*, & qu'il n'avait
oſé affiſter aux ſacrés myſtères en Grèce. Cependant
les tauroboles étaient en uſage; & il eſt bien difficile
de croire qu'un empereur tout puiſſant n'ait pu trouver
un prêtre qui voulût lui accorder des ſacrifices expia-
toires. Peut-être même eſt-il moins croyable que
Conſtantin occupé de la guerre, de ſon ambition, de
ſes projets, & environné de flatteurs, ait eu le temps
d'avoir des remords. *Zozime* ajoute qu'un prêtre
égyptien arrivé d'Eſpagne, qui avait accès à ſa porte,
lui promit l'expiation de tous ſes crimes dans la
religion chrétienne. On a ſoupçonné que ce prêtre
était *Ozius* évêque de Cordoue.

Quoi qu'il en ſoit, DIEU réſerva *Conſtantin* pour
l'éclairer & pour en faire le protecteur de l'Egliſe. Ce
prince fit bâtir ſa ville de Conſtantinople, qui devint
le centre de l'empire & de la religion chrétienne. Alors

l'Eglife prit une forme augufte. Et il eft à croire que lavé par fon baptême, & repentant à fa mort, il obtint miféricorde, quoiqu'il foit mort arien. Il ferait bien dur que tous les partifans des deux évêques *Eusèbe* euffent été damnés.

Dès l'an 314, avant que *Conftantin* réfidât dans fa nouvelle ville, ceux qui avaient perfécuté les chrétiens furent punis par eux de leurs cruautés. Les chrétiens jetèrent la femme de *Maximien* dans l'Oronte; ils égorgèrent tous fes parens; ils maffacrèrent dans l'Egypte. & dans la Paleftine les magiftrats qui s'étaient le plus déclarés contre le chriftianifme. La veuve & la fille de *Dioclétien* s'étant cachées à Theffalonique, furent reconnues, & leurs corps jetés dans la mer. Il eût été à fouhaiter que les chrétiens euffent moins écouté l'efprit de vengeance; mais D I E U, qui punit felon fa juftice, voulut que les mains des chrétiens fuffent teintes du fang de leurs perfécuteurs, fitôt que ces chrétiens furent en liberté d'agir.

Conftantin convoqua, affembla dans Nicée, vis-à-vis de Conftantinople, le premier concile œcuménique, auquel préfida *Ozius*. On y décida la grande queftion qui agitait l'Eglife, touchant la divinité de J E S U S - C H R I S T. (*)

On fait affez comment l'Eglife ayant combattu trois cents ans contre les rites de l'empire romain, combattit enfuite contre elle-même, & fut toujours militante & triomphante.

Dans la fuite des temps, l'Eglife grecque prefque toute entière, & toute l'Eglife d'Afrique, devinrent efclaves fous les Arabes, & enfuite fous les Turcs,

(*) Voyez *Arianifme.*

qui élevèrent la religion mahométane fur les ruines
de la chrétienne. L'Eglife romaine fubfifta , mais
toujours fouillèe de fang par plus de fix cents ans de
difcorde entre l'empire d'Occident & le facerdoce.
Ces querelles mêmes la rendirent très-puiffante. Les
évêques , les abbés en Allemagne , fe firent tous
princes , & les papes acquirent peu-à-peu la domination abfolue dans Rome & dans un pays confidérable. Ainfi D I E U éprouva fon Eglife par les humi-
liations , par les troubles , par les crimes , & par la
fplendeur.

Cette Eglife latine perdit au feizième fiècle la
moitié de l'Allemagne , le Danemarck , la Suède ,
l'Angleterre , l'Ecoffe , l'Irlande , la meilleure partie
de la Suiffe , la Hollande ; elle a gagné plus de terrain
en Amérique par les conquêtes des Efpagnols , qu'elle
n'en a perdu en Europe ; mais avec plus de territoire
elle a bien moins de fujets.

La providence divine femblait deftiner le Japon ,
Siam , l'Inde , & la Chine , à fe ranger fous l'obéiffance
du pape , pour le récompenfer de l'Afie mineure , de la
Syrie , de la Grèce , de l'Egypte , de l'Afrique , de la
Ruffie , & des autres Etats perdus dont nous avons
parlé. *St François Xavier* qui porta le faint évangile aux
Indes orientales & au Japon , quand les Portugais y
allèrent chercher des marchandifes , fit un très-grand
nombre de miracles , tous atteftés par les RR. PP.
jéfuites ; quelques-uns difent qu'il reffufcita neuf
morts ; mais le R. P. *Ribadeneira* dans fa *fleur des faints*,
fe borne à dire qu'il n'en reffufcita que quatre ; c'eft
bien affez. La Providence voulut qu'en moins de cent
années il y eût des milliers de catholiques romains

dans les îles du Japon. Mais le diable fema fon ivraie au milieu du bon grain. Les jéfuites, à ce qu'on croit, formèrent une conjuration fuivie d'une guerre civile, dans laquelle tous les chrétiens furent exterminés en 1638. Alors la nation ferma fes ports à tous les étrangers, excepté aux Hollandais qu'on regardait comme des marchands, & non pas comme des chrétiens, & qui furent d'abord obligés de marcher fur la croix, pour obtenir la permiffion de vendre leurs denrées dans la prifon où on les renferme lorfqu'ils abordent à Nangazaki.

La religion catholique, apoftolique, & romaine fut profcrite à la Chine dans nos derniers temps, mais d'une manière moins cruelle. Les RR. PP. jéfuites n'avaient pas à la vérité reffufcité des morts à la cour de Pékin, ils s'étaient contentés d'enfeigner l'aftronomie, de fondre du canon, & d'être mandarins. Leurs malheureufes difputes avec des dominicains & d'autres fcandalifèrent à tel point le grand empereur *Yontchin*, que ce prince qui était la juftice & la bonté même, fut affez aveugle pour ne plus permettre qu'on enfeignât notre fainte religion, dans laquelle nos miffionnaires ne s'accordaient pas. Il les chaffa avec une bonté paternelle, leur fourniffant des fubfiftances & des voitures jufqu'aux confins de fon empire.

Toute l'Afie, toute l'Afrique, la moitié de l'Europe, tout ce qui appartient aux Anglais, aux Hollandais, dans l'Amérique, toutes les hordes américaines non domptées, toutes les terres auftrales, qui font une cinquième partie du globe, font demeurées la proie du démon, pour vérifier cette fainte parole : *Il y en a beaucoup d'appelés, mais peu d'élus.*

De la signification du mot Eglise. Portrait de l'église primitive. Dégénération. Examen des sociétés qui ont voulu rétablir l'église primitive, & particuliérement des primitifs appelés Quakers.

CE mot grec signifiait chez les Grecs *assemblée du peuple*. Quand on traduisit les livres hébreux en grec, on rendit synagogue par église, & on se servit du même nom pour exprimer la *société juive*, la *congrégation politique*, l'*assemblée juive*, le *peuple Juif*. Ainsi il est dit dans les Nombres: (e) *Pourquoi avez-vous mené l'église dans le désert ?* & dans le Deutéronome: (f) *L'eunuque, le Moabite, l'Ammonite, n'entreront pas dans l'église; les Iduméens, les Egyptiens n'entreront dans l'église qu'à la troisième génération.*

JESUS-CHRIST dit dans *St Matthieu :* (g) ,, Si ,, votre frère a péché contre vous, (vous a offensé) ,, reprenez-le entre vous & lui. Prenez, amenez avec ,, vous un ou deux témoins, afin que tout s'éclaircisse ,, par la bouche de deux ou trois témoins; & s'il ne ,, les écoute pas, plaignez-vous à l'assemblée du ,, peuple, à l'Eglise : & s'il n'écoute pas l'Eglise, qu'il ,, soit comme un gentil, ou un receveur des deniers ,, publics. Je vous dis, ainsi soit-il, en vérité, tout ce ,, que vous aurez lié sur terre sera lié au ciel; & ce ,, que vous aurez délié sur terre sera délié au ciel. ,, (Allusion aux clefs des portes dont on liait & déliait la courroie.)

(e) Chap. XX, v. 4.　　　　(f) Chap. XXIII, v. 1, 2, 3.
(g) Chap. XXXVIII.

Il s'agit ici de deux hommes dont l'un a offenfé l'autre & perfifte. On ne pouvait le faire comparaître dans l'affemblée, dans l'Eglife chrétienne, il n'y en avait point encore ; on ne pouvait faire juger cet homme dont fon compagnon fe plaignait, par un évêque & par les prêtres qui n'exiftaient pas encore : de plus, ni les prêtres juifs, ni les prêtres chrétiens ne furent jamais juges des querelles entre particuliers; c'était une affaire de police. Les évêques ne devinrent juges que vers le temps de *Valentinien III*.

Les commentateurs ont donc conclu que l'écrivain facré de cet évangile fait parler ici notre Seigneur par anticipation, que c'eft une allégorie, une prédiction de ce qui arrivera quand l'Eglife chrétienne fera formée & établie.

Selden fait une remarque importante fur ce paffage; (h) c'eft qu'on n'excommuniait point chez les juifs les publicains, les receveurs des deniers royaux. Le petit peuple pouvait les détefter ; mais étant des officiers néceffaires nommés par le prince, il n'était jamais tombé dans la tête de perfonne de vouloir les féparer de l'*affemblée*. Les Juifs étaient alors fous la domination du proconful de Syrie, qui étendait fa jurifdiction jufqu'aux confins de la Galilée & jufque dans l'île de Chypre, où il avait des vice-gérens. Il aurait été très imprudent de marquer publiquement fon horreur pour les officiers légaux du proconful. L'injuftice même eût été jointe à l'imprudence : car les chevaliers romains fermiers du domaine public, les receveurs de l'argent de *Céfar*, étaient autorifés par les lois.

(h) *In Sinedriis hebræorum*, liv. II.

St Augustin, dans son sermon LXXXI, peut fournir des réflexions pour l'intelligence de ce passage. Il parle de ceux qui gardent leur haine, qui ne veulent point pardonner. *Cœpisti habere fratrem tuum tanquam publicanum. Ligas illum in terrâ; sed ut justè alliges, vide: nam injusta vincula disrumpit justitia. Quum autem correxeris & concordaveris cum fratre tuo, solvisti eum in terrâ.*

,, Vous regardez votre frère comme un publicain;
,, c'est l'avoir lié sur la terre. Mais voyez si vous le
,, liez justement: car la justice rompt les liens injustes.
,, Mais si vous avez corrigé votre frère, si vous vous
,, êtes accordé avec lui, vous l'avez délié sur la
,, terre. ,,

Il semble par la manière dont *St Augustin* s'explique; que l'offensé ait fait mettre l'offenseur en prison, & qu'on doive entendre que s'il est jeté dans les liens sur la terre, il est aussi dans les liens celestes; mais que si l'offensé est inexorable, il devient lié lui-même. Il n'est point question de l'Eglise dans l'explication de *S_t Augustin*; il ne s'agit que de pardonner ou de ne pardonner pas une injure. *St Augustin* ne parle point ici du droit sacerdotal de remettre les péchés de la part de Dieu. C'est un droit reconnu ailleurs, un droit dérivé du sacrement de la confession. *St Augustin* tout profond qu'il est dans les types & dans les allégories, ne regarde pas ce fameux passage comme une allusion à l'absolution donnée ou refusée par les ministres de l'Eglise catholique romaine dans le sacrement de pénitence.

Du nom d'Eglise dans les sociétés chrétiennes.

On ne reconnaît dans plusieurs Etats chrétiens que quatre églises, la grecque, la romaine, la luthérienne, la réformée ou calviniste. Il en est ainsi en Allemagne; les primitifs ou quakers, les anabaptistes, les sociniens, les memnonistes, les piétistes, les moraves, les juifs, & autres, ne forment point d'église. La religion juive a conservé le titre de synagogue. Les sectes chrétiennes qui sont tolérées, n'ont que des assemblées secrètes, des *conventicles*; il en est de même à Londres.

On ne reconnaît l'Eglise catholique ni en Suède, ni en Danemarck, ni dans les parties septentrionales de l'Allemagne, ni en Hollande, ni dans les trois quarts de la Suisse, ni dans les trois royaumes de la Grande-Bretagne.

De la primitive Eglise, & de ceux qui ont cru la rétablir.

Les Juifs, ainsi que tous les peuples de Syrie, furent divisés en plusieurs petites congrégations religieuses, comme nous l'avons vu : toutes tendaient à une perfection mystique,

Un rayon plus pur de lumière anima les disciples de St Jean, qui subsistent encore vers Moful. Enfin vint sur la terre le fils de D I E U annoncé par St Jean. Ses disciples furent constamment tous égaux. J E S U S leur avait dit expressément : (i) *Il n'y aura parmi vous*

(i) *Matt.* chap. XX, & *Marc*, chap. IX & X.

ni premier ni dernier . . . Je suis venu pour servir & non pour être servi . . . Celui qui voudra être le maître des autres les servira.

Une preuve d'égalité c'est que les chrétiens, dans les commencemens, ne prirent d'autre nom que celui de *fréres.* Ils s'assemblaient & attendaient l'esprit; ils prophétisaient quand ils étaient inspirés. *St Paul,* dans sa première lettre aux Corinthiens, leur dit : (k) *Si dans votre assemblée chacun de vous a le don du cantique, celui de la doctrine, celui de l'apocalypse, celui des langues, celui d'interpréter, que tout soit à l'édification. Si quelqu'un parle de la langue comme deux ou trois, & par parties, qu'il y en ait un qui interprète.*

Que deux ou trois prophètes parlent, que les autres jugent; & que si quelque chose est révélée à un autre, que le premier se taise; car vous pouvez tous prophétiser chacun à part, afin que tous apprennent & que tous exhortent; l'esprit de prophétie est soumis aux prophètes: car le Seigneur est un Dieu de paix . . . . Ainsi donc, mes frères, ayez tous l'émulation de prophétiser, & n'empêchez point de parler des langues.

J'ai traduit mot à mot, par respect pour le texte, & pour ne point entrer dans des disputes de mots.

St Paul, dans la même épître, convient (l) que les femmes peuvent prophétiser, quoiqu'il leur défende au chapitre XIV de parler dans les assemblées. *Toute femme, dit-il, priant ou prophétisant sans avoir un voile sur la tête, souille sa tête: car c'est comme si elle était chauve.*

Il est clair par tous ces passages, & par beaucoup d'autres, que les premiers chrétiens étaient tous égaux,

(k) Chap. XIV.   (l) Chap. XI, v. 5.

non-

non-feulement comme frères en JESUS-CHRIST, mais comme également partagés. L'efprit fe communiquait également à eux ; ils parlaient également diverfes langues ; ils avaient également le don de prophétifer, fans diftinction de rang, ni d'âge, ni de fexe.

Les apôtres qui enfeignaient les néophytes, avaient fans doute fur eux cette prééminence naturelle que le précepteur a fur l'écolier ; mais de jurifdiction, de puiffance temporelle, de ce qu'on appelle *honneurs* dans le monde, de diftinction dans l'habillement, de marque de fupériorité, ils n'en avaient affurément aucune, ni ceux qui leur fuccédèrent. Ils poffédaient une autre grandeur bien différente, celle de la per-fuafion.

Les frères mettaient leur argent en commun. (*m*) Ce furent eux-mêmes qui choifirent fept d'entr'eux pour avoir foin des tables & de pourvoir aux néceffités communes. Ils élurent dans Jérufalem même ceux que nous nommons *Etienne*, *Philippe*, *Procore*, *Nicanor*, *Timon*, *Parmenas*, & *Nicolas*. Ce qu'on peut remarquer, c'eft que parmi ces fept élus par la communauté juive, il y a fix grecs.

Après les apôtres, on ne trouve aucun exemple d'un chrétien qui ait eu fur les autres chrétiens d'autre pouvoir que celui d'enfeigner, d'exhorter, de chaffer les démons du corps des énergumènes, de faire des miracles. Tout eft fpirituel ; rien ne fe reffent des pompes du monde. Ce n'eft guère que dans le troifième fiècle que l'efprit d'orgueil, de vanité, d'intérêt, fe manifefta de tous côtés chez les fidelles.

(*m*) Act. des apôtres, chap. VI.

Les agapes étaient déjà de grands feſtins, on leur reprochait le luxe & la bonne chère. *Tertullien* l'avoue. (*n*) ,, Oui, dit-il, nous feſons grande chère ; mais ,, dans les myſtères d'Athènes & d'Egypte ne fait-on ,, pas bonne chère auſſi ? Quelque dépenſe que ,, nous faſſions, elle eſt utile & pieuſe, puiſque les ,, pauvres en profitent. ,, *Quantiſcumque ſumptibus conſtet, lucrum eſt pietatis, ſiquidem inopes refrigerio iſto juvamus.*

Dans ce temps-là même, des ſociétés de chrétiens qui oſaient ſe dire plus parfaites que les autres, les montaniſtes, par exemple, qui ſe vantaient de tant de prophéties & d'une morale ſi auſtère, qui regardaient les ſecondes noces comme des adultères, & la fuite de la perſécution comme une apoſtaſie, qui avaient ſi publiquement des convulſions ſacrées & des extaſes, qui prétendaient parler à DIEU face à face, furent convaincus, à ce qu'on prétend, de mêler le ſang d'un enfant d'un an au pain de l'euchariſtie. Ils attirèrent ſur les véritables chrétiens ce cruel reproche qui les expoſa aux perſécutions.

Voici comme ils s'y prenaient, ſelon *St Auguſtin* ; (*o*) ils piquaient avec des épingles tout le corps de l'enfant, ils pétriſſaient la farine avec ce ſang & en feſaient un pain ; s'il en mourait, ils l'honoraient comme un martyr.

Les mœurs etaient ſi corrompues, que les ſaints pères ne ceſſaient de s'en plaindre. Ecoutez *St Cyprien* dans ſon livre des *Tombés* : (*p*) ,, Chaque prêtre,

(*n*) *Tertullien*, chap. XXXIX.

(*o*) *Auguſtin de hæreſibus. Hæreſ* XXVI.

(*p*) Voyez les œuvres de *ſaint Cyprien* & l'*hiſt. eccleſiaſt. de Fleuri*, tome II, page. 168, édition *in*-12°, 1725.

,, dit-il, court après les biens & les honneurs avec une
,, fureur infatiable. Les évêques font fans religion ;
,, les femmes fans pudeur, la friponnerie règne; on
,, jure, on fe parjure ; les animofités divifent les
,, chrétiens ; les evêques abandonnent les chaires
,, pour courir aux foires, & pour s'enrichir par le
,, négoce; enfin nous nous plaifons à nous feuls,
,, & nous déplaifons à tout le monde. ,,

Avant ces fcandales, le prêtre *Novatien* en avait
donné un bien funefte aux fidelles de Rome : il
fut le premier antipape. L'epifcopat de Rome, quoique
fecret & expofé à la perfécution, etait un objet
d'ambition & d'avarice par les grandes contributions
des chrétiens, & par l'autorité de la place.

Ne répétons point ici ce qui eft dépofé dans tant
d'archives, ce qu'on entend tous les jours dans la
bouche des perfonnes inftruites; ce nombre prodigieux
de fchifmes & de guerres; fix cents années de querelles
fanglantes entre l'empire & le facerdoce; l'argent des
nations coulant par mille canaux, tantôt à Rome,
tantôt dans Avignon lorfque les papes y fixèrent leur
féjour pendant foixante & douze ans; & le fang coulant
dans toute l'Europe foit pour l'intérêt d'une tiare fi
inconnue à JESUS-CHRIST, foit pour des queftions
inintelligibles dont il n'a jamais parlé. Notre religion
n'en eft pas moins vraie, moins facrée, moins divine,
pour avoir été fouillée fi long-temps dans le crime,
& plongée dans le carnage.

Quand la fureur de dominer, cette terrible paffion
du cœur humain, fut parvenue à fon dernier excès,
lorfque le moine *Hildebrand*, élu contre les lois évêque
de Rome, arracha cette capitale aux empereurs, &

défendit à tous les évêques d'Occident de porter l'ancien nom de pape pour se l'attribuer à lui seul; lorsque les évêques d'Allemagne à son exemple se rendirent souverains, que tous ceux de France & d'Angleterre tâchèrent d'en faire autant, il s'éleva depuis ces temps affreux jusqu'à nos jours, des sociétés chrétiennes, qui sous cent noms différens voulurent rétablir l'égalité primitive dans le chriftianisme.

Mais ce qui avait été praticable dans une petite société cachée au monde, ne l'etait plus dans de grands royaumes. L'Eglise militante & triomphante ne pouvait plus être l'Eglise ignorée & humble. Les évêques, les grandes communautés monaftiques riches & puiffantes, se réuniffant fous les étendards du pontife de la Rome nouvelle, combattirent alors *prò aris & pro focis*, pour leurs autels & pour leurs foyers. Croifades, armées, fiéges, batailles, rapines, tortures, affaffinats par la main des bourreaux, affaffinats par la main des prêtres des deux partis, poifons, dévaftations par le fer & par la flamme, tout fut employé pour foutenir ou pour humilier la nouvelle administration eccléfiaftique; & le berceau de la primitive Eglife fut tellement caché fous les flots de fang & fous les offemens des morts, qu'on put à peine le retrouver.

Des primitifs appelés quakers.

LES guerres religieufes & civiles de la Grande-Bretagne, ayant défolé l'Angleterre, l'Ecoffe, & l'Irlande, dans le règne infortuné de *Charles I ; Guillaume Penn*, fils d'un vice-amiral, réfolut d'aller rétablir ce qu'il appelait la *primitive Eglife* , fur les rivages de l'Amérique feptentrionale, dans un climat doux, qui lui parut fait pour fes mœurs. Sa fecte était nommée celle des *trembleurs;* dénomination ridicule, mais qu'ils méritaient par les tremblemens de corps qu'ils affectaient en prêchant, & par un nazillonnement qui ne fut dans l'Eglife romaine que le partage d'une efpèce de moines appelés *capucins*. Mais on peut en parlant du nez, & en fe fecouant, être doux, frugal, modefte, jufte, charitable. Perfonne ne nie que cette fociété de primitifs ne donnât l'exemple de toutes ces vertus.

Penn voyait que les évêques anglicans & les prefbytériens avaient été la caufe d'une guerre affreufe pour un furplis, des manches de linon, & une liturgie; il ne voulut ni liturgie, ni linon, ni furplis. Les apôtres n'en avaient point. JESUS-CHRIST n'avait baptifé perfonne; les affociés de *Penn* ne voulurent point être baptifés.

Les premiers fidelles etaient égaux; ces nouveaux venus prétendirent l'être autant qu'il eft poffible. Les premiers difciples reçurent l'efprit & parlaient dans l'affemblée; ils n'avaient ni autels, ni temples, ni ornemens, ni cierges, ni encens, ni cérémonies : *Penn* & les fiens fe flattèrent de recevoir l'efprit, & renoncèrent à toute cérémonie, à tout appareil. La charité était précieufe aux difciples du Sauveur; ceux de *Penn* firent une bourfe commune pour feçourir les pauvres. Ainfi ces imitateurs des effëniens & des premiers chrétiens, quoique errans dans les dogmes & dans les rites, étaient pour toutes les autres fociétés chrétiennes un modèle étonnant de morale & de police.

Enfin, cet homme fingulier alla s'établir avec cinq cents des fiens dans le canton alors le plus fauvage de l'Amérique. La reine *Chriftine* de Suède avait voulu y fonder une colonie qui n'avait pas réuffi; les primitifs de *Penn* eurent plus de fuccès.

C'était fur les bords de la rivière Delaware, vers le quarantième degré. Cette contrée n'appartenait au roi d'Angleterre que parce qu'elle n'etait réclamée alors par perfonne, & que les peuples nommés par nous *fauvages*, qui auraient pu la cultiver, avaient toujours demeuré affez loin dans l'epaiffeur des forêts. Si l'Angleterre n'avait eu ce pays que par droit de conquête, *Penn* & ces primitifs auraient eu en horreur un tel afile. Ils ne regardaient ce prétendu droit de conquête que comme une violation du droit de la nature, & comme une rapine.

Le roi *Charles II* déclara *Penn* fouverain de tout ce pays défert, par l'acte le plus authentique du 4 mars 1681. *Penn* dès l'année fuivante y promulgua fes lois. La première fut la liberté civile entière, de forte que chaque colon poffédant cinquante acres de terre était membre de la légiflation; la feconde, une défenfe expreffe aux avocats & aux procureurs de prendre jamais d'argent; la troifième, l'admiffion de toutes les religions, & la permiffion même à chaque habitant d'adorer Dieu dans fa maifon, fans affifter jamais à aucun culte public.

Voici cette loi telle qu'elle eft portée.

,, La liberté de confcience étant un droit que tous ,, les hommes ont reçu de la nature avec l'exiftence, ,, & que tous les gens paifibles doivent maintenir; il

,, eſt fermement établi que perſonne ne ſera forcé
,, d'aſſiſter à aucun exercice public de religion.

,, Mais il eſt expreſſément donné plein pouvoir à
,, chacun de faire librement l'exercice public ou privé
,, de ſa religion, ſans qu'on puiſſe y apporter aucun
,, trouble ni empèchement ſous aucun prétexte; pour-
,, vu qu'il faſſe profeſſion de croire en un ſeul DIEU
,, éternel, tout-puiſſant, créateur, conſervateur,
,, gouverneur de l'univers, & qu'il rempliſſe tous les
,, devoirs de la ſociété civile, auxquels on eſt obligé
,, envers ſes compatriotes. ,,

Cette loi eſt encore plus indulgente, plus humaine
que celle qui fut donnée aux peuples de la Caroline
par *Locke* le *Platon* de l'Angleterre, ſi ſupérieur au
Platon de la Grèce. *Locke* n'a permis d'autres religions
publiques que celles qui ſeraient approuvées par ſept
pères de famille. C'eſt une autre ſorte de ſageſſe que
celle de *Penn*.

Mais ce qui eſt pour jamais honorable pour ces deux
légiſlateurs, & ce qui doit ſervir d'exemple éternel au
genre-humain, c'eſt que cette liberté de conſcience
n'a pas cauſé le moindre trouble. On dirait au contraire
que DIEU a répandu ſes bénédictions les plus ſenſibles
ſur la colonie de la Penſilvanie. Elle était de cinq cents
perſonnes en 1682; & en moins d'un ſiècle elle s'eſt
accrue juſqu'à près de trois cents mille; c'eſt la proportion de cent cinquante à un. La moitié des
colons eſt de la religion primitive; vingt autres religions compoſent l'autre moitié. Il y a douze beaux
temples dans Philadelphie, & d'ailleurs chaque
maiſon eſt un temple. Cette ville a mérité ſon nom
d'*amitié fraternelle*. Sept autres villes & mille bourgades

fleuriffent fous cette loi de concorde. Trois cents vaiffeaux partent du port tous les ans.

Cet établiffement, qui femble mériter une dûrée éternelle, fut fur le point de périr dans la funefte guerre de 1755, quand d'un côté les Français avec leurs alliés fauvages, & les Anglais avec les leurs commencèrent par fe difputer quelques glaçons de l'Acadie.

Les primitifs, fidelles à leur chriftianifme pacifique, ne voulurent point prendre les armes. Des fauvages tuèrent quelques-uns de leurs colons fur la frontière. Les primitifs n'ufèrent point de repréfailles; ils refu-fèrent même long-temps de payer des troupes; ils dirent au général anglais ces propres paroles : *Les hommes font des morceaux d'argile qui fe brifent les uns contre les autres, pourquoi les aiderons-nous à fe brifer ?*

Enfin, dans l'affemblée générale par qui tout fe règle, les autres religions l'emportèrent; on leva des milices; les primitifs contribuèrent, mais ils ne s'armèrent point. Ils obtinrent ce qu'ils s'etaient propofé, la paix avec leurs voifins. Ces prétendus fauvages leur dirent : *Envoyez-nous quelque defcendant du grand Penn qui ne nous trompa jamais, nous traiterons avec lui.* On leur députa un petit-fils de ce grand-homme, & la paix fut conclue.

Plufieurs primitifs avaient des efclaves nègres pour cultiver leurs terres; mais ils ont été honteux d'avoir en cela imité les autres chrétiens; ils ont donné la liberté à leurs efclaves en 1769.

Toutes les autres colonies les imitent aujourd'hui dans la liberté de confcience; & quoiqu'il y ait des presbytériens & des gens de la haute Eglife, perfonne n'eft gêné dans fa croyance. C'eft ce qui a égalé le pouvoir des Anglais en Amérique à la puiffance efpagnole qui poffède l'or & l'argent. Il y aurait un moyen fûr d'énerver toutes les colonies anglaifes, ce ferait d'y établir l'inquifition.

N. B. L'exemple des primitifs nommés *quakers*, a produit dans la Penfilvanie une fociété nouvelle dans un canton qu'elle appelle *Eufrate;* c'eft la fecte des dunkards, ou des dumplers, beaucoup plus détachée du monde que celle de *Penn*, efpèce de religieux hofpitaliers, tous vêtus uniformément: elle ne permet pas aux mariés d'habiter la ville d'Eufrate; ils vivent à la campagne qu'ils cultivent. Le tréfor public fournit à tous leurs befoins dans les difettes. Cette fociété n'adminiftre le baptême qu'aux adultes; elle rejette le péché originel comme une impiété, & l'éternité des peines comme une barbarie. Leur vie pure ne leur laiffe pas imaginer que DIEU puiffe tourmenter fes créatures cruellement & éternellement. Egarés dans un coin du nouveau monde, loin du troupeau de l'Eglife catholique, ils font jufqu'à préfent, malgré cette malheureufe erreur, les plus juftes & les plus inimitables des hommes.

Querelle entre l'Eglife grecque & la latine, dans l'Afie & dans l'Europe.

LES gens de bien gémiffent depuis environ quatorze fiècles, que les deux Eglifes grecque & latine aient été toujours rivales, & que la robe de JESUS-CHRIST qui était fans couture ait été toujours déchirée. Cette divifion eft bien naturelle. Rome & Conftantinople fe haïffaient ; quand les maîtres fe déteftent, leurs aumôniers ne s'aiment pas. Les deux communions fe difputaient la fupériorité de la langue, l'antiquité des fiéges, la fcience, l'éloquence, le pouvoir.

Il eft vrai que les Grecs eurent long-temps tout l'avantage; ils fe vantaient d'avoir été les maîtres des Latins, & de leur avoir tout enfeigné. Les évangiles furent écrits en grec. Il n'y avait pas un dogme, un rite, un myftère, un ufage qui ne fût grec ; depuis le mot de *baptême* jufqu'au mot d'*euchariftie*, tout était grec. On ne connut de pères de l'Eglife que parmi les Grecs jufqu'à *St Jérôme* qui même n'était pas romain, puifqu'il était de Dalmatie. *St Auguftin*, qui fuivit de prés *St Jérôme*, était africain. Les fept grands conciles œcuméniques furent tenus dans des villes grecques; les évêques de Rome n'y parurent jamais, parce qu'ils ne favaient que leur latin, qui même était déjà très-corrompu.

L'inimitié entre Rome & Conftantinople éclata dès l'an 452 au concile de Chalcédoine, affemblé pour décider fi JESUS-CHRIST avait eu deux natures & une perfonne, ou deux perfonnes avec une nature. On y décida que l'Eglife de Conftantinople était en tout égale à celle de Rome pour les honneurs, & le patriarche de l'une égal en tout au patriarche de l'autre. Le pape *St Léon* foufcrivit aux deux natures; mais ni lui ni fes fucceffeurs ne foufcrivirent à l'égalité. On peut dire que dans cette difpute de rang & de prééminence on allait directement contre les paroles de JESUS-CHRIST rapportées dans l'Evangile: *Il n'y aura parmi vous ni premier ni dernier*, Les faints font faints, mais l'orgueil fe gliffe par-tout : le même efprit qui fait écumer de colère le fils d'un maçon devenu évêque d'un village, quand on ne l'appelle pas *monfeigneur*, (*) a brouillé l'univers chrétien.

Les Romains furent toujours moins difputeurs, moins fubtils que les Grecs ; mais ils furent bien plus politiques. Les évêques d'Orient en argumentant demeurèrent fujets ; celui de Rome fans argumens fut établir enfin fon pouvoir fur les ruines de l'empire d'Occident. Et on pouvait dire des papes ce que *Virgile* dit des *Scipions* & des *Céfars* :

Romanos rerum dominos gentemque togatam.

Vers digne de *Virgile*, rendu comiquement par un de nos vieux traducteurs.

Tous gens de robe & fouverains des rois.

La haine devint une fciffion du temps de *Photius* pâpa ou furveillant de l'Eglife bizantine, & *Nicolas I* pâpa ou furveillant de l'Eglife romaine. Comme malheureufement il n'y eut prefque jamais de querelle eccléfiaftique fans ridicule, il arriva que le combat commença par deux patriarches qui étaient tous deux eunuques ; *Ignace* & *Photius* qui fe difputaient la chaire de Conftantinople étaient tous deux chaponnés. Cette mutilation leur interdifant la vraie paternité, ils ne pouvaient être que pères de l'Eglife.

On dit que les châtrés font tracaffiers, malins, intrigans. *Ignace* & *Photius* troublèrent toute la cour grecque.

Le latin *Nicolas I* ayant pris le parti d'*Ignace*, *Photius* déclara ce pape hérétique, attendu qu'il admettait la proceffion du fouffle de DIEU, du S¹ Efprit, par le Père & par le Fils, contre la décifion unanime de toute l'Eglife, qui ne l'avait fait procéder que du Père.

(*) *Biord*, évêque d'Anneci.

Outre cette proceffion hérétique , *Nicolas* mangeait
& fefait manger des œufs & du fromage en carême.
Enfin , pour comble d'infidélité, le pape romain fe
fefait rafer la barbe ; ce qui était une apoftafie manifefte
aux yeux des pâpas grecs , vu que *Moïfe* , les patriarches,
& JESUS-CHRIST , etaient toujours peints barbus par
les peintres grecs & latins.

Lorfqu'en 879 le patriarche *Photius* fut rétabli dans
fon fiége par le huitième concile œcumenique grec,
compofé de quatre cents évêques, dont trois cents
l'avaient condamné dans le concile œcuménique précédent, alors le pape *Jean VIII* le reconnut pour
fon frère. Deux légats envoyés par lui à ce concile
fe joignirent à l'Eglife grecque, déclarèrent *Judas*
quiconque dirait que le St Efprit procède du Père &
du Fils. Mais ayant perfifté dans l'ufage de fe rafer
le menton & de manger des œufs en carême, les
deux Eglifes reftèrent toujours divifées.

Le fchifme fut entièrement confommé l'an 1053
& 1054, lorfque *Michel Cerularius* patriarche de
Conftantinople condamna publiquement l'évêque de
Rome *Léon IX* & tous les Latins, ajoutant à tous les
reproches de *Photius*, qu'ils ofaient fe fervir de pain
azyme dans l'euchariftie contre la pratique des apôtres;
qu'ils commettaient le crime de manger du boudin,
& de tordre le cou aux pigeons au lieu de le leur
couper pour les cuire. On ferma toutes les églifes
latines dans l'empire grec , & on défendit tout commerce avec quiconque mangeait du boudin.

Le pape *Léon IX* négocia férieufement cette affaire
avec l'empereur *Conftantin Monomaque*, & obtint quelques adouciffemens. C'était précifément le temps où

ces célébres gentilshommes normands, enfans de *Tancrède de Hauteville*, se moquant du pape & de l'empereur grec, prenaient tout ce qu'ils pouvaient dans la Pouille & dans la Calabre, & mangeaient du boudin effrontément. L'empereur grec favorisa le pape autant qu'il put ; mais rien ne réconcilia les Grecs avec nos Latins. Les Grecs regardaient leurs adversaires comme des barbares qui ne savaient pas un mot de grec.

L'irruption des croisés sous prétexte de délivrer les saints lieux, & dans le fond pour s'emparer de Constantinople, acheva de rendre les Romains odieux.

Mais la puissance de l'Eglise latine augmenta tous les jours, & les Grecs furent enfin conquis peu-à-peu par les Turcs. Les papes étaient depuis long-temps de puissans & riches souverains ; toute l'Eglise grecque fut esclave depuis *Mahomet II*, excepté la Russie, qui était alors un pays barbare, & dont l'Eglise n'était pas comptée.

Quiconque est un peu instruit des affaires du Levant, sait que le sultan confère le patriarchat des Grecs par la crosse & par l'anneau, sans crainte d'être excommunié, comme le furent les empereurs allemands par les papes pour cette cérémonie.

Bien est-il vrai que l'Eglise de Stambol a conservé en apparence la liberté d'élire son archevêque, mais elle n'élit que celui qui est indiqué par la Porte ottomane. Cette place coûte à présent environ quatre-vingts mille francs, qu'il faut que l'élu reprenne sur les Grecs. S'il se trouve quelque chanoine accrédité qui offre plus d'argent au grand-visir, on dépossède le titulaire, & on donne la place au dernier enchériſſeur, préciſément comme *Marozia* & *Théodora* donnaient le ſiége de Rome dans le dixième ſiècle. Si le patriarche titulaire réſiſte, on lui donne cinquante coups de bâton ſur la plante des pieds & on l'exile. Quelquefois on lui coupe la tête, comme il arriva au patriarche *Lucas Cyrille* en 1638.

Le grand-turc donne ainſi tous les autres évêchés moyennant finance ; & la ſomme à laquelle chaque évêché fut taxé ſous *Mahomet II*, eſt toujours exprimée dans la patente ; mais le ſupplément qu'on a payé n'y eſt pas énoncé. On ne ſait jamais au juſte combien un prêtre grec achète ſon évêché.

Ces patentes ſont plaiſantes. *J'accorde à N*** prêtre chrétien le préſent mandement pour perfeélion de félicité. Je lui commande de réſider en la ville ci-nommée, comme évêque des infidelles chrétiens, ſelon leur ancien uſage & leurs vaines & extravagantes cérémonies ; voulant & ordonnant que tous les chrétiens de ce diſtriél le reconnaiſſent, & que nul prêtre ni moine ne ſe marie ſans ſa permiſſion.* (C'eſt-à-dire ſans payer.)

L'eſclavage de cette Egliſe eſt égal à ſon ignorance. Mais les Grecs n'ont que ce qu'ils ont mérité ; ils ne s'occupaient que de leurs diſputes ſur la lumière du Thabor & ſur celle de leur nombril, lorſque Conſtantinople fut priſe.

On eſpère qu'au moment où nous écrivons ces douloureuſes vérités, l'impératrice de Ruſſie *Catherine II* rendra aux Grecs leur liberté. On ſouhaite qu'elle puiſſe leur rendre le courage & l'eſprit qu'ils avaient du temps de *Miltiade*, de *Thémiſtocle*, & qu'ils aient de bons ſoldats & moins de moines au mont Athos.

De la préfente Eglife grecque.

Si quelque chofe peut nous donner une grande idée des mahométans , c'eſt la liberté qu'ils ont laiſſée à l'Eglife grecque. Ils ont paru dignes de leurs conquêtes , puiſqu'ils n'en ont point abuſé. Mais il faut avoüer que les Grecs n'ont pas trop mérité la protection que les muſulmans leur accordent ; voici ce qu'en dit M. *Porter* ambaſſadeur d'Angleterre en Turquie.

,,Je voudrais tirer le rideau fur ces diſputes ſcan-
,, daleuſes des Grecs & des Romains au ſujet de
,, Bethléem & de la Terre ſainte, comme ils l'appellent.
,, Les procédés iniques , odieux , qu'elles occaſionnent
,, entre-eux , ſont la honte du nom chrétien. Au milieu
,, de ces débats , l'ambaſſadeur chargé de protéger la
,, communion romaine, malgré ſa dignité éminente,
,, devient véritablement un objet de compaſſion,

,, Il ſe lève dans tous les pays de la croyance
,, romaine des ſommes immenſes , pour ſoutenir contre
,, les Grecs des prétentions équivoques à la poſſeſſion
,, précaire d'un coin de terre réputée ſacrée , & pour
,, conſerver entre les mains des moines de leur com-
,, munion les reſtes d'une vieille étable à Bethléem ,
,, où l'on a érigé une chapelle, & où , fur l'autorité
,, incertaine d'une tradition orale, on prétend que
,, naquit le Christ : de même qu'un tombeau ,
,, qui peut être , & plus vraiſemblablement peut
,, n'être pas, ce qu'on appelle ſon *ſépulcre*. Car la
,, fituation exacte de ces deux endroits eſt auſſi peu
,, certaine que la place qui recèle les cendres de
,, *Céfar.* ,,

Ce qui rend les Grecs encore plus méprisables aux yeux des Turcs, c'est le miracle qu'ils font tous les ans au temps de pâques. Le malheureux évêque de Jérusalem s'enferme dans le petit caveau qu'on fait passer pour le tombeau de notre Seigneur JESUS-CHRIST, avec des paquets de petite bougie; il bat le briquet, allume un de ces petits cierges, & sort de son caveau en criant : *Le feu du ciel est descendu, & la sainte bougie est allumée.* Tous les Grecs aussitôt achètent de ces bougies, & l'argent se partage entre le commandant turc & l'évêque.

On peut juger par ce seul trait de l'état déplorable de cette Eglise sous la domination du Turc.

L'Eglise grecque, en Russie, a pris depuis peu une consistance beaucoup plus respectable, depuis que l'impératrice *Catherine II* l'a délivrée du soin de son temporel; elle lui a ôté quatre cents mille esclaves qu'elle possédait. Elle est payée aujourd'hui du trésor impérial, entièrement soumise au gouvernement, contenue par des lois sages; elle ne peut faire que du bien; elle devient tous les jours savante & utile. Elle a aujourd'hui un prédicateur nommé *Platon*, qui a fait des sermons que l'ancien *Platon* grec n'aurait pas désavoués.

EGLOGUE

E G L O G U E.

IL femble qu'on ne doive rien ajouter à ce que M. le chevalier de *Jaucour* & M. *Marmontel* ont dit de l'églogue dans le Dictionnaire encyclopédique; il faut, après les avoir lus, lire *Théocrite* & *Virgile*, & ne point faire d'églogues. Elles n'ont été jufqu'à préfent parmi nous que des madrigaux amoureux, qui auraient beaucoup mieux convenu aux filles d'honneur de la reine-mère qu'à des bergers.

L'ingénieux *Fontenelle*, auffi galant que philofophe, qui n'aimait pas les anciens, donne le plus de ridicule qu'il peut au tendre *Théocrite* le maître de *Virgile*; il lui reproche une églogue qui eft entièrement dans le goût ruftique; mais il ne tenait qu'à lui de donner de juftes éloges à d'autres églogues qui refpirent la paffion la plus naïve, exprimée avec toute l'élégance & la molle douceur convenable aux fujets.

Il y en a de comparables à la belle ode de *Sapho* traduite dans toutes les langues. Que ne nous donnait-il une idée de la pharmaceutrée imitée par *Virgile*, & non égalée peut-être? on ne pourrait pas en juger par ce morceau que je vais rapporter; mais c'eft une efquiffe qui fera connaître la beauté du tableau à ceux dont le goût démêle la force de l'original dans la faibleffe même de la copie.

    Reine des nuits, dis quel fut mon amour;
Comme en mon fein les friffons & la flamme
Se fuccédaient, me perdaient tour-à-tour;
Quels doux tranfports égarèrent mon ame;

Dictionn. philofoph. Tome III.   K k

Comment mes yeux cherchaient en vain le jour;
Comme j'aimais, & fans fonger à plaire!
Je ne pouvais ni parler ni me taire....
Reine des nuits, dis quel fut mon amour.

Mon amant vint. O momens délectables!
Il prit mes mains, tu le fais, tu le vis,
Tu fus témoin de fes fermens coupables,
De fes baifers, de ceux que je rendis,
Des voluptés dont je fus enivrée.
Momens charmans, paffez-vous fans retour?
Daphnis trahit la foi qu'il m'a jurée.
Reine des cieux, dis quel fut mon amour.

Ce n'eft-là qu'un échantillon de ce *Théocrite* dont *Fontenelle* fefait fi peu de cas. Les Anglais qui nous ont donné des traductions en vers de tous les poëtes anciens, en ont auffi une de *Théocrite;* elle eft de M. *Fawkes:* toutes les grâces de l'original s'y retrouvent. Il ne faut pas omettre qu'elle eft en vers rimés ainfi que les traductions anglaifes de *Virgile* & d'*Homère*. Les vers blancs, dans tout ce qui n'eft pas tragédie, ne font, comme difait *Pope*, que le partage de ceux qui ne peuvent pas rimer.

Je ne fais fi, après avoir parlé des églogues qui enchantèrent la Grèce & Rome, il fera bien convenable de citer une églogue allemande, & furtout une églogue dont l'amour n'eft pas le principal fujet; elle fut écrite dans une ville qui venait de paffer fous une domination étrangère.

Eglogue allemande.

H E R N A N D ,   D E R N I N.

D E R N I N.

Confolons-nous, Hernand, l'aftre de la nature
Va de nos aquilons tempérer la froidure ;
Le zéphyre à nos champs promet quelques beaux jours.
Nous chanterons auffi nos vins & nos amours :
Nous n'égalerons point la Grèce & l'Aufonie ;
Nous fommes fans printemps, fans fleurs, & fans génie ;
Nos voix n'ont jamais eu ces fons harmonieux
Qu'aux pafteurs de Sicile ont accordé les Dieux.
Ne pouvons-nous jamais, en lifant leurs ouvrages,
Surmonter l'âpreté de nos climats fauvages,
Vers ces coteaux du Rhin que nos foins affidus
Ont forcés à s'orner des tréfors de Bacchus ?
  Forçons le Dieu des vers, exilé de la Grèce,
A venir de nos champs adoucir la rudeffe.
Nous connaiffons l'amour, nous connaîtrons les vers.
Orphée était de Thrace ; il brava les hivers ;
Il aimait ; c'eft affez ; Vénus monta fa lyre.
Il polit fon pays ; il eut un doux empire
Sur des cœurs étonnés de céder à fes lois.

H E R N A N D.

On dit qu'il amollit les tigres de fes bois.
Humaniferons-nous les loups qui nous déchirent ?
  Depuis qu'aux étrangers les deftins nous foumirent,
Depuis que l'efclavage affaiffa nos efprits,
Nos chants furent changés en de lugubres cris.

D'un commis odieux l'infolence affamée
Vient ravir la moiffon que nous avons femée,
Vient décimer nos fruits, notre lait, nos troupeaux;
C'eft pour lui que ma main couronna ces coteaux
Des pampres confolans de l'amant d'Ariane.

Si nous ofons nous plaindre, un traitant nous condamne;
Nous craignons de gémir, nous dévorons nos pleurs.
Ah! dans la pauvreté, dans l'excès des douleurs,
Le moyen d'imiter Théocrite & Virgile !
Il faut pour un cœur tendre un efprit plus tranquille.
Le roffignol tremblant dans fon obfcur féjour,
N'élève point fa voix fous le bec du vautour.
Fuyons, mon cher Dernin, ces malheureufes rives.
Portons nos chalumeaux & nos lyres plaintives
Aux bords de l'Adigo, loin des yeux des tyrans.

Et le refte.

E L E G A N C E.

CE mot, felon quelques-uns, vient d'*eleƈus*, choifi.
On ne voit pas qu'aucun autre mot latin puiffe être
fon étymologie : en effet, il y a du choix dans tout
ce qui eft élégant. L'élégance eft un réfultat de la
jufteffe & de l'agrément.

On emploie ce mot dans la fculpture & dans la
peinture. On oppofait *elegans fignum* à *fignum rigens;*
une figure proportionnée, dont les contours arrondis
étaient exprimés avec molleffe, à une figure trop roide
& mal terminée.

La févérité des anciens Romains donna à ce mot,
elegantia, un fens odieux. Ils regardaient l'élégance en

tout genre comme une *afféterie*, comme une politeffe recherchée, indigne de la gravité des premiers temps : *vitii, non laudis fuit*, dit *Aulu-Gelle*. Ils appelaient *un homme élégant* à-peu-près ce que nous appelons aujourd'hui un petit-maître, *bellus homuncio*, & ce que les Anglais appellent *un beau*; mais vers le temps de *Cicéron*, quand les mœurs eurent reçu le dernier degré de politeffe, *elegans* était toujours une louange. *Cicéron* fe fert en cent endroits de ce mot pour exprimer un homme, un difcours poli ; on difait même alors *un repas élégant* : ce qui ne fe dirait guère parmi nous.

Ce terme eft confacré en français, comme chez les anciens Romains, à la fculpture, à la peinture, à l'éloquence, & principalement à la poëfie. Il ne fignifie pas, en peinture & en fculpture, précifément la même chofe que *grâce*.

Ce terme *grâce* fe dit particulièrement du vifage, & on ne dit pas *un vifage élégant*, comme *des contours élégans* : la raifon en eft que la grâce a toujours quelque chofe d'animé, & c'eft dans le vifage que paraît l'ame; ainfi on ne dit pas *une démarche élégante*, parce que la démarche eft animée.

L'élégance d'un difcours n'eft pas l'éloquence, c'en eft une partie; ce n'eft pas la feule harmonie, le feul nombre, c'eft la clarté, le nombre, & le choix des paroles.

Il y a des langues en Europe dans lefquelles rien n'eft fi rare qu'un difcours élégant : des terminaifons rudes, des confonnes fréquentes, des verbes auxiliaires néceffairement redoublés dans une même phrafe, offenfent l'oreille même des naturels du pays.

Un difcours peut être élégant fans être un bon difcours, l'élégance n'étant en effet que le mérite des paroles ; mais un difcours ne peut être abfolument bon fans être élégant.

L'élégance eft encore plus néceffaire à la poëfie que l'éloquence, parce qu'elle eft une partie de cette harmonie fi néceffaire aux vers.

Un orateur peut convaincre, émouvoir même fans élégance, fans pureté, fans nombre. Un poëme ne peut faire d'effet, s'il n'eft élégant : c'eft un des principaux mérites de *Virgile*. *Horace* eft bien moins élégant dans fes fatires, dans fes épîtres ; auffi eft-il moins poëte, *fermoni propior*.

Le grand point, dans la poëfie & dans l'art oratoire, c'eft que l'élégance ne faffe jamais tort à la force ; & le poëte, en cela comme dans tout le refte, a de plus grandes difficultés à furmonter que l'orateur ; car l'harmonie étant la bafe de fon art, il ne doit pas fe permettre un concours de fyllabes rudes, il faut même quelquefois facrifier un peu de la penfée à l'élégance de l'expreffion : c'eft une gêne que l'orateur n'éprouve jamais.

Il eft à remarquer que fi l'élégance a toujours l'air facile, tout ce qui eft facile & naturel n'eft cependant pas élégant. Il n'y a rien de fi facile, de fi naturel que,

> La cigale ayant chanté
> Tout l'été :

Et

> Maître corbeau fur un arbre perché.

Pourquoi ces morceaux manquent-ils d'élégance ? C'eft que cette naïveté eft dépourvue de mots choifis & d'harmonie.

Amans heureux, voulez-vous voyager?
Que ce foit aux rives prochaines:

& cent autres traits ont, avec d'autres mérites, celui de l'élégance.

On dit rarement d'une comédie, qu'elle est écrite élégamment. La naïveté & la rapidité d'un dialogue familier excluent ce mérite propre à toute autre poëfie.

L'élégance femblerait faire tort au comique : on ne rit point d'une chofe élégamment dite ; cependant la plupart des vers de l'Amphitrion de *Molière*, excepté ceux de pure plaifanterie, font élégans. Le mélange des dieux & des hommes dans cette pièce unique en fon genre, & les vers irréguliers qui forment un grand nombre de madrigaux, en font peut-être la caufe.

Un madrigal doit bien plutôt être élégant qu'une épigramme, parce que le madrigal tient quelque chofe des ftances, & que l'épigramme tient du comique ; l'un eft fait pour exprimer un fentiment délicat, & l'autre un ridicule.

Dans le fublime, il ne faut pas que l'élégance fe remarque ; elle l'affaiblirait. Si on avait loué l'élégance du *Jupiter-Olympien* de *Phidias*, c'eût été en faire une fatire. L'élégance de la *Vénus* de *Praxitèle* pouvait être remarquée.

ELIE ET ENOCH.

ELIE & *Enoch* font deux perfonnages bien importans dans l'antiquité. Ils font tous deux les feuls
qui n'aient point goûté de la mort , & qui aient été
tranfportés hors du monde. Un très-favant homme
a prétendu que ce font des perfonnages allégoriques.
Le père & la mère d'*Elie* font inconnus. Il croit que
fon pays *Galaad* ne veut dire autre chofe que la circulation des temps ; on le fait venir de *Galgala* qui
fignifie *révolution*. Mais le nom du village de Galgala
fignifiait-il quelque chofe ?

Le mot d'*Elie* a un rapport fenfible avec celui
d'*Elios*, le Soleil. L'holocaufte offert par *Elie*, & allumé
par le feu du ciel , eft une image de ce que peuvent
les rayons du foleil réunis. La pluie qui tombe après
de grandes chaleurs eft encore une vérité phyfique.

Le char de feu , & les chevaux enflammés qui
enlèvent *Elie* au ciel , font une image frappante des
quatre chevaux du foleil. Le retour d'*Elie* à la fin du
monde femble s'accorder avec l'ancienne opinion que
le foleil viendrait s'éteindre dans les eaux, au milieu
de la deftruction générale que les hommes attendaient:
car prefque toute l'antiquité fut long-temps perfuadée
que le monde ferait bientôt détruit.

Nous n'adoptons point ces allégories , & nous
nous en tenons à ce qui eft rapporté dans l'ancien
Teftament.

Enoch eft un perfonnage auffi fingulier qu'*Elie*, à
cela près que la Genèfe nomme fon père & fon fils ,

& que la famille d'*Elie* eft inconnue. Les Orientaux & les Occidentaux ont célébré cet *Enoch*.

La fainte écriture, qui eft toujours notre guide infaillible, nous apprend qu'*Enoch* fut père de *Mathufala* ou *Mathufalem*, & qu'il ne vécut fur la terre que trois cents foixante & cinq ans, ce qui a paru une vie bien courte pour un des premiers patriarches. Il eft dit qu'il marcha avec DIEU, & qu'il ne parut plus, parce que DIEU l'enleva. ʺ C'eft ce qui fait, dit dom *Calmet*, ʺ que les pères & le commun des commentateurs ʺ affurent qu'*Enoch* eft encore en vie, que DIEU l'a ʺ tranfporté hors du monde auffi-bien qu'*Elie*, qu'ils ʺ viendront avant le jugement dernier s'oppofer à ʺ l'antechrift, qu'*Elie* prêchera aux Juifs, & *Enoch* ʺ aux Gentils. ʺ

St Paul, dans fon Epître aux Hébreux (qu'on lui a conteftée) dit expreffément, *c'eft par la foi qu'Enoch fut enlevé, afin qu'il ne vît point la mort; & on ne le vit plus, parce que le Seigneur le tranfporta.*

St Juftin, ou celui qui a pris fon nom, dit qu'*Enoch* & *Elie* font dans le paradis terreftre, & qu'ils y attendent le fecond avénement de JESUS-CHRIST.

St Jérôme au contraire croit (*a*) qu'*Enoch* & *Elie* font dans le ciel. C'eft ce même *Enoch*, feptième homme après *Adam*, qu'on prétend avoir écrit un livre cité par *St Jude*. (*)

Tertullien dit (*b*) que cet ouvrage fut confervé dans l'arche, & qu'*Enoch* en fit même une feconde copie après le déluge.

(*a*) *Jérôme*, commentaire fur *Amos*.

(*) Voyez *Apocryphes*.

(*b*) Liv. I, *de cultu fæminarum &c.*

Voilà ce que la fainte écriture & les pères nous difent d'*Enoch :* mais les profanes de l'Orient en difent bien davantage. Ils croient en effet qu'il y a eu un *Enoch,* & qu'il fut le premier qui fit des efclaves à la guerre ; ils l'appellent tantôt *Enoch,* tantôt *Edris ;* ils difent que c'eft lui qui donna des lois aux Egyptiens fous le nom de ce *Thaut ,* appelé par les Grecs *Hermès Trifmégifte.* On lui donne un fils nommé *Sabi* auteur de la religion des Sabiens ou Sabéens.

Il y avait une ancienne tradition en Phrygie fur un certain *Anach ,* dont on difait que les Hébreux avaient fait *Enoch.* Les Phrygiens tenaient cette tradition des Chaldéens ou Babyloniens, qui reconnaiffaient auffi un *Enoch* ou *Anach* pour inventeur de l'aftronomie.

On pleurait *Enoch* un jour de l'année en Phrygie, comme on pleurait *Adoni* ou *Adonis* chez les Phéniciens.

L'écrivain ingénieux & profond qui croit *Elie* un perfonnage purement allégorique , penfe la même chofe d'*Enoch.* Il croit qu'*Enoch , Anach , Annoch ,* fignifiait l'*année ;* que les Orientaux le pleuraient ainfi qu'*Adonis ,* & qu'ils fe réjouiffaient au commencement de l'année nouvelle.

Que le *Janus* connu enfuite en Italie , était l'ancien *Anach ,* ou *Annoch* de l'Afie.

Que non-feulement *Enoch* fignifiait autrefois chez tous ces peuples le commencement & la fin de l'an, mais le dernier jour de la femaine.

Que les noms d'*Anne,* de *Jean,* de *Januarius, Janvier,* ne font venus que de cette fource.

Il eſt difficile de pénétrer dans les profondeurs de l'hiſtoire ancienne. Quand on y faiſirait la vérité à tâtons, on ne ſerait jamais ſûr de la tenir. Il faut abſolument qu'un chrétien s'en tienne à l'Ecriture, quelque difficulté qu'on trouve à l'entendre.

E L O Q U E N C E.

(*Cet article a paru dans le grand Diſtionnaire encyclopédique. Il y a dans celui-ci des additions, &, ce qui vaut bien mieux, des retranchemens.*)

L'ELOQUENCE eſt née avant les règles de la rhétorique, comme les langues ſe ſont formées avant la grammaire.

La nature rend les hommes éloquens dans les grands intérêts & dans les grandes paſſions. Quiconque eſt vivement ému voit les choſes d'un autre œil que les autres hommes. Tout eſt pour lui objet de comparaiſon rapide & de métaphore, ſans qu'il y prenne garde : il anime tout, & fait paſſer dans ceux qui l'écoutent une partie de ſon enthouſiaſme.

. Un philoſophe très-éclairé a remarqué que le peuple même s'exprime par des figures ; que rien n'eſt plus commun, plus naturel que les tours qu'on appelle *Tropes.*

Ainſi, dans toutes les langues, *le cœur brûle, le courage s'allume, les yeux étincellent, l'eſprit eſt accablé, il ſe partage, il s'épuiſe, le ſang ſe glace, la tête ſe renverſe, on eſt enflé d'orgueil, enivré de vengeance :* la nature ſe peint par-tout dans ces images fortes, devenues ordinaires.

C'eſt elle dont l'inſtinct enſeigne à prendre d'abord un air, un ton modeſte avec ceux dont on a beſoin. L'envie naturelle de captiver ſes juges & ſes maîtres, le recueillement de l'ame profondément frappée, qui ſe prépare à déployer les ſentimens qui la preſſent, font les premiers maîtres de l'art.

C'eſt cette même nature qui inſpire quelquefois des débuts vifs & animés; une forte paſſion, un danger preſſant, appellent tout d'un coup l'imagination: ainſi un capitaine des premiers califes voyant fuir les muſulmans, s'écria: ,, Où courez-vous? ce n'eſt pas ,, là que ſont les ennemis. ,,

On attribue ce même mot à pluſieurs capitaines; on l'attribue à *Cromwell.* Les ames fortes ſe rencontrent beaucoup plus ſouvent que les beaux-eſprits.

Raſi, un capitaine muſulman du temps même de *Mahomet,* voit les Arabes effrayés qui s'écrient que leur général *Dérar* eſt tué: *Qu'importe,* dit-il, *que Dérar ſoit mort,* DIEU *eſt vivant & vous regarde, marchez.*

C'était un homme bien éloquent que ce matelot anglais qui fit réſoudre la guerre contre l'Eſpagne en 1740. *Quand les Eſpagnols m'ayant mutilé me préſentèrent la mort, je recommandai mon ame à* DIEU, *& ma vengeance à ma patrie.*

La nature fait donc l'éloquence; & ſi on a dit que les poëtes naiſſent, & que les orateurs ſe forment, on l'a dit quand l'éloquence a été forcée d'étudier les lois, le génie des juges, & la méthode du temps: la nature ſeule n'eſt éloquente que par élans.

Les préceptes ſont toujours venus après l'art. *Tibias* fut le premier qui recueillit les lois de l'éloquence, dont la nature donne les premières règles.

Platon dit enfuite dans fon Gorgias, qu'un orateur doit avoir la fubtilité des dialecticiens, la fcience des philofophes, la diction prefque des poëtes, la voix & les geftes des plus grands acteurs.

Ariftote fit voir après lui que la véritable philofophie eft le guide fecret de l'efprit de tous les arts : il creufa les fources de l'éloquence dans fon livre de la *rhéto-rique* ; il fit voir que la dialectique eft le fondement de l'art de perfuader, & qu'être éloquent c'eft favoir prouver.

Il diftingua les trois genres, le délibératif, le démonftratif, & le judiciaire. Dans le délibératif il s'agit d'exhorter ceux qui délibèrent, à prendre un parti fur la guerre & fur la paix, fur l'adminiftration publique &c ; dans le démonftratif, de faire voir ce qui eft digne de louange ou de blâme ; dans le judiciaire, de perfuader d'abfoudre ou de condamner &c. On fent affez que ces trois genres rentrent fouvent l'un dans l'autre.

Il traite enfuite des paffions & des mœurs que tout orateur doit connaître.

Il examine quelles preuves on doit employer dans ces trois genres d'éloquence. Enfin, il traite à fond de l'élocution, fans laquelle tout languit ; il recommande les métaphores, pourvu qu'elles foient juftes & nobles ; il exige furtout la convenance & la bienféance.

Tous ces préceptes refpirent la juftelle éclairée d'un philofophe, & la politeffe d'un athénien ; & en donnant les règles de l'éloquence, il eft éloquent avec fimplicité.

Il eft à remarquer que la Grèce fut la feule contrée de la terre où l'on connût alors les lois de l'éloquence, parce que c'était la feule où la véritable éloquence exiftât.

L'art groffier était chez tous les hommes ; des traits fublimes ont échappé par-tout à la nature dans tous les temps : mais remuer les efprits de toute une nation polie ; plaire, convaincre & toucher à la fois, cela ne fut donné qu'aux Grecs.

Les Orientaux étaient prefque tous efclaves : c'eft un caractère de la fervitude de tout exagérer ; ainfi l'éloquence afiatique fut monftrueufe. L'Occident était barbare du temps d'*Ariftote*.

L'*éloquence* véritable commença à fe montrer dans Rome du temps des *Gracques*, & ne fut perfectionnée que du temps de *Cicéron*. *Marc-Antoine* l'orateur, *Hortenfius*, *Curion*, *Céfar*, & plufieurs autres, furent des hommes éloquens.

Cette *éloquence* périt avec la république, ainfi que celle d'Athènes. L'éloquence fublime n'appartient, dit-on, qu'à la liberté ; c'eft qu'elle confifte à dire des vérités hardies. à étaler des raifons & des peintures fortes. Souvent un maître n'aime pas la vérité, craint les raifons, & aime mieux un compliment délicat que de grands traits.

Cicéron, après avoir donné les exemples dans fes harangues, donna les préceptes dans fon livre de l'*Orateur* ; il fuit prefque toute la méthode d'*Ariftote*, & s'explique avec le ftyle de *Platon*.

Il diftingue le genre fimple, le tempéré, & le fublime.

Rollin a fuivi cette divifion dans fon *traité des études* ; &, ce que *Cicéron* ne dit pas, il prétend que *le tempéré* eft *une belle rivière ombragée de vertes forêts des deux côtés ; le fimple , une table fervie proprement , dont tous les mets font d'un goût excellent , & dont on bannit tout rafinement ; que le fublime foudroie , & que c'eft un fleuve impétueux qui renverfe tout ce qui lui réfifte.*

Sans fe mettre à *cette table ,* fans fuivre *ce foudre , ce fleuve ,* & *cette rivière ,* tout homme de bon fens voit que l'*éloquence fimple* eft celle qui a des chofes fimples à expofer , & que la clarté & l'élégance font tout ce qui lui convient.

Il n'eft pas befoin d'avoir lu *Ariftote , Cicéron ,* & *Quintilien ,* pour fentir qu'un avocat qui débute par un exorde pompeux au fujet d'un mur mitoyen , eft ridicule : c'était pourtant le vice du barreau jufqu'au milieu du dix-feptième fiècle ; on difait avec emphafe des chofes triviales. On pourrait compiler des volumes de ces exemples ; mais tous fe réduifent à ce mot d'un avocat , homme d'efprit , qui voyant que fon adverfaire parlait de la guerre de Troye & du Scamandre, l'interrompit en difant : *La cour obfervera que ma partie ne s'appelle pas* Scamandre , *mais* Michaut.

Le genre fublime ne peut regarder que de puiffans intérêts , traités dans une grande affemblée.

On en voit encore de vives traces dans le parlement d'Angleterre ; on a quelques harangues qui y furent prononcées en 1739 , quand il s'agiffait de déclarer la guerre à l'Efpagne. L'efprit de *Démofthènes* & de *Cicéron* femble avoir dicté plufieurs traits de ces difcours ; mais ils ne pafferont pas à la poftérité comme ceux des Grecs & des Romains , parce qu'ils manquent de cet art & de ce charme de la diction qui mettent le fceau de l'immortalité aux bons ouvrages.

Le genre tempéré eft celui de ce difcours d'appareil, de ces harangues publiques, de ces complimens étudiés, dans lefquels il faut couvrir de fleurs la futilité de la matière.

Ces trois genres rentrent encore fouvent l'un dans l'autre, ainfi que les trois objets de l'éloquence qu'*Ariftote* confidère ; & le grand mérite de l'orateur eft de les mêler à propos.

La grande éloquence n'a guère pu en France être connue au barreau, parce qu'elle ne conduit pas aux honneurs comme dans Athènes, dans Rome, & comme aujourd'hui dans Londres, & n'a point pour objet de grands intérêts publics : elle s'eft réfugiée dans les oraifons funèbres, où elle tient un peu de la poëfie.

Boffuet, & après lui *Fléchier*, femblent avoir obéi à ce précepte de *Platon*, qui veut que l'élocution d'un orateur foit quelquefois celle même d'un poëte.

L'éloquence de la chaire avait été prefque barbare jufqu'au P. *Bourdaloue* ; il fut un des premiers qui firent parler la raifon.

Les Anglais ne vinrent qu'enfuite, comme l'avoue *Burnet* évêque de Salisburi. Ils ne connurent point l'oraifon funèbre ; ils évitèrent dans les fermons les traits véhémens qui ne leur parurent point convenables à la fimplicité de l'Evangile ; & ils fe défièrent de cette méthode des divifions recherchées, que l'archevêque *Fénélon* condamne dans fes *Dialogues fur l'éloquence*.

Quoique nos fermons roulent fur l'objet le plus important à l'homme, cependant il s'y trouve peu de morceaux frappans, qui comme les beaux endroits

de

de *Cicéron* & de *Démosthènes*, foient devenus les modèles de toutes les nations occidentales. Le lecteur fera pourtant bien aife de trouver ici ce qui arriva la première fois que M. *Maffillon*, depuis évêque de Clermont, prêcha fon fameux fermon du petit nombre des élus : il y eut un endroit où un tranfport de faififfement s'empara de tout l'auditoire ; prefque tout le monde fe leva à moitié par un mouvement invo-lontaire ; le murmure d'acclamation & de furprife fut fi fort qu'il troubla l'orateur, & ce trouble ne fervit qu'à augmenter le pathétique de ce morceau : le voici.

,, Je fuppofe que ce foit ici notre dernière heure à
,, tous, que les cieux vont s'ouvrir fur nos têtes, que
,, le temps eft paffé, & que l'éternité commence, que
,, JESUS-CHRIST va paraître pour nous juger felon
,, nos œuvres, & que nous fommes tous ici pour
,, attendre de lui l'arrêt de la vie ou de la mort
,, éternelle : je vous le demande, frappé de terreur
,, comme vous, ne féparant point mon fort du vôtre,
,, & me mettant dans la même fituation où nous
,, devons tous paraître un jour devant DIEU notre
,, juge ; fi JESUS-CHRIST, dis-je, paraiffait dès-à-
,, préfent pour faire la terrible féparation des juftes
,, & des pécheurs, croyez-vous que le plus grand
,, nombre fût fauvé ? Croyez-vous que le nombre des
,, juftes fût au moins égal à celui des pécheurs ?
,, Croyez-vous que s'il fefait maintenant la difcuffion
,, des œuvres du grand nombre qui eft dans cette
,, églife, il trouvât feulement dix juftes parmi nous ?
,, En trouverait-il un feul ? ,, (Il y a eu plufieurs éditions différentes de ce difcours, mais le fond eft le même dans toutes.)

Dictionn. philofoph. Tome III.   L l

Cette figure la plus hardie qu'on ait jamais employée, & en même temps la plus à fa place, eſt un des plus beaux traits d'éloquence qu'on puiſſe lire chez les nations anciennes & modernes ; & le reſte du diſcours n'eſt pas indigne de cet endroit ſi ſaillant.

De pareils chefs-d'œuvre ſont très-rares, tout eſt d'ailleurs devenu lieu commun.

Les prédicateurs qui ne peuvent imiter ces grands modèles, feraient mieux de les apprendre par cœur & de les débiter à leur auditoire, (ſuppoſé encore qu'ils euſſent ce talent ſi rare de la déclamation) que de prêcher dans un ſtyle languiſſant des choſes auſſi rebattues qu'inutiles.

On demande ſi l'éloquence eſt permiſe aux hiſtoriens : celle qui leur eſt propre conſiſte dans l'art de préparer les événemens, dans leur expoſition toujours élégante, tantôt vive & preſſée, tantôt étendue & fleurie, dans la peinture vraie & forte des mœurs générales & des principaux perſonnages, dans les réflexions incorporées naturellement au récit, & qui n'y paraiſſent point ajoutées. L'éloquence de *Démoſthènes* ne convient point à *Thucydide ;* une harangue directe qu'on met dans la bouche d'un héros, qui ne la prononça jamais, n'eſt guère qu'un beau défaut, au jugement de pluſieurs eſprits éclairés.

Si pourtant ces licences pouvaient quelquefois ſe permettre, voici une occaſion où *Mézerai* dans ſa grande hiſtoire ſemble obtenir grâce pour cette hardieſſe approuvée chez les anciens ; il eſt égal à eux pour le moins dans cet endroit : c'eſt au commencement du règne de *Henri IV*, lorſque ce prince,

avec très-peu de troupes, était preffé auprès de Dieppe
par une armée de trente mille hommes, & qu'on lui
conféillait de fe retirer en Angleterre. *Mézerai* s'élève
au-deffus de lui-même en fefant parler ainfi le
maréchal de *Biron*, qui d'ailleurs était un homme de
génie, & qui peut fort bien avoir dit une partie de ce
que l'hiftorien lui attribue.

  ,, Quoi! Sire, on vous confeille de monter fur mer,
,, comme s'il n'y avait pas d'autre moyen de conferver
,, votre royaume que de le quitter! Si vous n'étiez pas
,, en France, il faudrait percer au travers de tous les
,, hafards & de tous les obftacles pour y venir : &
,, maintenant que vous y êtes, on voudrait que vous
,, en fortiffiez ; & vos amis feraient d'avis que vous
,, fiffiez de votre bon gré ce que le plus grand effort de
,, vos ennemis ne faurait vous contraindre de faire! En
,, l'état où vous êtes, fortir feulement de France pour
,, vingt-quatre heures, c'eft s'en bannir pour jamais.
,, Le péril, au refte, n'eft pas fi grand qu'on vous le
,, dépeint ; ceux qui nous penfent envelopper, font
,, ou ceux mêmes que nous avons tenus enfermés fi
,, lâchement dans Paris, ou gens qui ne valent pas
,, mieux, & qui auront plus d'affaires entre eux-
,, mêmes que contre nous. Enfin, Sire, nous fommes
,, en France, il nous y faut enterrer : il s'agit d'un
,, royaume, il faut l'emporter ou y perdre la vie ; &
,, quand même il n'y aurait point d'autre fureté pour
,, votre facrée perfonne que la fuite, je fais bien
,, que vous aimeriez mieux mille fois mourir de pied
,, ferme que de vous fauver par ce moyen. Votre
,, majefté ne fouffrirait jamais qu'on dife qu'un cadet
,, de la maifon de Lorraine lui aurait fait perdre terre ;

,, encore moins qu'on la vît mendier à la porte d'un
,, prince étranger. Non, non, Sire, il n'y a ni couronne
,, ni honneur pour vous au-delà de la mer : fi vous
,, allez au-devant du fecours d'Angleterre, il reculera;
,, fi vous vous préfentez au port de la Rochelle en
,, homme qui fe fauve, vous n'y trouverez que des
,, reproches & du mépris. Je ne puis croire que vous
,, deviez plutôt fier votre perfonne à l'inconftance
,, des flots, & à la merci de l'étranger, qu'à tant
,, de braves gentilshommes & tant de vieux foldats,
,, qui font prêts à lui fervir de remparts & de
,, boucliers : & je fuis trop ferviteur de votre majefté,
,, pour lui diffimuler que fi elle cherchait fa fureté
,, ailleurs que dans leur vertu, ils feraient obligés de
,, chercher la leur dans un autre parti que dans le
,, fien. ,,

Ce difcours fait un effet d'autant plus beau, que
Mézerai met ici en effet dans la bouche du maréchal
de *Biron* ce qu'*Henri IV* avait dans le cœur.

Il y aurait encore bien des chofes à dire fur
l'éloquence, mais les livres n'en difent que trop; &
dans un fiècle éclairé, le génie aidé des exemples en
fait plus que n'en difent tous les maîtres.

EMBLEME.

Figure , allégorie , symbole &c.

Tout eſt emblème & figure dans l'antiquité. On commence en Chaldée par mettre un bélier , deux chevreaux, un taureau dans le ciel pour marquer les productions de la terre au printemps. Le feu eſt le ſymbole de la Divinité dans la Perſe, le chien céleſte avertit les Egyptiens des inondations du Nil ; le ſerpent qui cache ſa queue dans ſa tête, devient l'image de l'éternité. La nature entière eſt peinte & déguiſée.

Vous retrouvez encore dans l'Inde pluſieurs de ces anciennes ſtatues effrayantes & groſſières dont nous avons déjà parlé, qui repréſentent la vertu munie de dix grands bras avec leſquels elle doit combattre les vices ; & que nos pauvres miſſionnaires ont priſes pour le portrait du diable, ne doutant pas que tous ceux qui ne parlaient pas français ou italien n'adoraſſent le diable.

Mettez tous ces ſymboles de l'antiquité ſous les yeux de l'homme du ſens le plus droit, qui n'en aura jamais entendu parler, il n'y comprendra rien ; c'eſt une langue qu'il faut apprendre.

Les anciens poëtes théologiens furent dans la néceſ-ſité de donner des yeux à DIEU, des mains, des pieds ; de l'annoncer ſous la figure d'un homme.

St Clément d'Alexandrie (*a*) rapporte ces vers de *Xénophanes* le colophonien , dignes de toute notre attention :

(*a*) *Stromates* , liv. V.

L l 3

Grand Dieu, quoi que l'on faſſe, & quoi qu'on oſe feindre ;
On ne peut te comprendre, & moins encore te peindre.
Chacun figure en toi ſes attributs divers,
Les oiſeaux te feraient voltiger dans les airs,
Les bœufs te prêteraient leurs cornes menaçantes,
Les lions t'armeraient de leurs dents déchirantes,
Les chevaux dans les champs te feraient galopper.

On voit par ces vers de *Xénophanes* que ce n'eſt pas
d'aujourd'hui que les hommes ont fait DIEU à leur
image. L'ancien *Orphée* de Thrace, ce premier théologien des Grecs, fort antérieur à *Homère*, s'exprime
ainſi, ſelon le même *Clément* d'Alexandrie :

Sur ſon trône éternel aſſis dans les nuages,
Immobile, il régit les vents & les orages ;
Ses pieds preſſent la terre ; & du vague des airs
Sa main touche à la fois aux rives des deux mers ;
Il eſt principe, fin, milieu de toutes choſes.

Tout étant donc figure & emblème, les philoſophes,
& ſurtout ceux qui avaient voyagé dans l'Inde,
employèrent cette méthode ; leurs préceptes étaient
des emblèmes, des énigmes.

N'attiſez pas le feu avec une épée, c'eſt-à-dire, n'irritez
point des hommes en colère.

Ne mettez point la lampe ſous le boiſſeau. —— Ne cachez
point la vérité aux hommes.

Abſtenez-vous des fèves. —— Fuyez ſouvent les aſſem-
blées publiques dans leſquelles on donnait ſon ſuffrage
avec des fèves blanches ou noires.

N'ayez point d'hirondelles dans votre maiſon. —— Qu'elle
ne ſoit point remplie de babillards.

Dans la tempête adorez l'écho. —— Dans les troubles civils retirez-vous à la campagne.

N'écrivez point fur la neige. —— N'enfeignez pas les efprits mous & faibles.

Ne mangez ni votre cœur ni votre cervelle. —— Ne vous livrez ni au chagrin ni à des entreprifes trop difficiles &c.

Telles font les maximes de *Pythagore*, dont le fens n'eft pas difficile à comprendre..

Le plus beau de tous les emblèmes eft celui de DIEU, que *Timée* de Locres figure par cette idée : *Un cercle dont le centre eft par-tout & la circonférence nulle part. Platon* adopta cet emblème ; *Pafcal* l'avait inféré parmi les matériaux dont il voulait faire ufage, & qu'on a intitulé fes *penfées.*

En métaphyfique, en morale, les anciens ont tout dit. Nous nous rencontrons avec eux, ou nous les répétons. Tous les livres modernes de ce genre ne font que des rédites.

Plus vous avancez dans l'Orient, plus vous trouvez cet ufage des emblèmes & des figures établi ; mais plus auffi ces images font-elles éloignées de nos mœurs & de nos coutumes.

C'eft furtout chez les Indiens, les Egyptiens, les Syriens, que les emblèmes qui nous paraiffent les plus étranges, étaient confacrés. C'eft-là qu'on portait en proceffion avec le plus profond refpeét les deux organes de la génération, les deux fymboles de la vie. Nous en rions, nous ofons traiter ces peuples d'idiots barbares, parce qu'ils remerciaient DIEU innocemment de leur avoir donné l'être. Qu'auraient-ils dit, s'ils nous àvaient vu entrer dans nos temples avec l'inftrument de la deftruction à notre côté ?

A Thèbes on repréfentait les péchés du peuple par un bouc. Sur la côte de Phénicie, une femme nue avec une queue de poiffon était l'emblème de la nature.

Il ne faut donc pas s'étonner fi cet ufage des fymboles pénétra chez les Hébreux, lorfqu'ils eurent formé un corps de peuple vers le défert de la Syrie.

De quelques emblèmes dans la nation juive.

U n des plus beaux emblèmes des livres judaïques eft ce morceau de l'Eccléfiafte.

Quand les travailleufes au moulin feront en petit nombre & oifives, quand ceux qui regardaient par les trous s'obfcurciront, que l'amandier fleurira, que la fauterelle s'engraiffera, que les câpres tomberont, que la cordelette d'argent fe caffera, que la bandelette d'or fe retirera...., & que la cruche fe brifera fur la fontaine......

Cela fignifie que les vieillards perdent leurs dents, que leur vue s'affaiblit, que leurs cheveux blanchiffent comme la fleur de l'amandier, que leurs pieds s'enflent comme la fauterelle, que leurs cheveux tombent comme les feuilles du câprier, qu'ils ne font plus propres à la génération, & qu'alors il faut fe préparer au grand voyage.

Le cantique des cantiques eft (comme on fait) un emblème continuel du mariage de JESUS-CHRIST avec l'Eglife.

Qu'il me baife d'un baifer de fa bouche, car vos tetons font meilleurs que du vin —— qu'il mette fa main gauche fous ma tête, & qu'il m'embraffe de la main droite —— que tu es

belle , ma chère , tes yeux font des yeux de colombe——tes
cheveux font comme des troupeaux de chèvres, fans parler
de ce que tu nous caches——tes lèvres font comme un petit
ruban d'écarlate, tes joues font comme des moitiés de pommes
d'écarlate , fans parler de ce que tu nous caches——que ta
gorge eft belle !——que tes lèvres diftillent le miel !——Mon
bien-aimé mit fa main au trou, & mon ventre treffaillit à fes
attouchemens——ton nombril eft comme une coupe faite au
tour——ton ventre eft comme un monceau de froment entouré
de lis——tes deux tetons font comme deux fans gémeaux de
chevreuil——ton cou eft comme une tour d'ivoire——ton nez
eft comme la tour du mont Liban——ta tête eft comme le
mont Carmel, ta taille eft celle d'un palmier. J'ai dit , je
monterai fur le palmier & je cueillerai de fes fruits, que
ferons-nous de notre petite fœur ? elle n'a point encore de
tetons. Si c'eft un mur , bâtiffons deffus une tour d'argent ;
fi c'eft une porte , fermons-la avec du bois de cèdre.

Il faudrait traduire tout le cantique pour voir qu'il
eft un emblème d'un bout à l'autre ; furtout l'ingénieux dom *Calmet* démontre que le palmier fur lequel
monte le bien-aimé, eft la croix à laquelle on condamna
notre Seigneur J e s u s - C h r i s t. Mais il faut avouer
qu'une morale faine & pure eft encore préférable à
ces allégories.

On voit dans les livres de ce peuple une foule
d'emblèmes typiques qui nous révoltent aujourd'hui
& qui exercent notre incrédulité & notre raillerie ,
mais qui paraiffaient communs & fimples aux peuples
afiatiques.

D i e u apparaît à *Ifaïe* fils d'*Amos* , & lui dit : (*b*)
,, Va , détache ton fac de tes reins , & tes fandales de

(*b*) *Ifaïe*, chap. XX , v. 2 & fuiv.

,, tes pieds ; & il le fit ainfi marchant tout nu &
,, déchaux. Et DIEU dit : ainfi que mon ferviteur
,, *Ifaïe* a marché tout nu & déchaux , comme un
,, figne de trois ans fur l'Egypte & l'Ethiopie , ainfi
,, le roi des Affyriens emmènera des captifs d'Egypte
,, & d'Ethiopie , jeunes & vieux, les feffes découvertes à
,, la honte de l'Egypte.

Cela nous femble bien étrange , mais informons-
nous feulement de ce qui fe paffe encore de nos jours
chez les Turcs & chez les Africains , & dans l'Inde
où nous allons commercer avec tant d'acharnement
& fi peu de fuccès. On apprendra qu'il n'eft pas rare
de voir des fantons abfolument nus , non-feulement
prêcher les femmes , mais fe laiffer baifer les parties
naturelles avec refpeét , fans que ces baifers infpirent
ni à la femme ni au fanton le moindre défir impu-
dique. On verra fur les bords du Gange une foule
innombrable d'hommes & de femmes nus de la tête
jufqu'aux pieds, les bras étendus vers le ciel , attendre
le moment d'une éclipfe pour fe plonger dans le
fleuve.

Le bourgeois de Paris ou de Rome ne doit pas
croire que le refte de la terre foit tenu de vivre & de
penfer en tout comme lui.

Jérémie qui prophétifait du temps de *Joakim* melk
de Jérufalem, (*c*) en faveur du roi de Babylone, fe
met des chaînes & des cordes au cou par ordre du
Seigneur, & les envoie au roi d'Edom, d'Amnon, de
Tyr, de Sidon, par leurs ambaffadeurs qui étaient
venus à Jérufalem vers *Sédécias ;* il leur ordonne de
parler ainfi à leurs maîtres :

(*c*) *Jérém.* chap. XXVII , v. 2 & fuiv.

Voici ce que dit le Seigneur des armées, le DIEU *d'Israël, vous direz ceci à vos maîtres. J'ai fait la terre, les hommes, les bêtes de somme qui sont sur la face de la terre, dans ma grande force & dans mon bras étendu, & j'ai donné la terre à celui qui a plu à mes yeux ; & maintenant donc j'ai donné toutes ces terres dans la main de Nabuchodonosor roi de Babylone mon serviteur, & par-dessus je lui ai donné toutes les bêtes des champs afin qu'elles le servent. J'ai parlé selon toutes ces paroles à Sédécias roi de Juda, lui disant : Soumettez votre cou sous le joug du roi de Babylone, servez-le, lui & son peuple, & vous vivrez &c.*

Aussi *Jérémie* fut-il accusé de trahir son roi & sa patrie, & de prophétiser en faveur de l'ennemi pour de l'argent : on a même prétendu qu'il fut lapidé.

Il est évident que ces cordes & ces chaînes étaient l'emblème de cette servitude à laquelle *Jérémie* voulait qu'on se soumît

C'est ainsi qu'*Hérodote* nous raconte qu'un roi des Scythes envoya pour présent à *Darius* un oiseau, une souris, une grenouille, & cinq flèches. Cet emblème signifiait que si *Darius* ne fuyait aussi vîte qu'un oiseau, qu'une grenouille, qu'une souris, il serait percé par les flèches des Scythes. L'allégorie de *Jérémie* était celle de l'impuissance, & l'emblème des Scythes était celui du courage.

C'est ainsi que *Sextus Tarquinius* consultant son père, que nous appelons *Tarquin le superbe*, sur la manière dont il devait se conduire avec les Gabiens ; *Tarquin* qui se promenait dans son jardin ne répondit qu'en abattant les têtes des plus hauts pavots. Son fils l'entendit & fit mourir les principaux citoyens. C'était l'emblème de la tyrannie.

Plufieurs favans ont cru que l'hiftoire de *Daniel*, du dragon, de la foffe au fept lions auxquels on donnait chaque jour deux brebis & deux hommes à manger, & l'hiftoire de l'ange qui enleva *Habacuc* par les cheveux pour porter à dîner à *Daniel* dans la foffe aux lions, ne font qu'une allégorie vifible, un emblème de l'attention continuelle avec laquelle DIEU veille fur fes ferviteurs. Mais il nous femble plus pieux de croire que c'eft une hiftoire véritable, telle qu'il en eft plufieurs dans la fainte écriture, qui déploie fans figure & fans type la puiffance divine, & qu'il n'eft pas permis aux efprits profanes d'approfondir. Bornons-nous aux emblèmes, aux allégories véritables, indiquées comme telles par la fainte écriture elle-même.

(*d*) *En la trentième année, le cinquième jour du quatrième mois, comme j'étais au milieu des captifs fur le fleuve Chobar, les cieux s'ouvrirent, & je vis les vifions de* DIEU *&c. Le Seigneur adreffa la parole à Ezéchiel prêtre, fils de Buzi, dans le pays des Chaldéens près du fleuve Chobar, & la main de* DIEU *fe fit fur lui.*

C'eft ainfi qu'*Ezéchiel* commence fa prophétie; & après avoir vu un feu, un tourbillon, & au milieu du feu les figures de quatre animaux reffemblant à un homme, lefquels avaient quatre faces & quatre ailes avec des pieds de veau, & une roue qui était fur la terre & qui avait quatre faces, les quatre parties de la roue allant en même temps, & ne retournant point lorfqu'elles marchaient &c.

Il dit : *L'efprit entra dans moi, & m'affermit fur mes pieds; enfuite le Seigneur me dit :* (*e*) *Fils de l'homme,*

(*d*) *Ezéchiel*, chap. I.
(*e*) *Ezéchiel*, chap. III, v. 1 & fuiv.

mange tout ce que tu trouveras, mange ce livre & va parler
aux enfans d'Ifraël. En même temps j'ouvris la bouche, &
il me fit manger ce livre; & l'efprit entra dans moi & me
fit tenir fur mes pieds. Et il me dit : Va te faire enfermer au
milieu de ta maifon. Fils de l'homme, voici des chaînes dont
on te liera &c. Et toi, fils de l'homme, (f) prends une
brique, place-la devant toi, & trace deffus la ville de
Jérufalem &c.

Prends auffi un poëlon de fer, & tu le mettras comme un
mur de fer entre toi & la ville ; tu affermiras ta face,
tu feras devant Jérufalem comme fi tu l'affiégeais, c'eft un
figne à la maifon d'Ifraël.

Après cet ordre, DIEU lui ordonne de dormir
trois-cents-quatre-vingt-dix jours fur le côté gauche
pour les iniquités d'Ifraël, & de dormir fur le côté
droit pendant quarante jours, pour l'iniquité de la
maifon de Juda.

Avant d'aller plus loin, tranfcrivons ici les paroles
du judicieux commentateur dom *Calmet* fur cette partie
de la prophétie d'*Ezéchiel*, qui eft à la fois une hiftoire
& une allégorie, une vérité réelle & un emblème.
Voici comment ce favant bénédictin s'explique :

,, Il y en a qui croient qu'il n'arriva rien de tout
,, cela qu'en vifion, qu'un homme ne peut demeurer
,, fi long-temps couché fur un même côté fans
,, miracle ; que l'Ecriture ne nous marquant point
,, qu'il y ait eu ici du prodige, on ne doit point
,, multiplier les actions miraculeufes fans néceffité ;
,, que s'il demeura couché ces trois cents-quatre-vingt-

(f) Ibid. chap. IV, v. 1 & fuiv.

,, dix jours, ce ne fut que pendant les nuits ; le jour
,, il vaquait à ses affaires. Mais nous ne voyons
,, nulle nécessité de recourir au miracle , ni de
,, chercher des détours pour expliquer le fait dont il
,, est parlé ici. Il n'est nullement impossible qu'un
,, homme demeure enchaîné & couché sur son côté
,, pendant trois-cents-quatre-vingt-dix jours. On a
,, tous les jours des expériences qui en prouvent la
,, possibilité , dans les prisonniers , dans divers
,, malades , & dans quelques personnes qui ont
,, l'imagination blessée , & qu'on enchaîne comme
,, des furieux. *Prado* témoigne qu'il a vu un fou qui
,, demeura lié & couché tout nu sur son côté pendant
,, plus de quinze ans. Si tout cela n'était arrivé qu'en
,, vision, comment les Juifs de la captivité auraient-
,, ils compris ce que leur voulait dire *Ezéchiel* ?
,, comment ce prophète aurait-il exécuté les ordres
,, de DIEU ? Il faut donc dire aussi qu'il ne dressa
,, le plan de Jérusalem , qu'il ne représenta le siége,
,, qu'il ne fut lié , qu'il ne mangea du pain de diffé-
,, rens grains qu'en esprit & en idée. ,,

Il faut se rendre au sentiment du savant *Calmet*,
qui est celui des meilleurs interprètes. Il est clair que
la sainte écriture raconte le fait comme une vérité
réelle , & que cette vérité est l'emblème , le type, la
figure , d'une autre vérité.

Prends du froment, de l'orge, des féves, des lentilles, du millet,
de la vesce , fais en des pains pour autant de jours que tu dor-
miras sur le côté. Tu mangeras pendant trois cents quatre-
vingt-dix jours; (g) tu le mangeras comme un gâteau d'orge,

(g) *Ezéchiel*, chap. IV, v. 9 & 12.

& tu le couvriras de l'excrément qui fort du corps de l'homme.
(1) Les enfans d'Ifraël mangeront ainfi leur pain fouillé.

Il eft évident que le Seigneur. voulait que les Ifraélites mangeaffent leur pain fouillé ; il fallait donc que le pain du prophète fût fouillé auffi. Cette fouillure était fi réelle qu'*Ezéchiel* en eut horreur. Il s'écria : (*h*) *Ah ! ah ! ma vie (mon ame) n'a pas encore été pollue &c. Et le Seigneur lui dit : Va, je te donne de la fiente de bœuf au lieu de la fiente d'homme, & tu la mettras avec ton pain.*

Il fallait donc abfolument que cette nourriture fût fouillée, pour être un emblème, un type. Le prophète mit donc en effet de la fiente de bœuf avec fon pain pendant trois-cents-quatre-vingt-dix jours, & ce fut à la fois une réalité & une figure fymbolique

De l'emblème d'Oolla & d'Oliba.

La fainte écriture déclare expreffément qu'*Oolla* eft l'emblème de Jérufalem. (*i*) *Fils de l'homme , fais connaître à Jérufalem fes abominations; ton père était un amorrhéen , & ta mère une céthéenne.* Enfuite le prophète fans craindre des interprétations malignes, des plaifanteries alors inconnues, parle à la jeune *Oolla* en ces termes :

Ubera tua intumuerunt , & pilus tuus germinavit , & eras nuda & confufione plena.

(1') On prétend que D I E U propofe feulement au prophète de faire cuire fon pain fous la cendre avec des excrémens d'hommes ou d'animaux. En effet , dans quelques déferts où les matières combuftibles font rares , la fiente des animaux deffechée eft employée fouvent à faire cuire les alimens ; mais ce n'eft pas du pain cuit fous la cendre qu'on prépare avec un feu de cette efpèce ; & même en adoptant cette explication des commentateurs , il en refte encore affez pour dégoûter un prophète.

(*h*) *Ezéchiel* , v. 4 & 15.   (*i*) *Ibid.* chap. XVI , v. 1 & fuiv.

Ta gorge s'enfla , ton poil germa , tu étais nue & confuse.

Et transivi per te , & vidi te , & ecce tempus tuum , tempus amantium ; & expandi amictum meum super te , & operui ignominiam tuam , & juravi tibi , & ingressus sum pactum tecum (ait Dominus DEUS) *& facta es mihi.*

Je passai , je te vis , voici mon temps , voici le temps des amans ; j'étendis sur toi mon manteau , je couvris ta vilenie , je te jurai , je fis marché avec toi , dit le Seigneur , & tu fus à moi.

Et habens fiduciam in pulchritudine tuâ fornicata es in nomine tuo ; & exposuisti fornicationem tuam omni transeunti , ut ejus fieres.

Mais fière de ta beauté , tu forniquas en ton nom , tu exposas ta fornication à tout passant pour être à lui.

Et ædificavisti tibi lupanar , & fecisti tibi prostibulum in cunctis plateis.

Et tu bâtis un mauvais lieu , tu fis une prostitution dans tous les carrefours.

Et divisisti pedes tuos omni transeunti , & multiplicasti fornicationes tuas.

Et tu ouvris les jambes à tous les passans , & tu multiplias tes fornications.

Et fornicata es cum filiis Ægypti , vicinis tuis , magnarum carnium ; & multiplicasti fornicationem tuam , ad irritandum me.

Et tu forniquas avec les Egyptiens tes voisins qui avaient de grands membres &c. Tu multiplias ta fornication pour m'irriter.

L'article d'*Oliba* qui signifie *Samarie* est beaucoup plus fort & plus éloigné des bienséances de notre style.

Denudavit

*Denudavit quoque fornicationes fuas , difcooperuit igno-
miniam fuam.*

Et elle mit à nu fes fornications, & découvrit fa
turpitude.

*Multiplicavit enim fornicationes fuas , recordans dies
adolefcentiæ fuæ.*

Elle multiplia fes fornications comme dans fon
adolefcence.

*Et infanivit libidine fuper concubitum eorum quorum
carnes funt ut carnes afinorum , & ficut fluxus equorum ,
fluxus eorum.*

Et elle fut éprife de fureur pour le coït de ceux
dont les membres font comme les membres des ânes,
& dont l'émiffion eft comme l'émiffion des chevaux.

Ces images nous paraiffent licencieufes & révol-
tantes ; elles n'étaient alors que naïves. Il y en a
trente exemples dans le Cantique des cantiques ,
modèle de l'union la plus chafte. Remarquez attentivement que ces expreffions, ces images font toujours
très-férieufes, & que dans aucun livre de cette haute
antiquité, vous ne trouverez jamais la moindre raillerie
fur le grand objet de la génération. Quand la luxure
eft condamnée, c'eft avec les termes propres, mais ce
n'eft jamais ni pour exciter à la volupté , ni pour
faire la moindre plaifanterie. Cette haute antiquité
n'a ni de *Martial* , ni de *Catulle* , ni de *Pétrone*.

D'Ofée , & de quelques autres emblèmes.

On ne regarde pas comme une fimple vifion , comme
une fimple figure, l'ordre pofitif donné par le Seigneur

au prophète *Ofée* de prendre une proſtituée , (*k*) &
d'en avoir trois enfans. On ne fait point d'enfans en
viſion ; ce n'eſt point en viſion qu'il fit marché avec
Gomer fille d'*Ebalaïm* , dont il eut deux garçons & une
fille. Ce n'eſt point en viſion qu'il prit enſuite une
femme adultère par le commandement exprès du
Seigneur , qu'il lui donna quinze petites pièces
d'argent , & une meſure & demie d'orge. La première
proſtituée ſignifiait Jéruſalem, & la ſeconde proſtituée
ſignifiait Samarie. Mais ces proſtitutions , ces trois
enfans , ces quinze pièces d'argent , ce boiſſeau &
demi d'orge , n'en ſont pas moins des choſes très-
réelles.

Ce n'eſt point en viſion que le patriarche *Salmon*
épouſa la proſtituée *Rahab* aïeule de *David*. Ce n'eſt
point en viſion que le patriarche *Juda* commit un
inceſte avec ſa belle-fille *Thamar* , inceſte dont naquit
David. Ce n'eſt point en viſion que *Ruth* , autre aïeule
de *David* , ſe mit dans le lit de *Booz*. Ce n'eſt point
en viſion que *David* fit tuer *Urie* , & ravit *Betzabé* dont
naquit le roi *Salomon*. Mais enſuite tous ces événemens
devinrent des emblèmes, des figures, lorſque les choſes
qu'ils figuraient furent accomplies.

Il réſulte évidemment d'*Ezéchiel* , d'*Ofée* , de *Jérémie* ,
de tous les prophètes juifs , & de tous les livres juifs ,
comme de tous les livres qui nous inſtruiſent des
uſages chaldéens, perſans , phéniciens, ſyriens, indiens,
égyptiens ; il réſulte , dis-je , que leurs mœurs n'étaient
pas les nôtres , que ce monde ancien ne reſſemblait
en rien à notre monde.

(*k*) Voyez les premiers chapitres du petit prophète *Ofée.*

Paſſez ſeulement de Gibraltar à Méquinès, les bien-
ſéances ne ſont plus les mêmes; on ne trouve plus les
mêmes idées; deux lieues de mer ont tout changé. (*)

E M P O I S O N N E M E N S.

REPETONS ſouvent des vérités utiles. Il y a toujours
eu moins d'empoiſonnemens qu'on ne l'a dit; il en
eſt preſque comme des parricides. Les accuſations ont
été communes, & ces crimes ont été très-rares. Une
preuve, c'eſt qu'on a pris long-temps pour poiſon ce
qui n'en eſt pas. Combien de princes ſe ſont défaits
de ceux qui leur étaient ſuſpeêts en leur fefant boire
du ſang de taureau? combien d'autres princes en
ont avalé pour ne point tomber dans les mains de
leurs ennemis? Tous les hiſtoriens anciens, & même
Plutarque, l'atteſtent.

J'ai été tant bercé de ces contes dans mon enfance,
qu'à la fin j'ai fait ſaigner un de mes taureaux, dans
l'idée que ſon ſang m'appartenait, puiſqu'il était né
dans mon étable; (ancienne prétention dont je ne
diſcute pas ici la validité:) je bus de ce ſang comme
Atrée & Mlle de *Vergi*. Il ne me fit pas plus de mal
que le ſang de cheval n'en fait aux Tartares, & que
le boudin ne nous en fait tous les jours, ſurtout lorſqu'il n'eſt pas trop gras.

Pourquoi le ſang du taureau ſerait-il un poiſon
quand le ſang de bouquetin paſſe pour un remède?
Les payſans de mon canton avalent tous les jours du
ſang de bœuf qu'ils appellent de la *fricaſſée*; celui de

(*) Voyez *Figure*.

taureau n'eft pas plus dangereux. Soyez fûr, cher lecteur, que *Thémiftocle* n'en mourut pas.

Quelques fpéculatifs de la cour de *Louis XIV* crurent deviner que fa belle-fœur *Henriette d'Angleterre* avait été empoifonnée avec de la poudre de diamant, qu'on avait mife dans une jatte de fraifes au lieu de fucre rapé ; mais ni la poudre impalpable de verre ou de diamans, ni celle d'aucune production de la nature, qui ne ferait pas venimeufe par elle-même, ne pourrait être nuifible.

Il n'y a que les pointes aiguës, tranchantes, actives, qui puiffent devenir des poifons violens. L'exact obfervateur *Mead* (que nous prononçons *Mide*) célèbre médecin de Londres, a vu au microfcope la liqueur dardée par les gencives des vipères irritées ; il prétend qu'il les a toujours trouvées femées de ces lames coupantes & pointues, dont le nombre innombrable déchire & perce les membranes internes. (1)

La *cantarella* dont on prétend que le pape *Alexandre VI*, & fon bâtard le duc de *Borgia* fefaient un grand ufage, était, dit-on, la bave d'un cochon rendu enragé en le fufpendant par les pieds la tête en-bas, & en le battant long-temps jufqu'à la mort ;

---

(1) On ne peut expliquer les effets d'un poifon par une caufe mécanique de cette efpèce. Quelques-uns paraiffent avoir une action chimique fur nos organes qu'ils détruifent en décompofant la fubftance qui les forme. Tels font les poifons cauftiques. Le venin de la vipère paraît n'avoir qu'une action purement organique. (Voyez l'ouvrage de M. l'abbé *Fontana* fur le venin de la vipère.) Nous ne prétendons pas prononcer que l'action mécanique des corps, leur action chimique, leur action organique, foient d'une nature différente ; mais les faits prouvent que ces trois efpèces d'actions exiftent, & rien ne nous prouve qu'elles doivent être réduites à une feule, ni même ne nous en fait entrevoir la poffibilité.

c'était un poison aussi prompt & aussi violent que celui de la vipère. Un grand apothicaire m'assure que la *Tophana*, cette célébre empoisonneuse de Naples, se servait principalement de cette recette. Peut-être tout cela n'est-il pas vrai. (2) Cette science est de celles qu'il faudrait ignorer.

Les poisons qui coagulent le sang au lieu de déchirer les membranes, sont l'opium, la ciguë, la jusquiame, l'aconit, & plusieurs autres. Les Athéniens avaient raffiné jusqu'à faire mourir par ces poisons réputés froids leurs compatriotes condamnés à mort. Un apothicaire était le bourreau de la république. On dit que *Socrate* mourut fort doucement, & comme on s'endort; j'ai peine à le croire.

Je fais une remarque sur les livres juifs, c'est que chez ce peuple vous ne voyez personne qui soit mort empoisonné. Une foule de rois & de pontifes périt par des assassinats; l'histoire de cette nation est l'histoire des meurtres & du brigandage : mais il n'est parlé qu'en un seul endroit d'un homme qui se soit empoisonné lui-même; & cet homme n'est point un juif; c'était un syrien nommé *Lizias*, général des armées d'*Antiochus Epiphane*. Le second livre des Machabées dit (a) qu'il s'empoisonna; *vitam veneno finivit*. Mais

----

(2) Il est très-vraisemblable que c'est un conte populaire : il serait plus facile qu'on ne croit de pénétrer ces prétendus secrets ; mais ceux qui savent quelque chose sur ces objets doivent avoir la prudence de se taire. Ce n'est pas qu'il ne soit utile que ces vérités soient connues , comme toute autre espèce de vérité ; mais on ne doit les publier que dans des ouvrages qui fassent connaître en même temps le danger , les précautions qui peuvent en préserver , & les remèdes.

(a) Chap. X , v. 13.

Mm 3

ces livres des Machabées font bien fufpects. Mon cher lecteur, je vous ai déjà prié de ne rien croire de léger.

Ce qui m'étonnerait le plus dans l'hiftoire des mœurs des anciens Romains, ce ferait la confpiration des femmes romaines pour faire périr par le poifon, non pas leurs maris, mais en général les principaux citoyens. C'était, dit *Tite-Live*, en l'an 423 de la fondation de Rome; c'était donc dans le temps de la vertu la plus auftère; c'était avant qu'on eût entendu parler d'aucun divorce, quoique le divorce fût autorifé; c'était lorfque les femmes ne buvaient point de vin, ne fortaient prefque jamais de leurs maifons que pour aller aux temples. Comment imaginer que tout-à-coup elles fe fuffent appliquées à connaître les poifons, qu'elles s'affemblaffent pour en compofer, & que fans aucun intérêt apparent elles donnaffent ainfi la mort aux premiers de Rome ?

Laurent Rivard, dans fa compilation abrégée, fe contente de dire que *la vertu des dames romaines fe démentit étrangement ; que cent foixante & dix d'entr'elles fe mêlant de faire le métier d'empoifonneufes , & de réduire cet art en préceptes , furent tout à la fois accufées, convaincues , & punies.*

Tite-Live ne dit pas affurément qu'elles réduifirent cet art en préceptes. Cela fignifierait qu'elles tinrent école de poifons, qu'elles profefferent cette fcience, ce qui eft ridicule. Il ne parle point de cent foixante & dix profefeufes en fublimé corrofif ou en vert-de-gris. Enfin , il n'affirme point qu'il y eut des empoifonneufes parmi les femmes des fénateurs & des chevaliers.

Le peuple était extrêmement fot & raifonneur à
Rome comme ailleurs ; voici les paroles de *Tite-Live* :

(*b*) ,, L'année 423 fut au nombre des malheureufes ;
,, il y eut une mortalité caufée par l'intempérie de l'air,
,, ou par la malice humaine. Je voudrais qu'on pût
,, affirmer avec quelques auteurs que la corruption de
,, l'air caufa cette épidémie, plutôt que d'attribuer la
,, mort de tant de romains au poifon, comme l'ont écrit
,, fauffement des hiftoriens pour décrier cette année. ,,

On a donc écrit *fauffement*, felon *Tite-Live*, que
les dames de Rome étaient des empoifonneufes ; il
ne le croit donc pas : mais quel intérêt avaient ces
auteurs à décrier cette année ? c'eft ce que j'ignore.

Je vais rapporter le fait, continue-t-il, *tel qu'on l'a
rapporté avant moi*. Ce n'eft pas là le difcours d'un
homme perfuadé. Ce fait d'ailleurs reffemble bien à
une fable. Une efclave accufe environ foixante & dix
femmes, parmi lefquelles il y en a de patriciennes,
d'avoir mis la pefte dans Rome en préparant des
poifons. Quelques-unes des accufées demandent permiffion d'avaler leurs drogues, & elles expirent fur
le champ. Leurs complices font condamnées à mort
fans qu'on fpécifie le genre de fupplice.

J'ofe foupçonner que cette hiftoriette, à laquelle
Tite-Live ne croit point du tout, mérite d'être reléguée
à l'endroit où l'on confervait le vaiffeau qu'une veftale
avait tiré fur le rivage avec fa ceinture ; où *Jupiter* en
perfonne avait arrêté la fuite des Romains ; où *Caftor*
& *Pollux* étaient venus combattre à cheval ; où l'on
avait coupé un caillou avec un rafoir ; & où *Simon*

(*b*) I. décade, livre VIII.

Barjone, furnommé *Pierre*, difputa de miracles avec *Simon* le magicien &c.

Il n'y a guère de poifon dont on ne puiffe prévenir les fuites en le combattant incontinent. Il n'y a point de médecine qui ne foit un poifon quand la dofe eft trop forte.

Toute indigeftion eft un empoifonnement.

Un médecin ignorant & même favant, mais inattentif, eft fouvent un empoifonneur; un bon cuifinier eft à coup fûr un empoifonneur à la longue, fi vous n'êtes pas tempérant.

Un jour le marquis d'*Argenfon* miniftre d'Etat au département étranger, lorfque fon frère était miniftre de la guerre, reçut de Londres une lettre d'un fou, (comme les miniftres en reçoivent à chaque pofte:) ce fou propofait un moyen infaillible d'empoifonner tous les habitans de la capitale d'Angleterre. Ceci ne me regarde pas, nous dit le marquis d'*Argenfon*, c'eft un placet à mon frère.

ENCHANTEMENT.

Magie, évocation, fortilége &c.

IL n'eft guère vraifemblable que toutes ces abominables abfurdités viennent, comme le dit *Pluche*, des feuillages dont on couronna autrefois les têtes d'*Ifis* & d'*Ofiris*. Quel rapport ces feuillages pouvaient-ils avoir avec l'art d'enchanter des ferpens, avec celui de reffufciter un mort, ou de tuer des hommes avec des paroles, ou d'infpirer de l'amour, ou de méta-morphofer des hommes en bêtes.

Enchantement, *incantatio*, vient, dit-on, d'un mot chaldéen que les Grecs avaient traduit par *epodi gonoëia, Chanfon productrice*. *Incantatio* vient de chaldée ! allons, les *Bochard*, vous êtes de grands voyageurs ; vous allez d'Italie en Méfopotamie en un clin-d'œil ; vous courez chez le grand & favant peuple hébreu ; vous en rapportez tous les livres & tous les ufages ; vous n'êtes point des charlatans.

Une grande partie des fuperftitions abfurdes ne doit-elle pas fon origine à des chofes naturelles ? Il n'y a guère d'animaux qu'on n'accoutume à venir au fon d'une mufette ou d'un fimple cornet pour recevoir fa nourriture. *Orphée*, ou quelqu'un de fes prédécef-feurs, joua de la mufette mieux que les autres bergers ; ou bien il fe fervit du chant. Tous les animaux domeftiques accouraient à fa voix. On fuppofa bien vîte que les ours & les tigres étaient de la partie : ce premier pas aifément fait, on n'eut pas de peine à croire que les *Orphées* fefaient danfer les pierres & les arbres.

Si on fait danfer un ballet à des rochers & à des fapins, il en coûte peu de bâtir des villes en cadence, les pierres de taille viennent s'arranger d'elles-mêmes, lorfqu'*Amphion* chante : il ne faut qu'un violon pour conftruire une ville, & un cornet à bouquin pour la détruire.

L'enchantement des ferpens doit avoir une caufe encore plus fpécieufe. Le ferpent n'eft point un animal vorace & porté à nuire. Tout reptile eft timide. La première chofe que fait un ferpent (du moins en

Europe) dès qu'il voit un homme, c'eft de fe cacher dans un trou comme un lapin & un lézard. L'inftinct de l'homme eft de courir après tout ce qui s'enfuit, & de fuir lui-même devant tout ce qui court après lui, excepté quand il eft armé, qu'il fent fa force, & furtout qu'on le regarde.

Loin que le ferpent foit avide de fang & de chair, il ne fe nourrit que d'herbe, & paffe un temps très-confidérable fans manger : s'il avale quelques infectes, comme font les lézards, les caméléons, en cela il nous rend fervice.

Tous les voyageurs difent qu'il y en a de très-longs & de très-gros ; mais nous n'en connaiffons point de tels en Europe. On n'y voit point d'homme, point d'enfant, qui ait été attaqué par un gros ferpent ni par un petit ; les animaux n'attaquent que ce qu'ils veulent manger ; & les chiens ne mordent les paffans que pour défendre leurs maîtres. Que ferait un ferpent d'un petit enfant ? quel plaifir aurait-il à le mordre ? il ne pourrait en avaler le petit doigt. Les ferpens mordent & les écureuils auffi, mais quand on leur fait du mal.

Je veux croire qu'il y a eu des monftres dans l'efpèce des ferpens comme dans celle des hommes ; je confens que l'armée de *Regulus* fe foit mife fous les armes en Afrique contre un dragon, & que depuis il y ait eu un normand qui ait combattu contre la gargouille. Mais on m'avouera que ces cas font rares.

Les deux ferpens qui vinrent de Ténédos exprès pour dévorer *Laocoon* & deux grands garçons de vingt ans, aux yeux de toute l'armée troyenne, font un beau prodige, digne d'être tranfmis à la poftérité

par des vers hexamètres & par des ftatues qui repré-
fentent *Laocoon* comme un géant, & fes grands enfans
comme des pygmées.

Je conçois que cet événement devait arriver lorfqu'on prenait avec un grand vilain cheval de bois (*a*)
des villes bâties par des dieux ; lorfque les fleuves
remontaient vers leurs fources, que les eaux étaient
changées en fang, & que le foleil & la lune s'arrêtaient
à la moindre occafion.

Tout ce qu'on a conté des ferpens était très-
probable dans des pays où *Apollon* était defcendu du
ciel pour tuer le ferpent *Python*.

Ils pafsèrent auffi pour être très-prudens. Leur
prudence confifte à ne pas courir fi vîte que nous, &
à fe laiffer couper en morceaux.

La morfure des ferpens, & furtout des vipères,
n'eft dangereufe que lorfqu'une efpèce de rage a fait
fermenter un petit réfervoir d'une liqueur extrêmement âcre qu'ils ont fous leurs gencives. (1) Hors
de-là un ferpent n'eft pas plus dangereux qu'une
anguille.

Plufieurs dames ont apprivoifé & nourri des ferpens, les ont placés fur leur toilette, & les ont entortillés
autour de leurs bras.

(*a*) Le cheval de bois était une machine femblable à ce qu'on appela
depuis le *belier*. C'était une longue poutre terminée en tête de cheval : elle
fut confervée en Grèce, & *Paufanias* dit qu'il l'a vue.

(1) Voyez l'ouvrage déjà cité de M. *Fontana*. Il y décrit les véficules
qui contiennent la liqueur jaune de la vipère, la manière dont les dents
qui renferment cette véficule fe reproduifent, & la mécanique fingulière
par laquelle ce fuc pénètre dans les bleffures. Il eft conftamment vénéneux,
même fans que la vipère foit irritée.

Les nègres de Guinée adorent un serpent qui ne fait de mal à personne.

Il y a plusieurs sortes de ces reptiles ; & quelques-unes sont plus dangereuses que les autres dans les pays chauds ; mais en général le serpent est un animal craintif & doux ; il n'est pas rare d'en voir qui tettent les vaches.

Les premiers hommes qui virent des gens plus hardis qu'eux apprivoiser & nourrir des serpens, & les faire venir d'un coup de sifflet comme nous appelons les abeilles, prirent ces gens-là pour des sorciers. Les Psilles & les Marses, qui se familiarisèrent avec les serpens, eurent la même réputation. Il ne tiendrait qu'aux apothicaires du Poitou, qui prennent des vipères par la queue, de se faire respecter aussi comme des magiciens du premier ordre.

L'enchantement des serpens passa pour une chose constante. La sainte écriture même, qui entre toujours dans nos faiblesses, daigna se conformer à cette idée vulgaire. (b) *L'aspic sourd qui se bouche les oreilles pour ne pas entendre la voix du savant enchanteur.*

(c) *J'enverrai contre vous des serpens qui résisteront aux enchantemens.*

(d) *Le médisant est semblable au serpent qui ne cède point à l'enchanteur.*

L'enchantement était quelquefois assez fort pour faire crever les serpens. Selon l'ancienne physique cet animal était immortel. Si quelque rustre trouvait un serpent mort dans son chemin, il fallait bien que ce

(b) Pseaume LVII.   (d) Ecclésiaste.
(c)*Jérémie*, chap. VIII, v. 17.

fût quelque enchanteur qui l'eût dépouillé du droit de l'immortalité :

Frigidus in pratis cantando rumpitur anguis.

Enchantement des morts, ou évocation.

ENCHANTER un mort, le reſſuſciter, ou s'en tenir à évoquer ſon ombre pour lui parler, était la choſe du monde la plus ſimple. Il eſt très-ordinaire que dans ſes rêves on voie des morts, qu'on leur parle, qu'ils vous répondent. Si on les a vus pendant le ſommeil, pourquoi ne les verra-t-on point pendant la veille ? Il ne s'agit que d'avoir un eſprit de *Python* ; & pour faire agir cet eſprit de *Python*, il ne faut qu'être un fripon, & avoir à faire à un eſprit faible : or perſonne ne niera que ces deux choſes n'aient été extrêmement communes.

L'évocation des morts était un des plus ſublimes myſtères de la magie. Tantôt on ſefait paſſer aux yeux du curieux quelque grande figure noire qui ſe mouvait par des reſſorts dans un lieu un peu obſcur ; tantôt le ſorcier ou la ſorcière ſe contentait de dire qu'elle voyait l'ombre, & ſa parole ſuffiſait. Cela s'appelle la *nécromancie*. La fameuſe pythoniſſe d'Endor a toujours été un grand ſujet de diſpute entre les pères de l'Egliſe. Le ſage *Théodoret* dans ſa queſtion LXII ſur le livre des rois, aſſure que les morts avaient coutume d'apparaître la tête en bas ; & que ce qui effraya la pythoniſſe, ce fut que *Samuel* était ſur ſes jambes.

St Auguſtin interrogé par *Simplicien*, lui répond, dans le ſecond livre de ſes queſtions, qu'il n'eſt pas

plus extraordinaire de voir une pythoniſſe faire venir
une ombre, que de voir le diable emporter JESUS-
CHRIST ſur le pinacle du temple & ſur la montagne.

Quelques ſavans voyant que chez les Juifs on avait
des eſprits de *Python*, en ont oſé conclure que les Juifs
n'avaient écrit que très-tard, & qu'ils avaient preſque
tout pris dans les fables grecques; mais ce ſentiment
n'eſt pas ſoutenable.

Des autres ſortiléges.

QUAND on eſt aſſez habile pour évoquer des morts
avec des paroles, on peut à plus forte raiſon faire
mourir des vivans, ou du moins les en menacer,
comme le médecin malgré lui, dit à *Lucas* qu'il lui
donnera la fièvre. Du moins il n'était pas douteux que
les ſorciers n'euſſent le pouvoir de faire mourir les
beſtiaux; & il fallait oppoſer ſortilége à ſortilége pour
garantir ſon bétail. Mais ne nous moquons point des
anciens; pauvres gens que nous ſommes, ſortis à
peine de la barbarie! Il n'y a pas cent ans que nous
avons fait brûler des ſorciers dans toute l'Europe; &
on vient encore de brûler une ſorcière vers l'an 1750
à Vurtzbourg. Il eſt vrai que certaines paroles &
certaines cérémonies ſuffiſent pour faire périr un
troupeau de moutons, pourvu qu'on y ajoute de
l'arſenic.

L'hiſtoire critique des cérémonies ſuperſtitieuſes par *le
Brun* de l'oratoire, eſt bien étrange; il veut combattre
le ridicule des ſortiléges, & il a lui-même le ridicule
de croire à leur puiſſance. Il prétend que *Marie Bucaille*

la forcière, étant en prifon à Valogne, parut à quelques lieues de-là dans le même temps, felon le témoignage juridique du juge de Valogne. Il rapporte le
fameux procès des bergers de Brie, condamnés à être
pendus & brûlés par le parlement de Paris en 1691.
Ces bergers avaient été affez fots pour fe croire forciers,
& affez méchans pour mêler des poifons réels à leurs
forcelleries imaginaires.

Le père *le Brun* protefte (e) qu'il y eut beaucoup de
furnaturel dans leur fait, & qu'ils furent pendus en
conféquence. L'arrêt du parlement eft directement
contraire à ce que dit l'auteur : *La cour déclare les accufés*
duement atteints & convaincus de fuperftitions, d'impiétés,
facriléges, profanations, empoifonnemens.

L'arrêt ne dit pas que ce foient des profanations
qui aient fait périr des animaux : il dit que ce font
les empoifonnemens. On peut commettre un facrilége fans être forcier, comme on empoifonne fans
être forcier.

D'autres juges firent brûler, à la vérité, le curé
Gaufredi, & ils crurent fermement que le diable l'avait
fait jouir de toutes fes pénitentes. Le curé *Gaufredi*
croyait auffi en avoir obligation au diable ; mais
c'était en 1611 : c'était dans le temps où la plupart
de nos provinciaux n'étaient pas fort au-deffus des
Caraïbes & des Nègres. Il y en a eu encore de nos
jours quelques-uns de cette efpèce, comme le jéfuite
Girard, l'ex-jéfuite *Nonotte*, le jéfuite *Dupleffis*, l'ex-
jéfuite *Malagrida ;* mais cette efpèce de fous devient
fort rare de jour en jour.

(e) Voyez le procès des bergers de Brie, depuis la page 516,

A l'égard de la *lycanthropie*, c'eſt-à-dire des hommes métamorphoſés en loups par des enchantemens, il ſuffit qu'un jeune berger ayant tué un loup, & s'étant revêtu de ſa peau, ait fait peur à de vieilles femmes, pour que la réputation du berger devenu loup ſe ſoit répandue dans toute la province, & de-là dans d'autres. Bientôt *Virgile* dira :

(ƒ) *His ego ſæpè lupum fieri, & ſe condere ſilvis*
Mœrim, ſæpè animas imis exire ſepulcris.

Mœris devenu loup ſe cachait dans les bois :
Du creux de leurs tombeaux j'ai vu ſortir des ames.

Voir un homme loup eſt une choſe curieuſe ; mais voir des ames eſt encore plus beau. Des moines du mont Caſſin ne virent-ils pas l'ame de St *Bénédiết*, ou *Benoit* ? Des moines de Tours ne virent-ils pas celle de St *Martin* ? Des moines de St Denis ne virent-ils pas celle de *Charles-Martel* ?

Enchantemens pour ſe faire aimer.

Il y en eut pour les filles & pour les garçons. Les Juifs en vendaient à Rome, & dans Alexandrie ; & ils en vendent encore en Aſie. Vous trouverez quelques-uns de ces ſecrets dans le petit Albert ; mais vous vous mettrez plus au fait, ſi vous liſez le plaidoyer qu'*Apulée* compoſa lorſqu'il fut accuſé par un chrétien, dont il avait épouſé la fille, de l'avoir enſorcelée par des philtres. Son beau-père *Emilien* prétendait qu'*Apulée* s'était ſervi principalement de

(ƒ) *Ecloga VIII*, v. 97.

certains

certains poiffons, attendu que *Vénus* étant née de la mer, les poiffons devaient exciter prodigieufement les femmes à l'amour.

On fe fervait d'ordinaire de vervenne, de ténia, de l'hippomane qui n'était autre chofe qu'un peu de l'arrière-faix d'une jument lorfqu'elle produit fon poulain, d'un petit oifeau nommé parmi nous *hochequeue*, en latin, *motacilla*.

Mais *Apulée* était principalement accufé d'avoir employé des coquillages, des pattes d'écreviffes, des hériffons de mer, des huîtres cannelées, du calmar qui paffe pour avoir beaucoup de femence &c.

Apulée fait affez entendre quel était le véritable philtre qui avait engagé *Pudentilla* à fe donner à lui. Il eft vrai qu'il avoue dans fon plaidoyer que fa femme l'avait appelé un jour *magicien*. Mais quoi! dit-il, fi elle m'avait appelé *conful*, ferais-je conful pour cela?

Le fatyrion fut regardé chez les Grecs & chez les Romains comme le philtre le plus puiffant; on l'appelait la *plante aphrodifia*, *racine de Vénus*. Nous y ajoutons la roquette fauvage; c'eft l'*eruca* des latins: (g) *Et venerem revocans eruca morantem*. Nous y mêlons furtout un peu d'effence d'ambre. La mandragore eft paffée de mode. Quelques vieux débauchés fe font fervis de mouches cantarides, qui portent en effet aux parties génitales; mais qui portent beaucoup plus à la veffie, qui l'excorient & qui font uriner du fang: ils ont été cruellement punis d'avoir voulu pouffer l'art trop loin.

(g) *Martial.*

Dictionn. philofoph. Tome III.　　　N n

La jeuneſſe & la ſanté ſont les véritables philtres.

Le chocolat a paſſé pendant quelque temps pour ranimer la vigueur endormie de nos petits-maîtres vieillis avant l'âge ; mais on aurait beau prendre vingt taſſes de chocolat, on n'en inſpirera pas plus de goût pour ſa perſonne.

Ut ameris, amabilis eſto.
Pour être aimé, ſoyez aimable.

Fin du Tome troiſième.

TABLE

DES ARTICLES

CONTENUS DANS CE VOLUME.

Fin de la Table du troisième volume.

www.ingramcontent.com/pod-product-compliance
Lightning Source LLC
Chambersburg PA
CBHW070346030726
47504CB00001B/79